Sarah Sundin

DER DUFT DER FREIHEIT

Sarah Sundin

Der Duft der Freiheit

francke

Über die Autorin:
Sarah Sundin ist Krankenhausapothekerin im Bereitschaftsdienst und lebt mit ihrem Mann und ihren drei Kindern in Nordkalifornien. Ihr Großonkel war mit der 8. US-Luftflotte in England stationiert. Sundin hat an der UCLA Chemie studiert und an der University of California in San Francisco in Pharmazie promoviert. In ihrer Gemeinde engagiert sie sich in der Sonntagsschularbeit und leitet Bibelgruppen für Frauen.

Bibliografische Information Der Deutschen Nationalbibliothek
Die Deutsche Nationalbibliothek verzeichnet diese Publikation in der Deutschen Nationalbibliografie; detaillierte bibliografische Daten sind im Internet über http://dnb.ddb.de abrufbar.

2. Auflage 2017
ISBN 978-3-86827-368-7

Originally published in English under the title *A Memory Between Us*
by Revell, a division of Baker Publishing Group,
Grand Rapids, Michigan, 49516, USA

35037 Marburg an der Lahn
Deutsch von Julian Müller
Cover design by James W Hall, JWH Graphic Arts
Cover Photography by Steve Gardner, Pixelworks and Istock
© dreamstime.com / Chee-onn Leong
Umschlaggestaltung: Verlag der Francke-Buchhandlung GmbH / Christian Heinritz
Satz: Verlag der Francke-Buchhandlung GmbH
Druckerei Totem, Inowroclaw

www.francke-buch.de

Kapitel 1

2. Lazarett in Diddington, Grafschaft Huntingdonshire, England
3. März 1943

Lieutenant Penelope Ruth Doherty schob das Fenster auf und sog begierig die kühle Luft ein. Vielleicht würde sich ihr Magen dadurch etwas beruhigen. „So, die Herren. Ein bisschen frische Luft tut doch gut, nicht wahr?"

Im Feldbett direkt neben dem Fenster schnaubte Lieutenant Lumley. „Ma'am, ich komme aus Arizona. Diese trübe englische Suppe ist für mich noch schlimmer als die Kugeln der Nazis."

Ruth lächelte den Lieutenant verständnisvoll an. Er hatte sich beim missglückten Landeanflug seiner P-38 Lightning den Knöchel gebrochen. „Eine gute Luftzirkulation ist wichtig für die Wundheilung." Und dafür, den widerlichen Geruch von Würstchen aus dieser Blechdose von Krankenstation herauszutreiben.

„Ich wüsste da was, das meine Wundheilung enorm beschleunigen würde." Der neue Patient, Lieutenant Holmes, zeigte auf seine Lippen und zwinkerte Ruth zu. „Na, wie wär's mit uns, mein kleiner Rotschopf?"

Ruth lächelte süffisant. „Vielleicht noch eine Runde Rizinusöl?"

„Und für Sie heißt das immer noch Lieutenant Doherty." Technical Sergeant Giovanni, der Ruth als Sanitäter zugeteilt worden war, stellte sein Tablett neben Lieutenant Holmes Bett ab. „Umdrehen. Verbandswechsel und Wunden abtupfen." Holmes' Rücken war von den Splittern einer deutschen Granate durchsiebt worden.

„Außerdem sind ihre Haare eher rostbraun als rot." Lieutenant Lumley hatte heute einen sanfteren Blick als sonst. Zum Glück sollte er bald entlassen werden.

„Ich komme gleich mit Ihrer Medizin herum." Ruth lief an einem Kanonenofen vorbei, der mitten im Gang zwischen den Betten stand.

„Au!", rief Lieutenant Holmes.

„Was denn? Brennt's ein bisschen? Ooh." Aus Sergeant Giovannis Stimme konnte man das gespielte Mitleid heraushören.

„Wehe das ist Jod. Da schwillt mir nämlich gleich der ganze Hals zu."

Ruth blieb fast das Herz stehen. Langsam drehte sie sich zu ihrem gut beleibten Sanitäter um, dem vor Schreck der Mund offen stand. Natürlich war das Jod.

Anaphylaxie. Sie musste jetzt schnell handeln, einen kühlen Kopf bewahren, ihre Gefühle im Zaum halten und sich vor allem nichts anmerken lassen. Genauso, wie sie es gelernt hatte. Panik würde seinen Zustand nur noch verschlimmern.

Sie ging zu Lieutenant Holmes' Bett und setzte ihr unbekümmertstes Lächeln auf. „Wir spülen die Wunden jetzt mit schönem klaren Wasser aus. Sergeant, holen Sie bitte Dr. Sinclair? Ich möchte mit ihm über die Entlassung von Lieutenant Lumley sprechen." Sie sah den Sanitäter eindringlich an. „Sofort", formte sie mit den Lippen.

„Mach ich, Chef."

Ruth griff in die Schublade des Nachttischs und holte einige Handtücher heraus, die sie auf beiden Seiten unter Lieutenant Holmes schob. Dann goss sie langsam Wasser über die braunen Flecken und tupfte sie mit einem weiteren Handtuch vorsichtig ab. Dafür war es eigentlich zu spät, aber sie wollte dem armen Mann so viel Jod wie möglich ersparen. „Fühlt sich das nicht gut an?"

„Ein Kuss wäre mir lieber."

„Und ich hätte gern eine Million Dollar, aber keins von beidem wird wohl passieren."

„Da bin ich mir nicht so sicher. Ich kann den Kuss schon spüren. Meine Lippen kribbeln."

Ruths Griff um das Handtuch verkrampfte sich. Er bekam einen anaphylaktischen Schock. Wo steckte bloß Dr. Sinclair? Nur er durfte ihm das Adrenalin verabreichen und sein Leben retten. „Verzeihung, ich bin gleich zurück."

Schnellen Schrittes eilte sie zum Medikamentenraum, wo Lt. Harriet Marshall, die gerade mit ihrer Nachtschicht fertig war, die Narkosemittel zählte. „Schnell! Ich brauche Adrenalin und Morphium. Lieutenant Holmes bekommt einen anaphylaktischen Schock."

Harriets elfenhaftes Gesicht wurde bleich. „Oh nein. Zum Glück ist Dr. Sinclair auf Station."

„Noch nicht." Ruth schnappte sich ein Tablett und legte zwei sterilisierte Spritzen darauf.

„Aber ... aber wieso holst du dann schon die Medikamente?"

„Ich will bereit sein, wenn er kommt. Wir dürfen keine Zeit verlieren." Eine Ampulle Adrenalin.

„Aber er hat die Sachen noch nicht angewiesen."

„Ich weiß, was man bei Anaphylaxie tut."

„Das ist ... das ist Anmaßung! Der Doktor wird verärgert sein."

Ruth zog eine Ampulle Morphium heraus. „Was der Doktor denkt, ist mir egal. Mir geht es um das Leben des Patienten." Ruth ignorierte Harriets erschrockenes Schnappen nach Luft und ging zurück zu Lieutenant Holmes Feldbett.

Holmes starrte sie panisch an. „Mein Hals ... er kratzt und schwillt zu. War das Jod?"

„Leider ja, Sir. Aber Dr. Sinclair ist schon auf dem Weg. Und jetzt bringen wir Sie in eine bequemere Position." Ruth tupfte seinen Rücken trocken und half ihm, sich umzudrehen.

Lieutenant Holmes griff sich an die Kehle. „Ich kann nicht ... ich kann nicht atmen!" Seine Haut war mit Nesselausschlag bedeckt.

„Natürlich können Sie atmen. Ganz ruhig. Bleiben Sie ruhig und denken Sie an etwas anderes. Wo kommen Sie eigentlich her, Lieutenant?"

„New ... Hampshire." Nur mit Mühe brachte er die Worte heraus.

Ruth zog Adrenalin in die Spritze auf. „Dann sind Sie ja das kalte Wetter gewohnt, anders als Lt. Lumley aus Arizona. Genau wie ich. Ich komme nämlich aus Chicago, wissen Sie? Ihnen muss das hier ja geradezu mild und warm vorkommen."

Die einzige Reaktion ihres Patienten war eine Reihe von schwerfälligen, kratzenden Atemzügen. Wo um alles in der Welt blieb der Arzt? „Oh Gott, hilf doch!", flüsterte Ruth.

Sie füllte die andere Spritze mit einer Dosis Morphium und plauderte derweil darüber, wie der Schnee im Winter die Straßen in ihrem schäbigen Viertel sauber erscheinen ließ, bis der einsetzende Frühling genau das Gegenteil bewirkte. Aber während Lieutenant Holmes nach Luft japste, hatte sie nur Pas letzte Atemzüge vor Augen, als dessen Blutgerinnsel sich in der Lunge festgesetzt hatte, und Mas Keuchen, als bei ihr die Lungenentzündung ihr Werk vollendet hatte. Als Schwesternschülerin hatte sie ihren Eltern damals nicht helfen können und heute als Krankenschwester konnte sie diesem jungen Mann auch nicht helfen. Sie warf einen Blick auf die Uhr an der Wand. Wenn Dr. Sinclair nicht innerhalb der nächsten sechzig Sekunden auftauchte, würde sie Holmes das Adrenalin selbst spritzen.

Und deswegen ihren Job verlieren? Als Älteste von sieben hatte sie ihren Brüdern und Schwestern gegenüber eine Verantwortung. Wie sollten sie ohne ihre Unterstützung über die Runden kommen?

Vor ihrem inneren Auge zogen die Gesichter ihrer Geschwister vorbei – ihr ganzer Stolz, alles, was sie noch hatte. Warum musste das immer wieder passieren? Warum musste sie sich andauernd entscheiden, ob sie entweder das Richtige tun oder ihre Familie beschützen wollte?

Die Tür sprang auf und Dr. Sinclair stürmte mit wehendem Arztkittel herein. Ruth seufzte erleichtert.

„Lieutenant Doherty, holen Sie Adrenalin."

„Schon hier, Sir." Ruth gab ihm die Spritze.

Er sah sie streng an. „Ein Milligramm?"

„Ja, Sir."

Sein Unterkiefer schob sich nach vorn, aber er verabreichte die Dosis und spritzte Morphium hinterher.

Nach etwa einer Stunde hatten sie Lieutenant Holmes stabilisiert. Ruth säuberte seine Wunden, wechselte die Verbände und tauschte das nasse Bettzeug aus. Dann brachte sie die leeren Spritzen und Ampullen zurück zum Medikamentenraum und legte die Spritzen in eine Schale mit bläulichem Quecksilberdichlorid.

„Ich sollte wirklich böse auf Sie sein." Dr. Sinclair lehnte am Türrahmen.

Ruth schwenkte die Schale hin und her, bis die Spritzen bedeckt waren. „Ich kümmere mich nur um das Wohl des Patienten."

„Und darum, meine Wünsche vorauszuahnen. Ich fühle mich geschmeichelt."

„Brauchen Sie nicht. Ich weiß, was man bei Anaphylaxie zu tun hat."

„Sie hätten Ärztin werden sollen."

Ruth schüttelte den Kopf. Wenn er wüsste, was sie alles hatte tun müssen, um das Geld für die Schwesternschule zusammenzukratzen. „Dafür bin ich zu schlau."

Sein leises Lachen kam immer näher und Ruth versteifte sich. Sie hatte keine Lust, noch einen Annäherungsversuch von diesem Mann abzuwehren.

„Ich kenne da ein tolles Restaurant …"

Ruth drehte sich um und funkelte ihn wütend an. „Was würde wohl Ihre Frau sagen, wenn sie das hören würde?"

Dr. Sinclair zog eine graumelierte Augenbraue hoch. „Ach kommen Sie, Ruth. Wir sind im Krieg. Da gelten andere Gesetze. Und außerdem: Was Sie sagen, ist das eine. Aber in Ihren Augen kann ich etwas ganz anderes sehen. Sie sind wie ich."

Ruth biss die Zähne aufeinander. „Nein, Sir. Bin ich nicht."

„Ein Herz aus Stahl." Er schlug sich mit der Faust auf die Brust. „Genau wie Ihres."

Sie sah ihm in die kalten blauen Augen und spürte, wie die Kälte ihr bis in die Zehen kroch. Wie konnte er das wissen? Schon vor langer Zeit hatte sie einen eisernen Panzer um ihr Herz gelegt. Sie ließ nichts und niemanden an sich heran. Aber tief drin war ihr Herz noch immer weich und empfindsam.

„Komm schon, Ruth." Sein Blick heftete sich an ihre Lippen. „Nur ein Kuss. Ich kann deinen Lippen keinen Tag länger widerstehen. Du küsst bestimmt wundervoll."

In ihr zog sich alles zusammen. Eddie Reynolds mit seinem jungenhaften Grinsen und dem halb von einer braunen Haarsträhne verdeckten Auge, dem hatte sie damals geglaubt, als er zu ihr gesagt hatte, sie würde von allen in der achten Klasse am besten küssen. Aber diesem Armleuchter von einem Arzt würde sie nicht glauben.

Dr. Sinclair legte eine Hand auf ihre Hüfte.

Das Gewicht der Erinnerungen presste ihr die Luft aus der Lunge. Sie schlug seinen Arm weg. „Fassen Sie mich nicht an. Fassen Sie mich nie wieder an!"

„Ach, nun komm schon …"

Ruth schob ihn beiseite und drückte sich an ihm vorbei zurück in den Krankensaal. Ihr Atem ging in kleinen Stößen, vor ihren Augen tanzten Sterne. Sie kämpfte sich durch den länglichen Raum. „Sergeant Giovanni, ich brauche eine kurze Pause. Komme gleich wieder."

„Machen Sie nur. Der Arzt ist ja da."

Ruth nahm ihr blaues Cape vom Haken am Eingang und ging nach draußen. Nachdem sie sich den Umhang umgeworfen hatte, stützte sie sich mit den Händen auf den Knien ab und versuchte, langsam und gleichmäßig zu atmen.

Sie konnte nicht mit Dr. Sinclair zusammenarbeiten, aber welche Wahl hatte sie? Sollte sie mit der Oberschwester reden? Und was sollte das bringen?

Ruth richtete sich wieder auf. Die Sache war eindeutig. Sie brauchte ein Gespräch mit der Oberschwester unter vier Augen und die Versetzung in ein anderes Lazarett. Sie musste weg von hier.

Entschlossen marschierte sie auf der schlammigen Straße an den Wellblechbaracken vorbei, die als Lazarett dienten, und ging ins Verwaltungsgebäude. Lieutenant Vera Bensons Tür stand offen und Ruth trat unaufgefordert ein.

Die Oberschwester hatte den Telefonhörer am Ohr. Ruth wollte rückwärts wieder herausgehen, aber Lt. Benson bedeutete ihr, sich hinzusetzen.

„Das tut mir leid, Agnes. Was? Schon drei Schwestern SOE?“ Sie zog eine rotblonde Augenbraue hoch und sah Ruth dabei an.

Schwanger ohne Erlaubnis – der einfachste Weg für eine Krankenschwester, aus dem Militärdienst herauszukommen.

„Ja, das ist ein Problem. Ich werde sehen, was ich tun kann. Wir sind auch nicht voll besetzt, aber ich rede mit den Mädchen.“

Lieutenant Benson legte auf. „Was kann ich für Sie tun, Lieutenant Doherty?“

„War das ein anderes Laza... Entschuldigung. Das geht mich nichts an.“

Lieutenant Benson legte den Kopf schief und lächelte. „Ich habe Sie ja geradezu gebeten zu lauschen, und doch, das geht uns etwas an. Das 12. Feldlazarett schlägt seine Zelte in Suffolk auf. Und dort herrscht gewaltiger Personalmangel. Noch größer als bei uns.“

„Ich gehe hin.“

Die Oberschwester neigte den Kopf in die andere Richtung. „Wie bitte?“

Ein Lächeln huschte über Ruths Gesicht. Wie oft präsentierte sich die Lösung für ein Problem so schnell und einfach? Wenn sie es nicht besser wüsste, hätte sie gedacht, Gott wäre auf ihrer Seite. „Bitte, Ma'am. Eine Versetzung ist genau das, was ich gerade brauche.“

Kapitel 2

Militärflugfeld Thurleigh, Bedfordshire
13. Mai 1943

Wie mit einem Lasso fing Major Jack Novak mit seinem Blick die neun Crewmitglieder ein, um sie zusammenzubringen, ihnen Mut zuzusprechen und ihren Enthusiasmus zu schüren.

Neben ihm glänzte in der späten Mittagssonne die *Fliegende Festung*, eine schnittige Schönheit, die vor Geschützen nur so strotzte. Jack wusste so einiges über Bomber und auch einiges über Soldaten und unter seiner Führung würden dieser Flieger und seine Männer alles vom Himmel pusten, was ihnen die Nazis heute bei ihrer ersten Mission entgegenwerfen würden.

„Also, Jungs", sagte er. „Ihr habt gehört, was Colonel Moore bei der Einsatzbesprechung gesagt hat. Gestern – erst gestern – haben sich die letzten deutschen und italienischen Truppenverbände in Nordafrika den Alliierten ergeben."

Seine Crew jubelte und stieß Schlachtrufe aus.

„Mein Dad hat immer gesagt, man schlägt keinen Mann, der am Boden liegt, aber bei Hitler machen wir eine Ausnahme. Verstanden?"

„Verstanden!"

„Jetzt machen wir denen in Europa die Hölle heiß. Heute werden wir zwar nur einen Flugplatz bombardieren, aber es ist Hitlers Flugplatz. Von dort aus belästigen seine Jagdflieger unsere Flugzeuge und Schiffe. Lassen wir das zu?"

„Nein!"

„Verdammt richtig. Er kann sich auf eine Überraschung gefasst machen. Wir verdoppeln heute nämlich die Schlagkraft der 8. US-Luftflotte."

„Vier neue Bombergeschwader, aber wir sind die Besten, stimmt's?" Lt. Bill Chambers sah aus, als gehöre er auf ein Schaukelpferd, nicht auf den Sitz des Kopiloten in einem viermotorigen Bomber. Wenigstens hatte er seit der Einsatzbesprechung aufgehört, ständig die

Finger nach hinten zu biegen. Vielleicht taugte er ja doch für den Luftkampf.

„Okay, Jungs, dann zeigen wir denen mal, was das 94. Geschwader so kann." Die Crew kletterte einer nach dem anderen durch die Tür im Rumpf des B-17-Bombers. Jack schlug jedem auf den Rücken – dem Funker, dem Flugingenieur, dem Navigator und seinem Kopiloten, den zwei Schützen für die Seitenlafetten, dem Heckschützen und dem Schützen im Kugelturm unter dem Rumpf.

Als Letzter kam sein Bombenschütze, Captain Charlie de Groot, der sich gerade den Einsatzhelm über den blonden Schopf zog. „Was darf's denn sein, Skipper? ‚Praise the Lord and Pass the Ammunition' oder ‚The Army Air Corps'?"

Das erste Lied handelte von Pearl Harbor. Am 6. Dezember 1941 waren Jack und Charlie in einer Staffel von zwölf *Fliegenden Festungen* vom Hamilton Field in der Nähe von San Francisco gestartet – unbewaffnet und zu einem Übungsflug. Als sie in Hawaii angekommen waren, waren sie vom Krieg überrascht worden. Jack sah noch die dunklen Rauchschwaden und das brennende Öl vor der idyllischen Tropenkulisse vor sich und er konnte das Gefühl der Verwirrung, Hilflosigkeit und Wut sofort in sich heraufbeschwören.

Jack und Charlie waren viele Einsätze über dem Pazifik geflogen und jetzt waren sie in England stationiert. Jack zwinkerte seinem besten Freund zu. „Na dann ‚Nothing'll stop the Army Air Corps.'"

„Aye, aye, Skipper." Charlie nahm einen Zug von seiner Zigarette und stieg in das Flugzeug. „Off we go into the wild blue yonder", sang er. Seine Bassstimme passte überhaupt nicht zu dem runden Milchbubengesicht.

Jack schlenderte zum Bug. Er zog die Mae-West-Schwimmweste unter dem Gurtzeug des Fallschirms zurecht und prüfte, ob alles an Ort und Stelle war. Auf dem Bug des olivbraunen Flugzeugs prangte in gelben Lettern *Sunrise Serenade*. Ein toller Song und ein passender Name für einen Tageslichtbomber.

Zufrieden stemmte er die Hände in die Hüften und betrachtete den Flugplatz. Es herrschte koordinierter Hochbetrieb. Menschen und Fahrzeuge wuselten durcheinander, es roch nach Flugbenzin und gespannte Erwartung lag in der Luft – einfach großartig. Zwei Staffeln des 94. Bombergeschwaders hatten hier auf dem Militärflugfeld

Thurleigh mit dem erfahrenen 306. Geschwader trainiert, die anderen zwei mit dem 91. Geschwader in Bassingbourn. Die 306. war die Einheit von Walt, Jacks jüngerem Bruder.

Oder vielmehr dessen ehemalige Einheit.

„Armer Kerl." Jack konnte es kaum erwarten, wieder in die Schlacht zu ziehen und die Nazis vor die Flinte zu bekommen, die Walt ins Krankenhaus in Oxford befördert und ihn seinen rechten Arm gekostet hatten.

Noch einmal ließ er den Blick über die sechsunddreißig Flugzeuge schweifen, die um das Rollfeld mit den drei sich überkreuzenden Startbahnen standen. Als Staffelkapitän war er für die Moral der Männer zuständig und heute war sie ausgezeichnet. Wenn seine Leute sich so gut machten wie im Training, dann würde er der nächste Stellvertretende Kommandeur werden. Und das konnte er kaum erwarten. Wenn er etwas liebte, dann Befehle zu erteilen. Das Beste aus Mensch und Maschine herauszuholen trieb ihm Adrenalin in die Adern.

Jack hob die Arme und griff in die Luke am Bug. Mit einem kräftigen Sprung beförderte er sich ins Flugzeuginnere. Die meisten mochten die Tür benutzen, Jack bevorzugte die kleine athletische Herausforderung.

Vor ihm im Bugraum war Charlie damit beschäftigt, das Norden-Bombenvisier einzustellen, und der Navigator Norman Findlay machte wieder viel Wirbel um seine Karten. Norman, nicht Norm – darauf bestand er.

Jack kroch durch den engen Gang nach vorn ins Cockpit und hielt plötzlich inne.

Er hatte vergessen zu beten. Ja, er war der Namensvetter seines Vaters und sein Ebenbild, aber Dad würde nie vergessen zu beten. Genauso wenig wie Walt, und dabei war Walt der einzige Novak, der nicht Pastor geworden war. Sein älterer Bruder Ray würde wahrscheinlich ganze Psalmen auswendig aufsagen und sie ins Hebräische, Griechische und Lateinische übersetzen, wenn ihm langweilig war.

Aber Jack ... ein schöner Pastor war er. Er schloss die Augen. *Herr, beschütze uns bitte auf diesem Einsatz. Leite du die Bomben in ihr Ziel. Und bring alle 169 Flugzeuge gesund wieder nach Hause.* Jack schielte auf die Uhr. Höchste Zeit, um auf seinen Platz zu gehen. *In Jesu Namen, Amen.*

* * *

„Der reinste Spaziergang." Bill Chambers' braune Augen leuchteten über dem Rand seiner Atemmaske.

Jack lächelte seinen Kopiloten an. Der Kleine hatte schon den Fliegerjargon drauf. „Noch sind wir nicht gelandet."

Aber Jack musste zugeben, dass die Zutaten für einen Spaziergang stimmten – perfektes Wetter, nur dreißig Meilen über Feindesland und keine Luftwaffe in Sicht. Charlie hatte den Flugplatz Longuenesse bei Saint-Omer im nazibesetzten Frankreich meisterhaft bombardiert. Der Rest der Staffel hatte den Anfängerfehler gemacht und die Bomben zu früh ausgeklinkt. Sobald sie zu Hause waren, würde Jack den Ablauf noch einmal durchsprechen müssen.

Technical Sergeant Harv Owens, Jacks Flugingenieur, stützte sich von hinten auf die Lehne von Bills Sitz. „Hey, Billy-Boy. Hat dir Novak je erzählt, was mit seinen drei letzten Kopiloten passiert ist?"

„Harv ..." Jack warf ihm einen warnenden Blick zu.

„Erschossen, vor seinen Augen. Alle drei. Dein Platz ist verflucht, sage ich dir."

Jack stöhnte. Die Moral der Männer war extrem wichtig, nicht nur für die Stimmung an Bord, sondern auch für die Teamarbeit, die Leistung und den Erfolg. „Zurück in deinen MG-Turm, Harv."

Der Flugingenieur murrte, stieg auf das Podest im hinteren Bereich des Cockpits und steckte seinen Kopf in die Plexiglaskuppel.

„Ist ... ist das wahr?" Auf Bills bleicher Stirn stachen die Sommersprossen hervor.

Jack warf einen prüfenden Blick auf die Instrumententafel und legte dem Jungen eine Hand auf die Schulter. „Ich bin nicht abergläubisch und du solltest es genauso wenig sein. Aber wenn doch, dann merk dir: Aller schlechten Dinge sind drei."

„Also bin ich aus dem Schneider?"

Niemand war aus dem Schneider, aber Jack klopfte auf Bills Sitz. „Wollen wir die Plätze tauschen?"

„Nein, Sir."

Jack sah in alle Richtungen aus dem Fenster, um die acht anderen B-17-Bomber seiner Staffel im Blick zu behalten. Vor ihnen schlängelte sich die Küste. Bald würden die Gefahrenquellen wechseln; Flak und Jagdflieger würden durch etwas noch Gefährlicheres ersetzt: den Ärmelkanal.

Etwa dreihundert Meter über ihnen explodierte ein Flugabwehrgeschoss.

„Oh nein. Flak", ächzte Bill.

„Ungenau und schwach. Die beste Variante."

Harv drehte seinen Geschützturm mit dem Zwillings-MG Kaliber.50. „Hey Adolf, das nennst du Schießen? Schick mal ein paar Jungs hoch, denen zeig ich, wie man schießt."

„Gequatscht wird später", sagte Jack streng. „Sprechanlage frei halten."

Zwei schmale Rauchfäden stiegen knapp fünfzig Meter vor ihm auf. Jack hielt die Luft an und trieb das Geschoss in Gedanken in die Höhe. Das Gemeine an Flak – man konnte nichts dagegen tun.

Ein lauter Knall, Rauch, Flammen. Jack riss den Kopf nach rechts. Glas knackte. Der Bug tauchte ab. Jack zog am Steuerrad, bis die Flugrichtung mit dem künstlichen Horizont wieder übereinstimmte, und prüfte die Anzeigen für die vier Motoren – alles in Ordnung. Durch das Fenster rechts über ihnen, mittlerweile ein aufgerissener Mund mit spitzen Zähnen, pfiff eiskalte Luft herein.

Jack schüttelte Plexiglassplitter von seinem Schoß. „Siehst du, Bill, so schlimm war es doch nicht, od..." Die Worte blieben ihm im Hals stecken und wurden zu schwarzer Galle.

Bill starrte ihn an, die Augen weit offen und glasig. Ein gezackter Flaksplitter ragte aus seiner Schläfe. Jacks Brustkorb fiel in sich zusammen. *Herr, nicht schon wieder! Der arme Kerl. Und er dachte, er wäre schon in Sicherheit!*

Bills Körper sackte nach vorn auf sein Steuerrad und schickte die *Sunrise* auf Talfahrt.

Reflexartig stützte sich Jack mit den Füßen ab und zog am Steuer. Keine Chance. Bills Gewicht musste vom Steuerrad runter.

Jack riss seinen Sicherheitsgurt beiseite, rutschte hinüber und drückte Bill mit dem Rücken in seinen Sitz. Dann zog er mit aller Kraft am Steuerrad. „Harv", rief er angestrengt. Sein Sauerstoffschlauch und das Headsetkabel waren maximal gespannt. „Bring Bill in den Rumpf. Und Charlie? Du wirst es nicht glauben."

„Ich komme, Skipper." Selbst durch das Knarzen der Sprechanlage hörte sich Charlies Stimme traurig an. Jack fühlte sich nicht anders, aber zum Trauern war jetzt keine Zeit.

Jack kämpfte mit dem Steuerrad. Er musste die *Sunrise* hochziehen. Unter dem Bug schlich die Küstenlinie vorbei. Nur achtundzwanzig Prozent überlebten eine Notwasserung auf dem Ärmelkanal, aber für einen Tauchgang war Jack ohnehin nicht zu haben. Jetzt nicht und sonst auch nicht.

„Harv!" Wo blieb dieser Kerl?

Harv stand vornübergebeugt, hatte seine Atemmaske beiseitegeschoben und wischte sich mit dem Handrücken den Mund ab. Wieso waren es immer die stärksten Männer mit der größten Klappe, denen beim Anblick von Blut gleich das Essen hochkam?

In Jacks Ohren knallte und schellte es erneut. Sein Körper bog sich und wurde nach vorn geworfen, als hätte ihm jemand mit einem riesigen Knüppel auf den Rücken geschlagen.

Mühsam drückte er sich von der Instrumententafel weg. Das Stechen in seinem Rücken wurde erst warm, dann heiß und brannte wie Feuer.

Jemand griff von hinten nach ihm. „Du bist getroffen, Novak." Harvs Stimme brach.

„Weiß ich selbst." Jack hatte sein Gleichgewicht wiedergefunden und rutschte auf den Sitz des Kopiloten. Sein linkes Bein hing herab, der Fuß war feucht und warm. Ein Schrei entfuhr ihm, aber jetzt war keine Zeit für Schmerzen. Er musste ein Flugzeug fliegen und eine Staffel leiten. Mit schierer Willenskraft hievte er seine Hände hoch und zwang seine gummiartigen Finger, das Steuerrad zu umklammern. „Bombenschütze? Noch da?"

„Ziemlich durchgeschüttelt", antwortete Charlie über das Bordsprechgerät. „Den Looping können wir vergessen."

„Komm her." Jacks Kopf und Zunge fühlten sich dick an, aber er konnte das schaffen. Sein kleiner Bruder Walt hatte schließlich eine *Fliegende Festung* mit nur einem Arm gelandet.

Jack presste die Lippen aufeinander, um nicht zu schreien, und sah angestrengt auf die Instrumente. Motor zwei verlor Ladedruck und Öldruck. Er musste ihn abschalten und den Propeller in Segelstellung bringen, damit er nicht so viel Luftwiderstand erzeugte. Zuerst jedoch musste er das Flugzeug stabilisieren. Aber der Schmerz schüttelte seinen Körper, die Arme, das Steuerrad.

Charlie kam ins Cockpit geklettert. Er war zwar nicht gerade begabt als Pilot, aber unter Anweisung war er schon dreimal geflogen. Charlie sah Jack und Bill an. Ihm entgleisten kurz die Gesichtszüge, dann hatte er sich wieder unter Kontrolle. Er setzte sich auf den Pilotensitz, steckte den Kopfhörer ein und griff nach dem Steuerrad. „Wir sind bei achttausend Fuß. Was soll ich machen?"

„Die Höhe halten." Jack hantierte an seiner Atemmaske. „Okay, Männer, wir sind unter zehntausend. Ihr könnt den ..." Wie hieß es nur? Das Zeug, das man atmete?

„Dreht den Sauerstoff ab", fuhr Charlie dazwischen. „Norman, komm bitte mal nach vorn."

Sauerstoff. Das war's. „Achttausend. Wir müssen die Vergaserluftfilter einschalten." Wieso fiel ihm „Vergaserluftfilter" ein, aber „Sauerstoff" nicht? Er wollte nach dem Kippschalter auf dem Armaturenbrett zu seiner Rechten greifen, aber seine Hand gehorchte ihm nicht.

„Harv", sagte Charlie. „Sieh zu, dass du mit Norman den Skipper verarztest."

„Nein." Jack schüttelte den Kopf. Die Instrumententafel verschwamm. „Ich ... ich schaffe das." Doch seine Stimme wurde immer höher und sein Blickfeld dunkler.

„Wir holen dir Morphium und verbinden dich. Und dann kannst du von mir aus weiterfliegen."

„Solange ich ... dann weiter ..." Seine Lippen kribbelten. Sein Körper sackte nach hinten.

* * *

Starker Druck auf dem Rücken – glühend heiß, beißend, immer tiefer. Jack hob den Kopf und schrie vor Schmerz. Das war noch schlimmer, als von Dad den Hintern versohlt oder von Grandpa eine Tracht Prügel verabreicht zu bekommen. Und davon hatte er mehr als genug gehabt.

„Tschuldige, Novak. Ich muss die Blutung stoppen." Das war Joe Rosetti mit seinem Brooklyner Akzent.

Rosetti? Der Funker? Jack öffnete die Augen. Er lag auf dem Bauch im Funkerstand auf dem eiskalten Aluminiumboden. Wie war er hierhergekommen? Er musste ohnmächtig geworden sein.

Also war nur noch Charlie am Steuer. Und Norman ... Oh, nein.

Wie viele Flugstunden hatte Norman absolviert? „Motor zwei. Rosetti, Motor zwei muss in Segelstellung. Sag ihnen das."

„Funker an Pilot. Novak will, dass ihr den zweiten Motor in Segelstellung bringt. Okay, ich sag's ihm." Rosetti kniete sich neben Jack. „Schon erledigt."

Jacks Atem ging schnell und flach. Er schmeckte Schweiß auf seinen Lippen. „Wie sieht es aus?"

„Nicht gut. Motor eins verliert Öl. Charlie sagt, wir müssen vielleicht notwassern."

„Nein!" Jack stemmte sich auf, schrie vor Schmerzen und fiel wieder aufs Gesicht. „Sag Charlie, Nein. Keine Notwasserung. Das ist ein Befehl."

Rosetti gab die Information weiter. Es folgte eine lange Pause. „Verstanden."

Nein, Charlie hatte es nicht verstanden. Wie auch? Jack hatte ihm die Geschichte nie erzählt. Und würde es auch nie tun.

Jacks Augen fielen zu und er tauchte ab in die grauen, kalten, gesichtslosen Fluten.

Er war vierzehn. Wollte die Mädchen beeindrucken, deren aufblühende Weiblichkeit die Badeanzüge verführerisch dehnte. Natürlich konnte er den San Joaquin durchschwimmen, nichts leichter als das. Eine halbe Meile, mehr war das sicher nicht.

Nichts und niemand konnte Jack Novak aufhalten, wenn er sich einmal etwas in den Kopf gesetzt hatte.

Nichts und niemand, außer die Strömung aus Richtung Stockton. Nichts und niemand, außer die Ebbe, die ihn in die Bucht von San Francisco hinauszog. Nichts und niemand, außer das kalte Schmelzwasser der Sierra Nevada, das ihm die Kraft raubte. Er trieb an Antioch vorbei. Seine Hilfeschreie wurden überdeckt vom Lärm der Werft, der Konservenfabrik und des Papierwerks.

Jack tauchte ab in die grauen, kalten, gesichtslosen Fluten.

Nicht notwassern, Charlie. Alles, nur nicht notwassern.

Kapitel 3

12. Feldlazarett, Botesdale, Suffolk
14. Mai 1943

Ruth kratzte sich den Schlamm von den Schuhen, ging auf Station sieben und hängte ihren Umhang auf. Wer auch immer entschieden hatte, dass Krankenschwestern auch in England weiße Schuhe zu tragen hatten, sollte eingewiesen werden.

Die Nachtschwester Lt. Florence Oswald saß im Dienstzimmer. „Ach, die Ruth, reizend wie immer." Flos Stimme war vor Gift ganz grün.

„Danke", antwortete Ruth und zwang sich zu einem Lächeln. „Wie lief es heute Nacht?"

Flo griff nach einem Klemmbrett. „Lieutenant Ryan wurde entlassen, Lieutenant Flanders hat hohes Fieber bekommen und wir haben einen Neuzugang." Ihre kleinen braunen Augen leuchteten. „Er hat eine Ladung Flak in den Hintern gekriegt. Gut für uns. Er ist nämlich Major und sieht zum Anbeißen aus. Aber solange du hier bist, haben wir natürlich alle keine Chance."

Ruth nahm das Klemmbrett und überflog es. „Du weißt, dass ich nicht mit den Männern ausgehe, Flo."

„Ach ja, du wartest ja auf den Richtigen."

„Ich bin als Krankenschwester hier, klar? Ich soll die Männer pflegen, nicht mit ihnen flirten. Wir sind hier nämlich im Krankenhaus, nicht bei der USO."

„Das weiß ich selbst."

Ruth seufzte. Letzten Endes war es egal, ob sie gemocht wurde oder nicht. Sie war dem Schwesternkorps der Army beigetreten, um ihre Familie zu ernähren, nicht, um Freunde zu finden.

Sie öffnete die Tür zur chirurgischen Station für Offiziere. Nur drei Betten waren belegt.

Ruth schickte ein schnelles Gebet für die Kranken gen Himmel – aus reiner Gewohnheit. Aber es war eine kostbare Gewohnheit, weil Ma ihr das beigebracht hatte, und wenn sie genug betete, dann ...

Herr, ich weiß, du bist da. Ich bin nicht gut genug für dich, aber Ma hat immer gesagt, du liebst alle Menschen. Nur irgendwie spüre ich nichts davon. Kannst du mir nicht ein Zeichen schicken?

„Ah, Lieutenant Doherty, eine frische Brise."

Ruths Gedanken sprangen von ihrem Gebet zu Lieutenant Flanders' rotem Gesicht. Sie lächelte. „Guten Morgen, Lieutenant. Ich habe gehört, Sie haben leichtes Fieber. Wie geht es uns denn heute Morgen?"

„Besser." Er sah zur Tür. „Jetzt, wo Sie da sind und nicht mehr diese Oswald."

Ruth legte einen Finger auf die Lippen. „Lieutenant Oswald. Und sie ist eine hervorragende Krankenschwester."

„Nein, Sie sind eine hervorragende Krankenschwester. Sie kümmern sich wenigstens um uns." Sein Husten klang tief und rasselnd. „Hab gestern einen Brief von meiner Liebsten bekommen."

Ruth tauchte auf dem Nachttisch eine Kompresse in eine Schüssel mit kaltem Wasser. „Doris? Wie geht's ihr?"

„Gut. Ist total fleißig beim Roten Kreuz. Ich bin so stolz auf sie. Aber ... na ja, sie weiß noch nichts von meiner Lungenentzündung."

Ruth wrang die Kompresse aus und legte sie flach auf Lieutenant Flanders' Stirn. „Wir können heute einen Brief an sie schreiben. Ich helfe Ihnen. Und sie braucht sich keine Sorgen zu machen, diese neuen Sulfonamide wirken wahre Wunder. Eigentlich kann sie sogar froh sein. Durch Ihre Lungenentzündung bleibt Ihnen die heutige Mission erspart."

Der Mann im Nebenbett stützte sich auf die Ellbogen. „Schon wieder ein Einsatz? Das Leben ist doch unfair. Die anderen Jungs dürfen fliegen und ich muss hier rumliegen."

„Unfair?" Ruth sah Lieutenant Jones mit hochgezogener Augenbraue an.

Lieutenant Jones ließ sich zurück ins Kissen fallen und stöhnte. „Ist ja gut, ist ja gut. Pubs und Jeepfahren passt nicht zusammen." Er fluchte.

„Reißn Sie sich mal zusamm'." Eine lallende Stimme kam vom Bett gegenüber. „'s ne Lady im Raum."

Ruth sah zu der schlanken Person hinüber, die auf dem Bauch ausgestreckt auf dem Feldbett lag. „Schon gut. Ich kann auf mich selbst aufpassen. Das mache ich schon mein ganzes Leben lang."

„Dasis keine Enschuldigung", murmelte er. „'s unhöflich und 'n Zeichn fürn schlechtn Wortschatz."

Ruth nickte Lieutenant Jones zu. „Sie arbeiten bitte an Ihrem Wortschatz, ja?“

„Ja, Ma'am“, antwortete dieser mit einem Grinsen.

Ruth ging zu dem Neuzugang hinüber und las dessen Patientenblatt. „Major John Novak Jr., willkommen. Schön, einen Gentleman hier zu haben.“

„Jack“, sagte er. „Ich heiße Jack.“

Sie lächelte ihn an, aber er hatte die Augen geschlossen. Flo hatte recht, er war gut aussehend, hatte breite Schultern, welliges schwarzes Haar und einen akkuraten Schnurrbart. Aber hübsche Gesichter hatten schon lange ihren Reiz auf sie verloren.

Ruth schlug die Decke nach unten und nahm die Verbände ab. Laut Patientenblatt hatte er am Tag zuvor eine umfangreiche Operation gehabt, bei der Splitter aus seinem Gesäß und der linken Hüfte entfernt worden waren. Die vielen Fäden ließen sie seufzen. Der Krieg produzierte die hässlichsten Wunden.

Obwohl sie behutsam vorging, ächzte Major Novak einige Male vor Schmerzen. „Werd wohl 'ne lange Zeit nich sitzn.“

„Das stimmt, Sir. Sie werden uns einen guten Monat erhalten bleiben.“

„'n Monat? Niemals.“ Er schüttelte noch im Liegen den Kopf und stützte sich dann auf. „Ich muss zurück. Muss fliegn.“

Ruth drückte ihm sanft auf die Schultern und er sank zurück ins Kissen. „Nein. Sie müssen sich ausruhen. Sie müssen gesund werden. Und außerdem können Sie ohne zu sitzen kein Flugzeug fliegen.“

Stöhnend pflichtete er ihr bei.

Ruth warf einen Blick auf die Flasche mit Blutplasma, das in die Venen des Majors floss und den Blutverlust ausgleichen sollte. „Was machen die Schmerzen, Major?“

„'s tut verdammt weh.“

Sie überflog das Patientenblatt. Die letzte Spritze gegen die Schmerzen war vier Stunden her. Ruth ging in den Medikamentenraum und holte eine Ampulle Morphium und eine sterilisierte Spritze. „Sie bekommen Morphium. Wir müssen ja nicht warten, bis die Qualen unerträglich werden. Ich gebe Ihnen noch etwas.“

„Sie gefalln mir“, sagte er.

Ruth steckte die Nadel in die Ampulle und hielt sie nach oben. „Ach ja?“

„Mh-hm. Sie sin' nett. Werd Sie heiratn."

Wie oft hatte sie das schon gehört? Ruth lachte, drückte Luft in die Ampulle und zog den flüssigen Inhalt auf. „Das kommt aber überraschend. Wir haben uns doch gerade erst kennengelernt. Sie wissen doch noch nicht einmal, wie ich aussehe."

„Macht nichts. Sie sin' nett."

Ruth schnippte gegen die Spritze, um die Luftblasen herauszubekommen. „Eine Ehe ist eine ernste Sache. Man sollte sie mit offenen Augen angehen."

Major Novak öffnete ein Auge – kornblumenblau – und lächelte. „Nett und hübsch."

Alle Achtung. Er sah wirklich gut aus. Aber das war egal. „Sie sind mit Morphium vollgepumpt."

Sein Auge ging wieder zu und das Lächeln wurde breiter. „Ich mag Morphium. Morphium is nett."

Die anderen Patienten stimmten in Ruths Lachen ein. „Jetzt haben Sie Konkurrenz bekommen", sagte Lieutenant Jones.

Ruth befeuchtete einen Watteball mit Desinfektionsalkohol und wischte damit eine Stelle an seiner Hüfte ab. „Morphium mögen Sie also, ja?"

„Mh-hm."

„Also schön. Dann kommt hier Ihre Braut." Sie spritzte ihm das Medikament, richtete sich auf und schob das Kinn nach vorn. „Was Gott zusammengefügt hat, soll der Mensch nicht scheiden."

Lieutenant Flanders applaudierte, Lieutenant Jones stimmte den Hochzeitsmarsch an und Ruth zog die Decke wieder über den Rücken ihres Patienten. „Herzlichen Glückwunsch, Major. Und vielen Dank, wegen Ihnen hatten wir heute mal was zu lachen."

Ein winziges Lächeln umspielte seine Lippen. „Wissn Sie was? Gott mag Sie."

Ruth wäre fast die leere Spritze aus der Hand gefallen. Ihre Gedanken sprangen zu ihrem Gebet kurz vor Schichtbeginn. „Wie bitte?"

„Könn' Sie glauben", lallte er mit geschlossenen Augen. „Gott hat Sie richtich dolle lieb."

Wie kam dieser Mann jetzt darauf? Er konnte unmöglich ihr Gebet gehört haben. Sie hatte es doch leise gesprochen, oder etwa nicht? „Wieso ... wieso sagen Sie das?"

„Na weils stimmt. Jesus is für Sie gestorm. Mehr brauchn Sie nich zu wissn."

* * *

Ruth stapfte nach einem langen Tag wieder zu ihrem Quartier und hatte weder Augen für den Schlamm, noch für die Wellblechbaracken, die das Anwesen von Redgrave Park verschandelten.

Jesus war für sie gestorben? Und mehr brauchte sie nicht zu wissen?

Das war es also? Deine Antwort auf mein Gebet? Es wurde aber auch Zeit, dass du dich mal rührst. Ma hat immer gesagt, man kann sich an dich wenden, wenn man in Not ist. Warum hast du dann Pa nach dem Sturz nicht gesund gemacht? Warum hast du mir erst Pa und dann auch noch Ma genommen? Warum hast du ..."

Ruth biss die Zähne zusammen. Major Novak lag falsch. Jesus war vielleicht für den Lazarettgeistlichen mit seinem weißen Kragen und dem abgeklärten Lächeln gestorben, für Ma mit ihrem unerschütterlichen Glauben, für die kleine unschuldige Penny Doherty – aber nicht für Ten-Penny, nicht für Ruth.

Als jemand sie am Ellbogen berührte, fuhr sie erschrocken zusammen.

May Jensen stand vor ihr. „Tut mir leid. Ich wollte dich nicht erschrecken."

Wieso konnte ihre Zimmergenossin sie nicht in Ruhe lassen? „Ist schon okay. Ich ..."

„Alles in Ordnung?" Mays blasse Augen bohrten sich in sie hinein.

„War nur ein langer Tag." Ruth täuschte ein müdes Lächeln vor.

„Dann brauchst du eine ordentliche Mütze Schlaf. Kommst du mit rein?" May deutete auf Redgrave Hall.

Ruth konnte immer noch nicht glauben, dass ein Mädchen aus den Slums von Chicago an so einem Ort wohnen durfte. An das Herrenhaus im Tudorstil war eine prachtvolle weiße Fassade nach georgianischer Bauart gesetzt worden. Es gab einen Innenhof, elf Schlafzimmer – elf! –, und dabei hatte sie die Zimmer im Erdgeschoss noch gar nicht mitgerechnet.

Ruth öffnete die große Tür und hoffte, dass May das Zittern ihrer Hände nicht bemerkte.

„Ich soll die Männer *pflegen*, nicht mit ihnen *flirten*." Flo Oswald stand in der Eingangshalle neben einer weißen Marmorstatue, die Hände in die ausladenden Hüften gestemmt, die Brust überdeutlich nach vorn gestreckt. Ein halbes Dutzend Krankenschwestern faulenzte auf Sesseln. „Wir sind hier nämlich im Krankenhaus, nicht bei der U-S-O." Zur Betonung wackelte Flo bei jedem Buchstaben mit den Schultern.

„Ja, genau so macht sie!", rief eine der Schwestern lachend.

„Jemand sollte ihr mal sagen, dass sie von ihrem hohen Ross runterkommen soll."

„Hast du gerade", sagte Ruth.

Ein halbes Dutzend Köpfe drehte sich um. Ein halbes Dutzend Kinnladen klappte herunter. Flos Schultern fielen in sich zusammen.

Ruth maß die Gruppe kalten Blickes, lächelte dünn und eilte an ihnen vorbei durch die Tür in Richtung der ausladenden Treppe.

May lief ihr hinterher und merkte gar nicht, dass sie ignoriert wurde. „Hast du das wirklich gesagt? Das mit dem Krankenhaus und der USO?"

Ruth machte mitten auf der Treppe auf dem Absatz kehrt und sah in Mays leuchtende Augen. „Ja. Genau so."

May brach in Gelächter aus. „Gut gemacht. Für mich ist das hier das Werk des Herrn und es stört mich, wenn die Mädchen es wie eine Heiratsvermittlung behandeln. Da stehen wir nämlich alle schlecht da."

Ruth ließ sich zu einem Lächeln hinreißen. May war die Einzige, die sich um eine Freundschaft mit ihr bemühte, obwohl sie sie schon oft zurückgewiesen hatte. Ihre Hartnäckigkeit war anstrengend, aber Ruth bewunderte ihre Arbeitsmoral.

In ihrem Viererzimmer legte Ruth sich auf ihr Feldbett und holte Papier und Stift hervor.

May setzte sich auf ihren Platz daneben, nahm ihre Haube ab und strich ihr blasses Haar glatt. „Was machst du denn heute Abend?"

Ruth hielt den Stift hoch. „Briefe schreiben."

„Hör mal, ich weiß, du bist gern allein, aber Kate und Rosa und ich laufen nachher nach Bury St. Edmunds und gehen ins Kino. Egal, was läuft, Hauptsache, wir kommen mal weg vom Krankenhaus. Kommst du mit?"

May war zwar fast unansehnlich, aber ihr Lächeln hatte einen bezaubernden Glanz. Und wie lange war es her, dass Ruth eine Freundin gehabt hatte? Zehn Jahre. Zehn lange Jahre. Eine leise Sehnsucht erwachte in ihrem Herzen. Wäre es nicht schön, jemanden zum Reden und zum Lachen zu haben? Jemanden, dem sie vertrauen konnte?

Nein. Jedes Mal, wenn sie jemandem vertraute, wurde sie verletzt. Und außerdem: Die anderen Krankenschwestern mochten vielleicht Geld zum Ausgeben haben; Ruth musste für eine Familie aufkommen. Ihre Tanten und Onkel hatten zwar ihre Heime für die Waisenkinder der Dohertys geöffnet, aber um sie zu ernähren und einzukleiden fehlte auch ihnen das Geld.

Ruth sah auf das leere Blatt Papier. „Nein, tut mir leid. Ich bin mit dem Briefeschreiben schon in Verzug."

„Ach so. Du hast eine große Familie, oder? Na ja, vielleicht ein anderes Mal."

Ruth setzte den Stift an. „Oder auch nicht", flüsterte sie.

Kapitel 4

25. Mai 1943

„Bitte, Lieutenant. Ich verhalte mich auch ganz wie ein Gentleman."

„Das glaube ich Ihnen gern. Aber wie gesagt: Ich gehe nicht mit Männern aus."

Jack blinzelte. Nach und nach stellten seine Augen den Krankensaal scharf. Es war morgens und nach sieben, wenn Lieutenant Doherty da war. Und es musste Dienstag sein, weil sie jeden zweiten Sonntag und Montag freihatte. Die Tage verschwammen, aber durch den Schichtwechsel der Schwestern und die Veränderungen in der Atmosphäre, die er mit sich brachte, konnte man ungefähr mitrechnen. Lieutenant Oswald hatte die Nachtschicht und alle taten so, als würden sie schlafen, um ihren Flirtversuchen aus dem Weg zu gehen. Lieutenant Jensen sprang tagsüber während der Pausen ein und strahlte Ruhe und Optimismus aus. Aber Lieutenant Doherty hatte sich mit ihrer fröhlichen Tüchtigkeit als die beliebteste Schwester von allen herauskristallisiert.

„Dann vergessen wir das mit dem Ausgehen und heiraten gleich."

„Lass sie in Ruhe, Jones", knurrte Jack.

„Ach, komm schon. Ich mache doch nur Spaß."

„Keine Sorge, ich kann auf mich selbst aufpassen." Lieutenant Doherty kam zu seinem Bett herüber. „Wie geht es uns denn heute Morgen, Major?"

„Schon viel besser." Jack rollte herum, zuckte wegen der Schmerzen in seinem Hintern zusammen und ließ sich wieder auf den Bauch fallen. „Außer, wenn ich so dumme Sachen mache wie das eben."

Sie schmunzelte und schlug die Decke auf. „Haben Sie ein bisschen Geduld. Bald können Sie wieder sitzen, Sie werden sehen. So, und jetzt möchte ich mir das mal ansehen."

Jack legte das Kinn auf dem Kissen ab, um ihr beim Arbeiten nicht zusehen zu müssen. „Mussten die mich ausgerechnet genau da treffen? Was soll ich denn meinen Enkeln erzählen? Mein Bruder hat seinen Arm verloren, aber das ist immerhin noch ehrenhaft."

„Der Arme. Wie ist das denn passiert?"

„Eine Fw 190 hat ihn über Bremen erwischt. Er flog die B-17 im 306. Bombergeschwader."

„Tatsächlich? Wir hatten Patienten aus der Einheit bei uns, als ich in Diddington war."

„Da fällt mir ein, dass er in diesem Winter eine Lungenentzündung hatte. Vielleicht war er ja bei Ihnen – er heißt Walter Novak." Jack schaute über seine Schulter, aber mit ansehen zu müssen, wie eine hübsche Schwester seinen Allerwertesten verband, schlug ihm auf die Stimmung. Also drehte er sich wieder um.

„Walter Novak. Den Namen habe ich schon einmal gehört. Sieht er aus wie Sie?"

Jack schmunzelte. „Kein bisschen, abgesehen von den schwarzen Haaren und der Statur. Er ist nett. Hätte Sie auch nie belästigt."

„Hm." Das Schneidegeräusch der Schere verriet ihm, dass sie fast fertig war. „Ja, ich erinnere mich an ihn. Schüchtern, aber sehr sympathisch. Wie geht es ihm denn?"

„Er kommt bald nach Hause, aber ich mache mir Sorgen. Er ist völlig niedergeschlagen. Hat seinen Arm verloren, kann nicht mehr fliegen und das Mädchen, das er liebt, heiratet einen andern."

„Wie traurig." Lieutenant Doherty deckte Jack wieder zu. „Dann hat er sich nicht an meinen Rat gehalten."

„Welchen Rat?"

Sie setzte sich auf das leere Bett neben ihm. „Ihr zu sagen, was er für sie empfindet. Er hatte doch nichts zu verlieren!"

Jack rollte sich auf die Seite und stützte sich auf den Ellbogen. Es war unbequem, aber nicht schmerzhaft. „Genau das habe ich ihm auch gesagt, aber er wollte einfach nicht. Er ist ein typischer Dickkopf, wie alle Novaks."

„Hmm." Sie zog die Schublade im Nachttisch auf und sortierte die Utensilien. Obwohl ihre Hände nie ruhten, hörte sie trotzdem aufmerksam zu. „Sie haben zwei Brüder, richtig? Sind die alle so?"

„Mehr oder weniger. Obwohl Ray der mit dem kleinsten Dickkopf ist. Er hat das Herz eines Pastors."

„Aber Sie doch auch. Andauernd sorgen Sie dafür, dass die Männer sich benehmen."

Jack rieb die braune Wolldecke zwischen seinen Fingern. „Ich weiß nicht. Ich bin nicht zum Pastor geboren wie Ray. Er ist richtig heiß darauf, Predigten zu schreiben. Ich nicht. Ich quäle mich dabei. Deswegen bin ich auch gleich nach dem Studium zur US-Luftwaffe gegangen."

„War das der einzige Grund?" Dunkle Wimpern betonten ihren Seitenblick.

Mann, war die süß. Er grinste. „Nein. Ich musste einfach fliegen."

Schlagartig sah sie wieder in die Schublade. „Und nach dem Krieg? Was kommt dann?"

Nach dem Krieg? Darüber dachte Jack nicht viel nach und er wollte es auch gar nicht. Obwohl sich die Gesichter von vier toten Kopiloten in sein Gedächtnis gebrannt hatten, wollte er mit niemandem tauschen. Mit dem 7. Bombergeschwader war er schon von Pearl Harbor aus U-Boot-Abwehreinsätze geflogen, dann mit dem 19. von Townsville in Australien Aufklärungseinsätze über Neuguinea und den Salomon-Inseln. Und als seine kriegsmüde Staffel wieder in die Staaten verlegt worden war, hatte er eine langweilige Position als Fluglehrer abgelehnt und sich gleich wieder für den Luftkampf gemeldet. Anders als Ray.

„Nach dem Krieg?" Jack seufzte. „Vielleicht bin ich dann so weit, mich in einem hübschen kleinen Pfarrhaus niederzulassen. Und dann schreibe ich lauter gelehrte und aufrüttelnde Predigten."

„Das machen Sie sicher gut." Konzentriert sortierte sie Verbandsmull. „Ist ihr Bruder Ray auch so ein Gentleman?"

„Ja." Damit sein Arm nicht einschlief, setzte Jack seinen Ellbogen um.

„Kaum zu glauben – drei wohlerzogene Jungs in einer Familie. Ich meine, Sie und Ihr Bruder gehören zu den wenigen ledigen Männern, die noch keinen Annäherungsversuch bei mir gestartet haben. Ich ... also, jedenfalls danke." Sie schob noch immer Dinge in der Schublade hin und her, obwohl sie mittlerweile längst aufgeräumt sein musste.

„Gern geschehen." Jack wurde bewusst, wie sich ihr Verhalten geändert hatte. Plötzlich strahlte sie nicht mehr diese geschickte Mischung aus Freundlichkeit und Souveränität aus, sondern sie wirkte klein und verletzlich. „Das geht Ihnen bestimmt auf die Nerven. Man hat das Gefühl, es will jeden Tag einer mit Ihnen ausgehen."

„Mindestens einer pro Tag." Sie drückte das Schubfach zu und setzte wieder ihr souveränes Lächeln auf. „Keine Woche vergeht, ohne dass irgendein armer Kerl mir seine unsterbliche Liebe gesteht, und mein Monat ist nicht komplett ohne einen Heiratsantrag."

Jack lachte. „Da bin ich aber froh, dass ich darüberstehe."

„Ach tatsächlich? Sie haben mir auch schon einen Antrag gemacht."

„Was?" Ihm klappte die Kinnlade herunter.

„Schon gut." Lieutenant Doherty zog ein Thermometer aus ihrem Kittel und steckte es ihm in den offenen Mund. „Das war an Ihrem ersten Tag und Sie standen unter starkem Medikamenteneinfluss."

„Dasch tut mir leid", nuschelte er. Was hatte er sich noch alles geleistet?

„Vergeben und vergessen." Das Funkeln in ihren Augen verriet ihm, dass sie es auch so meinte.

Während das Quecksilber stieg, notierte Lieutenant Doherty Verschiedenes auf ihrem Klemmbrett. Jack sah sich in der Wellblechbaracke um, die aussah wie eine riesige in zwei Hälften geteilte Blechdose. Vier Kanonenöfen waren im Gang aufgereiht und auf jeder Seite standen zehn Betten, von denen aber nur acht belegt waren. Das Plus an Aufmerksamkeit störte ihn überhaupt nicht.

Nachdem Lieutenant Doherty das Thermometer wieder an sich genommen hatte, trank Jack einen Schluck Wasser, um den Geschmack des Desinfektionsalkohols loszuwerden. „Genug von den Novaks. Wie sind denn die Dohertys so?"

Sie schüttelte das Thermometer. „Ich glaube, wir haben kein Merkmal, das uns alle verbindet. Höchstens, dass wir hart arbeiten."

„Ihre Eltern waren bestimmt außergewöhnliche Menschen." Sie sprach nur in der Vergangenheit von ihnen, also waren sie wahrscheinlich schon tot.

„Ja, das stimmt." Lieutenant Doherty rieb mit dem Daumen über die Klemmbrettecke. „Pa hat in der Fabrik hart gearbeitet, bis er '32 stürzte und sich den Rücken brach. Invalide zu sein, das hat er nicht ausgehalten. Letzten Endes hat ihn das auch umgebracht. Blutgerinnsel in der Lunge. Und Ma hat sich wirklich zu Tode gearbeitet. Sie starb zwei Jahre nach Pa, kurz bevor ich mit der Ausbildung zur Krankenschwester fertig war."

Jack rutschte ein Stück hinunter und legte das Gesicht auf dem Kissen ab. „Und die Kinder?"

„Ich bin die Älteste. Drei von uns sind schon selbstständig: Ellen ist verheiratet und hat zwei Kinder. Harold ist bei der Marine. Die anderen vier leben aufgeteilt bei Tanten und Onkeln, aber es ging einfach nicht anders."

„Oh, Mann." Wieso hatte es die Dohertys so hart erwischt und die Novaks nicht mal annähernd?

„Aber Chuck ist nächstes Jahr mit der Schule fertig. Dann muss ich nur noch Bert, Anne und Maggie über die Runden bringen."

Ob sie wohl alle so schöne rote Haare hatten? Jack betrachtete genau, wie sie es unter die weiße Schwesternhaube gesteckt hatte. „Jetzt weiß ich die Namen von allen Dohertys, außer Ihren. Wie heißen Sie?"

„Für Sie?" Sie klimperte mit den Wimpern. „Sie dürfen mich Lieutenant Doherty nennen."

Jack lachte und salutierte. Das war mit Sicherheit die attraktivste Frau, die er je gesehen hatte.

Sie stand auf und legte ihm eine Manschette zum Blutdruckmessen an. „Ich weiß, ihr Jungs geht locker miteinander um, aber ich halte mich lieber an die militärische Ordnung."

„Kann ich verstehen. So bleibt die professionelle Distanz gewahrt."

Sie hielt inne und sah ihn an. „Genau. Das ist wichtig."

„Verstanden." Bei so vielen liebeshungrigen Männern brauchte sie ihren Abstand. Jack schwieg, während sie seinen Blutdruck und Puls maß. Anders als der Rest der Schwestern sah sie dabei nicht auf ihre Armbanduhr, sondern über die Schulter auf die Wanduhr. Dabei rutschte der Ärmel ihres Schwesternkittels nach oben und auf ihrem Handgelenk kam eine halbmondförmige Narbe zum Vorschein, wo sonst die Armbanduhr gewesen wäre. Jack hatte den leisen Verdacht, dass ihre Interpretation der militärischen Ordnung es ihr nicht gestattete, darüber zu reden. Also lieber bei der Familie bleiben.

„Wie alt ist denn die jüngste Doherty?", fragte er, nachdem sie fertig war.

Das warmherzige Lächeln machte sie nur noch schöner. „Maggie ist im April elf geworden. Ich habe gestern erst einen Brief von ihr gekriegt. Wie erwachsen sie schon klingt! Ihre Briefe lassen sich gut lesen, und dann erst ihre schöne Handschrift ... Wollen Sie mal sehen?"

„Natürlich." Der Schwesternstolz gefiel ihm.

Lieutenant Doherty zog einen Brief aus ihrer Kitteltasche und hockte sich neben das Feldbett. Jack stützte sich wieder auf seinen Ellbogen und war endlich einmal mit ihr auf Augenhöhe.

„Lesen Sie diesen Absatz." Sie zeigte auf die Mitte der Seite. „Sie beschreibt ihren Lehrer so gut, dass ich fast den Kreidestaub riechen kann."

Aber Jack sah auf den Seitenanfang, wo „Liebe Penny" stand. Er tippte auf den Namen und lächelte sie selbstzufrieden an.

Sie zuckte zusammen, als hätte er ihr den Brief um die Ohren gehauen.

„Keine Sorge", sagte er leise, „ich verrate es niemandem."

„Den Namen verwende ich schon lange nicht mehr. Ich kann ihn nicht ausstehen."

„Wegen Ihrer Haarfarbe?" Nach Kupfer sah es gar nicht aus, eher wie der Schrank aus Kirschenholz zu Hause in Antioch, aber Kinder hänselten einen wegen der verrücktesten Dinge.

„Nein, es ist nur ..."

Jack hatte sie noch nie nervös erlebt. Er fand das süß und anziehend. Ermunternd lächelte er sie an.

Sie schloss die Augen und atmete ein. „Also gut." Ihre Stimme war nur noch ein Raunen und sie beugte sich noch ein Stück näher zu ihm. „Ich heiße Penelope Ruth, aber seit ich von Zuhause weg bin, nenne ich mich nur noch Ruth. Das gefällt mir einfach besser."

„Ruth." Er kostete den Klang ihres Namens und die Nähe ihres Gesichts aus. „Passt zu Ihnen."

„Wirklich?"

Jack nickte und achtete darauf, den Blickkontakt zu halten. „Wann haben Sie zum letzten Mal das Buch Ruth in der Bibel gelesen?"

Ihr Blick zuckte zu dem Brief hinunter, den sie in der Hand hielt. „Oh, das ist schon eine Weile her."

„Lesen Sie es. Sie ist eine faszinierende Frau – willensstark, loyal gegenüber der Familie, fleißig und liebenswürdig. Genau wie die andere Ruth, die ich kenne."

Die andere Ruth, die er kannte, sah ihn mit großen Augen an. Ein goldener Ring lag um ihre Pupillen und Jack tippte darauf, dass auch um ihr Herz ein goldener Ring lag. Und er beschloss, der Mann zu sein, der ihn freilegen würde.

Kapitel 5

5. Juni 1943

Ruth steckte den Brief von Tante Pauline in die Tasche ihres Umhangs, lief an den schnurgeraden Blechbarackenreihen des Feldlazaretts vorüber und rieb sich verzweifelt die Stirn. Wie um alles in der Welt sollte sie das hinkriegen?

Redgrave Hall thronte westlich von ihr, aber Ruth folgte der Zufahrtsstraße, auf der die Krankenwagen angefahren kamen, in Richtung Süden, trat auf eine Wiese mit Bäumen und war in einer anderen Welt. Wie konnte eine einzige Familie so viel Land besitzen? Über achtzig Hektar? Ställe, Parks, Häuschen, Zwinger und sogar eine Orangerie, ein Gewächshaus nur für Zitrusfrüchte.

Wenn Ruth solche Ressourcen zur Verfügung gehabt hätte, säße sie nicht in der Klemme.

Als der amerikanische Kongress im Dezember die Verdoppelung des Gehalts von Krankenschwestern im Militärdienst beschlossen hatte, hatte Ruth gedacht, ihre Probleme wären gelöst. Zweiundvierzig Dollar pro Monat, da konnte doch selbst Tante Pauline sich nicht beschweren. Das war sicher genug, um die elfjährige Maggie einzukleiden und zu ernähren.

Aber Tante Pauline war scheinbar nie zufrieden.

Ruth setzte sich an dem kleinen, nierenförmigen See mitten im Redgrave Park ins Gras und umklammerte ihre Knie. Den Umhang hatte sie wie ein Zelt gegen die trübe Kälte um sich gelegt.

Irgendwie hatte sie in der Vergangenheit doch immer noch eine Galgenfrist bekommen. Tante Pauline hatte im Frühjahr '41 angefangen, sich zu beklagen. Aber dann war Harold zur Marine gegangen und Ruth hatte ihr Gehalt nicht mehr durch fünf, sondern nur noch durch vier teilen müssen. Im Frühjahr '42 waren wieder Beschwerden gekommen, aber plötzlich hatte es eine kleine Gehaltserhöhung gegeben. Neue Klagen im Herbst und dann die Gehaltsverdopplung im Dezember.

Aber jetzt? Woher sollte das Geld jetzt kommen? Beförderungen waren im Schwesternkorps der Army eine Seltenheit. Alle Schwestern hatten den untersten Offiziersrang eines Second Lieutenants, ausgenommen die Oberschwester, die First Lieutenant war. Aber mit dreiundzwanzig war Ruth noch zu jung und unerfahren, um als Oberschwester infrage zu kommen.

Bisher hatte sie ihre Probleme stets selbst gelöst, aber jetzt sehnte sie sich nach ein paar guten Ratschlägen und ihre Gedanken drifteten immer wieder zu Major Novak.

Was hatte sie nur mit diesem Mann? Sie dachte viel zu oft an ihn. Zum Glück würde er Ende des Monats entlassen und dann würde sie ihn niemals wiedersehen. Bis dahin könnte sie ihn ja ins Vertrauen ziehen. Er war zwar Pastor, aber so etwas Abgedroschenes wie „Harre auf den Herrn" würde er bestimmt nicht sagen. Denn warten war keine Option.

Ihr Magen meldete sich. Wie viel Zeit hatte sie eigentlich? Im Brief von heute beschwerte sich Tante Pauline, wie teuer alles geworden sei. Als Nächstes würden Nörgeleien zunehmen: Was für ein Opfer sie bringe, dass sie nicht wisse, wie lange ihr Geld noch reichen würde, ob Ruth nicht mehr schicken könne? Und als Letztes würde der Ton plötzlich kalt werden: Was für eine Schande es wäre, wenn Maggie ins Waisenhaus müsste.

Was danach kam, hatte sich Ruth nie getraut, auszutesten. Würde sie ihre Drohung in die Tat umsetzen? Wie viel Zeit blieb ihr noch?

Sie klammerte sich an den Rand ihres Umhangs. Egal, was sie tun musste – ganz egal –, eine Doherty würde nicht ins Waisenhaus kommen. Niemals.

„Guten Abend, Ruth."

Sie sah sich um. May Jensens Silhouette hob sich vom Abendhimmel ab.

„Hi", sagte Ruth schroff.

„Ich liebe diesen Ort. Ist es nicht schön hier?" May setzte sich knapp zwei Meter von Ruth entfernt hin und lehnte sich gegen einen Baum.

„Ich komme hierher, wenn ich allein sein will."

„Tu so, als wäre ich gar nicht hier. Ich habe mir was zum Lesen mitgebracht, die neuste *Army Nurse*. Kennst du die schon?"

„Nein." Ruth wandte sich ab und beobachtete die kleinen grauen

Wellen auf dem See. Sie wollte nicht reden, sondern über ihr Problem nachdenken.

Maggie konnte nirgendwo anders unterkommen, also musste sie bei Tante Pauline bleiben. Wo sollte Ruth nur das Geld auftreiben? Für ein eigenes Geschäft fehlten ihr sowohl das Produkt oder die Dienstleistung als auch die Lust. Nie wieder wollte sie mit so etwas anfangen.

Wenn sie Tante Pauline doch nur noch ein Jahr hinhalten könnte! Dann wäre Chuck mit der Schule fertig und sie könnte seinen Teil auf die anderen drei aufteilen.

Oder wenn wenigstens Harold von seinem Gehalt bei der Marine etwas beisteuern würde! Betrübt legte Ruth das Kinn auf den Knien ab. Aber das würde nicht passieren. Fünf Dollar hier, zehn Dollar da. Und Ellen konnte nichts beisteuern, jedenfalls nicht mit diesem trägen Ehemann, der noch nicht einmal seine eigene Familie ernähren konnte. Und außerdem hielt Ellen Ruths finanzielle Verantwortlichkeit nur für gerecht.

„Hm. Das klingt ja interessant."

Ruth verzog genervt das Gesicht. Wieso gingen manche Leute davon aus, dass jeder wissen wollte, was sie gerade lasen?

„Den Artikel über die Fliegenden Krankenschwestern solltest du unbedingt lesen."

„Oh?" Ruth musste zugeben, Fliegende Krankenschwestern klang nach Abenteuer, Unabhängigkeit und Verantwortung. Aber die Luftrettung hatte noch viel mehr Gegner als Befürworter und war erst in wenigen Fällen zum Einsatz gekommen.

May hielt die Zeitschrift hoch. „Hier steht, dass der erste Kurs der Luftrettungsschule auf dem Flugplatz Bowman Field in Kentucky gerade seinen Abschluss gemacht hat. Dreiunddreißig fliegende Krankenschwestern. Brigadier General David Grant – du weißt schon, der Flugchirurg – war auch da. Er soll so aufgebracht darüber gewesen sein, dass niemand ihnen Schwingen verleihen wollte, dass er der besten Schülerin seine eigenen Schwingen angeheftet hat und für den Rest welche anforderte."

„Unglaublich." Ruth bewunderte Grant sowieso schon dafür, dass er so für die Krankenschwestern eintrat, und das als Arzt. „Mit ihm an Bord hat die Luftrettung vielleicht wirklich eine Chance."

„Wäre das nicht toll? Das ist so ein Fortschritt für die Krankenpflege insgesamt."

Ruth drehte sich zu May hin. „Stell dir das mal vor. Ein Flugzeug voller Patienten, eine Krankenschwester und ein Sanitäter. Und wenn etwas schiefgeht, darf die Krankenschwester ran. Kein Arzt, den man erst fragen muss."

„Kein Arzt, der einen herumscheucht."

„Hört sich traumhaft an." Die beiden kicherten und sofort spürte Ruth, wie ihre innere Anspannung zurückkehrte. Wie hatte sie sich nur zu einem freundschaftlichen Gespräch hinreißen lassen können?

„Und das ist nicht der einzige Vorteil. Sieh dir das mal an." May blätterte um und hielt Ruth die Seite hin. „Die dürfen Hosen und Fliegeranzüge tragen. Sieht das nicht süß aus? All das, und dann kriegt man auch noch ein Sondergehalt."

„Sondergehalt?"

„Gefahrenzulage. Sechzig Dollar pro Monat."

„Sechzig Dollar?" Ruth streckte die Hand aus. „Darf ich ... darf ich das mal sehen?"

„Gerne." May gab ihr das Heft. „Mich würden sie nicht nehmen, ich bin zu klein. Aber hört sich das nicht super an?"

„Ja. Wunderbar." Sechzig durch vier machte fünfzehn Dollar extra pro Kind. Das würde Tante Pauline zufriedenstellen. Natürlich war es gefährlich, aber sie hatte ja auch noch ihre GI-Lebensversicherung über zehntausend Dollar. Das würde für alle Kinder bis zum Schulabschluss reichen.

Hastig blätterte sie weiter. Anforderungen, Anforderungen ... Da: Größe: 158 cm bis 183 cm, Gewicht: 48 kg bis 61 kg, Alter: einundzwanzig bis sechsunddreißig, abgeschlossene Krankenschwesterausbildung, Mitglied im Schwesternkorps der Army, mindestens sechsmonatige Erfahrung in einem Armeekrankenhaus. Ja, die Voraussetzungen erfüllte sie. Als Nächstes brauchte sie eine bestandene Tauglichkeitsuntersuchung der Stufe 3. Das war kein Pappenstiel, aber Ruth war gesund und stark. Und dann war da noch die Bereitschaft, in Frontnähe zu sein. Warum nicht? Sie hatte schließlich auch die Zeit der Großen Depression in Chicago überlebt. Die letzte Bedingung: der Wunsch zu fliegen.

Der Wunsch zu fliegen? Sie war noch nie geflogen. Natürlich war sie bereit dazu, aber ein Wunsch war etwas anderes, etwas Stärkeres. Major Novak hatte ihn. Seine Augen leuchteten, wenn er über Flugzeuge und das Fliegen sprach. Bei ihm klang das alles aufregend, verlockend und befreiend.

Ruth sah auf. Im Osten hatten die Wolken einen tiefen Violettton angenommen und am westlichen Horizont brannte eine orangefarbene Flamme ein Loch in die Wolkendecke. Wie es wohl war, über den Wolken zwischen all den Farben zu segeln und der Erde mit all ihren Zwängen und Problemen zu entfliehen, wenn auch nur für ein paar Stunden?

Sie umklammerte die Zeitschrift, ihre Hoffnung, ihre Lösung. Ja, sie verspürte den Wunsch zu fliegen.

Kapitel 6

23. Juni 1943

Der Rollstuhl ratterte den Weg entlang. Jack beugte sich nach vorn in den Wind und verlagerte sein Gewicht auf die rechte Hüfte, um die Stiche zu verringern. „Schneller, Charlie. Ich will abheben!“

„Noch schneller und die ganzen Fäden reißen. Ich will nicht von deiner Krankenschwester unter Beschuss genommen werden.“

„Lieutenant Doherty? Ihren Flakbeschuss nehme ich gern in Kauf. Das ist mir vielleicht eine ...“

Charlie schnaubte und bremste den Rollstuhl ab, um den Sanitäter nicht umzufahren. „Du bist mir vielleicht einer. Die arme Frau.“

„Sie kommt ganz gut allein klar.“ So viel Spaß ihm die frische Luft und der Besuch von Charlie auch machten, wollte er doch am liebsten schnell wieder zu Ruth. Natürlich, er respektierte ihren Wunsch und nannte sie Lieutenant Doherty, aber insgeheim war sie für ihn nur Ruth.

„Soll ich dir von dem neuen Stützpunkt erzählen?“ Charlie lenkte den Rollstuhl an der letzten Blechbaracke vorbei und schob ihn auf einen kleinen begrünten Hügel.

„Natürlich. Bleib mal stehen und lass mich raus aus diesem Ding.“ Jack ignorierte Charlies Angebot, ihm zu helfen, und drückte sich hoch in den Stand. Sofort wurde ihm schwindelig und stechende Schmerzen ließen ihn scharf einatmen. Vorsichtig ließ er die Luft langsam wieder aus seiner Lunge entweichen. Je früher er sich wieder bewegte, desto früher saß er wieder im Flugzeug und desto früher konnte er seine Pläne mit Ruth in die Tat umsetzen. „Und, wie ist Bury St. Edmunds?“

„Prima. Kaum zu glauben, dass sie uns zuerst nach Earls Colne verfrachtet hatten. Dabei sind die Startbahnen viel zu kurz für die B-17.“

„Typisch Armee.“ Jack biss die Zähne zusammen und ging einen Schritt, dann noch einen.

Charlie blieb an seiner Seite. „War aber kein Problem. Für Mittelstreckenbomber reicht Earls Colne, also haben wir mit den B-26 Marauders in Bury getauscht. Der Stützpunkt ist nicht schlecht und in der Stadt gibt es alles, was Männer brauchen – Läden und Pubs. Und die Stadt hat Flair. Es gibt sogar eine Abteiruine."

„Wohl der Lieblingsort der Krankenschwestern." Jack grinste und quälte sich weiter voran. Die Stadt und der Stützpunkt lagen knapp fünfzehn Meilen vom Krankenhaus entfernt. Sobald er entlassen wurde, wollte er jede Woche seine Kameraden im Krankenhaus besuchen, und dann konnte er auch gleich noch sonntags zum Krankenhausgottesdienst vorbeischauen, weil er den Geistlichen kannte. Und wenn er dabei Ruth über den Weg laufen sollte, dann war es eben so.

„Ach, unser neuer Kommandeur ist da."

Jack drehte sich um – zu schnell. Das Stechen und Charlies verschmitzter Blick ließen ihn zusammenzucken. „Wie lange wolltest du denn warten, bis du mir das sagst?"

„Bis jetzt. Colonel Frederick Castle."

„Castle. Hm. Wie ist er denn so?" Jack lief um den Rollstuhl herum.

Charlie setzte sich ins Gras und streckte die stämmigen Beine aus. „Solltest du dir nicht selbst ein Bild machen, Skipper?"

„Ja, aber jede Information ist hilfreich."

Charlie klopfte eine Zigarette aus der Schachtel und steckte sie sich zwischen die Lippen. „Ziemlich jung. Mitte dreißig. Hap Arnolds Patenkind."

„Was?" Jack sah seinen Freund ungläubig an. „Hap Arnold? Der Oberbefehlshaber der ganzen US-Luftwaffe?"

Charlie nickte. „Sein Patenkind."

„Wow." Jack setzte seine Umrundungen fort. Selbst wenn der Colonel ein Problem darstellte, wäre er damit unantastbar. Auf der anderen Seite: Stellte Jack sich mit Castle gut, stellte er sich mit Arnold gut.

„Aus West Point. Die Männer sind vielleicht begeistert, sage ich dir."

„Kann ich mir vorstellen." Das Letzte, was die Piloten wollten, war einen geschniegelten Helden.

„Aber was ihnen so richtig gegen die Hutschnur geht, ist, dass er direkt aus dem Hauptquartier kommt. Generalstabschef für die Versorgung der Luftwaffe."

„Lass mich raten. Kampferfahrung hat er keine und Logistik liegt ihm mehr als Menschen."

„Ach komm, Novak. Wart's ab und bild dir deine eigene Meinung."

„Keine Angst. Du weißt, dass ich ihm eine Chance gebe." Jack umkreiste den Rollstuhl und genoss das Gefühl seiner arbeitenden Muskeln. „Außerdem komme ich mit allen gut klar. Ich muss nur herausfinden, wie ich meine Männer am besten bei der Stange halte." Wenn Castle sich als unbeliebt herausstellte, würde das die Sache etwas verkomplizieren. Jack musste schließlich sowohl die Regeln beachten als auch die Kampfesmoral der Männer aufrechterhalten.

Er verschränkte die Hände und streckte die Arme weit nach oben. Fühlte sich gut an. „Wie kommt Babcock denn mit meiner Staffel klar?"

Charlie lachte, dass die Zigarette in seinem Mund wippte. „Du kannst es nicht ertragen, dass jemand auf deinem Stuhl sitzt, was?"

„Solange er weiß, dass es nicht auf Dauer ist ..."

Charlie lachte erneut. „Vielleicht in unserer Staffel, aber Castle wird ihm garantiert eine neue unterstellen. Von den vier Staffelkapitänen haben wir schon zwei verloren und du bist im Krankenhaus. Und dank Babcock hat die Moral der Männer nicht gelitten, obwohl das 94. Geschwader in neun Einsätzen sechzehn Flugzeuge verloren hat."

Jack schwang die Arme nach hinten und streckte sich weiter. „So gut ist er also?"

„Ja." Charlies rundes Gesicht mit den blassblauen Augen spiegelte Belustigung wider. „Er ist ein guter Pilot und der geborene Anführer. Du weißt, dass sein Dad im Repräsentantenhaus sitzt."

Jack knurrte und stapfte um Charlies Füße. „Nein, das wusste ich nicht."

„Noch nie von ‚Baby-Face' Babcock gehört?"

„Der Hitzkopf aus Indiana?"

„Illinois."

„‚Baby-Face' Babcock? Er sieht überhaupt nicht danach aus." Wie konnte ein Pastor aus der kalifornischen Provinz mit einem Politiker aus Washington um eine Beförderung konkurrieren? „Ein Politiker. Na wunderbar."

„Keine Angst. Du kriegst deine Staffel zurück. Er ist zwar gut, aber nicht so gut wie du."

Jack lächelte zufrieden. Sein Bombenschütze traf mal wieder genau ins Schwarze. „Du nimmst wohl Unterricht bei ihm?"

„Irgendwie muss ich ja den Krieg überstehen."

„Und ich muss schleunigst wieder dorthin." Jack ließ sich in den Rollstuhl sinken. „Und dafür brauche ich gute Pflege. Bring mich nach Hause, Skipper."

„Hey, das sage ich doch sonst immer." Charlie schob den Rollstuhl über die Kante und ließ ihn bergab immer schneller werden. Gemeinsam rasten sie den Weg entlang und Jack feuerte Charlie an, bis sie bei Station sieben angekommen waren.

Ruth und Lieutenant Jensen unterhielten sich am anderen Ende der Blechhütte gerade über ein Patientenblatt, als Jack und Charlie eintraten. Ruth war wohl eben von ihrer Pause zurückgekehrt. Jetzt konnte er Charlie Lieutenant Jensen vorstellen. Jack stand vorsichtig auf, suchte Blickkontakt mit ihr und winkte sie zu sich herüber. Ihr Blick sprang von ihm zu Charlie und wieder zurück, dann hob sie eine Hand. Später. Also nie.

„Die Schwestern hier sind vielleicht scheu", sagte Jack.

„Das passiert mir bei den Frauen ständig." Charlie gab Jack zum Abschied die Hand.

Nachdem Charlie gegangen war, kroch Jack ächzend in sein Bett und lehnte sich gegen das harte Metallgestell am Kopfteil. Es war alles andere als bequem, aber er sah Ruth gern beim Arbeiten zu. Jack schmunzelte. Ein Patient, der sich in seine Krankenschwester verliebt, das musste so ziemlich das älteste Klischee überhaupt sein.

Seit er ihr von seinen Plänen erzählt hatte, sonntags vorbeizuschauen, hatte sich ihr Verhalten ihm gegenüber geändert. Sie würde zwar wie immer gleich zu ihm kommen und ihre Routineaufgaben erledigen, aber forsch und knapp. Dann würde sie sich mit allen anderen Patienten unterhalten außer mit ihm. Es würde Stunden dauern, bis er sie in ein Gespräch verwickeln konnte.

Ob sie herausgefunden hatte, dass er in sie verschossen war? Aber wieso sollte sie das stören? Schwärmereien ließen sie doch kalt. Oder beruhte das Ganze etwa auf Gegenseitigkeit?

Jack lächelte in sich hinein und nahm ein Buch vom Nachttisch, um beschäftigt zu wirken. Ja, das würde sie ordentlich aus der Fassung bringen. Sie, die nie mit Männern ausging.

„Sie scheinen ja gute Laune zu haben, Major." Ruth stand an seinem Fußende und hielt das Klemmbrett schützend vor sich.

‚Jack' würde sich aus ihrem Mund bestimmt noch schöner anhören.

Er legte das Buch beiseite. „Ich hatte netten Besuch von Charlie. Und Dr. Hoffman sagt, ich werde nächste Woche entlassen."

„Da freuen Sie sich bestimmt."

„Ich wünschte, es wäre schneller gegangen. Dann hätte ich nämlich Walt noch gesehen, bevor er nach Hause geflogen ist. Aber ja, ich freue mich. Und Sie? Sie werden mich vermissen, nicht wahr?" Er zwinkerte ihr zu.

„Und wie", antwortete sie und verdrehte die Augen. „Auf den Bauch drehen, bitte. Verbandswechsel."

Ruths Schweigen, während sie arbeitete, machte ihn nur noch neugieriger. So einfach würde er sie nicht vom Haken lassen. Bald darauf hörte er das Schnippeln der Schere und sie war fertig.

Jack hievte sich in Sitzposition. „Sie werden gar keine Chance haben, mich zu vermissen. Weil Sie hier zum Gottesdienst gehen, wie ich weiß, und wenn ich sonntags nicht fliegen muss, dann sehe ich Sie dort."

„Das stimmt." Sie starrte auf das Klemmbrett.

„Was machen Sie denn sonntagnachmittags?"

Ruths Blick durchbohrte ihn. „Ich gehe nicht mit Männern aus, Major."

Jack lachte auf. „Hoppla. Das sollte keine Einladung zum Rendezvous sein. Keine Sorge." Diese Frau brauchte eine indirekte, kreative und strategische Vorgehensweise; aber zum Glück hatte er mit Lt. May Jensen schon eine Verbündete an Land gezogen.

„Gut", seufzte Ruth erleichtert. „Ich hatte Sie auch für vernünftiger gehalten."

Nicht vernünftiger, nur raffinierter. „Tut mir leid. So hatte ich das nicht gemeint. Ich wollte fragen, was Sie in Ihrer Freizeit so machen. Denn anscheinend gehen Sie nicht aus und irgendwelche Freunde haben Sie in der Vergangenheit auch nicht erwähnt."

„In meiner Freizeit?" Ruth legte den Kopf schief und zuckte mit den Schultern. „Ich lese. Gehe spazieren. Drehe jeden zweiten Montag meine Runde in der Stadt. Oder ich gehe ins Kino, wenn noch so viel Geld übrig ist."

Ja, er hatte sie wieder in Verlegenheit gebracht. „Allein", sagte er.

Sie schob das Kinn vor. „Ja, allein. Dafür muss ich mich wohl nicht rechtfertigen."

Wenn er nicht aufpasste, würde er noch auf der Startbahn eine

Bauchlandung hinlegen. Er seufzte, rückte auf eine Seite des Betts und bedeutete ihr, sich hinzusetzen. „Das sollte kein Angriff sein. Es ist nichts Falsches daran, etwas allein zu tun. Kommen Sie. Setzen Sie sich."

„Ich muss arbeiten."

Jack sah sie vielsagend an. Ihre Runde war beendet und sie hatte Zeit. Er tätschelte die freie Stelle auf dem Bett. „Komm, mein Kind. Setz dich und sprich mit Pastor Novak."

Ein Lächeln huschte über ihr Gesicht. „Wartet auf mich jetzt ein Gespräch beim Seelsorger?"

Jack stöhnte. „Wenn Sie mein Abschlusszeugnis gesehen hätten, würden Sie mich das nicht fragen."

Sie setzte sich, aber auf das leere Bett rechts neben seinem. „Also sind Sie ein toller Pilot, aber nur ein mittelmäßiger Pastor?"

„Mh-mh." Er winkte mit dem Zeigefinger ab. „Wir sprechen gerade über Sie."

„Warum ich so komisch bin?" Ihre Augen blitzten. „Haben Sie das noch nicht gemerkt? Männer lieben mich, Frauen hassen mich, und ja, ich sehe den Zusammenhang."

Jack lachte. „Lieutenant Jensen hasst Sie nicht."

„Sie ist ja selbst komisch."

„Hört sich nach einer guten Freundin an, aber Sie scheinen sie nicht zu wollen." Jack verschränkte die Hände hinter dem Kopf und lehnte sich an das kalte Bettgestell. „Und Sie sind eine attraktive Frau, aber gehen nicht mit Männern aus."

„Bin ich noch nie."

„Noch nie? Sie hatten noch nie einen Freund?"

Sie schob sich eine Haarsträhne hinters Ohr. „Na ja, in der Schule hatte ich Freunde, aber ... nicht mehr seit der achten Klasse."

Jacks Mund stand noch immer offen, aber er konnte sich nicht dazu bringen, ihn zu schließen.

Ruth setzte sich gerade hin. „Ich gehe in meiner Arbeit auf und widme mich meiner Familie. Herumzuflirten würde da nur stören. Und außerdem: Wenn ich heiraten würde, könnte ich mich nicht mehr um die Familie kümmern. Wieso sollte ich mich also überhaupt auf die Suche nach einem Mann machen?"

Jack wog verschiedene Antworten ab – dass die Liebe das Leben bereicherte, dass ein guter Mann ihre Familie unterstützen würde, dass er ihr zeigen würde, was für ein wunderbarer Mensch sie war –, aber ihre Frage war rhetorisch gemeint. Irgendetwas war da, vermutlich irgendein Idiot, der ihr das Herz gebrochen hatte, aber bis Ruth ihm vertraute, musste er ihre Geschichte so akzeptieren, wie sie sie darstellte.

„Ihre Familie kann wirklich froh sein, Sie zu haben. Irgendwann wird Ihr Fleiß sicher belohnt." Jack sah Ruth unverwandt an, bis sie wegschaute.

Lt. Ruth Doherty war ein hartes Stück Arbeit. Aber Jack liebte Herausforderungen.

Kapitel 7

Sonntag, 4. Juli 1943

Ruth saß in Ausgehuniform auf ihrem Bett, wartete auf den Gottesdienst und schlug ihre kleine schwarze Lederbibel auf. Das Buch Ruth. Schon wieder.

Seit Major Novak es ihr empfohlen hatte, hatte sie es jeden Tag gelesen. Irgendetwas an der Geschichte berührte sie. Diese Ruth erlitt große Verluste, klammerte sich an ihre Familie und lebte als Außenseiterin, und doch schenkte ihr Gott Boas, der für sie sorgte und die Männer auf Linie hielt.

Für sie hielt Major Novak die Männer auf Linie.

Ruth verdrängte den Gedanken und konzentrierte sich auf den zwölften Vers in Kapitel zwei. Boas sagte zu Ruth: „Der Herr, der Gott Israels, unter dessen Flügeln du Zuflucht gesucht hast, soll dir das vergelten und dich reich dafür belohnen."

Zuflucht und Schutz hörten sich gut an, aber dafür war Vertrauen nötig. Und obwohl Ma immer gesagt hatte, dass man Gott vertrauen könne, wusste Ruth es besser. Gott hatte Ma nicht geholfen, die Geldbüchse zu füllen oder das Schulgeld für Ruths Ausbildung zu bezahlen. Das war Ruth selbst gewesen.

„Bist du bereit?"

May Jensens Stimme erschreckte sie und sie klappte reflexartig die Bibel zu. „Oh. Noch nicht." Die Einladung, gemeinsam zum Gottesdienst zu laufen, hing in der Luft und Ruth musste sie loswerden. „Geh doch schon vor."

„Na schön. Ich halte dir einen Platz frei."

Wie sollte sie aus dieser Sache bloß herauskommen? Ruth seufzte und schlug die Bibel wieder auf. Den Vers konnte sie längst auswendig, aber sie wollte ihn schwarz auf weiß sehen, die Verheißung auf Belohnung für harte Arbeit selbst lesen.

„Irgendwann wird Ihr Fleiß sicher belohnt", hatte Major Novak gesagt.

Ruth stöhnte auf. Er war nicht ihr Boas. Sie hatte keinen Boas.

Sie ging zu den Strümpfen, die sie auf einer Leine zwischen zwei uralten Wandleuchtern aufgehängt hatte. Immer noch klamm, wie alles hier in England. Und wie Ruth. Sie musste klamm im Kopf gewesen sein, um einen Patienten so nah an sich heranzulassen!

Der Major war vor einer Woche entlassen worden, aber sie ertappte sich immer wieder dabei, wie sie zu seinem Bett sah, wo inzwischen ein weinerlicher Bombenschütze mit leichten Erfrierungen lag. Andauernd musste sie an Major Novaks Humor, seine Klugheit und sein galantes Benehmen denken. Und heute wollte er zum Gottesdienst kommen. Wieso konnte er nicht ein braver kleiner Patient sein und verschwinden, wenn er entlassen wurde?

Ruth befühlte den khakifarbenen Unterrock aus Kunstseide, aber er war auch noch nicht trocken. Was war nur mit ihr los? Flotte Piloten gab es hier so häufig wie Schlamm, Fahrräder und Chipped Beef auf Toast.

Warum dachte sie überhaupt an ihn? Selbst wenn er ein normaler Mann wäre, käme er nicht infrage. Aber er war nicht normal. Er war ein Pastor, Himmel noch mal! Ein Pastor und Ten-Penny Doherty?

Ein Lachen sprudelte aus ihr heraus. Hastig schlug sie sich die Hand vor den Mund, aber das Zimmer war ohnehin leer.

Ruth griff nach ihrer Bibel und lief entschlossen den langen Flur entlang. Major oder kein Major, sie würde zum Gottesdienst gehen, so wie sie es Ma vor ihrem Tod versprochen hatte. Im Gottesdienst hörte sie die Lieder, die Ma immer vor sich hingesummt hatte. Im Gottesdienst las man die Verse, die Ma immer zitiert hatte. Im Gottesdienst hatte Mas Gesicht trotz aller Widrigkeiten geleuchtet.

Ruth zog die große Eingangstür auf und die Sonnenstrahlen trieben ihr Tränen in die Augen. Ma hatte inneren Frieden gehabt, weil sie den Herrn geliebt hatte und er sie. Ma war gut gewesen, aber Ruth ...

„Gott aber erweist seine Liebe zu uns darin, dass Christus für uns gestorben ist, als wir noch Sünder waren."

Mas Lieblingsvers. Ruth schnaubte wütend. Für wen auch immer das galt – für sie jedenfalls nicht. Egal, wie oft sie um Vergebung gebeten hatte, ihre Sünde und die Strafe hingen wie dicke, schwarze Wolken über ihr. Gott liebte sie nicht. Er hatte ihr noch nie gezeigt, dass ...

„Jesus is für Sie gestorm. Mehr brauchn Sie nich zu wissn."

Sie knurrte und lief schneller. Major Novak, May Jensen, der Allmächtige – warum konnten sie sie nicht einfach in Ruhe lassen?

Sie hatte einfach kein Glück.

Sobald Ruth die Blechhütte betrat, die als Kirchenraum diente, stürzte sich May auf sie, griff nach ihrem Arm und zog sie den Gang hinunter. „Jack hat Plätze für uns frei gehalten."

„Jack?"

„Major Novak."

Ruth wusste, wie er hieß, aber seit wann nannte May ihn beim Vornamen? May führte sie zu der Reihe, in der Ruth auch sonst saß. Major Novak stand auf und ließ ein Lächeln aufblitzen. Wie hatte sie nur ihren Vorsatz außer Acht lassen können, ihrer Zimmergenossin und ihrem ehemaligen Patienten um jeden Preis aus dem Weg zu gehen? Wieso hatte es nur so weit kommen können? Wie?

Der Major hatte im Krankenhemd schon gut ausgesehen, aber in Ausgehuniform – es war einfach nicht fair. Das khakifarbene Hemd mit der Krawatte, das olivbraune Jackett samt Hose, das goldene Blatt des Majors auf den Schulterstücken, die silbernen Schwingen und die Reihe von Medaillen auf der Brust – jeder Mann sah darin gut aus, aber dieser hatte es noch nicht einmal nötig.

Aber es kam noch schlimmer: Ruth spürte eine Verschiebung, eine beunruhigende Neuordnung von Rang und Position. Im Krankenhaus hatte sie über ihm gestanden, aber hier stand er über ihr, und die Machtverschiebung schnürte ihr die Kehle zu.

Sie streckte das Kinn nach vorn, um den Atemweg frei zu machen. „Guten Morgen, Major. Schön, Sie wieder in voller Montur zu sehen."

Er lachte und zeigte auf die freien Plätze. „Ladys?"

Ruth drängelte sich vor. Neben May würde sie ja sitzen, wenn es unbedingt sein musste, aber nicht neben diesem Mann.

Er lächelte sie verlegen an. „Die Damen werden verzeihen, wenn ich so lange wie möglich stehen bleibe."

„Ruth, guck mal." May klopfte auf ein blassblaues Kissen neben ihr.

Der Major zuckte zusammen und stupste das Kissen mit dem Knie an. „Das hat Grandma gemacht. Wahrscheinlich hat sie dafür alle Gänse und Enten auf der Farm gerupft. Ich höre fast das ganze Geschnatter und sehe, wie Grandpa wütend herumstapft und Grandma anbrüllt: ‚Was zum Henker soll das werden, Nellie?'"

Ruth musste lachen und das zufriedene Lächeln des Majors weckte sehnsuchtsvolle Erinnerungen an ihre Gespräche auf Station. Er hatte sie angefleht, ihm von ihrer Zeit in den Slums von Chicago zu erzählen, und fand das anscheinend alles sehr aufregend. Sie bevorzugte seine Geschichten von den drei kleinen Jungs, die unter freiem Himmel im Gras oder am Fluss gespielt hatten.

May tätschelte das Kissen. „Der Gottesdienst fängt an."

Major Novak legte die Stirn in Falten und setzte sich vorsichtig. Dann flüsterte er May etwas ins Ohr und Ruth spürte ein säuerliches Gefühl in sich aufsteigen.

Sie beschloss, es zu verdrängen und sich lieber vorzustellen, neben ihr säßen ihre Eltern und nicht die Kollegin und der Pilot. Ihre Brüder und Schwestern reihte sie auf der anderen Seite neben sich auf, die kleine Maggie nahm sie auf den Schoß. Dann ließ sie sich von den Liedern, Texten und der Predigt in eine Zeit tragen, in der alles gut war, ihre Familie komplett und Gott ein gütiger Gott.

Als Schlusslied sagte der Geistliche die Nummer 269 an.

Mit einem Schlag war Ruth wieder in der Gegenwart, in der Realität, wo ein strenger Gott sie verfolgte.

Ruths Stimme war dünn und kratzig. Das Lied schien nicht sehr bekannt zu sein, aber Ruth wusste jetzt schon, dass sie es nicht wieder vergessen würde.

Lobe den Herren, der alles so herrlich regieret,
der dich auf Adelers Fittichen sicher geführet,
der dich erhält, wie es dir selber gefällt;
hast du nicht dieses verspüret?

Lobe den Herren, der künstlich und fein dich bereitet,
der dir Gesundheit verliehen, dich freundlich geleitet.
In wie viel Not hat nicht der gnädige Gott
über dir Flügel gebreitet!

Lobe den Herren, der deinen Stand sichtbar gesegnet,
der aus dem Himmel mit Strömen der Liebe geregnet.
Denke daran, was der Allmächtige kann,
der dir mit Liebe begegnet.

Wieso musste Gott sie verspotten? Ströme der Liebe und Adelers Fittiche galten wem auch immer. Sie hatte nichts davon verdient. Das hatte er ihr an jenem Tag in der kleinen Gasse sehr deutlich gemacht.

Ruth klappte das Gesangbuch zu und legte es auf die Bank, aber als sie sich umdrehte, versperrte ihr Major Novak den Weg.

„Einen Augenblick, Lieutenant. Ich muss Sie etwas fragen."

Ruth hatte Mühe, sich zu konzentrieren. „Oh?"

„Was sind Ihre Pläne für heute Nachmittag?"

Pläne? Oh nein, darauf war sie nicht gefasst. Er wusste, dass sie jeden zweiten Sonntag freihatte. Was war jetzt die beste Ausrede? Briefe? Waschtag? Was nur?

May hängte sich ihre Handtasche um. „Jack, ich habe dich gewarnt. Sie hat garantiert eine Ausrede."

„Eine Ausrede? Das würden Sie doch nicht tun, oder?" Major Novak zwinkerte ihr zu.

Unter dem Druck seines Zwinkerns gaben ihre Knie nach und ihre Ausreden blieben ihr im Hals stecken. „Nein."

„Na prima!", sagte May. „Am Unabhängigkeitstag sollte man nämlich nicht allein sein."

Ruth umklammerte ihre Bibel fester. Was war bitteschön falsch am Alleinsein?

„Und ich habe dich gewarnt, May." Der Major zeigte auf Ruth. „Sieh dir ihr Kinn an. Sie geht in die Defensive."

Ruth zwang sich, ihre Kinnmuskulatur zu lockern. „Tue ich nicht."

„Schön", sagte er. „Lassen Sie mich erklären, was ich vorhabe. Sie haben mich anderthalb Monate gepflegt. Ich möchte mich bei Ihnen bedanken und Sie beide auf ein Picknick einladen."

Sie beide? Ruth entspannte sich und merkte einen Augenblick später, dass es jetzt keine Ausrede mehr gab. „Ein Picknick?"

„Ja. Ich habe Schinken und Käse aus der Stadt. Hab meine Zigarettenration eingetauscht. Kaum zu glauben, was die Leute für ein paar Sargnägel hergeben."

„Schinken? Und Käse? Nicht übel." Die Rationierung war in England viel strenger als in Amerika.

„So ist es." Er nickte wie üblich, ohne den Blick von ihr zu wenden. „Kommt ihr mit?"

Ohne passende Ausrede blieb ihr nur die Wahl zwischen annehmen oder schrecklich unhöflich sein. Und nach all seiner Freundlichkeit brachte sie es nicht übers Herz, unhöflich zu sein. Sie setzte ein Lächeln auf. „Was könnte patriotischer sein als ein Picknick am vierten Juli?“

Als sie draußen waren, stieg May auf ein Fahrrad, auf dessen Gepäckträger ein großes Bündel geschnürt war. „Ich darf den Packesel spielen, weil unser lieber Major noch nicht wieder Fahrrad fahren kann. Ich dachte, wir fahren an die Stelle beim See, die uns beiden so gefällt.“

Uns beiden? Aus Mays Mund klang es so, als wären sie Busenfreundinnen, die miteinander flüsterten und kicherten. Dabei hatten sie nur ein gutes Gespräch gehabt. Ein einziges.

„Ich kann noch fast überhaupt nichts.“ Major Novak schaute griesgrämig zum aufgelockerten Himmel, während sie den Weg entlangschlenderten. „Meine Staffel ist gerade im Einsatz. Sollte ungefähr jetzt über ihrem Ziel sein.“

Ruth betrachtete sein Gesicht. „Nichts ist trauriger als ein Vogel mit gestutzten Flügeln.“

Er lächelte matt. „Dieser alte Vogel kann zum Glück nur übergangsweise nicht starten. Und Kasernendienst ist gar nicht so schlimm, wie ich dachte. Ich kann den neuen Kommandeur beobachten und lernen, wie er die Dinge so macht.“

„Mögen Sie ihn denn?“

Er zuckte mit den Achseln. „Castle ist kein Mann, den man mag. Dafür ist er zu förmlich. Aber ich habe großen Respekt vor ihm. Er ist so fleißig wie kein anderer. Hat ein paar Einsätze geflogen, bevor er zum 94. Geschwader kam, nur um zu sehen, wie das ist. Aber ohne sich dabei zu erkennen zu geben! Wollte wohl nicht die Aufmerksamkeit auf sich ziehen. Beeindruckend. Die Männer jammern, aber er bringt sie auf Zack.“

„Sie auch?“

„Ach wo. Entweder ihm gefällt, was ich tue, oder er hatte Mitleid mit meinem zerschossenen Allerwertesten.“

„Dann bestimmt Mitleid, Major. Ich habe Ihren Allerwertesten gesehen.“

Mays Lachen erschallte vom Fahrrad. „Jetzt geht es ihm ja wieder gut. Wir schicken einen Bericht an Castle und dann sind Sie fällig!“

Major Novak funkelte Ruth an. „Vielen Dank auch.“

„Gern geschehen.“ Sie fühlte sich gleich besser, jetzt, wo das Verhältnis zwischen Krankenschwester und Patient wiederhergestellt war.

Am See lehnte May das Fahrrad an einen Baum. Die beiden Frauen breiteten eine braune Armeedecke im Gras aus und setzten sich darauf, während der Major sich streckte.

„Hier, Eis.“ Er stellte einen Eimer vor sich. „Gestern hatten die Männer einen Übungseinsatz, also habe ich einfach einen Eimer mit Wasser ins Flugzeug gestellt. In zwanzigtausend Fuß wird es nämlich mächtig kalt.“

May malte einen Schnörkel in das Kondenswasser auf dem Eimer. „Das ist ja clever.“

„So kriegen die Männer das Eis für die Partys.“ Er wickelte ein kleines Paket aus braunem Papier auf, zog ein Taschenmesser hervor und schnitt einen goldenen Streifen Käse ab. Mit einem spitzbübischen Lächeln hielt er ihn Ruth hin. „Du kriegst das erste Stück, wenn ich dich beim Vornamen nennen darf.“

Sie starrte ihn mit offenem Mund an. „Sie wissen, was ich von der militärischen Ordnung halte.“

„Ich weiß auch, was du von Käse hältst. Und wenn du mich Jack nennst, gibt es auch noch Schinken dazu.“

Ruth richtete sich auf. „Also gut. Dann esse ich eben in der Kantine.“

„Wieso? Wir haben echten englischen Cheddar und Schinken. Und Cracker und Johannisbeermarmelade, nicht dieses Orangenzeug.“

„Johannisbeer?“ Sie ließ sich wieder auf die Decke sinken. Sie hatte die Orangenmarmelade so satt. Und Käse? Für gutes Essen tat ein armes Mädchen alles, das wusste er, oder?

„Also schön ...“ Ihre Zunge wollte sich verknoten. „Jack.“

„Das ist doch schon viel besser.“ Ein Lächeln breitete sich auf seinem Gesicht aus. „Ruth.“

Nur ein Name, nur eine Silbe, aber er sagte ihn wie eine Liebkosung. Er wusste es also. Sie konnte es in seinen Augen sehen, als er ihr den Käse gab. Ruth ließ ihn sich auf der Zunge zergehen und genoss, wie er ihre Geschmacksnerven reizte.

„Na wunderbar“, sagte May. „So viel zum Sonnenschein.“

Ruth sah gerade noch, wie eine Wolkenwand den letzten Sonnenstreif auslöschte. „Warum ist England nur so grau?“

Major Novak – Jack – kämpfte sich derweil mit dem Messer durch den Schinken. „Hier unten ja, aber nicht da oben. Wenn man hoch genug fliegt, ist der Himmel immer blau."

„Das würde ich zu gern mal sehen." Ruth versuchte sich vorzustellen, wie es wäre, über dem Grau zu segeln.

„Das wirst du auch." Er hielt ihr eine Scheibe Schinken hin. „Du wirst fliegende Krankenschwester. Das weiß ich einfach."

Ruth nahm den Schinken und entspannte sich. Wenn er auf eine Liebelei aus wäre, würde er nicht wollen, dass sie fortging. Stattdessen unterstützte er sie und machte ihr Mut. Sie legte den Schinken zwischen zwei Cracker. „Wäre es nicht toll, wenn wir einfach abheben könnten und diese verhangenen Tage hinter uns lassen?"

„Können wir doch, im Gebet." May lachte verlegen. „Ja, ich weiß, das klingt abgedroschen, aber es stimmt doch, oder? Egal, wie grau das Leben ist, das Gebet hebt dich hoch, bis in den klaren blauen Himmel voller Hoffnung."

Plötzlich schmeckte der Cracker trocken. Hoffnung? Ihre einzige Hoffnung war, durchzuhalten und ihre Verpflichtungen zu erfüllen. Klar und blau war da nichts dran.

Jack schmierte Marmelade auf einen Cracker. „Grau und verhangen, da kannst du ja ein Lied von singen, May."

Was wusste die immer fröhliche, zufriedene May Jensen schon von trüben Tagen? Als May jedoch rot wurde und zu Boden sah, merkte Ruth, dass sie über diese Frau nichts weiter wusste, als dass sie aus Minneapolis kam.

„Hast du ihre Geschichte je gehört?", fragte Jack.

Ruth verspürte Gewissensbisse. „Nein."

„Da gibt es auch nichts zu erzählen." May stapelte umständlich Käse und Schinken auf einen Cracker.

„Und ob", antwortete Jack. „Ihr habt viel gemeinsam. Zum Beispiel seid ihr beide Waisen."

Ruth sah ihre Kollegin ungläubig an. Na gut, sie hatte nie von ihrer Familie erzählt, aber May sprach generell nicht über sich. Sie fragte lieber und hörte zu und Ruth hatte nie nachgehakt. „Du ... du hast deine Eltern auch verloren?"

May wand sich. „Meine Mutter ist bei meiner Geburt gestorben und mein Vater hat die Grippeepidemie nicht überlebt, als ich noch ein Baby war."

Wenigstens hatte Ruth ihre Eltern kennengelernt. „Also bist du bei Verwandten aufgewachsen?"

„Nein. Ist eine lange Geschichte." Mays Wange zuckte. Es war ein kurzes Aufblitzen ihres Schmerzes und plötzlich dämmerte es Ruth, warum May sie als Freundin wollte.

„Aber wer ... wo ..."

May sah sie an. „Ich bin im Waisenhaus aufgewachsen."

„Im Waisenhaus?" Kalte Angst stieg in ihr auf, genauso wie an dem Tag, an dem Ma gestorben war. Angst, dass ihre Brüder und Schwestern an diesen abscheulichen Ort kämen. „Und wie ... war das?"

„Ich kannte ja nichts anderes." May zog eine Schulter hoch. „Wir haben ständig gefroren und hatten Hunger, aber ging es nicht allen damals so? Und ich ... ich war nicht gerade das Kind, das man gern adoptiert, aber ich habe mich damit getröstet, dass Jesus auch niemand haben wollte. Irgendwie glaube ich, dass er die Einsamen besonders gut versteht, meinst du nicht?"

Ruth nickte, weil das die höfliche Reaktion war, aber sie hatte noch nie darüber nachgedacht. Jesus hatte zwar Freunde gehabt, aber sie hatten ihn betrogen, verleugnet und sich von ihm abgewendet. Konnte er sie etwa doch verstehen?

„So schlimm war es gar nicht." May lehnte sich nach vorn. „Versteh mich nicht falsch. Ich hatte es gut. Die Leiter des Waisenhauses waren ein gottesfürchtiges Paar und so haben sie mich erzogen. Außerdem hatte ich all die Kinder, die kamen und gingen. Oft konnte ich sie trösten. Irgendwie hatte ich schon als kleines Mädchen meine Aufgabe gefunden. Und das hat mich letztendlich zum Beruf der Krankenschwester und zu Thomas geführt." Sie presste die Lippen aufeinander.

Ruth merkte, wie sie zögerte, aber sie musste mehr erfahren. „Thomas?"

„Er war ... war ein Predigerschüler, der ehrenamtlich im Waisenhaus half. Die Waisen lagen uns beiden am Herzen. Und wir hatten uns verlobt."

Hatten? Ruth lag die Frage auf der Zunge.

„Du kannst es ruhig erzählen", sagte Jack leise.

May lächelte, aber ihre Lippen bebten. „Wir sind zusammen zur Armee, weil wir das als unsere Vaterlandspflicht betrachteten. Er war Seelsorger bei der Navy. Und in Pearl Harbor. Auf der *Arizona*."

„Oh nein", platzte Ruth heraus. „Das tut mir so leid."

„Ist schon gut. Er ist jetzt bei Jesus und ich hatte anderthalb Jahre Zeit, um darüber hinwegzukommen. Es geht mir gut."

„Und ob." Jack rollte sich auf den Bauch und stützte sich auf die Ellbogen. „Deswegen muss ich dich unbedingt mit Charlie de Groot bekannt machen. Er ist auch gläubig und würde dich bestimmt gern kennenlernen."

May mochte klein sein, aber ihr blasser Blick konnte einen mühelos durchbohren. „Wie ich schon gesagt habe, ich möchte niemanden kennenlernen."

„Ach komm. Ich bringe ihn zu unserem nächsten Picknick in zwei Wochen mit." Er wandte sich an Ruth. „Das klingt fair, oder? Heute musstest du leiden und nächstes Mal ist May dran. Abgemacht?"

„Abgemacht." Oh nein, er hatte sie zu einem zweiten Picknick überredet.

Freudige Überraschung machte sich auf seinem Gesicht breit. „Dann ist ja alles klar."

„Und wann bist du mal dran?", fragte Ruth vorwurfsvoll.

Jack legte den Kopf auf den Unterarm. „Mal überlegen ... Ich wurde angeschossen, musste sechs Wochen im Krankenhaus verbringen und verbrüdere mich hier mit zwei hübschen Offizieren, die meinen blanken Po gesehen haben. Ich glaube, ich habe meine Ration weg."

May lachte, aber Ruth hatte noch nicht genug. „Da sind Krümel in Ihrem Schnurrbart, Major."

„Jack." Er lachte und wischte sich den Mund ab. „Ich heiße Jack. Und ich bin nicht mehr dein Patient."

„Einmal Patient, immer Patient." Sie zeigte ihm ihr mitfühlendstes Schwesternlächeln.

„Das habe ich mir gedacht." Er setzte sich in den Schneidersitz. „Passt zu meiner Seelsorgertheorie, warum Lieutenant Ruth Doherty nicht mit Männern ausgeht."

Vor Schreck blieb ihr die Luft weg. „Und die wäre?"

„Du magst die Männer hilflos – liegend, bandagiert und ruhiggestellt."

Mühevoll stimmte sie in Mays Gelächter ein, aber die Wahrheit hinter seiner Erkenntnis schlug eine schmerzhafte Delle in ihr Schneckenhaus.

Kapitel 8

Militärflugfeld Bury St. Edmunds
Montag, 26. Juli 1943

Jack trommelte nervös mit den Fingern auf dem Balkongeländer des Kontrollturms herum.

„Hältst es nicht aus, was?“ Beim Reden wippte Charlies Zigarette auf und ab.

„Was meinst du? Die größte Luftoperation seit Ausbruch des Krieges? Unsere Blitz Week – eine Woche gute Wettervorhersagen für Deutschland, eine Woche lang ununterbrochen Einsätze und ich muss hier Däumchen drehen? Natürlich halte ich es nicht aus.“ Er suchte den trüben Horizont nach den Bombern ab.

Trotz dichter Wolkendecke einen Einsatz zu starten, war noch immer ungewohnt. Vor dieser Woche wäre es auch nicht denkbar gewesen, aber mit dem neuen „Splasher“ Funkfeuer konnten sich die Geschwader über England leichter formieren, die Wetterlage vor Ort war nicht mehr so entscheidend und die 8. US-Luftflotte konnte ihre Einsatzzahl erhöhen.

Der glühende Punkt rechts neben Jack begann wieder zu wippen. „Fünfzehn Geschwader, Mann. Dreihundertdrei *Fliegende Festungen* heute.“

„Sollten dreihundertvier sein.“ Jack fing wieder an zu trommeln. Noch fünf Minuten bis zur ETA, der voraussichtlichen Ankunftszeit.

Charlie schlug Jack auf die Hand. „Hör auf damit.“

„Hör du doch auf“, erwiderte Jack lachend und schnippte die wippende Zigarette zu Boden.

Charlie zog eine Packung Lucky Strikes aus seiner Hemdtasche. Obwohl es bewölkt war, herrschten T-Shirt-Temperaturen. „Werd’s wohl komplett an den Nagel hängen müssen. Hast du gesehen, wie May das Gesicht verzogen hat, als ich mir eine angesteckt habe?“

„Also wenn du eins kannst, de Groot, dann einen guten ersten Eindruck machen.“

„Sonst sind wir ja gut miteinander klargekommen."

„Stimmt." Jack stützte sich mit verschränkten Armen aufs Geländer. Er hatte sich bei ihrem Picknick natürlich auf Ruth konzentriert – auf wen sonst? –, aber Charlie und May hatten sich sofort blendend verstanden. Im einen Augenblick hatten sie herumgekichert, im nächsten waren sie in ein ernstes Gespräch vertieft gewesen.

„Sie ist ein tolles Mädchen. Vielleicht die Frau meines Lebens. Nach außen hin macht sie einen zerbrechlichen Eindruck, aber in Wirklichkeit – wow, sie ist ein richtiges kleines Kraftwerk."

„Jep." Ruth für ihren Teil hatte hingegen eine harte äußere Schale, aber je mehr Zeit er mit ihr verbrachte, desto mehr Verletzlichkeit kam zum Vorschein. In ihren schwachen Augenblicken wusste er, dass er noch auf Kurs war.

Eine neue Zigarette wippte. „Na ja, und was Mays wunde Stellen betrifft, weiß ich wenigstens, womit ich es zu tun habe. Du hingegen tappst noch völlig im Dunkeln."

„Ich kriege das schon noch raus." Und es würde ihm Spaß machen. Jack ließ seinen Blick über das Feld vor ihnen schweifen, wo ein Traktor eine Schneise in den goldenen Weizen trieb. Direkt unter ihnen spielten einige Männer des Bodenpersonals Baseball, andere würfelten. Im Prinzip war den meisten egal, was sie taten, Hauptsache sie mussten nicht an die Flugzeuge denken. Mit Angst auf den Ausgang eines Flugeinsatzes zu warten, konnte noch mehr Nerven kosten, als ihn selbst zu fliegen.

„Ist bestimmt was Ernstes", sagte Charlie.

„Wie?"

„Na, mit Ruth. Wenn ich sie mir so ansehe, dann hat sie jemand verletzt. Und zwar ordentlich."

„Ich krieg das schon hin."

„Das klingt aber ziemlich überheblich."

„Mit Überheblichkeit hat das nichts zu tun. Wirklich." Jack schob die Schulterblätter zurück und streckte sich. „Ich habe das Gefühl, Gott hat mich zu ihr geführt. Er will, dass ich ihr beibringe, wie man vertraut, wie man liebt, sowas in der Art. Und wenn er das will, dann geschieht es auch."

Charlies Kopf drehte sich nach Osten. Jack hörte es auch – das tiefe, heisere Brummen von Wright-Cyclone-Motoren. „Denk dran,

Jack. Er lässt es geschehen. Deine heimlichen Pläne braucht er dafür nicht."

Jack sah mit zusammengekniffenen Augen gen Himmel. „An Plänen ist doch nichts Schlimmes. Gott will nicht, dass wir hier nur so vor uns hinwursteln. Und außerdem: Wann sind meine Pläne schon mal schiefgegangen?"

Charlie lachte leise. „Noch nie. Deswegen habe ich mich ja auch auf solche Dinger eingelassen wie mit dem B-17 unter der Golden Gate Bridge durchzufliegen."

Jack grinste. „Das war doch mal was."

„Sie kommen!", rief jemand neben ihnen. „Eins, zwei, drei."

Jack setzte das Fernglas an. „Vier, fünf ... sechs." Die Flugzeuge passierten im Gegenanflug parallel zu den Landebahnen den Tower. Einige waren beschädigt. Bei einem Bomber klaffte im Seitenleitwerk ein großes Loch.

„Hey, die haben unser *A* zerballert", rief Charlie verärgert. Zur Identifizierung der Geschwader hatte Anfang des Monats jedes Flugzeug einen Buchstaben aufs Heckruder bekommen und auf allen Flugzeugen des 94. prangte ein blaues A auf einem weißen Quadrat. Die Männer waren jetzt noch stolzer auf ihre Einheiten und wurden außerdem von den schweren Verlusten abgelenkt: vierundzwanzig Bomber, die Hälfte aller ursprünglichen Crewmitglieder und bereits mehrere Ersatzcrews hatten sie verloren.

„Sieben ... acht, neun."

Die erste Formation hatte das Anflugmanöver über dem Stützpunkt beendet und landete zeitversetzt.

„Zehn, elf, zwölf, dreizehn."

Jack runzelte angesichts der Löcher in der Formation die Stirn. Zwanzig *Fliegende Festungen* waren in Bury St. Edmunds gestartet, um eine Kautschukfabrik in Hannover zu bombardieren. Wie viele waren abgeschossen worden?

„Vierzehn, fünfzehn, sechzehn."

Beim Lärm der Motoren, dem Quietschen der Bremsen und dem Donnern des Abstrahls war das Zählen kaum zu verstehen.

„Siebzehn." Zwei rote Leuchtraketen stiegen aus dem Flugzeug auf und signalisierten Verwundete an Bord.

„Au backe." Jack wusste genau, wie sich das anfühlte.

Für Uneingeweihte mochte die Szene vor ihm wie blankes Chaos aussehen – Flugzeuge, die zu ihrem Parkplatz rollten; Piloten, die mit dem Bodenpersonal Checklisten durchgingen; Lkws, die die Crews zur Einsatznachbesprechung karrten; Ambulanzen, die von einem Ort zum andern rasten. Aber jede Bewegung geschah hier mit Präzision und aus einem bestimmten Grund – wie in einer Sinfonie, nur größer und besser. Das hier war der Ernstfall, keine Übung. Teil der Aufführung zu sein, war aufregend, zu wissen, wer wann spielte, ließ das Herz noch höher schlagen, aber der Dirigent selbst zu sein ... dieser Gedanke ließ das Adrenalin in Jacks Adern kribbeln.

„Lass uns zur Nachbesprechung fahren und hören, wie es gelaufen ist."

Charlie spähte durchs Fernglas. „Fehlen noch drei."

„Wir kriegen es schon mit." Jack stieß ihn an. „Komm. Der Kaffee wartet."

Sie stiegen die Treppe hinunter, schwangen sich auf ihre Fahrräder und radelten vom Turm weg, der im Zentrum des Ganzen aufragte. Jack trat ordentlich in die Pedale. Es tat gut, die Narben zu dehnen, die erschlafften Muskeln zu benutzen und das Herz auf Hochtouren zu bringen, auch wenn es noch immer stach, als hätten Granatsplitter Chirurg und Röntgenbild getrotzt.

Auf dem Rollfeld drängte sich eine Menge um eine der *Fliegenden Festungen* und zwei olivbraune Ambulanzen hielten in der Nähe der Tür im Rumpf. Ein ganzer Wald aus Händen half, einen Mann mit bandagiertem Oberschenkel aus dem Flugzeug zu heben. Jack hoffte, dass es sich nur um eine Fleischwunde handelte. Hoffentlich blühte dem Verletzten nicht dasselbe grausame Schicksal wie Walt: eine Amputation. In Moms letztem Brief hatte sie geschrieben, wie missmutig sein jüngerer Bruder geworden war, und wenn Mom das schon sagte, dann musste es ziemlich schlimm sein.

Jack begutachtete die Schäden am Bomber. Dad war zwar stolz auf ihn gewesen, wie er Walt über die schlechte Nachricht hinweggeholfen hatte, aber er hatte auch nicht gehört, wie Jack herumgestammelt hatte. Von der todlangweiligen Ausbildung am Predigerseminar war nichts mehr dagewesen.

Ein Sanitäter sprang aus dem Flugzeug, drehte sich um und hob einen blutverschmierten Offizier an den Schultern heraus. Den Kommentaren der Menge zufolge war das der Pilot. Ein anderer Sanitäter nahm die Füße.

Es wurde still. Mützen wurden abgenommen. Ein paar bekreuzigten sich oder murmelten ein Gebet. Jacks Kehle schnürte sich zu und mit einem Seitenblick auf Charlie nahm auch er seine Mütze ab. Die Sanitäter legten den Mann auf eine Tragbahre und deckten ihn mit einem Laken zu.

Auf dem Bug des Flugzeugs stand *Dorothy Ann*. Eine hübsche Brünette im gelben Badeanzug war darunter aufgemalt. Irgendwo daheim würde in den nächsten Tagen eine Dorothy Ann ein Telegramm bekommen. Jack seufzte, während ihm der warme Wind scheinbar unbeeindruckt durchs Haar fuhr.

Auf dem Rumpf waren direkt vor dem Emblem der US-Luftwaffe, einem weißen Stern auf blauem Kreis, die grauen Buchstaben TS aufgemalt, der Code für Jacks Einheit. Jack hatte die Crew noch nicht einmal kennengelernt; wahrscheinlich war es ihr erster Einsatz. Das würde die Männer schwer treffen. Irgendwie war ein gefallener Kamerad im heimgekehrten Flugzeug schlimmer als eine ganze Crew, die in einem Feuerball zu Boden sank.

Die beiden Ambulanzen fuhren davon, die eine zur Krankenstation, wo der verletzte Mann stabilisiert und dann ins Lazarett gebracht werden würde, die andere ins Leichenhaus.

„Lass uns verschwinden." Charlies Stimme war belegt.

„Ja." Sie radelten schweigend am ersten Hangar vorbei, den Werkstätten, den Lagerhallen. Jack war ohnmächtig gewesen, als aus der *Sunrise Serenade* die roten Leuchtraketen abgefeuert worden waren, aber Charlie hatte sie gelandet und gesehen, wie Jack zur Krankenstation und der arme Bill Chambers ins Leichenhaus gefahren worden waren.

Er war ein guter Mann – dieser Charlie de Groot.

Als sie die Besprechungsbaracke erreichten, lehnten sie ihre Fahrräder an all die anderen, die vor der Tür standen, erwiderten den militärischen Gruß des MP und gingen hinein.

Kaffee. Als der Duft Jacks Nase erreichte, sog er ihn begierig ein. Verschiedene Crews standen schweigend und müde in Gruppen beisammen und tankten den schwarzen Sud und Donuts, während sie auf ihre Nachbesprechung warteten.

Jack warf Charlie einen Blick zu und nickte in Richtung der langen Schlange am Tisch des Roten Kreuzes. „Kaffee?"

Charlie tat so, als würde er salutieren. „Schon unterwegs, Skipper."

„Danke, Mann." Jack gab ihm einen freundschaftlichen Klaps auf den Rücken und ging in den Einsatzbesprechungsraum. Die Geräuschkulisse weckte genauso viel Energie in ihm wie das versprochene Getränk. In der Einsatzbesprechung heute Morgen waren zweihundert Stühle auf die Karte vorn ausgerichtet gewesen; jetzt standen die Stühle um ein Dutzend Tische, an denen jeweils eine Crew und ein Nachrichtenoffizier jedes Detail auswerteten.

Jack lief einmal quer durch den Raum und schnappte Gesprächsfetzen auf. „Me 109er, ein ganzer Schwarm." „Flak? Jede Menge." „Ein paar von unseren Bomben sind ins Wasser gefallen." „Ich habe ihn erwischt – bei fast hundert Meter. Volltreffer im Cockpit. Er ist nur noch abgetrudelt." „Ziemlich bewölkt über Hannover. Mussten uns ein anderes Ziel suchen."

Jack blieb stehen. Der letzte Beitrag war von Lieutenant Colonel Luis Thorup gekommen, dem Stellvertretenden Kommandeur, der das Geschwader angeleitet hatte. Welches Ziel hatten sie gewählt?

Der Nachrichtenoffizier musste dieselbe Frage gestellt haben. „Wilhelmshaven", war die Antwort.

Jack erspähte Joe Winchells Crew aus seiner Staffel. Er ging hinüber und legte Winchell die Hand auf die Schulter. „Hey Winch. Na, Jungs, wie lief es?"

„Gut." Ein müdes Lächeln trat auf Winchells breites Gesicht. „Haben die U-Boot-Werft getroffen, genau ins Schwarze. Finnegan hat eine Fw 190 und eine Me 109 runtergeholt."

„Gut gemacht, Finn. Weiter so."

Der Nachrichtenoffizier Captain Taylor machte eine säuerliche Miene, also nickte Jack ihm zu. „Ich überlasse das mal lieber Ihnen, Captain."

Die säuerliche Miene verschwand. „Danke, Major."

Jack lief weiter. Man musste nur jeden seiner Männer kennen und wissen, wie man seine Stärken betonte und die Schwächen herunterspielte. Der Zahlenmensch sollte ruhig seine Arbeit tun, aber ab und an täte ihm mal ein Lächeln gut.

An der Stirnseite des Raums unterhielt sich Colonel Castle mit Major Jefferson Babcock Jr., der Jack als Staffelkapitän vertrat. Babcock, das Schlitzohr. Fluchte in einem fort, bis Castle auftauchte und er plötzlich ganz ohne Schimpfwörter auskam.

Jack ging auf Castle zu. „Wie sieht es aus, Sir? War der Einsatz ein Erfolg?" Bei Castle brauchte man gar nicht erst mit Smalltalk anzufangen. Dafür war der Colonel viel zu sachlich und korrekt.

„Die endgültige Analyse steht noch aus, aber die vorläufigen Ergebnisse sind zufriedenstellend." Der Kommandeur war kleiner als Jack, aber seine akkurate Erscheinung und jede seiner zackigen Gesten strahlten Stärke aus.

„Es gab zwei Ausfälle noch vor dem Ziel." Babcocks Stimme klang genau wie die von Castle. „Und ein Flieger musste hundertfünfundzwanzig Meilen vor Cromer notwassern."

Jack lief es kalt den Rücken herunter. Erst gestern hatte eine Crew des 94. Geschwaders notwassern müssen, aber zum Glück hatte man beide Rettungsinseln am Morgen ausfindig gemacht und alle zehn Männer retten können. „Schon wieder eine Notlandung?", fragte Jack und versuchte, sich nichts anmerken zu lassen. Castle durfte nicht merken, dass ihm die Notwasserung stärker an die Nieren ging als zwei verlorene und ein abgeschossener Bomber.

„Wir haben per Funk die Koordinaten bekommen", antwortete Castle. „Die Seenotrettung der RAF ist auf dem Weg."

„Gott sei Dank."

„Am Freitag ist Ihre Untersuchung, Major", sagte Castle. „Und, denken Sie, Sie werden wieder in den aktiven Dienst versetzt?"

„Ja, Sir." Jack konzentrierte sich auf den Kommandeur und versuchte, sich ein Lächeln zu verkneifen, weil Babcock Castles Körperhaltung exakt kopierte und die Hände hinter dem Rücken verschränkte. Er steckte demonstrativ die Hände in die Hosentaschen. „Ich habe mein Pensum an Freiübungen verdoppelt und verzichte darauf, mit dem Jeep gefahren zu werden. Ich bin mehr als bereit."

„Gut. Wie Sie wissen, brauchen wir einen neuen Staffelkapitän, und ich würde Babcock gerne so früh wie möglich als solchen einsetzen."

„Gratuliere." Jack schüttelte Babcock die Hand. Der Kerl grinste, als wüsste er nicht, dass er nur deswegen aufgestiegen war, weil ein guter Mann entweder tot oder in Kriegsgefangenschaft gekommen war.

Der Colonel trat einen Schritt beiseite. „Also, Novak, dann zeigen Sie uns mal, dass Sie ganz der Alte sind."

„Das werde ich, Sir."

Der Kommandeur überließ die beiden Männer sich selbst und Jack steckte die Hände wieder in die Hosentaschen. „Freust du dich auf deine eigene Staffel?"

„Und ob." Babcocks Stimme klang wieder wie sonst und er fuhr sich durch das dichte schwarze Haar, das vom Fliegerhelm noch zerzaust war. „Der Job ist doch ein tolles Sprungbrett."

„Sprungbrett?" Der Kerl war noch nicht mal Staffelkapitän und er schielte schon nach der nächsten Beförderung?

Babcock lehnte sich vor und sah Jack an, als würde er einem Kind etwas erklären. „Als Pastor bringt dir ja eine Beförderung sowieso nicht viel, oder?"

Von seinem selbstgerechten Lächeln wurde Jack ganz schlecht.

„Anders ist das, wenn man eine politische Karriere anstrebt. Für die Wähler zählen nun mal Beförderungen und mit je mehr Hochdekorierten ich zusammenarbeite, desto größer wird mein Einfluss im Regierungslager sein. Mein Dad hat sich im Ersten Weltkrieg einen Namen gemacht, und wie weit ihn das gebracht hat, ist ja wohl nicht zu übersehen." Babcock nickte, die Unterrichtsstunde war beendet.

Jack legte den Kopf schief und kniff die Augen zusammen. „Ich bin vielleicht nur ein einfacher Prediger vom Land, aber wenn du mich fragst, dann sollte jeder sich auf seinen jetzigen Job konzentrieren, nicht auf den nächsten. Und was Beförderungen angeht, das überlassen wir mal lieber Castle."

Babcocks Mundwinkel blieben oben, aber die Grübchen wurden flach. Der Politiker hatte seinen Rivalen erkannt und Jack hielt dem Blick stand, bis Babcock begriff, dass er ein ernst zu nehmender Rivale war.

„Hey, Skipper. Dein Kaffee."

Jack wandte den Blick nur ab, um die Tasse in Empfang zu nehmen. „Danke."

„Gerne. Hallo Jeff, wie war der Einsatz?"

„Meine Staffel hat erstklassige Arbeit geleistet." Er klopfte Jack auf die Schulter. „Bis später, Novak."

„Bis später." Seine Staffel? Was für ein Idiot.

„Und was sagt dein Zwilling so?"

Überrascht wirbelte Jack zu Charlie herum. „Mein Zwilling?"

„Schwarze Haare, hübscher als es guttut ..." Charlie hielt ihm einen Doughnut hin.

Jack nahm ihn und biss hinein. „Wenigstens geht die Ähnlichkeit nicht übers Aussehen hinaus."

„Doch." Charlie lächelte amüsiert. „Ihr tretet beide in die Fußstapfen eurer Väter. Und ihr seid beide geborene Anführer, kontaktfreudig und ehrgeizig."

Jack biss sich fast auf die Zunge. „Ehrgeizig? Du kannst doch meinen und seinen Ehrgeiz nicht vergleichen."

„Ihr wollt beide Stellvertretender Kommandeur werden, oder nicht?"

„Ja, aber ich möchte es nur. Er hingegen ... er ist geradezu besessen von der Idee." Jack gestikulierte in Babcocks Richtung und verteilte dabei eine Ladung Krümel auf dem Betonboden. „Wie er schon wieder Castle nachahmt, lauter Hände schüttelt und kleine Kinder küsst. Nachher hängt er hier noch Wahlplakate auf!"

„Soll ich dir auch welche machen?" Charlies Miene hellte sich auf und er zeichnete an der Wand ein imaginäres Poster. „Ja, genau. Wie wäre es mit ‚Schluss mit Flak – wähle Novak'? Gar nicht mal übel."

„Clever. Sehr clever." Jack knurrte. „Ich bin Anführer und kein Politiker. Lass ihn nur sein Spielchen treiben. Ich mache lieber meine Arbeit."

„Möge der Bessere gewinnen."

Jack warf einen Blick zu Babcock hinüber, der Winchell auf den Rücken klopfte und Finnegans Haar zerzauste. Castle würde auf den Quatsch nicht hereinfallen. Oh ja, am Ende würde Jack gewinnen.

Kapitel 9

12. Feldlazarett
Samstag, 31. Juli 1943

„Ich liebe diesen Geruch. Du auch?"

„Quecksilberdichlorid?" Ruth lachte und ließ ein paar Handschuhe abtropfen. „Das kann nur von einer Krankenschwester kommen."

May ließ Spritzen in einer Schale mit dem blaugrünen Desinfektionsmittel hin- und herrollen. „An meinem Leben im Waisenhaus konnte ich nichts ändern, aber mit Bürste und Seife konnte ich die Gerüche wegschrubben und so tun, als würde ich auf einem Schloss leben."

Ruth hängte die braunen Latexhandschuhe zum Trocknen auf eine Wäscheleine, damit sie später sterilisiert werden konnten. „Sauberkeit ist der erste Schritt raus aus der Armut."

„Da hast du recht."

Ruth überprüfte einen Handschuh auf Löcher, die geklebt werden mussten. „Danke, dass du schon früher gekommen bist. Es ist einfach so viel los."

„Unglaublich, nicht wahr? Wenn sie weiter solche großen Einsätze fliegen, gehen uns die Betten aus."

Und der 8. US-Luftflotte würden die Männer ausgehen. Ruth kämpfte gegen einen Fleck auf einem Handschuh. Jack war noch nicht wieder an der Front, oder doch? Verärgert schüttelte sie den Kopf. Weder konnte sie diese Sorge auch noch gebrauchen, noch gefiel ihr die Tatsache, dass sie sich überhaupt darum Gedanken machte.

„Morgen ist Sonntag", riss May sie aus ihren Grübeleien. „Ich denke aber, dass Jack und Charlie nicht kommen. Zurzeit ist ja wirklich jeden Tag ein Einsatz."

„Vermutlich nicht." Ruth versuchte fröhlich zu klingen, aber ihr wurde schwer ums Herz. Wieso war sie enttäuscht, dass Jack letzten Sonntag nicht gekommen war?

„Und um schlechtes Wetter beten sollten wir wohl auch nicht. Je mehr sie fliegen, desto schneller ist dieser Krieg vorbei."

„Vermutlich." Und trotzdem hatte Ruth heute Morgen zum Himmel geschaut und sich Wolken gewünscht. Mit Jack fühlte sie sich einfach wie eine normale Frau. Seine Attraktivität und seine Persönlichkeit konnte sie ignorieren, aber nicht seinen Charakter, die Ritterlichkeit und die Geborgenheit, die er ausstrahlte – eine wirksame und tödliche Mischung.

„Wir vermuten eine ganze Menge, oder?"

Ruth entdeckte einen rötlichen Schimmer auf Mays Wangen. „Gibt es denn einen Grund, etwas zu vermuten?"

May sah sie erstaunt an. „Du lieber Himmel, nein. Ich brauche kein Liebesabenteuer. Außerdem habe ich Charlie ja gerade erst kennengelernt. Ein einziges Picknick ist nicht genug Stoff für Vermutungen."

„Aber ..."

May lachte. „Kein aber. Schön, Jack hat einen guten Geschmack, aber das bedeutet noch lange nicht, dass Charlie der Richtige für mich ist oder dass ich bereit für so etwas bin, und vor allem macht das Charlies Job nicht ungefährlicher."

„Ganz deiner Meinung. Du weißt ja, wie ich darüber denke." Jack wusste das auch, und trotzdem kamen ihr die Picknicks wie ein Trick vor, wie eine Art Vorspiel zu echten Rendezvous. Es wurde wirklich Zeit, dass sie England hinter sich ließ. Je früher, desto besser.

„Oh Ruth, deine Mittagspause. Gehst du heute hin?", fragte May mit leuchtenden Augen.

„Ja." Ruth wusch sich die Hände. Sie hatte eine Stunde Zeit, um ihren knurrenden Magen zu besänftigen und ihren Termin zu erledigen.

„Ich drücke dir die Daumen."

Ruth blinzelte verunsichert. Plötzlich war da jemand, mit dem sie reden konnte, der sie verstand. „Danke", sagte sie zu ihrer Zimmergenossin und – konnte sie es wagen, sie so zu nennen? – ihrer Freundin.

* * *

„Schon wieder eine?" Lieutenant Agnes MacKinnon nahm die Brille ab, rieb sich die Augen und sah dann wieder auf Ruths Antrag vor sich auf dem Schreibtisch. „Ich kann es mir nicht leisten, noch eine Pflegekraft zu verlieren."

Wie viele Bewerbungen für die Fliegenden Krankenschwestern hatte es gegeben? Bei dem Gedanken wurde Ruth übel, genauso wie vor ein paar Minuten, als sie aus der Kantine geflohen war. Würstchen? So hungrig konnte sie gar nicht werden.

Die Oberschwester seufzte und wurde in ihrer blauen Uniform ganz klein. „Sie sind eine meiner besten Krankenschwestern. Ich möchte Sie nicht verlieren."

Ruth trat von einem Bein aufs andere. „Vielen Dank, aber ich brauche diesen Job. Ich muss für vier Geschwister aufkommen und mit meinem derzeitigen Gehalt schaffe ich das nicht."

Lieutenant MacKinnon runzelte die Stirn.

Oh oh. Sie dachte, es ginge Ruth nur ums Geld. „Es geht mir nicht nur um das Gehalt. Eine Fliegende Krankenschwester zu sein, reizt mich aus vielerlei Gründen: die große Verantwortung, die Unabhängigkeit. Und die Chance, ein neues Zeitalter für die Krankenpflege mitzugestalten."

Die Oberschwester trommelte mit ihren schlanken Fingern auf Ruths Antrag. „Der Zauber, die Romantik, das Abenteuer – das ist alles, wovon die Mädchen heutzutage träumen. Und was ist mit dem Risiko? Mit den Gefahren?"

„Es ist nicht gefährlicher, als wenn das 12. Feldlazarett an die Front verlegt werden würde."

„Aber Lazarette stehen unter dem Schutz der Genfer Konventionen. Die Luftrettung nicht! Sie findet schließlich in Transportflugzeugen statt. Der Nachschub wird an die Front gebracht und die Verletzten werden ausgeflogen. Und weil die Flugzeuge mit Fracht beladen sind, darf kein Rotes Kreuz draufgemalt werden. Und deshalb darf der Feind sie als Ziel betrachten."

Ruth knetete hinter ihrem Rücken ihre Hände und zwang sich, ruhig zu atmen, um nicht ins Hyperventilieren zu kommen. Es hatte fast zwei Monate gedauert, bis sie den Antrag zugeschickt bekommen hatte, und wer wusste schon, wie lange die Bearbeitungszeit war? Von Tante Pauline war schon wieder ein Brief mit Beschwerden gekommen. Ruth hatte keine Zeit für eine besorgte Oberschwester.

„Ma'am, als ich dem Schwesternkorps der Army beitrat, war ich mir der Gefahren bewusst. Wir sind im Krieg. Unsere Männer stellen sich mutig dem Feind. Da ist es doch das Mindeste, was ich tun kann, die Verwundeten außer Gefahr zu bringen, sie zu versorgen und nach

Hause zu holen. Ich habe das Zeug dazu, eine hervorragende Fliegende Krankenschwester zu werden. Die nötigen Fähigkeiten dazu bringe ich mit, ich kann eigenständig arbeiten, habe den Wunsch zu fliegen und die Nähe zur Front macht mir keine Angst."

Lieutenant MacKinnons Lippen wurden schmal.

Ruth faltete die Hände vor dem Bauch und hatte damit fast schon eine bettelnde Körperhaltung. „Bitte. Abgesehen von dem Verlangen, Krankenschwester zu werden, habe ich mir noch nie etwas so sehr gewünscht. Ich brauche eine Empfehlung von einer hochangesehenen Krankenschwester, deswegen bin ich ja zu Ihnen gekommen. Ihre Empfehlung würde ins Gewicht fallen, das weiß ich."

MacKinnons Lippen entspannten sich, aber die Augen blieben schmale Schlitze.

Ruth versuchte es mit einem Lächeln und einem unschuldigen Achselzucken. „Außerdem ist die Chance, angenommen zu werden, doch sowieso gering, oder?"

„Das mag schon sein."

„Tun Sie's für mich ..."

„Na schön." Lieutenant MacKinnon seufzte laut und griff nach der Bewerbung. „Gegen Patriotismus ist kein Kraut gewachsen. Was muss ich tun?"

Ruth entfuhr ein Seufzer der Erleichterung. „Einen Brief schreiben. Ich brauche ein Empfehlungsschreiben. Die wollen etwas über meine Arbeitseinstellung und meine Fähigkeiten wissen. Oh, und ... sie wollen auch wissen, wie ... wie es um mein moralisches Verhalten steht." Ihr schnürte sich die Kehle zu. Von einer Krankenschwester erwartete man höchste Standards und zögerte bei moralischen Verfehlungen nicht, sie zu entlassen. Und Ruth hatte bisher alle zum Narren gehalten.

„Lieutenant Doherty?" Die Oberschwester sah Ruth über den Rand ihrer Brille hinweg an. „Hat Ihre Mutter Ihnen gesagt, dass Sie Ihren guten Ruf wie einen Schatz hüten sollen?"

„Ja, Ma'am", quälte sie hervor.

„Dann seien Sie mal froh, dass Sie auf sie gehört haben. Ihre Tugendhaftigkeit ist hier nämlich in aller Munde. Das Empfehlungsschreiben wird ein Klacks." Sie rieb sich den Nasenrücken. „Aber es wird mir trotzdem schwerfallen. Ich möchte Sie nämlich nicht verlieren."

„Danke, Ma'am." Ruth salutierte und floh. Ihr Herz schlug wie wild.

Tugendhaftigkeit? Ruth beschleunigte ihren Schritt. Ten-Penny Doherty und Tugendhaftigkeit?

Ruth hätte am liebsten geschrien und einen Augenblick lang dachte sie, sie hätte es auch getan, aber dann hob sie ihren Kopf und sah am Himmel eine Staffel von Flugzeugen mit klobigen Nasen. Jack hatte sie P-47 Thunderbolts genannt.

Sie riss einen Arm hoch, als könne sie sich an eins von ihnen hängen und wegfliegen, fort von dem, was sie getan hatte und wer sie in Wirklichkeit war.

Kapitel 10

Bury St. Edmunds
Montag, 2. August 1943

Jack blickte die Northgate Street hinunter auf den roten Backsteinbahnhof mit den weißen, viktorianischen Verzierungen. Obwohl es diesig war, hatte er einen erstklassigen Blick auf den Verkehrskreisel davor und würde Ruth entdecken, egal, in welche Richtung sie stadteinwärts laufen sollte. Es war Zeit für die nächste Phase seiner Mission.

Sein Plan bestand aus vier Phasen. Die erste hatte darin bestanden, im Krankenhaus ein freundschaftliches Verhältnis zu Ruth aufzubauen. Das war der Start gewesen.

Die zweite Phase, die Gruppierung – also die Picknicks – war ebenfalls gut verlaufen. Das gestrige Picknick hatte sogar seine Erwartungen übertroffen. Sie waren alle gemeinsam um den See beim Lazarett spaziert, der so aussah wie dieser Kringel über dem *N* im Spanischen. Ray würde sicher wissen, wie der richtig hieß. Charlie und May hatten getrödelt, aber Ruth war an seiner Seite geblieben und hatte gespannt gelauscht, als er von der Blitz Week erzählt hatte. Selbst seine hinter Scherzen getarnten Annäherungsversuche hatte sie widerstandslos hingenommen. Ihr helles Lachen und ermunterndes Lächeln hatten ihn angestachelt, mit Phase drei zu beginnen.

Es war an der Zeit, den Ärmelkanal zu überqueren und mit ihr allein zu sein, was aber nicht einfach werden würde. Ruths Widerstand war so wie die Flakbatterien an der europäischen Küste. Jack musste behutsam vorgehen, sonst würde er sein Ziel, den goldenen Ring um ihr Herz, nie erreichen.

Charlie war der Meinung, Jack solle es langsam angehen lassen und erst einmal herausfinden, was Ruths Problem war, aber was wusste Charlie schon? Er hatte es in drei Jahren gerade einmal auf zwei Verabredungen gebracht.

Jack machte Ruths formvollendete Silhouette aus, wie sie die Northgate Street hinabkam. Die neue olivbraune Uniform für Krankenschwestern konnte sich Ruth nicht leisten, aber in ihrem dunkelblauen Jackett und dem etwas helleren Rock sah sie trotzdem sehr elegant aus.

Jack stellte sich hinter die Ecke. Er zog den Reißverschluss seiner leichten Fliegerjacke auf, überprüfte, dass der Kragen offen war, und steckte die Hände in die Taschen seiner olivbraunen Hose. Es sollte ganz lässig aussehen.

Er ließ Ruth vorbeilaufen und ging ihr dann hinterher. „Ein milchig-matter Morgen war's."

Ruth drehte sich um und lächelte.

„Aus Wolken drohte Regen, da kam ein ziemlich alter Mann in Leder mir entgegen. Er setzte an zu einem Gruß, ich setzte an zum Lächeln. Wie geht's, wie steht's? Wie steht's, wie geht's? Wir kamen bald ins Hecheln."

Ihre Augen waren umringt von Lachfältchen. „Aber es ist doch schon Nachmittag."

„Ja, aber milchig und matt ist es trotzdem. Seitdem ich in England bin, weiß ich, was das heißt."

„Keine milchig-matten Morgen in Kalifornien?"

„Im Januar vielleicht, aber nicht im August." Jack setzte einen Fuß vor den anderen. „Und siehe da, dir begegnet ein ziemlich alter Mann in Leder."

Ruth hielt sich die Handtasche schützend vor ihren Bauch. „Und ich soll jetzt ‚Wie geht's, wie steht's' sagen?"

„Mit einem Lächeln, bitte."

Sie weigerte sich. Ihr Kinn schob sich nach vorn und sie betrachtete demonstrativ die aneinandergeklebten zweistöckigen Häuser. „Zuerst sagst du mir, was du an diesem milchig-matten Nachmittag in der Stadt machst."

Die erste Flakdetonation. Jack duckte sich instinktiv. „Kein Einsatz heute. Schlechtes Wetter und zu viele Schäden von der Blitz Week. Wir müssen auf Ersatzcrews warten und jetzt sind erst einmal die Mechaniker dran. Also dachte ich, ich mache die Stadt unsicher."

„Hmm." Ruths Blick verharrte auf einem weißgetünchten Backsteinhaus. Ihr Verdacht war so schwer wie der Nebel.

Was hatte er erwartet? Er machte genau an dem Tag die Stadt unsicher, an dem sie ihre Besorgungen erledigen wollte. Kein offener Kragen konnte darüber hinwegtäuschen. „Macht es dir etwas aus, wenn ich dich ein Stück begleite?"

„Solange wir nicht als Pärchen laufen."
„Ist gut." Er lief mitten auf die Straße und breitete die Arme aus. „Siehst du? Wir sind kein Pärchen!"
„Jack!"
Es hupte. Ein Lkw rumpelte in Schrittgeschwindigkeit die Straße entlang. Jack trat beiseite und salutierte dem Fahrer. „Verfluchter Ami!", bekam er zur Antwort.
„Komm zurück", winkte Ruth aufgeregt. „Ich will dich nicht schon wieder aufpäppeln müssen."
Er hüpfte wieder auf den Gehweg. „Auch gut. Schließlich bin ich gerade in den aktiven Dienst versetzt worden. Ich hätte zwar nichts dagegen, dich von früh bis spät um mich zu haben, aber so gefällt mir das dann doch besser."
Zu gewagt. Ruths Augen feuerten wie wild Flakgeschosse auf ihn ab.
Er seufzte. „Ach, komm schon. Wir kennen uns jetzt fast drei Monate. Ich habe noch nie versucht, bei dir zu landen, und ich werde jetzt nicht damit anfangen." Nein, das musste warten.
Sie senkte mit flatternden Augenlidern den Blick. „Tut mir leid. Das ... ist bei mir einfach so drin. Ich ... ich fühle mich ja sicher bei dir." Sie sah ihn an, und in ihren Augen konnte er lesen, wie brüchig dieses Vertrauen war.
„Danke." Höchste Zeit, das Thema zu wechseln. Er deutete mit dem Kopf den abschüssigen Weg hinunter. „Was hältst du denn von Charlie de Groot?"
„Charlie? Ach, er ist toll."
„Er ist sehr angetan von May."
„Das überrascht mich nicht. Sie ist ja auch eine bemerkenswerte Frau." Ruths hübsche Lippen umspielte ein Lächeln.
Jack war froh, dass die beiden Krankenschwestern sich angefreundet hatten. Soweit er wusste, hatte Ruth seit Jahren keine Freundin mehr gehabt. „Und ist May angetan von Charlie?"
„Bist du als Spion unterwegs?"
„Nein." Jack lachte und pflückte von einem überhängenden Ast ein paar Kirschen ab.
„Er hat sie gestern gefragt, ob sie mit ihm ausgeht."
„Jep, und sie hat ihm einen Korb gegeben, obwohl er ihr zuliebe das Rauchen aufgegeben hat."

„Kannst du ihr das verübeln?"

„Wie bitte?" Jack runzelte die Stirn. „Erst sagst du, was für ein toller Kerl er ist, und dann ..."

„Ja, er ist toll, und wenn wir nicht im Krieg wären, wäre sie schön dumm, ihn abzuweisen, aber so?"

„Stimmt." Er warf sich eine Kirsche in den Mund und spuckte sie fast augenblicklich wieder aus. Sauer. War das überhaupt eine Kirsche? „Nicht viele schaffen ihre fünfundzwanzig Einsätze. Charlie hat acht, aber was heißt das schon ..."

„Wie viele hast du?"

„Einen." Er warf die restlichen Kirschen ins Gebüsch. Wann würde das Wetter endlich besser? Jefferson Babcock Jr. hatte viel zu viele Einsätze gesammelt, während er nicht fliegen konnte.

„Nur einen? Was ist mit den ganzen Einsätzen, die du über dem Pazifik hattest?"

„Das war woanders. Hier fangen wir alle wieder bei Null an." Er schmunzelte, als er ihr bestürztes Gesicht sah. „So? Du machst dir also Sorgen um mich? Vorsicht! Das hat was von Freundschaft, nicht von Krankenschwester."

Ein GMC Truck hielt rumpelnd neben ihnen. Aus dem Fenster lehnte Joe Winchell. „Hey, Novak."

„Hallo Winch. Hallo, Jungs." Auf der Ladefläche drängte sich ein Dutzend Männer aus seiner Staffel. „Macht ihr eine Tour durch die Stadt?"

„Jep", sagte Winchell. „Taxi gefällig?"

„Nein danke. Ich laufe gern." Er warf einen Blick auf den Grund, warum er gern lief.

Sie legte frech den Kopf schief. „Aber ich fahre lieber mit."

Die Männer grölten und balgten sich darum, wer ihr hochhelfen durfte. Jack war wie vor den Kopf geschlagen und sah zu. Sobald sie oben war, lächelte Ruth ihn siegesgewiss an und ihre Augen blitzten herausfordernd. Sie rechnete damit, dass er ihr folgte. Ein Pärchen wollte sie nicht sein, aber er sollte ihr nachlaufen wie ein verknallter Schuljunge. Da hatte sie sich aber geschnitten.

Er salutierte. „Wünsche eine gute Fahrt, Lieutenant Doherty. Wir sehen uns."

Der Truck fuhr an und Jack schmunzelte wegen ihres verdutzten

Gesichtsausdrucks in sich hinein. Zehn Minuten später hatte er den großen Platz erreicht, wo das Abbey Gate stand. Er hatte sich zwar um den Spaziergang mit Ruth gebracht, aber dafür noch etwas Besseres erreicht. Jack bog nach rechts in die Abbey Gate Street ab, wo Pflanzenkübel mit bunten Blumen dem Krieg trotzten.

Jack steckte seinen Kopf in mehrere Geschäfte, bis er Ruth an der Kasse einer Buchhandlung erblickte. Er lehnte sich lässig neben sie an die Ladentheke und verschränkte die Arme. „Wie geht's, wie steht's?"

Ruth streckte eine zitternde Hand aus, um das Wechselgeld in Empfang zu nehmen. „Auf Wiedersehen, *Major.*"

Er betrachtete ihr versteinertes Gesicht. „Was ist los?"

Sie griff nach ihrem Buch und stürmte wortlos aus dem Geschäft.

Verblüfft schüttelte Jack den Kopf. Das war kein Flakbeschuss, das war Sperrfeuer vom Feinsten. Er beeilte sich, um zu ihr aufzuschließen. „Was ist denn los? Habe ich was Falsches gesagt? Und wenn ja, was?"

„Was?" Sie stapfte den Gehweg hinunter. „Du lässt mich eiskalt im Stich und fragst noch, was du getan hast?"

„Ich habe dich im Stich gelassen? Was soll das denn heißen?" Er stellte sich ihr in den Weg.

Sie schob sich vorbei. „Genau das, was es heißt."

„Augenblick mal. Wie soll ich dich im Stich lassen können, wenn wir überhaupt nicht zusammen waren?" Er hielt sie am Arm fest.

„Fass mich nicht an!" Ruth fuchtelte mit den Armen und Jack ließ sie verdutzt los. „Wie konntest du nur? Wie konntest du mich dermaßen sitzen lassen?"

„Das habe ich doch gar nicht. Ich habe dich nicht sitzen gelassen. Du bist gegangen, schon vergessen? Du warst diejenige, die auf den Truck geklettert ist. Nicht ich."

Ruth schüttelte den Kopf. „Wie konntest du nur? Wie konntest du mir das antun?"

Jack spürte, wie Wut in ihm aufstieg. „Das lasse ich mir nicht anhängen. Du bist nur wütend, weil ich dein kleines Spielchen nicht mitgemacht habe, weil ich dir nicht wie ein Schoßhündchen hinterhergelaufen bin."

„Nein, ich bin wütend, weil du mich mit diesen Männern allein gelassen hast." Ihre Stimme brach.

„Diesen Männern?" Sein Ärger koppelte sich ab, streckte Fühler aus und bekam etwas Neues zu greifen. Wenn irgendetwas vorgefallen war, dann würde er die Männer unter Arrest stellen – nein, vor eine Bombe schnallen – eine Brandbombe. „Haben sie dich angefasst? Sag's mir."

„Nein, aber sie hätten es tun können ..." Sie schlug sich die Hand vor die Augen. „Sie hätten wer weiß was tun können – es waren so viele ..."

Er atmete tief ein. Sein Blut kochte. „Warum zum Teufel bist du dann in den Truck gestiegen?"

Ruths Augen wurden feucht. „Ich dachte ... ich dachte, du kommst nach."

Sie hatte gedacht, er würde sie beschützen. Die Erkenntnis stach ihm bis in die Lunge und der heiße Druck und die Luft zischten heraus.

„Ich dachte ... ich ..." Ihre Stimme war kläglich und weinerlich. „Wie konnte ich nur so dumm sein?"

Jack lehnte sich an die Ladenwand, nahm seine Mütze ab und fuhr sich durch die Haare. Er hatte noch nie Angst in ihren Augen gesehen. Im Krankenhaus war sie Herr der Lage und die Männer hilflos, aber auf der Ladefläche war die Situation umgekehrt gewesen. Sie hatte sich Schutz gewünscht und er hatte ihn ihr verweigert. Den kleinen Samen des Vertrauens, den er drei Monate lang gegossen hatte, hatte er in einem Augenblick zertreten. „Na, das habe ich ja gründlich vergeigt."

In ihren Augen, in diesem hinreißenden Blau, kämpften seinetwegen Ärger, Angst und Schmerz miteinander. Er konnte den Anblick kaum ertragen.

„Hör zu, Ruth. Es tut mir leid. Was habe ich mir nur dabei gedacht? Eine wunderschöne Frau allein in einem Truck mit einem Dutzend Männer? Unfassbar. Nur, weil ich sie kenne und ihnen vertraue, heißt das noch lange nicht, dass du ... oh Mann."

Die Härte wich aus ihrem Gesicht.

Jack beugte sich vor. „Das passiert mir nicht noch mal. Ich gebe dir mein Wort. Nie wieder lasse ich dich im Stich."

Ruth sah ihn mit feuchten Augen fragend an.

„Nie wieder." Am liebsten hätte er sie in den Arm genommen und ihr gezeigt, wie er das meinte, aber der Zeitpunkt war denkbar ungünstig. Stattdessen setzte er sich die Mütze wieder auf und rieb sich das Kinn. „Damit ich ein Auge auf dich haben kann, sollte ich mich lieber wieder ins Krankenhaus einweisen lassen. Halt, Augenblick, aber was ist dann mit deinen freien Tagen?"

Verwirrung machte sich auf ihrem Gesicht breit und verdrängte Schmerz und Angst.

„Oder meinst du, ich könnte auch dem Schwesternkorps beitreten? Aber ob es die weißen Kittel auch in meiner Größe gibt? Hm. Auf jeden Fall muss ich mir die Beine rasieren." Er zog ein Hosenbein hoch und pfiff. „Das dauert ein paar Tage."

Ruths Mund verzog sich zu einem Lächeln.

„Kannst du mir vielleicht einen Lippenstift leihen?"

„Mit ... mit deinem Schnurrbart? Wie soll denn das aussehen?" Ein zartes Lachen stieg aus ihrer Kehle auf. „Du bist verrückt, Jack Novak."

Er lächelte zufrieden. Sie befanden sich außerhalb der Flakzone. Jetzt schnell zurück auf Zielkurs kommen. Er deutete auf das Buch in ihrer Hand. „Was hast du da gekauft?"

Ruth löste ihre verschränkten Arme und sah kurz auf das Buch. „Das ist für meine Schwester Anne. Sie hat im September Geburtstag."

„Du verpasst nie einen Geburtstag, oder? Hoffentlich kriegst du auch was von ihnen."

„Hoffentlich nicht", erwiderte sie. „Ist schließlich mein Geld."

Jack lehnte sich zurück an die Wand und überkreuzte die Beine an den Fußgelenken. „Wann hast du eigentlich zum letzten Mal etwas geschenkt bekommen?"

„Ich? Ich weiß nicht ... zum Schulabschluss wahrscheinlich. Meine Eltern haben mir eine Bibel geschenkt."

Jack sah sie ungläubig an. Wie lange mochte das her sein? Fünf Jahre? Sechs? Nun, sie hatte eben niemanden, der ihr etwas Gutes tat, und sie selbst machte das ganz bestimmt nicht. Kein Nagellack, kein Schmuck, noch nicht mal eine Armbanduhr. „Wann hast du denn Geburtstag?"

„Jack ..." Sie funkelte ihn an, aber er hielt ihrem Blick stand, bis sie aufgab. „Am 3. August", sagte sie und seufzte.

„Morgen?", erwiderte Jack und lachte laut und befreit, vor allem, als er entdeckte, dass sie direkt vor einem Juwelier standen. „Dann steht es fest. Ich schenke dir eine Uhr zum Geburtstag und als Entschuldigung für eben."

„Eine Uhr?" Ruth stand der Mund offen. „Jack, nein. Das ist viel zu teuer."

„Weißt du, wie viel ich verdiene? Ich muss für keine Familie aufkommen, hab noch nicht mal ein teures Laster und du brauchst eine Uhr."

„Tue ich nicht." Sie umklammerte ihr linkes Handgelenk.

„Tust du doch. Wie willst du deinem Patienten denn sonst im Flieger den Puls messen? Da hängt keine Uhr an der Wand. Hast du darüber mal nachgedacht, du Fliegende Krankenschwester?"

Sie blinzelte nur und runzelte die Stirn.

Jack hielt ihr die Tür zum Juwelier auf. „Du kannst auch draußen bleiben, aber wenn du ein Wörtchen mitreden willst, dann solltest du lieber mit reinkommen."

Ruth stöhnte und ging ins Geschäft. „Ich wünschte, ich hätte dich nie kennengelernt."

Irgendwie kaufte er ihr das nicht ab.

Am Tresen zeigte der Juwelier ihnen die kleine Auswahl an Damenuhren. Jack schloss die billigste Uhr aus, Ruth die am meisten verzierte, und schließlich einigten sie sich auf eine einfache goldene Uhr mit einem rotbraunen Armband, das Jack besonders gefiel, weil es zu ihrer Haarfarbe passte.

Nachdem Jack bezahlt hatte, wollte der Juwelier Ruth die Uhr geben, aber Jack ging dazwischen. Er legte Ruth die Uhr selbst um das schlanke Handgelenk und berührte sie dabei beiläufig. „Und, gefällt sie dir?"

„Ja. Dankeschön." Sie betrachtete ihren Arm. „Danke."

„Gern geschehen." Eine zackige Narbe verlief neben dem Zifferblatt. Er strich darüber. „Wie ist das denn passiert?"

Ruth zog ihren Arm zurück und schob den Ärmel ihrer blauen Uniform nach unten. „Das ist schon sehr lange her."

Das war keine Antwort auf seine Frage, aber er würde wohl auch keine bekommen. Diese Ruth Doherty war wirklich ein harter Brocken.

Sie gingen nach draußen und Jack stieß die junge Frau neben sich mit dem Ellbogen an. „Was musst du als Nächstes besorgen?"

„Oh, nichts mehr. Ich wollte ..." Ihr Gesicht wurde völlig ausdruckslos und ihre Augen schossen panisch hin und her.

Also wieder eine Ausrede. „Okay, was wolltest du tun, bevor dieser leichtsinnige Bruchpilot in deine Pläne gestürzt ist?"

Ein Mundwinkel ging nach oben. „Immerhin bist du ein ehrlicher Bruchpilot."

„Ich kann eben nicht lügen. Das musste immer mein kleiner Bruder für mich machen. Also, was hattest du vor? Und versuch erst gar nicht zu flunkern. Du kannst es keinen Deut besser."

„Na ja, ich ... ich habe vom letzten Monat noch einen Vierteldollar übrig und ich dachte, ich gehe ins Kino. Vielleicht."

„Hört sich doch gut an."

„Jack ..." Da war wieder dieses Feuer, was ihn so anzog.

Er breitete unschuldig die Arme aus. „Was soll ich denn machen? Wenn ich mitkomme, sieht es so aus, als würde ich mir ein Rendezvous erschleichen. Komme ich nicht mit, breche ich mein Versprechen und lasse dich im Stich. Und ich muss sowieso auf dich warten, weil ich dich bestimmt nicht allein nach Hause laufen lasse. Also kann ich mir auch gleich den Film ansehen."

Das Feuer wurde kleiner, aber die Glut blieb.

„Ich setze mich auch ans andere Ende vom Kino", bot er an. „Du wirst noch nicht einmal ..."

„Also jetzt reicht's. Du darfst mich begleiten, solange ich für mich selbst aufkommen darf. Schlimm genug, dass ich mir schon von dir Schmuck habe kaufen lassen."

„Nicht Schmuck – medizinische Ausrüstung." Jack war jedoch froh, dass sie die Uhr wie erhofft als ein persönliches Geschenk ansah.

Der Kinosaal war fast leer und sie suchten sich zwei mittige Plätze in einer der hinteren Reihen aus. Die Männer vom 94. bevorzugten die Erstaufführungen von Hollywoodfilmen, die sie auf dem Stützpunkt geboten bekamen. In der Stadt zog es sie eher in die Pubs.

Ruths fröhliches Lachen während der Cartoons machte ihm wieder Mut, genauso wie der Bericht über das schnelle Vordringen der Alliierten in Sizilien. Jetzt, wo der König von Italien Mussolini hatte verhaften lassen, würden bestimmt bald amerikanische Soldaten über die Alpen in Deutschland einmarschieren. Der sowjetische Vorstoß nach Westen in der Schlacht im Kursker Bogen und die amerikanischen und australischen Landgewinne auf Neuguinea und den Salomon-Inseln ließen bei Jack Vorfreude auf den Sieg aufkommen.

Der Film selbst jedoch, irgendein zweitklassiger Musicalstreifen, ging ihm auf die Nerven. Als der Hauptdarsteller vom Mondschein sang, flüsterte er Ruth ins Ohr: „Gleich reimt er es auf ‚für immer dein'."

Ruth kicherte. „Du weißt doch: ‚Mondenschein, für immer dein, mein Herzilein.'"

„Die haben einfach keine Fantasie. Was ist mit Federbein, Rosenhain?"

Selbst im abgedunkelten Saal konnte er sehen, dass sie lächelte. „Waffenschein."

„Das ist doch schon viel besser." Er überlegte einen Moment, lehnte sich dann so nah zu Ruth herüber, wie er sich traute, und sang leise: „Bei Mondenschein im Rosenhain. Du hattest einen Waffenschein. Ich sollte lieber artig sein."

Ruth musste lachen und hielt sich schnell die Hand vor den Mund. „Ich kann es nicht ausstehen, wenn Leute während des Films quatschen."

„Ich kann dich auch nicht ausstehen."

Als sie sich wieder beruhigt hatte, nahm sie die Hand wieder herunter. „Raubein."

„Zicklein." Jack genoss es, gemeinsam mit ihr zu lachen. Irgendwann seufzte Ruth erschöpft und lehnte sich wieder in ihren Kinositz zurück.

Jack schlug die Beine an den Knöcheln übereinander. Vielleicht hatte er einigen Schaden wiedergutmachen können? Ihm fiel noch ein Reim ein und er drehte sich zu ihr um, aber im selben Augenblick lehnte sie sich zu ihm herüber, und bevor er zurückschnellen konnte, berührten seine Lippen flüchtig ihr Ohr.

Na wunderbar, jetzt hatte er es endgültig vermasselt. „Entschuldigung", sagte er. „Tut mir leid. Ich wollte nur was sagen."

„Nein, nein, mir tut es leid. Ich ... ich wollte auch etwas sagen. Du zuerst."

Jack versuchte im Halbdunkel ihr Gesicht zu lesen. Die flüchtige Wärme auf seinen Lippen war so süß, dass er Ruth am liebsten geküsst hätte.

„Jack?", flüsterte sie. „Was wolltest du sagen?"

Er räusperte sich, um Hals und Kopf freizukriegen. „Hoffräulein."

„Hoffräulein?" In ihrem Lachen war Erleichterung zu hören. „Fang nicht schon wieder an."

Gut. Sie wusste, dass es ein Unfall war. „Und was wolltest du sagen?"

Ruth lehnte sich zurück. „Ach, nichts. Ich ... ich meine, warum verlieren die Leute den Kopf, wenn sie sich verlieben?" Sie nickte in Richtung Leinwand, wo zwei Liebende glückselig tanzten.

Interessante Frage. „Das ist doch gerade der Spaß daran. Man kann den Blick nicht mehr vom anderen abwenden und jedes Liebespaar entwickelt seine eigene Sprache." Jack runzelte die Stirn. War sie etwa noch nie ...?

Entschlossen drehte er sich ihr zu. „Du warst noch nie verliebt, oder?“

Sie starrte nach vorn und schüttelte den Kopf. „Du bestimmt schon oft.“

Sehr interessant. „Ein paar Mal, aber die Richtige zum Heiraten war nicht dabei. Und in das Mädchen, das ich hätte heiraten sollen, konnte ich mich einfach nicht verlieben.“

Endlich wandte sich Ruth auch ihm zu. „Wie meinst du das?“

Jack rutschte unter dem Vorwand, leise reden zu müssen, näher an sie heran. „Alice war die Tochter eines der Dozenten im Predigerseminar. Sie stand auf mich. Und ich bin mit ihr ausgegangen, damit ich Apologetik bestehe.“

„Du fieser Kerl.“

„Ich weiß. Dabei war sie die ideale Pastorenfrau. Hübsch, nett, spielte Orgel. Aber sie hatte kein Feuer. Nicht mal einen Funken. Die US-Luftwaffe war meine Rettung. Alice wollte, dass ich eine Gemeinde übernehme, und fand, zum Militär zu gehen sei Gott gegenüber ungehorsam. Also hat sie sich von mir getrennt und mir den Ärger erspart.“

„Hmm.“

Er betrachtete die Konturen ihrer Stirn, der Nase, ihrer Lippen, des Kinns und sah zu, wie sie sich veränderten, während sie nachdachte. Hatte sie verstanden, dass er eine Frau mit Feuer und Charakter brauchte? Und sie brauchte jemanden wie ihn. Das spürte er.

Ruth rutschte hin und her. „Dann ist es also gegen Gottes Willen, wenn du Pilot bist?“

„Das glaube ich nicht. Schließlich sind wir im Krieg. Aber wenn der Krieg vorbei ist ...“

„Du willst eigentlich gar kein Pastor sein, oder?“

Jack starrte die Frau ungläubig an, die soeben fast beiläufig ausgesprochen hatte, was er noch nicht einmal zu denken wagte. Stöhnend ließ er sich in seinen Sessel sinken. Wie waren sie so schnell vom Thema Liebe abgekommen? „Es zählt nicht, was ich will, sondern was Gott will.“

„Gott will also, dass du Pastor wirst?“ In Ruths Augen spiegelte sich das Licht der Leinwand wider. „Ist das deine Berufung?“

Berufung? Dad war der Meinung, Ray war der Meinung, aber er selbst? War er berufen? Der Gedanke nagte an ihm und er verbannte ihn aus seinem Kopf. „Natürlich will Gott, dass ich Pastor werde. Ich bin wie mein Dad. Ich bin sein Namensvetter, ergreife denselben Beruf … so geht das schon mein ganzes Leben lang. Außerdem möchte ich Gott dienen." Er legte sich den Zeigefinger auf die Lippen. „Und jetzt Psst. Immer diese Leute, die im Kino quatschen – ich kann dir sagen …"

Ruth lächelte und sah wieder nach vorn.

Jack verlagerte sein Gewicht auf die Armlehne zur anderen Seite. Was war nur los? Er wollte sie durcheinanderbringen, nicht sich von ihr aus der Fassung bringen lassen.

Kapitel 11

Bury St. Edmunds
Montag, 16. August 1943

„Ich bin ja so froh, dass du mich begleitest, May."

Die junge Frau auf dem Sitz neben ihr im Bus lachte. „Hätte nie gedacht, dass du das mal zu mir sagst."

„Ich bin aber wirklich froh. Schließlich muss ich in die Stadt, aber ich habe Jack versprochen, nicht allein zu gehen, und weil er bis Mittag nicht da war … Er ist bestimmt im Einsatz, und ..."

„Ich weiß." May sah auf Ruths Hände und lächelte mitfühlend.

Ruth streichelte schon wieder das Lederarmband ihrer Uhr. May war die Uhr natürlich sofort aufgefallen und sie hatte sich sehr zu Ruths Verdruss zusammengereimt, woher sie sie hatte. Ruth holte tief Luft und sagte, was gesagt werden musste. „Außerdem wird unser Nachmittag zusammen sicher lustig." Und nötig war er auch. Sie musste endlich die Erinnerungen überschreiben, die sie in den vergangenen zwei Wochen unzählige Male abgespielt hatte.

Mays schmale Augenbrauen wanderten in die Höhe. „Zwei Waisen auf Tour?"

Ruth lachte. „Wollen wir betteln gehen? Zwei Pence für ein armes Mädchen, Sir?"

Die beiden Frauen stiegen aus dem Bus und liefen den Hügel hinab, vorbei an den zweistöckigen Häusern, die unter schwarzen Schieferdächern aneinanderlehnten. Ruth sah zum blauen Sommerhimmel hoch, den weiße Ranken zierten. „Der perfekte Tag zum Fliegen."

„Wir verbringen viel zu viel Zeit mit Charlie und Jack."

„Ja, mag sein." Aber die letzten Monate waren tausendmal besser gewesen als die langen Jahre davor. Trotzdem war Krieg, Jack in der Schlacht und womöglich unter Beschuss, während sie hier im Sonnenschein spazieren ging. *Beschütze ihn, Herr!*

„Ich frage mich, wie es bei ihnen läuft." Auf Mays Gesicht spiegelten sich Ruths Sorgen wider.

„Du hast recht. Viel zu viel Zeit."

May stöhnte. „Ist das zu fassen? Ich hatte mir so fest vorgenommen, mich nicht in einen Soldaten zu verlieben, aber Charlie ... ich kann einfach nichts machen. Und du – du warst noch strikter als ich dagegen, mit Männern auszugehen, und jetzt sieh dich nur an."

„Ich gehe nicht mit Jack aus."

„Und ich nicht mit Charlie. Aber eigentlich könnten wir das, wenn man bedenkt, wie wir für sie empfinden."

Für einen Augenblick war Ruths Mund der trockenste Ort Englands. Sie musste May ablenken. „Lässt du dich denn drauf ein, wenn Charlie noch einmal fragt?"

„Nein. Ach, Ruth, sein Job ist so gefährlich, noch viel gefährlicher als der von Thomas. Ich stehe das nicht noch einmal durch."

„Ich weiß." Ruth hakte sich bei May unter. Ihre Absätze klapperten im Einklang über die Gehwegplatten.

May lächelte unsicher. „Was ist der Plan, große Anführerin?"

Wie schön, eine Freundin zu haben, die einen aufmunterte und die selbst auch Aufmunterung vertragen konnte. „Ich würde sagen, wir sind zwei verrückte Hühner und machen die Stadt unsicher." Sie riss den Arm nach vorn und hob das Bein so hoch, wie ihr Rock es erlaubte. „Komm, wir gehen ins Kino und heulen bei den lustigen Szenen und lachen bei den traurigen."

May griff nach Ruths Hand und schlenkerte sie vor und zurück. „Und dann tanzen wir durch die Straßen und werfen den Kindern Süßigkeiten zu."

„Au ja. Und dann gehen wir ins Zentrum und spielen London Bridge, bis uns die MPs nach Hause karren." Ruth lief unter Mays hochgestreckten Armen durch, wirbelte herum und stand direkt vor ...

„Jack!", rief sie erschrocken. „Charlie!"

„Ladys." Jack hatte kleine Lachfältchen im Gesicht.

Aus Charlies Mund hing ein Bleistiftstummel. „Also das machen Frauen, wenn die Männer nicht da sind."

May machte einen Knicks. „Wir tanzen, *weil* die Männer nicht da sind."

Ruth lachte und rückte ihre Kappe zurecht. „Was macht ihr denn hier? Heute Morgen habe ich Flugzeuge gehört und gedacht, ihr wärt im Einsatz."

„Waren wir auch“, antwortete Jack. „Aber wir sind schon fertig. Der Einsatz war früh, kurz, und einfach.“

„Haben die Hälfte auf den einen Flugplatz abgeworfen, die andere auf den andern.“ Beim Reden wippte der Stummel auf und ab. „War das erste Mal. Zwei Ziele in einem Rutsch. Erste Sahne.“

Jack steckte die Hände in die Jackentaschen. „Und jetzt sind wir hier. Siehst du, ich habe mein Versprechen gehalten.“

Ruth hätte es nie für möglich gehalten, dass ihr Herz in ihre Kehle passte, aber offensichtlich tat es das.

„Und jetzt zu dir.“ Charlie zog den Bleistiftstummel aus seinem Mund und zeigte damit auf May. „Wegen dir habe ich das Rauchen aufgegeben und jetzt zerkaue ich einen Bleistift nach dem anderen. Los, komm. Wir kaufen neue.“

Mays Kinnlade klappte herunter und sie sah Hilfe suchend zu Ruth herüber.

„Bleistifte?“, warf Jack ein. „Darauf habe ich nun wirklich keine Lust. Du vielleicht, Ruth?“

„Also, ich ...“

„Natürlich nicht. Haut schon ab, ihr zwei.“ Jack warf Charlie eine Münze zu. „Und bring mir Tinte mit, wenn ihr schon mal dabei seid.“

„Over und out.“ Charlie schnappte sich Mays Arm und zog sie den Hügel hinunter. May konnte Ruth nur noch einen verwirrten Blick zuwerfen.

Ruth war von der plötzlichen Planänderung und von Jacks Körperwärme genau hinter ihr ganz schwindlig. „Bleistifte?“

„Bescheuert, oder? Aber er ist damit durchgekommen.“

Genauso wie Jack. Sie drehte sich um. „Ihr zwei seid die hinterhältigsten ...“

„May hatte doch nichts dagegen.“ Jack nickte in Richtung Stadtzentrum. „Und was dich betrifft, Fräulein, lauten die Pläne wohl Kino, Tanzen und London Bridge.“

„Oh, nein. Nicht mit dir.“ Ruth lief los. „Mir ist plötzlich so nach einem von diesen kitschigen Porzellanfigürchen. Aber das kann Stunden dauern, bis ich die richtige gefunden habe.“

Jack schüttelte den Kopf so heftig, dass Ruth befürchtete, seine Mütze würde herunterfallen. „Bloß kein Schaufensterbummel. Ich habe etwas zu feiern! Erstens: Ich darf wieder fliegen. Das war heute schon der zweite Tag in Folge."

„Und wie war es?"

Seine Augen leuchteten. „Ich kann dir gar nicht sagen, wie gut es sich angefühlt hat, wieder abzuheben. Und beide Einsätze waren die reinsten Spaziergänge. Diese Thunderbolts reißen uns echt heraus. Sie haben die Luftwaffe einfach verjagt. Wenn ihre Reichweite so groß wäre, dass sie uns bis Deutschland eskortieren könnten, das wär's."

„Und wie ging es mit dem langen Sitzen?"

„Ach, ganz gut. Du hast wohl nie Feierabend?" Er blickte finster drein und seufzte. „Also schön. Nach hinten heraus wurde es immer schmerzhafter."

Ruth lachte. „Im Ernst?"

„Was ist daran lustig?" Seine schwarzen Augenbrauen zogen sich zusammen, als wollten sie über ihre Frage diskutieren. Dann knurrte er. „Nach hinten heraus. Sehr witzig. Schön, dass dich meine Schmerzen amüsieren."

„Nicht so sehr wie deine Verlegenheit." Und was für ein gutes Gegenmittel gegen jede Romantik.

„Willst du mich den ganzen Tag nur aufziehen oder den zweiten Grund zum Feiern hören?" Er zog einen Briefumschlag aus der Innentasche und gab Ruth ein Blatt Luftpostpapier, das mit einer krakeligen Handschrift bedeckt war. „Von meinem Bruder Walt. Er kann mit links noch nicht so gut schreiben, aber man kann es entziffern."

Jack, mein Lieber, zum ersten Mal in meinem Leben bin ich dir um eine Nasenlänge voraus.

Letztens hat mich Allie im Krankenhaus besucht – die Frau, die eigentlich verlobt ist und mit der ich in Briefkontakt stehe. Nach einigen Missverständnissen habe ich ihr gestanden, was ich für sie empfinde. Und ich war vielleicht platt, als herauskam, dass sie ihre Verlobung gelöst hat und sich in jemanden verliebt hat, nämlich – und jetzt halt dich fest – deinen ollen Bruder! Wir heiraten nächstes Frühjahr. Wer hätte gedacht, dass ich der erste Novak sein würde, der in den Hafen der Ehe einläuft?

Wenn du Lieutenant Doherty siehst, kannst du ihr davon berichten. Unglaublich, dass wir dieselbe Krankenschwester hatten. Aber ich glau-

be nicht mehr an Zufälle, sondern nur noch an Gott, und mehr denn je bin ich davon überzeugt, dass er es gut mit uns meint und uns über alle Maßen beschenkt.

„Ich freue mich so für ihn", sagte Ruth.

„Ja. Ich kann es kaum glauben, dass mein kleiner Bruder heiratet. Und dass er mir gerade damit den Rang abläuft. Ich meine, der Junge ist nie mit einem Mädchen ausgegangen! Kaum war eine Frau in seiner Nähe, hat er kein Wort mehr herausgebracht."

Ruth konnte nicht ausmachen, was da in seinen Augen schimmerte. War es Freude? Oder Neid? Er war doch nicht wirklich der Meinung, er müsse seinen Bruder schlagen? Und wenn doch, dann brauchte er sie dabei nicht anzugucken.

Jack sah sie an. „Heute feiern wir. Kino, Essen gehen, ich zahle. Und es ist kein Rendezvous. Komm, sei nicht so ängstlich. Können ein Mann und eine Frau nicht zusammen essen, ohne dass es gleich ein Date sein muss?"

„Ich denke schon." Sie runzelte die Stirn. Wenn ein Restaurantbesuch und ein Kinobesuch kein Date waren, was dann?

Der Kinobesuch war dann jedoch kein bisschen romantischer, als er es mit May gewesen wäre. Keine geflüsterten Reime mehr, keine zufällige Berührung seiner Lippen, keine starke Schulter, die sie anstupste. Ruth konnte ihre Enttäuschung nicht verleugnen.

Aus dem Augenwinkel betrachtete sie Jacks markantes Profil.

Warum nicht? Diese Stimme war in den vergangenen zwei Wochen immer lauter geworden.

Was spricht dagegen? Diese unvernünftige Stimme.

Für die Familie kann ich trotzdem noch sorgen. Diese rebellische Stimme.

Wäre das nicht wundervoll?

Jack sah sie an und lächelte, als hätte er ihre Gedanken gelesen und gesehen, wie sie das Armband streichelte und sich vorstellte, ihn zu berühren. *Warum eigentlich nicht?*

Ruth drückte sich in ihren Sitz. Sie wusste genau, warum nicht.

Als der Film vorbei war, verließen sie den Saal und standen einen Moment lang blinzelnd im Sonnenschein.

„Also schön, Lieutenant Angsthase", sagte Jack. „Um zu beweisen, dass das hier kein Rendezvous ist, holen wir uns Fish 'n' Chips und essen in der Abtei. Ist sowieso zu schön, um drin zu hocken."

„Das stimmt." Ein warmer Wind strich ihr übers Gesicht. „Und Fish 'n' Chips sollen wirklich gut sein."

„Du gehst wohl nie essen? Schickst du jeden Penny nach Hause?"

„Fast jeden." Und trotzdem reichte es nicht für Tante Pauline. Ruth verdrängte die Angst. „Bei der Army habe ich Essen und Unterkunft. Was brauche ich mehr?"

„Jeder möchte doch ab und zu mal verwöhnt werden."

Ruth betrachtete beim Laufen ihre Schuhe. „Nicht, wenn man noch nie verwöhnt wurde."

„Dann wird es aber höchste Zeit." Jacks Stimme klang so bestimmt, dass sie ihn erstaunt ansah. Die Entschlossenheit in seinem Gesicht verriet ihr, dass er es nicht bei Worten bewenden lassen würde. Und die Zärtlichkeit in seinen Augen ließ ihren Protest dahinschmelzen.

„Hier fangen wir an. Das ist ein guter Start." Er stieß eine schwere Holztür auf.

Ruth versuchte, sich zu sammeln, ihre Emotionen unter Kontrolle zu bekommen und sich an das Dämmerlicht in der Kneipe zu gewöhnen. Vom Biergeruch wurde ihr schwindlig, aber sie zwang sich, gleichmäßig zu atmen und Jack zur Bar zu folgen. Eine junge Frau mit krausem Haar kam zu ihnen.

„Wir hätten gern Fish 'n' Chips zum Mitnehmen."

Sie schüttelte den Kopf. „Ihr Amerikaner. Immer habt ihr es eilig."

Jack lehnte sich auf den Tresen und lächelte überlegen. „Wir haben es eilig, damit ihr endlich den Krieg gewinnt."

Die Wangen der jungen Frau wurden rot und sie versuchte, ihr krauses Haar zu ordnen. „Wir haben die besten Fish 'n' Chips der ganzen Stadt, aber darf ich euch die Bangers empfehlen? Die sind klasse."

„Hört sich doch gut an", meinte Jack. „Was meinst du?"

Ruth drehte sich der Magen um. „Bangers sind Würstchen, oder?"

„Ja. Sehr lecker." Er kniff die Augen zusammen. „Alles in Ordnung?"

„Oh, ich ... ich kann Würstchen nicht ausstehen. Schon beim Geruch davon wird mir schlecht."

Jack sah sie noch einen Augenblick an und drehte sich dann zur Bardame um. „Zweimal Fish 'n' Chips, bitte."

Mit ihrem Essen in Zeitungspapier spazierten sie die Straße hinunter und durch den gewaltigen Norman Tower. Jack zeigte ihr die Schießscharten für die Bogenschützen. Sie liefen durch ein Parkrondell, wo ein alter Mann für einige Kinder Geige spielte.

„Ein GI!“ Die Kinder sprangen auf und kamen herbeigerannt. „Haben Sie Kaugummis für uns? Bitte!“

Jack lachte und zog ein Päckchen Wrigley's aus seiner Tasche. Er gab jedem Kind einen Streifen und überließ sie dann wieder ihrem Spiel.

Ruth hatte ihn noch nie mit einem Kaugummi im Mund gesehen. „Du kaufst die nur für die Kinder, oder?“

„Ja. Wollen wir uns dort drüben auf die Mauer setzen?“

Sie liefen gemächlich über den Rasen zu einer alten Mauer, die zur Abteiruine gehörte. Jack legte seine Jacke darauf, damit Ruth sich auf den alten Steinen keine Laufmasche holte.

Vorsichtig wickelte er seine Portion aus. „Die ältesten Gebäude in Antioch haben keine hundert Jahre auf dem Buckel und hier sitzen wir auf etwas, das über neunhundert Jahre alt ist.“

„Und Heinrich der Achte ließ es während der Reformationszeit einfach zerstören.“ Ruth betrachtete die steinernen Überreste der Abtei, die mal drei, mal sechs Meter aus dem Gras aufragten und Fenster oder Türen vermuten ließen. „Was die Leute für dumme Dinge tun.“

Jack kaute. „Apropos dumm, habe ich dir je von meiner Geschäftsidee erzählt, die ich als Kind hatte?“

„Ich glaube nicht.“

„Jedenfalls habe ich Rundflüge in Grandpa Novaks altem Doppeldecker verkauft. Ich glaube, die Hälfte der Kinder in Antioch ist mit mir geflogen und ich machte ordentlich Geld. Das Problem war nur, ich hatte Grandpa nie um Erlaubnis gefragt. Als er es herausfand, bekam ich eine unvergessliche Tracht Prügel, musste jeden Cent zurückzahlen und, das Schlimmste, ich durfte ein ganzes Jahr lang nicht fliegen.“

Ruth lächelte mitleidig. „Du armer Kerl.“

„Nein, war schon richtig so.“ Er zeigte mit einem Kartoffelstäbchen auf Ruth. „Du bist dran.“

Sie biss von ihrem Fisch ab und dachte nach. Der knusprige Backteig knackte und der Fisch zerging ihr auf der Zunge, feucht und voller Geschmack, viel intensiver als alles, was sie früher auf dem kleinen Kohleofen zu Hause gebraten hatte.

Der kleine Ofen. Sie schluckte ihren Bissen herunter und schmunzelte. „Einmal wollte ich unbedingt zum Strand fahren und spielen. Aber Pa meinte, das Geld reiche nicht für Fahrscheine für uns alle. Also machten Ellen und ich uns unseren eigenen Strand. Wir schaufelten die ganze Asche aus dem Ofen und verteilten sie auf dem Boden. Du hättest Mas Gesicht sehen sollen. Ab da musste ich immer den Ofen sauber machen."

Jacks Augen leuchteten so, dass ihr gleich noch eine Geschichte einfiel, und die beiden amüsierten sich beim Essen über die Missgeschicke ihrer Kindheit. Nachdem sie aufgegessen hatten, falteten sie das Zeitungspapier zusammen und überlegten, ob es mit all dem Fett noch als Altpapier zu gebrauchen war.

Jack stellte ein Bein auf die Mauer und legte lässig einen Arm aufs Knie. „Deine Kindheit war gar nicht so viel anders als meine."

„Findest du?"

„Ja. Kinder, die Dummheiten machen und Ärger kriegen. Eltern, die gläubig sind, gut miteinander auskommen und ihre Kinder lieben. Ist doch ein echtes Geschenk."

„Ja, schon." Die Ruine leuchtete in der Abendsonne. Jack und May sahen immer nur, wie gesegnet sie waren. Ruth konnte nur sehen, was ihr Gott genommen hatte, nicht, was er ihr schenkte. Aber auch sie war gesegnet – sie hatte einen Job, täglich Brot, ihre Geschwister waren mit Kleidung und Essen versorgt. *Herr, lass mich doch auch das Gute sehen.*

„Sag mal, stört dich die Uhr?"

„Wie bitte?" Ruth sprang in die Gegenwart zurück.

„Du fummelst die ganze Zeit daran herum. Stört sie dich?"

Ruth betrachtete die Uhr, die sie stets an Jacks beschützerische und freigiebige Freundschaft erinnerte. War das ... ja, auch das war ein Segen, und wenigstens dieses eine Mal wollte sie ihm keine freche Antwort geben. „Nein, ich mag sie. Sie fühlt sich gut an. Und du kannst dir gar nicht vorstellen, wie viel sie mir bedeutet." Sie zwang sich, ihm in die Augen zu sehen, um ihm zu zeigen, dass er in ihr etwas Verlorengegangenes wiederhergestellt hatte.

„Geht sie denn auch richtig?" Er griff nach ihrer Hand, zog ihren Arm zu sich und hielt ihre Uhr neben seine.

Hitze strömte ihr durch den Arm bis ins Herz. Erschrocken atmete sie scharf ein und riss Mund und Augen auf. Sie musste ihre Hand zurückziehen, aber sein Griff war zugleich fest und sonderbar angenehm.

„Geht sie?“ Er zog fragend eine Augenbraue hoch.

Ruth presste sich ihre freie Hand auf den Mund und nickte.

„Gut.“ Als ob seine Berührung nicht schon genug wäre, musste er auch noch dieses Lächeln auf den Lippen haben. „Deine Uhr sagt nämlich, es ist Tanzzeit.“

„Tanzzeit?“ Sie schnappte nach Luft.

„Feiern ohne Tanzen geht nicht. Und wir haben sogar Geigenmusik!“ Er stellte sich gerade hin und griff nach ihrer Hand. „Außerdem kann ich wirklich nicht mehr sitzen. Hab Erbarmen!“

„Ich ... ich kann gar nicht tanzen.“

„Stimmt, dass wir die Tanzschule besucht haben, ist schon eine Weile her, aber ...“

Ruth schüttelte den Kopf und wünschte sich die Kraft, sich losreißen zu können. „Ich war nie dort. Ich musste irgendwie Geld verdienen. Nach der Schule ... ich brauchte das Geld ...“

„Dann ist es aber höchste Zeit, dass du tanzen lernst.“ Mit zärtlichem Blick zog er sie auf eine ebene Grasfläche.

Ihr fiel das Atmen schwer. „Ich ... ich kann nicht ...“

„Ist ganz einfach. Leg deine Hand hierher.“ Jack stand eine Armlänge von ihr entfernt, legte ihre Hand auf seine Schulter und seine Hand an ihre Hüfte. „Grundstellung. Alles klar?“

„J-ja.“ Vor ihren Augen tanzten Sterne. Sie versuchte, langsam zu atmen und sich auf einen Knopf an Jacks khakifarbenem Hemd zu konzentrieren.

„Lass dich einfach von mir führen. Keine Angst, nur die Grundschritte. Aber dafür musst du etwas näher kommen.“

Jacks Brustkorb baute sich wie eine schützende Mauer vor ihr auf, sein starker Arm umfing sie und der Knopf verschwamm und tanzte vor ihr, als würde sie durch ein Wasserglas gucken. Pa hatte sie früher so gehalten, ihr großer, starker, zärtlicher Held. Ihr schnürte sich die Kehle zu und eine heiße Träne rann ihre Wange hinunter.

Sie weinte doch nicht etwa? Jack durfte das nicht sehen, aber unbemerkt konnte sie sich nicht die Augen wischen. Ohne nachzudenken drückte sie ihr Gesicht an seine Schulter. Oh nein, wie konnte sie nur?

Jack murmelte sanft und zog sie noch näher.

Ruth rang nach Fassung, aber ihre Tränen liefen Jack jetzt unaufhaltsam aufs Hemd. Wann hatte sie zum letzten Mal jemand so gehalten?

Pa war früh zum Pflegefall geworden. Ma und die Kinder hatten sie zwar umarmt, aber ihre Arme waren keine Zuflucht gewesen wie Jacks.

„Sag mal, weinst du?"

Sie schüttelte den Kopf und vergrub ihr Gesicht noch tiefer.

„Sieh mich an." Er machte einen halben Schritt zurück und duckte sich etwas, um sie genau ansehen zu können. „Wusste ich's doch. Ich bin dir auf die Zehen getreten."

„Nein." Ein eigenartiges Geräusch zwischen Lachen und Seufzen entfuhr ihr. Sein Gesicht war so nah, so voller Anteilnahme und Ermutigung, sie musste ihm die Wahrheit sagen. „Mein Vater ... er wurde gelähmt, als ich zwölf war. Es ist jetzt zwölf Jahre her, dass mich jemand umarmt und richtig festgehalten hat."

Jack seufzte, strich ihr über den Rücken und drückte ihren Kopf wieder an seine Brust. „Ist nur Baumwolle. Das kann man jederzeit waschen."

Er erlaubte ihr zu weinen? Wann hatte sie das zum letzten Mal gedurft? Als es ihren Eltern nicht mehr gut gegangen war, war sie ihre Stütze gewesen. Dann, als Pa und Ma gestorben waren, hatte sie die Starke sein und für ihre Geschwister sorgen müssen. Nicht ein einziges Mal hatte sie sich erlaubt zu weinen.

Und jetzt flossen die Tränen in einem unaufhörlichen Strom. In Jacks Armen konnte sie schwach sein, trauern, konnte auftanken.

Irgendwann wurde der Strom zum Rinnsal und versiegte. Ein Schniefen, ein zaghaftes Atmen und Frieden. Jack summte leise zur Geige und streichelte ihren Rücken. Sie drehte ihr Gesicht zur Seite und betrachtete den dunklen Bartschatten auf seinem Kinn. Am liebsten hätte sie ihre Lippen auf diese männliche Rauheit gedrückt, aber sie konnte nicht.

„Danke", flüsterte sie stattdessen.

„Gern geschehen, Zicklein."

Verwirrt hob sie ihren Kopf und blinzelte mit nassen Wimpern. „Zicklein?"

„Im Mondenschein ein Zicklein weint." In seinen Augen blitzte der Schalk auf.

Ruths Lachen klang rau und feucht.

„Na siehst du. Wurde auch Zeit, dass ich dich wieder zum Lachen bringe."

„Und ob." Sie berührte den großen feuchten Fleck auf seinem Hemd. „Au weia."

„Macht doch nichts." Er küsste sie auf die Stirn. „So, wollen wir dann tanzen?"

Ruths Gedanken wirbelten wie wild durcheinander. „Tanzen?"

Jack lächelte beiläufig, als hätte er sie gerade nicht geküsst. „Wir feiern, schon vergessen?"

Ruth wollte die Umarmung nicht lösen und nickte. Das Tanzen fiel ihr jedoch überhaupt nicht leicht. Sie kam ständig aus dem Takt und ihre Füße wollten ihr einfach nicht gehorchen, aber dank Jacks Geduld und guter Laune wich nach und nach ihre Unbeholfenheit, sie entspannte sich in seinen Armen und ließ sich von seiner Fröhlichkeit mitreißen. Ihr war so leicht ums Herz wie seit Jahren nicht mehr, als ob die salzigen Tränen den eisernen Panzer zersetzt hätten. Sie versuchte, ihre Vorbehalte heraufzubeschwören, aber jedes Mal, wenn er sie im Kreis drehte, fiel ein weiterer Brocken ab, bis ihr Herz frei und bloß vor ihm lag.

„Genug für heute?", fragte er.

„Schon?"

„Ich muss dich noch zurückbringen und bis um acht im Stützpunkt sein, falls wir morgen fliegen." Er löste sich von ihr, ging zur Mauer zurück und zog seine Fliegerjacke an.

Das plötzliche Gefühl der inneren Leere raubte Ruth den Atem. „Was ist mit London Bridge?"

„Wie?" Jack richtete seinen Kragen.

Ruth wurde schlagartig warm und sie verspürte den Wunsch, ihn zu überraschen, ihm zu gefallen und sich ihm zu öffnen. Sie streckte beide Hände aus. „Kino, Tanzen, London Bridge. Du hast es versprochen."

Er lächelte breit und griff nach ihren Händen.

Ruth streckte die Arme hoch und machte einen Bogen. Ihr Lächeln war unsicher, aber das war ihr jetzt egal. „‚London Bridge is falling down, falling down, falling down. London Bridge is falling down.'"

„My fair lady." Jack lachte und zog sie an sich.

Ruth ließ sich mitreißen, überwältigt von seiner Nähe, seinem Atem in ihrem Gesicht, von *ihm*. Mehr als alles andere wollte sie seinen Kuss spüren, seine Liebe, *ihn*.

„Ich gehe nicht mit Männern aus", platzte es plötzlich unbeholfen aus ihr heraus.

Jack schien genauso überrascht von ihren Worten wie sie selbst. „Ich weiß", sagte er langsam. „Deswegen habe ich dich auch nie um ein Rendezvous gebeten, du kleine Makrone." Er wackelte mit einer Augenbraue wie Groucho Marx.

„Makrone?"

Er wurde ernst. „Hast du schon mal Makronen gegessen?"

„Nein."

„Sind interessante kleine Dinger. Schmelzen fast im Mund, aber wenn man nicht aufpasst, zerkrümeln sie in der Hand."

Ruth versuchte, die Analogie zu verstehen, aber sie hatte nur Augen dafür, wie seine Lippen sich bewegten. Ihr letzter Kuss war acht Jahre her, aber sie war sich sicher, dass Jack mindestens so gut küssen konnte wie Eddie Reynolds. Er würde nicht wie verrückt die Lippen spitzen, sie vollsabbern oder nur für den Bruchteil einer Sekunde anstupsen.

„Ich möchte dich nicht überfordern, Ruth. Wirklich nicht. Du bist mir wichtig. Aber ich weiß, dass du mir zwischen den Fingern zerbröselst, wenn ich das Falsche tue. Vielleicht wenn ich ganz vorsichtig bin ..."

Sie würde schmelzen. Sie wollte es. Schluss mit der Unnahbarkeit. Schluss mit dem sehnsüchtigen Blick auf das, was ihr verwehrt blieb. Langsam neigte sie den Kopf nach hinten.

„Ruth." Er zog sie an sich, bis ihre Stirn die seine berührte. „Mein Liebes."

„Oh, Jack." Eine Woge schwappte über ihre Gedanken, dunkel, warm und süß wie Kakao, bis Ruth den Kuss mit jeder Faser herbeisehnte.

Ihre Lippen trafen sich.

Der Ausweg aus der Gasse versperrt, drei kräftige Männer, das Knacken des Uhrenglases beim Aufprall auf die Wand, das kleine Rinnsal Blut auf ihrem Arm. „Eine billige Hure bist du, nichts weiter."

Ruth schnappte nach Luft und zuckte zusammen.

„Was ist?" Jack starrte sie erschrocken an. „Was ist los?"

„Nein. Nein. Nein!" Sie wand sich aus seiner Umarmung. „Oh, nein!"

Er griff nach ihrer Hand. „Oh, Ruth. Das war dein erster Kuss, oder?"

Sie lachte hysterisch. Zog ihre Hand mit einem Ruck weg und schlug sie sich vor den Mund. „Nein. Du hast ja keine Ahnung."

„Was ist denn dann?"

Sein Atem stank nach Bier und Würstchen. Er hämmerte ihr die Glassplitter ins Handgelenk und die Wahrheit in den Kopf: „Du wirst mich niemals loswerden. Immer wirst du mein Gesicht sehen."

Ruth taumelte zurück und drehte sich um. Wohin – wo lang sollte sie fliehen? Sie entdeckte den Norman Tower und stürzte los.

„Ruth! Was ist denn los?"

„Warum habe ich es nur so weit kommen lassen? Wie konnte ich nur? Ich wusste, es war ein Fehler."

Jack holte auf. „Fehler? Ich verstehe nicht ..."

„Ja, ein Fehler." Sie wandte den Blick nicht vom Gate Tower, ihrer Rettung. „Wie konnte ich mich nur so gehen lassen – oh, du bist gut, Jack. Wirklich gut. Ich fasse nicht, dass ..."

„Was redest du da?" Er griff nach ihrem Arm.

Sie wand sich frei. „Lass mich! Ich habe dir gesagt, dass ich nicht mit Männern ausgehe, aber du hast nicht zugehört. Warum hast du nicht zugehört?" Tränen brannten ihr in den Augen.

Jack stellte sich ihr in den Weg und hielt sie an beiden Oberarmen fest. „Ich versuche ja, zuzuhören, aber was du sagst, ergibt einfach keinen Sinn."

„Verstehst du nicht?" Ruths Stimme zitterte. Zu ihrem Lebensplan gehörte keine Liebe oder Ehe und jetzt wusste sie auch warum, mit vernichtender Endgültigkeit. Sie würde nie wieder einen Mann küssen können, nicht, ohne an diesen Tag und ihre große Sünde zu denken, die ihn heraufbeschworen hatte. „Ich hasse Küssen."

„Was?", fragte Jack verwirrt.

„Ich kann es nicht ausstehen." Sie riss sich los und lief weiter in Richtung Abbey Gate. „Ich hasse es, ich hasse Küssen. Verstehst du es jetzt? Weißt du jetzt, warum ich nicht mit Männern ausgehe?"

„Ich habe noch nie jemanden getroffen, der ..." Jacks Stimme wurde leiser. Er würde ihr nicht folgen.

„Tja, jetzt kennst du jemanden. Und jetzt kannst du mich endlich in Ruhe lassen. Hast du verstanden? Lass mich in Ruhe."

„Ja. Das werde ich."

Wo, wo nur war der Eisenpanzer jetzt, wo sie ihn am dringendsten brauchte?

Kapitel 12

Jack schlängelte sich durch den Offiziersclub und versuchte, niemanden anzusehen.

„Letzte Runde, Männer. Morgen ist ein Einsatz. Die Bar schließt um acht."

In Augenblicken wie diesen wünschte sich Jack, er würde trinken. Mit einem schottischen Whiskey in der Hand vergaßen die Männer scheinbar ihre gefallenen Kameraden, das Risiko, morgen zu sterben, und die Frauen. Aber der Alkohol tötete den Schmerz nicht. Er schob ihn nur auf.

Zum Glück saß niemand am Klavier. Musik war ein viel besserer Trost als Fusel. Jack setzte sich an das alte Piano und blätterte die Noten durch: „Jersey Bounce", „I've Heard That Song Before", „Pistol Packin' Mama". Zu fröhlich. Die Männer würden sich bloß um ihn scharen.

„Serenade in Blue". Das war schon besser. Er spielte leise und ließ die Melodie seine Wunden lecken. Gerade, als er Ruths Problem erkannt hatte – die Trauer um ihre Eltern und der Druck der ständigen Verantwortung –, war ihm das Ganze um die Ohren geflogen. Was um Himmels willen war da passiert? Die Frauen waren sonst immer der Meinung gewesen, er könne gut küssen. Was war bloß mit Ruth los?

„Du siehst aus, als könntest du einen Drink gebrauchen." Charlie knallte zwei Flaschen Cola aufs Klavier.

Jack raffte sich zu einem Lächeln auf. „Danke, Kumpel."

Charlie ließ die beiden Kronkorken zischen. „‚Serenade in Blue'? Sonst hältst du dich doch an die Gassenhauer. Wenn du jetzt auch noch ‚As Time Goes By' spielst, stuft dich der Doc als kriegsmüde ein."

Jack schmunzelte schwach. Bei Ruth Doherty war ein Kuss irgendwie nicht einfach nur ein Kuss.

„Was ist los, Skipper?"

„Siehst du das hier?" Er zeigte ihm seine eine Handfläche. „Zerkrümelte Makrone."

„Wie bitte?"

„Zerkrümelte Makrone, und ich weiß noch nicht mal, warum." Jack wischte sich die Hand an der Hose ab und wandte sich wieder den Noten zu. „Weißt du was? Ich habe in meinem ganzen Leben noch nie versagt, wenn ich mir etwas vorgenommen hatte. Nicht ein einziges Mal."

„Wow. Du scheinst mächtig stolz darauf zu sein."

„Das bin ich. Aber was, wenn man sich das falsche Ziel setzt?"

* * *

Ruths Hände zitterten so sehr, dass sie im Waschbecken kleine Wellen schlugen. Ma hatte ihr beigebracht, sich immer das Gesicht zu waschen, wenn sie geweint hatte, aber heute Abend half es nicht. Sie hatte nicht mehr geweint, seit sie fünfzehn war. Nach diesem entsetzlichen Tag in der Gasse hatte sie geheult, sich übergeben, wieder geheult, sich gewaschen, gewaschen und nochmals gewaschen. Und sie hatte es niemandem erzählt – kein Sterbenswörtchen –, noch nicht einmal zu ihrer Schwester Ellen, die sie im Waschzuber in der Ecke hinter dem Laken gefunden hatte. Aber Ellen hatte es sich zusammengereimt. Ellen hatte gemeint, sie hätte es nicht anders verdient. Und Ellen hatte recht gehabt.

Ruth vergrub ihr Gesicht im Handtuch und wartete, bis das Zittern aufhörte. Dann wickelte sie Seife, Zahnbürste und Zahnpasta in ihr Handtuch und band sich die Armbanduhr wieder um.

Sollte sie sie überhaupt noch tragen? Ihre Augen wurden wieder feucht. Jacks Freundschaft hatte ihr so viel bedeutet und jetzt war alles zerstört.

„Das ist aber eine hübsche Uhr." Die hübsche Blondine Marian Willis cremte sich das Gesicht ein. „Flo, hast du Ruths Uhr schon gesehen?"

Ruth nahm ihr kleines Bündel. Bitte nicht. Flo Oswald hatte ihr heute Abend gerade noch gefehlt.

Flo nahm die Zahnbürste aus dem Mund und griff nach Ruths Handgelenk. „Oh, hübsch. Ist die neu?"

„Ja", warf Marian ein. „Sie hat doch sonst nie eine Uhr um. Ich habe mich die ganze Zeit schon gefragt, warum. Na ja, wenn ich so eine Narbe hätte, würde ich sie auch lieber verstecken. Oh, aber sie verdeckt die Narbe ja gar nicht, oder?"

„Schön, dass es dir auffällt." Ruth befreite sich aus Flos Griff und wollte zur Tür laufen, aber Marian und Flo stellten sich ihr in den Weg.

„Von wem hast du die denn?", fragte Flo und beobachtete Ruth genau.

Ruth schob das Armband unter die Schlaufe und dachte an Jacks liebevolles Lächeln. „Sie war ein Geburtstagsgeschenk."

Marian kicherte. „Ja, aber von wem? Sag mir, dass du sie von einem Mann hast."

„Oh, aber sie geht doch nicht mit Männern aus", sagte Flo. „‚Wir sind hier nämlich im Krankenhaus, nicht bei der USO.'"

Ruth drängelte sich zwischen den beiden durch. Ihr war nicht nach einer schnippischen Antwort zumute.

„Vielleicht hat sie sie ja von einem ehemaligen Patienten." Flos Stimme folgte ihr durch den Flur. „Louise hat Ruth nämlich in der Stadt mit einem gewissen Major Novak gesehen."

Ruth machte abrupt auf dem Absatz kehrt. „Ich gehe nicht mit ihm aus!"

Marian lächelte überlegen und verschränkte die Arme über ihrem Nachthemd. „Getroffene Hunde bellen, das weißt du doch. Na komm schon, erzähl. Hast du sie von dem hübschen Major?"

Ruth lief weiter zu ihrem Zimmer. Ihre Wange zuckte und das Zittern in ihren Armen war zurückgekehrt.

Marian quiekte. „Sie ist von ihm. Wie romantisch!"

Nein, nein, nein. Ruth warf das Bündel auf ihr Bett und kniff die Augen zu, in denen schon wieder Tränen brannten. Nicht heute Abend. Dafür fehlte ihr die Kraft.

Zwei Paar Schritte kamen auf ihr Bett zu. „Marian, irgendwas machen wir falsch. Wir gehen mit jedem Mann aus, der uns fragt, und wir kriegen nie solche Geschenke. Ruth hingegen macht sich rar und wird dafür von liebeskranken Trotteln mit Geschenken überhäuft."

„Lasst mich in Ruhe", sagte Ruth mit zittriger Stimme.

„Mensch, Ruth", meinte Marian. „Wenn du mit Männern ausgehen würdest, könntest du so viele schöne Sachen kriegen."

Ruths ganzer Körper begann zu beben. Das musste aufhören, und zwar sofort.

„Und für einen Kuss erst", sagte Flo. „Ich wette, damit könntest du sogar richtig Geld machen."

„Schluss jetzt!“ Ruth wirbelte herum. Ihre Hände waren zu Fäusten geballt. „Lasst mich in Ruhe!“

Marian wich einen Schritt zurück.

Flo legte eine Hand vor ihren Mund. „Du liebes bisschen. Wir machen doch nur Spaß.“

„Lasst mich einfach in Ruhe.“ Die Gesichter der beiden Krankenschwestern wurden dunkel und Sterne tanzten vor Ruths Augen. Sie stolperte in Richtung Ausgang. Was machte es schon, dass sie nur im Nachthemd war? Sie brauchte dringend frische Luft.

„Was ist hier los?“ Jemand berührte ihren Arm. Wann war May hereingekommen?

May sah von einer zur andern. „Was hier los ist, habe ich gefragt!“

Flo blinzelte. „Wir haben sie nur nach ihrer Uhr gefragt.“

„Ich denke, ihr solltet lieber verschwinden“, sagte May ruhig, aber mit Nachdruck, und Marian und Flo verließen das Zimmer.

Ruths Atem war hektisch und flach. Die Sterne wurden zu einer wirbelnden Galaxie. Sie musste raus. Die Tür ... wo war die Tür?

„Ruth?“ Mays Gesicht war fast schwarz. „Du hyperventilierst. Setz dich hin.“

„Muss raus.“ Sie machte einen Schritt und stieß mit dem Schienbein gegen das Bett.

„Setz dich hin.“ May drückte Ruth an den Schultern auf die dünne Matratze. „Du weißt doch, was zu tun ist. Steck den Kopf zwischen die Knie.“

Ruth ließ den Kopf nach vorn sinken. Der Boden kam ihr entgegen, die Dielen drehten sich und tanzten zwischen ihren Füßen. Sie stöhnte.

May streichelte ihr über den Kopf. „Tief einatmen, Ruth. Tief einatmen.“

Ruth zwang sich, ihre Atemfrequenz zu verlangsamen. Ein paar Minuten später verschwanden die hellen Punkte und der Boden hörte auf, sich zu bewegen.

„Kate, holst du bitte das Glas Wasser vom Tisch?“

Ruth sah sich vorsichtig um. Vier Knie waren auf sie gerichtet. Oh nein, sie hatte eine Szene gemacht.

„Geht's dir besser?“, fragte May. Ihre Hand lag sanft auf Ruths Kopf.

„Ja. Danke.“

„Ah, danke, Kate. Ruth, ein Schluck Wasser?“

Irgendwann musste sie sich der Welt stellen. Sie setzte sich gerade hin, strich sich das Haar aus dem Gesicht und nahm das Wasserglas. Kate Fletcher und Rosa Lomeli, die auch im Zimmer wohnten, saßen auf Mays Bett. Ruth lächelte schwach. „Danke."

„Doch nicht dafür", sagte Kate. „Ich fasse es nicht, was die beiden da veranstaltet haben."

Rosa winkte in Richtung Tür ab. „Es gibt ein gutes Wort für solche Mädels, aber ich bin zu gut erzogen, um es zu sagen."

„Ignorier sie einfach", meinte Kate. „Marian lebt vom Tratschen und Flo ist nur neidisch, dass du dir so einen hübschen Offizier geschnappt hast."

Ruth stöhnte und rieb sich die Augen. Ja, sie hatte ihn sich geschnappt und in tausend Stücke zerrissen.

May tätschelte Ruths Schulter. „Willst du lieber allein sein?"

„Ja, bitte."

„Alles klar", sagte Rosa. „Wenn du irgendwas brauchst – Wasser, Taschentücher oder einen Trupp, der diese jämmerlichen Krankenschwestern mal übers Knie legt –, sag Bescheid."

Kate und Rosa gingen aus dem Zimmer und Ruth sah ihnen nach. Seit sie ins 12. Feldlazarett versetzt worden war, hatte sie höchstens kurze, geschäftliche Worte mit den beiden Frauen gewechselt, und trotzdem waren sie so nett.

„Soll ich auch gehen?", fragte May.

Ruth lag das *Ja* auf der Zunge, aber in Mays Gesicht sah sie so viel Mitgefühl, dass sie den Eisenpanzer noch nicht wieder um ihr Herz legen wollte. „Bitte bleib."

„Okay." Ruth fiel auf, dass in Mays blassblauen Augen silberne Sprenkel schimmerten. „Hör zu. Flo und Marian kennen dich überhaupt nicht und sie kennen Jack nicht. Er hat dir die Uhr geschenkt, weil du ihm etwas bedeutest, und nicht, weil er eine Gegenleistung erwartet."

Ruth wurde schwindlig. Nicht schon wieder.

„War es denn schön in der Stadt?", fragte May betont fröhlich, um Ruth abzulenken.

Der Versuch schlug fehl. Ruth fing an zu weinen.

„Oh, Süße, was ist denn los?"

Sie verdeckte die Augen mit der Hand. Konnte sie May erzählen, wie sie an Jacks Schulter geweint hatte? Wie sie mit ihm geflirtet hatte?

Wie sie mitten beim Kuss einen Kurzschluss bekommen hatte und wie eine Verrückte geflohen war? Nein, eine zerstörte Freundschaft am Tag reichte.

Ruth atmete tief ein, ließ ihre Hand in ihren Schoß fallen und schob das Kinn nach vorn. „Sagen wir einfach, Jack weiß jetzt, dass ich nicht mit Männern ausgehe, und er wird auch nicht wieder versuchen, mich umzustimmen."

Kapitel 13

Dienstag, 17. August 1943

„Dann verabschiedet euch mal von den Thunderbolts", sagte Harv Owens vom oberen MG-Turm.

Jack hatte gehofft, ihre Eskorte würde sie noch mindestens eine halbe Stunde über feindlichem Gebiet begleiten, aber weil sich der Startvorgang und das Bilden der Formation so lange hingezogen hatten, mussten die P-47 aufgrund fast leerer Tanks abdrehen. Die *Fliegenden Festungen* waren auf sich allein gestellt und noch anderthalb Stunden von Regensburg, ihrem Ziel, entfernt.

„Linker Seitenschütze an Pilot." Manny Souzas Stimme knackte im Bordsprechgerät. „Feindliche Flieger formieren sich auf acht Uhr tief. Sieht nach Me 109 aus."

„War ja klar", antwortete Jack. Ahnten sie, dass die Vierte Geschwadergruppe auf die Messerschmittfabrik Kurs hielt, um den Me 109 den Nachschub abzudrehen?

Selbst wenn, erwartete sie eine Überraschung. Sieben Geschwader der Vierten Geschwadergruppe hatten es auf Regensburg abgesehen, neun Geschwader der Ersten Geschwadergruppe flogen in Richtung Kugellagerwerke in Schweinfurt. Und dann der Coup: Die Erste Geschwadergruppe sollte nach England zurückfliegen, aber die Vierte Gruppe Kurs auf Nordafrika nehmen. Die armen Deutschen würden vollends verwirrt sein.

Zusätzlich zu den 500-Pfund-Bomben hatte ihre *Fliegende Festung* Kochgeschirr und Rasierzeug geladen, Kleidung und Decken. Jack war froh über diesen ersten Einsatz als Frachtmaschine. Er brauchte einen Tapetenwechsel, um die Erinnerung an das gestrige Fiasko loszuwerden und sich Ruth aus dem Kopf zu schlagen.

„Die Me 109 drehen nach Westen. Haben es auf die letzte Formation abgesehen", sagte Manny.

„Schon wieder?" Seit sie die holländische Grenze passiert hatten, waren schon mehrere B-17-Bomber abgeschossen worden, die das Schlusslicht gebildet hatten.

Jede Kampfformation bestand aus zwei oder sogar drei sorgfältig übereinander gruppierten Staffeln, um die Feuerkraft zu maximieren und die Abschussgefahr so weit wie möglich zu minimieren. Colonel Castle führte mit dem 94. Geschwader die zweite von drei sogenannten „Faust"-Formationen an, ein guter Platz, aber nicht gefeit vor gegnerischem Feuer. Niemand war gefeit davor.

„Fw 190 auf zwei Uhr hoch. Halten direkt auf uns zu." Gene Levitski, der neue Kopilot, spähte unter seinen buschigen Augenbrauen in den blauen Himmel. „Denkt dran, Jungs, nicht einfach losballern. Kurze Feuerstöße. Verschwendet nicht die Munition. Wir haben einen langen Einsatz vor uns."

Jack rutschte auf seinem Sitz hin und her. Oh ja, ein verdammt langer Einsatz. Mindestens elf Stunden, und ihm tat jetzt schon der Hintern weh. Er musste daran denken, wie Ruth sich über seine Beschwerden amüsiert hatte. Das war keine vierundzwanzig Stunden her. Er verdrängte den Gedanken. Jetzt gab es Wichtigeres zu bedenken, zum Beispiel den langen Flug über das Mittelmeer mit fast leeren Tanks. Das Wasser war wärmer als das im Ärmelkanal, aber genauso gefährlich. Und ob die Alliierten im Mittelmeerraum einen gescheiten Seenotrettungsdienst hatten? Jack wollte es nicht darauf ankommen lassen.

„Okay, es geht los", sagte Levitski. „Vier Stück."

Jack hoffte inständig, dass sein Kopilot dieses Mal am Leben blieb. Levitski sagte mit ruhiger Stimme die Position der Flieger durch und gab Jack dadurch die Gelegenheit, sich ganz auf das Fliegen und die Formation zu konzentrieren. Trotzdem behielt er die Jagdflieger genau im Auge, die geradewegs auf ihren Bug zuhielten. Jahrelange Erfahrung hielt ihn davon ab, seinem Instinkt zu folgen und nach rechts oder links auszubrechen. In einer so engen Formation wäre das der sichere Tod.

Bei dreihundert Metern zischte Leuchtspurmunition an ihnen vorbei. „Macht sie fertig", rief Jack. Die *Sunrise Serenade* erzitterte, als ihre Kaliber .50-Maschinengewehre das Feuer eröffneten – Charlies im Bug und Harvs Zwillingsgewehr im Geschützturm.

Die Jagdflieger drangen in die Formation ein. Ihre Propeller sahen aus wie verschwommene Scheiben. Kugeln pfiffen in alle Richtungen durch die Luft. Drei Einschläge donnerten in den rechten Flügel der *Sunrise Serenade.* Kaum waren sie hindurchgestoßen, machten die Fw 190 jeweils eine halbe Rolle und verschwanden unter der *Fliegenden Festung.* Paul Klaus im Kugelturm unter dem Rumpf der *Sunrise Serenade* ließ sein Geschütz loslärmen. „Ich hab einen“, hörte man ihn durchs Sprechgerät jubeln. „Hat ihm glatt den Flügel abgerissen. Nenn mich nie wieder Sauerkrautfresser, Owens.“

„Ein bisschen Spaß muss sein.“ Harv schob die Patronenhülsen von seinem Podest. „Na komm, Jerry. Schick noch ein paar. Ich muss Klaus schlagen.“

Jack teilte Harvs Begeisterung nicht. Jede Kugel barg Gefahren für die Männer, für Kabel und Elektrik, für Hydraulik- und Benzinschläuche. Er kontrollierte die Benzinversorgung und den Ölstand in Motor drei und vier. Zum Glück alles in Ordnung. Heute konnte er sich keinen Motorenausfall leisten, nicht bei so viel Wasser vor ihnen.

Klaus fluchte. „Da, eine von unseren. *Dear Mom* steht drauf.“

„Fallschirme?“, fragte Jack.

„Eins, zwei.“ Stille. „Das Cockpit brennt. Sie schmiert ab.“

„Kommt schon, Leute“, murmelte Jack. „Raus mit euch.“

„Drei, vier“, zählte der Heckschütze Everett. Dann fluchte auch er. „Sie ist explodiert.“

„Oh Gott.“ Jack fiel nichts anderes ein. Gedrückte Stimmung machte sich breit. Jack korrigierte die Gashebel, um die Geschwindigkeit von einhundertachtzig Meilen pro Stunde beizubehalten.

„Ein ganzer Schwarm von Zweimotorigen“, rief Manny aus dem Rumpf. „Sie haben es aber nicht auf uns abgesehen.“

Ihr Ziel war die letzte „Faust“, die zu weit hinten war, um von der Feuerkraft der ersten Kampfformationen zu profitieren. Jack schätzte, dass die hundertsechsundvierzig B-17-Bomber sich auf fünfzehn Meilen aufgefächert hatten – viel zu weit auseinander. Sobald sie Afrika erreicht hatten, würde Colonel Curtis LeMay, der Kommandeur der Vierten Geschwadergruppe und der Erfinder der „Faust“ ihnen ordentlich den Kopf waschen. LeMay war kein Mann, der ein Blatt vor den Mund nahm.

Jack beobachtete genau, wie LeMay und Castle die Geschwader anführten. Keiner von ihnen hätte an einem so harten Einsatz teilnehmen müssen, aber sie taten es. So etwas mochten die Männer.

Im Lauf der nächsten Stunde gab der Heckschütze den Untergang von einem halben Dutzend *Fliegenden Festungen* aus den hinteren Geschwadern bekannt, dazu die Explosion von vielen Jagdfliegern. Das 94. Geschwader verpasste den größten Teil des Luftkampfs, was zahlreiche Schimpftiraden aus dem Geschützturm zur Folge hatte. Trotzdem war die Hälfte der verbleibenden zwanzig Flugzeuge aus Jacks Geschwader beschädigt: ein Motorenausfall hier, ein Loch im Flügel da, durchlöcherte Rümpfe überall.

Die *Sunrise* hatte drei Löcher nahe der Tokyo-Benzintanks. Nur die B-17-Bomber der Vierten Geschwadergruppe waren mit diesen Langstreckentanks in den Flügelspitzen ausgerüstet, die ihre Reichweite bis nach Nordafrika verlängerten.

„Wir sind am Initialpunkt", sagte Norman Findlay aus dem Bugraum.

Jack lächelte vor sich hin, während er die scharfe Kurve flog, die den Bombenzielanflug einleitete. Der Navigator hasste nicht nur Spitznamen, sondern auch Abkürzungen. Alle anderen nannten diesen Punkt nur den IP.

Jack beugte sich zur Instrumententafel auf der Mittelkonsole vor und schaltete das AFCE ein, damit Charlie die Kontrolle über das Flugzeug übernehmen konnte. Norman hätte natürlich das komplette Fachwort, Automatic Flight Control Equipment, gesagt. Wie viele Silben er tagtäglich verschwendete ...

„Okay, Charlie, sie gehört dir."

„Danke, Skipper." In Charlies Stimme schwang Begeisterung mit. Als Hauptbombenschütze der Staffel hatte er die Aufgabe, das Ziel im Norden-Bombenvisier einzustellen. Jede Veränderung, die er im Bombenvisier vornahm, änderte die Flugrichtung des Flugzeuges, bis es über dem Ziel war. Die anderen Bombenschützen der Staffel würden einfach die *Sunrise* beobachten und ihre Bomben in dem Moment ausklinken, in dem Charlie es tat.

Die deutsche Luftwaffe drehte ab, also waren Flugabwehrgeschütze vor ihnen. Jack spähte nach vorn zu den anderen Geschwadern. Keine schwarzen Flakwölkchen, sondern nur schwarze Pünktchen, die achtzehntausend Fuß nach unten fielen.

„Das ist mal ein hübsches Ziel", sagte Charlie.

Jack konnte zwar nicht wie Charlie durch den Plexiglasbug nach unten sehen, aber ein paar Minuten später erkannte er, was sein Freund meinte. Die Donau machte einen unverkennbaren Knick, genau wie auf den Dias in der Besprechung. Mitten in den Flussbogen schmiegte sich eine Flugzeugfabrik komplett mit Werkhalle, Hangars und einer Landebahn. Und das Beste: Eine dicke schwarze Rauchsäule stieg genau in der Mitte auf. Nur ein paar Flakwölkchen verdarben das Bild.

„Ziel einfach auf den Rauch, Charlie."

„Was denkst du ... was ... ich ... Bomben raus."

Durch den plötzlichen Ladungsverlust aus dem Bombenschacht fühlte es sich an, als würde ein Fahrstuhl nach oben fahren. „Okay, Charlie", sagte Jack, „ich übernehme wieder." Er schaltete das AFCE aus. „Setzen wir unsere Tour durch Europa fort, Männer."

Er folgte Castle zum Sammelpunkt. Dort formierten sich die Bomber wieder. Jacks tiefe Staffel flog sauberer und enger als Babcocks hohe Staffel. Sehr gut. Das würde Castle auffallen.

Jetzt kam der schöne Teil. Die ganzen Fw 190 und Me 109 würden auftanken und wieder aufsteigen, um sie über dem Westen Deutschlands zu erwarten, aber nicht über Italien und den Alpen. Die sollten ruhig nach ihnen suchen und ihren Sprit verbrauchen.

Sprit. Die Löcher im Flügel machten ihn nervös. „Levitski, überprüf den Füllstand der Tokyos."

Der Kopilot legte auf der rechten Konsole den Schalter für den Füllstandsanzeiger um. Seine buschigen Augenbrauen zogen sich über der Gasmaske zusammen. Er schaltete hin und her. „Der rechte Tank ist runter auf dreihundertneunzig Gallonen. Der linke ist noch bei fünfhundertvierzig."

„Na großartig." Jack sah rechts aus dem Fenster auf die Flügelspitze. „Irgendwo muss er undicht sein." Ein Kriechleck machte sich in der Benzindruckanzeige nicht bemerkbar und aus den Hilfstanks konnten sie erst Sprit umpumpen, wenn die Haupttanks der Motoren unter einhundert Gallonen gefallen waren.

„Ich sehe es", sagte Levitski.

Ein goldener Faden zerstob im Strahl der Luftschrauben und nichts konnte ihn aufhalten. Jack hatte in anderthalb Stunden gut hundertfünfzig Gallonen verloren. Die ganzen fünfhundertvierzig Gallonen durften sie auf keinen Fall verlieren, ein Fünftel ihres gesamten Benzinvorrats. Jack spürte, wie sein Brustkorb bei dem Gedanken an all das Wasser vor ihnen enger wurde.

„Novak?", fragte Levitski. „Was machen wir jetzt?"

Jack hustete das Gefühl weg. „Gar nichts. Wir können noch nicht mal den Rest abpumpen, bis die Haupttanks unter einhundert Gallonen sind. Wo stehen die jetzt?"

„Ungefähr hundertfünfundfünfzig pro Tank."

Das machte mehr als zweihundert Gallonen, die noch vorher verbraucht werden mussten. Noch über eine Stunde. Bis dahin hatte er noch mal hundert Gallonen eingebüßt, die darüber entscheiden könnten, ob sie in Afrika landen oder im Mittelmeer notwassern würden.

Jack versuchte sich zu konzentrieren. So viel Sprit durften sie einfach nicht verlieren! Wenn er doch nur ... richtig! Er schlug sich mit der Hand auf den Oberschenkel. „Ich hab's. Harv, wir pumpen um. Leite sechzig Gallonen von Motor vier in Motor zwei. Und dann noch mal sechzig von drei in eins."

Der Flugingenieur zwängte sich aus dem Geschützturm und sah Jack verwundert an, aber auf sein Nicken hin hockte er sich vor die Umleitpumpen an der Schwelle zum Bombenschacht.

Nachdem das Benzin umgepumpt worden war, justierte Jack die Seitenruder neu, um trotz des Ungleichgewichts in den Flügeln geradeaus fliegen zu können. Dann schickte er Harv mit einer Sauerstoffflasche bewaffnet in den Bombenschacht, um den Inhalt des lecken Tokyotanks in die Tanks von Motor drei und vier umzupumpen.

„Ziemlich clever, Novak", sagte Levitksi. „Könnte sein, dass wir es jetzt schaffen."

Jack zuckte gleichgültig mit den Schultern, aber innerlich war er stolz auf seine schlaue, lebensrettende Idee, eine von vielen, die er im Lauf seiner Karriere gehabt hatte. Nur mit Geistesgegenwart konnte man zu den großen Führungspersönlichkeiten gehören und Jack wusste, dass er selbst unter hohem Druck noch darüber verfügte.

„Hey Leute, schaut mal nach unten", sagte Charlie aus dem Bug.

Aus zerklüfteten Hügeln wurden majestätische, schneebedeckte Gipfel und Jack pfiff durch die Zähne. „Okay, Jungs, die Alpen, das sonnige Italien, ein Strandurlaub am Mittelmeer – sagt bloß nicht, ich bringe euch nicht an tolle Orte."

„Da fällt mir ein Lied ein“, sagte Charlie. „„I’ve flown around the world in a plane.‘“

Jack grinste in sich hinein, weil der Text so gut passte. Heute würde er einen weiteren Kontinent auf seine Liste schreiben: Nordamerika, Australien, Europa und jetzt Afrika.

„„I’ve settled revolutions in Spain. And the North Pole I’ve charted. Still I can’t get started with you.‘“

Jack verlagerte sein Gewicht, weil ihm der Allerwerteste so wehtat. Die letzte Zeile passte perfekt auf Ruth und ihn. Mit ihr war irgendwie alles ein Fehlstart, egal, was er tat. Na ja. Irgendetwas stimmte nicht mit ihr. Aber wenn sie allein gelassen werden wollte, kein Problem. Das konnte sie haben.

Kapitel 14

Redgrave Park
Donnerstag, 19. August 1943

„Schon wieder Hühnchen?", äffte May gekonnt mit quengeliger Stimme und krausgezogener Nase die anderen Krankenschwestern nach.

Ruth schmunzelte und hatte schon den letzten Rest Chicken à la King auf ihrer Gabel. Das Gericht schmeckte fade, aber wenigstens machte es satt. „Ich frage mich, wo die während der Weltwirtschaftskrise waren."

„Wahrscheinlich haben sie ein noch kürzeres Gedächtnis als wir." May, die immer schlank und schmächtig blieb, kratzte den zweiten Nachschlag von ihrem Teller. „Ob es heute Abend Neuigkeiten gibt?"

„Es waren keine Flugzeuge zu hören. Bei diesem Wetter ..."

May stand auf und nahm ihr Tablett. „Mensch, Afrika. Sie sind wirklich in Afrika!"

Wenn sie es bis dahin geschafft hatten. Ruth folgte ihrer Freundin, gab das Tablett ab und ging hinaus in die diesige Abendluft. *„An einem Abend, milchig-matt."* Sie sah noch Jacks selbstsicheres Lächeln vor sich, während er auf sie zugeschlendert war. Das war gewesen, bevor er die Sache herausgefunden hatte, und dabei wusste er auch jetzt nur einen Bruchteil.

„Hoffentlich ist es morgen nicht mehr so neblig." May warf sich ihren Mantel um. „Dieses ewige Warten ... ich halte das nicht mehr aus!"

„Sagst du mir nicht ständig, ich solle mal ein bisschen Gottvertrauen haben?"

May lachte schuldbewusst. „Hast ja recht. Aber wenn wir doch nur wüssten, dass es Charlie und Jack gut geht. Ich meine, denk doch nur, von dreihundertsechsundsiebzig Flugzeugen sechzig abgeschossen! Das sind sechshundert Männer! Wir haben bisher noch nie auch nur halb so viele auf einmal verloren. Die Wahrscheinlichkeit, dass ..."

„Sei still." Ruth legte May den Arm um die Schulter. „Reg dich nicht auf. Ich weiß, du machst dir Sorgen. Ich mir auch, aber wir müssen stark sein für unsere Patienten."

„Das weiß ich doch. So oft werden wir in der Bibel ermahnt, uns nicht zu fürchten. Ich möchte Gott ja vertrauen. Sein Wille ist das Beste für uns."

Tatsächlich? Ruths Magen verkrampfte sich. Die beiden bogen für ihren Abendspaziergang auf den Waldweg hinter Redgrave Hall ein. War es das Beste für Ma und Pa gewesen zu sterben? Und für diese Männer?

„Wenn Charlie und Jack jetzt im Himmel sind, dann können wir uns doch eigentlich für sie freuen. Und wenn sie noch am Leben sind, dann schenkt uns Gott noch Zeit mit ihnen."

Ruth wurde mulmig zumute. Zeit mit Jack, das war vorbei. Sie zwang sich zu einem Lächeln und rempelte May an. „Heißt das, du gehst mit Charlie aus, wenn er wieder da ist?"

„Ja. Ich habe nachgedacht. Zuerst dachte ich, das Ganze lässt mich kalt, aber sieh mich doch an. Mache ich mir etwa weniger Sorgen, als wenn wir zusammen wären? Nein. Ich bringe uns nur um unser Glück, wie kurz es auch sein mag."

Wenigstens sah es für Charlie und May nach einem Happy End aus.

„Und du? Söhnst du dich mit Jack aus?"

Ruth ließ den Arm sinken und zog ihren Umhang enger. „Da gibt es nichts auszusöhnen."

„Quatsch. Er ist verrückt nach dir und du bist verrückt nach ihm. Auch wenn du es nicht zugibst."

Ruth seufzte. Wie hatte sie es bloß geschafft, sich einzureden, dass Jack und sie nur Freunde sein wollten? Und wie hatte sie es dann so weit kommen lassen können?

„Also eine Sache ist mal klar." May strich über einen Baumstumpf. „Jack Novak gibt nicht so schnell auf."

„Das hat er aber."

„Glaube ich nicht."

Zwischen schwarzen Wipfeln drückte der bleifarbene Himmel auf die Erde, so feucht und schwer wie die Traurigkeit, die in den letzten Tagen ihr treuer Begleiter gewesen war. „Du hast nicht gesehen, wie er reagiert hat."

„Wieso? Was hat er denn gesagt?", fragte May, aber nicht mit Flos Boshaftigkeit oder Marians Tratschgier in der Stimme, sondern aufrichtig und mitfühlend.

Ruth ging schneller. „Komm. Morgen ist die Untersuchung für die Fliegenden Krankenschwestern und ich will in Form sein." Auf einmal konnte sie es kaum erwarten, diese Insel zu verlassen.

„Ruth, ich gebe nicht so schnell auf."

Sie stöhnte. „Gar nichts. Jack hat gar nichts gesagt."

May holte auf. In den letzten Wochen hatte sie immer Schritt gehalten, egal, wie schnell Ruth ging. „Was ist passiert? Komm, es geht dir bestimmt besser, wenn du darüber redest."

„So, Herr Freud?"

May lachte auf. „Das hat nichts mit Freud zu tun. Sondern mit Freundschaft."

Die Zweige über ihnen verdichteten sich zu einem Netz. Genau deswegen ging sie Freundschaften aus dem Weg.

„Also noch mal von vorn. Charlie und Jack haben uns überrascht und dann hat mich Charlie unter dem Vorwand mit den Bleistiften entführt. Bleistifte! Ist das zu glauben?"

Ruth musste lächeln. „Sehr einfach zu durchschauen der Mann."

„Nein, das war echte Teamarbeit. Ein Mann, der sich so einen Plan überlegt, gibt nicht so schnell auf. Also, was habt ihr denn noch gemacht, nachdem wir auf Bleistiftjagd gegangen sind?"

Ruth brummte. „Wir sind ins Kino und haben dann Fish 'n' Chips in der Ruine gegessen. Nichts weiter, okay?"

„Bis ...?"

In Ruth kochte es hoch. Also schön, wenn sie May Jensen nicht abschütteln konnte, dann würde sie sie eben abschrecken. „Na schön. Jack hat mich überredet, mit ihm zu tanzen, und dann habe ich in seinen Armen geheult, weil mich seit zwölf Jahren niemand mehr so umarmt hat. Ich habe geflennt wie ein Baby. Zufrieden?"

May hielt immer noch Schritt. „Du Ärmste. Ja, eine weinende Frau überfordert Männer manchmal."

„Nein, das ist es nicht." Die Erinnerung ließ den Jähzorn verblassen. „Er war süß. Er meinte ... ich solle ruhig weinen. Und er hielt mich fest. Ganz zärtlich."

„Oh? Und ...?"

Am besten, sie brachte es einfach hinter sich. Ruth blieb stehen. „Er hat mich geküsst."

Mays Augenbrauen schnellten nach oben und bildeten einen Augenblick später eine mitfühlende Kurve. „Du warst noch nicht bereit dafür."

„Werde ich auch nie sein." Und jetzt zur Abschreckung. „Ich hasse Küssen. Kann es nicht ausstehen."

May spitzte den Mund und zupfte ihren Mantel zurecht. „Hab doch ein bisschen Geduld mit ihm. Manche Männer ... also, Thomas habe ich wirklich geliebt, aber er war immer so verspannt, wenn ..."

„Das ist es nicht", fuhr Ruth hastig dazwischen. „Seine Technik war erstklassig. Ich bin das Problem. Ich mag es eben nicht. Kein bisschen. Da stellen sich mir die Nackenhaare auf, okay? Verstehst du jetzt, warum ich nicht mit Männern ausgehe? Erst meine Familie, dann das Küssen, und ..." Was redete sie da? Und wieso hatte sie überhaupt Jacks Technik analysiert?

Anstatt Reißaus zu nehmen, wie sie es sollte, legte May ihr eine zierliche Hand auf den Arm. „Wenn Jack auch nur ein halb so guter Mann ist, wie ich denke, dann wird er das verstehen."

Ja, genau. Zumindest hatte er genug verstanden, um sie in Zukunft in Ruhe zu lassen. Das war das Beste für sie und ihre Familie. Nur die Traurigkeit lastete noch schwerer auf ihr als sonst.

Kapitel 15

Tunesien
Freitag, 20. August 1943

Ein Esel mit Gasmaske?

Jack ging näher heran. Tatsächlich. Dan Finnegan, Manny Souza und Paul Klaus hielten einen schwarzen Esel fest, während Joe Winchell versuchte, dem Tier eine Gasmaske anzulegen.

Winchell schrie auf, zog seine Hand zurück und fluchte. „Das Biest hat mich gebissen!"

„Kein Wunder", sagte Jack.

„Hey, Novak." Winchell strich sich die sandfarbenen Haare aus der Stirn. „Ich könnte hier deine Hilfe gebrauchen."

Jacks aufgeknöpftes Hemd flatterte im heißen, trockenen Wind. Er klappte die Hemdzipfel wieder nach vorn und schob die Hände in die Hosentaschen. „Sag nicht, du willst den Esel mitnehmen."

„Was denn sonst? Hab gutes Geld für die kleine Sahara Sue bezahlt." Winchell lockerte einen Riemen des Geschirrs für die Gasmaske. „Obwohl mich der Araber übers Ohr gehauen hat, glaube ich. Aber egal."

„Winch, hör auf. Ein Wüstenesel im verregneten England? Und noch schlimmer: auf dem Heimflug im B-17? Was ist, wenn deine Sue mitten im Luftkampf durchdreht?"

Winchell zog eine Augenbraue in die Höhe. „Seit wann bist du denn hier der Oberpolizist?"

„Bin ich nicht." Jack sah auf das Geschirr des Esels und entdeckte Winchells Fehler, doch den sollte er schön selbst herausfinden. „Aber du hast das nicht bis zu Ende gedacht."

„Wer kann schon denken, wenn er verliebt ist?" Winchell schlang der Eselin die Arme um den Hals. „Sieh dir doch das Gesicht an. Sieh doch nur!"

Das Tier stieß einen Schrei aus, warf den Kopf zurück und schleuderte Winchell in den Sand. Die anderen brachen in Gelächter aus und der Esel trottete unter protestierendem Iahen davon, bis sich die Leine spannte.

Winchell stand auf und klopfte sich den Staub aus der Hose. „Geht doch nichts über eine heiße Braut mit ordentlich Feuer."

Jack stieß diese Bemerkung sauer auf. „Das Problem mit Feuer, Winch, ist: Man verbrennt sich." Er drehte sich um und ging davon.

„Was ist denn mit Novak los?", trug der Wind ihm Finnegans Flüsterstimme hinterher. „Er war doch sonst immer für jeden Spaß zu haben."

Der Mann hatte recht, oder etwa nicht? Jacks Schuhspitzen wirbelten Sand auf und schleuderten ihn gegen seine nackten Waden.

„Wer weiß?", sagte Winchell. „Er ist die ganze Zeit schon so miesepetrig."

Seit Montagabend. Jack lief an einem MG-Schützen vorbei, der sein Essgeschirr in einem Eimer auswusch. „Vergiss nicht, es mit Sand auszuscheuern. Sonst hast du nachher die Ruhr, und das bei zwanzigtausend Fuß Höhe. Das wird ein langer Flug bis nach Hause." Wenn sie es überhaupt schafften. Das Wetter über Europa war ein einziges Trauerspiel und die Vorhersage klang auch nicht besser.

Der Schütze sah auf. „Danke. Hat mir Major Babcock schon gesagt."

Babcock – noch so ein Esel.

Dort stand er in kompletter Khakimontur, keine dreißig Meter entfernt, und iahte den Reportern was vor. Seine Hand hatte Babcock lässig auf den Bug einer B-17 gelegt. Ein halbes Dutzend Reporter notierten eifrig seine Prahlereien.

So wie Babcock es schilderte, war er ganz allein verantwortlich für die Zerstörung der Messerschmittfabrik, für die Produktionseinbuße von knapp zweitausend Me 109 und den Verlust von nur einem Flugzeug aus dem 94. Geschwader. Ausdrücklich sagte er das natürlich nicht, aber die Botschaft schwang die ganze Zeit mit. Glaubte der Kerl tatsächlich, das 100. Geschwader hätte nicht sage und schreibe neun Flugzeuge verloren, wenn er mit der hinteren Gruppe geflogen wäre?

Jack verzog das Gesicht und sah sich um. Ein Dutzend Soldaten stand beim Kamelreiten an. Einer der Männer stimmte Cowboygeheul an, während das Kamel vor sich hintrottete und mit dem Kiefer malmte, als würde es wiederkäuen. Käuten Kamele wieder?

Der alte Mann, der das Kamel führte, trug ein rotbraunes Gewand.

Er musste fürchterlich schwitzen. Abgesehen von Babcock trugen die Soldaten so wenig wie möglich. Die meisten hatten ihre Hose bis zu den Knien hochgekrempelt und ihr Hemd ganz ausgezogen. Jack trug seins nur, um einen Hauch von Autorität auszustrahlen.

Er wandte sich in Richtung *Sunrise*, die neben den anderen Bombern in einer Reihe stand und einstaubte. Am Morgen der Regensburgmission hatte er das erste Khakihemd gegriffen, das ihm in die Hände gefallen war. Das Hemd vom Abend zuvor, in das Ruth hineingeweint hatte.

Ihre Tränen lagen schwer auf seiner Schulter, spröde und hatten einen weißen, salzigen Rand. Was hatte er sich dabei gedacht? Sie gleich zu küssen, nachdem sie ihren Zusammenbruch gehabt und ihm ihr Herz ausgeschüttet hatte? Oh ja, er war wirklich eine tolle Schulter zum Dran-Ausweinen.

Jack zog sein Hemd aus und bückte sich unter dem Flügel der *Sunrise* hindurch. Wenigstens hatte er durch den Kuss ihre seltsame Phobie entdeckt, bevor er noch mehr Monate investiert und sich noch stärker in sie verliebt hatte.

Mit wenigen Handgriffen stopfte er das Hemd in seinen Schlafsack und zog sein Schreibzeug heraus. Was war das überhaupt für eine Phobie? Der übersteigerte Hygienewahn einer Krankenschwester? Die süße Blondine, mit der er in Australien zusammen gewesen war, hatte so eine Abneigung jedenfalls nicht gehabt, und sie war auch Krankenschwester.

Jack legte die Sachen auf die Tragfläche und zog sich hoch. Bequem war es dort oben nicht, aber wenigstens hatte er seine Ruhe. Er setzte sich im Schneidersitz hin und dachte nach. Ihm war irgendwie danach, Walt zu schreiben und ihm zu seinem Erfolg in Sachen Liebe zu gratulieren.

Lieber Walt,
die herzlichsten Glückwünsche zu eurer Verlobung. Wie hast du das bloß angestellt? Mit Blumen? Hast du sie bestochen? Erpresst?
Ich kann es kaum erwarten, deine Allie kennenzulernen. Jede Frau, die sich ein Leben lang mit dem Novak'schen Dickkopf abgeben will, muss einfach eine Wucht sein. Gib ihr einen Kuss von mir. Auf die Wange, du Dummkopf!

Ach, ich habe Lieutenant Doherty getroffen. Sie gratuliert euch auch.
Jack blinzelte in Richtung Himmel. Er hatte sie getroffen? Ja, mit einem Volltreffer.

„Hey, Skipper."

So viel zur Ruhe. Jack seufzte, als Charlie ebenfalls auf die Tragfläche kletterte.

„Was machst du da?" Charlie setzte sich und lehnte sich gegen den Rumpf.

„Briefe schreiben."

„Wie hältst du es nur hier oben aus? Ich habe den Tag unter den Tragflächen verbracht, aber nicht drauf." Schweiß lief ihm über das rote Gesicht.

Jack zuckte mit den Schultern. Es tat gut, die Sonne auf dem nackten Rücken zu spüren.

„Wie lange willst du eigentlich noch schmollen?"

„Wie bitte?"

Charlie schob sich einen frischen Bleistift zwischen die Zähne. „Ganz genau, schmollen. Wie lange noch? Der große Jack Novak hat zum ersten Mal von einem Mädchen einen Strike-Out bekommen, und jetzt schmollt er."

Jack sah ihn wütend an. „Das war kein Strike-Out. Ich bin gar nicht erst zum Schlagmal gegangen."

„Ja, das klingt besser."

Jack verdrehte die Augen. „Was willst du von mir?"

„Dutzende Männer warten darauf, dass du sie anführst, und du bist eingeschnappt. Das ist nicht gut für die Moral der Jungs. Sie denken, du bist deprimiert wegen des Einsatzes."

„Habe ich nicht allen Grund dazu?" Jack machte den Füllfederhalter zu, damit er nicht eintrocknete. „Die Erste Geschwadergruppe hat sechsunddreißig Flieger verloren, die Vierte vierundzwanzig. Sechzehn Prozent Verlust auf beiden Flügen! Die Deutschen hätten noch mehr von uns vom Himmel geholt, wenn wir sie nicht mit der Transportmission überrascht hätten. Wir können ohne Jagdfliegereskorte nicht in tiefes Feindesland vordringen. Nicht mit solchen Verlusten."

„Natürlich nicht. Aber seit wann lässt du dir von irgendwelchen Verlusten die Laune verderben? Du siehst doch sonst immer auf den Erfolg. Wenn es da diese Ruth nicht gäbe, würdest du den Männern jetzt auf die Schulter klopfen und ihnen gratulieren, Messerschmitt aus dem Rennen geworfen zu haben."

Jack schloss die Augen. „Ich will nicht über sie reden."

„Na und? Ich habe es satt, wie du die beleidigte Leberwurst spielst. Was war denn los?"

„Sie hat mir gesagt, ich soll sie in Ruhe lassen."

Charlie lachte. „Das sagt sie dir doch schon seit dem ersten Tag im Krankenhaus. Bisher hat dich das nie gestört. Warum jetzt?"

Jack rollte den Füller zwischen den Handflächen hin und her. „Ich weiß nicht. Die Kleine ... hat Probleme."

„Haben wir doch alle."

„Aber nicht solche. Ich weiß nicht, was mit ihr los ist."

„Ich dachte, du als Pastor wolltest das herausfinden."

„Du verstehst mich nicht. Sie ist komplett ..." Was? Komplett gegen Romantik? Die Frau, die in seinen Armen gelacht hatte? Die nicht genug von seiner Umarmung kriegen konnte? Deren Lippen die seinen gesucht hatten? Ja, sie hatte diesen Kuss gewollt. Aber warum würde ein Mädchen, das Küsse hasste, ihn geradezu dazu herausfordern?

Jack schüttelte den Kopf. „Keine Ahnung. Erst sind wir drauf und dran uns zu küssen und sie schießt grüne Signalraketen ab, und dann, sobald sich unsere Lippen berühren, tut sie so, als hätte ich sie geschlagen."

„Ich könnte dir da ein paar Tipps geben."

„Es lag nicht an mir. Sie meinte, ich wäre gut – sogar sehr gut. Aber sie mag Küssen nicht. Sie hasst es."

„Wow." Charlie wurde wieder ernst. „Geht sie deswegen mit niemandem aus?"

„Ja." Jack wurde heiß. Hatte er gerade Ruths Vertrauen missbraucht?

„Verstehe, warum du die Finger von ihr lässt."

„Jep."

Charlie schnippte den Bleistift in seinem Mund nach oben. „Wofür ist schon eine Frau gut, die Küssen nicht mag?"

Jack kniff die Augen zusammen. „Das habe ich nicht gesagt."

„Oh doch. Der einzige Grund, warum du einen Rückzieher gemacht hast, ist, weil sie dich nicht küssen will."

„Hör doch auf." Jack wand sich unter dem Kreuzverhör mehr als unter der sengenden Sonne. „Was erwartest du denn? Hattest du schon mal eine Freundin, die du nicht küssen durftest?"

„Nein. Aber hast du nicht gesagt, Gott hätte dich zu ihr geführt? Du wolltest ihr beibringen, wie man vertraut und liebt, erinnere ich mich. Von Küssen hast du damals nichts erwähnt."

Jack kochte vor Wut. Was wusste Charlie schon? Er hatte Ruths Ausbruch nicht miterlebt.

„Ich sage dir, was deine Schwäche ist, Skipper: der Stolz. Und wenn du nicht aufpasst, dann bringt er dich noch mal in Teufels Küche ..."

„Das reicht jetzt, Captain." Ausnahmsweise ließ er Charlie seinen Rang spüren. Er schnappte sich sein Schreibzeug und glitt von der Tragfläche. „Du entschuldigst mich, ich muss da ein paar Männer aufmuntern."

Kapitel 16

Redgrave Park
Dienstag, 24. August 1943

May sah in die Dämmerung hinauf, als sie aus der Verkaufsstelle für Armeeangehörige kamen, die sich wie alles andere in einer Wellblechhütte befand. „Ein guter Tag zum Fliegen."

„Ja, stimmt." Ruth strich über die Schachtel mit Luftpostpapier, die sie gekauft hatte. May hatte ihren Vorrat an Schokoriegeln aufgefüllt.

„In der Pause hab ich Flugzeuge auf dem Heimweg gesehen." May biss herzhaft in ein Mars.

Ruth hatte Mays Bericht jetzt zum dritten Mal gehört. Jedes Mal wurde May nervöser und Ruth machte sich langsam Sorgen. „Vielleicht kommt Charlie ja am Sonntag. Ganz bestimmt sogar."

May lächelte mit Zahnreihen voller Schokolade. „Kann's kaum erwarten, sie zu sehen."

Sie? Nein, Jack nicht. Jack würde sie bestimmt nicht wiedersehen. Das war auch das Beste, das wusste sie. Trotzdem wollte diese innere Leere nicht weichen.

Ruth hakte sich bei May ein. „Wohin wollen wir gehen? Zum See? Zur Orangerie?"

„Zum See natürlich", erklang von links eine Männerstimme. „Es plätschert fein im Mondenschein."

Ruths Herz machte einen Sprung. Jack und Charlie lehnten an der letzten Wellblechhütte vor der Straße, keine acht Schritte von ihnen entfernt. Gott sei Dank, sie waren am Leben! Schnell senkte Ruth den Blick. Wieso war Jack gekommen?

May quiekte und warf sich Charlie in die Arme. „Ja, ja, und nochmals ja. Alles, was du mich gefragt hast – ja."

Charlie lachte und schwang sie durch die Luft. „Au! Pass auf, der Sonnenbrand."

„Du liebe Zeit." May wich einen Schritt zurück und wollte ihm eine

Hand auf die leuchtend rote Wange legen, zuckte dann aber zurück. „Tut mir leid. Wie siehst du denn aus!"

„Das ist mir gerade völlig egal." Er zog sie zu sich heran. „Bist du dir sicher? Bist du wirklich bereit?"

„Von ganzem Herzen."

Trotz des Durcheinanders freute sich Ruth für die beiden. Und solange sie sie beobachtete, musste sie wenigstens Jack nicht ansehen.

„Bis später, ihr zwei." Charlie führte May auf die Straße in Richtung Redgrave Hall und May winkte ihnen verschwörerisch zu.

Entgeistert starrte Ruth ihnen hinterher. Wie konnten sie sie nur mit Jack allein lassen?

„Und?" Seine Stimme drang in ihr Ohr. „Kriege ich auch eine Umarmung?"

„Wie bitte?" Ihr Blick schnellte zu ihm.

„Eine Umarmung." Er lächelte und deutete die Straße hinunter. „Charlie hat eine gekriegt. Was ist mit mir?"

Ihr Magen fühlte sich an wie Blei. Er dachte, er könnte sie umstimmen. Vermutlich hatte er sich eingeredet, wenn er nur geduldig und charmant und romantisch wäre, würde sie seine Küsse früher oder später lieben.

Ruth trat einen Schritt zurück. „Bist du verrückt? Hast du nicht gehört, was ich gesagt habe?"

Jack wurde ernst und ließ die Arme sinken. „Doch, das habe ich. Aber ich höre jetzt erst richtig zu. Die ganze letzte Woche hat mich die Sonne fertiggemacht, Charlie hat mich fertiggemacht und Gott auch. Und jetzt ist es endlich in meinem Dickkopf angekommen."

Ein Krankenwagen bog in die Straße ein. Ruth musste näher an Jack herantreten, aber ihr Blick blieb auf Redgrave Hall, ihre Zuflucht, geheftet. „Es wird bald dunkel. Ich muss los."

„Noch nicht. Erst gehen wir spazieren." Er nahm sie am Arm und führte sie über die Straße in Richtung See. Sein Griff zwang sie zu nichts, aber sie konnte ihm trotzdem nicht entkommen. Wie schaffte er das nur? Wieso tat sie in seiner Gegenwart immer, was sie nicht wollte?

„Ich möchte nicht spazieren gehen. Ich will nach Hause."

„Bald. Zuerst gehen wir im Mondenschein, und du trittst mir mal ordentlich gegen's Schienbein."

„Schienbein? Jack, ich ... bitte ..."

„Weil ich ein Idiot bin. Ein Dummkopf." Er blieb unter einem Baum mit ausladenden Ästen stehen und sah Ruth mit Augen voller Reue an. „Ich bin gekommen, um mich bei dir zu entschuldigen."

„Entschuldigen?"

Jack deutete mit dem Kopf auf den See und ließ ihren Arm los. „Komm, wir gehen ein Stück."

Ruth folgte ihm, aber in ihrem Kopf drehte sich alles. Wieso wollte er sich entschuldigen? Wenn sich hier jemand entschuldigen sollte, dann sie.

Jack seufzte und steckte die Hände in die Taschen seiner Fliegerjacke. „Hör zu, Ruth. Vom ersten Tag an hast du klipp und klar gesagt, dass du mit einer Beziehung und Romantik nichts zu tun haben willst."

Sie sah im Halbdunkel verwirrt in sein zu Boden gerichtetes Gesicht. Hatte er vergessen, wie sie sich in der Abteiruine aufgeführt hatte?

„Unsere Freundschaft lief toll und ... na ja, du bist eine attraktive Frau und ich dachte, vielleicht ... mit mir sind einfach die Pferde durchgegangen."

Mit ihm waren die Pferde durchgegangen? Da war er nicht der Einzige. Warum nahm er alles auf sich?

„Ich werde dich nie wieder küssen. Versprochen."

Nie wieder, das hörte sich so an, als würden sie sich auch in Zukunft sehen. Ruth konnte nichts sagen, sondern nur abwarten, wie sich die eigenartige Situation weiterentwickelte.

„Vergibst du mir? Wenn ich verspreche, ab sofort der Gentleman zu sein, für den du mich am Anfang gehalten hast?"

Ruth hielt den Atem an. Er tat das aus Ritterlichkeit – deswegen nahm er die ganze Schuld auf sich. Damit sie nicht nach Erklärungen für ihr Verhalten suchen musste, tat er so, als hätte er über die Stränge geschlagen.

„Ruth?" Jack sah sie fragend an.

„Natürlich vergebe ich dir, aber kannst du ..."

„Gut. Die Woche war nämlich eine Katastrophe. Ich habe unsere tolle Freundschaft ruiniert und dich mächtig vermisst."

Über ihnen rauschten die Blätter, ihre Schuhe raschelten durchs Gras und die Leere in Ruths Brustkorb füllte sich mit Wärme. „Jack?", sagte sie leise. „Ich hab dich auch vermisst."

„Warum solltest du so ein Raubein wie mich vermissen?"

Ruth lachte auf, und damit war die Schwermut endgültig verflogen. „Diese komischen Reime habe ich aber nicht vermisst."

Jack zog eine dunkle Augenbraue in die Höhe.

„Na gut, vielleicht doch."

„Was für ein Glück. Ich stecke nämlich in der Zwickmühle. Wenn ich dich in Ruhe lasse, wie soll ich dann mein Versprechen halten, immer in deiner Nähe zu sein?"

„Hm. Das ist wirklich eine Zwickmühle." Einzelne Sonnenstrahlen durchbrachen die Wolken in der Dämmerung.

„Und jetzt sind Charlie und May auch noch zusammen. Er ist mein bester Freund, sie ist deine beste Freundin, und wenn du meinen Anblick nicht ertragen kannst ... also, es wäre viel einfacher, wenn wir weiterhin Freunde sein könnten."

Die Anspannung kam zurück. „Können wir das denn?", fragte Ruth.

„Ja." Er wandte sich ihr direkt zu, hielt aber einen Höflichkeitsabstand von einem Meter. „Ich will dir nichts vormachen. Ich finde dich unheimlich attraktiv, aber ich werde mich zusammenreißen." In seiner Stimme schwang ein Schuss Humor mit.

Ruth betrachtete die Silhouette des gut aussehenden Mannes neben sich. Jack mochte sich zusammenreißen, aber das löste das Problem nur zur Hälfte.

Eine Sirene jaulte auf und Ruth erschrak. „Fliegeralarm? Schon wieder?"

Jack lief in Richtung Krankenhaus. „Wo sind die Schutzräume?"

„Ich bin seit Ewigkeiten in keinem mehr gewesen", rief Ruth gegen den Lärm an.

„Aber jetzt wirst du mich begleiten."

„Quatsch. Das ist wieder nur ein Fehlalarm." Trotzdem folgte sie ihm.

„Nicht unbedingt. Manchmal brechen sie durch und fliegen Tieffliegerangriffe. Gestern Nacht erst hat die RAF vier Me 110 abgeschossen, nicht weit von hier." Er winkte ihr. „Na komm schon, du Schnecke. Ich habe dich gerade erst überredet, wieder Freunde zu sein, da kann ich doch nicht zulassen, dass du perforiert wirst."

„Perforiert?" Lachend führte sie ihn über das Gelände zu einem Erdhügel, unter dem ein Schutzraum war, und ging die Treppe hinunter.

Eine Krankenschwester, die neue, saß mit weit aufgerissenen Augen auf einer Pritsche. Weiter hinten spielten ein halbes Dutzend ihrer ambulanten Patienten Poker.

Ruth warf Jack einen vorwurfsvollen Blick zu. „Siehst du? Es ist fast niemand hier."

„Ist doch prima." Er setzte sich auf eine Pritsche, lehnte sich an die Wellblechwand und tätschelte den Platz neben sich.

Ruth ließ sich neben ihn plumpsen.

Jack zog die Beine an und stellte die Hacken auf den Stahlrahmen der Pritsche. „Das ist besser. Ich bin echt fertig."

Eine nackte Glühbirne erleuchtete sein müdes, sonnengegerbtes Gesicht. „Harten Tag gehabt?"

„Mh-hm." Jack öffnete die Augen. Durch die braun gebrannte Haut strahlten sie noch blauer. „Das Wecksignal kam um 0400. Dabei hatten wir bis spät in die Nacht noch Sand aus den Motoren geholt und per Hand zweitausendvierhundert Gallonen Flugbenzin aus Fässern gepumpt."

„Du liebe Zeit. Und dann?"

Jack schlang die Arme um die Knie. „Der Rest war ganz okay. Haben über einem Flugfeld in Bordeaux eine ganze Ladung Geschenke abgeworfen. Wenig Gegenwehr, aber der Flug hat ewig gedauert."

„Und dann bist du hergekommen."

„Nein. Zuerst bin ich unter die Dusche. Sei froh. Eine Woche mit dreckiger Wäsche und ohne Dusche – ich kann dir sagen ..."

„Da bin ich wirklich froh." Sie lächelte und lehnte sich an die Blechwand. „Und ... ich bin auch froh, dass du nach so einem langen Einsatz noch hergekommen bist."

Er sah sie an. Jetzt war er eindeutig zu nah und strahlte viel zu viel Wärme aus, aber er würde sich an sein Versprechen halten. „Und wie war deine Woche?"

Ruth verschränkte die Arme über ihrer Schachtel Luftpostpapier. Sollte sie so ehrlich sein wie er? „Grauenvoll."

Zwischen ihnen flossen Mitgefühl und Freude hin und her. Ihre Freundschaft war wieder intakt, was für ein Geschenk.

„Oh, ich habe die Untersuchung bestanden."

„Stufe drei? Wow. Das schaffen noch nicht mal alle Männer. Und jetzt wartest du auf Nachricht?"

„Äh, nein. Ich muss noch … einen Testflug machen." Wie hölzern sie sich anhörte.

„Ach ja?" Jack verschränkte die Hände hinter dem Kopf. „Und was fliegt ihr so? Die C-47? Die C-54?"

„Das Flugzeug ist egal." Verlegen rieb sie mit dem Daumen über die Ecke der Schachtel. „Aber ich … ich muss ihn selbst organisieren. Deswegen suche ich noch einen Piloten."

Jack lachte. „Ich bin vielleicht ein Dummkopf, aber ein verdammt guter Pilot. Wenn du Lust hast …"

„Oh, das würdest du tun? Geht das denn?"

„Natürlich. Ich kläre das mit Castle. Wir fliegen einfach einen Übungseinsatz vor Ort. Meinst du, May würde auch gern mitkommen?"

„Was denkst du denn?" Ruth zerdrückte fast die Schachtel. „Wenn sie nur ein paar Kilo schwerer wäre, hätte sie sich längst auch beworben."

„Okay, dann melde ich mich, wenn ich etwas Genaueres weiß." Er nickte in Richtung ihrer Schachtel. „Wie es aussieht, willst du Briefe schreiben. Ich bin ziemlich müde. Bis sie Entwarnung geben, mache ich ein Nickerchen."

„Gute Idee." Wie lieb von ihm, ihre Freundschaft retten zu wollen. Und wie schlau er es anstellte!

Jack zog sich die Mütze über das Gesicht und verschränkte die Arme.

„Besonders bequem sieht das aber nicht aus."

Ein Ende seines Schnurrbarts ging nach oben. „Nach einer Woche nur in einem Laken auf dem Sandboden unter der Tragfläche ist das hier wie auf einer Wolke, glaub mir."

„Ich wecke dich, wenn die Sirene das nicht schafft." Ruth zog ein hauchdünnes Blatt Papier aus der Schachtel. Briefpapier und Tinte fraßen fast ihr ganzes Taschengeld auf, obwohl sie sich eine winzig kleine Schrift angewöhnt hatte. Aber heute wollte sie viele Seiten vollschreiben. Zuerst an Bert. Ihr jüngster Bruder würde Augen machen, wenn sie ihm von ihrem Testflug erzählte.

Sie zog aus ihrer Handtasche einen Stift heraus und fing an zu schreiben: „Lieber Bert", aber die Tinte war alle. „Mist."

„Was ist los?" Ein blaues Auge spähte unter der Militärmütze hervor.

„Ich habe vergessen, meine Patrone aufzufüllen."

„Hier. Nimm meinen." Jack zog einen silbernen Stift aus seiner Hemdtasche.

„Danke." Als sie die Kappe abzog, knirschte es. Ruth holte den neuen Federabstreifer heraus, den sie gerade gekauft hatte. Für was für merkwürdige Situationen dieser Krieg doch sorgte. Ein Mädchen aus den Chicagoer Slums saß in einem englischen Erdloch und wischte den Saharasand vom Stift eines kalifornischen Piloten.

Nachdem der Federhalter sauberer war als wahrscheinlich jemals zuvor, schrieb Ruth ihren Brief. Sie würde in einem Flugzeug fliegen! Und nicht nur in irgendeinem, sondern der berühmten *Fliegenden Festung*. Und nicht nur mit irgendeinem Piloten, sondern mit einem Mann, der schon über Pearl Harbor, Neuguinea und jetzt Regensburg und Tunesien geflogen war. Und er war nicht nur ein erstklassiger Pilot, sondern auch ein guter Freund.

Ruth warf einen Blick auf Jack. Aus seinem offenen Mund drang ein leises Schnarchen. Sie lächelte. Genau dieses Geräusch hatte er damals im Krankenhaus auch oft gemacht. Zwei Freunde hatte sie jetzt, zwei Freunde, die sie so mochten, wie sie war.

Ihr wurde flau im Magen. Nein. Sie wussten nicht, wer sie wirklich war.

Kapitel 17

Militärflugfeld Bury St. Edmunds
Montag, 30. August 1943

Unter dem Tarnnetz an der knorrigen Eiche lagerten Mehrzweckbomben der 1000-Pfund-Klasse im Gras, aber Jack achtete nicht auf sie.

„Wie läuft's denn so?", fragte er.

Lieutenant Mulroney sah ihn gereizt an. Als neuer Waffenoffizier kannte er Jacks gelegentliche Besuche noch nicht. Die Bombenhalde lag am nordöstlichsten Zipfel des Stützpunkts, damit im Falle einer Explosion so wenig Schaden wie möglich angerichtet wurde. Hier bekam man keinen Besuch.

Jack stellte einen Fuß auf eine Kiste und stützte die Ellbogen auf das Knie. „Habt ihr genug Leute?"

Mulroney sah sich um und trat von einem Bein aufs andere. „Ja, natürlich."

„Und Nachschub?"

„Auch." Dann verzog er das Gesicht. „Na ja, abgesehen von ..."

„Raus mit der Sprache."

„Bleistifte. Die sind andauernd abgebrochen oder weg. Wir müssen hier so viel Papierkram erledigen, und ..."

„Ich sage dem Quartiermeister Bescheid. Natürlich lassen sie euch dann wieder tausend Formulare ausfüllen, bis ihr sie kriegt." Jack zog einen kleinen Notizblock und einen Bleistift aus seiner Hosentasche und machte sich eine Notiz. Dann grinste er und gab Mulroney seinen Bleistift. „Hier. Nicht viel, aber ein Anfang."

Die Augen des Lieutenant strahlten, als hätte er eine ganze Schachtel Bleistifte gekriegt. „Brauchen Sie ihn nicht?"

„Nein, hab einen Federhalter." Er tätschelte seine Brusttasche. Einen sehr sauberen Federhalter.

Mulroney für sich zu gewinnen war ein Kinderspiel. Jack blieb eine halbe Stunde an der Bombenhalde und redete mit den Männern über Gott und die Welt. Die Namen aller dreitausend Männer auf dem

Stützpunkt würde er nie lernen, aber einen Versuch war es wert. Die Flugzeugcrews kamen und gingen und ernteten auch noch die ganzen Lorbeeren, aber das Bodenpersonal blieb die ganze Zeit und wurde von niemandem bejubelt. Jede Unzufriedenheit auf dem Stützpunkt war schlecht für die Kampfmoral. Und mit ein bisschen Lob und Anerkennung waren die meisten schon zufrieden.

Jack stieg wieder auf sein Fahrrad und fuhr gen Süden zu den Quartieren. Als Staffelkapitän stand ihm eigentlich ein Jeep zu, aber die Bewegung an der Luft war ihm lieber. Außerdem gondelte Major Babcock die ganze Zeit wie bei einer Parade mit seinem Jeep und dem Adjutanten als Fahrer durch die Gegend. Lächerlich. Jack weigerte sich, seinen Rang zu missbrauchen – oder seinen Adjutanten.

Er trat ordentlich in die Pedale, um auf der verwaisten Straße auf Tempo zu kommen. Fünf Stationen wollte er zwischen der täglichen Staffelbesprechung und der Mittagsrunde mit Castle und den anderen Staffelkapitänen noch einen Besuch abstatten. Und heute Nachmittag ...

Jack sauste lächelnd einen kleinen Hang hinunter. Heute Nachmittag würde Ruth für ihren Testflug auf den Stützpunkt kommen und er würde bei der Gelegenheit gleich den neuen Piloten in Augenschein nehmen.

Jetzt, wo er Ruths Problem kannte, war er wieder auf Kurs. Ihr Dad war zum Pflegefall geworden, als sie zwölf gewesen war, und sie hatte mit einem Schlag ihre unbeschwerte Kindheit hinter sich lassen und eine verantwortungsbewusste junge Frau werden müssen. Damals hatte sie ihren letzten Freund gehabt – achte Klasse, wenn er sich richtig erinnerte. Wahrscheinlich so ein dreizehnjähriges Milchgesicht. Kein Wunder, dass sie Küssen nicht mochte.

Jack würde das ändern.

Sobald sie erst mächtig ineinander verliebt waren, würde er noch einmal für so einen intimen Moment sorgen wie in der Abtei. Dann würde er sie an sein Versprechen erinnern, sie nicht wieder zu küssen, und schließlich würde sie ihn anbetteln, es zu brechen – oder sie würde ihn gleich selbst küssen.

Jack grinste vor sich hin und bremste an der Kreuzung mit dem Rücktritt, um einen GMC vorbeizulassen. In der nächsten Zeit würde er sich erst einmal zurückziehen, seine Hände schön bei sich behalten und warten, bis aus der Freundschaft Liebe geworden war.

Charlie meinte, Jacks verwundeter Stolz sei der Grund für seinen Plan. Er könne Niederlagen einfach nicht ertragen. Was für ein Quatsch. Jetzt, wo Charlie endlich mal eine Freundin hatte, tat er gleich so, als wäre er der große Experte. Aber das war Quatsch.

Als er an der Kantine angekommen war, lehnte er das Fahrrad an die Wand und ging hinein. Es roch nach Haferflocken und die Männer vom Küchendienst wischten Tische ab. Jack lief zu einem schwergewichtigen Mann mit schütterem blonden Haar. „Corporal Boyd, schon wieder hier?"

Ein Lächeln überzog das breite Gesicht. „Hallo Major. Hören Sie, Sie müssen mit meinem Sergeant reden. Sir, meine Uhr ist schuld, wirklich! Die spinnt. Nur deswegen komme ich zu spät."

Jack lehnte sich an einen der Tische. „Sie wissen, dass ich das nicht kann. Lassen Sie die Uhr reparieren, holen Sie sich eine neue oder werfen Sie zumindest die alte weg. Pünktlichkeit wird hier von jedem erwartet."

Boyd schlug mit dem Abtrockentuch auf den Tisch. „Oh ja, Quartiermeister Boyd, der große Kriegsheld."

„Genau das. Sie sind ein Kriegsheld – wenn Sie Ihre Arbeit machen."

Boyd verdrehte die Augen.

Jack schob die Finger ineinander. „Ist Ihnen das nicht klar? Wir sind ein großes Netz. Ohne Männer am Boden keine Männer in der Luft. Ich kann keine Bomben auf Deutschland werfen, wenn aus dem Waffenlager keine ins Flugzeug geladen werden. Und wissen Sie was? Die haben dort keine Bleistifte mehr. Sie können ihre Arbeit nicht tun – es sei denn, Sie machen Ihre."

Ein Lächeln huschte über Boyds Gesicht. „Dann holen Sie mich lieber schnell aus dem Straf-Küchendienst heraus, damit ich anfangen kann."

Jack lachte und klopfte ihm auf den Rücken. Dabei entdeckte er Private Ed Reynolds, einen weiteren Stammgast in der Küchendienstcrew. Reynolds zog gelangweilt mit dem Lappen Kreise auf einem Tisch. Als er Jack entdeckte, grinste er wie ein Zehnjähriger.

Jack wollte ihn gerade fragen, warum er zum Küchendienst verdonnert worden war, als er eine leichte Fahne roch. Der Junge war entweder betrunken oder verkatert zum Dienst erschienen. Schon wieder. Jack nickte ihm zu. „Wie läuft es in der Wäscherei?"

Reynolds strich sich die verschwitzten Haare aus der Stirn, aber sie fielen wieder nach vorn. „Genauso wie hier. Warschn, warschn, warschn, den ganzen Tag."

Jack musste lächeln, wie er *waschen* mit *R* sagte, genau wie Ruth.

„Würd mich ja gern mal ausruhn, bisschen Spaß haben. Aber nein." Der Soldat tauchte den Lappen in den Eimer, wrang ihn symbolisch aus und warf das triefende Bündel auf den Tisch. „Wenigstens steck ich nicht bis zum Hals im Matsch und werd beschossen."

„Vergessen Sie das nicht." Wenn er weiterhin dem Alkohol so zusagte, würde er bald genau dort landen.

Jack ging in die Küche, sagte dem Personal Hallo und kostete den Kartoffelbrei. Klebrig, aber essbar. Nichts war schlimmer für die Moral als Essenspampe. Deswegen machte er immer einen Zwischenstopp in der Kantine.

Als Nächstes fuhr er zur Fallschirmpackanlage, wo Dutzende weißer Seidenschirme zur Inspektion von der fünfzehn Meter hohen Decke herabhingen. Weder den Fallschirm noch die Männer, die ihn zusammenpackten, sollte man je für selbstverständlich nehmen.

Ein paar Minuten später quälte er sich mit dem Fahrrad durch den Matsch zu Hangar eins, wo er den Reparaturstand der Flugzeuge überprüfen und einen kurzen Plausch mit den Mechanikern halten wollte.

Hinter ihm hupte es. Major Jefferson Babcock Jr. fuhr mit seinem Konvoi vor. Der Jeep hielt neben Jack. „Morgen, Novak."

„Morgen." Jack stieg ab.

Babcock lehnte sich über die Frontscheibe. „Gehen Sie wieder mal auf Tuchfühlung?"

„Ich drehe meine Runde."

„Nehmen Sie doch einen Jeep, dann stecken Sie nicht so in diesem Matsch fest." Vor dem Wort *Matsch* fügte er noch einige vulgäre Adjektive ein.

Jack richtete sich ruckartig auf und salutierte in Richtung Babcock. „Guten Morgen, Colonel!"

Babcock fuhr erschrocken herum und drehte sich dann mit einem angetäuschten Lächeln zurück. „Sehr lustig, Novak."

„Wenn Sie wollen, dass Castle Ihnen die ganze Show abkauft, dann sollten Ihnen solche Ausrutscher nicht passieren."

„Guter Tipp." Der Kerl hielt das tatsächlich für einen Rat, nicht für einen Seitenhieb. „Das ist so ähnlich wie beim Wahlkampf meines Vaters. Man muss das richtige Bild abgeben, ein bisschen Interesse vortäuschen." Er blinzelte verschwörerisch.

Mit Babcock zu reden verdarb Jack einfach immer die Stimmung. Er schaltete auf stur und verschränkte die Arme. „Ich vergleiche das eher damit, wie mein Dad für seine Gemeinde sorgt. Er hilft den Leuten, wo er kann, und versucht, eine Gemeinschaft draus zu machen. Da ist nichts vorgetäuscht."

Babcocks Mundwinkel zuckten. „Von mir aus. Dann werden Sie mal schön Pastor. Ich werde Anführer." Er machte seinem Adjutanten durch eine Handbewegung deutlich, dass er losfahren solle.

Jack knurrte, als er wieder in die Pedale trat. Er wollte Stellvertretender Kommandeur werden, damit das Geschwader einen ordentlichen Anführer hatte, und weil er gut darin sein würde. Babcock wollte sich nur mit dem Titel schmücken. Wenigstens schien Castle nicht auf den Quatsch hereinzufallen. Oder etwa doch?

Kapitel 18

May drehte sich vom Beifahrersitz aus nach hinten zu Ruth. „Bitte sag mir, dass ich nicht genauso lächerlich aussehe wie du."

„Tut mir leid. Da müsste ich lügen."

„Ich finde, ihr seht süß aus." Charlie lenkte den Jeep und rieb nebenbei zärtlich eine Haarsträhne von May zwischen den Fingern.

Mays Wangen färbten sich zartrosa. „Wir wären noch süßer, wenn es Fliegeranzüge in unserer Größe gäbe."

„Oh ja." Ruth zog den Gürtel des riesigen olivbraunen Overalls enger. Als sie beide in Ausgehuniform auf dem Flugfeld erschienen waren, hatte Charlie schallend gelacht und sie dann zum Quartiermeister begleitet, wo sie Overalls und Fliegerjacken bekommen hatten. Röcke waren in einem Bomber nicht besonders praktisch.

Jack hatte Charlie mit dem Jeep losgeschickt, während er mit dem neuen Piloten die Vorflugkontrolle absolvierte. Ruth genoss es, an den Gebäuden vorbei und von den ganzen Männern wegzufahren. Zwei junge Frauen auf dem Flugfeld hatten für einiges Aufsehen, Pfiffe und mindestens einen Fahrradunfall gesorgt.

„Ein Esel?" May zeigte auf einen Mann, der ein schwarzes Tier mit einer blauen Decke an einem Strick führte.

„Das ist Sahara Sue, Joe Winchells Souvenir aus Tunesien", sagte Charlie und summte die Melodie von „Sierra Sue".

Ruth starrte ungläubig auf den Esel. Dass sich Staffeln einen Hund als Maskottchen zulegten, hatte sie schon gehört. Aber einen Esel? Aus Afrika?

„Geradezu, das ist der Kontrollturm." Charlie bog nach rechts auf eine breite asphaltierte Straße ab. „Jedes Flugzeug hat seinen eigenen Stellplatz rings um diese Straße, damit im Falle eines Angriffs die Verluste klein bleiben."

Ruth lehnte sich nach vorn. Sie konnte verstehen, warum Jack seine Arbeit liebte. Auf dem Flugfeld herrschte buntes Treiben und emsige Geschäftigkeit. Den aufregenden Duft von Metall, Benzin und Abenteuer, den Jack verbreitete, hatte er von hier.

Charlie fuhr eine Linkskurve und hielt an. „Da wären wir. Die *Sunrise Serenade*, unser Flieger."

Jacks Flieger. Er war beeindruckend. Jack hatte ihn ihr so oft beschrieben, dass Ruth das Gefühl hatte, einen alten Freund zu treffen. Sie kletterte aus dem Jeep und ließ den Blick über das große, olivbraune Flugzeug schweifen. Hinter dem gläsernen Bug stand mit gelber Farbe in einem Halbbogen über einer aufgehenden Sonne *Sunrise Serenade*. Die Sonnenstrahlen waren Noten. Auf dem Flugzeug eines Pastors war für eine nackte Schönheit kein Platz.

Oben in der Kabine saß Jack im Sitz des Kopiloten und war beschäftigt.

„Jack macht den Kabinencheck mit Silverberg." Charlie beugte sich über den Jeep. „Bloß nicht die Thermosflaschen vergessen. Der große Jack Novak holt sich seinen eigenen Kaffee? Gott bewahre!"

Ruths Augenbrauen wanderten in die Höhe. Sarkasmus von Charlie?

Er lief unter die Tragfläche. „Soll ich euch was zeigen?"

Ruth folgte ihm und staunte über die gewaltigen Motoren, die über ihr hingen. Die Hitze hatte das Metall regenbogenartig verfärbt.

Charlie tätschelte eine Stelle auf der Unterseite des Bombers, wo die graue Farbe sich etwas von der Umgebung abhob. „Das ist der Grund, warum wir uns alle kennengelernt haben. Hier hat die Flak reingeschossen und Jack ins Krankenhaus gebracht."

Ruth fuhr mit der Hand über die Metallplatte und versuchte sich nicht vorzustellen, wie die Splitter erst diese Haut und dann Jacks Haut durchschlagen hatten. Das Ergebnis hatte sie gesehen.

„Okay, Mädels, auf geht's." Charlie griff nach einer Holzkiste, setzte sie vor der Tür am Heck ab und machte eine galante Bewegung mit dem Arm. „Alle Mann an Bord."

Ruth folgte May in den Bauch des Flugzeugs. Sie konnte gerade so stehen.

Charlie kam dazu. „Das ist das Heck. Zwei MG-Schützen, jeder an einem Fenster, und dort unten sitzt der Heckschütze."

Ruth spähte in einen schmalen Gang, der an einem kleinen Sitz vor dem Heckfenster endete. „Ziemlich einsam, oder nicht?"

„Deswegen haben wir Bordfunk." Charlie zeigte auf eine Wölbung im Boden. „Hier ist der Kugelturm. Der Schütze kriecht aber erst rein, wenn wir über dem Ärmelkanal sind. Ist nämlich ziemlich kuschelig da drin."

May hielt sich an dem Metallpfosten fest, der den Kugelturm mit der oberen Rumpfhülle verband. „Mäusekuschlig?"

Charlie lächelte sie verschmitzt an. Musste irgendein privater Witz sein. Es war, wie Jack gesagt hatte: Verliebte Leute entwickeln ihre eigene Sprache. Ein Seufzer stieg in ihr auf, aber sie unterdrückte ihn. Wenn sie normal wäre, könnten Jack und sie auch solche Blicke und geheimen Sprüche tauschen.

Sie ging durch einen metallenen Türrahmen. *Herr, ich möchte irgendwann auch wieder normal sein!*

„Der Funkerstand", sagte Charlie. „Das ist Technical Sergeant Rosetti, unser Funker. Rosetti, das sind Lieutenant Jensen und Lieutenant Doherty, unsere Passagiere heute."

Sergeant Rosetti trug eine Militärmütze und Kopfhörer über den dicken schwarzen Locken. „Willkommen an Bord, Ladys. Hey, de Groot, das sollten wir öfter machen." Sein Blick sprang von einer zur andern und musterte Ruth einmal von oben bis unten. Zum Glück machte der Fliegeranzug jede Figur zunichte.

Charlie führte sie wieder durch einen Durchgang und über einen schmalen Metallsteg. „Der Bombenschacht. Hier kommen die Geschenke für die Nazis rein. Übrigens, wenn ihr während des Flugs hier vorbei müsst, Vorsicht. Die Türen vom Bombenschacht halten euer Gewicht nicht aus."

Ruth wollte das nicht überprüfen.

Wieder ein Durchgang. „Die Kabine. Ihr müsst am Geschützturm vorbei und dann immer rein in die gute Stube." Direkt hinter der Tür war eine runde Plattform, von der zwei Metallträger nach oben zu einem Plexiglasdach führten.

Jack drehte sich um und begutachtete ihren Aufzug. Sein Schnurrbart ging nach oben. „Haltet ihr die Tätigkeit als Fliegende Krankenschwester immer noch für einen Job voll Glanz und Gloria?"

Ruth stellte sich hinter seinen Sitz. „Wer interessiert sich für Mode, wenn er fliegen darf?"

Charlie stellte ihnen Lieutenant Silverberg vor, der auf dem Pilotensitz saß. Der schlaksige Pilot tätschelte die Instrumententafel. „Mit denen bringen wir das Baby hier in die Luft und halten sie auch da."

Ruth hatte noch nie so viele Anzeigen und Knöpfe und Skalen und

Schalter auf einmal gesehen – mindestens hundert auf der Anzeigentafel, weitere auf der Mittelkonsole, noch mehr an den Wänden und an der Decke.

„Wie schafft ihr es nur …?“ Sie hielt inne. Die Frage klang albern und wie eine typische Mädchenfrage.

Jack lächelte. „Genauso wie du die ganzen Medikamente und Abläufe und Krankheitsverläufe kennst. Übung.“

„Seht ihr, warum ich so viel von unserem Skipper halte?“, sagte Charlie. „Das hier ist der schwerste und wichtigste Job auf dem ganzen Stützpunkt.“

„Quatsch. Charlie hat den wichtigsten Job. Ich bin nur der Chauffeur.“

„Versuch es gar nicht erst, Jack. Du und Bescheidenheit, das klappt nicht.“

Jacks Augenwinkel zuckten, aber dann lachte er.

„Sieh mal einer an.“ Hinter Ruth hielt sich ein großer Mann am Türrahmen fest. Er hing dort wie ein Gorilla am Ast. „Seit wann transportieren wir keine Bomben mehr, sondern scharfe Granaten?“

Ruth verschränkte die Arme und schob das Kinn vor.

„Lass es, Owens, sie haben einen höheren Rang als du“, knurrte Jack. „Ladys, das ist Technical Sergeant Owens, ein großartiger Flugingenieur und MG-Schütze, wenn auch kein Gentleman. Charlie, warum zeigst du unseren Passagieren nicht den Bug? Dann können wir nämlich die Cockpitkontrolle fertig machen.“

„Schon unterwegs.“ Charlie kraxelte in ein Loch zwischen den beiden Sitzen.

„Okay, Silverberg“, sagte Jack. „Control check. Rechtes Querruder auf Maximum.“

Lieutenant Silverberg schob das Steuerrad nach vorn und nach rechts.

Jack drehte sich um und spähte aus dem Fenster. „Rechtes Querruder hoch. Rechtes Höhenruder runter.“

„Linkes Querruder unten. Linkes Höhenruder oben“, antwortete Silverberg.

Ruth ließ sich hinter May in das Loch hinunter. Wieso war sie enttäuscht? Was hatte sie von Jack erwartet? Ein halbstündiges tiefes Gespräch? Er war hier im Dienst.

Sie ging auf die Knie, krabbelte hinter Charlie und May her und war froh, keinen Rock anzuhaben.

„Das Sahnestück im ganzen Flieger – der Bug."

Ruth richtete sich auf. Ein Mann mit sandfarbenen Haaren kauerte zur Linken über einem Tisch aus Sperrholz. Lieutenant Findlay, der Navigator, salutierte kurz und widmete sich dann wieder den Karten, Tabellen und Linealen.

Charlie legte May ein Kehlkopfmikrofon um. Ruth hatte mit ihrem zu kämpfen. Ob Jack ihr dabei auch helfen würde wie mit der Armbanduhr? Ob er sie dabei genauso intensiv ansehen und länger als nötig berühren würde? Nein, natürlich nicht. Er stand zu seinem Wort und war ihr seit dem Tag seiner Entschuldigung nicht mehr nahe gekommen. Jetzt war er nicht mehr so aufmerksam wie damals, aber war das nicht genau das, was sie gewollt hatte? Und selbst wenn nicht, war es dann nicht zumindest richtig so?

Charlie sah nach draußen. „Ich glaube, ihr solltet Platz nehmen. Die Motoren starten gleich."

Ruth und May setzten sich auf den Boden und lehnten sich an die gewölbte Wand.

Plötzliches Stottern und Spucken. Das Dröhnen des Motors füllte den kleinen Raum und Ruths Herz schlug schneller.

May klammerte sich an Ruths Arm. „Ich hoffe, mir wird nicht schlecht."

Ein weiterer Motor verstärkte den Lärm. Im Testflug sollte sich herausstellen, ob Ruth mit dem Fliegen klarkam. *Bitte, Herr, hilf! Du weißt, was Tante Pauline geschrieben hat. Das Geld reicht hinten und vorne nicht. Ich brauche das hier.*

Der dritte Motor startete, dann der vierte. Die Vibration kitzelte an Ruths Rücken.

Charlie setzte sich gegenüber von ihnen neben den Tisch des Navigators. So wie aus Roosevelts Mund immer der Zigarettenhalter ragte, klemmte zwischen seinen Lippen stets ein Bleistift. „So weit, so gut?"

Ruth nickte schnell. „Das ist alles so aufregend."

„Nicht wahr?", versuchte May das Motorengeräusch zu übertönen. „Und wir bewegen uns noch nicht mal."

Lieutenant Findlay warf ihnen einen genervten Schulterblick zu.

Ruth hob Mays Kopfhörer an. „Ich glaube, er mag keine Hennen auf seiner Hühnerstange."

„Bereit zum Rollen." Lieutenant Silverbergs Stimme knackte in Ruths Kopfhörer.

Die Bremsen lösten sich und das Flugzeug rollte an. Mays Griff um Ruths Arm wurde fester.

Das Rollen dauerte ewig. Flugzeuge, Hallen und Bäume zogen vorbei und dann machte die B-17 eine Vierteldrehung und stand vor einem von Wiese umgrenzten Asphaltstreifen.

„Pilot an die Crew. Ready for Takeoff."

Die Motoren dröhnten nicht mehr, sie heulten, als ob sie gegen die Mehrarbeit protestieren wollten. Ruths Finger fingen an zu kribbeln, so fest hatte May zugepackt. Sie wand sich vorsichtig aus ihrer Umklammerung und tätschelte Mays Hand.

„Oh, Ruth, was machen wir hier nur?"

„Wir erleben ein Abenteuer."

Die Fliegende Festung bewegte sich zentimeterweise vorwärts. War das nicht zu langsam? Aber dann nahm sie Fahrt auf, wurde schneller als alles, was Ruth jemals zuvor erlebt hatte, hüpfte und rüttelte, raste schneller als jedes Auto und jeder Zug. Aber wieso blieb sie trotzdem auf der Erde? Eine Hütte stand vor ihnen und sie donnerten genau darauf zu. Ruth drückte sich nach hinten, als würden ein paar Zentimeter den Aufprall abschwächen.

Abrupt hörte das Rütteln auf und der Bug richtete sich nach oben über die Hütte. Sanft. Geschmeidig. Frei.

„Wir fliegen", flüsterte Ruth.

„Fahrwerk einfahren", sagte Lieutenant Silverberg.

„Check", hörte Ruth Jacks sonore Stimme. „Rechts oben."

„Links oben."

„Spornrad oben."

Charlie deutete mit dem Kopf in Richtung Bug. „Seht euch die Aussicht an. Das Bombenvisier und das Geschütz sind gerade nicht eingebaut, also habt ihr genug Platz."

Ruth krabbelte auf die Plattform und um den Sitz des Bombenschützen herum.

„Keine Angst. Du kannst nicht rausfallen." Er kletterte bis aufs halbrunde Glas.

„Charlie!" May schnappte nach Luft.

„Ganz ruhig. Ich kenne mein Flugzeug." Er kam wieder heraus. „Kommt, seht euch das an."

Ruth reckte den Hals. Einen Augenblick später wusste sie, dass sie wieder und wieder fliegen musste. Über ihr spannte sich wie immer der blaue Himmel, aber unter ihr zog die Erde vorbei, ein fröhliches Patchwork aus Grün und Gold, mit Nähten aus Straßen und grünen Hecken und kleinen Aufnähern aus Miniaturhäusern, Menschen und Tieren. „Unglaublich. So etwas Schönes habe ich noch nie gesehen.“

„Ich auch nicht“, pflichtete May ihr bei. „Das ist atemberaubend.“

„Bombenschütze an Skipper“, sagte Charlie. „Wir haben hier zwei Fälle von Liebe auf den ersten Blick.“

„Oh ja“, sagten May und Ruth im selben Augenblick. Sie mussten lachen.

„Mach drei draus.“ Charlie zwinkerte May zu.

Ruth sah nach unten, wo sich ein Fluss schlängelte und aussah wie ein zerknautschtes silbernes Haarband, das ein Mädchen achtlos weggeworfen hatte. Wenn sie nicht vor Jacks Kuss zurückgewichen wäre, könnten sie jetzt genau wie Charlie und May flirten.

Sie strich über das kühle Plexiglas, die Barriere zwischen ihr und dem weiten Himmel, zwischen ihr und dem sicheren Tod. Ihre Abscheu vor Küssen war genauso eine Barriere. Zwischen ihr und liebevoller Zärtlichkeit und zwischen ihr und einer Katastrophe.

War die Aversion nun Segen oder Fluch?

Kapitel 19

London
Sonntag, 26. September 1943

„‚Mind the gap?'" Jack betrachtete das Zeichen in der Londoner U-Bahn. „Sag mal, halten die uns für Vollidioten?"

„Gut kombiniert, Novak." Charlie schielte an seiner Nase entlang und hielt den Bleistift wie eine Pfeife. „Wie es scheint, halten sie uns für unfähig, den Bahnsteig vom luftleeren Raum zu unterscheiden und ..."

„Jetzt steig schon aus." May gab Charlie einen Schubs.

Jack hielt Ruth den Zeigefinger ins Gesicht. „Denk nicht mal dran. Hast du nicht gelesen? ‚Mind the gap'!"

Ruth stieg aus. „Die Türen, Sherlock – mind the doors."

Jack hüpfte hindurch, stieß aber mit der Schulter gegen einen Türflügel.

Sie schüttelte den Kopf. „Du Raubein."

Er rieb sich die Schulter und lächelte zufrieden. Ja, es lief nicht übel.

„Genug jetzt, ihr zwei", meinte Charlie. „Jack, du hast die Karte. Wo lang?"

Jack zog den gefalteten Plan aus der Innentasche seiner Uniformjacke und sah auf die Wände und in die Gänge der U-Bahn-Station, die vor Menschen nur so wimmelten. „Zuerst müssen wir herausfinden, wie wir hier rauskommen."

„Du bist so ein Grünschnabel." Ruth zeigte auf ein Zeichen, das von der Decke hing. „Da, ‚Ausgang'."

„Ausgang?", antwortete Jack. „Wohin denn? Mitten ins Nirgendwo?"

„Komm schon, du Landei, folge einfach dem Schild." Ruth packte Jack am Arm und führte ihn in die ausgewiesene Richtung.

So ließ er sich gern führen. Sein Arm wurde ganz warm. Er war den ganzen letzten Monat so brav gewesen. Nicht ein Mal hatte er sie berührt, aber jetzt berührte sie ihn.

Das Stadtkind führte sie durch die Menge und Jack ließ es zu. Am Fuß der Treppe, die ins Freie führte, ließ sie ihn los, aber vielleicht würde sie ihn weiter leiten, wenn er den Orientierungslosen spielte. Oben an der Treppe trat er in einen Canyon aus Häusern. Grauer Stein, so weit das Auge reichte. Er musste überhaupt nicht so tun, als wäre er verloren.

„Ich muss mich erst einmal zurechtfinden." Jack faltete die Karte auf und suchte den Tower of London an der Themse.

„Warst du nicht schon mit Walt hier?", fragte Charlie. Er hatte May den Arm um die Hüfte gelegt.

„Ja, aber wir sind irgendwie anders gefahren."

Ruth trat einen Schritt näher und sah auf die Karte. „Na, zum Glück bist du Pilot und nicht Navigator."

Die Karte interessierte ihn nicht mehr. Ruths rostbraunes Haar wehte nur Zentimeter von seiner Wange entfernt und ihr klarer Duft vernebelte seine Gedanken. Sie hob den Kopf, ihr Blick wanderte hin und her, ihre roten Lippen bewegten sich. Wenn er doch nur ...

Sie sah ihn an. „Also?"

Also ... also, was? Was hatte sie gesagt?

„Ich bin für Ruths Vorschlag." Charlie bog mit May in eine Seitenstraße zu seiner Rechten ab, zwinkerte Jack über die Schulter zu und sang den Refrain von „The Nearness of You".

Jack warf ihm einen warnenden Blick zu.

Charlie wandte sich gelassen der kleinen blonden Frau in seinem Arm zu und sang weiter.

May lehnte den Kopf an Charlies Schulter. Gut. Wenn sie dachte, Charlie singe für sie, dann dachte Ruth das hoffentlich auch.

„Eine schöne Stimme hat er", meinte Ruth neben Jack.

„Ja, aber er singt zu oft." Jack schob seine Jacke beiseite und steckte seine Hände in seine Hosentaschen, damit er nicht aus einem Impuls heraus nach ihrer Hand griff.

„May macht das nichts aus. Sie liebt es, wenn er singt."

Die beiden vor ihnen schmiegten sich beim Laufen aneinander und Jack spürte Neid und Ungeduld in sich aufsteigen. Er musste warten, bis Ruth sich in ihn verliebte. Aber diese Reise würde das ihre tun. Sogar Ruth würde der Romantik eines zweitägigen Ausflugs nach London nicht widerstehen können. Sollte sich Charlie doch ruhig wegen Jacks Stolz und Ruths Problemen sorgen. Die Zeit und sein behutsames Vorgehen würden ihn schon zum Ziel führen.

„Meinst du, dein Geschwader fliegt heute?“, fragte Ruth.

„Ganz bestimmt sogar.“ Nur einzelne Quellwolken und silberne Ballonsperren schmückten den Himmel. Jede Wette, dass Babcock gerade in der Luft war und Pluspunkte bei Castle sammelte.

„Lief es denn gut in letzter Zeit?“

„Ja. Seit Regensburg hatten wir nur einen harten Einsatz und das 94. hat den ganzen Monat noch kein Flugzeug verloren. Die P-47 begleiten uns jetzt schon bis zur deutschen Grenze.“

„Schön. Ich will nämlich nicht noch mal erleben, dass du getroffen wirst.“

„Ach ja?“ Er studierte ihren Gesichtsausdruck und entdeckte eine neue zärtliche Note darin. Wenn sie ihn nicht schon liebte, war sie aber wirklich kurz davor.

„Noch ein Grund, die Nazis zu verabscheuen. Wie kann man nur auf die *Sunrise* schießen? Sie ist doch so hübsch!“

Jack lachte. „Du hast dich in mein Flugzeug verknallt.“

„Du hast uns einander vorgestellt.“

Er biss sich auf die Zunge. Jetzt war der falsche Zeitpunkt, um Witze über ihre strikte Bloß-nicht-ausgehen-Regel zu machen. „Sei froh, dass ich euch einander nicht vor zwei Tagen vorgestellt habe.“

„Wieso?“

Jack legte die Stirn in Falten. Dass sie das britische H2S-Radar getestet hatten, mit dem man trotz Wolkendecke bombardieren konnte, durfte er nicht erzählen. „Das Vierte Geschwader … ich meine, die Dritte Geschwadergruppe ... Die neuen Bezeichnungen vergesse ich immer. Jedenfalls waren wir auf einer Übungsmission über der Nordsee und plötzlich wurden wir von Me 109 angegriffen. Zum Glück hatten wir Geschütze an Bord.“

„Du lieber Himmel.“

„Eine andere Staffel hat eine *Festung* verloren, aber wir sind mit ein paar Löchern davongekommen.“

„In der *Sunrise*?“ Angst, Schrecken – Junge, sah sie süß aus.

„Seitenleitwerk.“

„Diese miesen ...“

Jack stellte sich ihr in den Weg und legte die Hände auf ihre Schulter. „Ganz ruhig, Cowboy. Nicht gleich zum Revolverhelden werden. Dafür sind die Sheriffs da.“

„Und du bist wohl …"

„Stets zu Diensten, Ma'am." Er tippte mit dem Zeigefinger an den Schirm seiner Mütze.

„Witzbold." Sie lief den Hügel hinunter.

Jack holte auf, steckte die Hände wieder in die Hosentaschen und krallte sich am Innenfutter fest. Er musste dagegen ankämpfen, sie jetzt nicht für ein kleines Tänzchen in seine Arme zu ziehen.

„Da ist der Tower", sagte Charlie. Über den Baumwipfeln erhoben sich die vier Türme. Die kleine Gruppe lief bis zu einem Zaun, hinter dem man den äußeren Festungsring sehen konnte. Sie stützten sich auf das Zaungeländer.

„Stellt euch nur vor", sagte Ruth. „William der Eroberer, Sir Walter Raleigh, Henry der Achte und die arme Anne Boleyn."

May hakte sich bei Charlie und Ruth unter. „Schade, dass keine Besucher erlaubt sind. Es wäre so toll, die Raben zu sehen. Oder die Kronjuwelen!"

„Die Juwelen haben sie doch weggeschafft", meinte Charlie. „Und irgendwo versteckt."

Jack zeigte auf den nördlichen Wall. „Zum Glück. Seht euch den Bombenkrater an."

Gleichzeitig schimpften sie los, was für eine Schande das sei. Ruth sah derweil in den Burggraben hinunter und lachte. „Sehe ich richtig? Ist das da ein Victory-Garten?"

Jack spähte zu den akkurat gepflanzten Gemüsereihen hinunter. Dann setzte er eine schaurige Grimasse auf. „Ist bestimmt gut gedüngt – mit dem Blut der armen Anne Boleyn."

„Hör auf." Ruth stieß ihn mit der Schulter an. „Wir ekeln uns nicht. Wir sind Krankenschwestern."

„Ach, was nützt das tollste Mädchen, wenn man es nicht zum Kreischen bringen kann?"

May kreischte. „Da! Die London Bridge. Weißt du noch, Ruth? Den einen Tag in der Stadt?"

Ausgerechnet dieses Thema.

Und damit nicht genug – May griff nach Ruths Händen und machte einen Bogen. Jack sah vor seinem geistigen Auge sofort Ruth in der Abtei, wie sie mit ihm geflirtet hatte. Ruth wurde bleich und riss die Augen auf.

Er musste sich etwas einfallen lassen. Schnell schnappte er sich May an den Schultern und drehte sie in Richtung Brücke. „Das ist die Tower Bridge. Nicht die London Bridge, die Tower Bridge. Komm, wir gehen näher ran.“ Er schob sie den Bürgersteig herunter.

May lachte. „Charlie, ich werde entführt!“

„Dein Ritter ist schon zur Stelle!“ Charlie eilte vorbei, stellte sich ihnen in den Weg und nahm mit den Händen an der Hüfte eine galante Pose ein. „Lasst sie los, unflätiger Grobian!“

Jack trat einen Schritt zurück und verbeugte sich dabei. Erst jetzt wagte er es, Ruth anzusehen. Sie folgte ihnen mit gerunzelter Stirn, die Handtasche fest umklammert.

Jack wurde wütend. Mays dummer Fehler konnte ihn um Wochen zurückwerfen, wenn er nicht sofort ein bisschen Fröhlichkeit in die Sache brachte. „Hey, Ruth, hast du das gehört? Er hat mich einen Grobian genannt.“ So, jetzt durfte sie ihn aufziehen.

Ihr Blick traf den seinen nur kurz. „Das stimmt nicht. Du bist ein Gentleman.“

Wow. Ein Kompliment hatte er nicht erwartet.

Als sie die Themse erreicht hatten, ließ sich Jack etwas zurückfallen und betrachtete die großen Brückentürme, die geschwungenen blauen Stahlseile und die Fußgängerstege in luftiger Höhe, die himmelblau, weiß und goldfarben angemalt waren.

„Das sieht doch lustig aus.“ Charlie zeigte auf ein Boot voller GIs, das gerade unter der Brücke eine Wende machte und auf einen Anleger zuhielt.

Nein, danke. Bootfahren, das überließ er Walt und Allie. Nachdem Walt aus gesundheitlichen Gründen aus der Army Air Force ausgeschieden war, hatte er als Ingenieur bei Boeing in Seattle angefangen. Seine Verlobte arbeitete in der Geschäftsstelle und in ihrer Freizeit fuhren sie mit den Fähren herum. Von ihm aus. Sollten sie nur.

May lief in Richtung Anleger. „Wenn wir uns beeilen, kriegen wir sie noch.“

Jacks Brustkorb zog sich zusammen, aber er lachte die Angst weg. „Ach, Boote sind doch so langsam. Wenn wir die U-Bahn nehmen, können wir noch vor dem Abend Westminster sehen.“

„Aber wir haben doch morgen noch den ganzen Tag“, erwiderte May.

„Und stell dir doch nur mal vor, wie schön es wäre, auf der Themse zu treiben", sagte Ruth mit einem verträumten Blick, von dem sich Jack wünschte, er würde eines Tages ihm gelten. Doch schon war er wieder verschwunden. „Was das wohl kostet?"

Eine Gelegenheit, sie zu verwöhnen? Eine Gelegenheit auf Romantik? Jack griff in seine Tasche und gab Charlie eine Handvoll Münzen. „Hier. Hol vier Tickets." Was tat man nicht alles aus Liebe.

Als sie an Bord gingen, hielt er den Blick auf das Boot gerichtet, weg vom treibenden Fluss unter ihm. Seine Freunde gingen sofort zur Reling, aber Jack suchte sich eine Bank an der Kajüte.

Charlie sah ihn amüsiert an. „Komm, die Aussicht ist toll."

„Ich kann von hier aus auch gut sehen. Meine Beine brauchen eine Pause." Jack legte die Hände hinter den Kopf und lehnte sich zurück. Wenn er nur zum Himmel sah, könnte er sich vielleicht einreden, er würde fliegen. Das Boot löste sich vom Anleger und Jack konzentrierte sich auf das Motorengeräusch. Aber ein Wright Cyclone hörte sich viel besser an, genauso wie das Geräusch von Luft gegen Blech besser war als das von Wasser gegen Holz.

Ruths helles Lachen zog seinen Blick an. Die Menschenmenge an der Reling verdeckte glücklicherweise das Wasser und so konnte er dem Gespräch lauschen. Charlie erzählte von seinen Erfahrungen im Krabbenfischen in der Chesapeake Bay, berichtete begeistert von Stürmen und Fischern und wie er während des Wartens von seinem Vater und Großvater Holländisch beigebracht bekommen hatte.

Ruth lauschte gespannt und lehnte sich nach vorn. Mit einer Hand hielt sie ihre Kappe fest. Die rostbraunen Haare wehten, ihr Körper war eine blau uniformierte Acht, einer ihrer Schuhabsätze pendelte wie ein Metronom hin und her. Schönheit, Intelligenz, Charakter und Feuer – kein Wunder, dass er verliebt war.

So verliebt wie noch nie. Normalerweise entstand das Kribbeln aus Verabredungen und zärtlichen Küssen, aber hier beeinflusste ihn keins von beidem. Er liebte Ruth einfach so.

Sie warf ihm einen Schulterblick zu und lächelte. „Kommst du nicht zu uns?"

„Nein, danke."

„Warum nicht?" Mit den Ellbogen auf der Reling lehnte sie sich zurück. Ihr Absatz pendelte weiter vor und zurück, als riefe sie ihn herbei, damit er seinen Arm um ihre schlanke Taille schlang und sie küsste, bis sie ihre Abscheu vergaß.

„Hm? Warum nicht?"

Jack verschränkte die Hände hinter seinem Kopf. „Ich mag keine Boote. Ich mag Flugzeuge."

„Was ist los? Bist du seekrank?"

„Ich werde doch nicht seekrank."

„Kannst du nicht schwimmen?"

Knapp daneben. „Natürlich kann ich schwimmen. Bin schließlich am Fluss aufgewachsen."

„Ach ja, die Geschichten, ich erinnere mich." Ruth setzte sich neben ihn auf die Bank. „Du und deine Brüder im San Joaquin, splitterfasernackt."

Ausgerechnet daran erinnerte sie sich. Er lächelte. „Ganz genau."

„Und warum magst du dann das Wasser plötzlich nicht mehr?" In ihren Augen spiegelte sich liebevolles Necken und Neugier – sie wusste, dass sie da auf etwas gestoßen war.

„Einfach so." Jack zuckte mit den Schultern und ignorierte den Ärger, der in ihm aufstieg. „Ich mag eben den Himmel lieber als das Meer, okay?"

Ihre Augen wurden schmal. „Okay."

In seinem Mund formten sich Worte, aber er ließ sie nicht raus. Sie daran zu erinnern, dass sie auch manche Dinge nicht mochte, würde kindisch und bockig klingen. Stattdessen beugte er sich zu ihr herüber und zeigte nach oben. „Ist doch keine Kunst. Sieh dir den Himmel an! Weißt du noch, wie die Wolken heißen?"

„Kumuluswolken." Sie lächelte und tätschelte ihm den Arm. „Ich gehe zurück zur Reling."

Jack schlug sich mit der Faust auf den Oberschenkel. Dämlicher Fluss, rauschte einfach zwischen ihn und die Frau, die er liebte.

Kapitel 20

London
Montag, 27. September 1943

Der Westminsterschlag in Westminster. Ruth versuchte, den Klang für immer in ihr Gedächtnis zu schreiben.

„Das ist ja eine riesige Uhr."

Sie bemerkte Jacks verschmitzten Gesichtsausdruck. „Das ist Big Ben, du Dummerlein."

„Ach tatsächlich?" Er sah auf die Karte und zeigte nach links. „Dann müssen wir hier lang."

„Nur, wenn du in der Themse schwimmen willst", lachte Charlie. „Ruth, was sagst du?"

Sie schüttelte den Kopf und betrachtete die Karte, was mit Jacks warmem Atem im Ohr gar nicht so leicht war. „Wir gehen rechts und nehmen die Straße da."

Charlie und May gingen voraus. Jack berührte sie sanft am Kreuz und schob sie nach vorn, damit eine andere Gruppe vorbeikonnte. Kleine elektrische Stöße durchfuhren sie. Aber warum? Er gab Charlie genauso oft einen Klaps auf den Rücken oder klopfte May auf die Schulter.

Sie musste diese Gefühle unter Kontrolle bekommen. Sonst landete sie wieder in seinen Armen und löste die nächste Katastrophe aus.

Jack sah über die Schulter zum Big Ben hinauf. „Meine Mutter wollte immer eine Standuhr haben. Und wann immer das Thema aufkam, spielte Ray den Westminsterschlag für sie am Klavier."

„Ich glaube, ich mag deinen Bruder."

„Wer nicht? Sogar die Kadetten, die er aus dem Pilotentraining schmeißt, mögen ihn. Ich bin ja immer wieder überrascht, dass er überhaupt welche ablehnt. Er ist viel zu nett. Und das ist das Problem." Jack schüttelte den Kopf und schnaubte wütend. „Diese Dolores war vielleicht eine. Zum Glück war nur die Verlobung im Eimer und nicht die Ehe. Sie hat ihn schön für dumm verkauft und glauben gemacht, sie wäre sonst wie tugendhaft."

Ruth runzelte die Stirn. Sie konnte verstehen, warum jemand mangelnde Tugend verbergen wollte.

Charlie blieb stehen. „Wir sind da. Die Houses of Parliament. Wow. Seht euch die Kriegsschäden an.“ Der Schutt war längst abtransportiert worden, aber die Löcher in den Mauern waren nur notdürftig mit Brettern vernagelt.

„Das Parlament. Babcock würde sich gleich wie zu Hause fühlen“, meinte Jack. „Ob wir die Briten dazu kriegen, ihn zu wählen? Dann wären wir ihn los.“

„Ich verstehe nicht, warum du mit Jeff so ein Problem hast“, entgegnete Charlie. „Du kommst doch sonst mit allen klar.“

„Hm, woran kann das wohl liegen? An seinen übersteigerten Ambitionen? Am Manipulieren? An diesem überfreundlichen Händeschütteln? Dieser widerlichen Falschheit oder seinem Stolz, der größer ist als sein Bundesstaat?“ Jack nahm die Finger zum Aufzählen zu Hilfe.

„Jetzt erkenne ich das Problem. Abgesehen von der Falschheit kommt dir das alles ein bisschen zu bekannt vor, oder?“, sagte Charlie lachend und führte May weiter.

Jacks Augen glühten in seinem versteinerten Gesicht. Diesen Gesichtsausdruck hatte Ruth noch nie gesehen und hoffte auch, er würde nie ihr gelten. Was hatten die beiden nur? Charlie spielte eigentlich immer den loyalen Kumpanen, aber seit Kurzem kam immer mehr beißende Kritik von ihm.

„Wenn es dir ein Trost ist“, sagte Ruth und brachte Jacks Gesicht damit zum Erweichen, „ich finde, dein Stolz ist kleiner als dein Heimatbundesstaat.“

Ein zartes Lächeln. „Vielen Dank. Kalifornien ist ja auch größer als Illinois.“

„Hm. Aber nur was die Landmasse betrifft. In Sachen Bevölkerung und Wichtigkeit bestimmt nicht.“

„Na prima. Charlie beleidigt mich und du gleich noch meine Heimat.“

Ruth stupste ihn an. „Nur damit du es weißt: Für ‚Baby-Face‘ Babcock hat nie ein Doherty seine Stimme abgegeben.“

„Ach ja? Und würdest du mich wählen?“

„Oh, du bist zu gut für die niedere Sphäre der Politik.“

Jack lachte. „Na, wenigstens habe ich einen Freund“, sagte er laut in Charlies Richtung.

Schon wieder hatte er sie Freunde genannt, ein Kompliment mit Bedeutung. Aber wenn sie sich Charlie und May ansah, die händchenhaltend ein Gebäude betrachteten, schien Freundschaft zweite Wahl zu sein. Es hätte auch mehr sein können.

Wenn sie kein billiges Flittchen wäre.

„Wow“, meinte Jack. „Mit Fenstern drin muss das erst toll aussehen.“

Ruth versuchte sich auf das alte Bauwerk aus mattem grauen Stein mit seiner königlichen Fassade zu konzentrieren. Westminster Abbey, natürlich. Alle Fenster waren vernagelt. „Ich glaube, sie haben das Buntglas während des Blitzkriegs ausgelagert.“

„Gar nicht dumm“, erwiderte Jack. „Die Nazis greifen absichtlich historische Ziele an. Wenigstens halten wir Amerikaner uns an die militärischen Ziele. Zivile Opfer gibt es natürlich auch, aber eben nicht absichtlich.“

„Die Royal Air Force wiederum“, sagte Charlie, „mit ihren Bombenteppichen in der Nacht ... Aber wer will es ihnen verübeln?“

Jack betrachtete die Schutthaufen und die vernagelten Fenster und seine Kaumuskeln arbeiteten. „Genau. Hitler hat angefangen.“

In ihrer Vorstellung tauschte Ruth die Bretter an der Westminster Abbey gegen buntes Fensterglas. „Ich bin froh, dass wir nicht mit Absicht unschuldige Leute töten oder solche Schäden anrichten.“

„Und genau wegen dieses Mitgefühls bist du eine so großartige Krankenschwester“, meinte Jack. „Aber du wärst ein lausiger Bombenschütze.“

„Wir haben bereits einen Bombenschützen in dieser Crew“, sagte Charlie. „Sie ist unser Navigator. Und wo wir gerade beim Thema sind ...“

Jack zog die Karte hervor und faltete sie für Ruth auf.

„Komm, Novak, gib ihr einfach die Karte.“

„Sie gehört aber mir.“

Ruth betrachtete das Netz aus Straßen. Vor zwei Monaten hätte sie den Verdacht gehabt, er behielte die Karte nur wegen der körperlichen Nähe beim Draufschauen, aber jetzt lag es wohl am männlichen Stolz. „Die Straße nach rechts führt direkt am St. James Park vorbei zum Buckingham Palace.“ Sie löste sich von Jack und der Karte und ihr Arm schien ein wenig von Jacks Wärme mitzunehmen. Lächerlich.

Mit großen Schritten ging sie voran und stürmte an Charlie und May vorbei.

Jacks Schritte folgten ihr. „Immer langsam mit den jungen Pferden, Ma'am."

„Seit wann bist du denn zum Cowboy geworden?"

„Keine Ahnung. Irgendwas an dieser Stadt bringt den rebellischen Yankee in mir zum Vorschein." Er spitzte die Lippen. „Mir ist nach Herumspucken. Oder ich suche mir jemanden für ein Duell auf der Straße."

„Wehe! Wir werden noch aus der Stadt geworfen und dann bekomme ich den Palace niemals zu Gesicht!"

„Du bist aber auch wirklich ein kleiner Vollbluttourist."

Ruth funkelte ihn wegen des herablassenden *wirklich* an. „Kann ich was dafür? Wir sind in London. In London! Von diesen ganzen Orten habe ich schon seit meiner Kindheit gehört, aber ich hätte nie damit gerechnet, sie mit eigenen Augen zu sehen. Diese zwei Tage waren die schönsten meines ganzen Lebens."

„Für mich waren sie das auch."

Ruth schluckte. Das war nicht sein erster Besuch in London, also musste er ihre Gesellschaft meinen. An der Ecke gaben die kantigen Bauwerke aus Stein den Blick auf eine breite Straße mit Grün an der gegenüberliegenden Seite frei. Sie ließen einige schwarze Taxis vorbeifahren, überquerten die Straße und liefen den äußeren Weg durch den Park entlang.

„Jack?" Ruth räusperte sich. „Du und May und Charlie, ihr ... also, ihr seid der Grund, warum diese Fahrt so besonders ist. Ich hätte nie gedacht, dass ich mal solche Freunde haben würde." Sie warf einen Blick auf das trödelnde Paar und sah Jack dann dankbar an.

Dabei stolperte sie über eine Gehwegplatte. Jack fing sie am Ellbogen auf. „Pass auf."

Ruth lachte verlegen, aber ihre Knöchel wankten, bis er sie wieder losließ.

Sie liefen unter dem lockeren Blätterdach entlang, während die Sonne ihnen auf den Rücken schien, und sprachen über die Landung der Amerikaner südlich von Salerno. Wenn man Italien als Stiefel sah, waren die Sohle und der untere Schaft unter alliierter Kontrolle. Jack meinte, eine Invasion in Frankreich sei notwendig, aber erst müssten die Bomber die deutschen Verteidigungslinien schwächen, die Russen den Osten von Russland zurückerobern und die Alliierten im Rest von Italien einmarschieren.

Am meisten freute sich Jack über die Fortschritte im Pazifikraum. Inzwischen waren fast die ganzen Salomon-Inseln und Teile von Neuguinea in amerikanischer und australischer Hand; Gegenden, über die er selbst geflogen war und wo er den Tod von Freunden hatte beklagen müssen.

Ruth betrachtete den Mann, der das Abenteuer so liebte. „Manchmal kann ich mir dich gar nicht auf der Kanzel vorstellen."

„Gibt's was Neues von deiner Familie?"

Und wieder hatte er das Gespräch gekonnt auf ihr Lieblingsthema gelenkt, nur dass es ihr heute Bauchschmerzen verursachte. „Es kam wieder ein Brief von Tante Pauline."

„Deine jüngste Schwester Maggie wohnt dort, oder?"

„Genau." Ruth entdeckte zwischen den Bäumen einen See. Waren das dort etwa Schwäne? Sie mussten auf dem Rückweg unbedingt dort vorbeigehen. „Das Geld reicht bei ihr hinten und vorne nicht. Und ich schicke ihr zu wenig."

„Zweiundvierzig Dollar pro Monat sind zu wenig?" Jacks Augen blitzten. „So ein Quatsch. Mit fünfundzwanzig Mäusen pro Woche kann man eine ganze Familie durchbringen."

Ruth wagte es nicht, sich auf diesen Gedanken einzulassen. „Onkel Clancy verdient nicht viel und Maggie ist noch im Wachstum. Sie braucht Essen, Kleidung, Schulbücher ..."

„Ja, aber ..."

„Nichts aber. Sie brauchen mehr Geld, und bis Chuck im Juni mit der Schule fertig ist, halten sie nicht durch."

Jack stöhnte. „Und deine Tante hat das Sorgerecht für deine Schwester."

„Ja." Ihre Stimme brach, und das machte sie wütend.

„Keine Angst. Du wirst eine Fliegende Krankenschwester." Jacks Zuversicht trieb ihr fast die Tränen in die Augen. Wenn sie sich da doch nur genauso sicher sein könnte wie er. Jeden Tag wuchs ihre Angst. Was, wenn sie es nicht schaffte? Wenn sie ihre Familie nicht unterstützen konnte? Und was, wenn sie es doch schaffte? Dann würde sie ihre Freunde zurücklassen müssen!

Am Ende des Parks kamen sie an einen Kreisverkehr mit einem Denkmal in der Mitte. Zu ihrer Linken erhob sich der Buckingham Palace. Er war größer, als ein Haus eigentlich sein durfte. Sie stellten sich an den schmiedeeisernen Zaun, dessen Spitzen mit Gold bemalt waren und der das gemeine Volk von den Royals trennte. Ruth hielt sich an den Stäben fest und spähte hindurch auf Hunderte von Fenstern und unvorstellbare Pracht dahinter.

„Dagegen sieht Redgrave Hall ja winzig aus", stellte May fest.

Ruth nickte und kämpfte wieder mit den Tränen. Auch hinter diesen Fenstern wurden die Menschen krank und starben und verletzten einander. Aber sie gingen nie hungrig zu Bett, mussten nicht mit ansehen, wie sich ihre Familienangehörigen zu Tode schufteten, und brauchten auch nicht zu unmoralischen Mitteln zu greifen, um etwas zu Essen auf den Tisch zu bringen. Hinter diesen Fenstern mussten die Leute keine Angst davor haben, dass unschuldige kleine Mädchen in Heime gesteckt wurden, musste niemand für ein bisschen mehr Lohn von seinen Freunden Abschied nehmen und brauchte keine Frau einen Mann zurückzuweisen, weil sie sittenlos war. Sie hatte ihre Liebe verkauft und nun war keine mehr übrig.

Jack berührte ihre Schulter, lächelte sie an und bewegte die Lippen. Fröhlich plätscherte die Unterhaltung über ihren Kopf hinweg. Ruth löste die Hände vom Gitter und folgte der Gruppe über den Kreisverkehr zum Denkmal.

Es waren so viele GIs in London. Überall waren GIs! Wie viele von ihnen kamen wohl aus Chicago? Wie viele aus ihrer Gegend? Ob sie sie erkannten? Sie trug zwar eine Offiziersuniform und die Haare anders als früher, aber trotzdem war sie noch das Flittchen, das sich für Geld küssen ließ.

Viele der Soldaten glotzten sie an und trieben in ihrer Fantasie ihren Mutwillen mit ihr. Sie wussten es. Sie wussten, was sie für eine war.

Ruth schleppte ihre Füße die Stufen des Denkmals hinauf und umkreiste die prunkvoll in Stein gehauenen Skulpturen, auf deren Spitze sich eine goldene Figur mit Flügeln erhob. Ruth betrachtete Queen Victoria, die voller Reinheit in der Mittagssonne leuchtete. Die Queen blickte abschätzig und voller Verachtung aus ihren weißen Marmoraugen auf Ruth herab. Auch sie wusste es. Sie konnte sehen, wie Ten-Penny-Doherty ihr schönes Land mit Schande besudelte.

Hastig sah Ruth weg und drehte sich um. Das Herz pochte ihr bis zum Hals.

Eine Gruppe Soldaten schlenderte an ihnen vorbei, auf ihren Schultern das Abzeichen der 8. US-Luftflotte, eine gelbe geflügelte *8*, in der ein weiß-roter Stern auf blauem Grund prangte. Die Männer sahen zum Glück nicht zu ihr, sondern zu einer Gruppe britischer Mädchen weiter links.

Einer der Männer ... irgendetwas an seinem lässigen Gang, der Art, wie ihm die Haare in die Stirn fielen und wie sein bubenhaftes Grinsen von der Seite aussah, kam ihr bekannt vor.

Eddie Reynolds.

Lieber Gott, bitte nicht!

Vor zehn Jahren hatten Eddie und sie sich zum Knutschen in diese kleine Gasse verzogen, nachdem sie wieder einen ganzen Nachmittag erfolglos überall um Arbeit gebettelt hatte. Ihre Ma hatte zwar spät abends immer dieses große alte Bürohaus geputzt, aber das Geld hatte hinten und vorne nicht gereicht. Jeden Tag war die Haushaltsbüchse leerer geworden, aber eine ungelernte Dreizehnjährige hatte niemand einstellen wollen ...

„Du kannst von allen aus der achten Klasse am besten küssen", meinte Eddie mit breitem Grinsen.

Zu schade, dass man damit nicht sein Geld verdienen konnte. Oder doch? „Eddie, würdest du dafür bezahlen? Fürs Knutschen?"

Sein Grinsen verschwand. „Bezahlen? Mit Geld?"

„Du nicht, du bist doch mein Freund. Aber wenn nicht, würdest du dafür bezahlen?"

Er dachte angestrengt nach. Dann ließ er sie los und lehnte sich an die Ziegelwand. „Ich glaub schon."

„Und wie viel würdest du bezahlen? Für einen Kuss wie den eben gerade." Zehn Minuten ununterbrochen Lippenkontakt.

„Oh, der ist bestimmt zehn Cent wert."

Zehn Cent. In einer Stunde könnte sie also sechzig Cent verdienen. Das war eine ganze Menge Geld. „Küssunterricht. Die meisten Jungs küssen entweder zu fest oder zu feucht oder zu kurz. Ich könnte es ihnen doch beibringen."

Eddie verschränkte die Arme. „Penny, du bist verrückt."

Nicht verrückt, schlau! Sie würde ihren Eltern sagen, dass sie einen

Aushilfsjob gefunden hatte. Wenn Gott schon nicht für ihre Familie oder ihre Zukunft sorgte, dann musste sie das eben selbst machen. Sie lächelte zögerlich. „Zehn Cent für zehn Minuten. Klingt doch gut, oder?"

In der britischen Mittagssonne ließ Eddie jetzt den Blick am Buckingham Palace entlangschweifen, näher, noch näher.

Hilfe! Sie durfte nicht alles verlieren. Wenn ihr Geheimnis herauskam – ein schwerer Sittenverstoß –, dann würde sie ihren Job verlieren, ihren Offiziersgrad, die Krankenschwesternzulassung und die Möglichkeit, für ihre Familie zu sorgen.

Ruth packte Jack am Arm. „Der Park ... ich will den Park sehen." Sie schob Jack als Schutzschild vor Eddies Augen vor sich her um das Denkmal herum. *Lieber Gott, bitte, bitte nicht.*

Sie glaubte, Jack sagen zu hören: „Langsam, Pferdchen" und Mays Lachen zu vernehmen, das ihnen folgte. Die Straße schien weiße Funken zu versprühen, die sie mit ihrer Reinheit verhöhnen wollten.

Eine Öffnung. Treppen. Ruth stürzte sie hinunter, weg von Eddie, in den Park. Bloß weg, weit weg. Sie stürmte über das Gras, überall dunkles Gras, an dunklen Bäumen vorbei und atmete dunkle, schwere Luft.

Ihre Knie knickten ein. Sie stolperte.

„Ruth?" Jack fing sie unter dem Arm auf. Seine Stimme klang so weit weg ...

Oh nein, sie hyperventilierte. Mit Mühe taumelte sie zu einem der schwarzen Bäume. Jacks Stimme hallte im Nebel wider. Sie verstand nicht, was er sagte. Ruth presste ihren Rücken gegen den Stamm, ließ den Kopf über die zitternden Knie fallen und kniff die Augen zu. Ihre zugeschwollene Kehle ließ kaum noch Luft hindurch.

„Ruth? Ruth?" Jacks Stimme nach zu urteilen kniete er jetzt vor ihr, seine starken Hände lagen zur Unterstützung auf ihren Schultern. „Liebes, was ist los?"

„Ruth? Jack? Was ist denn passiert?" May legte zur Beruhigung eine Hand auf Ruths Rücken. „Hyperventiliert sie wieder?"

„Ich ... kriege keine ..."

Ruth nickte und konzentrierte sich aufs Atmen.

„Was war denn der Auslöser?"

„Ich ... ich habe keine Ahnung", antwortete Jack mit belegter Stimme. „Wir waren doch alle ganz vergnügt am Palace und am Denkmal.

Und plötzlich rannte sie los, und jetzt das. Liebes, was ist denn nur los?“

Liebes. Das war jetzt schon das zweite Mal, dass er sie so nannte. Kein kumpelhaftes *Schätzchen*, kein väterliches *Kleines*, sondern *Liebes* wie bei Liebespaaren, genau wie in der Abtei. Wo hatte sie ihn da nur mit hineingezogen? Er hielt sie für züchtig und brav. Er kannte sie nicht und wusste nicht, womit sie sich die Krankenschwesternschule finanziert hatte. Jack hatte etwas Besseres verdient. Langsam öffnete sie die Augen. Um ihre schwarzen Halbschuhe herum war alles grün und stand still.

„Genau so“, sagte May. „Langsam und gleichmäßig. Besser?“

Ruth nickte. Sie schämte sich für ihr Verhalten und kämpfte zugleich gegen den Schrecken an, dass beinahe ihr Geheimnis aufgedeckt und damit alles zerstört worden wäre, wofür sie gearbeitet, zurückgesteckt und gesündigt hatte.

Jacks Finger fuhr ihren Kieferknochen entlang. Sein Gesicht war voller Zärtlichkeit und Sorge. „Was ist denn passiert?“

Nein. Sie könnte es ihm niemals sagen. Ruth holte Luft. „Zu viel Aufregung, schätze ich. Zu viel gesehen, zu viel gemacht, und ... dann zu schnell gelaufen.“

Er strich ihr eine Strähne aus dem Gesicht. „Sei bitte vorsichtig, ja? Du hast mir einen ordentlichen Schreck eingejagt.“

Sie sah ihm geradewegs in die Augen, um ihm zu zeigen, wie ernst sie ihre Worte meinte: „Es tut mir so leid, Jack.“

Kapitel 21

Militärflugfeld Bury St. Edmunds
Samstag, 9. Oktober 1943

Im Einsatzbesprechungsraum hallte nervöses Lachen und Aufstöhnen wider, aber Jack lächelte in sich hinein. Er kannte die Details bereits. Schließlich hatte er bis spät in die Nacht Colonel Castle und den anderen Offizieren geholfen, den Einsatz zu planen.

Auf der Karte liefen rote Bändchen von England aus zu ihren Zielen. Das unterste Band stand für zwei B-17-Geschwadergruppen der Ersten Division und endete bei den Arado-Flugzeugwerken an der Küste in Anklam. Die Bändchen der B-24-Bomber der Zweiten Division und zwei weiterer B-17-Geschwadergruppen liefen erst über Dänemark und dann zu den Häfen in Gdingen und Danzig. Zwei Geschwadergruppen aus der Dritten Division sollten bis zu den Focke-Wulf-Werken im ostpreußischen Marienburg vordringen.

„Marienburg", sagte Charlie. „Hübsches Ziel."

„Jep." Jack legte einen Ellbogen über Charlies Stuhllehne.

Lt. Col. Louis Thorup, der Stellvertretende Kommandeur, erklärte, dass in der Zielfabrik gut fünfzig Prozent aller Fw 190 hergestellt wurden. Ein Diafoto erschien, auf dem eine Karte mit Landmarken, Straßen, Flüssen und Gleisen abgebildet war.

Charlie und Norman studierten die Karte. Ihre Augen flitzten hin und her. Normans Beine wurden unruhig. „Fünfzehnhundert Meilen insgesamt."

Der längste Einsatz bisher, aber genau das machte ihn so brillant. Da niemand die 8. US-Luftflotte erwartete, konnten sie aus elftausend Fuß Höhe bombardieren. Wieder stöhnten einige auf, aber Charlies Augen weiteten sich gespannt. Je tiefer, desto gefährlicher, aber auch desto genauer.

Thorup stand kerzengerade da, genauso wie der Zeigestock, mit dem er zwischen seinen Füßen auf den Boden klopfte. Er erklärte der Gruppe, dass jedes Flugzeug drei 1000-Pfund-Allzweckbomben und fünf

100-Pfund-Brandbomben der Klasse M-47A laden würde, alle mit zeitverzögertem Zünder: am Kopf eine Zehntelsekunde, am Heck eine Hundertstelsekunde. Thorup benutzte keine Notizen.

Jack gefiel das. Er sah sich selbst dort vorn eine Einsatzbesprechung leiten. Ruhig und präzise würde er die Informationen präsentieren, mit dem nötigen Ernst die Wichtigkeit des Auftrags betonen, mit einem Schuss Humor die Anspannung lösen und mit kräftigem Enthusiasmus das Vertrauen der Truppe stärken.

„Ich bin schneller da vorn, als du glaubst", murmelte er, aber Charlie reagierte nicht.

Jack lehnte sich zurück, als der Flakoffizier nach vorn ging. Keine Flakbatterien in Marienburg. Nicht eine. Die Deutschen dachten, sie wären sicher, aber sie irrten sich.

„Heute können wir zeigen, was wir draufhaben." Wieder keine Reaktion, aber das war Jack egal. Eine bessere Vorlage hätte er sich nicht bauen können – einen großen Einsatz, bei dem alle Zeichen auf Erfolg standen, und Jack flog an der Spitze. Diese Chance hatte er erst wenige Male gehabt. Die Staffelkapitäne wechselten sich ab und bei großen Missionen flog normalerweise entweder der Kommandeur oder sein Stellvertreter vorn.

Aber nicht heute. Und was noch besser war, Babcock flog nicht mit. Alles sprach für Jack. Castle schien ihn zu bevorzugen, er hatte schon vierzehn erfolgreiche Einsätze hinter sich und jetzt würde Marienburg dazukommen. Wer weiß, vielleicht wartete noch vor Ende seiner Fünfundzwanzig-Einsatz-Tournee die Beförderung auf ihn.

Der Wetteroffizier zeigte die Vorhersagekarten – stellenweise Nebel über England, wenig bewölkt bis durchbrochene Wolkendecke über der Nordsee, klarer Himmel über dem Ziel. Bombenwetter.

„Streng dich an, Kumpel", sagte Jack. „Ich habe dich nur noch für drei Einsätze bei mir."

Charlies Wange zuckte. Der Bombenschütze wusste genau, was er wollte. Nach seinem fünfundzwanzigsten Einsatz würde er zum Major ernannt werden, den einmonatigen Heimaturlaub ausschlagen, mit dem die Männer zu einer weiteren Runde verlockt werden sollten, und ab sofort am Boden die Bombenschützen ausbilden.

Colonel Castle erhob sich, sagte ein paar ermutigende Worte und entließ die Männer in ihre Einzelbesprechungen. Beim Verlassen des

Raumes keimten Gespräche auf. Man konnte am Tonfall hören, wie angespannt die Männer wegen der langen Strecke waren, aber der greifbare Erfolg ließ die Augen leuchten.

Jack schob sich vor Charlie durch den Flur und sah kurz über die Schulter zurück. „Mann, das wird ein Fest. Ein Jammer, dass Babcock nicht dabei ist."

Charlie zog den Reißverschluss seiner mit Schafsfell gefütterten Fliegerjacke zu. „Wen hast du eigentlich im Fadenkreuz? Hitler oder Babcock?"

Jack verdrehte die Augen. „Ach komm schon. Ich werde doch wohl den Unterschied zwischen einem Feind und einem Rivalen kennen."

Charlie knurrte irgendetwas, aber es ging im Lärm der Gespräche unter. Egal. Heute war Jacks Tag und er würde nicht zulassen, dass der Morgenmuffel Charlie ihm den bevorstehenden Ruhm verdarb.

* * *

„Was soll ich spielen, Winch?" Jack streckte die müden Finger über der Klaviatur im Offiziersclub. „Ein Song noch, dann lege ich eine Pause ein."

„‚Take the A Plane ... äh, Train.'" Joe Winchell prustete los und versprühte Whiskey auf den Klavierdeckel. „Ha! A Plane, das sind doch wir! Blaues A, weißes Quadrat. Das A Plane! Kapiert?"

„Natürlich." Er lächelte und durchsuchte die Noten nach dem Hit von Duke Ellington. Heute Abend wollte er mal nicht so sein. Nach der heutigen Mission fühlte er sich einfach zu gut und Winchell hatte es sich verdient, ein bisschen zu feiern, auch wenn Jack einem allgemeinen Besäufnis nicht viel abgewinnen konnte.

Nicht viele überlebten fünfundzwanzig Einsätze. Eigentlich waren es die wenigsten. Aber heute hatten Winchell und seine Crew eine blaue 25 auf die Stirn gemalt bekommen.

„Ich sag dir was, Novak." Winchell lehnte sich mit feuchten Augen über das Klavier. „Was für ein Finale. Heute Morgen, da habe ich mir die Karte angeguckt. Und ich dachte, Sahara Sue wird eine arme Waise. Hätte heulen können, heulen hätt ich können. Wie viele von uns erwischt's beim letzten Einsatz? Wie viele, Novak?"

„Viel zu viele."

„Viel zu viele. Genauso isses, mein Freund. Viel zu viele. Du bist ein guter Kerl, Novak. Ein guter Kerl. 's war mir eine Ehre, mit dir f-fliegen zu können." Winchell nickte bierernst.

„Gleichfalls, Winch. Du wirst gute Arbeit bei der Aufklärung leisten." Jack grinste. „Wenn du erst mal wieder nüchtern bist."

Winchell brach in lautes Gelächter aus und seine betrunkenen Kameraden neben ihm schubsten sich gegenseitig hin und her. Noch mehr Whiskey tropfte auf den Klavierdeckel. Moms Klavier war nie so getauft worden.

Jack spielte die ersten Takte und wippte mit dem Knie mit, obwohl ihm die Müdigkeit in die Knochen kroch. Weckruf um 0300, Takeoff um 0700, ein zehnstündiger Einsatz, dann die Nachbesprechung und das Abendessen. Es war zwar erst 2000, aber nach diesem Song und einem kurzen Plausch mit Charlie würde er sich aufs Ohr hauen, um für morgen wieder fit zu sein.

Das Lied und der Erfolg des Tages pumpten neue Energie in ihn hinein. Obwohl Castle niemand war, der übermäßig lobte oder sich zu Übertreibungen hinreißen ließ, hatte er den Einsatz heute den Bombenabwurf des Jahres genannt. Die Fotos vom Einschlag ergaben, dass achtundfünfzig Prozent der Bomben weniger als dreihundert Meter vom Ziel aufgetroffen waren, ein neuer Rekord.

Wie erwartet hatte die Abteilung über Anklam den größten Teil der Aufmerksamkeit der deutschen Luftwaffe auf sich gezogen. Sie hatte auch die meisten Verluste zu beklagen. Die Gruppe über Marienburg hatte nur zwei Flugzeuge verloren, keins davon aus dem 94. Geschwader.

Jack spielte zu Ende, gratulierte und schüttelte ein paar schlaffe Hände und sah sich dann nach Charlie um, der gar nicht wie sonst am Klavier stand. Dort drüben saß er, mit Norman Findlay und Gene Levitski. Über seinem Kopf stiegen Rauchschwaden auf.

Jack nahm sich einen Stuhl und setzte sich mit der Lehne nach vorn darauf. „Bist wohl doch schwach geworden, was? Dann hat es wohl auch sein Gutes, dass du May morgen nicht siehst."

Gene und Norman erhoben sich. „Gute Nacht", sagte Gene. „Ich wär gern noch geblieben, aber morgen müssen wir wieder früh raus."

Ein ziemlich abrupter Abgang, aber Jack konnte ihm keine Vorwürfe machen. „Nacht, Jungs. Bis morgen bei der Einsatzbesprechung."

„Ja." Gene und Norman warfen sich einen Blick zu und gingen.

Jack beobachtete, wie Charlie die Asche über einem Aschenbecher abklopfte. „Sind dir die Bleistifte ausgegangen?"

Charlie nahm schweigend einen tiefen Zug.

Jack betrachtete das Gesicht seines besten Freundes. Vom Einsatz konnte die schlechte Laune nicht kommen, also lag es wohl daran, dass er beim Sonntagspicknick morgen nicht dabei sein konnte. „Weißt du, Kumpel, es ist gar nicht so schlecht, mal zu fehlen. Jedes Mal, wenn wir nicht da sind, machen sich die Mädels nämlich Sorgen, werden sentimental und umso dankbarer, wenn wir uns wiedersehen."

Charlie starrte auf den Aschenbecher und blies den Zigarettenrauch aus seiner Nase.

„Außerdem ist May längst verrückt nach dir. Wenn, dann müsste ich hier Trübsal blasen. Ruth hat es noch nicht erwischt – aber bald."

Charlie schnaubte und verteilte Rauch im Raum. „Du lässt also nicht ab von deinem Plan, was?"

„Wieso auch? Er funktioniert ja."

„Funktioniert? Die Frau ..." Charlie schloss die Augen und schüttelte den Kopf. „Sie dreht in London plötzlich durch, hyperventiliert, sie ... sie ... irgendetwas stimmt nicht, aber du preschst immer weiter vor. Du behandelst sie wie ein Projekt, nicht wie eine Person."

Jack lehnte sich zurück. „So ein Quatsch. Ich behandle sie sehr wohl wie eine Person. Ach was, mehr noch. Ich liebe sie."

„Nein, du glaubst, dass du sie liebst. Du liebst die Herausforderung, das Aushecken, die Manipulation."

„Die Manipu..." Jack griente. „Jetzt hör aber auf."

„Was ist denn dein Ziel? Ein Kuss. Seit wann ist das das Wichtigste an der Liebe?"

Jack starrte Charlie de Groot ungläubig an. Drei Jahre kannte er ihn nun und Charlie kannte ihn – zumindest hatte er das gedacht. „Du verdrehst völlig meine Absichten. Ich liebe sie und natürlich möchte ich auch, dass sie sich in mich verliebt. Was ist daran verkehrt?"

Charlie drückte seine Zigarette im Aschenbecher wie ein Akkordeon zusammen.

Jack atmete tief durch, um Dampf abzulassen. So schlecht war Charlie noch nie drauf gewesen – vermutlich war er müde, enttäuscht, weil er sein Mädchen nicht sehen konnte, und besorgt wegen seiner zwei letzten Einsätze. Er brauchte Ruhe, sie beide brauchten das. Jetzt war der falsche Zeitpunkt zum Streiten. Jack winkelte die Beine an, um aufzustehen.

„Hey, Leute." Nate Silverberg legte Charlie von hinten die Hände auf die Schultern. „Wahnsinnseinsatz heute, oder?"

„Der beste überhaupt." Jack lächelte. Wie sich gezeigt hatte, war Silverberg ein hervorragender Pilot und Jack hatte ihm die zweite Position zugewiesen. Er würde ein guter Staffelkapitän werden – und zwar hoffentlich bald.

„Also, de Groot, freu mich schon, wenn wir morgen zusammen fliegen." Silverberg klopfte Charlie auf die Schultern. „Und danke Novak, dass du deine Schätze teilst." Er salutierte kurz und verschwand dann.

Jack schüttelte den Kopf und traute seinen Ohren nicht. „Wovon redet er da?"

„Ich wollte es dir gerade sagen."

„Sagen? Was denn?"

Charlie steckte sich die nächste Zigarette an. „Ich fliege meine letzten Einsätze mit Silverberg. Die Crewlisten für morgen sind schon ausgehängt. Die Sache ist durch."

„Was?" Jack umklammerte die Stuhllehne vor seiner Brust. „Wer hat da herumgetauscht? Das ist meine Aufgabe. Ich mache die Crewlisten."

„Jack ..."

Er sah sich um. „Babcock. Hätte ich mir ja gleich denken können. Das wird er büßen."

„Hör auf. Genau deswegen habe ich mich versetzen lassen."

„Du hast was?"

„Ich bin zu Castle gegangen und habe um meine Versetzung gebeten. Ich war das. Ich allein."

„Was?" Übelkeit stieg in ihm auf.

„Ich weiß. Vor mir liegen nur noch zwei Einsätze, aber ich musste weg von deiner Crew, und zwar lieber gestern als heute."

Die Übelkeit kroch Jack in die Brust. „Weg von meiner Crew, aber ... ich kapier nicht ... wieso?"

„Es ist deine Überheblichkeit." Charlie sah ihn entschlossen an. „Früher hat mich das nicht gestört, weil du ein guter Pilot und ein guter Freund warst. Aber in letzter Zeit hat dein Stolz überhandgenommen. Du bist so versessen darauf, besser als Babcock zu sein. Du stierst nur noch nach dieser Beförderung und stellst sie über deinen Job. Und dabei ist das genau das, was du Jeff vorwirfst."

Jack stand angesichts der Lügen, die da aus Charlies Mund kamen, der Mund sperrangelweit offen.

„Irgendwann wirst du aus purer Überheblichkeit eine riesige Dummheit machen. Und da möchte ich nicht dabei sein."

Ärger entzündete das Gemisch in Jacks Bauch, aber er tat es mit einem Lachen ab. „Ach komm, wir sind ein Team. Du und ich. Schon seit der ersten Flugstunde."

„Ich weiß, aber ich fliege nicht mehr mit dir. Du bist zu gut, Jack. Das ist dein Problem. Und weil du so gut bist, bist du von dir noch nie enttäuscht worden. Und deswegen hast du dein Vertrauen in dich selbst gesetzt. Aber das geht nicht. Setz dein Vertrauen in Gott. Und nur in Gott."

„Das tu ich doch." Jack trommelte mit den Fingern auf der Lehne. „Natürlich tue ich das."

Charlie seufzte, drückte seine Zigarette aus und stand auf. „Ich muss los."

„Ach komm. Wir sind schon so lange Freunde." Jack zog eine Zehncentmünze aus seiner Hosentasche und drückte sie Charlie in die Hand. „Hol uns einen Kaffee und dann reden wir darüber."

Charlie sah auf die Münze. „Weißt du was? Ich denke, du solltest dir deinen Kaffee selbst holen."

Jack blinzelte verwirrt. „Was? Ich bezahle doch."

Charlie legte das Geldstück auf den Tisch. „Du kapierst gar nichts, oder?"

Kapieren? Jack sah Charlie wütend hinterher. Das war doch alles der reinste Unsinn. Wie sollte man Unsinn kapieren?

Kapitel 22

12. Feldlazarett
Dienstag, 12. Oktober 1943

„Danke, Sergeant." Ruth nahm die Schüssel mit Hypochloritlösung vom Sanitäter entgegen und stellte sie neben Lieutenant Bakers Bett auf den Tisch. Der Geruch von Bleiche stieg auf. Ruth versuchte, den nervösen Blick ihres Patienten mit einem Lächeln zu erwidern. „Dann wollen wir mal die Wunde säubern."

Als sie den Verband gelöst hatte, heulte Lieutenant Baker auf. „Da, sehen Sie das riesige Loch in der Hüfte? Der Doc hat noch nicht mal genäht!"

„Dr. Hoffman wendet die allerneuste Technik an, die in Pearl Harbor entwickelt wurde." Ruth benetzte die Wunde, die ein deutsches Flugzeuggeschütz verursacht hatte. Noch mehr Geheul. Der Lieutenant war eine der größten Mimosen, die sie je zu pflegen gehabt hatte. „Offene Wunden entwickeln selten Gasbrand, weil die Bakterien sich an der Luft nicht vermehren können. Wenn Dr. Hoffman die Wunde geschlossen hätte, wie man es noch im Ersten Weltkrieg gemacht hat, dann hätten Sie Ihr Bein verloren oder sogar Ihr Leben."

„Aber dieses Loch ..." Baker wand sich auf dem Kissen hin und her, während sie die Wunde trockentupfte. Die meisten Männer zuckten nicht einmal zusammen.

„Gott hat dem Körper Heilungskräfte gegeben. Da bleibt nur eine kleine Narbe, Sie werden schon sehen."

Er winselte. „Eine Narbe?"

Ruth lächelte und unterdrückte ein Seufzen. „Denken Sie nur daran, wie beeindruckt die Leute zu Hause sein werden. Und Ihre Kinder erst. Und die Enkel."

„Hmm." Lieutenant Bakers Augen wurden schmal. Der Gedanke, die nächsten fünfzig Jahre Bewunderung einzuheimsen schien ihn abzulenken, denn er protestierte nicht, als Ruth einen neuen Verband anlegte. Er jaulte erst wieder auf, als sie ihm sechzehn Milligramm Morphium in den Deltamuskel spritzte.

Ruth sammelte die benutzten Verbände ein und warf sie im Schwesternzimmer weg. Dabei versuchte sie, den steifen Briefumschlag in ihrem weißen Kittel zu ignorieren. Zum Mittag hätte sie ihn aufmachen sollen; jetzt musste sie bis nach Feierabend warten.

Die Narkosemittel mussten durchgezählt werden. Das würde sie ablenken. Ruth schloss den Medizinschrank auf und zählte die Ampullen mit Morphium, Phenobarbital und der neuen Wunderwaffe Pentothal. Jetzt konnte man die Anästhesie durch Injektion vornehmen, nicht mehr nur durch Inhalieren. Dr. Hoffman hatte Pentothal bei einem Notfall eingesetzt und der Patient war innerhalb von zehn Sekunden bewusstlos gewesen.

Auf ihrem letzten Rundgang bestimmte sie die Vitalparameter der Patienten, notierte alle Werte und lehnte Captain Hellers Heiratsantrag ab. Wäre da nicht das nervöse Gefühl in der Magengegend gewesen, hätte sie den Umschlag vielleicht tatsächlich vergessen.

Um neunzehn Uhr kam Flo Oswald zur Schichtübergabe. Nachdem Ruth alles Wichtige berichtet hatte, trat sie nach draußen in die kühle Herbstluft. Der Briefumschlag knisterte bei jedem Schritt, wie die Blätter unter ihren Schuhen.

Ruth schloss ihren Umhang am Hals und befühlte den Umschlag in der Tasche. Er war dick. Für eine Ablehnung hätte ein dünnes Blatt gereicht.

Ihr Herz und Magen stolperten so durcheinander, dass sie nicht mehr wusste, welches Organ wo war. Eigentlich sollte sie begeistert sein. Das hier war ihr Traum – Fliegen, unabhängig sein, das goldene Fliegerabzeichen tragen. Sie würde für ihre Familie sorgen können und Maggie das Waisenhaus ersparen. Das hier war ein Gottesgeschenk.

Und doch lief sie zwischen den Wellblechbaracken entlang und spürte, wie der drohende Verlust ein Loch in ihre Seele fraß.

Endlich hatte sie eine Freundin, mit der sie lachen und reden konnte; jemanden, dem sie vertraute. Und selbst wenn sie eine neue Freundin finden sollte, wäre es doch nie wieder so wie mit May. May, die eine ähnliche Geschichte wie Ruth hatte, die Schmerz und Verlust aus eigener Erfahrung kannte und trotzdem fest im Glauben verwurzelt war und sich ihre Heiterkeit bewahrt hatte.

Außerdem würde sie ihren kleinen Freundeskreis verlieren. Jack hatte zwar am Montag Papierkram zu erledigen gehabt, aber Charlie hatte May und sie nach Cambridge mitgenommen, und dort hatten sie zusammen alte Universitätsgebäude, majestätische Kathedralen und romantische Boote auf dem Fluss bestaunt. Gemeinsam machte alles so viel mehr Spaß.

Ruth bog in den Weg nach Redgrave Hall ab, aber essen konnte sie jetzt nichts.

Jack. Über ihn nachzudenken hatte sie sich bis zum Schluss aufgehoben. Warum schmerzte der Gedanke, ihn zu verlieren, am meisten? Seit ihrem Ausflug nach London wusste sie, dass er zu viel für sie empfand, und wenn sie weg wäre, könnte er endlich das Mädchen finden, das er verdient hatte. Aber sie empfand auch zu viel für ihn. Sie liebte es, bei ihm zu sein, liebte alles an ihm.

„Ruth!“ Von hinten ertönte Mays Stimme. „Da bist du ja. Du bist einfach an meiner Station vorbeigelaufen. Gehst du nicht zum Abendessen?“

„Hab keinen Hunger.“ Ihre Wimpern waren feucht, ihr Blick verschleiert.

May sah sie prüfend an. „Ist alles in Ordnung?“

Ruth zog den Brief aus ihrer Tasche und blinzelte die Feuchtigkeit beiseite. „Ich habe von der Luftrettungsschule gehört.“

„Oh.“ May machte ein langes Gesicht. „Oh, ich dachte wirklich, du wirst angenommen.“

„Ich glaube ... ich bin angenommen.“ Ruth sah auf den Absender. Kentucky – in Kentucky war sie noch nie gewesen.

„Du hast ihn noch nicht aufgemacht? Du lieber Himmel, worauf wartest du denn noch?“

Jetzt wusste sie es. Sie hatte auf May gewartet, auf ihre Unterstützung, ihren Beistand. Vorsichtig schob sie einen zitternden Finger unter die Lasche, riss den Briefumschlag auf und zog drei gefaltete Seiten heraus. Das erste Papier war ein Einrückbefehl für den 28. November auf den Flugplatz Bowman Field für ein achtwöchiges Trainingsprogramm, das zweite war eine Liste von Dingen, die sie mitbringen sollte, und auf dem dritten Papier stand, wie sie an die Reisegutscheine kommen würde.

May strahlte und umarmte Ruth. „Du hast es geschafft! Du bist drin! Glückwunsch.“

„Danke.“ Neue Tränen kündigten sich an.

„Ich werde dich so vermissen! Tut mir leid ... das ist ziemlich egoistisch. Ich weiß, wie sehr du dir das gewünscht hast, aber ich werde dich schrecklich vermissen.“

„Ich dich auch.“ Egoistisch ... ja, das galt auch für sie. Sie hatte ihrer Familie gegenüber eine Verpflichtung. Und ihre Geschwister brauchten sie noch viel dringender als sie ihre Freunde.

Kapitel 23

Donnerstag, 14. Oktober 1943

Jack flog eine Neunzig-Grad-Kurve über dem Initialpunkt über Würzburg und führte seine Staffel in Richtung Nordost auf das Ziel zu.

Schweinfurt.

Er konnte an diesem Morgen sagen, was er wollte, die Moral war am Boden. Am 17. August war die halbe 8. US-Luftflotte über Regensburg geschlagen worden, die andere Hälfte über Schweinfurt. Die Veteranen konnten sich gut daran erinnern; die Neuen hatten davon gehört.

Und heute waren die Erste und Dritte Division mit insgesamt dreihundertzwanzig *Fliegenden Festungen* auf dem Weg, die Kugellagerfabriken zu bombardieren. Sporadisch waren über der Grenze zu Luxemburg Jagdflieger aufgetaucht und die Dritte Division hatte aus dem Anführergeschwader, dem 96., einige Flieger verloren.

Jack aktivierte das automatische Flugsteuersystem. „Sie gehört ganz dir, Char ..." Die Übelkeit kehrte zurück. „Vickers, sie gehört dir."

„Bombenschütze an Pilot. Roger."

Don Vickers war gut, aber er war eben nicht Charlie de Groot. Drei Jahre waren sie gemeinsam geflogen und jetzt schmiss Charlie wegen einer dämlichen Streiterei über die richtige Sichtweise alles hin. Charlie nannte es Überheblichkeit und Stolz; für Jack war es Selbstsicherheit. Charlie meinte, Jack vertraue nicht auf Gott; Jack wusste, er verließ sich auf seine gottgegebenen Fähigkeiten. Und was sollte das mit dem Kaffee? Jack hasste Anstehen; Charlie machte es nichts aus. Sie hatten es immer so gemacht. Immer. Und auf einmal hatte er ein Problem damit?

Jack bog seine Handschuhe hin und her, um die Finger trotz der minus vierzig Grad draußen gelenkig zu halten. Graue Rauchsäulen stiegen von den Bomben der Ersten Division auf, die sechs Minuten Vorsprung hatte. Ob der Rauch das Ziel verdeckte? Charlie wusste, wie man trotz Rauch zielt, aber auf seinen letzten Einsätzen musste er ja kneifen und zweite Position mit Silverberg fliegen.

Charlie hatte auch ihre Vierergruppe aufgelöst, weswegen Jack nur noch halb so viel Zeit mit Ruth verbrachte. Aber auf den Tanzabend auf dem Militärflugfeld morgen hatte Jack bestanden. In wenigen Wochen würde Ruth nach Kentucky aufbrechen und er wollte die Gelegenheit nutzen, sie noch einmal im Arm zu halten. Großmütig hatte er sie zur Luftrettung ermutigt, auch wenn sie seinem Ziel entgegenstand. Und jetzt lief ihm die Zeit davon. Er wollte eine Fernbeziehung, keine Fernfreundschaft.

Flaktrommelfeuer poppte wie Popcorn eine halbe Meile vor ihnen in der Luft auf. Das 96. Geschwader an der Spitze wurde kräftig durchgeschüttelt.

„Ziel in Reichweite." Vickers Stimme war hoch und ungewohnt in Jacks Ohr. „Bombenschacht öffnen." Hinter ihm tat eine Kurbel mit metallischem Geräusch ihren Dienst.

„Check. Bombenschacht offen", sagte Paul Klaus unten aus dem Kugelturm.

Neue Flak, näher. Vom Geschützturm hinter Jack ließ Harv Owens eine Schimpftirade ab. „Bleibt weg, ihr Sauerkrautfresser. Das ist mein fünfundzwanzigster Einsatz und ich denke nicht daran, abzustürzen."

„Halt den Mund, Owens. Das bringt Unglück", sagte Klaus.

Jack drückte auf den Sprechknopf am Steuerrad. „Das reicht, Jungs. Schluss mit Unglück, Aberglaube und mit dem Gequatsche. Augen aufhalten nach Jagdfliegern."

Er wünschte, dieser Aberglaube entbehre jeder Realität, aber dem war nicht so. Das Absturzrisiko war auf den ersten fünf Einsätzen am höchsten, und auf der letzten Mission. Abgesehen von Levitski und Vickers stand für alle seine Männer der fünfundzwanzigste Einsatz an, und ausgerechnet sie mussten nach Schweinfurt. Das bedeutete vier Stunden über Feindesland und den größten Teil davon ohne die P-47-Thunderbolt-Eskorte.

Die stählernen Bomben des 96. fielen durch die schwarzen Flakwölkchen. Fünfundzwanzigtausend Fuß tiefer stiegen von der Vereinigten Kugellagerfabriken AG dunkle Rauchschwaden auf. Wenn die 8. US-Luftflotte heute erfolgreich war, würde Hitler fünfzig Prozent seiner Kugellagerproduktion einbüßen, was die Herstellung von allem möglichen Kriegsgerät verlangsamte, unter anderem auch die von Jagdflugzeugen.

Jack beugte sich nach vorn, um einen besseren Blick zu haben. Auf der Erde blitzten die Explosionen wie Knallkörper auf, dann vervollständigten Erdfontänen und Qualm das Chaos.

Die vorderste Staffel des 94. Geschwaders klinkte die Bomben aus. „Bomben sind raus“, sagte Vickers.

Jack schaltete die automatische Flugsteuerung aus und übernahm das Flugzeug von Vickers. „Okay, Jungs, dann wollen wir mal zusehen, dass wir heimkommen.“ Er versuchte, fröhlich zu klingen, aber bis sie sich wieder mit den Thunderbolts trafen, dauerte es noch mehr als eine Stunde.

Am Sammelpunkt drehte Jack nach Westen ab und brachte seine Staffel wieder in die hohe Position schräg links hinter der Spitzenstaffel. Babcock flog in der gefürchteten tiefen Position. Jack beneidete seinen Rivalen nicht, und egal, was Charlie dachte, empfand er auch keine Genugtuung.

„Okay, Männer“, sagte Levitkski dumpf durch die Sauerstoffmaske. „Feindkontakt zwei Uhr hoch und zehn Uhr unsere Höhe.“

Das mussten über hundert Jagdflieger sein. Jack drückte auf seinen Sauerstoffsack an der Maske, damit sich kein Eis bilden konnte. „Levitski, Sauerstoffcheck, bevor es gleich losgeht.“

Levitski nickte und fragte alle Stationen ab. Die ganze Crew war bei Bewusstsein.

Jack knetete den Gashebel in seiner Hand und achtete darauf, dass er die Geschwindigkeit beibehielt. Immer mehr Me 109 und Fw 190 lösten sich von der schwarzen Jagdfliegerwolke, um durch die „Faust“-Formation hindurchzuschlagen. Im Süden reihten sich doppelmotorige Me 110 parallel zu den *Fliegenden Festungen* auf, natürlich außerhalb der Reichweite der .50-Kalibergeschütze.

Eine der Me 110 wackelte. Eine Rakete schoss unter dem Flügel hervor und raste einem Bomber im 96. Geschwader in die Seite. Eine gewaltige Explosion erschütterte die ganze Formation. Große Metallteile fielen zur Erde. Nicht ein einziger Fallschirm. Die Spionageabteilung der 8. US-Luftflotte war der Meinung, die deutsche Luftwaffe hätte bei ihren Raketen Schwierigkeiten mit dem Zielen. Was wusste die schon?

„Es geht los, Jungs.“ Als einziges Zeichen seiner Nervosität pulsierte der Sauerstoffsack an Levitskis Maske schnell.

Jack sah nach unten. Er atmete nicht langsamer als Levitski.

„Vier Flieger. Zehn Uhr gleiche Höhe", sagte Vickers. „Was würde ich jetzt für meinen Kinnturm geben."

Silverberg flog die neue B-17G-Baureihe mit zwei .50-Kalibergeschützen in einem Kinnturm unter dem Bombenschützen. Die *Sunrise Serenade* war eine B-17F und hatte nur ein Geschütz vorn am Bug. In Vickers Kinnturm saß heute Charlie.

Eins, zwei, drei, vier ... die Me 109 tauchten mit einer Rolle in die Formation ein und spuckten Kugeln. Die *Sunrise* antwortete mit ihren Geschützen, aber die Jagdflieger konzentrierten sich auf die tiefer fliegenden Bomber.

„Neun Uhr hoch. Zwei Stück."

„Drei Uhr gleiche Höhe. Vier Fw 190."

Sie teilten ihre Feuerkraft auf. So viele Geschütze feuerten gleichzeitig, dass das ganze Flugzeug vibrierte. Der beißende Geruch von Kordit breitete sich in der Kabine aus.

„Fogerty hat's erwischt", rief Manny Souza aus dem Rumpf.

„Beim fünfundzwanzigsten Einsatz", fluchte Harv.

„Ruhe, Harv. Souza, wie geht's ihm?"

„Das glaubt ihr nicht. Die Flakweste hat ihn gerettet. Er ist zwar volle Kanone auf dem Hintern gelandet, aber die Kugel steckt in der Weste."

„Fogerty, alles in Ordnung?"

Ein Husten. „Ja, alles okay. Hab ein schönes Souvenir. Lass mich los, Souza. Denen zahl ich's heim."

Jack und Levitski sahen sich erleichtert an und Jack klopfte auf die in Stoff eingenähten Stahlplatten seiner Flakweste, deren Gewicht plötzlich ungemein beruhigend war. Ein Jammer, dass er im Mai noch keine gehabt hatte. Obwohl, der Rücken war sowieso nicht geschützt und sonst hätte er auch Ruth nicht kennengelernt.

Durchzogen von Leuchtspurmunition schossen Kugeln auf die *Sunrise* zu und an ihr vorbei. Ein lautes Krachen riss den rechten Flügel hoch – ein Zwanzig-Millimeter-Geschoss. Die Luftschraubennabe von Motor drei war weg und schwarzes Öl spritzte herum. Jack stöhnte. „Motor drei abschalten."

Levitski zog den Luftregulierhebel auf der Mittelkonsole. „Motor drei aus. Benzinpumpe aus."

Jack drehte den Zündknopf. „Motor drei aus."

„Kühlluftregelklappe zu."

„Gashebel auf Aus. Harv, wenn du mal Zeit hast, pump den Sprit von drei in zwei."

„Wenn ich mal Zeit habe? Sag das denen da draußen." Harv drehte sein Geschütz hinter einer Fw 190 mit gelbem Bug her.

Jack sah nach draußen. Dort herrschte das reinste Chaos. Jagdflieger aus jeder Richtung. Hunderte. Immer mehr B-17 fielen zurück, taumelten, Jagdflieger gingen in Flammen auf, weiße amerikanische und braune deutsche Fallschirme sprenkelten den Himmel.

„Neun Uhr tief. Pass auf, Klaus."

„B-17 getroffen. Sechs, sieben Fallschirme. Acht."

„Hab ihn. Wow! Der macht einen Abgang."

Jack stellte das Seitenruder nach, wischte sich den Schweiß von der Stirn und sah auf die Uhr. 1528, nur eine halbe Stunde nach Zielanflug und noch Ewigkeiten bis zu den P-47.

„Wir sind südlich von Gießen wie geplant", sagte Norman Findlay vom Navigatortisch aus. „Die voraussichtliche Ankunftszeit ist in drei Stunden und siebenundzwanzig Minuten."

„ETA." Draußen tobte die Schlacht und dieser Kerl blockierte den Sprechfunk mit seiner ausführlichen Fachsprache.

„Die nächste Welle kommt", sagte Vickers. „Man sieht sie schon in der Ferne."

Na wunderbar. Die benutzten Richtfunk. Blieb das jetzt so bis zur Küste?

„Auf ein Uhr hoch. Zehn Uhr hoch." Die Zahlen des Ziffernblatts rotierten in Jacks Ohr; die Jagdflieger rotierten vor seinen Augen.

Harv jubelte. „Zwei Fw 190 sind kollidiert. Schönen Feierabend ... Oh nein! Deckung!" Er kam aus dem Geschützturm gesprungen.

Jack sah nach oben. Ein halber Flügel taumelte auf sie zu. Er riss am Steuerrad und setzte zu einer Fassrolle nach rechts an. Als höchstes Flugzeug der Staffel hatte er zum Glück etwas Platz zum Ausweichen.

Aber nicht die Zeit.

Das Trümmerteil krachte in die linke Tragfläche und schlug sie nach unten. Jack kämpfte mit dem Steuer. Es war, als wäre die *Sunrise* in eine Mauer gerast.

Sein Blick schnellte zum Flügel. Ein zerklüftetes Dreieck aus Metall ragte daraus auf – die eine Ecke hatte den Rumpf von Motor eins zersägt, die andere blockierte die Propeller, die dritte flatterte im Luftschraubenstrahl.

Levitski fluchte.

Jack wünschte sich, er könne einfach mitfluchen. Levitski und er durchliefen die Abschaltprozedur für Motor eins, aber mit dem Metallteil konnten sie die Propeller nicht auf Segelstellung bringen. Die starren Propellerblätter bauten einen riesigen Windwiderstand auf und wirkten wie eine Bremse.

Fluggeschwindigkeit auf 137. Die *Sunrise* fiel in der Formation zurück. Jack legte den Funkschalter über sich um und befahl Silverberg, den Platz an der Spitze zu übernehmen, aber auch Silverberg war zum Bummler geworden. Sein linkes Höhenruder fehlte und Motor eins drehte nur noch im Wind mit. Auch hier keine Segelstellung. Charlie hatte gehofft, durch eine Versetzung Problemen aus dem Weg zu gehen, aber dem war nicht so, und Jacks momentane Probleme hatten mit Überheblichkeit nicht das Geringste zu tun.

Auf der Erde bildeten Trümmer, Flammen und Rauch von den abgestürzten Bombern und Jagdfliegern eine gerade Linie von Schweinfurt in Richtung Holland.

Holland. Jack wurde schlagartig schlecht. Sie mussten über das Rheindelta mit Dutzenden Zuflüssen und sumpfigen Inseln fliegen. Einen schlechteren Ort zum Abstürzen oder Abspringen konnte er sich nicht vorstellen.

Das 94. Geschwader zog an ihnen vorbei. Fünf Bummler hingen in der Lücke zwischen den Geschwadergruppen und waren damit leichte Beute für die deutsche Luftwaffe. Die letzten Geschwader überholten noch, bevor die nächste Jagdfliegerwelle anrollte. Einer der Bummler stürzte in die Tiefe und einige neue gesellten sich dazu.

Als sie den engen Korridor zwischen den Flakbatterien in Bonn und Köln durchflogen, hatte die Dritte Division Jack und Silverberg mit zehn anderen Fliegern zurückgelassen. Sie waren zu weit auseinander, um von ihrer jeweiligen Feuerkraft zu profitieren. Wenn jetzt nicht bald die P-47 kamen, würde der Feind sie einen nach dem anderen vom Himmel holen.

Es sei denn ...

„Ich hab's. Wir basteln uns unsere eigene ‚Faust'." Im Hauptquartier sah man es nicht gern, wenn man auf Bummler wartete, aber die

Verwundeten konnten sich doch zusammentun, oder? Jack funkte die anderen B-17 an und bald darauf kroch eine lahme Kampfformation über Deutschland.

Das Gefühl des Triumphs war nur von kurzer Dauer. Sie hatten ihre Eskorte verpasst. Wie lange könnten sie durchhalten? Man würde sie entdecken, jagen und im Wasser versenken.

Jack schob einen Finger unter sein Kehlkopfmikrofon, um dem Gefühl des Erstickens entgegenzuwirken.

„Levitski, übernimm das Steuer." Er zog sein Headset und die Sauerstoffzufuhr heraus, steckte sich eine kleine Sauerstoffflasche an die Maske und ließ sich in den kleinen Gang zwischen den Pilotensitzen fallen. Auf Händen und Knien krabbelte er in den Bug. „Findlay, wir brauchen einen neuen Kurs."

„Einen neuen Kurs?", versuchte der Navigator das Motorengeräusch zu übertönen.

Jack beugte sich über die Karte auf dem Navigatortisch, auf dem Findlay mit Bleistift Kurseintragungen vorgenommen hatte. „Wenn die nächste Jagdfliegerwelle kommt, sind wir Geschichte. Und zwar alle. Wir müssen weg hier."

Norman protestierte wegen seiner ausgeklügelten Route, aber Jack ignorierte das und studierte die Karte. Wenn sie nördlich vom Delta und südlich vom Ijsselmeer flogen, würden sie die ganzen Binnengewässer meiden.

Jack legte ein Lineal an. „Hier. Wenn wir die holländische Grenze erreichen, nehmen wir diese Wälder als Markierung, fliegen knapp dreißig Meilen nach Nordost und lösen uns vom Hauptstrom der Bomber. Und dann schwenken wir wieder nach Nordwest ein. Zeichne das mal ein."

Norman zeigte mit der Hand im Handschuh auf das holländische Festland. „Aber ... da ist Rotterdam, Utrecht, Amsterdam. Überall Flakbatterien."

„Dann führ uns drumherum." Jack legte Norman die Hand auf die Schulter und drückte zu. „Du bist der beste Navigator hier. Ich weiß, dass du das kannst." Er kehrte ins Cockpit zurück und informierte die anderen Piloten, dass sein Navigator ihnen neue Koordinaten durchgeben würde.

Weil der Himmel im Augenblick frei war, justierte Jack die *Sunrise* so gut es ging und ließ Harv jeden verfügbaren Tropfen Flugbenzin von den kaputten Motoren umpumpen.

„Navigator an Pilot. Ich habe die Koordinaten. Sind verschlüsselt an die anderen Flugzeuge weitergegeben worden."

„Danke, Findlay."

„Funker an Pilot", sagte Rosetti. „Silverberg möchte mit dir sprechen."

Jack betätigte den Schalter. „Cedar Eins an Cedar Zwei."

„Cedar Zwei. Wir ... also, wir haben da Bedenken wegen des neuen Kurses. Es scheint, als ... als wäre er weiter, ganz zu schweigen von der erhöhten Flakpräsenz."

„Flak gibt's an der ganzen Küste. Aber so werden wir nicht so leicht abgefangen."

„Mag sein, aber ... wir verpassen unsere Eskorte."

„Das haben wir schon." Wie viele Abweichler es wohl waren? Sahen sie nicht das Geniale an seinem Plan? „Wir sind auf uns allein gestellt und das ist der beste Kurs. Vertraut mir."

„Aber wir sind nicht sicher, ob ..."

Jack verdrehte die Augen. „Habe ich euch jemals enttäuscht? Vertraut mir einfach."

„Roger. Augenblick – kleinen Moment." Stille. „Ich habe eine Botschaft von de Groot. Er sagt, wir sollen auf Gott vertrauen, nicht auf uns selbst. Das kommt direkt von de Groot."

Jacks Lippen unter der Sauerstoffmaske wurden zu einem Strich. Zum Glück hatte Charlie ihre Freundschaft bereits gekündigt und war ihm zuvorgekommen. „Roger. Ihr habt die Koordinaten und die Befehle. Wir sehen uns zu Hause."

Er schaltete wieder auf Bordsprechfunk und führte seine Schäfchen nach Nordost. Auf den Heckrudern standen ein halbes Dutzend verschiedener Geschwader, aber sie gehörten jetzt ihm. Und er würde sie nach Hause leiten.

Zwanzig Meilen nach der Nordostkurve fiel ein Flugzeug aus dem 390. Geschwader zurück. Die Männer würden bald abspringen müssen, aber wenigstens über dem Festland. Elf Flugzeuge drehten am zweiten vereinbarten Punkt über Holland ab.

Sie bekamen Gesellschaft.

Sechs Me 109 tauchten südwestlich von ihnen auf und gingen auf

Abfangkurs. „Okay, Männer, es geht los. Auf elf Uhr tief. Hoffen wir, dass ihr Sprit fast alle ist."

„Besser wäre es", meinte Harv. „Meine Munition ist nämlich auch fast alle."

Herr, steh uns bei. Jack verspürte ein schlechtes Gewissen. Er hatte heute nicht gerade viel gebetet, vor allem nicht, bevor er den neuen Kurs eingeschlagen hatte. Ob Charlie doch recht behalten würde?

Die Jagdflieger kletterten vor den Bombern in die Höhe. Drei von ihnen rasten anschließend durch die Formation und verteilten in alle Richtungen Kugeln.

Poff! Poff! Poff! Die rechte Rumpfseite hinunter.

„Linker Seitenschütze an Pilot. Fogerty hat's wieder erwischt. Aber dieses Mal wirklich. Ins Knie." Schreie im Hintergrund unterstrichen Souzas Worte.

Levitskis dicke Augenbrauen zogen sich zusammen. „Die Erste Hilfe muss warten. Ran an die Kanone, Souza. Hier kommen die nächsten drei."

„Heck an Pilot. Die Ersten drehen ab. Kommen nicht noch mal zurück."

Jack beäugte die zweite Gruppe. *Herr, lass sie auch abdrehen, bitte!*

Zwei Jagdflieger stießen auf die unten fliegenden Bomber herab, aber der dritte hielt genau auf Jack zu. Frontal. „Knall ihn ab, Vickers!"

Vickers feuerte. Das Cockpit der Me 109 explodierte. Das brennende Flugzeugwrack rollte zur Seite, hielt aber Kurs. Kollisionskurs.

Jack schrie auf und drückte das Steuerrad mit aller Kraft nach vorn. Der Jagdflieger brannte und zerfiel, wirbelte aber auf ihn zu.

Die linke Tragfläche der *Sunrise* ging mit einem heftigen Ruck nach unten und wieder hoch. Das ganze Flugzeug bebte so stark, dass es Jack das Steuerrad aus der Hand riss. Er griff sofort wieder danach und drückte es nach rechts oben. Levitski half ihm. Jetzt bloß nicht ins Trudeln geraten. Alles, bloß nicht Trudeln!

„Komm schon, altes Mädchen." Jack starrte auf den künstlichen Horizont. Mit all seiner Körper- und Willenskraft brachte er den Bomber wieder in eine waagerechte Flugposition.

Levitski entfuhr ein tiefer Seufzer. Jack drückte sich eine Hand an die Stirn, aber sie rutschte ab. Seine Hände zitterten wie verrückt. Er warf einen Blick aus dem Fenster und sah einen intakten linken Flügel. Wie war das möglich? Nach so einer Kollision hätte die Tragfläche geradewegs abrasiert sein müssen.

„Ha!“ Harv lehnte sich über Jacks linke Schulter. „Sieh dir das an. Wir haben unseren Passagier verloren.“

Passagier? Wovon redete Harv? Dann sah er es. Das dreieckige Trümmerteil aus Motor eins war weg. Einfach weg! Jack lachte und schüttelte sich dabei wie die B-17 nur wenige Augenblicke zuvor. „Ist das zu fassen?“

Ohne das Trümmerteil ließ der Windwiderstand nach und Jack konnte genug Geschwindigkeit aufnehmen, um wieder in die Formation aufzusteigen.

„Everett?“, fragte Jack den Heckschützen. „Wie sieht die Formation aus?“

„Die Jagdflieger sind weg. Wir haben noch eine *Festung* verloren. 96. Geschwader. Zwei Fallschirme.“

Jack seufzte. Noch zehn. „Manny, wie geht's Fogerty?“

„Er ist bei mir“, sagte Rosetti aus dem Funkerstand. „Ich hab ihm Morphium gegeben, jetzt jammert er erst mal nicht mehr. Hab ihm verboten, meinen sauberen Fußboden vollzubluten. Es hat nämlich 'ne Ewigkeit gedauert, bis deins weggeschrubbt war.“

Jack lachte wieder. „Ich schicke dich zum Schwesternkorps.“

Dann blieb ihm das Lachen im Halse stecken. Vor ihnen tauchten schwarze Flakwölkchen auf. Trotz Wolkendecke waren sie aufgeflogen. „Findlay, unsere Position?“

„Ich hab's versucht, Sir. Wirklich.“

„Ich weiß, aber wo sind wir? Wie weit bis zur Küste?“ Jack spähte durch ein Loch in den Wolken nach unten und sah Häuser und Straßen. Oh nein, eine Stadt.

„Ich glaube ... ich glaube, wir sind über Rotterdam.“

Wir sind verloren, Herr. Noch gut zehn bis zwanzig Meilen bis zur Küste und Rotterdam war berühmt für seine Flakbatterien.

Fünf Detonationen hinter ihm. Jack trat abwechselnd auf die Seitenruderpedale, um das Giermoment auszugleichen.

„Silverberg ist getroffen“, rief Manny. „Raus mit euch, Jungs. Los, raus.“

Verflucht. Charlie! Jack beugte sich abwechselnd hinter und vor Levitski vorbei. „Was ist los? Manny, was ist da los?“

„Sie ... sie haben fast das ganze Heck verloren. Und ein Loch klafft im Bug. Verdammt."

Jack stampfte mit dem Fuß auf. „Komm schon, Silverberg."

„Oh nein, sie sind ins Flachtrudeln gekommen. Raus, Jungs, raus!"

„Herr, bitte!" Flachtrudeln? Da kam keiner mehr raus. Die Zentrifugalkräfte drückten die Männer an die Seiten. „Charlie, mach' dass du da rauskommst! Na los!"

Was auch immer er die letzten Tage gespürt hatte, war im Vergleich dazu gar nichts. Jetzt war ihm wirklich übel. Kotzübel.

„Manny?", quälte er hervor.

„Sie trudeln immer noch. Nordwärts."

Jack presste die Fäuste gegen seinen mit Stahlplatten geschützten Bauch. Er musste fragen, aber er konnte nicht. Die Worte wollten einfach nicht heraus.

Levitski kam ihm zuvor. „Fallschirme?"

Jack wusste die Antwort bereits. Keine. Charlie, sein bester Freund, raste in die Tiefe, dem Tod entgegen. In Todesangst. Gefangen.

Kapitel 24

Freitag, 15. Oktober 1943

„Du musst mein Kleid einfach tragen, Ruth." Rosa Lomeli hielt ein verführerisches Stück Stoff hoch und tänzelte damit durch den Raum.

Ruth saß in blauer Ausgehuniform auf ihrem Feldbett und lächelte ihre Zimmergenossin an. „Für feierliche Anlässe gibt es die Ausgehuniform."

„Aber das hier ist eine Pawty."

Ruth schmunzelte über Rosas Bostoner Akzent. „Soll ich dir ein *R* leihen?"

„Wie bitte? Damit ich so klinge wie du und mich noch warschn kann vor der Parrty?" Rosas Lippen verknoteten sich fast, so schwer fielen ihr die zusätzlichen Konsonanten. „Und jetzt zum Kleid. Stell dir das doch mal vor: Dem Major fallen bestimmt die Augen raus!"

Ein Teil von Ruth wollte das Kleid tragen, wollte sehen, wie Jack die Augen herausfielen, wollte den ganzen Abend in seinen Armen liegen, aber das wäre ihm gegenüber nicht fair. Er lag ihr viel zu sehr am Herzen, als dass sie mit seinen Gefühlen spielen konnte. Und außerdem hatte sie noch nie ein Partykleid getragen oder ihre Schultern öffentlich entblößt.

May stellte derweil die Träger ihres Kleids ein. Das zarte Rosa brachte Farbe in ihre Wangen, ohne es zu übertreiben.

„Du siehst hinreißend aus, May."

Rosa stellte sich vor Ruth. „Nicht ablenken! Das Kleid."

Eine Krankenschwester steckte den Kopf zur Tür herein. „May, Ruth, ihr habt Besuch."

„Tut mir leid, Rosa. Zu spät."

Beim Laufen raschelte und wiegte sich Ruths Ausgehuniform zwar nicht so hübsch wie Mays Kleid, aber sie wollte auch jegliche Romantik aus dem Abend heraushalten. Der einzige Grund, warum sie überhaupt eingewilligt hatte, war, weil Jack ihr versprochen hatte, sie müsse nicht tanzen. Und trotzdem ließ der Gedanke an die Party, die Musik und die Zeit mit Jack ihr Herz wie verrückt herumspringen.

Doch als sie den Kopf der Treppe erreichte, erstarb alles Herumspringen schlagartig. Jack war allein. Seine Arme hingen schlaff herunter, seine Finger nestelten am Saum seiner Uniformjacke. In dieser Haltung hatte sie ihn noch nie gesehen. Mit jedem ihrer Schritte kam sein Gesicht näher – es war bleich, verstört.

Oh nein. Ruth hielt die Luft an und blieb mitten auf der Treppe stehen. Sie hatte den ganzen Tag immer wieder davon gehört – sechzig Flugzeuge bei dem Einsatz über Schweinfurt verloren. Sechshundert Männer waren nicht mehr heimgekehrt.

May trottete die Stufen herab. „Hi. Wo ist denn Charlie?"

Jacks Blick war so leer, dass Ruth bis in seine verwundete Seele gucken konnte. Charlie war unter den sechshundert. „Oh nein", flüsterte sie.

„Er ... er hat es nicht geschafft."

Ruth klammerte sich ans Treppengeländer. Sie musste jetzt stark sein für May, genauso stark wie für ihre Brüder und Schwestern. Eisern zwang sie sich, eine Stufe nach der anderen hinabzugehen.

May sah zur Eingangstür. „Wartet er dort auf uns?"

„Er hat es nicht geschafft. Gestern. Den Einsatz. Sein Flugzeug wurde abgeschossen."

May gab ein flüchtiges Lachen von sich. „So ein Quatsch. Du bist doch hier."

„Er war nicht ... er ist nicht mit mir geflogen. Sondern mit Silverberg. Über Holland sind wir in Flak gekommen und sie sind abgestürzt."

May hielt sich vor Schreck eine Hand vor den Mund. „Oh nein – armer Charlie. Mein Charlie, ein Kriegsgefangener. Es sei denn ... er flieht. Das könnte er doch schaffen. Holland? Er spricht doch holländisch."

Jack warf Ruth einen verzweifelten Blick zu. Charlie war tot.

„Nein. Er konnte ... er konnte es nicht schaffen. Charlie hat nicht überlebt."

Wieder ein Lachen, diesmal leiser, zerbrechlicher. „Charlie ist nicht tot. Unmöglich."

Jack sandte einen stummen Hilferuf aus und Ruth legte ihrer Freundin eine Hand auf die Schulter. „May ..."

„Nein!" May machte einen Schritt beiseite und funkelte erst Ruth, dann Jack wütend an.

„Ihr versteht das nicht. Ich wüsste es. Als Thomas starb, habe ich das sofort gewusst. Ich habe es gefühlt.“ Sie drückte sich ihre Faust gegen die Brust.

Jack hielt May an den Schultern fest und bemühte sich, seine Gesichtszüge unter Kontrolle zu halten. „May, er konnte nicht ...“

„Doch, konnte er. Er ist abgesprungen. Das weiß ich.“

„Das ist unmöglich. Im Bug war ein großes Loch. Wahrscheinlich hat er das schon nicht ... und selbst wenn ... sie sind ins Flachtrudeln gekommen. Flachtrudeln, May. Da kommt man nicht mehr raus. Die Zentrifugalkräfte drücken einen einfach an die Wand. Da kommt keiner mehr raus. Wir haben keine Fallschirme gesehen. Nicht einen. Und wir haben so lange hinterhergeguckt, bis sie durch die Wolkendecke waren.“

May wand sich aus seinem Griff. „Also habt ihr es nicht wirklich gesehen. Er hatte noch Zeit.“

„Hatte er nicht. Die Wolken hingen tief. Es ist unmöglich.“

„Es gibt immer einen Weg.“ Ihre Stimme klang unerbitterlich und stark.

Ruth und Jack sahen sich an. Ruth kannte das Verhalten; ihr Bruder Bert hatte sich tagelang gegen Mas Tod gesperrt. Sie schüttelte leicht den Kopf, um Jack zu signalisieren, dass keine Logik der Welt May heute Abend überzeugen würde. Sie brauchte einfach Zeit.

„Es tut mir so leid.“

Aus ihren Augen schossen Blitze. „Wegen mir braucht es dir nicht leidtun. Ich werde ihn vermissen, aber das überlebe ich. Charlie, der sollte dir leidtun. Er ist jetzt im Kriegsgefangenenlager oder auf der Flucht in Holland, ganz allein, weil du ihn aufgegeben hast. Aber ich gebe ihn nicht auf. Er braucht mich. So, und jetzt gehe ich und bete.“ Sie zog ihre Jacke zu und lief in Richtung Tür.

Jack folgte ihr. „May ...“

„Nein.“ Sie machte auf dem Absatz kehrt und hielt ihm einen Finger vors Gesicht. „Schluss mit deinen Lügen.“

Ruth legte Jack eine Hand auf die Schulter. Sie konnte seine Anspannung fühlen. „Ich gehe mit.“

„Nein“, erwiderte May sanfter. „Bleib hier und bring Jack zur Vernunft. Außerdem braucht er dich dringender als ich.“

Ruth sah von einem zum andern. Die eine sperrte sich auf Teufel komm raus gegen die Wahrheit, der andere verkümmerte vor Trauer. Wie sollte sie England unter diesen Umständen verlassen? In drei Wochen müsste sie von hier weggehen, aber die beiden würden dann immer noch trauern.

„Okay“, sagte Ruth. „Geh los. Wir sehen uns später heute Abend.“

Nachdem May gegangen war, betrachtete Ruth Jacks Gesicht – das Muskelzucken in seinen Wangen und um die Augen herum. Was brauchte er? Wollte er reden, ausrasten, seinen Gedanken nachhängen? Weinen? Sich ablenken? Sie hatte schon sechs Kinder durch zwei Todesfälle begleitet. Das würde sie auch bei Jack schaffen.

Inzwischen hatten sich kleine Grüppchen von Frauen um sie gebildet, alle mit weit aufgerissenen Augen voller Sorge. Sie musste Jack irgendwo hinbringen, wo sie Ruhe hatten. Ohne zu fragen legte sie ihm einen Arm um die Hüfte und führte ihn nach draußen. Zu ihrer Linken sah sie gerade noch, wie eine rosa gekleidete Figur in der Dämmerung hinter Redgrave Hall einbog. Wahrscheinlich wollte May zu Charlies Lieblingsort, einer Baumgruppe in der Nähe der Orangerie. Ruth führte Jack südlich vom Park um den See und versuchte, ihm behutsam die Anspannung aus dem Rücken zu streichen.

Als sie einen bewaldeten Abschnitt fernab von neugierigen Blicken erreichten, fragte sie so sanft sie konnte: „Willst du darüber reden?“

Er verzog das Gesicht. „Das ist alles meine Schuld. Meine Schuld.“

„Oh Jack, sag das nicht. Die Deutschen haben ihn abgeschossen.“

„Aber er hätte gar nicht dort sein sollen, nicht mit Silverberg, nicht über Rotterdam.“

Könnte sie es schaffen, Schuldgefühle und Trauer bei ihm zu entwirren? „Erzähl mir davon. Warum flog er denn mit Silverberg?“

Jack stöhnte, löste sich von Ruth und ließ sich rücklings gegen eine dicke Eiche prallen. „Meine dämliche Überheblichkeit ist schuld. Charlie wollte nicht mehr mit mir fliegen, noch nicht mal mehr zwei lächerliche Einsätze. Er hat es nicht länger ausgehalten und meinte, ich würde aus lauter Stolz irgendwann eine Riesendummheit machen. Und er hatte recht.“ Jack stieß einen Schrei aus und krallte sich mit den Fingern an seinen Haaren fest, als wollte er sich die Erinnerung aus dem Kopf reißen.

Ruth hielt es nicht aus, ihn so zu sehen. Sie nahm seine Hände in die ihren und zog sie vorsichtig herunter.

„Ich hätte es lassen sollen. Einfach lassen sollen." Er sah verzweifelt zur Baumkrone hinauf. „Es war viel länger und mehr Flak. Wir hätten beim Geschwader bleiben sollen, aber nein, ich dachte ja, ich wäre so schlau, so clever. Wollte auf niemanden hören und beten auch nicht. Um Himmels willen, ich bin Pastor! Charlie hatte recht. Nichts als Überheblichkeit! Dämliche, verfluchte Überheblichkeit."

Ruth war sich nicht sicher, was passiert war, aber sie packte fester zu. „Hör auf, bitte. Du hattest bestimmt deine Gründe."

Jetzt sah er sie an. In seinen Augen lag eine Mischung aus Angst und Schmerz. „Meine Gründe sind egal. Ich habe nicht gebetet, sondern nur auf meinen verfluchten Stolz gehört. Ich habe über Rotterdam vier Flugzeuge verloren!"

Sie knetete seine Hände und versuchte, die verkrampften Muskeln zu lösen. „Aber sie wären vielleicht auch verloren gewesen, wenn du ... wenn du beim Geschwader geblieben wärst. Das könnte doch sein, oder?"

„Vielleicht. Ich weiß es nicht. Ich weiß nur, dass Charlie tot ist."

„Und er kann wirklich nicht überlebt haben?"

„Nein. Versteh doch. Flachtrudeln, das ist der Albtraum jedes Piloten. Man kommt einfach nicht raus. Die Zentrifugalkräfte ... man schafft es nicht bis zu den Luken. Man ist einfach gefangen. Charlie hatte keine Chance."

Ruth ließ eine Hand los und strich Jack übers Haar. „Vielleicht hat er es gar nicht gemerkt. Vielleicht war er schon ... vielleicht ging es ganz schnell. Da war ein Loch, hast du gesagt." Ihre Stimme war belegt. War der Tod durch eine Explosion besser als der Tod durchs Fallen?

„Zwei Minuten, Ruth. Aus der Höhe dauert es über zwei Minuten. Weißt du, wie lang das ist, wenn man weiß, dass man gefangen ist und dass man gleich sterben muss? Und wenn man weiß, dass ich daran schuld bin?"

„Oh Liebster, sag das nicht. Charlie würde dir keine Vorwürfe machen, das weißt du. Wahrscheinlich hat er sich sogar Sorgen gemacht, dass du dir selbst Vorwürfe machen würdest. Aber das darfst du nicht. Charlie zuliebe."

Jack vergrub das Gesicht an Ruths Schulter und umklammerte ihre Taille. Dabei drückte er so fest zu, dass er sie fast hochhob und Ruth nur noch auf Zehenspitzen stand. Leise flüsterte sie ihm tröstende Worte ins Ohr. Er war ein kleiner Junge mit gebrochener Seele.

Ruth spürte seinen Atem auf ihrem Nacken.

„Du hast recht", sagte er schließlich. „Charlie war ein guter Mann. Viel zu gut, um mir Vorwürfe zu machen."

„Das stimmt." Sie fuhr ihm mit einer Hand durch die welligen Haare. „Das hätte er nie getan."

„Er war so gut, so verdammt gut. Immer hat er mich auf Kurs gehalten und aufgepasst, dass ich mich nicht nur noch um mich selbst drehe. Außer ... außer ..."

„Shh. Shh." Er hatte seinen besten Freund verloren. Die beiden waren durch dick und dünn gegangen und waren einander um die Welt gefolgt. Jack hatte Charlie und May zusammengebracht. Und jetzt war Charlie tot, und sobald May das begriffen hatte, würde sie ein zweites Mal Trauerflor tragen müssen. Zu Recht – Charlie war ein guter Mann gewesen. Inzwischen waren Ruths Augen auch feucht. „Der arme, arme Charlie." Sie spürte Jack nicken.

„Wenigstens wissen wir, dass er jetzt bei Gott ist."

Genau diese Worte hatte sie gehört, als Pa starb, als Ma starb, und diese Gefühlsduselei hatte sie schon damals wütend gemacht. Was half das? Sie blieb mutterseelenallein auf der Erde zurück. Aber der Gedanke schien Jack zu trösten. Seine Umklammerung ließ nach und ihre Absätze bekamen wieder den Boden zu spüren.

„Aber was ist mit uns?", fragte sie.

„Eines Tages sehen wir ihn wieder." Seine Stimme klang nicht mehr so verzweifelt.

„Aber ich meine jetzt? Was ist mit May, mit dir und mir? Wir sitzen hier fest. Allein."

„Wir sind nicht allein. Wir haben doch Gott. Und wir haben uns." Seine Worte kitzelten auf der Haut.

„Ja ... du hast wohl recht", flüsterte sie.

Jack richtete sich in ihren Armen auf. Ruth konnte spüren, ja fast hören, wie die Machtverhältnisse sich verschoben. Aus dem kleinen Jungen wurde wieder der starke Mann.

„Gott sei Dank habe ich dich." Seine Lippen liebkosten die Stelle zwischen ihrem Kragen und dem Ohr. „Was würde ich nur ohne dich tun?"

Wider besseres Wissen sank Ruth in die Liebkosung hinein und spielte mit seinem Haar. „Du … du würdest auch so klarkommen."

„Aber das will ich nicht", sagte er ihr direkt ins Ohr. „Ich liebe dich, Ruth."

Eigentlich hätte sie perplex sein müssen, aber irgendwie überraschte sie die Neuigkeit nicht.

Sein Mund arbeitete sich Zentimeter für Zentimeter über ihre Wange und Panik stieg in ihr auf. „Bitte nicht", wollte sie sagen, aber da erstickte er ihre Worte schon mit seinem Kuss.

Ruth drückte sich von ihm weg und presste die Luft aus ihrer Lunge. „Oh, Jack, nein."

„Bitte, Liebling. Bitte." Er ergriff ihre Taille. Seine Augen, sein Mund, alles sehnte sich nach Liebe und Freude inmitten des schrecklichen Verlusts und der Verzweiflung.

„Ich kann nicht." Sie presste die Worte hervor und hasste, was sie ihm antat. „Verstehst du das nicht?"

„Nein. Erklär es mir, damit ich dir helfen kann."

„Das kannst du nicht. Das kann niemand." So oft hatte sie Gott schon gebeten, ihr zu vergeben, sie wieder heil zu machen, aber er nahm die Strafe nicht weg, die sie sich eingebrockt hatte. Sie hatte zu viele Jungs aus den falschen Gründen geküsst und jetzt konnte sie den Mann nicht küssen, den sie liebte.

„Aber ich liebe dich. Lass mich dir helfen."

Die Verzweiflung in seinen Augen schmerzte. Sie legte ihm eine zitternde Hand an die Wange. „Liebster, es tut mir so leid."

Sein Blick wurde erst ruhig, dann prüfend. „Du liebst mich auch, oder nicht?"

Ruth hatte das Gefühl, ihr Herz risse entzwei zwischen der Wahrheit, die Jack gesehen hatte, und der, die sie ihm nun sagen musste. „Ich kann nicht. Nicht so, wie du es verdienst, und nicht so, wie du es gern hättest."

„Aber … aber …" Seine Argumente lösten sich in Reue und Schmerz auf. Er zog sie an sich und seufzte. „Oh Ruth, ich habe mein Versprechen gebrochen. Verdammt, es tut mir leid."

„Ich bin diejenige, der es leidtun muss." Wieso musste sich dieser wunderbare Mann dafür entschuldigen, dass er die Frau geküsst hatte, die er liebte? Wieso wurde er für ihre Sünden bestraft?

Kapitel 25

Militärflugfeld Bury St. Edmunds
Montag, 25. Oktober 1943

Jack setzte sich in Colonel Castles Büro und legte sein linkes Bein lässig über das Knie des rechten. Nach einer Woche Urlaub sollte er erholt und ausgeruht sein, und deshalb bemühte er sich darum, genau diesen Anschein zu erwecken, auch wenn er die vergangenen elf Nächte kaum ein Auge zugetan hatte.

Der Kommandeur stand mit verschränkten Armen da und beobachtete Jack. „Wie war die letzte Woche?"

Er setzte ein Lächeln auf. „Gut. Hab endlich den Bogen beim Krocket raus, aber jetzt bin ich wieder einsatzbereit." Die Arbeit würde ihn hoffentlich von Charlies Tod ablenken, vom Verlust von vier Fliegern und vierzig Männern und von einer Frau, die ihn nicht lieben konnte.

Castle schob einige Akten auf seinem Schreibtisch zusammen. „Es gibt Änderungen von ganz oben. Die Staffelgröße steigt von neun auf zwölf Flugzeuge, und damit wir mit dem Zuwachs zurechtkommen, brauchen wir zwei neue Stellvertretende Kommandeure im Geschwader. Einen für den Boden, einen für die Luft."

Es waren Stellen zu besetzen? Jetzt?

Castle stützte sich mit gespreizten Fingern auf. „Die Entscheidung ist uns schwergefallen. Sie sind qualifiziert und wären ein hervorragender Stellvertretender Kommandeur gewesen."

Jack umklammerte sein Schienbein so sehr, dass es schmerzte. Er hatte verloren. Charlie war tot und all seine Arbeit der letzten Monate war umsonst gewesen. Und das alles nur wegen seines bescheuerten Stolzes.

„Ich kann Sie dafür nicht nehmen." Castle sah traurig aus. „Nicht nach Schweinfurt. Ich kann eine leichtsinnige Entscheidung, die uns vier Crews gekostet hat, nicht auch noch belohnen. Die Männer haben ihr Vertrauen in Sie verloren."

Jacks Lippen fühlten sich wie zusammengeklebt an, aber er schaffte, gerade noch zu sagen: „Ich verstehe, Sir."

„Thorup wird Stellvertretender Kommandeur für die Luft, Jeff Babcock für den Boden. Er weiß es noch nicht. Ich wollte, dass Sie die Neuigkeit von mir erfahren."

„Danke, Sir." Ausgerechnet Babcock – das machte das Ganze nur noch schlimmer.

Castle setzte sich und verschränkte die Arme auf dem Schreibtisch. „Sie sind fast durch mit Ihren Einsätzen."

„Ja, Sir." Noch acht lächerliche Missionen, um den Schaden wiedergutzumachen. Unmöglich.

„Sie haben zwei Möglichkeiten. Entweder Sie nehmen hier oder in den Staaten auf Divisionsebene eine nichtkämpfende Position an. Bei Ihren Referenzen wird sich eine einzige Rüge nicht negativ auf Ihre Karriere auswirken."

Einen Bürojob weit weg von Flugzeugen und jedem Kommando? Allein bei dem Gedanken fühlte er sich kraftlos. So ähnlich ging es ihm immer, wenn er über sein Leben als Pastor nachdachte.

„Die andere Möglichkeit wäre, einen Monat Heimaturlaub zu machen, vielleicht Weihnachten zu Hause zu verbringen und dann als Staffelkapitän zurückzukehren. Dann hätten Sie auch wieder die Chance auf eine Beförderung."

Noch einmal fünfundzwanzig Einsätze? Seine Überlebenschance wäre gleich Null. Jack schluckte. „Ich möchte die Männer anführen, Sir, und ich brauche das Fliegen."

Das erste Lächeln des Tages. „Das dachte ich mir. Ich habe es gehofft."

Jack ging aus dem Büro und zwang sich, nicht die Schultern hängen zu lassen. Babcock kam ihm entgegen, um sich die Neuigkeit abzuholen, die Jack hätte kriegen sollen. Jack nickte ihm nur stumm zu und war froh, dass er noch nicht gratulieren musste.

Dann floh er aus dem Hauptquartier in den kühlen Nebel und atmete tief durch. Wie viele Treffer konnte er noch einstecken, bevor er zu Boden ging? Er war nur noch fingerbreit über der Erde und musste sich dringend nach oben kämpfen und an Höhe gewinnen.

Zuerst bei Ruth. Heute waren sie verabredet und es war an der Zeit für ein klärendes Gespräch. Sie meinte, sie könne ihn nicht lieben. Dass sie ihn nicht liebe, hatte sie nicht gesagt, sondern dass sie es nicht könne. Warum? Wegen ihrer Familie? Es wäre ihm doch eine Ehre, für sie zu sorgen.

Sie könne ihn nicht so lieben, wie er es verdiente? Meinte sie, sie wäre nicht gut genug für ihn? Unsinn. Und sie könne ihn nicht so lieben, wie er es wollte? Es war ja wohl sein Fehler gewesen, ihr den Kuss aufzudrängen. Ein Kuss war doch nicht wichtig. Jack konnte geduldig sein und warten, bis sie so weit war.

Er lief die Straße hinunter in Richtung Gemeinschaftsräume. Was er genauso dringend tun musste, war, sich den Respekt der anderen wieder zu verdienen. Wenn er auch weiterhin nur Staffelkapitän sein sollte, dann wenigstens der Beste, den es je gab. Und er würde sofort damit anfangen, jetzt gleich, in der Kantine.

Über die Hintertür gelangte er in die Küche, in der es nach Hühnchen, Klößen und Erbsen roch. Töpfe klapperten und Wasserdampf ließ Deckel tanzen. Da die Männer nicht zur kämpfenden Truppe gehörten, respektierten sie Jack nach wie vor und ihr Lächeln tat ihm besser als ein Dutzend Krocketpartien.

Wieder mal war Private Reynolds hier. Der Kerl landete aber auch immer wieder im Küchendienst. Sein Vorgesetzter hatte die Nase voll von ihm, aber Jack wusste, dass Reynolds zu der Sorte Soldaten gehörte, die durch Ermutigung und nicht durch Strafe motiviert wurden.

„Hey Reynolds." Jack lehnte sich neben das Becken, an dem der Private gegen Berge von dreckigem Geschirr kämpfte. „Wie läuft's?"

„Mir steht der Küchendienst bis hier oben, Sir. Aber nicht nur der Sergeant hat es auf mich abgesehen. Jetzt ist auch noch die MP hinter mir her."

Jack wollte eigentlich nicht über Reynolds Verstoß reden, aber jetzt blieb ihm keine Wahl. „Was war denn los?"

„Ach, die nennen das ‚ungebührliches Benehmen im trunkenen Zustand'. Aber für mich war es nur ‚ein bisschen Spaß in der Stadt'."

Jack seufzte. Er mochte es überhaupt nicht, den Zuchtmeister zu spielen, wenn Sergeant Masterson diese Aufgabe schon so ernst nahm. „Sieh es doch mal aus der Warte der Briten. Ihr kleines Städtchen auf dem Land wird von dreitausend ungestümen jungen Amerikanern überrannt, die alle ein bisschen Spaß haben wollen."

Reynolds zuckte mit den Achseln. „Fast jeden Tag Küchendienst ist trotzdem nicht fair. Immer nur warschn und schrubbn."

Warschn. Jack ergriff die Chance, das Thema zu wechseln.

„Wo kommst du eigentlich her? Mittlerer Westen?"

„Chicago. So ein dreckiger Slum bei den Stock Yards." Er wischte lustlos ein Tablett ab.

„Ach wirklich? Ich habe eine Bekannte von da, Ruth Doherty."

Reynolds kniff die Augen zusammen und sah zur Decke. „Ein paar Dohertys kannte ich, aber eine Ruth sagt mir nichts. In der achten Klasse war ich mal mit einer Doherty zusammen. Das war vielleicht ein Luder."

„So?" Jack rutschte ein Stück weg, um nicht vollgespritzt zu werden.

„So ein richtig hübscher Rotschopf. Zu schlau für ein Mädchen, aber verdammt, die konnte vielleicht küssen."

Jack lächelte grimmig. Da hörten die Gemeinsamkeiten auch schon auf.

Reynolds ließ einen Topf ins schaumige Wasser rutschen und warf den Lappen hinein. „Sie hatte das sogar so gut drauf, dass sie damit Geschäfte gemacht hat."

„Geschäfte? Mit Küssen?"

„Jep. Sie brauchte wohl das Geld. Mehr Kinder als Kohle in der Familie. Irgendwas war mit ihrem Dad, der konnte nicht arbeiten. Küssunterricht nannte sie das. Hat den Jungs Tipps gegeben."

„Küssunterricht?" Jack schüttelte den Kopf. Was die Leute für Geld nicht alles taten.

Reynolds stellte den Topf kopfüber auf die Abtropffläche. An allen Seiten lief Schaum hinunter. „Ja. Die Jungs standen nach der Schule in einer Gasse Schlange. Zehn Cent für zehn Minuten. Ten-Penny Doherty hieß sie bei uns, weil ihr Name Penny war. Wow. Hab schon seit Jahren nicht mehr an sie gedacht."

Penny. Penny Doherty. Jacks Magen fühlte sich plötzlich an, als hätte er Schlamm gegessen. Die Zunge war mit einem Mal so dick, dass er kaum noch sprechen konnte. „Was ist aus ihr geworden?"

„Wer weiß das schon? Wahrscheinlich hat sie inzwischen ein Bordell. Irgendeiner in der Fabrik nannte sie dann mal Dollar Doherty. Für 'nen Dollar blieb's nicht nur beim Küssen. Besser hätte er sein Geld nicht anlegen können, meinte er."

Das konnte nicht sein. Unmöglich. Der Schlamm stieg Jacks Speiseröhre hinauf und er konnte nicht mehr atmen, nicht geradeaus sehen, nicht denken. Er musste hier raus, musste den Kopf freibekommen.

Er stürzte zur Tür, die Füße schwer wie Blei, vorbei am Küchenpersonal und nach draußen, sog die feuchte Luft in vollen Zügen ein und versuchte, die schmutzigen abscheulichen Gedanken loszuwerden, die auf ihn einprasselten.

Stur kämpfte er sich auf der belebten Straße voran und taumelte dann abseits in eine Baumgruppe. Er musste sich zusammenreißen, zum Krankenhaus fahren und die Sache ein für alle mal mit Ruth klären, seiner Ruth, seiner keuschen Ruth, die Küssen hasste.

Seine Hände umklammerten einen Baum und er drückte die Stirn fest an die Rinde, als ob die raue Oberfläche das neue Wissen wegkratzen und ihn endlich begreifen lassen könnte, dass das Ganze nur ein Missverständnis war.

Sie konnten nicht ein und dasselbe Mädchen meinen. Völlig unmöglich! Chicago war eine große Stadt. Riesengroß. Es musste mindestens zwei Penny Dohertys geben, wenn nicht noch mehr. Reynolds meinte nicht Ruth. Nicht seine Ruth.

Schlau. Richtig hübsch. Rotschopf.

Jacks Fingernägel gruben sich in die Rinde. Zufall, reiner Zufall.

Freund, achte Klasse. Große Familie. Vater konnte nicht arbeiten.

Stückweise löste sich die Rinde und zerbröselte in Jacks Fäusten. Zu viele Zufälle. Einfach zu viele.

Sie hasste den Namen Penny. Nannte sich Ruth, seit sie von zu Hause weg war.

Ein Geräusch löste sich aus seiner Kehle, tief, wütend, zornig, und schleuderte alles fort, bis er klar sehen und klar denken konnte. Zum ersten Mal seit Monaten.

Kapitel 26

Redgrave Park

Auf dem Weg zum Tor tauchten links und rechts der Straße Bäume aus dem Nebel auf. „Komisch, dass Jack nicht da ist. Fliegen tun sie heute bestimmt nicht."

„Vielleicht hat er nach seinem Urlaub zu viel Papierkram zu erledigen", erwiderte May.

„Vielleicht." Ruths Seufzen vermischte sich mit dem Dunst. Heute war ihr letzter freier Tag, bevor sie abreiste. Wenn Jack heute nicht auftauchte, dann würde sie ihn nur noch am Sonntag im Gottesdienst sehen oder kurz am Abend oder überhaupt nicht mehr. Sie musste aber wissen, wie es ihm ging. *Bitte Herr, tröste ihn. Hilf ihm, damit er sich nicht mehr so viele Vorwürfe macht.* Wenn sie ihn doch nur selbst hätte trösten können, anstatt ihm noch mehr Schmerz zuzufügen.

Er liebte sie. Und das war etwas anderes als die Vernarrtheit ihrer Patienten, die sie wegen ihres Aussehens anhimmelten. Jack kannte sie gut und liebte sie auf eine Art und Weise, die sie noch nie erlebt hatte.

Ruth machte vor sich auf der Straße eine Silhouette mit Jacks Figur und Gangart aus. „Da ist er ja."

„Gut. Ich bin nämlich mit meiner Post ziemlich in Verzug und könnte mal einen Nachmittag für mich gebrauchen. Wir sehen uns später." May lief zurück nach Redgrave Hall. Die Arme. Sie konnte Charlies Tod einfach nicht akzeptieren und schrieb fast täglich Briefe an ihn. Sobald sie herausfinden würde, wo er gefangen gehalten wurde, wollte sie die Briefe abschicken oder sie ihm bei seiner Rückkehr nach England überreichen. Nach wie vor konnte sie Jack nicht vergeben für das, was ihrer Ansicht nach bestenfalls Verrat und schlimmstenfalls eine nackte Lüge war.

Der Kies knirschte unter Jacks Schuhen und Ruth wollte ihm in die Arme laufen. Aber dann tauchte sein Gesicht aus dem Nebel auf – der angespannte Kiefermuskel, die nach unten zeigenden Mundwinkel, der stählerne Blick.

Hass.

Ruths Herz setzte aus. Ihre Füße wollten nicht mehr. Er konnte es unmöglich wissen.

Jack verließ die Straße und marschierte durch die Bäume auf eine kleine Lichtung. „Komm her."

Seine Stimme war messerscharf. Er wusste es? Woher?

Einmal hatte sie in einem Film gesehen, wie eine Frau zur Guillotine geführt wurde. Ruth hatte sich gefragt, warum die Frau nicht weglief, kämpfte, sich fallenließ – irgendwas. Und jetzt setzte sie genauso resigniert einen Fuß vor den anderen.

Jack drehte sich um und sah sie aus gut drei Metern Entfernung an. Sein Blick war eiskalt, aber sein Gesichtsausdruck wechselte zwischen Verwirrung, Wut und Gekränktsein.

Ruth umklammerte ihren Umhang, als könne sie so ihr Geheimnis bewahren. *Bitte nicht, Gott. Bitte!*

„Wenn ich ..." Er zögerte. „Wenn ich Eddy Reynolds sage, klingelt's da?"

Kein Klingeln, sondern ein gewaltiger Gong erschallte in ihrem Kopf. Ihre Hände sprangen vom Umhang zu ihren dröhnenden Schläfen. Eddie Reynolds! Sie hatte ihn in London gesehen und das Abzeichen der 8. US-Luftflotte auf seinem Ärmel ausgemacht, aber es gab zwei Dutzend Geschwader in England und Tausende von Soldaten auf jedem Stützpunkt. Warum? Warum mussten er und Jack sich begegnen?

„Bitte sag mir, dass er lügt", durchbrach Jacks verzweifelte Bitte seine Mauer der Wut.

„Ohh." Ihr Stöhnen war wie der Nebel, schwer und grau.

Mit einem abfälligen Blick drehte Jack den Kopf weg.

„Nein, nein, nein", sagte sie immer wieder zu dem Dröhnen in ihrem Kopf.

Seine Gesichtsmuskeln arbeiteten unentwegt, als wollten sie seine Gefühle in Worte kneten. „Die ganze Zeit, die ganze Zeit habe ich gedacht, du wärst anständig. Zu anständig, um auszugehen, zu anständig, um zu küssen. Ich dachte, du hasst Küssen. Was war ich für ein Idiot! Du küsst nur mich nicht gern."

Ruth schüttelte stumm den Kopf. Der Nebel wurde zu weißen Pfeilen, die auf ihre Augen zielten, auf ihre Seele.

„Ach ja, stimmt ja. Du wurdest ja bezahlt. Warum hast du mir das nicht gesagt? Du willst Geld? Ich habe Geld. Hier.“ Er ließ eine Faust in seiner Hosentasche verschwinden. Sein Gesicht wurde immer dunkler.

„Nein.“ Kein Geld. Alles, nur kein Geld.

„Hier, das bin ich dir noch schuldig. Zwei Küsse. Zwei Küsse habe ich geklaut. Oh ja, bei dir ist das wirklich klauen. Warum hast du mir nichts gesagt? Hm?“ Er fingerte in dem Kleingeld in seiner offenen Hand herum. „Zehn Cent, nochmal zehn. Hier. Zwanzig Cent.“

Jack schnippte schwarze Münzen ins dunkelgraue Gras vor ihr.

Ruth schrie auf und stolperte rückwärts.

„Was für ein Mädchen macht so was? Was für ein Mädchen kommt auf so eine Idee? Wie alt warst du überhaupt?“

„Drei-zehn.“ Das Wort kostete sie zu viel Kraft. Um sie herum wurde alles schwarz und in ihrem Kopf pochte der Schmerz.

„Dreizehn? Dreizehn? Du hättest ... was weiß ich, Himmel oder Hölle spielen sollen und nicht ... Wie konntest du nur?“

Ruth stöhnte. Ihre Beine knickten ein, sie fiel auf die Knie und ließ den Kopf nach vorn sinken. Ihr Atem raste.

„Anständig?“ Er spuckte das Wort regelrecht aus. „Eine anständige Frau lässt sich nicht fürs Küssen bezahlen.“

Jedes Wort stach zu wie ein Messer.

„Eine sittsame Frau hebt sich für den Mann auf, den sie liebt.“

Die Last der Wahrheit drückte sie nieder.

„Eine sittsame Frau verkauft ihren Körper nicht für einen Dollar.“

„Was?“ Ruth hob den Kopf. Die Schwärze pochte am Rand ihres Sichtfelds. „Ich ... niemals.“

Jack stand dunkel über ihr. „Du bestreitest es also?“

„Der Kussunterricht, das stimmt. Aber nicht ... nicht ...“

„Dollar Doherty hat er dich genannt.“ Jack klang, als habe er etwas Widerwärtiges im Mund.

Nicht so widerwärtig wie die Erinnerung. Sechs Jungs an einem Tag war ihre Regel – nicht mehr, nicht weniger –, und zur Sicherheit blieb jeder Junge nach den zehn Minuten noch bei ihr, bis die Stunde um war. Aber an diesem Tag hatte Bud Lewis aus ihrem Haus mit seinen zwei Freunden aus der Fleischereifabrik die Jungs fortgejagt.

Bud hatte mit einem Dollarschein vor ihrer Nase herumgewedelt. „Also, Ten-Penny, was kriegt man denn für einen Dollar?“

Ein Schütteln war durch ihren ganzen Körper gegangen und ihr war übel geworden, aber sie hatte tapfer geantwortet. „Einmal zehn Minuten Unterricht und neunzig Cent zurück."

Aber das hatte Bud und seine Freunde nicht aufgehalten. Nichts und niemand hatte sie aufhalten können. Hinterher waren drei scheußliche Dollarscheine auf ihren geschundenen Körper gesegelt.

Ruths Finger gruben sich ins Gras. „Oh nein, Jack. Es ist nicht so, wie du denkst."

„Ach nein? Was sollte ich denn denken?"

Ruth sackte zusammen. Sie hatte das Wort noch nie gesagt, es noch nicht einmal im Kopf formuliert. „Ich wurde – ich ... ich wurde vergewaltigt." Das Wort allein schmeckte wie Gift.

Jack stand einige Augenblicke stumm und still da. „Ach ja?" Seiner Stimme fehlte nun die Schärfe, aber die Kälte war geblieben.

Ruth presste die Fäuste an die Augen. „Ich war fünfzehn. In der kleinen Gasse. Sie waren zu dritt." Sie griff nach dem Messer, das in ihrer Seele steckte, umfasste es mit ihrer eigenen Hand. Wenn sie es nur tief genug hineinstach, dann würde alles heraussprudeln und vielleicht konnte sie dann endlich sterben und alles hinter sich lassen. „Sie waren zu groß, zu stark. Ich konnte nicht fliehen, konnte sie nicht aufhalten, und dann vergingen sie sich an mir, wieder und wieder und wieder, alle drei, und sie hörten einfach nicht auf, und ich konnte nicht ... ich konnte nicht weg, und sie taten es wieder und wieder und wieder." Tiefe, lange Schluchzer lösten sich aus ihrer Brust.

Von dem Mann vor ihr kam kein Geräusch, keine Bewegung. Einst hatte er geglaubt, sie zu lieben, aber da hatte er sie noch nicht gekannt.

Ruths Schluchzen ließ nach. Sie rieb sich die nassen Augen. „Oh Jack, es tut mir so leid. So leid."

„Ja. Mir auch." Er verschwand im Nebel.

Kapitel 27

Ruth umklammerte zwei Grasbüschel, goss sie mit ihren Tränen und riss sie mit der Wurzel aus.

Als sie hinter sich Schritte hörte, versuchte sie, das Schluchzen zu ersticken. So durfte sie niemand sehen.

„Ruth? Ruth!“ May ließ sich auf die Knie fallen und legte Ruth eine Hand auf den Rücken. „Du meine Güte. Was ist denn passiert?“

„Geh weg. Lass mich in Ruhe.“

„Oje. Jacks Ton hat mir doch gleich nicht gefallen. Deswegen bin ich in der Nähe geblieben. Er klang so wütend, und dann habe ich dich heulen gehört. Was war denn bloß los?“

„Lass mich in Ruhe.“ Ruth griff nach neuen Grasbüscheln. Das reißende Geräusch tat gut.

„Oh nein. Hat er ... hat er dich etwa geschlagen?“

Sie schüttelte den Kopf und berührte mit der Stirn die Grasspitzen.

„Was hat er gemacht?“

„Die Wahrheit gesagt, das ist alles. Und jetzt geh weg.“

„Die Wahrheit?“ May klang so naiv, dass Ruth ihr die verdammte Wahrheit am liebsten um die Ohren hauen und sie damit ein für alle Mal verjagen wollte.

Wieder presste sie sich die Fäuste ans Gesicht und spuckte es aus, alles, mit einer Stimme, die fremd, kindlich und körperlos klang. Sie stach noch tiefer zu als vorher. Es war ein eigenartiges Vergnügen, so ähnlich, wie wenn man eine Eiterbeule aufsticht. Sie ließ es herausspritzen, besudelte May damit, vergiftete, infizierte und schockierte sie.

Dann brach der Schmerz des Eingriffs durch.

Ein Ächzen entfuhr ihr. Was hatte sie nur getan? Erst hatte sie Jack verloren und jetzt auch noch May. Ob sie es weitererzählte? Ihren Vorgesetzten? Das war ein ernster Sittenverstoß. Was könnte es noch Schlimmeres geben, als sich zu verkaufen? Sie würde ihren Job auf dem Flugplatz Bowman Field verlieren, ihren Offiziersgrad im Krankenschwesternkorps, die Zulassung als Krankenschwester. Wäre es nicht eine Ironie des Schicksals, wenn sie mit ein- und demselben Opfer die Versorgung ihrer Familie ermöglicht und nun wieder zerstört hätte?

Bitte nicht, Herr. Bitte! Aber wozu betete sie überhaupt? Gott machte sowieso immer das Gegenteil, um sie zu ärgern und zu bestrafen. Für ihre Sünden würde sie in alle Ewigkeit bezahlen.

„Nun ist es endlich raus. Fühlt sich besser an, oder?", sagte May leise und strich Ruth über den Rücken.

Ruth öffnete die Augen und starrte auf den Dreck und das Gras.

„Oh, Ruth. Jetzt verstehe ich das alles." Mays Wangen waren feucht.

Ruth rieb sich die Augen. „Verstehen?"

„Ich wusste schon immer, dass da noch mehr war als der Tod deiner Eltern. Du bist so voller Scham und Schuldgefühle. Und jetzt verstehe ich, warum."

Wo war die Abscheu? Die Empörung? „Wie willst du das verstehen?"

May wischte sich die Wangen ab. „Ich hab mich oft gefragt, was ich tun würde, wenn ... na ja, wenn das Waisenhaus schließen oder ich wegen irgendwas auf die Straße gesetzt würde und ganz allein für mich sorgen müsste. Du glaubst gar nicht, was die Leute alles tun, um zu überleben."

„Du hättest niemals so etwas gemacht wie ich."

„Natürlich nicht. Ich bin ja auch nicht hübsch." Sie lächelte dünn. „Aber ich kann dich verstehen."

„Wie denn? Was ich gemacht habe, war falsch, begreifst du das nicht? Es verstößt gegen jede Moral. Ich habe mit den Gefühlen der Jungs gespielt und sie ausgenutzt."

„Ja, aber das rechtfertigt noch lange nicht, was diese Männer dir angetan haben."

Das war doch Unsinn. Es war das Gegenteil von allem, was sie über Sünde und Strafe wusste. „Ich habe es selbst herausgefordert. Sie dachten, ich wäre ein leichtes Mädchen und ..."

„Nein!" Mays Augen blitzten auf. „Die sind die Verbrecher. Ja, du hast dich in eine gefährliche Situation gebracht, aber das Verbrechen haben die drei begangen, nicht du."

Ruth betrachtete den vom Gras befreiten Flecken, ein Nebelgefängnis ohne Mauern. „Kein Verbrechen, eine Sünde. Einen Sittenverstoß. Mein Job! Ich verliere meinen Job."

„Ruth, mach dir keine Sorgen. Ich würde dich nie verraten. Außerdem ist das längst Vergangenheit. Du führst jetzt ein aufrichtiges Leben."

Ein Schimmer im Gras zog Ruths Aufmerksamkeit auf sich. Jacks Münzen. Sie ließ den Kopf hängen. „Jack."

„Vergiss ihn." Mays Stimme wurde kalt. „Nachdem er dich so behandelt hat ..."

Er hatte sie genauso behandelt, wie sie es verdient hatte. Aber würde er sie auch ausliefern? Er war ein ehrenhafter Mann, ein Offizier, Pastor. War es seine Pflicht, ihren Verstoß zu melden? Oder würde er auf ihre Familie Rücksicht nehmen und dass sie sich so für sie aufopferte?

„Wenn wir doch bloß nicht noch zwei Wochen warten müssten, bis es losgeht."

Ruth blinzelte verwirrt. „Wir?"

May lächelte verschmitzt. „Kam heute mit der Post. Sie nehmen mich."

„Sie nehmen dich? Ich wusste gar nicht, dass du dich überhaupt beworben hast!"

„Ich hab's für mich behalten, weil ich nicht dran geglaubt habe. Ich musste wie eine Verrückte futtern, damit ich überhaupt das Mindestgewicht erreiche."

„Aber ... aber warum?"

May zuckte mit den Achseln. „Aus demselben Grund wie du. Ich habe mich kurz nach dir beworben, bevor die Jungs nach Tunesien flogen. Es lief einfach zu gut mit Charlie und ich wollte weg hier."

Diesen Gedanken konnte Ruth verstehen. „Und nach Tunesien?"

„Charlie und ich haben beschlossen, dass wir es so machen wie die meisten Paare heute. Dann sind wir eben Tausende von Meilen voneinander getrennt. Aber wir lassen uns von der Landkarte nicht trennen – damals nicht und heute nicht. Außerdem braucht Charlie mich nicht so sehr wie du."

„Ich?" Wut flammte in Ruth auf. „Ich soll dich brauchen? Ich brauche keine Freundin. Sieh doch, was mir die Freundschaft eingebracht hat." Sie hob die Fäuste und warf das Gras weg.

„Natürlich brauchst du Freunde."

„Nein. Nein, das habe ich noch nie." Ruth stand mühsam auf. Ihre Beine waren eingeschlafen. „Ich brauche niemanden. Niemanden."

„Ruth ..."

„Hast du verstanden? Niemanden." Sie torkelte davon und zuckte wegen der Stiche in den Beinen zusammen. „Ich brauche niemanden. Und vor allem nicht dich, May Jensen."

„Vielleicht brauche ich ja dich?"

Mays bebende Stimme schockierte Ruth mehr als das Kribbeln in den Beinen. Sie drehte sich um. „Wie bitte?"

May lief rot an und kämpfte mit den Tränen. „Hast du jemals auch nur einen Augenblick daran gedacht, dass ich vielleicht eine Freundin brauche?"

„Du?" Ruth machte eine ausladende Geste in Richtung Redgrave Hall. „Du hast doch Freundinnen. Jede Menge. Du hattest doch schon vor mir lauter Freundinnen."

„Aber ich möchte eben dich. Ich weiß nicht, warum. Du hast mir schon oft genug die kalte Schulter gezeigt, warst kratzbürstig und manchmal sogar richtig unverschämt." May verschränkte die Arme.

„Warum ich?"

„Ich weiß es nicht." May wischte sich die Augen ab. „Ich dachte, du würdest mich verstehen ... nicht nur die Kälte und den Hunger, sondern auch die Einsamkeit und das Ausgestoßensein und diese viel zu große Last auf den Schultern. Ich dachte, du verstehst die Angst und ... und meine Trauer." Ihre Stimme brach. Sie drückte die Hände auf ihre Augen.

Frische Tränen bahnten sich den Weg über Ruths Wangen. „Das ... das tue ich. Oh May, es tut mir so leid."

May nahm die Hände herunter. Ihre Augen waren rot. Anders als Ruth hatte May keinen harten, eisernen Panzer um sich, sondern einen weichen, strapazierfähigen, aber darunter war ein genauso verletzliches Wesen, das Freunde brauchte.

Ruth starrte auf ihre grasverschmierten Hände. „Die Luftrettungsschule kann sich warm anziehen. Da kommen nämlich zwei kleine verrückte Waisen!"

Kapitel 28

Militärflugfeld Bury St. Edmunds
Samstag, 20. November 1943

Jack betrachtete die Männer, die in strammer Haltung vor seinem Schreibtisch im Staffelhauptquartier standen. Die vier Lieutenants und sechs Sergeants, die aus den verschiedensten Städten, Dörfern und Farmen in den USA stammten, hatte das Rekrutierungszentrum geschickt. Die jüngsten waren achtzehn, der älteste einundzwanzig. Manche sahen ungeduldig aus, andere hart, einer hatte offensichtlich Angst.

Jack stützte sich auf dem Schreibtisch ab und setzte ein Lächeln auf, von dem er hoffte, dass es Begeisterung entfachte. Das hier fiel ihm von Tag zu Tag schwerer. Diesen Monat war ihm irgendwie das Fingerspitzengefühl abhanden gekommen und er hatte keine Ahnung, wie er es wiederfinden sollte.

„Also dann, Jungs, ihr seid in einer aufregenden Phase für die 8. US-Luftflotte zu uns gestoßen. Wir können mittlerweile zu jedem Einsatz über fünfhundert Bomber schicken. Noch vor einem Jahr wären es höchstens hundert gewesen.“ Dass die Verluste genauso in die Höhe geschnellt waren, musste man wohl nicht dazu sagen.

Er stand auf und drückte die Fingerspitzen auf die Schreibtischplatte. „Zu jeder Geschwadergruppe gehören heute Flugzeuge der Pathfinder Force mit Radar. Wir können also auch durch Wolkendecken hindurch bombardieren.“ Wenn die dämlichen Geräte denn funktionierten.

„Außerdem können die neuen P-38 Lightnings uns hundert Meilen weiter als vorher Geleitschutz geben.“ Wenigstens hatten die da oben etwas aus Schweinfurt gelernt und schickten einen nicht mehr ohne Eskorte ins Feindesland. Damit war die Zielauswahl zwar beschränkt, aber das Wetter war sowieso viel zu schlecht, um zu fliegen.

„Diese Staffel hat sich immer als Familie verstanden. Wir sind zwar jetzt zwölf Crews und nicht mehr neun, aber wir sind trotzdem eine Familie.“ Er hasste die Worte schon, bevor sie seinen Mund verließen. Das mit der Familie hatte er noch nie zu seinen Männern gesagt, weil sie das selbst herausgefunden hatten. Wenn er sie davon überzeugen musste, dann stimmte es nicht mehr.

Er ließ die Soldaten wegtreten, setzte sich wieder und ließ den Kopf in die Hände sinken. *Herr, noch drei Einsätze. Bitte lass mich das überstehen, damit ich endlich nach Hause kann. Weihnachten zu Hause, Mom kocht, ich besuche Grandpa auf der Farm und dann geht es mir auch wieder gut.*

„Hey Novak." Joe Winchell kam herein, setzte sich und legte die Füße samt Stiefeln auf den Schreibtisch.

Jack schob ein paar Akten hin und her, um beschäftigt auszusehen. „Hi, Winch."

Der neue Nachrichtenoffizier beobachtete ihn stumm. „Ein bisschen Scotch würde dir ganz guttun", sagte er dann.

Jack verdrehte die Augen. Dieser Gedanke war ihm im letzten Monat schon viel zu oft gekommen. Vergessen klang zu schön, aber das würde weder Charlie noch die anderen Männer zurückbringen, genauso wenig wie die Beförderung, und Ruths schmutziges Geheimnis würde es auch nicht auslöschen.

„Wie wär's mit einer Frau? Ich kenne da ein paar aus der Stadt. Du musst nur einmal lächeln wie früher und schon bist du mit von der Partie."

„Das Letzte, was ich jetzt brauche, ist ein Mädchen." Er musste sich von Frauen fernhalten, bis das Feuer in ihm endlich erloschen war.

Jack legte ein paar Seiten unter den Tacker und schlug kräftiger darauf als nötig. Zweimal. Ja, den Ring um Ruths Herz hatte er gefunden, aber er war nicht aus Gold, sondern aus Pyrit – Narrengold –, und er war der Narr.

„Ich weiß genau, was du brauchst."

„Winch." Jack durchbohrte ihn mit Blicken. „Alles, was ich brauche, ist Heimaturlaub. Und bis dahin ..."

Winchell hob die Hand. „Roger und out."

„Danke, Kumpel."

„Hmm. Heimaturlaub im sonnigen Kalifornien. Genau das passende Wetter ..."

„Ich hab dir doch gesagt, ich nehme sie mit." Sahara Sue vertrug das englische Klima nicht. Jack konnte immer noch nicht fassen, dass er versprochen hatte, den betäubten Esel erst im Frachtflugzeug und dann im Zug auf Grandpas Farm mitzunehmen.

Winchell nahm die Füße herunter, lehnte sich über den Schreibtisch und drehte eine Akte herum, damit er sie besser lesen konnte. „‚Memorandum 36: Schlammregelung‘?“

Jack stöhnte. „Geht morgen raus. Nach Lt. Col. Jefferson Babcock Jr. ist die größte Gefahr für das 94. Geschwader weder Flakbeschuss noch Jagdflieger, sondern der Schlamm.“

„Schlamm?“ Winchell lachte und überflog den Text. „Er will den Schlamm verbieten? In England? Im November? Das ist doch ein Scherz.“

„Ich wünschte, es wäre einer. Hier, sieh dir die neuen Regeln zur Schlammvermeidung auf dem Stützpunkt an. Lächerlich. Er will doch tatsächlich, dass wir die ganzen Straßen fegen.“

„Die Jungs werden richtig begeistert sein. Das ist doch ...“

„Ich weiß.“ Jack fiel ihm ins Wort, bevor er ausfällig werden konnte. „Das ist kompletter Unsinn und führt nur dazu, dass die Männer das Militärleben hassen und keinen Respekt mehr vor Autoritäten haben.“

„Und was gedenkst du zu tun?“

„Ich? Mir bleibt keine andere Wahl, als diesem Schwachsinn zu entsprechen.“ Er stand auf, nahm den Mantel vom Kleiderständer und zog ihn über seine Uniform.

„Ignorier's doch einfach.“

„Geht nicht.“ Weil der Regen an die Fensterscheiben der Wellblechhütte klopfte, knotete Jack den Mantel zu. „Ich weiß, dass man das nicht durchsetzen kann, und sinnlos ist es obendrein, aber ich muss das pro forma durchexerzieren.“

Die beiden Männer verließen das Büro, zogen wegen des Regens die Köpfe ein und marschierten am Hinweisschild für das Staffelhauptquartier vorbei den mit Steinen gesäumten Weg entlang. Das Schild steckte zwischen Bombenkisten und war mit dem Staffelemblem bedruckt, einer geflügelten Bombe vor blauem Hintergrund und zwei Blitzen, die ein *V* wie *Victory* bildeten.

Victory? Jedenfalls nicht über den Schlamm, nicht bei diesem Wetter. Am liebsten hätte Jack eine ordentliche Portion Schmodder auf den Jeep des Stellvertretenden Kommandeurs am Boden geworfen. „Die ganze Macht ist Babcock doch zu Kopf gestiegen. Jetzt glaubt er auch noch, er kann das Wetter beherrschen.“

Winchell drohte mit dem Zeigefinger gen Himmel. „Hast du das gehört, Gott? Babcock brummt dir gleich Küchendienst auf."

Jack musste zum ersten Mal seit Wochen wieder lachen, aber das gute Gefühl hielt nicht lange an. Sofort hatte er wieder die Vorwürfe von Charlie wegen seiner Rivalität mit Babcock im Ohr. Mochte er das Memo nur nicht, weil es Schwachsinn war, oder aus Neid? Wahrscheinlich beides. Jack seufzte. Was würde er dafür geben, Charlies Stimme nicht nur in seinem Kopf zu hören. Er vermisste die ganz eigene Stimmlage seines Freundes und dessen Tonfall, aber am meisten seine Worte. Winchell war lustig, aber kein moralischer Kompass.

Charlie hatte ihn auf Kurs gehalten. Es fiel Jack schwer, das zuzugeben, aber am Abend nach Marienburg hatte Charlie mit vielem recht gehabt, was er gesagt hatte. Nicht mit allem, aber mit vielem.

Beim Abendessen in der Kantine stocherte Jack lustlos im Shepherd's Pie und beteiligte sich halbherzig am Tischgespräch. Dann ging er in den Offiziersclub. Die Klavierbank rief ihn. Er zog Kleingeld aus seiner Tasche und sah sich aus Gewohnheit nach Charlies Blondschopf und seinem runden Milchgesicht um.

Entmutigt ließ er sich auf die Bank sinken. Er hatte nicht nur seinen besten Freund in den Tod geschickt, sondern ihn auch noch zu Lebzeiten schlecht behandelt! Jack, der Held, Charlie, der Handlanger. Jack, der Major, Charlie, der Captain. Jack, der charismatische Anführer, Charlie, der fröhliche Gefolgsmann.

Er drängte sich durch die kleine Traube, die sich am Klavier versammelt hatte, und setzte sich an die Bar. Bloß, weil er Anstehen nicht mochte, war das noch lange kein Grund, immer Charlie vorzuschicken. Was hatte er sich nur dabei gedacht? War er zu wichtig, um sich seinen Drink selbst zu holen?

Erst über eine Viertelstunde später kehrte Jack mit einer Tasse Kaffee zum Klavier zurück. Der junge Lieutenant an den Tasten sprang sofort auf. Weil Jack besser spielte oder weil er einen höheren Rang hatte? Egal. Jack wollte spielen, er brauchte das jetzt.

Die Männer riefen ihre Wunschlieder und Jack entschied sich für „Tonight We Love", das sich der junge Lieutenant gewünscht hatte. Das Stück hatte er schon in der Mittelstufe gelernt, damals, neben Mom, noch bevor Tschaikowskis Klavierkonzert in B-Moll zum Big-Band-Hit geworden war.

Die kräftigen Akkorde vertrieben Trauer und Wut.

Wut auf Ruth. Egal, wie viel Hunger sie litt, wie konnte sie sich nur für Geld anbieten?

Jetzt verstand er natürlich, warum sie Küssen nicht mochte. Es hatte alle Bedeutung für sie verloren und war nur noch ein Geschäft.

Und wenn sie es bereute? Das war nur richtig so. Aber trotzdem holte jeder Kuss von Jack auch die Schande von damals wieder ans Licht.

Und wahrscheinlich auch die Erinnerungen daran, was ihr diese Männer angetan hatten.

Jack verspielte sich und musste neu ansetzen. Er wollte sich die Bilder aus dem Kopf hämmern, die sich ineinander vermischten – die schreiende Ruth, von drei Männern zu Boden gedrückt, die schluchzende Ruth, von Jacks Zorn zu Kleinholz gemacht.

Schuldgefühle schnürten sich um Jacks Herz. Niemand verdiente es, vergewaltigt zu werden, und niemand verdiente es, weinend im Stich gelassen zu werden. Er konnte sie noch vor sich sehen, der Umhang über ihrem zusammengesackten, geschundenen Körper. „Mit Schande bekleidet" – den Satz hatte er in der Bibel gelesen und auf Ruth traf er ziemlich genau zu.

Jack donnerte den Schlussakkord, aber die innere Wut war noch da.

Ein Umhang der Schande? Den hatte sie auch verdient.

Kapitel 29

Flugplatz Bowman Field, Louisville, Kentucky
Sonntag, 28. November 1943

Auf dem Weg von der Kaserne zum Unterrichtsgebäude zeigte Ruth auf die Orientierungsmappe in ihrer Hand. „Das ist ja noch schlimmer, als ich erwartet habe. Verhalten im Falle eines Absturzes, Notwasserung, Dienstwaffengebrauch."

„Weil die Japaner sich nicht an die Genfer Konvention halten. Wenigstens sind das praktische Fächer. Aber was ist mit ‚Militärischer Verhaltenskodex'?"

„Wir sind jetzt in der Army Air Force." Ruth hatte immer noch an der morgendlichen Bettinspektion zu knabbern. Das rote Kreuz auf ihrer Decke lag einen Zentimeter daneben und sie musste noch einmal ganz von vorn anfangen. Beim Krankenschwesternkorps war ihnen diese Sorte Drill erspart geblieben. Das hier fühlte sich an wie die ersten Monate in der Krankenschwesternschule, aber mit Freiübungen und Gehirnjogging.

„Und sieh dir nur die wissenschaftlichen Fächer an: Aeromedizinische Physiologie, Neuropsychiatrie ..."

„Ich weiß nicht, was uns hinterher mehr wehtun wird, der Kopf oder die Knochen."

Gut sechs Meter hinter Ruth sang eine Krankenschwester lauthals: „Oh, What a Beautiful Mornin". Selbst das Dröhnen einer Frachtmaschine Typ C-47 konnte ihre Stimme nicht übertönen.

Ja, es war ein schöner Morgen, kühl und klar, ohne Englands erdrückende Feuchtigkeit und Kummer, ohne Chicagos beißende Kälte und Schande. Was für eine Erholung!

Auch Mays Wangen hatten ein zartes Rosa zurückgewonnen. Ob ihr die harte achtwöchige Ausbildung helfen würde, Charlies Tod zu akzeptieren? Wenn er als vermisst gemeldet blieb, würde sie womöglich nie zur Ruhe kommen.

„Charlie singt auch so gern“, seufzte May. „Ich vermisse seine Stimme.“

Ruth hakte sich bei May ein und biss die Zähne zusammen. Zeit für einen neuen Versuch. „Und was, wenn Charlie nicht wieder zurückkommt?“

Zum ersten Mal widersprach ihr May nicht sofort. Das war doch schon ein Fortschritt. „Dann höre ich seine Stimme erst wieder im Himmel. Oh, das wird dann aber schön sein.“

„Und wie willst du bis dahin durchhalten?“

„So wie jetzt auch. Ich halte mich ganz fest an Gott.“

Ruths Gesichtsmuskeln verkrampften sich. „Wie kannst du ihm bloß vertrauen? Er hat dir deine Eltern genommen. Und Thomas. Und jetzt auch noch Charlie.“

May blieb mitten auf dem Betonweg stehen. „Er hat zugelassen, dass du vergewaltigt wurdest? Er ließ Jack dein Geheimnis herausfinden?“

Ruth presste die Lippen aufeinander und nickte. „Ich weiß, dass ich meine Strafe gekriegt habe, aber du ...“

„Strafe? Du glaubst, die Vergewaltigung war eine Strafe?“

„Ich weiß es, und das mit Jack auch, und alles.“

May schloss die Augen und drückte Ruths Hand so lange, bis die über Oklahoma singende Altstimme an ihnen vorbeigegangen war.

„Ach, Süße“, sagte May leise. „Ein Kind, das mit Streichhölzern spielt, verbrennt sich, aber das ist doch keine Strafe.“

In Ruths Magen fing es an zu köcheln. „Aber Gott hätte es verhindern können. Was meinst du, wie ich gebetet habe!“

„Ja, und er hätte Charlies Flugzeug am Himmel halten können, aber er hat es nicht getan. Ich weiß nicht warum, aber Gott hat seine Gründe. Vielleicht, damit wir lernen, auf ihn zu vertrauen, oder damit wir eine neue Richtung einschlagen.“

„Ach ja? Ich habe eine neue Richtung eingeschlagen, also warum musste Jack es dann trotzdem rauskriegen? Ich habe mich doch schon verändert.“

„Das stimmt. Hast du Gott um Vergebung gebeten?“

„So oft, ich kann’s schon gar nicht mehr zählen.“ Ruths Mundpartie bebte. Nein, sie würde nicht am ersten Tag bei der Luftrettung heulen.

„Dann hat er dir vergeben. Und jetzt ist es an der Zeit, wieder innerlich gesund zu werden.“

Ruth schüttelte den Kopf. Als Krankenschwester wusste sie, dass es keine Behandlung, kein Medikament und auch keine Operation gab, mit der man Schande loswerden konnte.

„Gott kann dich gesund machen. Glaub mir." May tätschelte Ruths Hand. „Den ersten Schritt hast du schon hinter dir. Dein Geheimnis ist kein Geheimnis mehr."

Sie verdrehte die Augen und versuchte zu lachen. „Oh ja, das hat geholfen."

„Stimmt's nicht?"

Ruth überlegte. Hatte sie nicht dem weinerlichen Lieutenant Baker erzählt, dass eine geschlossene Wunde eiterte? Ihre Wunde hatte acht Jahre vor sich hingegärt, aber jetzt hatte Jack sie aufgestochen, jetzt kam der Sauerstoff heran und vielleicht konnte sie nun wirklich heilen.

Hinter ihnen hörten sie Schritte und Lachen. Eine Gruppe Krankenschwestern kam quer über die Wiese gelaufen. „Na, ihr zwei, wollt ihr gar nicht reingehen?"

Ruths Uhr zeigte fünf vor neun. Wenn sie zu spät kamen, brummte man ihnen womöglich Liegestütze, Küchendienst oder sonstwas auf. „Ja, wir kommen."

Sie ließen die Gruppe vorbei. „Ruthie, ich bete für dich", sagte May.

Dankbar drückte Ruth Mays Arm. „Und ich für dich."

Sie gingen ins Unterrichtsgebäude. Ruth sah noch einmal auf die Uhr und strich über das weiche, rotbraune Leder. Der altbekannte Dauerschmerz meldete sich zurück. Resigniert schob Ruth die Uhr nach oben. Sie verdeckte die Narbe nicht und würde das auch nie.

Bei dem Gedanken wurde ihr schwindlig. Genauso wenig wie seine Uhr die Narbe verdeckte, hatte seine Liebe ihre Wunden geheilt. Aber war das nicht ihr innigster Wunsch gewesen, auch wenn sie es sich nie eingestanden hatte? Dass Jack ihr Boas sein und sie retten würde?

Aber dafür war Jack nicht zuständig und Boas auch nicht. Auch wenn Boas Ruth mit seinem Mantel zugedeckt hatte, hatte sie doch unter den Flügeln des Herrn Zuflucht gefunden.

Ruth hielt das Handgelenk mit der Uhr umklammert und schloss die Augen. *Oh Herr, ich weiß nicht, ob ich das kann. Ich möchte ja. Ich möchte dir vertrauen. Bitte hilf mir!*

„Welche Größe, Lieutenant?"

Sie machte die Augen auf. Vor ihr saß ein gelangweilter Soldat und sah sie genervt an. Sie hatte sich angestellt, ohne es zu merken. Schnell stammelte sie ihre Größe und der Soldat gab ihr ein Bündel mit Kleidung, darunter Jacken, Hosen, Röcke und eine Militärmütze, alles in blaugrauem Wollstoff, dazu weiße Hemden mit einem schwarzen Rand, auf dem über einem Hermesstab „U.S. Air Forces" stand. Damit war sie als Mitglied des Sanitätsdienstes erkennbar.

Die Krankenschwester hinter dem Soldat hatte eine matronenhafte Figur und ein dazu passendes Lächeln. Auf ihren Schulterstücken schimmerten silberne Streifen – ein 1st Lieutenant. „Ich hoffe, Sie sind sonst besser bei der Sache, Lieutenant ...?"

Na wunderbar, die Oberschwester. Ruth nahm eine stramme Haltung ein. „Lt. Ruth Doherty, Ma'am, und ich bin sonst immer bei der Sache."

„Gut." Die Oberschwester richtete ihren Blick auf die Nächste in der Schlange.

Ruth stöhnte leise, nahm ihr Bündel und ging zu May. Wie lange würde es dauern, diesen ersten Eindruck wiedergutzumachen?

„Die Farbe, die wollte ich haben." Jemand berührte Ruths Haar – die Altstimme. Ihre braunen Augen waren so groß wie ihr Organ. „Genau so ein rotbraun." Weder die Militärmütze noch das Haarnetz konnten die grünen Strähnen in ihrem braunen Haar verbergen.

„Ach du liebe Zeit", sagte Ruth. „Du Arme."

„Die habe ich vor meinem letzten Vorsingen gefärbt." Sie seufzte. „Für unscheinbare Brünette gibt es am Broadway keine Rollen, nur für feurige Rothaarige und sonnige Blondinen oder rabenschwarze Schönheiten. Grüngefiederte Singvögel wollen sie natürlich auch nicht. Deswegen bin ich hierhergekommen."

Für Ruth war die Luftrettung ein Traumziel, für diese junge Frau nur der Trostpreis.

„Ist das nicht aufregend?" Die Sängerin sah sich im Flur um, in dem vierundzwanzig Krankenschwestern und vierundzwanzig chirurgisch-technische Assistenten der neuen 815. Luftrettungs- und Transportstaffel auf den Unterricht warteten. „Mein Krankenhausjob war so langweilig. Ich habe es nur ausgehalten, weil ich damit die Rechnungen bezahlen und mich von einem Vorsingen zum nächsten hangeln konnte. Ich brauche Drama! Und das hier – da steckt Drama drin."

May und Ruth sahen einander an. „Wir hatten schon genug Drama, nicht wahr?"

„Warum seid ihr dann hier? Abenteuerlust? Fliegerromantik?“ Sie zwinkerte. „Hübsche Piloten?“

Ruth lachte und war von sich selbst überrascht. „Danke, von den Helden der Lüfte hatten wir auch schon genug.“

„Da bin ich aber froh“, sagte eine männliche Stimme hinter ihnen. „Wie wäre es dann mit einem attraktiven Assistenten?“

Ruth drehte sich um. Er war tatsächlich attraktiv, hatte ein dominantes Kinn und blonde Locken, die ihm in die Stirn fielen und ein intelligentes Aussehen bescherten. Er legte seine Arme den beiden Männern neben sich über die Schulter und hatte nur noch Augen für Ruth.

„Vergessen Sie nicht die Regeln. Verbrüderung ist nicht gestattet, Sergeant“, sagte sie mit einem süßen Lächeln. Das Verbot für Offiziere, mit einfachen Soldaten auszugehen, hielt ihr die Hälfte der Verehrer vom Leib.

„Ach, Sie werden Ihre Meinung schnell ändern, wenn Sie mich erst einmal kennen.“ Er sah noch immer nur Ruth an, obwohl May und die Schauspielerin neben ihr standen. „Staff Sgt. William D. Burns zu Ihren Diensten, aber Sie können ruhig Burnsey zu mir sagen. Das machen hier alle.“

„Und Sie können mich Lieutenant Doherty nennen.“ Um seinen frechen Blick loszuwerden, drehte sie sich zu den anderen Frauen um. „Das ist Lieutenant Jensen und Lieutenant ...“

„Dorothy La Rue.“ Ihre Hand schnellte nach vorn. „Aber eigentlich nennen mich alle nur Dottie.“

Sergeant Burns nahm umständlich seine Arme von den Schultern der Männer und gab ihr die Hand. „Freut mich. Und das ist ... wie heißt du noch gleich, Kumpel?“

„Sergeant Morrison.“

„Sergeant Dugan.“

Die beiden schienen sich angesichts der Flirtversuche ihres neuen Freundes unwohl zu fühlen, also schenkte ihnen Ruth ein echtes Lächeln. Im selben Moment gingen die Türen zu den Klassenräumen auf. Die Krankenschwestern gingen in den einen, die chirurgisch-technischen Assistenten in den anderen.

Dottie setzte sich an einen Tisch neben Ruth und legte den Kopf auf ihrem Kleiderstapel ab. „Dieser Burnsey ist ein echter Hingucker, nicht wahr? Der würde mir gefallen.“

„Mir nicht“, sagte Ruth.

Dotties Augen wurden größer. „Aber warum denn?“

„Ruth und ich versuchen einen professionellen Abstand zu wahren“, warf May ein. „Denk dran, das Verbrüderungsverbot ist zu unserem Schutz.“

„Ja, ich weiß“, meinte Dottie. „Stellt euch vor, wie komisch das wäre, mit einem auszugehen, den man sonst herumkommandiert. Trotzdem wäre es bestimmt schön, ihn während der langen Flüge ein bisschen zu beobachten.“

Ruth runzelte die Stirn. Auf der Teilstrecke, auf der sie Verwundete ausflogen, würde es jede Menge Patienten zu versorgen geben, aber nicht auf der Frachtstrecke. Hoffentlich bekam sie einen Assistenten als Partner, der sich wie ein Gentleman benehmen konnte.

Kapitel 30

Antioch, Kalifornien
Donnerstag, 9. Dezember 1943

Jack schloss die Augen und ließ Mr Noia seine Arbeit mit Schaum und Rasierer machen.

Auf seinem letzten Heimaturlaub im Februar hatte er sich die geschäftigste Zeit für seinen Friseurbesuch ausgesucht, damit möglichst viele seine Geschichten hören konnten. Heute hatte er sich für den Vormittag entschieden, wo die meisten Männer bei der Arbeit waren. Trotzdem hatte es sich herumgesprochen, dass der junge Jack Novak wieder da war, und die alte Garde von Antioch bevölkerte das Friseurgeschäft.

Jack brauchte eigentlich viel dringender eine Fluchtmöglichkeit als einen Haarschnitt. Gestern war sein Zug angekommen und er hatte sich sofort darüber geärgert, dass Mom wie eine Glucke für ihn sorgte und ihm sein Lieblingsessen kochte, als hätte er ein wichtiges Spiel vergeigt. Aber warum störte ihn das? War es in England nicht sein sehnlichster Wunsch gewesen, von Mom verwöhnt zu werden?

„Mein Junge, warst du in Schweinfurt?"

Jack murmelte eine Antwort.

Allgemeines Erstaunen erfüllte den Raum und übertönte Jacks Stöhnen. Das hier hatte er nicht verdient. Er war kein Kriegsheld. Mr Noia trug das Rasierwasser auf und Jack wünschte sich, er würde kräftiger zuschlagen.

Was sollte er sagen? Eigentlich war es seine Aufgabe, die Menschen an der Heimatfront zu ermutigen, dass ihre harte Arbeit nun jeden Tag zur Siegesparade führen könnte, aber er konnte nicht lügen. Für jeden Nazi, den sie vom Himmel holten, waren am nächsten Tag zwei neue da.

„Da hast du aber mächtig Glück gehabt, Junge."

„Glück?" Selbst wenn er an Glück glauben würde, was er nicht tat, was hatte es mit Glück zu tun, dass er seinen besten Freund in den Tod geschickt hatte?

Mr Noia entfernte schwungvoll die Handtücher.

„Tut mir leid, Gentlemen. Vielleicht ein anderes Mal." Jack drückte Mr Noia einen Vierteldollar in die Hand und verließ den Laden.

Ein rauer Wind blies die Second Street hinunter und Jack musste seine Militärmütze festhalten, als er am El Campanil-Theater vorbeiging. Zu früh für einen Film. Wäre es nicht schön, sich in dem verschnörkelten Kino in einen Plüschsessel fallen zu lassen und in der Dunkelheit mit Bob Hope, Bing Crosby und Dorothy Lamour irgendwohin zu fliehen?

Er sah in beide Richtungen, bevor er über die Straße ging. An die wenigen Autos hatte er sich immer noch nicht gewöhnt; vor Palace Drugs stand sogar ein angebundenes Pferd. Er lief die G Street hinauf. Wieso waren heute so viele Leute unterwegs? Für jeden musste er grüßend die Hand an die Mütze legen und fröhlich „Guten Morgen" sagen. Dass die Leute über den mittleren Sohn von Pastor Novak sagten, er sei sonst immer so ein netter Junge gewesen, konnte er schließlich nicht zulassen.

Manche wollten ihn in ein Gespräch verwickeln, aber Jack sagte allen, er habe es eilig. Oh ja, er hatte es eilig, und zwar von hier fortzukommen.

Die Tür von Della's Dress Shop wurde aufgerissen. Eine junge Frau stürmte heraus und rannte Jack geradewegs um. Er fing sie an den Ellbogen auf. „Hey, langsam."

„Entschuldigung! Oh, Jack, hi. Hab gehört, dass du wieder da bist."

Er lächelte. Helen Carlisle war Dr. Jamisons Tochter und gehörte zu Walts Freunden. Sie hatte ständig Unfälle dieser Art. „Wo läufst du denn so schnell hin?"

„Oh, ich muss Jay-Jay bei meiner Schwester abholen. Und zur Bank und zur Post, alles noch vor der Mittagspause." Der Wind wehte ihr dunkelblonde Strähnen ins Gesicht und sie schob sie unter ihren Hut.

„Jay-Jay, richtig ... wie geht's dem Baby denn?"

„Baby kann man gar nicht mehr sagen. Er ist fast zwei und einfach entzückend."

„Das kann ich mir denken. Und dir, wie geht's dir?" Jim, Helens Mann, war ein Jahr zuvor vor Guadalcanal gefallen.

„Ich sehe zu, dass ich was zu tun habe." Sie lachte verlegen. „Heute Nachmittag habe ich noch zwei Termine. Eigentlich sollte ich heute gar nicht in der Boutique helfen. Also diese Jeannie Llewellyn könnte ich auf den Mond schießen!"

„Ach ja?" Jack hörte gern Geschichten, solange er seine eigene nicht erzählen musste.

„Wir haben die ganze Woche bis spät in die Nacht an einem Kleid für sie gesessen und die ganze restliche Seide aufgebraucht. Sie meinte, sie brauche das Kleid bis Freitag. Unbedingt. Heute war die letzte Anprobe und das Kleid saß wie angegossen, aber sie meinte, das Blau passe nicht so zu ihrer Haarfarbe und sie würde doch das rote Kleid anziehen, das sie in San Francisco gekauft habe. Auf dem Schwarzmarkt, wette ich. Unsere ganze Arbeit war umsonst! Mrs Carlisle wird ihr noch nicht mal eine Rechnung stellen, weil sie es sich mit den Llewellyns nicht verscherzen will. Ich hoffe, es kauft noch jemand." Helen zeigte auf das Schaufenster. „Ich muss los. Bis später!"

Jack murmelte irgendetwas und konnte die Augen nicht mehr von dem Abendkleid abwenden. Es war leuchtend blau, so blau wie die Augen von Ruth Doherty.

Er konnte sich Ruth in diesem Kleid gut vorstellen, aber er wollte es lieber nicht. In einem Abendkleid oder ganz normaler ziviler Kleidung hatte er sie noch nie gesehen. Ob sie sich schon jemals in Schale geworfen hatte?

Jack spürte einen Stich in der Magengegend. Ein Mädchen, das für Geld küssen musste, hatte garantiert kein Geld für schöne Kleider.

Er lehnte die Stirn an das kühle Glas des Schaufensters. Was wusste er schon über Armut? Ja, die Novaks hatten während der Wirtschaftskrise auch zu kämpfen gehabt, aber es hatte immer Essen auf dem Tisch gestanden. Ruth wusste, was es hieß zu hungern. Und sie hatte das getan, was sie für nötig erachtet hatte. Ja, es war dumm und falsch gewesen, aber sie war damals auch erst dreizehn.

Er löste sich vom Glas und lief die Straße hinunter. Dreizehn? Mit dreizehn hatte er seine Schulkameraden in Grandpas Doppeldecker mitgenommen und Geld dafür verlangt. Auch dumm und falsch und noch nicht einmal für einen guten Zweck.

Hätte er damit weitergemacht? Natürlich, aber Grandpa hatte ihn erwischt.

Ruth war nicht erwischt worden, bis diese drei Kanalratten sich in der kleinen Gasse über sie hergemacht hatten.

Jack bog schnell um die Ecke in die Straße seines Elternhauses. Vor seinem geistigen Auge sah er Ruth, die von seinem Zorn ins Gras gedrückt wurde, von seinem Stolz, von seiner Selbstgerechtigkeit. Sie hatte keine Konfrontation gebraucht – das war doch alles Schnee von gestern. Und eine Strafe hatte sie auch nicht verdient. Sie hatte sich selbst genug bestraft und sich jeden noch so kleinen Luxus verwehrt.

Mit großen Schritten eilte Jack die Auffahrt hinauf, hinters Haus und stieß die Garagentür auf, wo sein altes Schwinnrad mit aufgepumpten Reifen stand. Dad nutzte es wohl inzwischen. Die Pastorenrationskarte der Stufe E für unbegrenztes Benzin half wenig, wenn es überhaupt kein Benzin zu kaufen gab.

Jack rollte die Auffahrt hinunter.

Mom stand auf der Terrasse und trocknete sich gerade die Hände an der Schürze ab. „Hab dich kommen gehört. Wo fährst du denn hin?“

„Zur Farm.“ Er wusste es erst, als er es aussprach. Grandpa machte nie viel Trara.

„Oh, gut. Deine Großeltern werden sich freuen. Viel Spaß.“

Jack winkte ihr über die Schulter. Spaß? Was für ein schwaches Ziel. Ihm fiel Charlie ein, der den Nagel mal wieder auf den Kopf getroffen hatte. Was Ruth betraf, hatte Jack das Spielen gefallen, die Herausforderung – und ja, das Manipulieren.

An der A Street bog er rechts ab. Ruth hatte ihm klipp und klar gesagt, dass sie nicht mit Männern ausging, dass sie Küssen hasste, ihn nicht lieben konnte, aber nein, er war ja felsenfest davon überzeugt gewesen, ihre Meinung ändern zu können. Warum? Weil er so ein toller Hecht war? Weil ihm niemand widerstehen konnte?

Er schlug mit der Faust auf den Lenker und das Rad flatterte. Diese verdammte Überheblichkeit! Es ging immer nur darum, was er wollte, und nicht was Ruth wollte oder brauchte. Eine schöne Liebe war das.

Jack kämpfte gegen den Wind an und trat kräftig in die Pedale. Er fuhr die A Street hinab, den Lone Tree Way, vorbei an Bauernhäusern, Farmen, Hügeln und grünen Wiesen, die jetzt immer noch besser aussahen als während der Dürre im vergangenen Jahr. Trotz der kühlen Luft fing er unter seiner Fliegerjacke an zu schwitzen. Wenn er doch nur auch seine Überheblichkeit ausschwitzen könnte.

Neben der Scheune ließ er das Rad scheppernd fallen und ging hinein. Grandpa striegelte gerade Winchells blöde Eselin. „Gib mir was zu tun", sagte Jack.

Obwohl er noch nicht mal ein Hallo bekommen hatte, warf ihm Grandpa unbeeindruckt eine Mistgabel zu. „Die Boxen müssen ausgemistet werden."

Jack warf seine Jacke über ein Gatter, krempelte die Ärmel hoch und machte sich an die Arbeit. In seliger Stille säuberte er eine Box nach der anderen. Der Ammoniak-Geruch trieb ihm die Tränen in die Augen, aber sein überheblicher Stolz stank noch schlimmer. Jack wischte sich die Schweißperlen aus dem Schnurrbart, zog das Hemd aus und legte einen Zahn zu.

„Gut, dass du das Fräulein hier mitgebracht hast", sagte Grandpa. „Die Kojoten holen sich in letzter Zeit immer öfter die Hühner. Aber vor einem Esel nehmen sie Reißaus."

Jack ächzte. Kein Hühnerkeulenberg der Welt konnte ihn für die Plackerei entschädigen, die er damit gehabt hatte, dieses Biest hierher zu bringen.

„Läuft wohl nicht so gut dort drüben?", fragte Grandpa.

„Nicht wirklich."

Grandpa knurrte.

„Wir brauchen Jagdfliegereskorten bis zum Ziel. Viel zu viele gute Männer sterben. Das ist eine Verschwendung, sage ich dir. Die reinste Verschwendung." Die Mistgabel traf auf Holz. Jack warf die Ladung hinaus und widmete sich der letzten Box. Zum ersten Mal in seinem Leben wünschte er sich mehr Pferdemist.

„Bleibst du?"

„Nein. Ich muss fliegen. Muss zu meinen Männern. Ich habe einen Fehler gemacht, einen dämlichen Fehler. Aus Stolz, und dafür habe ich bezahlt. Aber ich kann nun mal gut fliegen und wenigstens etwas Gutes tun in dieser dämlichen Mistwelt."

„Hast du's also endlich kapiert."

Jack trieb die Heugabel in den Misthaufen und stützte sich schwer atmend darauf. „Was kapiert?"

„Dass du Soldat sein sollst und nicht Pastor."

Jacks Stolz musste irgendwo in seinem Brustkorb versteckt sein, denn genau da traf ihn der Schlag. „Ich ... nach dem Krieg bin ich bereit für das Predigtamt."

Grandpa hielt Sahara Sue eine Karotte hin. „Warum? Du weißt, was du kannst und worin du gut bist. Manche Leute leben ihr ganzes Leben und merken das nie."

Jacks Mund klappte auf und zu. „Aber ... aber ..."

„Aber mein Sohn hat dir die Flausen in den Kopf gesetzt, dass du Gott nur von der Kanzel aus dienen kannst. Papperlapapp." Grandpa stapfte auf ihn zu. In seinen nussbraunen Augen blitzte Zorn auf. „Können nicht alle Pastor werden! Das steht sogar in der Bibel. Einer muss die Erde beackern, einer muss Häuser bauen und einer muss sich um die Kranken kümmern. Dein Bruder Walt zum Beispiel ist ein toller Ingenieur. Der Junge setzt seine gottgegebenen Talente für einen guten Zweck ein. Und du auch. Meinst du nicht, die Welt braucht gottesfürchtige Männer auf den Farmen, bei Boeing und auf deinem Stützpunkt?"

Jack schwirrte der Kopf. Er starrte seinen Großvater an, der die Scheunenjacke über den Arbeitsoverall gezogen und sich einen zerknitterten Hut auf die grauen Haare gesetzt hatte. „Ja, aber ..."

„Jack Novak, du heißt zwar wie dein Vater, aber keiner zwingt dich, seinen Beruf zu ergreifen. Gott hat einen Plan für dein Leben, Junge, und du bist voll auf Kurs. So, und jetzt sei ein Mann und lass Gott mal machen. Er weiß schon, was er tut. Dafür braucht er deinen Vater nicht."

Jack hatte seinen Großvater noch nie eine so lange Rede halten hören. Noch nie. Konnte er das wirklich machen? Konnte er das Predigtamt hinwerfen und bei der Luftwaffe bleiben?

War das eine Schnapsidee? Oder die beste Entscheidung seit Langem?

Kapitel 31

Flugplatz Bowman Field
Montag, 13. Dezember 1943

Ruth kraxelte die Wand hoch und zog sich über die Kante. Zum ersten Mal landete sie auf den Füßen. Sie sprintete los, ließ sich auf den Bauch fallen und robbte unter dem Tarnnetz entlang. Wenn sie in ein paar Wochen im Freien übernachteten, würden echte Kugeln fliegen, also zog sie den Kopf ein.

„Hintern runter, Doherty. Sonst wird der noch weggeschossen."

Sie schnitt eine Grimasse und spreizte die Knie auseinander, um flacher zu werden. Hinter dem Tarnnetz sprang sie auf und rannte zur Ziellinie.

Der Sergeant drückte auf die Stoppuhr. „Besser. Drei Sekunden schneller als gestern."

Ruth stützte die Hände auf den Knien ab und schnappte nach Luft. „Bin nicht hingefallen."

„Wurde auch Zeit." Er sah auf sein Klemmbrett. „La Rue, Sie sind dran."

Dottie spurtete los. Das ganze Singen musste ihre Lunge gestärkt haben.

„Gut gemacht, Ruthie."

Sie lächelte May über die Schulter an. „Nicht so gut wie du."

„Ich bin nur klein und drahtig."

„Und du wirst immer stärker."

May grinste und zeigte ihren Bizeps. „Ich sehe aus wie die Frau von diesem ‚We Can Do It!-Poster'. Charlie wird Augen machen, wenn er heimkehrt."

Ruth tat so, als wäre sie zu erschöpft zum Antworten. Charlies Name war zwar nicht auf der Kriegsgefangenenliste aufgetaucht, aber da es im Untergrund Monate dauern konnte, bis jemand wieder in England angekommen war, hatte sich Mays Hoffnung künstlich verlängert. *Herr, lass sie doch endlich die Wahrheit sehen und mich dabei sein, damit ich ihr helfen kann.*

„Bestzeit, La Rue." Der Sergeant schickte die Krankenschwestern zurück zur Kaserne.

Noch nie hatte sich eine Dusche so gut angefühlt. Der Schlamm und der Schweiß lösten sich von Ruths Körper und verschwanden im Ausguss. Sie wickelte sich ein Handtuch um und befreite ihre Haare von der Duschhaube.

Auf der Bank in der Umkleide schüttelte Dottie ihre Locken auf, die sie ziemlich gekürzt hatte, um so viel Grün wie möglich loszuwerden. „Ruth, lass mich dir doch mal eine Dauerwelle machen. Das macht es viel einfacher. Sieht May nicht süß aus?"

Eine Dauerwelle konnte Ruth sich nicht leisten, aber May sah wirklich goldig aus. Die hellblonden Löckchen rahmten ihr schmales Gesicht ein.

Nachdem sie ihre „U.S. Air Force"-Hemden und die olivbraunen Hosen angezogen hatten, gingen die drei zum Frühstück in die Kantine und danach auf den Flugplatz, wo sie mit den anderen Krankenschwestern im Rumpf einer C-47 Übungen absolvieren sollten.

Ruth kletterte durch die Frachtluke im Heck und bemerkte den öligen, metallischen Geruch. Wenn sie den Abschluss schaffte, würde sie entweder in einer C-47 oder der noch größeren C-54 arbeiten, die für Interkontinentalflüge gebaut worden war. Sie stieg über Aluminiumrippen in dem röhrenförmigen Rumpf. Vorn gelangte man durch eine Tür in den Funkerstand und ins Cockpit.

Staff Sergeant Rawlinson, der Ausbilder, begrüßte sie mit einer gebieterischen Stimme, die überhaupt nicht zu seinen freundlichen Augen passte. Ruth setzte sich neben May auf einen Leinensack. Ihre Knie zitterten vor Aufregung.

Eine C-47 könne vierundzwanzig Patienten auf Tragen direkt vom Schlachtfeld aufnehmen, sagte Sergeant Rawlinson, und ein gut trainiertes Team könne das Flugzeug in weniger als zehn Minuten beladen. Er griff nach einem Leinensack, der von der Decke hing, ließ ein Netz aus Stoffgurten herausfallen und verankerte es an einem festen Stab im Boden. Dann demonstrierte er, wie man mit den Gurten die Gestelle der Tragen befestigte.

Die Schwestern bildeten Zweierpaare und Ruth und May bekamen vier Tragen, die sie in ein Etagenbett verwandeln sollten.

May versuchte vergeblich, das oberste Gestell durch die Gurtlasche zu schieben. „Jetzt weiß ich, warum man nicht kleiner sein darf als ich."

„Und warum wir diesen ganzen Sport machen müssen." Ruth schob den Gurt durch die Schnalle. „Stell dir einen Hundertzwanzigkilomann vor, der auf der Trage liegt."

May stöhnte. „Dürfen so dicke Männer überhaupt zur Armee?"

„Nur als Offiziere." Sergeant Rawlinson begutachtete ihr Werk. „Straffer."

Ruth knurrte, zog kräftig am Gurt und lächelte in sich hinein. Humor hatte er ja, der Sergeant.

Der Ausbilder ging im Mittelgang auf und ab. „Wie Lieutenant Jensen aufgefallen ist, kommt man an die oberste Trage nur schwer heran. Reservieren Sie diese Plätze für Patienten, die nur wenig Aufmerksamkeit benötigen. Legen Sie die Patienten so, dass alle, die während des Fluges betreut werden müssen, zum Gang zeigen – offene Wunden, Drainagen, Knochenbrüche. Legen Sie Männer mit schweren Gipsverbänden nach unten. Der Assistent wird Ihnen helfen und das Bodenpersonal ist beim Be- und Entladen dabei, aber letzten Endes sind Sie für alles verantwortlich."

Ruth und May bugsierten die nächste Trage in Brusthöhe an ihren Platz.

„Geschwindigkeit ist das A und O." Sergeant Rawlinson löste Norma Carpenters Gurt und ließ die gertenschlanke Blondine von vorn anfangen. „Möglicherweise müssen Sie das Flugzeug in Frontnähe beladen und werden dabei beschossen. Oder Sie müssen nach einem Absturz oder einer Notlandung abladen. Ihre Geschwindigkeit, Ihre Ruhe und Ihre Effizienz entscheiden für Ihre Patienten über Leben oder Tod."

Normas Augenbrauen wanderten nach oben, aber Ruth spürte einen Schauer der Erregung. Genau deswegen hatte sie sich hier beworben.

May machte eine kurze Verschnaufpause. „Dagegen wird der Flug ja mächtig langweilig werden."

„Oh nein", antwortete Ruth. „Wir dürfen Pentothal benutzen. Das wird ein Spaß!"

„Spaß? Leute betäuben?"

„Ja." Ruth zog mit ihrem ganzen Gewicht an einem Gurt. „Wenn sich ein Mann an mich ranmacht, drohe ich ihm einfach mit Pentothal."

„Wir sind fertig, Sergeant." Dottie stand auf der untersten Trage und zeigte mit einer ausladenden Armbewegung in den Gang. „Wohin fliegen wir?"

„Bauen Sie ab, und dann noch mal von vorn. Schneller. Und straffer."

„Aber wann fliegen wir endlich?"

Der Sergeant rüttelte an der Trage. „Wenn Sie kapieren, dass wir hier in der Army Air Force sind und nicht in der Navy. Wir bauen hier keine Hängematten."

Dottie schob die Unterlippe vor und hüpfte von der Trage. „Aber ich wollte mit der Flugzulage Weihnachtsgeschenke kaufen."

Die Flugzulage. Ruth seufzte. Sie musste vierzig Flugstunden pro Monat haben, um sie zu bekommen. Also würde Tante Pauline erst im Januar einen höheren Scheck erhalten. Ein Ende der Trage krachte herunter.

Sergeant Rawlinson sah sie streng an.

„Tut mir leid, Sergeant", sagte Ruth schnell. „Der Patient hat einen Schock bekommen. Ich musste ihn schnell in die Trelendenburg-Lage bringen."

Der Sergeant schmunzelte und ging weiter. „Frauen in der Army. Wer ist bloß auf die Idee gekommen?"

May seufzte sehnsüchtig. „Ich hoffe, wir können bald fliegen. Weißt du noch, Ruth? War das nicht toll?"

Ruth wurde still. Ihre Erinnerung an den Flug war untrennbar mit Jack verbunden, aber jeder Gedanke an Jack warf sie wieder auf den nebligen Waldboden zurück. „Ich wünschte, wir könnten bald wieder fliegen und diese grauen Tage endlich hinter uns lassen."

„Erinnerst du dich an unser Gespräch über graue Tage?", fragte May leise. „Das war am vierten Juli, glaube ich."

Ruth nickte und kämpfte mit dem Gurt. Jack hatte auf der Decke gelegen und sie dazu angestachelt, den Schinken und den Käse zu kosten, ihn beim Vornamen zu nennen und in eine Freundschaft einzuwilligen. Ihre Brust schmerzte vor Sehnsucht nach ihm, aber sie wusste, dass er sie kein bisschen vermisste.

Mays Gesicht bekam Sorgenfalten. Ihr Nichtwahrhabenwollen schützte sie vor Trauer, aber nicht vor Sorgen.

Ruth kniete sich hin, um die unterste Trage einzuhängen. „Wir kommen einfach nicht weg von den grauen Tagen, oder?"

„Ich fürchte, nein."

„Was? Du schwärmst mir nicht vor, wie Gebet die grauen Wolken vertreibt?"

May blickte finster drein und hielt das mit Stoff bespannte Tragegestell fest. „Nein. Das Gebet hebt einen über die Wolken, aber es schiebt sie nicht automatisch weg."

Ruths Gedanken rasten. Ihr ganzes Leben hatte sie doch immer darum gebetet, dass Gott ihre Probleme wegnehmen und sie aus dem finsteren Tal herausreißen sollte. Sie sagte in Gedanken den Psalm auf und auf einmal kam es ihr vor, als hörte sie ihn zum ersten Mal. *Und ob ich schon wanderte im finstern Tal, fürchte ich kein Unglück; denn du bist bei mir, dein Stecken und Stab trösten mich.*

Gott hatte ihr überhaupt nicht versprochen, sie aus dem Tal zu retten! Er hatte versprochen, bei ihr zu sein, mit ihr, sie zu trösten – *im* Tal.

Oh Gott. Ruth wusste nicht, was sie beten sollte. Sie hatte ihr Vertrauen auf Gott verloren, weil er sie im Stich gelassen hatte. Aber das hatte er überhaupt nicht. Sie war es, die ihn weggeschoben hatte. *Oh Gott, bitte vergib mir!*

May stieß sie an. „Ruth? Du hast dich mit deinem eigenen Gürtel festgeschnallt."

Jetzt war sie wirklich gut gesichert. Ruth lachte verlegen und kratzte sich an der Wange. Dabei merkte sie, dass ihre Finger feucht wurden. Schnell zog sie ein Taschentuch hervor und tupfte sich die Augen ab. Die ganzen Jahre ohne eine Träne, und jetzt war sie zum Springbrunnen geworden ...

„Der Unterricht ist beendet", sagte Sergeant Rawlinson.

Auf dem Weg nach draußen sah Ruth nach unten, um ihre roten Augen zu verbergen, aber eine Versammlung auf dem Rollfeld ließ sie aufblicken. Oberschwester Lt. Erma Shepard hielt eine Liste in der Hand. Die 815. Luftrettungs- und Transportstaffel sollte in vier Einheiten geteilt werden, zu der jeweils ein Flugchirurg und sechs Paar Krankenschwestern und medizinisch-technische Assistenten gehörten. Heute wurden die Pärchen bekanntgegeben.

„Lt. Norma Carpenter, Sie arbeiten mit Sgt. Michal Dugan. Lt. Ruth Doherty, Sie arbeiten mit Sgt. William Burns."

Ruth hörte den Rest der Aufteilung nicht mehr. Burnsey? Ausgerechnet sie hatte Burnsey erwischt?

Nachdem die Oberschwester fertig war, teilte ein Soldat die Post aus und Lieutenant Shepard lief zurück in Richtung Unterrichtsgebäude. Ruth trabte ihr hinterher und salutierte. „Lieutenant Shepard? Ich möchte darum ersuchen, nicht mit Sergeant Burns zusammenzuarbeiten."

Lieutenant Shepard schenkte ihr ein mütterliches Lächeln. Sie hatte freundliche braune Augen und eine Hakennase, deren Nasenlöcher schmale Schlitze waren. „Und genau deswegen habe ich Sie beide zusammengesteckt."

Ruth klappte die Kinnlade herunter.

Die Oberschwester lachte. „Jede andere wollte mit ihm zusammenarbeiten, aus gutem Grund. Er hat sich als exzellenter Assistent erwiesen und ist unser bester Kandidat. Aber er ist auch gut aussehend und beliebt. Und damit die Professionalität gewahrt bleibt, habe ich ihn der einzigen Person in dieser Staffel zugeteilt, die seinem Charme noch nicht erlegen ist. Sie, meine Liebe."

Ruth schaffte es nicht, den Mund zuzuklappen. Ihr fehlten einfach die Argumente, warum sie nicht mit Burnsey zusammenarbeiten wollte. Er hatte nie irgendetwas Unangemessenes zu ihr gesagt, sie nie angefasst oder zu einem Rendezvous eingeladen. Aber er machte sie einfach nervös. „Es muss doch jemanden geben, der ..."

„Nein. Haben Sie gesehen, wie die Mädchen mit ihm flirten? Bei Ihnen bin ich mir sicher, dass es kein heimliches Techtelmechtel gibt." Ihr Mund wurde so schmal wie die Nasenlöcher.

„Aber ..."

„Meine Entscheidung ist endgültig. Und wir werden alle gut miteinander auskommen, nicht wahr?"

Ruth wusste, wie sich ein Befehl anhörte. „Ja, Ma'am."

Lieutenant Shepard lief weiter und Ruth kehrte zu der Gruppe am Flugzeug zurück.

May kam ihr auf halber Strecke entgegen. Die ganze Farbe, die sie in drei Wochen Freiübungen im Gesicht gesammelt hatte, war wie weggeblasen. „Ich habe Post von Jack."

„Jack?" Der Name kam ihr nur mühevoll über die Lippen.

„Ich hatte ihm meine Adresse gegeben und ihn gebeten mir zu schreiben, wenn er irgendetwas hört. Lies selbst."

Ruth zögerte, aber ihr blieb keine Wahl. Beim Anblick von Jacks robuster Handschrift mit den übergroßen Großbuchstaben wurde ihr schummrig. Sie wappnete sich für seine Stimme in ihrem Kopf.

30. November 1943

Liebe May,
ich habe mit diesem Brief so lange gewartet wie nur möglich, weil ich weiß, wie sehr du noch auf eine Heimkehr von Charlie hoffst.
Heute bekamen wir eine neue Liste mit den Namen der Kriegsgefangenen vom Einsatz über Schweinfurt. Charlies Name stand nicht darauf. Ich fürchte, kein einziger Name aus seiner Crew ist bisher auf den Listen aufgetaucht. Offiziell gelten sie natürlich noch als vermisst, aber die 8. U.S.-Luftflotte hat nun ihre Familien benachrichtigt. Angesichts der Umstände sind wir leider sicher, dass Charlie im Kampf gefallen ist.
Mein allerherzlichstes Beileid, May. Ich kannte Charlie drei Jahre lang und hatte ihn nie so glücklich gesehen wie mit dir. Ich hoffe, du weißt, wie sehr er dich liebte und wie sehr du sein Leben bereichert hast. Lass dich von dem Gedanken trösten, dass er nun zu Hause bei seinem Herrn ist.

Ruths Herz wurde so schwer, dass sie sich wunderte, warum es überhaupt noch schlug. Ob May Jack glaubte?

Mays Gesicht war wie in Stein gehauen. Sie hatte das Kinn nach vorn geschoben und ihre Augen waren trocken. „Soviel also dazu. Ich lag falsch. Komm, Ruth. Wir kommen zu spät zum Unterricht."

Kapitel 32

Antioch
Sonntag, 19. Dezember 1943

Im fahlen Morgenlicht saß Jack im Schneidersitz am sandigen Ufer und starrte auf das grüngraue Wasser. Der San Joaquin ergoss sich in der Sierra Nevada, strömte durch Stockton und an Antioch vorbei, vereinigte sich in Pittsburg dann mit dem Sacramento und floss in die Bucht von San Francisco.

Jack kannte den Geruch, die Strömung und die Gezeiten, aber seitdem ihn irgendwelche portugiesischen Fischer halb bewusstlos aus dem Griff des Flusses befreit hatten, war er weder hier noch irgendwo anders schwimmen gegangen. Von da an hatte er auf den Strandpartys das Lagerfeuer am Brennen gehalten und die Mädchen umworben. Seine Angst vor Wasser hatte sein Leben kaum beeinträchtigt. Bis Schweinfurt.

Er ließ das kalte Nass durch seine Finger rauschen. So ein harmloses Zeug, dieses Wasser, und doch bedeutete es zugleich Leben und Tod.

Ihm lief es kalt den Rücken hinunter. Als Feigling hatte er sich noch nie gesehen, aber nur ein Feigling setzte das Leben von über hundert Männern aufs Spiel, um nicht mit seiner Angst konfrontiert zu werden.

Jack bohrte beide Hände unter Wasser in den Flussboden und griff zu. Der Dreck trübte das Wasser, so wie der Stolz sein Urteilsvermögen über Schweinfurt getrübt hatte. Die fatale Fehlentscheidung hatte er zwar aus Angst getroffen, aber der Stolz war das Triebmittel dahinter gewesen. Er hatte gedacht, er würde das hinkriegen. Wie sonst auch.

„Du bist zu gut, Jack. Und das ist dein Problem." Charlie hatte recht gehabt. Selbst auf dem Predigerseminar, wo er eigentlich hätte durchfallen sollen, hatte er sich mit seinem Charme durchgeschummelt und vor der Lernerei gedrückt.

Nicht, dass er Gott nicht vertraut hatte. Er hatte es nur noch nie gebraucht.

Jack rieb sich mit den nassen Händen übers Gesicht und strich sich durchs Haar. „Herr, vergib mir. Ich habe mir mehr vertraut als dir. Bitte lass Charlies Tod nicht umsonst gewesen sein. Hilf mir, meinen blöden Stolz zu überwinden und nur noch auf dich zu hören!"

Es dauerte nicht lange, da spürte er die Wärme von Gottes Vergebung. Sie war stärker als die Wärme der bleichen Sonne, aber vor ihm lag noch ein langer Weg. Der Stolz hatte sich mit Hunderten Tentakeln in seiner Seele festgesaugt.

Er schlenderte über leere Straßen nach Hause. Nur ein paar Jungs trugen den *Ledger* aus und Mr Fortner war mit seinem Milchwagengespann unterwegs, das er gezwungenermaßen wieder flottgemacht hatte. Zu Hause machte Jack sich frisch, zog für den Gottesdienst die Ausgehuniform an und gesellte sich zu seiner Familie in der Küche. Seine Brüder und seine zukünftige Schwägerin waren am Tag zuvor angereist.

Mom stand am Herd, machte Rührei und lächelte ihn an. „Guten Morgen. Setz dich irgendwo hin, wo noch Platz ist."

„Morgen zusammen." Jack zwängte seinen Stuhl in eine Lücke. Dad, Ray, Walt und Allie saßen um den Tisch, auf dem ein Berg Brötchen stand, dazu Marmelade und Eier von Grandpas Farm. Zum ersten Mal seit Wochen hatte Jack wirklich Hunger.

Walt grinste ihn von der anderen Seite des Tisches an. „Ein halbes Würstchen haben wir für dich aufgehoben."

„Stimmt nicht", warf Ray ein. „Hab's gerade aufgegessen."

„Ts, ts", tadelte Mom die beiden. „So ein Unsinn. Ich habe noch genügend übrig. Hat mich zwar einen ganzen Stapel Rationskarten gekostet, aber dein erstes Frühstück mit uns allen sollte etwas Besonderes sein."

Jack war 1940 zur Luftwaffe gegangen, Ray und Walt waren ihm bald darauf gefolgt. Die Fliegerschule hatte sie überallhin verteilt, und dann waren Jack und Walt in Übersee stationiert worden. Seit drei Jahren hatte die Familie nicht mehr gemeinsam unter einem Dach gesessen.

Jack betrachtete seinen älteren Bruder, der neben ihm saß. Ray hatte immer noch die einfachen Streifen eines Lieutenants, weil ihm die Erfahrung im Kampfeinsatz fehlte. 1940 hatte man in der Luftwaffe händeringend nach Ausbildern gesucht und aus jeder Abschlussklasse einige dazu verpflichtet, die nächste Klasse anzulernen. Ray hatte das gut in den Kram gepasst. Als Pilotenausbilder konnte man in der Hierarchie zwar nicht aufsteigen, aber das kümmerte ihn wenig.

„Also, Ray“, sagte Dad. „Hast du in Texas schon ein nettes Mädchen kennengelernt?“

Jack zuckte zusammen und stopfte sich schnell ein Stück Würstchen in den Mund.

„Hab nicht danach gesucht.“ Ray hatte ziemlich damit zu kämpfen gehabt, seine zweite gescheiterte Verlobung zu verdauen.

„Wart's nur ab. Der Herr wird dir die richtige Frau schon schicken.“ Walt sah so gut aus wie noch nie. Er hatte sogar den nervösen Tick aufgegeben, sich ständig diese Locke aus der Stirn zu streichen. Jack versuchte, nicht hinzustarren, als Walt den silbernen Haken an seinem rechten Arm benutzte, um sein Würstchen festzuhalten. Zuerst hatte Walt von Prothesen nichts wissen wollen, aber in seinen letzten Briefen hatte er aufgezählt, wo ihm der künstliche Arm überall eine Hilfe war. Als Vollblutingenieur betrachtete er das Ganze wohl als eine Art Spielzeug.

Jack gab Ray einen Stoß. „Wenn unser hässlicher kleiner Bruder jemanden finden kann, kannst du das auch.“ Er grinste Walt frech an und bekam einen gesalzenen Blick zurück.

„Oh je. Jetzt weiß ich, wo du das Sticheln gelernt hast, Walt.“ Das waren die ersten Worte an diesem Morgen von Allie Miller. Für Jack sah sie aus wie ein graues Mäuschen, dem nicht viele Männer hinterhergucken würden, aber sie hatte tatsächlich die hübschen grünen Augen, von denen Walt so schwärmte.

„Hey, Allie“, sagte Walt. „Erzähl doch mal die Geschichte, wie du in Seattle angekommen bist.“

Sie warf ihm einen vernichtenden Blick zu.

Jack grinste in sich hinein und kaute an seinem Brötchen. Es steckte also doch Feuer in dem schlichten Persönchen.

„Ach komm, Liebling, Jack hat sie noch nicht gehört. Das passte nicht in einen Brief. Und es kommt einfach viel besser rüber, wenn er sieht, wie anständig und damenhaft du bist.“

Allie drehte sich mit leuchtenden Augen zu Jack um. „Hat er dir erzählt, wie er mich am Bahnhof im Stich gelassen hat?“

Walt hatte also seinen Meister gefunden. Jack lehnte sich vor und schenkte Allie seinen verständnisvollsten Blick. „Unglaublich. Was für ein Idiot.“

Walt lachte. „Hey, ich musste schließlich arbeiten. Ich habe ihr ein Taxi geschickt.“

„Grauenvoll, einfach grauenvoll. Erzähl weiter."

Allie sah lächelnd von einem Bruder zum anderen. „Grauenvoll, ganz richtig. Na ja, Bill Perkins gehörte zu Walts Crew und seine Familie wollte mir ein Zimmer vermieten. Als ich dort ankam, wurde ich an der Tür von einem Ehepaar begrüßt und ich bedankte mich übermäßig für ihre Gastfreundschaft. Sie baten mich herein und wir tranken Tee, aber irgendwie schienen sie sich unwohl zu fühlen und ich wurde nervös."

Walt löffelte Erdbeermarmelade aus einem Glas. „Und wenn sie nervös ist, redet sie wie ein Wasserfall."

„Das stimmt. Ich plauderte darüber, wie hübsch Seattle sei und wie froh ich sei, dort zu sein und bei Boeing anzufangen und meinen Verlobten wiederzusehen. Da sah ich durchs Fenster, wie Walt die Straße herunterkam, nur ging er ins Haus gegenüber. Also guckte ich schnell auf die Adresse, die mir Walt gegeben hatte – Nummer zweiundvierzig. Oder war das eine dreiundvierzig?"

„Du weißt ja, wie schlecht meine Schrift geworden ist", sagte Walt.

Jack nickte. Die Arme. Vor lauter Scham wäre sie bestimmt am liebsten im Boden versunken.

Und tatsächlich, Allie wurde rot, aber sie lächelte. „Die Sache ist die: Ich habe mich den beiden natürlich vorgestellt, aber nie nach ihrem Namen gefragt. Das arme Pärchen hat eine wildfremde Frau verköstigt."

Allgemeines Gelächter brach aus. Selbst Allie lachte, und eine Frau, die über sich selbst lachen konnte, hatte Jacks Prüfung bestanden.

Walt nahm Allies Hand. „6. Mai. Das Datum steht."

„Herzlichen Glückwunsch." Jack zeigte auf Allie. „Damit meine ich ihn, nicht dich. Ich weiß ja, was du dir da eingebrockt hast."

„Ich auch, und ich könnte nicht glücklicher sein."

„Gut gemacht, kleiner Bruder", sagte Jack versöhnlich.

Eine halbe Stunde später saß er zwischen seinen Brüdern in der Kirche und teilte sich das Gesangbuch mit Ray, während Mom vorn an der Orgel Weihnachtslieder spielte.

Dann begann Dad seine Predigt mit genau den Handbewegungen und den Betonungen, die Jack als Kind vorm Badezimmerspiegel geübt hatte. Die Dozenten am Predigerseminar hatten Jack auch stets für seine Präsentation gelobt, aber nicht für den Inhalt seiner Predigten.

Jack rutschte auf der Kirchenbank hin und her. Vor anderen sprechen zu können machte noch keinen guten Pastor aus ihm.

Seinen Predigten fehlte die Tiefe, die Persönlichkeit und die Erkenntnis, das merkte er immer schon beim Schreiben. Aber schlechte Predigten waren nicht sein einziges Problem. Pastoren mussten in einer Krise Ruhe bewahren können und den Menschen aus der Heiligen Schrift Trost zusprechen können. Vier Krisen hatte Jack im letzten Jahr durchgemacht und bei allen vieren hatte er versagt.

Zuerst war er in Texas mit dabei gewesen, als Dolores die Verlobung mit Ray gelöst hatte. Jack hatte herumgestammelt und keine Neutralität bewahrt, weil er Dolores nicht leiden konnte. Dann hatte er Walt im Krankenhaus besucht und zum ersten Mal seinen Armstumpf gesehen. Wieder nur Gestammel.

Als es darum gegangen war, May den Tod von Charlie beizubringen, hatte er sich auch nicht besser angestellt. Sie hatte ihm noch nicht einmal geglaubt. Was für ein Glück, dass Ruth für May da gewesen war – und für ihn.

Jack dachte an die Situation, in der er am schlimmsten versagt hatte, und kniff die Augen zu. Aber die Bilder von Ruth, die sich unter seiner Verachtung wand, wollten nicht verschwinden. Verachtung? Ein guter Pastor hätte Mitleid gehabt und Vergebung gezeigt!

Er zerquetschte fast die Bibel in seinen Händen. *Du gibst dir noch nicht genug Mühe*, hörte er Dads Stimme an seinem Ohr. *Ist es das, Herr? Sperre ich mich gegen deinen Ruf? Soll ich deinen Willen akzeptieren und endlich auch ausführen?*

Dann fielen ihm Grandpas Worte ein, er sei für das Militär gemacht, nicht für das Predigtamt. *Oder ist es das, Herr? Halte ich nur aus Stolz an einer Berufswahl fest, die von Anfang an falsch für mich war?*

Jack sah von seinem Vater auf der Kanzel zu seinem Großvater vor ihm in der Reihe. Beide waren gottesfürchtige Männer, die nur das Beste für Jack wollten. Aber welcher von ihnen hatte recht?

Nur Gott wusste die Antwort. *Hilf mir, deinen Willen zu tun – und nicht Dads, nicht Grandpas und nicht meinen. Nur deinen.*

Kapitel 33

Flugplatz Bowman Field
Mittwoch, 22. Dezember 1943

Ruth rückte den schweren Rucksack auf ihrem schmerzenden Rücken zurecht. „Warum haben wir uns nochmal im Sommer beworben? Damit wir im Dezember fünf Tage Feldlager machen dürfen?“

„Wegen des Berufszaubers“, flüsterte May.

Ruth verkniff sich das Lachen. Sie trug eine Arbeitsuniform, die Haare steckten in zwei kurzen Zöpfen unterm Helm, sie war dreckig und sie stank. Mit Berufszauber hatte das wenig zu tun.

„Wie lange noch, was meinst du?“ Mays Löckchen klebten ihr an der Stirn.

„Wenn ich auf die Uhr gucke, schickt mich Sergeant Sadisto auf einen Fünfzigmeilenlauf.“ Aus dem Augenwinkel sah sie, dass Sergeant Sanderson neben ihr fuhr. Seine Zwischenrufe waren schon schlimm genug, aber dann auch noch aus einem Jeep? Seinen Spitznamen hatte er jedenfalls weg. „Die Hälfte haben wir aber fast geschafft.“

„Die Hälfte erst?“ Mays Stimme wurde lauter. „Ich dachte, wir seien schon mindestens sechs Meilen gelaufen.“

„Nein, ich meine das Feldlager“, flüsterte Ruth. „Heute ist Mittwoch. Wenn es Mittagessen gibt, ist die Hälfte rum.“

„Doherty! Jensen!“

Oh nein. Ruth und May warfen sich einen Blick zu.

Sergeant Sanderson lehnte sich übers Lenkrad. „Klappe halten! Habt ihr noch nichts gelernt? Das hier ist kein Kaffeekränzchen! Haltet ihr das hier für ein Kaffeekränzchen?“

„Nein, Sir.“

„Raustreten. Zwanzig Liegestütze.“ Er zeigte auf ein Schlammloch neben dem Jeep.

Der Rest der Krankenschwestern marschierte weiter. Sie kannten das schon. Ruth und May traten heraus und setzten ihre Rucksäcke ab.

„Mit Rucksäcken“, bellte er. „Wir sind hier nicht bei den Pfadfindern. Glaubt ihr, wir sind hier bei den Pfadfindern?“

„Nein, Sir.“ Ruth setzte ihren Rucksack wieder auf. Möglichst unauffällig sah sie sich nach einem trockenen Flecken um, wo sie die Hände platzieren konnte. Keine Chance. Der Sergeant zählte laut mit. Mit jedem Liegestütz gruben sich Ruths Finger tiefer in den kalten Schlamm. Bei Nummer zehn brannten ihr die Arme, bei fünfzehn zitterten sie, bei achtzehn fühlten sie sich an wie Gelatine.

Sergeant Sanderson ließ den Motor aufheulen und die Reifen durchdrehen. Ruth bekam Schlamm ins Gesicht geschleudert, drehte das Gesicht weg und spuckte den Dreck aus. Egal, sie würde sich von diesem Mann nicht von ihrem Ziel abbringen lassen.

„Zwanzig.“

Ruth stöhnte, rappelte sich auf die Knie und wischte sich das Gesicht und die Hände ab.

„Und jetzt hört auf mit dem Geplapper. Wenn ihr plappern wollt, geht zurück in eure Küche, wo ihr hingehört. Wir sind hier nicht im Nähzirkel! Glaubt ihr, wir sind hier im Nähzirkel?“

„Nein, Sir.“ Ruth biss sich auf die Lippe, um nicht loszukichern. Die Strafe fürs Kichern war noch höher als die fürs Quatschen.

„Ihr wollt in der Männerwelt bestehen? Dann benehmt euch auch wie Männer.“ Er hängte einige Schimpfwörter an, um seiner Aussage Nachdruck zu verleihen. „Seht mal, wie weit ihr schon zurückgefallen seid. Im Laufschritt!“

„Ja, Sir.“ Die beiden joggten der Gruppe hinterher. Der Jeep fuhr an ihnen vorbei und schleuderte Matsch auf ihre Uniformen.

Ruth wartete, bis er außer Hörweite war. „Hier gibt’s keinen Berufszauber. Glaubst du, hier gibt’s Berufszauber?“

May kicherte. „Klappe halten.“

Bis sie wieder ihre Position in der Gruppe erreicht hatten, waren sie an dem Ort angekommen, an dem das heutige Feldlager errichtet werden sollte. Einhundert Frauen der vier Einheiten vom Flugplatz Bowman Field waren in der Wildnis von Kentucky auf sich allein gestellt. Bevor sie ihre Essensration verspeisen durften, mussten sie „sanitäre Einrichtungen“ ausschachten und Gräben ausheben. In der vergangenen Nacht war mit Feuerwerk ein Angriff simuliert worden und die Krankenschwestern hatten sich zuerst in die Gräben werfen und dann den Rückzug antreten müssen.

Dottie schraubte ein Spatenblatt auf einen Griff. „Mir egal, was Sergeant Sadisto sagt. Zum Glück war ich bei den Pfadfindern. Ich bin es gewöhnt, draußen zu arbeiten."

Ruth stieg auf ihren Spaten und trieb ihn in den Boden. „Zum Glück bin ich in einem Slum aufgewachsen. Mir macht Dreck überhaupt nichts aus."

„Zum Glück bin ich Waisenkind. Herumgeschubst zu werden bin ich gewohnt." May schniefte theatralisch und brachte Ruth zum Lachen.

Dottie drückte auf ihrem Spaten herum. „Warum können wir das Feldlager nicht mit den Assistenten zusammen machen? Ich hätte gerade nichts gegen ein paar muskulöse Männer einzuwenden."

May grinste. „Bist du also schon in den Genuss von Rosenbergs Vorzügen gekommen?"

„Rosie?" Dottie verdrehte die Augen. „Der kriegt noch nicht mal 'ne Statistenrolle bei mir."

„Oh, aber er ist doch charmant", sagte Ruth. „Und ihr seid das schnellste Team in der ganzen Staffel."

„Burnsey wäre mir lieber. Kein Wunder, dass ihr so langsam seid. Ich würde auch jede Minute mit ihm genießen."

„Glaub mir, daran liegt's nicht", sagte Ruth. Sie waren das langsamste Team der Staffel, weil der Assistent sich in Ruths Arbeit einmischte und seine eigene vernachlässigte. Es arbeitete sich leichter mit einem Mann, der Befehle von einer Frau nur widerwillig ausführte, als mit einem, der seine herablassende Haltung auf galante Art und Weise kaschierte. Wenn sie sich bei Lieutenant Shepard beschwerte, rümpfte die Oberschwester nur ihre Nase und sagte so etwas wie: „Wenn Sie mit Ihren Aufgaben rechtzeitig fertig gewesen wären, hätte er nicht helfen müssen." Dabei hatte Ruth in all ihren Jahren als Krankenschwester noch nie Probleme gehabt, ihre Aufgaben in der dafür vorgesehenen Zeit zu erledigen.

„Ich verstehe nicht, warum du ihn nicht magst. Er ist doch soo süß!"

„Dottie, darüber haben wir doch schon gesprochen", wandte May ein.

„Ja, ja, ich weiß. Professioneller Abstand.“ Sie schob ihren Helm zurecht und hinterließ darauf einen schlammigen Handabdruck. „Wird Zeit, dass wir euch beiden mal ein Rendezvous verschaffen.“

„Bloß kein Rendezvous“, sagte Ruth und warf eine Ladung Erde hinter sich.

„Warum nicht? Habt ihr noch ein Herzblatt in England?“

Ruth versuchte Dottie mit einem besorgten Blick und Kopfschütteln dazu zu bringen, das Thema fallen zu lassen.

Es funktionierte nicht. „Was ist mit dir, May? Bist du liiert?“

May hörte nicht auf zu graben. „Mein Freund war Bombenschütze. Seine B-17 wurde über Schweinfurt abgeschossen und er ist gefallen.“

Ruth fühlte sich, als hätte sie jemand mit dem Spaten niedergeschlagen. Seit Jacks Brief hatte May Charlie nicht mehr erwähnt. Kein Wörtchen, keine Träne, noch nicht einmal ein Stimmungsumschwung.

„Oh.“ Dottie wurde so bleich wie May. „Das tut mir leid. Du meinst den Tag, den sie ‚Schwarzen Donnerstag‘ nennen, oder?“

Ruth nickte. Und wie schwarz der gewesen war.

„Bei dir auch?“, fragte Dottie kleinlaut.

„Nein.“ Ruth warf einen Stein aus dem Graben. Lebte Jack noch oder war er am Tag nach seinem letzten Brief gefallen? Hatte er auch den fünfundzwanzigsten Einsatz überlebt und seine Beförderung bekommen? Quälte er sich immer noch mit Schuldgefühlen wegen Charlies Tod herum?

„Sondern ...?“, hakte Dottie nach.

Ruth wollte ihr die Standardantwort geben, die sie im letzten Monat schon mehreren Ärzten und Crewmitgliedern der C-47 gegeben hatte: Sie gehe nun mal nicht mit Männern aus. Aber es fühlte sich unvollständig an, fast unehrlich. Ja, streng genommen war sie mit Jack nicht ausgegangen, aber trotzdem hatten sie etwas Kostbares miteinander geteilt. „Wir haben uns gestritten. Ganz fürchterlich.“

„Hm.“ Dottie warf eine Ladung Erde aus dem Graben. „Und wer war schuld?“

„Ich“, meinte Ruth genau in dem Moment, als May „er“ sagte.

„Wie bitte?“ Ruth starrte ihre Freundin an. „Ich war ja wohl diejenige, die den Fehler begangen hat.“

„Nein. Gott hat dir doch längst vergeben, also warum kann Jack das nicht? Hält er sich etwa für besser als Gott?“

Ruth stand der Mund offen.

„Wetten, dass ja? Er ist nämlich viel zu stolz, dieser Jack Novak. Hielt sich immer für was Besseres als Charlie, aber wer hätte besser sein können als mein Charlie – mein guter, lieber, Charlie?“ Ihre Stimme bebte vor Erregung.

Ruth fiel der Spaten aus der Hand. So hatte sie May noch nie erlebt.

„Dann dachte dein toller Jack, er habe ein Mädchen gefunden, dass ihn verdient hat, aber oh nein! Du hast seine hochtrabenden Standards nicht erfüllt, also hat er dich angeschrien und beschimpft und einfach im Stich gelassen.“

Ruth schüttelte den Kopf. Nein, sein Ärger war gerechtfertigt gewesen.

„Er hat noch nicht mal nach dir gefragt. Ist dir das aufgefallen? In seinem Brief? Kein Wort über dich. Es ist ihm egal, wie es dir geht, nachdem er dich so behandelt hat. Ist dir das aufgefallen?“

Ruth nickte und bekam feuchte Augen.

„Und du verteidigst ihn auch noch?“ Tränen hinterließen helle Spuren auf Mays dreckigen Wangen.

„Ich ... kann ja verstehen, warum ...“

„Natürlich verstehst du, warum er dir nicht vergibt! Weil du dir selbst nicht vergeben kannst! Du glaubst ja noch nicht mal, dass Gott dir vergeben hat.“

„Doch, ich ...“

„Nein, tust du nicht.“ May schleuderte ihren Spaten zu Boden. „Denn sonst würdest du endlich aufhören, dich zu schämen. Jesus hat dir doch längst vergeben. Warum kannst du das dann nicht? Und warum kann Jack es nicht?“

Ruths Gedanken drehten sich wie eine Windhose. Immer und immer wieder hatte sie Gott um Vergebung gebeten, als ob einmal nicht reichte. Wieso eigentlich? War ihre Sünde zu schwer für Gott? Hieß es nicht, ein einziger Tropfen von Jesu Blut reiche für alle Sünden dieser Welt? Wieso genügte es dann nicht für sie?

Sie presste sich die schlammigen Hände vors Gesicht. *Oh Herr, das alles tut mir so leid. Ich will ja ... nein, ich glaube daran, dass du mir vergeben hast. Du hast meine Sünde abgewaschen. Bitte nimm auch die Schande von mir. Und hilf mir, dir zu vertrauen.*

„May! Ruth!“, flüsterte Dottie. „Sergeant Sadisto.“

Ruth schnappte sich ihren Spaten, rammte ihn in den Graben und grub, was das Zeug hielt. Als der Jeep vorbeigerumpelt war, warf sie ihm einen verstohlenen Blick hinterher.

„Tut ... t-tut mir leid, Ruthie. Ich weiß nicht, was in mich gefahren ist."

Ruth dachte über den Aufruhr in ihrem Innern und die Neuordnung nach. „Ich glaube ... das war der Heilige Geist."

Mays Augenbrauen verschwanden unter ihrem Helmrand und Ruth musste auf einmal lachen. May stimmte vorsichtig mit ein.

„Schluss mit dem Gekicher!", rief Sergeant Sanderson. „Das hier ist kein Schönheitssalon. Glaubt ihr, wir sind hier im Schönheitssalon?"

„Nein, Sir!"

Ruth biss sich auf die Lippen, aber May sah mit ihrem vor Lachen geröteten und mit Matsch und Tränen verschmierten Gesicht so lustig aus, dass sie immer wieder vor lauter Freude und Freiheit losprusten musste. Das hier war jede Menge Liegestütze wert.

„Okay, ihr habt recht." Dottie grub nach Kräften. „Bloß keine Dates für euch."

Kapitel 34

Antioch
Samstag, 25. Dezember 1943

„*Christian Behaviour* von C. S. Lewis." Ray blätterte in dem schmalen Büchlein. „Das gibt's in Amerika noch gar nicht. Danke, Jack."

„Gern geschehen." Jack freute sich über Rays und Dads begeisterte Gesichter.

„Das ist schon das zweite von ihm", sagte Dad. „Letztes Jahr hat uns Walt seine *Broadcast Talks* geschickt."

„Stimmt." Jack hatte noch nicht einmal hineingeschaut. Er sah sich um. Walt war in den Bildband von England vertieft und versuchte Allies Aufmerksamkeit auf sich zu ziehen, um ihr zu zeigen, wo er schon überall gewesen war. Aber Allie und Mom wickelten gerade das englische Geschirr aus, das er in alte *Stars and Stripes*-Zeitungen gepackt hatte.

„Hast du seine Vorträge auf BBC gehört?", fragte Ray.

Wessen Vorträge? Ach, die von C. S. Lewis. Jack nestelte an seiner Uniformjacke. „Leider nicht. Die Deutschen halten uns ziemlich auf Trab."

„Natürlich. Was würde ich nicht alles dafür geben, um ihn zu hören."

Jack tat, als würde ihn faszinieren, wie Mom das Papier vorsichtig zusammenfaltete. Niemals würde Ray mit ihm tauschen, noch nicht einmal, um den großen Theologen zu hören. Sein ganzes Leben drückte er sich schon vor jeder körperlichen Auseinandersetzung. Er war der Letzte, den sich Jack im Einsatz über Deutschland vorstellen konnte.

Die Spitze in Rays Bemerkung versuchte Jack zu ignorieren. Das war sicher keine Absicht gewesen, aber die Botschaft war angekommen. Jeder Pastor, der etwas taugte, würde diese Radiosendungen hören und die Bücher lesen wollen. Nicht, weil er musste, sondern weil er es wirklich wollte.

„Hier, für dich, Jack. Von deiner Mutter und mir. Fröhliche Weihnachten." Dad gab ihm zwei in abgenutztes Geschenkpapier gewickelte Geschenke. Bücher. Theologische Wälzer, Staubfänger für sein Bücherregal oben.

Jack packte sie aus. Luther auf Deutsch und Augustin auf Latein.

„Danke", sagte er, obwohl ihm sofort einfiel, wie er sich über Augustin den Kopf zerbrochen hatte, bei Luther eingeschlafen war und heimlich in der Bibliothek in die Übersetzung geguckt hatte, um sich nicht gleichzeitig mit Fremdsprachen und tiefgründigen Gedanken herumplagen zu müssen.

„Ich habe deine Bücher durchgesehen, um Ideen zu bekommen. Es hat mich überrascht, wie wenige du hast. Dabei hattest du die beiden doch im Studium."

„Ja, richtig."

Ray beugte sich vor und richtete seinen Geschenkestapel. „Dad, ich hab dir doch gesagt, dass er die Bücher verkauft hat, um seine Ersparnisse aufzubessern."

„Jep." Verkauft und aus dem Weg geräumt, aber hier waren sie wieder, frisch von den Toten.

Dad schmunzelte. „Junge Leute und ihre Weitsicht. Die hier wirst du als Pastor brauchen."

„Es sei denn, ich werde gar kein Pastor." Jack sog scharf die Luft ein. Das hatte er gar nicht laut sagen wollen. Schlagartig wurde es still. Mom runzelte die Stirn und strich das Geschenkpapier glatt. Auf Walts Gesicht keimte ein Lächeln auf, Ray nickte ihm unmerklich zu. Darauf würde er später noch zurückkommen müssen.

Dad betrachtete ihn mit Argwohn und Jack gab sich Mühe, seinen Blick ruhig und respektvoll zu erwidern. Er hatte so viel mit seinem Vater gemein, nicht nur den Namen, sondern auch Persönlichkeitszüge und Fähigkeiten.

Dad lachte. „Kein Pastor? Was willst du denn sonst werden?"

Jack zuckte mit den Achseln. „Ich bin ein guter Pilot, ein guter Kommandeur. Ich könnte im Militärdienst bleiben."

„Beim Militär?" Dad sah von einem seiner Söhne zum andern, aber alle wichen seinem Blick aus. „Immer der Spaßvogel vom Dienst. Du willst also drei Jahre Studium wegwerfen?"

Seine Worte versetzten Jack einen Stich ins Herz. Dad und Mom hatten sich einiges vom Mund abgespart, um ihren drei Jungs das Studium an der University of California zu ermöglichen, und dann zweien von ihnen auch noch das Predigerseminar. Und all das während der großen Wirtschaftskrise, als der Zehnte oft in Form von einer Handvoll Tomaten oder einem Bündel Spargel bezahlt worden war.

„Ich habe nicht gesagt, dass ich es mache. Nur, dass ich darüber nachdenke."

„Du denkst also darüber nach, ja?" Dad beugte sich vor und richtete diesen intensiven Blick auf ihn, den er von der Kanzel aus so effektiv einsetzte. „Du solltest lieber mal ein bisschen mehr tun, als nur darüber nachzudenken. Und zwar beten."

„Das tue ich ja."

„Gut. Der Herr wird dir diese Flausen schon austreiben. Stimmt's, Edie?"

Mom sah von ihrem Geschenkpapier auf. „Oh, John, bitte. Es ist doch Weihnachten."

Dad schnaubte, lehnte sich zurück und wies in Richtung Klavier. „Na schön. Weihnachten. Also brauchen wir Weihnachtsmusik. Wie wär's, Allie? Walt sagt, du spielst gut."

Ihre Augen wurden so groß wie der Teller, den sie hielt.

„Komm, Süße", sagte Walt. „Wir spielen das Stück, das wir geübt haben."

„Meinst ... meinst du, jetzt ist ein guter Zeitpunkt?"

„Der perfekte Zeitpunkt." Walt nahm die Hand seiner Verlobten und zog sie zum Klavier. „Das Lied ist neu, es heißt ‚I'll Be Home for Christmas'."

Sehr gut. Das Lied würde Dad daran erinnern, wie froh er sein konnte, dass seine drei Jungs noch lebten. Egal, welchen Beruf sie hatten.

Die beiden spielten nicht vierhändig, sondern mit Walts linker und Allies rechter Hand, als wären sie eine Person. Mit ihrer freien Hand hielt Allie liebevoll Walts Armstumpf.

Jacks Augen fingen an zu brennen und plötzlich war seine Nase verstopft. Er musste daran denken, wie Walt im Krankenhaus verkündet hatte, dass ihn nie eine Frau lieben würde.

„Ihr dürft ruhig singen", sagte Walt über die Schulter. „Das hier ist kein Konzert."

Die Familie stimmte ein. Das Lied kannte jeder, weil es fast ununterbrochen im Radio lief, aber ihre Stimmen klangen heiser und dünn.

Er verbrachte tatsächlich Weihnachten zu Hause. Auf dem Klavier lagen Zierdeckchen und darauf standen die Soldatenporträts von ihm und seinen Brüdern. Wie lange würde es dauern, bis sie alle wieder gemeinsam ums Klavier saßen und sangen? Ob es je wieder passieren würde? Ray und Walt waren außer Gefahr. Nächstes Jahr würden Walt und Allie heiraten und Ray würde früher oder später auch eine Frau finden. Bald würden kleine Novaks die Weihnachtslieder mitsingen.

Aber würde Jack das noch erleben? Oder würde er eingefroren von einem Schwarzweißporträt aus zusehen?

Warum nicht? Charlie war bereits nur noch ein Foto, genau wie Bill Chambers und Nate Silverberg und unzählige andere. In Maryland verbrachten die de Groots ihr erstes Weihnachtsfest ohne ihren Jüngsten und May Jensen war der Mann entrissen worden, den sie liebte. Sie würde nie mit ihm eine Familie gründen können.

Und Ruth? Jack starrte auf seine Geschenke, die wegen der allgemeinen Knappheit nicht sehr üppig ausgefallen waren. Ruth bekam überhaupt nichts. Wie wohl ihre Feiertage in Kentucky waren? War sie noch mit May befreundet oder hatte sie wegen ihm endgültig dichtgemacht?

Jack beobachtete Walt und Allie am Klavier. Sie liebten einander bedingungslos, aber Jacks Liebe ... ein Fehler, und er hatte sie Ruth wieder entzogen.

Für wen hielt er sich eigentlich, dass er Ruth ihre Fehler vorhalten durfte? Er hatte sie wer weiß wie oft enttäuscht und sie hatte ihm immer wieder eine Chance gegeben. Sie hatte ihm verziehen, als er sie in Bury St. Edmunds mit den Männern auf dem GMC Truck allein gelassen hatte, und was hätte für eine Frau mit ihrer Geschichte angsteinflößender sein können? Sie hatte ihm den Kuss verziehen, obwohl jeder Kuss ein Trauma für sie sein musste und keine Liebesbekundung.

Die Musik war zu Ende. Jack stellte die Augen scharf. Walt flüsterte Allie gerade etwas ins Ohr und sie nickte. Eine Träne lief ihr die Wange hinunter.

Walt wischte sie weg. „Wir sind jetzt deine Familie."

Jack seufzte. Das war Allies erstes Weihnachtsfest weg von zu Hause und ohne ihre Familie, die sie enterbt hatte, weil sie nicht den Mann heiraten wollte, den ihre Eltern ausgesucht hatten.

„Dann gehe ich lieber mal in der Küche helfen." Allie stand auf und wollte Walt auf die Stirn küssen, aber Walt legte schnell den Kopf nach hinten und gab ihr einen Kuss auf die Lippen. Sie wurde rot, lachte und lief in ihrem raschelnden grünen Samtkleid davon.

Mom war wohl ebenfalls in der Küche, gemessen an dem verführerischen Bratengeruch. Dad musste in sein Arbeitszimmer gegangen sein, um an der Predigt für morgen zu feilen. Wann waren sie aufgestanden? Und Ray ... er saß da und beobachtete Jack.

Jack spürte, wie er sich innerlich verkrampfte. Jetzt konnte er dem seelsorgerlichen Rat nicht länger ausweichen.

„Du fährst schon am Montag, oder, Jack?“ Walt redete als Erster. Gott sei Dank. Smalltalk.

„Ja. Ich dachte, ich mache mich wegen des Bahnstreiks lieber früher auf den Weg. Ist das zu glauben? Die einen kämpfen und sterben und unsere Eisenbahner legen die Arbeit nieder. Und das alles nur wegen ein paar Dollar.“

„Das ist nicht gerecht“, meinte Ray.

„Wem sagst du das. Ich muss also mit Militärmaschinen fliegen. Und zigmal quer durchs Land düsen, bis ich endlich nach Übersee komme.“

Ray beugte sich nach vorn und stützte sich auf den Knien ab. „Bist du denn bereit?“

„Absolut. Kann's kaum erwarten.“

Ray sah nicht besonders überzeugt aus und auch Walts Gesicht wirkte skeptisch.

Jack seufzte. „Der Krieg ist hart, ihr habt ja recht. Aber ich wäre nirgendwo lieber.“

Rays Augenbrauen zogen sich zusammen. „Bist du dir sicher? Du bist so ... irgendwie nicht du selbst.“

„Genau“, pflichtete ihm Walt bei. „Du hast uns die ganze Woche kaum aufgezogen. Wir haben uns schon gefragt, ob ...“

„Ob mir der Krieg zu Kopf gestiegen ist? Nein, das ist es nicht. Es ist was anderes, okay?“

„Militär oder Predigtamt?“, fragte Ray.

Jack stöhnte. „Auch das. Aber das ist nur ein kleiner Teil.“

„Komm, raus mit der Sprache ...“

„Na schön. Ihr wollt wissen, was mein Problem ist? Mein dämlicher Stolz. Dass Charlie abgeschossen wurde, wisst ihr. Aber was ihr nicht wisst, ist, dass er wegen meiner dummen Entscheidung gestorben ist. Und nicht nur Charlie, sondern siebenundzwanzig Männer sind tot und dreizehn in Kriegsgefangenschaft, und das alles nur wegen mir!“

„Oh, wow.“ Walt sah aus, als hätte man ihm einen Schlag vor die

Brust versetzt. Auch er hatte seinen besten Freund über Europa verloren, aber im Gegensatz zu Jack war er nicht schuld daran gewesen.

„Ich wurde offiziell gerügt und habe die Beförderung versäumt, auf die ich das ganze Jahr hingearbeitet hatte."

„Oh Mann."

„Und das ist noch nicht alles." Jack verspürte eine eigenartige Freude dabei, seinen Brüdern reinen Wein einzuschenken. „Mein Stolz hat mich auch noch die Frau gekostet, die ich liebe."

Walt runzelte die Stirn. „Wer? Lieutenant Doherty? Ich wusste gar nicht, dass ihr zusammen wart."

„Waren wir auch nicht. Das hat mich aber nicht davon abgehalten, mich zu verlieben."

„Und was ist passiert?" Ray hatte diesen bestimmten und zugleich verständnisvollen Blick perfektioniert, den ein Pastor beherrschen sollte.

Jack zögerte. Walt kannte Ruth, also musste er diskret bleiben. „Ich habe sie verletzt. Ich fand heraus, dass sie ... dass sie eine Vergangenheit hat."

„Hm." Ray nickte bedächtig. „Und hat sie auch eine Gegenwart?"

Damit traf er den wunden Punkt. „Nein. Absolut nicht."

Ray sah nachdenklich auf eine Stelle an der Wand über Jack. „Schlimme Sache, so eine Vergangenheit. Egal, was man tut, die Vergangenheit kann man nicht mehr ändern. Man beichtet, bereut, ändert sich, aber die Vergangenheit bleibt immer da. Immer."

Jack wurde es schwer ums Herz. Selbst wenn er seinen Stolz mit Stumpf und Stiel ausrottete, würde er trotzdem immer für den Tod dieser Männer verantwortlich bleiben. Und dafür, dass er Ruth verachtet und im Stich gelassen hatte.

Jetzt verstand er, womit Ruth zu leben hatte. Nun hatte auch er eine Vergangenheit.

Kapitel 35

Flugplatz Bowman Field
Freitag, 31. Dezember 1943

Ruth schloss den Riemen ihres ledernen Fliegerhelms und befreite ihre Haare aus Headset und Helm. Gegenüber kicherten May und Dottie auf einer schmalen Bank in der Höhenkammer. Mit ihren grünen Sauerstoffmasken sahen die sechs Krankenschwestern und die sechs Assistenten wie Grashüpfer mit langen Nasen aus.

Ruth legte die Maske über Mund und Nase. Der Gummigeruch löste einen Hustenreiz aus und sie tat sich schwer, die Maske am Helmring oberhalb ihrer Wange festzuhaken.

„Warten Sie, ich helfe Ihnen." Sergeant Burns griff nach dem Gummiriemen.

Ruth drehte die Schulter weg. „Wenn Sie helfen wollen, dann lassen Sie mich das allein hinbekommen."

Burnseys Sabotage war so raffiniert, dass niemand außer ihr es mitbekam. Während der Übungen in der C-47 stand er ihr im Weg, stieß sie versehentlich an, griff umständlich an ihr vorbei und gab ihr die Dinge verkehrt herum. Jedes Mal verloren sie dadurch wertvolle Sekunden. Wann immer sie ihn darauf ansprach, gab er dieselbe Antwort: „Wir könnten besser zusammenarbeiten, wir müssten nur mehr Zeit miteinander verbringen." Ruth wusste genau, was er damit meinte. Die Art, wie er seinen Blick über ihren Körper wandern ließ, wenn sie allein waren, bestätigte das.

„Die A-14-Sauerstoffmasken sind eine Weiterentwicklung der A-8." Lieutenant Brown, der Ausbilder, stand im Türrahmen der Höhenkammer. „Die A-8 ist eine Maske mit kontinuierlicher Sauerstoffzufuhr und einem Sauerstoffsack, die A-14 hat einen Bedarfsregler mit einer Membran, die sich beim Ausatmen schließt."

Ruth schob ihre Maske nach oben, um ihren Nasenrücken zu entlasten.

„Über einen barometrischen Höhenmesser im Atemregler wird bei steigender Höhe die Öffnung für die Außenluft geschlossen und die Sauerstofföffnung entriegelt. So erhöht sich der Sauerstoffanteil automatisch und passt sich dem erhöhten Bedarf in großen Höhen an."

May sah Ruth an und zog eine Augenbraue hoch. Ruth lächelte. Ja, sie hoffte auch, Lieutenant Brown würde seinen Vortrag beenden und den simulierten Flug bis 25.000 Fuß starten.

„Die A-14 hat auch ein eingebautes Mikrofon. Kehlkopfmikrofone sind damit nicht mehr vonnöten."

Ruth dachte an ihren Testflug mit Jack und ihr wurde schlecht. Mays Augenlider flatterten, also hatte sie wohl denselben Gedanken. In jener Nacht auf dem Feldlager in ihrem Notzelt hatte May endlich um Charlie geweint. So, wie Ruth sich jede Trauer verboten hatte, damit sie für ihre Familie stark sein konnte, hatte May sich abtrainiert, Wut, Unzufriedenheit oder Traurigkeit zu zeigen, damit sie im Waisenhaus nicht in Ungnade fiel. Aber in jener Nacht hatte May unkontrolliert geweint und geschluchzt und Ruth hatte sie festgehalten, ihr zugehört und mit ihr gelacht, weil sie partout nichts finden konnten, was als Taschentuch durchging.

Dumpfes Lachen ertönte in ihren Kopfhörern. Burnsey tat, als würde er auf dem Wellschlauch Klarinette spielen, der von seiner Maske herunterhing.

Sie seufzte. Burnsey war der Liebling der ganzen Staffel. Er hatte eine schnelle Auffassungsgabe und kam irgendwie an alle möglichen Dinge, die sonst knapp waren. Seine Familie führte einen Großhandel, und was auch immer in der Verkaufsstelle nicht vorrätig war, besorgte er. Er nahm noch nicht einmal einen Zuschlag dafür und war deswegen noch beliebter.

Lieutenant Brown schloss die Tür der engen Metallkammer. Im Lauf der nächsten Stunde würde die Luft abgepumpt werden, um die dünnen Luftschichten zu erzeugen, die einen in großer Höhe erwarteten.

„Eintausend Fuß", sagte Lieutenant Brown über die Sprechanlage aus seiner Regelkammer.

Luft zischte durch den Schlauch und gelangte in Ruths Lunge. Sie schmeckte nach Gummi. Auf Rettungsflügen würden sie voraussichtlich nie so hoch fliegen, dass sie Sauerstoffmasken brauchten, aber die

Männer auf Bombereinsätzen flogen stundenlang mit künstlicher Sauerstoffzufuhr. Wenn Jack noch lebte, trug er vielleicht gerade auch eine solche Maske.

„Zweitausend Fuß."

Ruth schluckte, um einen Druckausgleich zu machen, und notierte etwas auf ihrem Klemmbrett. Warum machte sie sich noch einen Kopf um Jack? May hatte recht. Sie war ihm doch völlig egal. Er war stolz und nachtragend. Gott wollte ihr die Schande nehmen, aber Jack hatte noch eins draufgelegt. Ruth wurde ungehalten und drückte beim Schreiben so sehr auf, dass die Bleistiftspitze abbrach.

Burnsey stupste sie an und hielt ihr einen Bleistift hin. „Hier, ich habe immer zwei dabei."

Ihre schlechte Laune steigerte sich noch, aber sie musste ihn annehmen, um ihre Aufgaben erledigen zu können.

„Dreitausend Fuß."

Ruth sagte im Kopf ein paar Verse aus Psalm 34 auf: *„Als ich den Herrn suchte, antwortete er mir und errettete mich aus aller meiner Furcht. Die auf ihn sehen, werden strahlen vor Freude, und ihr Angesicht soll nicht schamrot werden.*"

Gott wollte, dass sie strahlte vor Freude und nicht rot vor Scham wurde. Wie konnte sie ihm nicht vertrauen, wenn er sie doch trotz ihrer abscheulichen Sünde so gnädig behandelte?

* * *

Auf dem Weg zur Kantine hakte sich May bei Dottie und Ruth ein. „Also, mein guter Vorsatz für 1944 ist, Schminke zu finden, mit der man die Streifen von den Sauerstoffmasken überdecken kann." Auf Mays heller Haut waren die roten Streifen noch deutlich zu sehen. Auf Dotties waren sie bereits verblasst. Ruth war es egal, ob sie Streifen im Gesicht hatte oder nicht.

„Ich werde mit dem Rauchen anfangen", sagte Dottie. „Alle großen Schauspielerinnen rauchen. Sie sehen so verwegen und glamourös aus."

„Wohl eher kränklich", erwiderte May. „Sie stinken und haben rauchige Stimmen."

Dotties Hand schnellte zu ihrer Kehle. „Meine Stimme! Oh, nein. Ich brauche einen neuen Vorsatz."

Ruth hatte einen albernen Gedanken. „Du könntest uns zwei Waisen das Stepptanzen beibringen."

Dotties Miene hellte sich auf. „Das wäre lustig! Hier. Das ist ein Shuffle. Und das hier ein Ball Change." Ihre schwarzen Oxfords wirbelten Staub auf.

May umklammerte Ruths Arm. „Was hast du da nur getan?"

Ruth wand sich frei und versuchte Dotties Fußarbeit nachzuahmen. „Komm, erweitere mal deinen Horizont!"

„Ich falle nur auf die Nase und breche sie mir noch." Aber dann versuchte auch May sich am Shuffle.

„Zackiger", sagte Dottie. „Ja, genau. Weiter. Immer weiter. Das Mittagessen wartet."

Ruth lachte über sich selbst und tanzte im Shuffle und Ball Change den Weg hinunter.

„Versucht das hier – den Time Step." Dotties Füße flogen nur so umher. „Sieht schwer aus, aber die einzelnen Teile sind ganz leicht. Ich mache es euch langsam vor."

Ruth konnte vor Lachen kaum sprechen. „Aber ganz langsam!"

„Stomp, hop, step, shuffle, ball, stomp – und immer weiter. Na los, versucht das mal. Stomp, hop ..."

Das war zu viel auf einmal. Ruth stampfte und hüpfte so gut sie konnte.

May blieb stehen, krümmte sich vor Lachen und Dottie warf immer wieder Korrekturen ein. Sie kamen um die Ecke der Kantine herum. Ruth erstarrte mitten in ihrer Stompfigur.

Ein Mann lehnte an der Wand und ließ den Kopf hängen. Er trug eine Fliegerjacke, olivbraune Hosen und die Schirmmütze eines Piloten auf seinem schwarzen Schopf. Wenn sie nicht wüsste, dass Jack auf der anderen Seite des Ozeans war ...

„Nicht aufhören", sagte Dottie. „Du hast es schon fast, Ruth."

Der Kopf des Mannes ging nach oben. Jack.

„Oh mein Gott", entfuhr es May.

„Stomp, hop, step ..." Dottie verstummte.

Ruth versuchte wieder zu Atem zu kommen, was ihr aufgrund des Tanzens und des Anblicks eines Mannes, dem sie nie wieder gegenübertreten wollte und der sie wie ein Stück Dreck behandelt hatte, nicht leichtfiel. Wut stieg in ihr auf. „Was machst du hier?"

Er rieb sich die Schulter. „Heimaturlaub. Ich war zu Hause … über Weihnachten. Na ja, und der Bahnarbeiterstreik … ich musste fliegen, kreuz und quer. Und so bin ich hierhergekommen. Aber ich wollte es auch. Ich habe eine Stunde. Die C-47, nach La Guardia."

Ruth hatte ihn noch nie stammelnd und mit stockenden Gesten erlebt.

May ging auf ihn los. „Dass du es überhaupt wagst! Hast du noch nicht genug?"

Jack wich zurück. „Nein, habe ich nicht. Eine Sache habe ich noch nicht gesagt, und so vieles, was ich gesagt habe …"

Ruth konnte sich noch gut erinnern. Er hatte die Schande in sie hineingeprügelt, während Christus für ihre Schande ans Kreuz geschlagen worden war. Sie schob das Kinn nach vorn.

May zeigte auf das Rollfeld. „Mach dich bloß auf zu deinem Flugzeug."

Er sah Ruth an. „Ich wollte mich entschuldigen. Du hast eine Entschuldigung verdient."

„Mach dich bloß …"

„Nein, lass ihn." Ruths Stimme war stark, obwohl ihr ganz anders zumute war. Ihr Magen war total verknotet und ihre Hände hatten sich zu Fäusten geballt. Sie lief an ihm vorbei neben die Kantine, wo sie ihre Ruhe hatten. „Komm mit." Wie befriedigend es war, ihm seine eigenen Worte an den Kopf zu werfen.

An der Seite des Gebäudes drehte sie sich zu ihm um und verschloss sich vor seinem elenden Gesichtsausdruck. Für ihn würde sie kein Mitleid empfinden. Wieso auch? Er hatte auch keins mit ihr gehabt.

„Ich … ich wollte dich um Entschuldigung bitten."

Sie nickte nur. Reden konnte sie nicht.

Jack sah auf ein rotes Päckchen in seiner Hand. „Alles, was ich damals gesagt habe, habe ich aus Stolz gesagt. Mein blöder Stolz. Weil du die anderen geküsst hast und nicht mich. Aber jetzt verstehe ich, warum du nicht mit Männern ausgehst und Küssen tabu ist. Das habe ich jetzt kapiert."

Sein Eingeständnis bedrohte ihre Verteidigung und sie ballte die Hände noch fester zusammen, um nicht weich zu werden.

„Ich hatte mir ein Ziel mit dir gesteckt und mein Stolz ließ nicht zu, dass ich davon abließ. Ich war so darauf konzentriert, bei dir keine

Bruchlandung hinzulegen, aber dann tat ich etwas viel Schlimmeres ... ich ließ dich abstürzen. Wenn ich daran denke, was ich dort zu dir gesagt habe und wie ich dich einfach so liegen ließ ..."

Ruth verschränkte die Arme vor ihrer blauen Uniformjacke. Nein. Er verdiente kein Mitleid. Gemessen an den Qualen, die er ihr zugefügt hatte, war sein Schmerz nichts.

„Ich hatte nur Verachtung für dich übrig, dabei hätte ich Mitgefühl zeigen sollen. Mitgefühl, dass du in einer so schlimmen Notlage warst und so einen Schritt für nötig gehalten hast. Du warst doch noch so jung. Und was diese Ratten dir angetan haben ... Du hattest schon genug durchgemacht, und dann kam auch noch ich."

Nein, Ruth würde sich von seinen Worten und Gefühlen nicht beeinflussen lassen.

„Was ich gesagt habe, war falsch. Jedes einzelne Wort. Was vergangen ist, ist vergangen. Du bist eine anständige Frau."

Oh ja, er war gut und er konnte reden, aber sie durchschaute ihn.

Er sah sie traurig an. „Ich weiß, dass ich nichts tun kann, um diesen Tag ungeschehen zu machen. Und ich will auch nicht, dass du mir verzeihst. Ein einziges Mal möchte ich etwas für dich tun und nicht für mich. Ich wollte dich nur um Entschuldigung bitten und dir sagen, dass ich fürchterlich falsch lag und es mir leidtut."

Was sollte sie darauf antworten? Sollte sie ihm kalt entgegnen, dass er auch keine Vergebung verdient hatte? Oder sich ihm in die Arme werfen, sich ausheulen und ihm vergeben, so wie Gott ihr? Sollte sie ihn anschreien und niedermachen, so wie er sie?

Sie öffnete den Mund und war sich nicht sicher, was herauskommen würde. „Geh zu deinem Flugzeug."

Er blinzelte kurz, nickte und wandte sich ab.

Nein, das hatte sie nicht sagen wollen, aber sie konnte sich weder bewegen noch atmen oder sprechen.

Jack legte das rote Päckchen auf den Boden. „Dein Weihnachtsgeschenk. Es ist nicht ... ich weiß sonst nicht, wohin damit. Es ist eigenartig, ich weiß. Bitte lies den Brief dazu." Er richtete sich auf und sah sie an. „Leb wohl, Ruth."

Ihr Mund war wie zugekleistert und sie ließ ihn gehen. Sofort kamen May und Dottie um die Ecke gestürzt. „Ruth! Ruthie, alles in Ordnung?"

Ruth nickte und sah Jack hinterher. Sie sollte ihm nachlaufen, schreien oder heulen oder ihn schlagen, aber ihn nicht einfach so gehen lassen. Alles, bloß das nicht.

„Was ist passiert?" May ließ nicht locker.

„Er hat sich entschuldigt. Und er ... er meinte es ernst." Und er war demütig gewesen. So demütig hatte sie ihn noch nie erlebt.

„Und was ist das? Ein Geschenk?", fragte Dottie. „Oh, ein Schuldopfer. Wie lustig."

Jack war verschwunden. Für immer.

„Dann mach es auf. Hier liegen lassen kannst du es jedenfalls nicht."

Sie konnte ihm nicht hinterherlaufen. Was sollte sie denn dann sagen? Seufzend griff sie nach dem roten Päckchen, dessen Papier schon oft benutzt sein musste. Als sie die Schleife zu öffnen versuchte, zitterten ihre Hände so, dass May helfen musste. Sie falteten das Papier auseinander und sahen ein pfauenblaues Schimmern.

Dottie hob den Stoff heraus. Mit einem sanften Rascheln fiel er bis fast auf den Boden. „Oh, ist das nicht ein Traum?"

Ruth stand der Mund offen. Sie befühlte die Seide. Ein Abendkleid? Was in aller Welt sollte sie mit einem Abendkleid?

„Hier ist ein Zettel." May hob ein Stück Papier auf.

Liebste Ruth,
ich kann dir nicht erklären, warum ich dir das hier schenke, aber ich habe es gesehen und wusste, ich finde erst wieder Ruhe, wenn ich es kaufe. Du kannst es verbrennen, zerreißen, verschenken oder was immer du willst. Ich weiß noch nicht mal, ob es passt. Aber ich musste es dir einfach kaufen.
Mit unendlichem Bedauern und allerhöchstem Respekt
Jack

Ruth starrte auf das Kleid, auf den Zettel, dann wieder auf das Kleid. Wieso hatte Jack das Verlangen verspürt, ihr dieses Kleid zu kaufen? Sie hatte vierundzwanzig Jahre ohne Abendkleid überlebt und jetzt brauchte sie erst recht keins.

Die Seide schmeichelte ihrer Hand, war kühl und flüssig wie Wasser. Jack wusste sicher, dass sie so etwas Schönes noch nie besessen hatte. Er versuchte, ein Loch in ihrem Leben zu stopfen. Er war Boas, der sie mit dem Zipfel seines Mantels zudeckte.

Kapitel 36

Dienstag, 11. Januar 1944

„Bitte um Bestätigung für den Einsatzabbruch."

Abbruch? Jack sah ungläubig nach rechts. Lt. Col. Louis Thorup, Stellvertretender Kommandeur für die Luft im 94. Geschwader, saß auf dem Sitz des Kopiloten und führte nicht nur das Geschwader, sondern die Vierte Geschwadergruppe und die ganze Dritte Division an. Jack war dankbar für Castles Vertrauensbeweis und den mutigen Schritt, Jack das Kommandoflugzeug steuern zu lassen.

Thorup hatte diesen abwesenden Blick, den Funker bei der Arbeit hatten. „Ich brauche eine Bestätigung für den Abbruch."

Jack schüttelte den Kopf. Ein Abbruchbefehl fünfundzwanzig Meilen vor dem Ziel? Wohl eher ein Störsignal der Deutschen.

Die Nazis hatten sicher nichts dagegen, wenn die 663 Bomber abdrehten. Die Erste Division hatte es auf die AGO Flugzeugwerke in Oschersleben und die Junkers-Werke in Halberstadt abgesehen. Die Dritte Division hatte die B-24-Bomber der Zweiten Division im Schlepptau und war auf dem Weg zu den drei Flugzeugfabriken in Braunschweig.

„Die Wetterlage verschlechtert sich", meinte Thorup zu Jack. „Sie glauben, die Sicht reicht nicht für den Angriff."

Jack betrachtete den blauen Himmel. „Selbst wenn eine Wolkendecke kommt, wir haben doch die PFF-Flieger." Die Bomber der Pathfinder Force aus dem 428. Geschwader hatten entweder das britische H2S-Radar oder die verbesserte amerikanische Version, das H2X an Bord. Zwei dieser Flugzeuge gehörten zur Vierten Geschwadergruppe.

Thorup seufzte. „Ich weiß, aber die Zweite Divison hat schon abgedreht und die anderen Gruppen in unserer Division auch."

„Na toll."

„Wenn die Vierte Geschwadergruppe den Angriff ausführt, sind wir auf uns allein gestellt und ohne Eskorte. Das ist übrigens der andere Grund für den Abbruch. Die P-38 konnten wegen des Wetters nicht starten. Sie warten nicht am Treffpunkt über Braunschweig."

Was würde Jack an Thorups Stelle tun? Nur wenige Flakgeschütze machten dreckige Wölkchen am Himmel, aber eine Menge feindlicher Jagdflieger stand bereit, um sie nach dem Bombenangriff zu attackieren. Wenn sie jetzt umdrehten, würden sie wegen der schlechteren Wetterlage vielleicht noch nicht einmal ein Ausweichziel finden und die Arbeit eines ganzen Tages wäre umsonst gewesen. Aber wenn sie den Abbruchbefehl ignorierten, standen ihnen womöglich schwere Verluste bevor.

Jack konzentrierte sich auf die Instrumententafel. *Herr, lass ihn die richtige Entscheidung treffen.*

„Vierundfünfzig B-17 ohne Eskorte." Thorups Tonfall deutete darauf hin, dass er am Überlegen war.

Trotz der schweren Fliegerausrüstung stellte sich bei Jack ein neues Gefühl der Leichtigkeit ein. Walt hatte damals nie Jagdfliegerunterstützung bis zum Ziel gehabt und auch für Jack war das noch ungewohnt. „Keine Eskorte? Seit wann hält das die 8. US-Luftflotte auf?"

„Noch vor einem Jahr wären vierundfünfzig Flugzeuge das Höchste der Gefühle gewesen." Thorup fummelte an den Schaltern für den Bordsprechfunk herum.

„Bombenschütze an Pilot." Lt. Ogden Drakes näselnde Stimme ertönte in den Kopfhörern. „Wir sind über Wolfenbüttel. Ziel voraus."

„Roger. Wie sieht die Formation aus, Bob?"

Im Kommandoflugzeug saß der Kopilot auf der Position des Heckschützen, um die Formation im Auge zu behalten. „Die hohe Abteilung der tiefen Staffel ist zu weit aufgefächert, die anderen Geschwadergruppen drehen ab."

Jack schnaubte. „Feige Angsthasen ..."

Thorup zog eine Augenbraue hoch.

Jack schmunzelte. „Die folgen dem Abbruchbefehl, aber wir kriegen eben keine Bestätigung. Außerdem hat das 94. Geschwader noch nie vor dem Feind den Schwanz eingezogen und wir fangen heute nicht damit an."

„Richtig so!", rief Bob Ecklund.

Als Jack nach Bury St. Edmunds zurückgekehrt war, hatte er eine neue Crew mit Männern bekommen, denen Schweinfurt kein Begriff war. Es würde zwar noch eine Weile dauern, bis er sich den Respekt seiner Männer gänzlich verdient hätte, aber dieses Mal würden sie eine bessere Version von ihm kennenlernen, jetzt, wo er Gott die Zügel seines Lebens übergeben hatte.

„Bombenschütze an Pilot. Ich kann das Ziel nicht finden."

Jack sah verwirrt an den surrenden Propellern vorbei nach unten. „Wieso? Ist doch keine Wolkendecke da."

„Ich muss eine Landmarke verpasst haben."

Auf den Diafotos in der Einsatzbesprechung war eine Route von ausgetüftelten Landmarken zu sehen gewesen, die den Weg zu der Fabrik wiesen, wo die Messerschmitt 110 gebaut wurde. Charlie hätte sie gefunden.

„Ich weiß, wo mein Fehler lag. Wenn ich noch einen Versuch hätte ..."

Jack und Thorup sahen einander an. Noch einen Versuch? Eine 360-Grad-Drehung und einen zweiten Bombenanflug unter Beschuss?

Jack wurde mulmig. Der Stolz verlangte nach einem weiteren Versuch, aber wie viele Leben würde das kosten? Nein. Das schmeckte zu sehr nach Schweinfurt.

Oder war es genau andersherum? Flüsterte ihm der Stolz zu, kein Risiko einzugehen und seinen Ruf auf Kosten des Einsatzes zu wahren? *Herr, schenk uns Weisheit! Zum Glück muss ich diese Entscheidung nicht treffen.*

„Roger." Thorup wandte sich an Jack. „Das 447. hatte Erfolg, sagen sie."

Jack schaltete das AFCE aus und übernahm die Steuerung. Er musste jetzt entweder abdrehen und seine Gruppe nach Hause bringen oder eine Runde herumfliegen und nach dem 447. und 385. Geschwader einen zweiten Bombenanflug starten.

„Sir, ich hätte gern einen zweiten Versuch", sagte Drake aus dem Bug. „Ich war früher Postbote und ich habe noch immer jede Sendung an ihren Zielort gebracht."

Jack lächelte. „Trotz Regen und Schnee und Flak und Me 109?"

„Ja, Sir. Diese Bomben gehen an Herrn Göring in Braunschweig und ich werde sie ihm persönlich bringen."

Sie hatten beim Start und beim Sammeln den Regen überwunden, waren über Amsterdam und Hannover in Flak gekommen und die deutschen Jagdflieger würden angreifen, ob sie den Bombenflug durchführten oder nicht. „Warum sind wir überhaupt hier?", flüsterte er.

„Um die Bomben auszuliefern", sagte Thorup. „Bringen Sie uns zum Anflug, Novak."

Jack erschrak. Er hatte das gar nicht laut sagen wollen, aber Thorups Blick verriet ihm, dass die Entscheidung gefallen war. Nachdem der Befehl an die anderen Flugzeuge weitergegeben war, setzte Jack mit der *Fliegenden Festung* zu einer sauberen Drehung an.

Er hatte ein neues Flugzeug. Die *Sunrise Serenade* war während seines Heimaturlaubs mit einer anderen Crew abgeschossen worden. „Hey Drake, der Vogel hier hat noch gar keinen Namen bekommen. Wie wär's, wenn wir ihn *Special Delivery* nennen?"

„Wäre mir eine Ehre, Sir. Post muss schließlich auch ankommen."

Das 94. vollführte den komplexen Tanz einer Drehung in Formation und Jack drückte auf den Gashebel, um den Gegenwind auszugleichen. In der Ferne formierten sich auf neun Uhr Me 110 für einen Angriff, aber Jack hatte ein gutes Gefühl. Selbst wenn er sich hiermit den Ruf einhandelte, eine Risikopartie als Pilot zu sein, war er sich sicher, dass sie die richtige Entscheidung getroffen hatten.

Seinen Stolz hinunterzuschlucken war schon eine komische Sache. Zuerst schmeckte er widerlich und ging nur schwer runter, aber sobald er einmal verdaut war, ergab er eine angenehme, nahrhafte Stärke.

Jack hatte das schon bemerkt, als er auf seinem Weg nach England die de Groots in Maryland besucht hatte. Es war so schwer gewesen, an diese Tür zu klopfen, die Gesichter zu sehen und zugeben zu müssen, welche Rolle er bei Charlies Tod gespielt hatte. Aber die Familie hatte das Schicksal ihres Sohnes längst akzeptiert und sie versicherten Jack, dass sie ihm nichts nachtrugen. Sie sahen sich sogar gemeinsam Familienfotos an, lachten und aßen Ananaskuchen.

Der Zwischenstopp auf dem Bowman Field hatte ihm sogar noch besser getan. Diesmal hatte es keine Vergebung, kein Gelächter, keinen Kuchen gegeben – aber deswegen war er auch nicht gekommen. Sein einziges Ziel war es gewesen, Ruth um Entschuldigung zu bitten und ihr die Hand hinzustrecken, um ihr beim Aufstehen zu helfen. Zu seiner Erleichterung hatte sie aber schon selbst einen festen Stand gefunden.

Draußen explodierten Raketen, setzten Jagdflieger zum Sturzflug an und die B-17 wurde von ihrem eigenen Geschützfeuer durchgerüttelt, aber Jack war das egal. Wenn er heute starb, dann in Frieden.

* * *

Jack umrundete den Bomber. Kein Zweifel, die *Frenesi* war Kategorie E, ein Totalschaden. Die Spitze einer Tragfläche fehlte, Motor zwei war Schrott, das Höhenleitwerk zerfetzt und der Rest war so durchlöchert wie eine Käsescheibe. Als der Bordsprechfunk und das Sauerstoffsystem zerstört worden waren, waren fünf Crewmitglieder und ein Fotograf über dem Festland abgesprungen, aber der Pilot und sein Kopilot hatten den demolierten Bomber mit drei verwundeten Schützen an Bord bis nach Hause manövriert. William Cely, der Pilot, hatte seinen Silver Star sicher.

Jack stieg auf seinen Drahtesel und fuhr durch den Nieselregen zum Hauptquartier zurück.

Das 94. Geschwader hatte acht von fünfundzwanzig Flugzeugen verloren und nur eins war unbeschädigt geblieben, aber der Erfolg der Mission war gut für die Kampfmoral. Ogden Drake hatte zu seinem Wort gestanden und beim zweiten Versuch die Päckchen genau in Görings Briefkasten geworfen.

Jack winkte seinen Männern zu und rief ihnen ein paar ermunternde Worte zu. Dann radelte er an einer kleinen Gruppe Männer vorbei. Jemand ahmte mit der flachen Hand einen einfallenden Jagdflieger nach, die andere Hand war die ratternde .50-Kaliber-Antwort darauf. „Da waren drei gegen einen ... Gegenwind von neunzig Meilen pro Stunde ... hab den Kerl einfach vom Himmel gepustet."

Zwei Schützen liefen an Jack vorbei. „Me 110, Fw 190, Me 109, Ju 88. Hab sogar auf eine Me 210 gefeuert. Was haben die uns nicht alles entgegengeworfen, aber das große blaue A hält keiner auf."

Jack lächelte zufrieden und lehnte das Fahrrad an die Wand des Hauptquartiers. Im Gebäude herrschte geschäftiges Treiben: Männer unterhielten sich, Fernschreiber ratterten, Telefone klingelten. Jack sog das Adrenalin eines gerade abgeschlossenen Einsatzes ein und ging ins Büro, wo Colonel Castle und die höheren Offiziere die Einschlagfotos begutachteten.

„Ausgezeichnet", murmelte Castle und spähte durch ein Vergrößerungsglas auf das Foto auf dem Tisch.

„Das Beste, was ich je gesehen habe." Jeff Babcock lächelte so eingebildet, als hätte ihnen sein Schlammmemorandum den Sieg eingefahren.

Jack verdrängte den Gedanken. „Gibt es schon Zahlen?"

Thorup sah auf. „Dreiundsiebzig Prozent innerhalb von dreihundert

Metern rund um den optimalen Wirkungspunkt, einhundert Prozent innerhalb von sechshundert Metern."

Jack pfiff durch die Zähne. So viele Bomben unmittelbar am optimalen Wirkungspunkt? Das war einmalige Zielgenauigkeit.

Castle schob das Vergrößerungsglas weiter. „Sieht aus, als hätten wir alle Gebäude getroffen. Viele sind völlig zerstört."

„Gott sei Dank", sagte Jack. „Noch mal zurück will ich nämlich nicht."

Die Männer lachten.

Castle richtete sich auf. „So soll ein Tagbombenflug aussehen – präzise Zerstörung strategischer Ziele. Gehen Sie Essen fassen, Männer. Sie haben es sich verdient. Morgen fliegen wir keinen Einsatz, also treffen wir uns um 0900. Major Novak, bleiben Sie bitte noch einen Augenblick hier."

Die Offiziere verließen den Raum. Babcock nickte Jack mitleidig zu und Jack bemühte sich, ruhig zu bleiben. Warum war Babcock davon überzeugt, dass Castle ihn tadeln wollte?

Der Colonel lächelte. „Thorup hat mir erzählt, wie gut Sie da draußen waren."

Jack zuckte mit den Achseln. „Ich fliege schon mein ganzes Leben."

Castle nickte und sah auf die Fotos, auf denen Krater und Rauch abgebildet waren. „Leichtsinnige Offiziere will ich hier nicht haben. Es stehen zu viele Leben auf dem Spiel, ganz abgesehen von den Zweihunderttausend-Dollar-Flugzeugen, die das amerikanische Volk bezahlt hat."

Jack verspürte einen Stich in der Magengegend. Hielt Castle ihn für leichtsinnig? „Ich verstehe, Sir."

Der Colonel schob sein breites Kinn nach vorn und sah Jack an. „Aber ein guter Offizier weiß, wann er ein Risiko eingehen muss. Wir sind nicht nur hier, um zu überleben, sondern um das Dritte Reich zu zerstören. Nach Schweinfurt hatte ich Bedenken, Sie würden übervorsichtig werden, womöglich sogar entscheidungsunfähig. Aber heute haben Sie gezeigt, was für ein erstklassiger Offizier in Ihnen steckt."

Jack atmete erleichtert aus. „Danke, Sir."

Der Kommandeur nickte in Richtung Tür. „Und jetzt gehen Sie Essen fassen. Schön, Sie wieder bei uns zu haben."

„Es ist schön, wieder hier zu sein, Sir."

Kapitel 37

Chicago
24. Januar 1944

Ruth stieg aus der Hochbahn und zog ihren Umhang angesichts der bitteren Kälte zusammen. Der Gestank ließ sie husten. Sie hatte so lange in der sterilen Krankenhausumgebung gelebt, dass sie den Rauch der Fleischfabriken, den Gestank der Schlachthöfe und den Mief der Armut vergessen hatte.

Entschlossen stapfte sie den Bahnsteig entlang, die Treppen hinunter und achtete dabei auf vereiste Flächen. Dann lief sie auf dem altbekannten Weg durch den grauen Schneematsch. Ihre Geschwister lebten inzwischen in anderen Gegenden, weit weg von diesem Slum und seinen Gerüchen. Eigentlich hatte Ruth also keinen Grund, hierherzukommen.

Am Freitag hatte ihre Staffel die Luftrettungsschule abgeschlossen. Eleanor Roosevelt war da gewesen und Ruth hatte ihr die Hand gegeben – der First Lady. Dann wurde ihre Einheit nach Camp Kilmer in New Jersey verlegt, um sich auf die Reise nach Übersee vorzubereiten. Sie bekamen achtundvierzig Stunden Ausgang, damit sie New York besuchen konnten, aber Ruth ließ sich schon unterwegs freistellen und verbrachte den Tag in Chicago.

In ihrer Uniform erregte sie einiges Aufsehen. An einer Straßenecke stand eine Gruppe von Teenagern; ein Mädchen mit schwarzen Haaren lachte, stupste einen Jungen neben sich an und streifte ihn dabei absichtlich mit ihrem Körper. Ruth sah weg. Genau so war sie früher auch gewesen.

Eine ältere Frau zockelte vor sich hin, die spröden Haare unter einer schäbigen Haube, der finstere Blick von der Armut gezeichnet. Genau so wäre sie geworden.

Ruth lief schneller. Einige Geschäfte waren dieselben geblieben, andere waren neu. *Danke, dass du mich hier herausgebracht hast!*

Nun wusste sie, dass es Gottes Werk und nicht ihres gewesen war.

Ma hatte immer gesagt, Gott werde schon für alles sorgen, und das hatte er auch. Für wie viel mehr hätte es gereicht, wenn sie ihm vertraut hätte? Aber ihr fehlte die Geduld, genau wie Sara, die Abraham ihre Magd gab, oder Jakob, der den Segen seines Vaters stahl. Und trotz ihrer Fehler hatte Gott für sie gesorgt, wenn auch mit weitreichenden Konsequenzen und zerbrochenen Beziehungen.

Ruth bog in ihre alte Straße ein. Jack würde sie zwar nie wiedersehen, aber seine Entschuldigung hatte sich bis in ihr Herz vorgearbeitet und einen weiteren Stein der Schande herausgebrochen.

Ihr altes Haus. Ruth ließ den Blick die rußbefleckte Backsteinfassade bis zum dritten Stock hinaufwandern, dann zwei dreckige Fenster nach rechts. Gern hätte sie die Zweiraumwohnung noch einmal gesehen, aber sie hatte Angst, von den erbärmlichen Zuständen angewidert zu sein. Lieber wollte sie die guten Erinnerungen an Mas Gottvertrauen, Pas Humor und sieben fröhliche, von ihren Eltern geliebte Kinder behalten.

Ob Pa und Ma stolz auf sie wären? Darauf, wie sie sich um die Kinder kümmerte? Auf die goldenen Schwingen an ihrer neuen olivbraunen Ausgehuniform? Bestimmt. Aber was sie wohl am meisten freuen würde, wäre, dass Ruth immer stärker Zuflucht bei Gott suchte.

Ihr Blick blieb am Fenster hängen. Wenn sie es doch nur bei den glücklichen Erinnerungen belassen könnte. Aber dafür war sie nicht gekommen. Sie löste sich und setzte mechanisch einen Fuß vor den anderen in die gefürchtete Richtung.

Am Eingang zu der kleinen Gasse blieb sie stehen, überwältigt von ihrem vermüllten Zustand. Das kam in ihren Albträumen nie vor. Sie war wohl daran gewöhnt gewesen.

Ein Schritt. Noch einer. Backsteinwände ragten über ihr auf. Klapprige Treppen drängten sich um sie. Nichts hatte sich verändert. Hier die Schlange, dort der Unterricht, da die Vergewaltigung. Sollte dieser Ort nicht blutrot und schwarz vor Schande sein?

Sie zwang sich, ruhig zu atmen.

Bud Lewis türmte sich über ihr auf, sein Gesicht rot vor Gier und Lust, sein Atem voller Bier- und Würstchengestank. *„So, jetzt wird aus unserer Knutschhure eine richtige Hure.“*

Ruth sah weiße Punkte, schüttelte sie aber fort. „Herr, ich bin im finsteren Tal, aber du bist bei mir. Das weiß ich.“

Langsam drehte sie sich um ihre eigene Achse und nahm alles in sich auf. Das hier war ihre Vergangenheit. Nichts konnte das ändern, aber sie würde sich davon nicht zerstören lassen.

Ihr fiel ein Vers aus Jesaja ein. Sie sagte ihn auf und sprach ihn sich selbst zu. „Fürchte dich nicht, denn du sollst nicht zuschanden werden; schäme dich nicht, denn du sollst nicht zum Spott werden, sondern du wirst die Schande deiner Jugend vergessen."

Die Schande ihrer Jugend schrie Ruth aus jedem Backstein an, aber Jesus ließ sie verstummen. „Du bist für mich gestorben. Mehr muss ich nicht wissen. Danke, Herr. Danke."

Vor diesem Moment hatte sie sich seit Wochen gefürchtet, aber Gottes Kraft war stärker. Genau dort, wo ihre schlimmste Sünde und der ärgste Schmerz saßen, breitete sich nun Frieden aus.

* * *

Ruth stand vor dem Gebäude, einem richtigen Haus in einer sauberen Straße von Chicago, die von schneebedeckten Bäumen gesäumt war, und sah noch einmal auf die Adresse. Ja, hier wohnten Onkel George und Tante Gloria. Wie schön, dass Bert in so einer schönen Umgebung aufwachsen durfte. Mit Bäumen. Unglaublich.

Sie atmete tief durch und klingelte. Ob sich ihre Brüder und Schwestern sehr verändert hatten? Seit ihrer Abreise nach England im Dezember '42 hatte sie sie nicht mehr gesehen.

Bert öffnete. „Hi, Penny", sagte er mit tiefer Stimme. Vor einem Jahr war er auch schon größer gewesen als sie, aber noch ein Junge. Jetzt war er fünfzehn und Ruth konnte schon den Mann in ihm erkennen, groß und hübsch. Die roten Haare aus seiner Kindheit waren rostbraun geworden.

„Bert, du meine Güte!" Sie ignorierte seine ausgestreckte Hand und umarmte ihn.

Die plötzliche Röte in seinem Gesicht überstrahlte fast die Sommersprossen. „Komm rein. Chuck, Anne und Maggie sind noch in der Schule, aber sie müssten gleich kommen." Er hängte Ruths Umhang auf und führte sie ins Wohnzimmer.

„Wie läuft es in der Schule?", fragte sie. „Macht es dir noch Spaß?"

„Ja, schon." Er ließ sich aufs Sofa plumpsen. „Biologie liebe ich. Das ist echt spannend. Onkel George sagt, ich soll Arzt werden."

Ruth setzte sich auf einen Polsterstuhl. Arzt? Chuck und Anne zeigten keine akademischen Ambitionen, aber Maggie schon. Ob sie die beiden durchs College bringen und dann noch Berts Medizinstudium würde finanzieren können? Ein Blick auf sein schlaues und liebes Gesicht, und sie wusste, dass sie keine Wahl hatte. „Ich könnte mir keinen besseren Arzt vorstellen."

„Da ist Chuck." Bert sprang auf. Nur seine roten Ohren verrieten, wie peinlich ihm das war.

Ruth stand auf, als ihr anderer Bruder hereinkam. Chuck war fast achtzehn, hatte feuerrote Haare, grüne Augen und sah Pa so ähnlich, dass Ruth ein Ziehen im Brustkorb verspürte.

„Hey, Penny." Chuck schleuderte ihre Hand hoch und runter. „Wow, sieh dir die Schwingen an. Nicht übel! Du und Harold, ihr habt's gut. Ich wär so gern bei Harold in San Diego. Was er für Geschichten erzählt ..."

Ruth legte die Stirn in Falten. Die Geschichten, die sie hörte, handelten von harter Arbeit, Unterdrückung und Frust, weil ihn die Navy nicht an die Front versetzte. Offensichtlich hatte er ihr nur einen Teil verraten.

„Der Musterungsoffizier bei der Navy meinte, sie würden mich jetzt nehmen, aber Onkel Nolan sagt, ich muss dir jeden Cent zurückzahlen, wenn ich die High School nicht fertig mache. Also habe ich keine Wahl. Aber wart's nur ab, bis ich mein eigenes Geld habe." Er grinste und merkte nicht, wie sehr er Ruth mit seinen Worten verletzte.

Chuck würde genau wie Harold seinen ganzen Lohn behalten und für sich selbst ausgeben. Aber wenigstens konnte sie dann seinen Anteil auf Bert, Anne und Maggie aufteilen.

„Albert Doherty, bist du noch bei Trost, im Januar die Tür offen stehen zu lassen?" Tante Pauline kam herein und zog einen plumpen braunen Mantel aus. Darunter trug sie ein schlichtes braunes Kleid.

Berts Ohren wurden schlagartig rot. „Tut-Tut mir leid. Ich dachte, sie wäre zu."

Sie hob ihre Nase in die Luft und schnupperte. „Wie schön, dass George Doherty sein Geld aus dem Fenster werfen kann, anders als der Rest der Familie."

Chuck schnitt hinter ihrem Rücken eine Grimasse, während Ruth ihr ein Küsschen auf die Wange gab. „Wie schön dich zu sehen, Tante Pauline.“

„Penny.“

Ruth spähte an der matronenhaften Figur ihrer Tante vorbei. „Hey, Maggie.“

„Hi.“ Maggie winkte schüchtern.

Ruth zog sie zu sich heran. Das kleine Mädchen, das sich einst an sie gekuschelt hatte, reichte ihr nun bis zum Kinn. Die Elfjährige trug einen beigen Pullover mit abgewetzten Ellbogen und einen grauen Rock, der ihr noch nicht mal bis zum Knie reichte. Trotzdem hatte sie rote Bäckchen, glatte Zöpfe und neue Schnürschuhe. Onkel Clancy und Tante Pauline mussten offensichtlich jeden Cent umdrehen, aber Maggie litt jedenfalls keinen Hunger.

Tante Pauline setzte sich mitten aufs Sofa. „Ich bin überrascht, dich hier zu sehen, Penny. Wusste gar nicht, dass du Geld zum Verschleudern für Fahrscheine hast.“

Hitze schoss Ruth durch die Adern. Diese Tickets hatten ihr ganzes Taschengeld für einen Monat verbraucht. Ihre Kolleginnen ließen es sich gerade bei leckerem Essen und Broadwaytheater gut gehen. „Seine Familie zum ersten Mal seit über einem Jahr zu besuchen ist keine Geldverschwendung. Vor allem, weil ich nicht weiß, wann ich wieder in den Staaten bin.“

Maggie zog Ruth zu einem Stuhl und kniete sich neben sie. „Erzähl mal, Penny ...“

„Ellen wird nicht kommen“, sagte Tante Pauline. „Sie hat zu viel zu tun mit den Babys. Das verstehst du doch.“

„Natürlich.“ Der vorwurfsvolle Unterton in der Stimme der Tante machte Ruth wütend. Ihre älteste Schwester hatte kaum mit ihr gesprochen, seit sie das mit dem Kussunterricht herausbekommen hatte, aber wenigstens wusste ihre Tante nichts davon.

„Penny, Penny, nun sag schon. Weißt du schon, wohin du kommst?“ Maggy sah ängstlich aus. Schon als Kleinkind hatte sie es nicht gemocht, wenn sich jemand stritt.

„Das kriegen wir erst gesagt, wenn wir eingeschifft sind. Auf jeden Fall nach Osten. Afrika oder Italien, vielleicht England.“ Sie hoffte nicht Letzteres.

„Wie aufregend!“ Maggies Augen leuchteten so wie Mas früher. „Ich möchte auch Krankenschwester werden. Ich will so werden wie du.“

Nein. Wollte sie nicht. Ruth sah weg. Bert saß neben Chuck und hatte Tante Pauline auf dem Sofa allein gelassen. „Wie geht es denn Onkel Clancy?“

Tante Pauline schnalzte mit der Zunge. „Ach, er arbeitet sich halb zu Tode und bekommt nie eine Anerkennung dafür. Und all die Schufterei für einen Apfel und ein Ei.“

„Ich mag Ei“, meinte Maggie.

Ruth verkniff sich das Lachen und brummte mitfühlend.

Maggie zog sie am Ärmel. „Magst du auch Ei? Das mag ich viel lieber als Butter.“

„Butter?“ Ruth schmunzelte über den Gedankensprung.

„Onkel Clancy sagt, seit der Krieg läuft, ist bei uns alles in Butter.“

„Maggie!“, blaffte Tante Pauline.

„Sagt er aber die ganze Zeit. Aber ich versteh das nicht, denn im Eisschrank ist überhaupt keine Butter, und Butter ist doch rationiert.“

„Das hast du falsch verstanden“, sagte Tante Pauline. „Und jetzt sprich nicht immer dazwischen.“

Ruth bekam eine Gänsehaut. Übertrieb Tante Pauline etwa mit ihrer Geldnot? Lügen würde sie nicht. Sie war doch Mas Schwester und Ma hatte in ihrem ganzen Leben immer die Wahrheit gesagt.

„Wieso habt ihr einfach ohne mich angefangen?“ Anne stand im Türrahmen und stemmte die Hände in die Hüften – richtige Hüften. Dann grinste sie.

Ruth stand auf, umarmte sie und stieß mit der Nase an einen großen roten Haarreif. „Bist du aber groß geworden.“

„Danke.“ Anne strich ihre Strickjacke glatt. Ihre blauen Augen funkelten. Sie hatte eine richtig weibliche Figur bekommen. Ruth setzte sich wieder hin und hatte einen Kloß im Hals. Dreizehn. Anne war dreizehn und noch so jung und unschuldig.

Chuck zog Berts Haare rechts und links nach oben, sodass er wie Dagwood Bumstead aussah. Bert stieß ihm daraufhin in die Rippen und Chuck fiel vom Stuhl. Tante Pauline schimpfte die beiden aus, aber Ruth lächelte still in sich hinein. Wenigstens hatte die schmerzhafte Entscheidung, die Kinder aufzuteilen, sie einander nicht völlig entfremdet.

Anne ließ sich rauschend zu Boden gleiten und befühlte den Rock ihrer kleinen Schwester. „Maggie, warum hast du denn das alte Zeug an? Wo sind deine ganzen hübschen Kleidchen von Weihnachten?“

Maggie stöhnte. „Musste ich ja anziehen. Hat Tante Pauline gesagt. Am liebsten wäre ich in der Schule im Erdboden versunken.“

Ruth sah die Frau auf dem Sofa ungläubig an. Was war hier los?

„Das reicht, Fräulein! Das Geld ist knapp. Du wirst anziehen, was du hast, und dankbar sein.“

Maggie öffnete den Mund und klappte ihn wieder zu. „Ja, Ma'am.“

Ruths Magen verkrampfte sich. Maggie hatte jede Menge hübscher Kleider, die mit Ruths Geld gekauft worden waren, aber ihre Tante zwang sie, ausgeleierte Sachen anzuziehen? Wieso? Um Ruth zu täuschen?

„Na, seid ihr wieder auf dem neusten Stand? Ich möchte ja nicht stören.“ Tante Gloria kam aus der Küche und steckte den Kopf zur Tür herein.

Ruth verdrängte den Gedanken und stand auf, um ihre Lieblingstante zu umarmen. „Du kannst gar nicht stören. Du wohnst doch hier.“

„Du siehst toll aus. So schlau und geschniegelt. Deine Eltern wären stolz auf dich.“

Ruth schluckte. Hoffentlich hatte ihre Tante recht.

„Komm, sieh dir den Kuchen an, bevor ich ihn anschneide. Deine Tanten Peggy und Ruby haben etwas Butter und Zucker beigesteuert.“ Tante Gloria führte sie in die saubere kleine Küche. Auf der Anrichte stand ein Kuchen mit blauem Zuckerguss. Er war mit gelben Schwingen dekoriert, die so aussahen wie die an Ruths Uniform.

Ein Kuchen für Ruth? Das Gelb und Blau verschwamm zu Grün. „Ich bin so froh, dass Bert bei euch ist.“

„Ich auch. Wünschte, wir könnten noch mehr tun.“ Tante Gloria sah zur Küchentür. „Keine Angst. Maggie geht es gar nicht so schlecht. Sie hat dein Temperament. Am Ende wird sie genauso werden wie du.“

Ruth wischte sich die Augen. Erfolg um jeden Preis? Begnadigt, aber beschädigt? Sie wünschte ihrer kleinen Schwester so viel mehr.

Kapitel 38

Militärflugfeld Bury St. Edmunds
Mittwoch, 16. Februar 1944

Jack pfiff durch die Zähne. Sie war nackt und ein richtiger Hingucker.

Die nagelneue B-17 stand auf ihrem Parkplatz und stellte ihre nackte Haut kühn zur Schau.

Irgendein hohes Tier hatte beschlossen, dass Tarnfarbe Flugzeuge langsamer machte, aber Jack vermutete, dass eher ein paar Dollarzeichen in der Rechnung ausschlaggebend gewesen waren, keine Meilen pro Stunde.

„Irgend so ein Grünschnabel wird die Möhre hier kriegen", sagte der Mann neben ihm.

„Der Arme", kam eine Stimme von hinten. „Da kann er ja gleich Zielscheibe spielen."

Colonel Castle kam mit finsterem Blick herbeigelaufen. Es würden noch mehr dieser Silbervögel kommen und die Nörgeleien würden zunehmen – Uncle Sam habe keine Ahnung, was er da tue, es wäre ihm ja auch egal, er wolle sie ja sowieso alle tot sehen.

Jack musste das im Keim ersticken. Er legte eine Hand auf den Kinnturm. „Ich soll zulassen, dass so ein Grünschnabel diese Schönheit versenkt? Niemals. Die hier will ich haben."

„Was? Bist du übergeschnappt, Novak?"

„Ich bin anscheinend der Einzige, der hier klar denkt." Jack schritt das Flugzeug der Länge nach ab, duckte sich unter die Tragfläche und tätschelte die kühle Aluminiumhaut. „Seht euch das Baby an. Frisch vom Band, keine Dellen, keine Flicken, und hier – die Fenster im Bugraum."

Zögerlich pflichteten ihm einige bei.

„Boeing hat also doch auf uns gehört." Er klopfte auf das Plexiglas, in dessen Mitte ein viereckiges Loch für das Geschütz war. „Sie haben endlich Fenster eingebaut. Weniger Wind, weniger Frostbeulen. Und die Fenster sind gegeneinander versetzt, damit die Schützen nicht ständig mit dem Rücken aneinanderstoßen."

„Wie wollen Sie sie nennen, Major? *Schießbudenfigur*?"

Jack betrachtete die lachenden Gesichter der Männer. „Ach, kommt schon, Jungs. Wie oft hatten sie euch schon in der Mangel und ihr habt um ein bisschen mehr Geschwindigkeit gebetet? Ich hab sie."

„Brauchen Sie auch. Nennen Sie sie doch *Tontaube*."

„Ach ja?" Jack lief vor den Soldaten auf und ab. „Glaubt ihr wirklich, die Tarnfarbe schützt uns? Hält sie die Kugeln auf? Bringt sie die Fw 190 durcheinander? Mal ehrlich, Tarnfarbe in zwanzigtausend Fuß Höhe? Womit wollen wir uns da oben vermischen?"

„Und was ist mit der grauen Farbe auf der Unterseite? Ich mache mir wegen der Flak Sorgen, nicht wegen der Jagdflieger."

Jack drehte sich zu dem schlaksigen Lieutenant um, dessen Argument verdammt gut war. „Die Kondensstreifen verraten uns doch sowieso meistens. Ich bin davon überzeugt, dass das keinen Unterschied machen wird."

Der Kommandeur stand am Heck und hatte ein leichtes Lächeln auf den Lippen. Er bedeutete Jack mit dem Kopf, er solle zu ihm kommen.

„Bis später, Jungs", sagte Jack. „Und lasst eure fettigen Finger von meinem neuen Mädchen."

Er trottete hinter Castle her. Seine Freunde lagen ihm ständig damit in den Ohren, er brauche wirklich ein neues Mädchen, aber Jack wusste es besser. Die Lektion aus dem Debakel mit Ruth war noch nicht in seinem Dickschädel angekommen.

Als Jack beim Kommandeur ankam, lachte Castle. „Geben Sie den Männern noch einen Tag und sie werden sich beschweren, warum Major Novak als Erster mit der neuen Baureihe fliegen darf."

„Ich hoffe es. Ich vermute mal, da kommen noch einige nach."

Castle nickte. „Es wird sich einiges verändern."

Jack lief neben dem Kommandeur her. Schon seit Neujahr hatte es viele Veränderungen gegeben, nachdem General Dwight Eisenhower den europäischen Kriegsschauplatz übernommen hatte. Als neuen Kommandeur der 8. US-Luftflotte hatte er General Jimmy Doolittle ernannt, einen von Jacks Helden, der nicht nur neue Geschwindigkeitsrekorde beim Fliegen aufgestellt, sondern auch den gefährlichen Bombenangriff auf Tokio im April 1942 angeführt hatte. Doolittle bekam achtundzwanzig Bombergeschwader und elf Jagdgeschwader, einige davon mit den schnittigen neuen P-51 Mustang-Langstreckenjägern, die nahezu jedes Ziel erreichen konnten.

Castle räusperte sich. „Einige dieser Veränderungen könnten auch Sie betreffen."

Jacks Blick schnellte zum Colonel, aber dann murmelte er irgendetwas Gleichgültiges. Obwohl er das Schielen auf den nächsten Posten aufgegeben hatte, beschleunigte sich sein Puls. Thorup war schon viele Monate stellvertretender Kommandeur und hatte eine Beförderung verdient.

Vor dem Kontrollturm blieb Castle stehen. „Zweierlei möchte ich mit Ihnen besprechen. Das Erste betrifft Ihre Karriere. Ich weiß, Sie haben lange studiert, um Pastor zu werden."

„Ja, Sir." Drei lange Jahre.

„Ich möchte Ihnen aber ans Herz legen, bei der militärischen Laufbahn zu bleiben. Sie gehören zu der Sorte Mann, die wir nach dem Krieg in der Air Force brauchen."

Jacks Mund wurde trocken. Seine Zunge klebte am Gaumen.

„Haben Sie das in Erwägung gezogen?"

Er befreite seine Zunge. „Manchmal, da ... da denke ich darüber nach."

„Demnächst werden Sie eine Entscheidung treffen müssen. Bestimmte Positionen sind nur für Männer gedacht, die nach der Siegesparade nicht nach Hause gehen."

„Das verstehe ich." Seine Gedanken im Kopf rasten. Colonel Castle war der Meinung, er würde sich im Militärdienst gut machen, aber er konnte Dads scharfen Blick geradezu spüren. *„Du solltest lieber mal ein bisschen mehr tun, als nur darüber nachzudenken. Und zwar beten."*

Jack schluckte. „Ich werde darüber nachdenken. Und beten."

„Gut. Und nun zum anderen Thema. Ich habe einen Anruf aus High Wycombe bekommen. Scheint, als hätte sich wieder jemand von unseren Jungs erfolgreich nach England zurückgekämpft."

Jack lächelte zufrieden. Nichts steigerte die Kampfmoral mehr als ein Heimkehrer.

„Ich möchte, dass Sie dorthin fahren und den Mann identifizieren. Damit wir sichergehen, dass sich kein deutscher Spion einschleicht."

Jacks Lächeln wurde breiter. „Es ist jemand aus meiner Staffel?"

„Aus Ihrer Crew."
„Meiner Crew?" Sein Lächeln verschwand. „Unmöglich."
„Der Mann behauptet, er sei Capt. Charles de Groot."

Kapitel 39

Luftstützpunkt Prestwick, Schottland
Donnerstag, 24. Februar 1944

Ruth legte einen Brustgurt über den Versuchspatienten, um ihn für das Ausladen zu sichern. „So, Private. Danke, dass Sie so getan haben, als würden Sie mit uns fliegen."

Der Lagerist grinste. „Bei einer Krankenschwester wie Ihnen möchte man glatt verwundet sein."

Sie lächelte zurück, obwohl sie schon unzählige solcher Kommentare gehört hatte, und stieg in einen Bügel, um nach dem Mann in der obersten Etage zu sehen.

Frische, salzige schottische Luft strömte durch die Frachtluke in die C-54. Während anderswo Soldaten ihr Leben lassen mussten, weil sie verletzt an den Stränden von Anzio in Italien festsaßen, machte Ruth den ganzen Tag nur Drillübungen, Drillübungen, Drillübungen. Nachdem die 815. Luftrettungs- und Transportstaffel in Südengland angekommen war, hatte man Ruths Einheit vorübergehend nach Prestwick versetzt, um der 811. zu helfen, die transatlantische Luftrettung aufzubauen. Aber weil sich die hohen Tiere noch stritten, konnten sie nicht starten. General David Grant, der Luftchirurg, drängte auf die Luftrettung, aber General Paul Hawley, dem die amerikanischen Lazarette auf britischem Boden unterstanden, wollte nichts davon wissen. In der Zwischenzeit füllten sich die Lazarette mit Soldaten, die entweder eine lange Genesungszeit vor sich hatten oder nie wieder in den aktiven Dienst versetzt werden konnten.

„Passt auf seinen Kopf auf, Jungs." Sergeant Burns wies zwei Männern mit einer Trage den Weg.

Als Ruth nach einem tieferen Bügel tastete, spürte sie plötzlich Hände an ihrem Hintern. Sie fuhr herum – Burnsey. „Hey!" Sie trat nach ihm, rutschte aus, stieß sich den Kopf an der obersten Trage und fiel auf den Lageristen.

Er fing sie an den Schultern ab. „Das ist ja eine schöne Überraschung."

Ruth fühlte mit der Schuhspitze nach dem Bügel. „Sergeant Burns, wie können Sie es wagen ..."

„Ein hübsches Mädel kann sich's doch leisten, mal nicht elegant auszusehen." Er legte die Hände an ihre Hüfte.

„Richtig so", sagte der Lagerist. „Püppchen, du kannst jederzeit über mich stolpern."

Ruth kämpfte ohne Burnseys Hilfe mit dem Bügel. Sie wusste, wo seine Hände hinwandern würden. „Ich helfe ja nur", würde er sagen. Mit beiden Füßen auf dem Boden schüttelte sie ihn ab. „Sergeant ..."

„Nicht trödeln." Er ging zur Frachtluke. „Das geht hier auf Zeit."

Dieser Idiot. Immer ließ er es so aussehen, als wäre sie schuld. Ruth stampfte mit dem Fuß auf und löste die Schelle der nächsten Trage. Sie musste jetzt schneller machen als sonst schon, und als die Trage endlich lose war, keuchte sie vor Anstrengung. Auf dem Rollfeld ging sie von einem Statisten zum anderen, löste die Gurte und faltete die Decken zusammen.

Burnsey stand auf der Rampe und streckte die Hände über die falschen Patienten aus. „Steht auf, nehmt eure Betten und geht."

Die Männer lachten und erhoben sich. Ruth trug einen Stapel Decken zu einem Lkw, der neben der C-54 parkte. Frechheit. Jetzt zitierte er auch noch Jesus.

Von hinten näherten sich ihr Schritte. „Na, Hübsche, hat dich der Bibelvers beeindruckt?"

„Ich wäre beeindruckt, wenn Sie sich nach der Bibel richten würden." Sie setzte den Stapel ab.

Burnsey legte galant den Arm auf die Heckklappe. „Mir egal, solange ich dich für mich gewinnen kann."

„Dann passen Sie lieber mal auf, wo Sie Ihre Hände hintun."

„Aber gern." Seine grünen Augen funkelten. „Ich passe ganz genau auf, wo ich meine Hände hintue."

Eine alte Angst stieg in ihr auf, aber der Ärger überwog. Sie hatte es mit direkten Befehlen, der kalten Schulter, einfach darüber lachen oder ihn bei der Oberschwester anschwärzen versucht, aber Burnsey wurde mit jedem Tag frecher.

„Wie lange haben die beiden gebraucht?"

Ruth drehte sich um. Lieutenant Shepard erkundigte sich bei dem Sergeant mit der Stoppuhr nach ihrer Zeit.

„Dreizehn Minuten und acht Sekunden." Noch schlechter als sonst.

Burnsey trottete zu der Oberschwester und salutierte. „Zu unserer Verteidigung, Ma'am, wir haben noch mal ganz schön aufgeholt. Lieutenant Doherty ist leider einmal hingefallen, aber danach lief es wie am Schnürchen."

Lieutenant Shepard bedachte Ruth mit einem enttäuschten Blick und Ruth drückte ihre Zunge fest gegen den Gaumen, um nicht vorschnell zu antworten. „Lieutenant Shepard, Sergeant Burns hat ..."

„Hab ich doch gerne gemacht." Burnsey klopfte ihr auf den Rücken. „Wir sind doch ein Team."

„Sie sollten dankbar sein, so einen guten Partner zu haben, Lieutenant. So, kommen Sie bitte mit." Die Oberschwester wandte sich ab.

Ruth warf einen Blick auf das Durcheinander aus Tragen und Decken. Burnsey würde allein aufräumen müssen und sie konnte jetzt schon hören, wie er sich darüber beschwerte. Sie folgte Lieutenant Shepard zur nächsten C-54.

„Lieutenant Jensen?", rief die Oberschwester. „Würden Sie bitte einmal mitkommen?"

May wechselte kurz ein paar Worte mit ihrem Assistenten und stieß dann zu Ruth, die ein paar Meter hinter der Oberschwester lief. „Was ist los?"

„Keine Ahnung."

„Wie war die Übung?"

Ruth ächzte. „Über dreizehn Minuten. Ich bin wegen Burns hingefallen."

„Du bist wegen ihm hingefallen?"

„Er hat ... er hat mir an den Hintern gefasst."

„Oh, Ruth, vielleicht war es ja ein Versehen."

„Ein Versehen? Seine Hand, mein Hintern?" Sie machte seine Handbewegung nach.

May schob sich eine Locke hinter die Ohren. „Hast du es Lieutenant Shepard gesagt?"

„Noch nicht."

„Gut."

„Gut? Was soll das denn heißen?"

May presste die Lippen aufeinander. „Ich … nun, ich mache mir Sorgen. Du musst vorsichtig sein. Die Leute reden."

„Die Leute reden, weil Burnsey so eine Schlange ist. Alles, was er sagt, ist zweideutig. Und er biegt sich alles so zurecht, dass …"

„Ruth! Ich glaube, deine Abneigung ihm gegenüber beeinträchtigt deine Arbeit."

Wie konnte May so etwas nur sagen? „Meine Abneigung? Du glaubst, meine Reaktion ist das Problem? Nein, sein Verhalten ist das Problem!"

May sah sich verstohlen um. „Hör zu, ich weiß, was du Schreckliches erlebt hast. Und das beeinflusst nun mal, wie du mit Männern umgehst. Wie du Burnsey einschätzt, hat vielleicht mehr mit deiner Vergangenheit zu tun als mit der Realität."

„Ach, ist das so, Dr. Freud? Ich bin also verrückt?"

„Nein." May drückte die Fingerspitzen zusammen und legte sie an ihre Lippen. „Nein, du bist nicht verrückt. Du bist eben noch im Heilungsprozess."

Es fühlte sich an wie eine Ohrfeige, aber war es Verrat oder die Wahrheit, was so schmerzte?

„Die Damen? Hier entlang, bitte."

Ruth setzte mechanisch einen Fuß vor den anderen. May hatte die nervige Eigenschaft, immer recht zu haben, aber war es auch dieses Mal so? Ja, natürlich spielte ihre Vergangenheit eine Rolle, wenn es um Männer ging, aber sah sie deswegen Lüsternheit in Burnsey, wo alle anderen nur Freundlichkeit sahen?

Sie ließ den Blick über den Flugplatz schweifen, das große transatlantische Drehkreuz, wo neue Bomber und Jagdflieger aus den Vereinigten Staaten eintrafen und mit ihnen Post und Fracht. Geschwungene Dünen trennten den Flughafen vom Meeresarm Firth of Clyde. *Herr, hat May etwa recht? Du weißt genau, was Burnsey will. Wenn ich falsch liege, dann zeig es mir, aber wenn ich richtig liege – dann hilf mir!*

Lieutenant Shepard führte sie in die Wellblechbaracke, die den Luftrettungsstaffeln als Hauptquartier diente. Als sie vor ihrem Büro stand, lächelte sie May an. „Ich mag vieles an den Fliegenden Krankenschwestern. Die Ärzte müssen am Boden bleiben, in der Luft treffen wir die Entscheidungen und Hosen tragen dürfen wir auch. Und heute habe ich noch etwas Gutes entdeckt. Sonst müssen die Schwestern immer das ausschwitzen, was die Männer zusammenfliegen. Aber heute mussten endlich mal die Männer stillhalten und uns machen lassen."

Ruth und May sahen einander verwirrt an.

Lieutenant Shepard öffnete die Tür. Auf dem Stuhl am Fenster erblickten sie im Licht der Nachmittagssonne die Silhouette eines Mannes, der jetzt langsam aufstand. Er war dünn, trug die Uniform eines Offiziers und humpelte. Als er näher kam, ließ das Gegenlicht nach und sie konnten seine Gesichtszüge erkennen.

„Hallo, May", sagte eine vertraute Bassstimme.

Ruth schnappte nach Luft. Wie immer hatte May recht behalten.

May griff nach Ruths Arm. „Nein, das kann nicht ... unmöglich. Charlie?"

Sein Gesicht war schmal und blass geworden, aber die freundlichen Augen und sein Lächeln waren dieselben geblieben. „Ich bin's."

Mays Finger gruben sich in Ruths Haut. „Ich dachte ... ich ... oh Charlie, es tut mir so leid ..."

Sein Lächeln erlosch kurz, aber dann zog er die Mundwinkel wieder hoch. „Ist okay ... Du dachtest ja, ich wäre tot."

Dachte er etwa, sie hätte inzwischen einen anderen? Ruth bog Mays Finger auf. „Worauf wartest du, Süße? Geh zu ihm."

May schloss mit zögernden Schritten die Lücke zwischen ihnen und legte Charlie eine zitternde Hand an die Wange. „Es tut mir leid. Es tut mir so leid, dass ich dich aufgegeben habe. Ich hätte an dich glauben sollen."

„Ist okay. Ich verstehe das."

„Bin ich froh, dass Gott dich nie aufgegeben hat." Sie schlang ihm die Arme um den Hals und bedeckte seine Wange mit Küssen.

Charlie riss die Augen auf. „Heißt das, du liebst mich noch?"

„Natürlich! Wie kannst du so was fragen!"

Charlie strauchelte unter ihren Küssen und aus der Ecke sprang ein anderer Mann herbei, um ihn zu stützen. „Langsam, May. Er ist noch schwach. Er hat eine harte Zeit hinter sich."

Es war Jack! Ruth blieb schier das Herz stehen und sie griff nach dem Türknauf.

Charlie lachte. „Weg da, Skipper. Ich hab vier Monate auf diesen Moment gewartet."

Jack schob sie in Richtung Fenster. „Dann verbringt ihn doch wenigstens auf einem Stuhl."

Charlie setzte sich, zog May auf seinen Schoß und dann küssten sie sich und versicherten sich immer wieder gegenseitig ihre Liebe.

Ruth freute sich riesig für die beiden, aber Jacks Gegenwart dämpfte ihre Stimmung. Sie sah hinaus auf den Gang. Charlie und May brauchten jetzt Zeit für sich und sie musste hier raus.

„Komm her, Ruth." Charlie strahlte sie an und streckte seinen freien Arm aus.

Die Flucht musste warten. Ruth lief quer durch den Raum und war sich bei jedem Schritt Jacks Gegenwart bewusst. Sie umarmte Charlie. „Ich kann es kaum glauben. Ich bin so froh, dass du lebst."

„Ist das nicht einfach wundervoll?", sagte May.

Ruth drückte May die Hand. Es tat so gut, die Freude in ihrem Gesicht zu sehen. Sie hatte dieses Glück von allen am meisten verdient.

„Seht euch nur an. Zwei Fliegende Krankenschwestern." Charlie spielte mit Mays Löckchen. „Und deine Haare erst, Shirley Temple."

„Stepptanz kann ich auch schon." Sie legte ihm einen Finger unters Kinn. „Aber was reden wir hier über mich. Das Letzte, was ich von dir gehört habe, war, dass du und das Flugzeug im Flachtrudeln wart. Jack meinte, da kommt niemand mehr raus."

„Noch nie im Leben habe ich mich so gern geirrt", warf Jack ein.

„Was ist passiert?"

Charlie wiegte den Kopf hin und her. „Ach, ich bin nicht gut im Erzählen. Jack, du hast es jetzt schon hundertmal gehört. Erzähl du."

„Sorry, Kumpel. Das ist deine Story."

Ruth warf ihm einen Blick von der Seite zu. Es war gar nicht Jack Novaks Art, das Rampenlicht zu meiden. Er stand lässig an der Wand und grinste Charlie an, aber dann wanderte sein Blick zu Ruth hinüber und das Lächeln erlosch, die Schultern sackten herab und er sah zu Boden.

Die Reue in seinen Augen ließ Ruths Herz schmelzen. Sie wusste, wie sich Scham anfühlte. Er nun auch, aber sie kannte inzwischen auch das Gefühl, Vergebung zu bekommen. Das sollte er auch.

„Na schön", meinte Charlie. „Komm, Ruth, hol dir einen Stuhl."

Sie wollte fliehen, aber seine Geschichte wollte sie auch hören. Also nahm sie den ihr allzu bekannten Stuhl vor Lieutenant Shepards Schreibtisch und drehte ihn zu Charlie um.

„Flachtrudeln", wiederholte May. „Kein Rauskommen mehr."

„So ziemlich. Man schafft es nicht, sich vom Rumpf zu lösen, aber wenn man sich anstrengt, kann man am Rand langrutschen." Charlie runzelte die Stirn. „Der Kopilot war verletzt, ich bin also zurück zum Cockpit, um Silverberg zu helfen. Eine Granate traf den Bug und blies fast das ganze Plexiglas weg und ich wollte nach dem Rechten sehen. Der Navigator ... er war sofort tot. Die nächste Granate traf das Heck und so fing das Trudeln an. Ich dachte, ich schaffe es nicht mehr raus. Die Wolkendecke war bei sechs-, siebentausend Fuß, und als ich endlich am Loch im Bug angekommen war, waren wir schon mitten in der Waschküche. War ein ziemlicher Akt, sich da rauszuhangeln. Hab die Reißleine sofort gezogen, als ich draußen war. So hoch können wir nicht gewesen sein, denn der Flug dauerte nicht lang. Hab die Erde vor lauter Nebel gar nicht kommen sehen. Bin aufgeknallt und hab mir das Bein gebrochen."

„Oh, Charlie!" May sprang auf.

Er zog sie wieder herunter. „Das andere."

Ruth beugte sich gespannt nach vorn. „Und wie hast du es mit einem gebrochenen Bein angestellt, nicht verhaftet zu werden?"

Charlie schmunzelte. „Glaub mir, das war nicht mein Plan. Aber es war immerhin meine Vaterlandspflicht, es zu versuchen. Der gute Gott ließ mich drei Meter neben einem Heuhaufen landen, also bin ich da schleunigst rein und hab meinen Fallschirm nachgezogen. Das hat vielleicht gejuckt überall! In der Nacht bin ich dann zum Bauernhof. Und wie sich herausstellte, hatte die Familie schon mehreren Piloten geholfen zu fliehen. Aber als sie meinen Zustand sahen, wollten sie mich natürlich doch lieber ausliefern."

May strich ihm übers Haar. „Wie gut, dass du ihnen das ausgeredet hast."

„Das habe ich nicht. Ich meinte sogar zu ihnen, dass das ziemlich schlau wäre. Wenn sie mich auslieferten, würden die Nazis nämlich denken, sie wären loyale Bürger, und dann könnten sie in Zukunft leichter anderen helfen. Na ja, sie haben mich nur ungläubig angestarrt. Schätze, mein Dad hat mir ein ganz passables Holländisch beigebracht. Am Morgen jedenfalls hatten wir einen Plan gefasst. Ich war jetzt ihr trotteliger Cousin aus der Stadt, der von der Leiter gefallen war und sich das Bein gebrochen hatte."

„Trotteliger Cousin?", fragte May lachend.

„Das erklärte meinen komischen Akzent und den begrenzten Wortschatz. Die Rolle habe ich ganz gut drauf, oder, Skipper?"

Jack lachte nur leise in sich hinein.

Ruth widerstand dem Impuls, ihn anzusehen. Das würde ihnen beiden die Situation nur noch schwerer machen.

„Sie haben mir Papiere und Kleidung beschafft, einen Arzt gerufen, der mir das Bein gerichtet hat, mir ein paar Aufgaben gegeben, die man auch als Trottel schafft, und mich für zwei Monate bei sich aufgenommen. Die haben ihr Leben für mich riskiert. Und ihr Essen geteilt, und so viel hatten sie nicht davon. Die Deutschen karren nämlich die ganzen Güter von den Bauernhöfen heim ins Vaterland."

„Und geht es ihnen gut?", fragte May. „Oder wurden sie geschnappt?"

„Ich glaube nicht. Sie haben mich im Dezember mit einer Guppe Widerständler losgeschickt. Wir sind fast immer nachts gereist, aber manchmal auch im Zug mit der Gestapo. Das Schlimmste war, im Winter über die Pyrenäen nach Spanien zu kommen. Ich war kurz davor aufzugeben, aber du hast mich durchhalten lassen, May."

„Ich?" Sie richtete sich auf. „Nein. Das war Gott."

„Er hat mir die Kraft gegeben, aber du warst meine Motivation. Gott ist immer bei mir, aber wenn ich dich noch vor Kriegsende wiedersehen wollte, musste ich mich weiter durchkämpfen."

„Oh, Liebling." May lehnte ihre Stirn gegen Charlies.

Ruth seufzte. Die beiden hatten sich dieses zärtliche Wiedersehen verdient und jetzt brauchten sie Zeit für sich. Sie atmete tief ein, stand auf und sah Jack an. „Lassen wir die beiden alleine, ja?"

Seine Augenbrauen schossen ruckartig in die Höhe, aber dann bedeutete er ihr voranzugehen. Gemeinsam verließen sie das Büro. Sobald sie an die kühle Luft traten und sich die Tür hinter ihnen schloss, verstummten Jacks Schritte jedoch. Er gab ihr die Möglichkeit, zum Quartier zurückzukehren – ein verlockender Gedanke, aber das war jetzt nicht dran.

Ruth drehte sich um und schenkte Jack ihr bestmögliches Lächeln. „Kaum zu glauben, dass Charlie wieder da ist. Unfassbar."

„Ja."

„Ich freue mich so für ihn und May."

„Ich auch." Er schnaubte und sah weg. „Hör zu, es tut mir leid. Ich sollte nicht hier sein. Ich weiß, das ist nicht einfach für dich, aber Charlie ist noch nicht wieder fit und der Arzt wollte, dass ihn jemand begleitet. Und Charlie bestand darauf, dass ich das mache."

Ruth betrachtete seine angespannte Haltung und den schmerzverzerrten Gesichtsausdruck. Der arme Mann hatte sich monatelang selbst bestraft. Dass er womöglich acht Jahre lang litt wie sie, das wollte sie nicht. Der letzte Rest ihres Ärgers schmolz dahin. „Ich bin froh, dass du da bist. Ich will dir nämlich sagen, dass ich dir vergebe."

„Was ...?"

„Ich vergebe dir", wiederholte sie. „Außerdem kann ich verstehen, warum du so wütend auf mich warst. Ich kann mir gut vorstellen, was für ein Schock das war und wie verletzt ..."

„Nein. Hör auf zu rechtfertigen, was ich getan habe. Es war falsch. Falsch und grausam. War es wirklich so schlimm, was du getan hast? Du warst noch jung. Du wolltest nur für deine ..."

„Meine Taten sollst du auch nicht rechtfertigen. Was ich getan habe, war genauso falsch. Ich habe nicht auf Gott vertraut, dass er für uns sorgen würde. Und ich habe die Jungs ausgenutzt. Es war falsch."

Wortlos starrten sie sich an. Die Zeit verging. Sie versuchte, seine Reue und sein Mitleid aufzunehmen und auf ihn zurückzureflektieren.

„Vergebung geht auch ohne Gutheißung", sagte sie dann. „Gott findet Sünde nie gut, aber er vergibt sie trotzdem."

Jack nickte, ohne die Augen von ihr abzuwenden. „Stimmt."

Ruth warf einen Blick auf die Blechbaracke. Charlie und May würden bestimmt noch eine Weile brauchen. „Möchtest du spazieren gehen?"

„Spazieren gehen? Ich ... ja, natürlich gern, aber nur weil du mir vergeben hast, musst du nicht automatisch Zeit mit mir verbringen."

Ruth sah weiter aufs Bürofenster. „Und was ist, wenn ich das will? Ich habe dich vermisst, du Raubein."

Er lachte zögerlich. „Raubein? Du bist die Einzige, die mich so gut beleidigen kann wie meine Brüder."

Ruth wandte sich ihm wieder zu. Ein Fehler. Sie hatte vergessen, wie sehr sie sein Lächeln durcheinanderbringen konnte.

„Wenn du dich wirklich mit mir abgeben willst, warum zeigst du mir dann nicht die Stadt?"

„Na schön." Sie wies ihm die Richtung.

Der blassblaue Himmel über ihnen war von Kondensstreifen durchzogen. Ruth verschränkte die Arme vor dem Körper, um der Kälte zu trotzen, die in ihre graue Uniformjacke kroch. Hosen waren wärmer als Rock und Strumpfhose, aber in der Stadt fühlte sie sich immer noch unwohl damit.

Nach ein paar Minuten peinlicher Stille fragte Jack sie nach dem Ausbildungsprogramm für die Luftrettung. Zuerst berichtete sie von ihren Fächern, dem Drill, den Übungen. Nachdem sie etwas lockerer geworden war, erzählte sie von Dottie, von Sergeant Sadisto und Burnsey, aber nur, wie er sie absichtlich ausbremste.

Als sie den Stadtrand erreichten, schilderte Jack ihr seinen Heimaturlaub, erzählte von seinen Fehlern und den Situationen, in denen er versagt hatte. Er war anders geworden. Und sie auch. Ruth war sich nicht sicher, ob sie gerade eine alte Bekanntschaft auffrischte oder eine komplett neue machte.

Sie blieben an der Kreuzung stehen, wo die Monkton Street zur Main Street wurde. Ruth zeigte Jack das Gemeindehaus von Prestwick mit seinem gotischen Turm, das antike Marktkreuz und die Boydfield Gardens. Jack wollte gern zum Strand, also führte sie ihn die Station Road hinunter. An der Promenade standen sie auf dem Rasen und bestaunten den Firth of Clyde und die Isle of Arran, den „Schlafenden Riesen". Drei Kinder in hellen Wollpullovern spielten mit den Wellen Fangen, während ihre Mutter fortwährend rief, sie sollten sich nicht nass machen. Eine Gruppe Teenager alberte herum und einige versuchten, einen rothaarigen Jungen ins kalte Wasser zu schieben. Er riss sich los und schnappte sich ein kreischendes Mädchen als Geisel.

„Ich habe dir nie erzählt, warum mir der Himmel besser gefällt als das Meer." Unter Jacks Schnurrbart bildeten seine Lippen nur noch einen schmalen Strich.

„Das klingt doch vernünftig für einen Piloten."

Er schüttelte kurz den Kopf und sah aufs Meer. „Als ich vierzehn war, wollte ich den San Joaquin durchschwimmen, um die Mädchen zu beeindrucken. Ein Kinderspiel, dachte ich. War es aber nicht. Ich wäre fast ertrunken."

„Oh ..."

„Seitdem war ich nicht mehr schwimmen."

Der Seewind blies ihr die Haare ins Gesicht. Sie schob sie zurück und sah Jack so wie er war, unvollkommen und verletzlich. „Deswegen wolltest du in London nicht aufs Boot."

„Deswegen habe ich über Schweinfurt so eine saudumme Entscheidung getroffen."

„Das verstehe ich nicht."

„Ich habe eine längere Route ausgesucht, um das Rheindelta und das Ijsselmeer zu vermeiden. Lieber wollte ich in einem Feuerball enden als ertrinken."

„Oh, Jack."

„Sechsundzwanzig Männer tot, dreizehn in Kriegsgefangenschaft, und Charlie ... du hast gehört, was er alles durchgemacht hat. Und alles nur, weil ich so ein stolzer Angsthase bin."

„Ich bin mir sicher ... bestimmt hat Charlie dir verziehen."

„Ich hab es ihm noch nicht gesagt."

„Er wird es verstehen." Ihr Blick fiel auf ihre Hände. Unbewusst hatte sie wieder einmal ihre Uhr umklammert. „Und ich habe dir nie erzählt, wie es zu meiner Narbe kam."

„Die am Handgelenk?"

Sie nickte und rieb das Lederarmband. „Zum zwölften Geburtstag bekam ich von meinen Eltern eine Uhr. Mein Pa hatte damals noch Arbeit. Ich habe diese Uhr geliebt. Und ich ... ich habe damit die Zeit für den Kussunterricht gestoppt."

Sein Gesicht war schlaff geworden, die Augen traurig. „Oh, Mann. Hätte ich das gewusst, hätte ich dir doch nie ..."

„Nein, ich bin ja froh, dass du sie mir gekauft hast. Du hast da etwas ausgefüllt in mir, etwas, das sie mir damals genommen haben."

„Was? Sie haben dir die Uhr geklaut? Nachdem sie dir das angetan hatten?"

„Nein, sie ging dabei kaputt. So habe ich die Narbe gekriegt."

„Ruth." Er schloss die Augen, verschränke die Arme vor sich und knetete mit den Fingern die Oberarme.

Vor vier Monaten hätte er sie in den Arm genommen und zu Ruths Schreck war das genau der Ort, an dem sie jetzt sein wollte.

Jack öffnete ruckartig die Augen und schob das Kinn energisch vor. „Bitte gib mir noch eine Chance."

Ruth wich zurück. Noch eine Chance? Was sollte das denn jetzt werden?

„Ich habe versprochen, dich nie im Stich zu lassen, und dann habe ich genau das gemacht, auf die schlimmstmögliche Art und Weise. Und ich habe versprochen, dich nie zu küssen, aber daran wollte ich mich von vornherein nicht halten." Er lachte grimmig. „Ich drehte mich nur um mich selbst. Ich dachte, du würdest mich irgendwann um einen Kuss anbetteln. Was war ich nur für ein Ekel."

Ruth spürte noch immer seine Umarmung und seinen Atem im Nacken. Sie legte die Arme noch enger um sich selbst. „Ist schon gut. Du wolltest dich um mich kümmern und wusstest ja nichts von alledem."

„Aber jetzt weiß ich es." Er gestikulierte in Richtung Strand. „Für dich ist ein Kuss wie für mich Untertauchen im Ozean. Das verstehe ich jetzt. Ehrlich."

„Weiß ich doch", flüsterte sie.

Jack trat mit ernstem Gesicht einen Schritt auf sie zu. „Ich könnte dir so etwas nie wieder antun. Nie."

Ruth war ergriffen von der Kraft und Sicherheit, die er ausstrahlte. Sie wusste, was die richtige Antwort war, aber es kostete sie ihre gesamte Willenskraft, den Mund aufzukriegen. „Ich vertraue dir."

Seine Augen strahlten. „Du bist die unglaublichste Frau, die ich je kennengelernt habe, Penelope Ruth Doherty."

Ihr Herz wollte stehen bleiben. Er hatte sie noch nie bei ihrem vollen Namen genannt. Jack nahm sie an, so wie sie war, mit ihrer Vergangenheit und ihrer Gegenwart.

Kapitel 40

Militärflugfeld Bury St. Edmunds
Montag, 6. März 1944

Blitzbirnen flammten auf, Filmkameras surrten und Reporter rangen miteinander um die beste Position an Jacks Flieger. „Major, wie war es in Berlin?“

Jack zuckte mit den Schultern. „Tut mir leid, das zu sagen, aber vorher war es schöner als hinterher.“

Er erntete allgemeines Gelächter. Mehr Apparate klickten. „Der erste große Schlag gegen die Reichshauptstadt. Wie fühlt sich ...“

„Der erste große Schlag der *Amerikaner*. Die Royal Air Force bombardiert Berlin schon seit '42. Allerdings haben sie seit über einem Jahr keinen Luftangriff mehr am Tag geflogen.“ Er hielt seine Hand hoch, die noch im Handschuh steckte. „Aber ab jetzt hat Hitler keine Ruhe mehr vor alliierten Bomben, weder am Tag noch in der Nacht.“

Die Reporter kritzelten auf ihren Blöcken, nickten und blätterten um.

In der letzten Februarwoche hatte sich die 8. US-Luftflotte auf die deutschen Flugzeugwerke eingeschossen. Nachdem die „Big Week“ erfolgreich gewesen war, war „Big B“, die Hauptstadt Berlin, als Ziel ausgewählt worden. Einst war die Übermacht im Luftraum ein flüchtiger Wunschtraum gewesen, aber jetzt konnte Jack sie schon riechen. Bald würden sie sie ein für alle Mal haben.

Jacks Crewmitglieder entledigten sich ihres Gurtzeugs und der Schwimmwesten, lachten dabei im Staccato und redeten wie wild durcheinander. Auch Jack fühlte sich, als hätte er sechs Tassen Kaffee getrunken. Was für ein historischer Einsatz. Ein Jammer, dass Charlie nicht dabei gewesen war, aber er hatte genug vom Luftkampf und war jetzt bei der Pathfinder-Staffel in Alconbury. Wäre er mitgeflogen, hätte er wahrscheinlich Spike Jones' großen Hit „Der Fuehrer's Face“ geschmettert.

Um Charlies willen sang Jack den Reportern eine Strophe daraus vor und löste erneut Lachsalven aus. Er beschloss, es dabei zu belassen. „Wenn Sie mich entschuldigen würden, auf mich wartet noch ein Stapel Formulare."

Vom Verdeck des GMC Trucks aus blickte er noch einmal prüfend auf sein Flugzeug. *Special Delivery* war an einen Anfänger gegangen und seinen neuen Vogel hatte er *Silver Salvo* genannt. Irgendein Spaßvogel hatte *Silver Salvage,* also Altmetall, draus gemacht, aber Jack hatte das einfach übermalt. Seinen Kollegen zeigte er gern, dass die *Silver* auch nicht stärker durchlöchert war als die Flugzeuge in Tarnfarbe.

Die leichten Schneeflocken, die beim Start auf die Bomber gerieselt waren, wurden nun von den Autoreifen auf dem Weg zur Nachbesprechung zermatscht. Die Männer sprangen von der Ladefläche, holten sich Kaffee und Donuts am Stand vom Roten Kreuz und gingen in den Besprechungsraum.

Joe Winchell winkte Jacks Crew zu sich an den Tisch. „Hey Leute. Wie war's?" Er ließ eine Flasche Whiskey herumgehen.

„Totaler Reinfall." Fred Garret, der rechte Seitenschütze, goss sich sein kleines Glas voll. „Das Geschützrohr ist jetzt noch abgeklebt. Hab keinen einzigen Schuss abgegeben."

Winchell notierte sich das auf seinem Formular. „Habt ihr feindliche Flugzeuge gesehen?"

„Nur aus der Ferne." Bob Ecklund, der Kopilot, wärmte sich seine gewaltigen Hände am Kaffeebecher. „Unsere kleinen Freunde haben sie von uns ferngehalten. Die haben schön gekämpft."

Jack schlang seinen Doughnut herunter und einzelne Brocken plumpsten in seinen leeren Magen. Die Flugrationen konnten ein richtiges Mittagessen nicht ersetzen.

„So eine Eskorte macht echt was aus", meinte Oggie Drake mit seiner näselnden Stimme.

„Absolut", warf Jack ein. Auf diesem Einsatz hatten achthundertundein Jagdflieger die siebenhundertfünfzig Bomber begleitet. Nachdem sie ihre Pflicht erfüllt hatten, war die Eskorte in den Tiefflug übergegangen und hatte die Flugplätze in die Mangel genommen. Die neue Vorgehensweise weckte bei manchen Bombercrews die Sorge, die Jägerpiloten würden sie im Stich lassen, um Fliegerasse zu werden, aber Jack fand General Doolittles Befehl goldrichtig. Der deutschen Luftwaffe musste man in der Luft, am Boden und am besten schon in den Fabriken das Handwerk legen.

Die Crew berichtete jedes Einsatzdetail: den schweren Flakbeschuss, die fehlgeschlagene Bombardierung der Bosch-Fabrik, den Abwurf der Ladung über dem Stadtzentrum und den Verlust des vordersten Flugzeugs mit Brig. Gen. Russ Wilson, dem Kommandeur der Vierten Geschwadergruppe.

Nachdem Winchell alles notiert hatte, gingen Jack und seine Crew zum Lager, gaben ihre Ausrüstung ab und nahmen ihre persönlichen Gegenstände wieder entgegen. Auf dem Weg zur Kantine ließ sich Jack zurückfallen, um seine Post vom Vortag durchzusehen.

Zuerst kam Ruths Brief. Sie schrieb ihm regelmäßig und ausführlich. Jack genoss ihre Vergebungsbereitschaft und die unerwartete zweite Chance, aber wo führte das alles hin? Körperliche Intimität war tabu, aber hatten sie vielleicht trotzdem eine gemeinsame Zukunft? Mehr denn je verspürte er instinktiv den Impuls, sie zu beschützen, zu lieben und für sie zu sorgen.

Der Brief von gestern goss Öl in dieses Feuer. Jack überflog ihre kräftige, kleine Schrift. Ruth hatte den Verdacht, Tante Pauline würde sie ausnutzen, und Jack war sich dessen schon lange sicher. Diese Hexe drohte trotz Ruths enormen Opfern ständig mit dem Waisenhaus und wollte immer mehr und mehr.

Der nächste Abschnitt brachte sein Blut zum Kochen. Tante Pauline konnte er keinen Kinnhaken verpassen, aber beim Gedanken an Burns juckte es ihm in den Fingern. Im Krankenhaus hatten Ruth die ganzen Annäherungsversuche unbeeindruckt gelassen, aber dieser Typ brachte sie aus der Fassung. Sie beschrieb nur zaghaft, wie er sie belästigte, aber hinter ihren Selbstzweifeln konnte Jack Angst erkennen.

„Hallo, Major Novak."

Jack sah sich um. Sein neuster Pilot, Lieutenant Polansky, kam mit einem Offizier auf ihn zu, den Jack nicht kannte. „Hey Polansky. Gute Arbeit heute. Die Formation war wie eine Eins."

„Danke, Major." Der Jungspund grinste von einem Ohr zum andern und Jack hatte den Impuls, ihm einen Lutscher zu geben.

Die beiden Männer liefen weiter zur Kantine. „Dein Staffelkapitän?"

„Ja", raunte Polansky. „Der geborene Anführer. Der ist wie gemacht für seinen Job."

War es Hochmut, daraus Befriedigung zu ziehen? Es war doch sicher nichts Falsches daran, seine Arbeit zu lieben und sie so gut zu machen wie möglich.

Jack fächerte die drei anderen Briefe auf. Einer war mit Dads Schreibmaschine beschriftet, der andere mit Rays Schrift, der dritte mit Walts krakeligen Großbuchstaben.

Walt schrieb, er solle beim Militär bleiben, was Jack nicht überraschte. Als Walt beschlossen hatte, Ingenieur zu werden, hatte er sich auch gegen Dad behaupten müssen. Der Rebell unterstützte die nächste Rebellion, aber war es das, was Jack brauchte?

Rays Brief verblüffte ihn. Er musste ihn zweimal lesen.

Ich habe über deine berufliche Zwickmühle nachgedacht. Ich hoffe, Gott zeigt dir den richtigen Weg, und welcher das auch immer ist, meine Stimme hast du. Denk dran, die Kanzel ist nur ein Ort von vielen, an denen man dem Herrn dienen kann. Das geht genauso gut auf deinem Stützpunkt, wo du mit Männern in Kontakt kommst, die nie einen Fuß in die Kirche setzen würden.
Entschuldige die direkte Frage, aber fühlst du dich zum Pastor berufen? Du hattest eigentlich nirgendwo Schwierigkeiten, in der Schule nicht, auf der Uni nicht und auch nicht in der Air Force. Aber auf dem Predigerseminar hatte ich den Eindruck, du zwingst dich zum Erfolg und willst unbedingt dazugehören. Manchmal frage ich mich, ob du in den Predigtdienst gegangen wärst, wenn du nicht der Namensvetter und das Ebenbild eines begnadeten und willensstarken Pastors wärst.

Jack faltete das Papier zusammen und runzelte die Stirn. Dad war der Meinung, Jack sei zum Pastor geboren. Ray sah das anders. Und beide waren Vollblutpastoren.

Dann der letzte Brief. Dad ermutigte ihn, weiter zu beten, Gott zu gehorchen, und meinte, seine Abenteuerlust würde mit der Zeit schon nachlassen.

Jack blieb unter einem Baum stehen. Verschiedene Crews schlenderten für das gute Essen nach dem Einsatz in die Kantine, klopften einander auf die Schulter, lachten und durchlebten noch einmal den Flug. Jack genoss den Duft von Steak und Flugbenzin, den Schnee und etwas, das noch viel tiefer ging: das Gefühl von überwundener Angst, gefundener Kompetenz, von gefestigter Kameradschaft. Diese Begeisterung, meinte Dad, würde er hinter sich lassen? Tatsächlich?

Würde er bei Kriegsende plötzlich leidenschaftlich predigen wollen? Würde er dazu bereit sein, das kernige Militärleben aufzugeben?

Jack steckte die Briefe in seine Fliegerjacke und ging zur Kantine. Er war neunundzwanzig. Ob sich ein Mensch so sehr verändern konnte?

Kapitel 41

Freitag, 20. März 1944

Ruth steckte Lieutenant Halperin einen Strohhalm in den Mund. Dankbar trank er Hühnerbrühe aus der Thermosflasche. Nicht gerade ein Festmahl, aber für die zehn Patienten auf Tragen musste es reichen. Vorn verteilte Sergeant Burns Sandwiches an die zweiundzwanzig ambulanten Patienten, die auf metallenen Klappsitzen saßen.

„Schwester?" Lieutenant Grodzicki lehnte sich aus der obersten Trage über die Kante und eine schwarze Haarsträhne fiel ihm auf die Stirn. „Ich brauche eine Bettpfanne."

„Wir landen in einer Stunde in Meeks. Können Sie so lange noch durchhalten?"

„Ich glaub schon."

Sie seufzte. Dass es auf dem ersten Evakuierungsflug ein paar kleine Pannen geben würde, war ihr klar gewesen, aber das hier war eine mittelschwere Katastrophe. In der fünfunddreißig Kilogramm schweren Sanitätskiste waren weder Bettpfannen noch Urinflaschen. Sollten sich die Patienten die fünfzehn Stunden Flug von Prestwick nach New York etwa alles verkneifen? Zum Glück machten sie auf dem Flugplatz Meeks Field in Island und auf dem Harmon Field im neufundländischen Stephenville einen Zwischenstopp.

Lieutenant Halperin ließ den Strohhalm aus dem Mund gleiten. „Danke, Ma'am."

„Gut geschmeckt?"

„Ich will mich nicht beschweren."

„Aber ...?"

Er wand sich. „Na ja, es schmeckte komisch und da war irgendwelches Zeug drin."

„Zeug?" Ruth hielt die Flasche vors Fenster und spähte hinein. In der Brühe schwammen Flocken, aber was war das? Sie drehte die Thermosflasche. Innen war plötzlich ein Spalt zu sehen.

„Oh nein." Bei der Höhe und Kälte musste der innere Behälter geplatzt und die Isolierung in die Suppe gelaufen sein. Die zweite Panne. Ruth prüfte hinten im Heck der C-54 die leeren Flaschen und entdeckte in der Hälfte von ihnen Sprünge.

„Schwester?", rief Lieutenant Grodzicki. „Ich halte es wirklich nicht mehr aus."

„Eine Stunde. Sie schaffen das."

„Vor zehn Minuten haben Sie auch schon ‚eine Stunde' gesagt. Ich halte es nicht mehr aus."

Die anderen Männer machten Vorschläge, allesamt vulgärer Art. Ruth musste improvisieren, aber wie? Ihr Blick fiel auf die Thermosflaschen. Warum nicht?

Sie griff nach einer Flasche und ging zu Lieutenant Grodzicki. „Nehmen Sie die hier."

Er zog angewidert die Oberlippe hoch.

Ruth lachte. „Ist schon in Ordnung. Wir müssen sie sowieso wegwerfen. Die Isolierung ist kaputt."

„Noch nie in meinem ganzen Leben ..." Er schüttelte den Kopf und zog die Thermosflasche unter seinen Stapel Decken.

Ruth griff nach der Patientenliste, setzte ihr Headset auf und stöpselte es im Heck ein. „Krankenschwester an Navigator. Bitte um Höhe und Temperatur."

„Navigator an Krankenschwester. Höhe siebentausendeinhundert Fuß, minus dreißig Grad."

Ruth notierte die Daten und war dankbar für ihren mit Schafsfell gefütterten Fliegeranzug. Die Kabinenheizung schaffte es gerade einmal, den Innenraum auf milde null Grad zu erwärmen.

Sie duckte sich und sah aus dem hintersten Fenster. Vor ihr hinterließen die zwei rechten Motoren runde Kondensstreifen am Himmel. Unter ihr wölbte sich der Ozean, seine Oberfläche so knotig wie die einer Orange. Ruth ließ die blaue Weite auf sich wirken und blendete die Geräusche der Männer und das Dröhnen der Motoren aus.

Endlich ein Flug. Von oben war der Befehl gekommen, Männer auszufliegen, die mindestens hundertzwanzig Tage Erholung brauchten, ein Zeichen für die bevorstehende Invasion. Sie räumten die Krankenhausbetten für neue Verwundete.

Mit dem Flug gab es endlich auch die ersehnten Zuschläge, die Tante

Pauline erst einmal zufriedenstellen und die Konfrontation wegen der Art und Weise, wie sie Ruth empfangen hatte, aufschieben würde. Aus Scham hatte Ruth die ganze Familienlast auf sich genommen und war blind für das Theater gewesen, das Tante Pauline ihr vorspielte. Aber jetzt hatte sie sie durchschaut. Während die Löhne stiegen, waren die Preise festgesetzt und Onkel Clancy und Tante Pauline ging es immer besser. Aber es half nichts, um Maggies willen musste sie behutsam mit ihnen umgehen.

„Träumst du von mir, Süße?" Wie Schlangen krochen Hände um ihre Hüfte.

Ruth zuckte zusammen und fuhr herum. „Hände weg."

Burnsey hielt sie beschwichtigend in die Höhe. „Brauchst du Hilfe beim Blutdruckmessen?"

„Natürlich. Das ist ja auch nicht meine Aufgabe."

Er machte einen Schritt auf sie zu und schob sie gegen das kalte Aluminium. „Warum fangen wir dann nicht bei mir an? Immer, wenn ich in deiner Nähe bin, schlägt mein Herz schneller."

Ruth schluckte ihren Groll herunter und drängte sich an ihm vorbei. „Wenn Sie in meiner Nähe sind, steigt mein Blutdruck."

Er lachte. „Ich liebe Frauen mit Feuer."

Ihr Puls pochte gegen ihren Jackenkragen. Egal, was sie tat, er fasste es als Ermutigung auf. Schweigen war für ihn Zustimmung, Kommentare wie Flirten und Beleidigungen gossen Öl ins Feuer.

Burnsey liebte Feuer. Jack auch. Beide waren sie attraktive Männer, charmant und hartnäckig, aber während sie sich bei Jack sicher fühlte, kam ihr Burnseys Nähe wie eine Bedrohung vor.

Ruth stieg auf einen Bügel, um an die oberste Trage zu kommen. Sie lächelte ihren Patienten an und sah auf seine Notfallmarke. Beide Beine unterm Knie amputiert, stand dort, Startunfall mit P-47. „Lt. John Grodzicki", sagte sie zu Burnsey, der auf der Passagierliste ein Häkchen setzte.

„Was soll ich damit machen?" Der Patient hob eine Ecke seiner Decke hoch und zeigte auf die Thermosflasche.

„Ich nehme das." Sie gab sie an Burnsey weiter. „Stellen Sie die bitte nach hinten. Vorsicht, sie ist fast voll."

Er spähte hinein. „Sie wollten die Brühe nicht? Hat jemand noch Hunger?"

„Halt!“ Ruths Hand schnellte nach oben und Lieutenant Grodzicki brüllte vor Lachen.

Ruth konnte nicht ernst bleiben. „Das ist keine Brühe. Das ist … wir haben keine Bettpfannen. Bei den Thermosflaschen ist die Isolierung kaputt, also, bei fast allen. Sie sind sowieso hinüber. Und da dachte ich …“

Burnsey musste zweimal hingucken und fing an zu grinsen. „Da haben wir aber ein cleveres Mädchen an Bord.“

Musste er sie immer so von oben herab behandeln? Als Ruths Patient sich ausgelacht hatte, steckte sie ihm ein Thermometer in den Mund und maß ihm am Handgelenk den Puls.

Jack hatte natürlich recht gehabt mit der Uhr. Er schrieb ihr jeden Tag, manchmal nur ein paar rasch hingekritzelte Zeilen nach einem Einsatz, manchmal seitenlang. In jedem Brief erkannte sie einen fähigen, aber demütigen Mann, der gelernt hatte, dass seine eigene Kraft nicht ausreichte und das auch gut so war. An jedem Tag entdeckte sie etwas Neues an ihm, was sie faszinierte, bewunderte, … liebte?

Nein, das durfte nicht passieren. Es würde kein ‚Und sie lebten glücklich bis an ihr Lebensende‘ geben. Sie trug keine Schuld mehr, aber sie hatte Schaden davongetragen. Und Jack hatte Verständnis dafür. Nie wieder würde er sie umarmen, sie küssen oder lieben. Traurige Erleichterung erfüllte sie. Trotzdem schloss sie die Augen. *Herr, wenn du mich doch nur normal machen könntest!*

„Schwester?“

Ruths Augen sprangen auf. Lieutenant Grodzicki verzog das Gesicht und wand sein Handgelenk in ihrem viel zu festen Griff. Sie ließ los. „Tut mir leid. Puls … ähm, zweiundsiebzig.“ Dann zog sie ihm das Thermometer aus dem Mund und drehte es, bis sie die Quecksilbersäule sehen konnte. „Siebenunddreißig.“

„Check“, sagte Burnsey.

Ruth schlug die Decken nach hinten, um den Verband um seine Stümpfe zu kontrollieren. „Kein Anzeichen für eine Blutung oder Infektion. Haben Sie Schmerzen, Lieutenant?“

„Ja, es wird immer schlimmer.“

„Sergeant Burns, wann hat er die letzte Morphiumspritze bekommen?“

„Hm, das war um 0500. Vor über fünf Stunden.“

Ruth deckte den Lieutenant wieder zu. „Dann wird es Zeit für eine neue Dosis. Sergeant Burns, würden Sie bitte sechzehn Milligramm aufziehen?"

Ruth stieg wieder herunter und sah nach Lieutenant Halperin. Sie trug seine Vitalparameter auf der Liste ein und überprüfte den Gips an beiden Armen.

Burnsey kam zurück und schüttelte eine Spritze. „Ich muss in La Guardia Fracht von meinem Onkel abladen, aber dann habe ich frei. Wie wäre es mit einem Essen bei Kerzenschein in New York?"

Ruth streckte die Hand nach der Spritze aus. „Da würde ich lieber verhungern."

In seinen Augen sah sie ein beunruhigendes Flackern. „Zu schade."

Glas zersprang und klirrte auf dem Metallboden. Ruth sah Scherben, eine winzige Pfütze, eine Nadel und einen Kolben. Sie starrte Burnsey mit offenem Mund an.

Einer seiner Munkwinkel wanderte nach oben. „Tja, das hätten Sie wohl lieber nicht runterfallen lassen sollen."

„Ich?"

„Ich hole eine neue Spritze."

„Nichts da." Sie marschierte in Richtung Heck. „Sie machen Ihre Schweinerei weg, Sergeant. Ich hole die Spritze."

An der Sanitätskiste zitterten ihre Hände so sehr, dass sie die Nadel nicht durch die Gummimembran bekam. Der Mann war gefährlich. Warum glaubte ihr das niemand?

* * *

Ruth trat aus den Waschräumen auf dem Flugplatz Meeks Field. Wenn sie bis Neufundland durchhalten wollte, durfte sie ab jetzt nichts mehr trinken. Sie lief quer über den leicht verschneiten Flugplatz. Nie hätte sie sich träumen lassen, dass sie einmal in Island sein würde.

Hinter ihr holte May auf. „Wie war der erste Flug?" Seit Charlies Rückkehr hatte ihr Gesicht nicht aufgehört zu leuchten.

„Mit Bettpfannen wäre er um einiges leichter gewesen."

„Ich weiß. Ist das zu fassen?"

„Sind eure Thermosflaschen auch ausgelaufen?"

„Ausgelaufen?"

„Solltest sie mal überprüfen. Einer meiner Patienten hat sich über den komischen Geschmack beschwert, und siehe da, die Isolierung war geplatzt."

Mays Stirn durchzog eine Furche. „Die Männer haben gemeckert, aber ich habe das auf das schlechte Armeeessen geschoben."

„Wenigstens war so unser Bettpfannenproblem gelöst."

May sah Ruth verwirrt an. Dann schlug sie die Hand vor den Mund und lachte.

Ruth hakte sich bei May ein. „Gab's bei euch irgendwelche Probleme?"

„Keine. Und Lieutenant Shepard besorgt gerade Bettpfannen. Ich bin froh, dass sie mitgeflogen ist."

„Ich auch. Ich muss nämlich mit ihr reden."

„Worüber?" Mays Stimme klang angespannt.

Ruth zögerte. Nach allem, was May durchgemacht hatte, sollte sie eigentlich ihr Glück genießen, ohne sich schon wieder Sorgen um Ruth machen zu müssen. Dass die anderen Schwestern sich auf Burnseys Seite schlugen und sich über Ruth das Maul zerrissen, konnte ihr nicht entgangen sein, aber sollte sie auch noch Ruths Klagen aufgebürdet bekommen?

„Ich ... ich will ihr das mit den Thermosflaschen erzählen." Die Lüge trieb einen Keil zwischen sie. Ruth wurde traurig, ließ sich aber nichts anmerken. May musste jetzt beschützt und in Ruhe gelassen werden. Das war wichtiger, als eine Vertraute zu haben.

„Alles in Ordnung, Ruthie?"

Ruth drehte sich weg und ließ den Blick über den Flugplatz schweifen. Neben einem Tankwagen, der eine C-54 betankte, standen Lieutenant Shepard und Sergeant Burns. „Ich muss kurz ... wir sehen uns nachher." Sie lief quer übers Rollfeld und jeder Schritt weg von May tat ihr weh.

Die Oberschwester und der Assistent standen mit dem Rücken zu Ruth. Burnsey hielt eine Thermosflasche hoch. „Sehen Sie? Nachdem ich gemerkt hatte, dass sie innen geplatzt waren, wusste ich, die sind zu nichts mehr zu gebrauchen. Außer als Urinflaschen."

Lieutenant Shepard lachte und tätschelte ihm den Arm. „Wie einfallsreich von Ihnen. Genau so ein selbstständiges Denken brauchen wir bei der Luftrettung."

Ruth blieb stehen. Große Anerkennung hatte sie gewiss nicht erwartet, aber dass dieser Burnsey ihr Lob einheimste, einfach unverschämt! Andererseits, wenn Lieutenant Shepard wüsste, dass es ihre Idee war, würde sie sie als unhygienisch und als Missbrauch von Regierungseigentum abkanzeln.

Die Oberschwester beugte sich näher an den Sergeant heran. „Irgendwelche Probleme mit Lieutenant Doherty?"

Ruth blieb wie angewurzelt stehen.

Burnsey trat von einem Bein aufs andere. „Ich möchte sie wirklich nicht in Schwierigkeiten bringen. Sie ist eine gute Schwester. Sie sollten sehen, wenn sie ..."

„Sergeant, Sie wissen, dass ich auf Ihre Einschätzung angewiesen bin."

„Na ja, nichts Schlimmes. Ihr ist nur eine Spritze heruntergefallen. Ich habe schnell sauber gemacht und ..."

„Das ist eine Lüge!", rief Ruth.

Die beiden fuhren herum.

„Er lügt. Er hat die Spritze absichtlich heruntergeworfen, weil ich mich geweigert habe, mit ihm auszugehen."

Die Oberschwester sah Burnsey fragend an.

„Das würde ich nie machen. Ich kenne die Regeln."

Ruth stampfte mit dem Fuß auf. „Sie kennen sie, aber missachten sie mit Absicht."

„Lieutenant Doherty, kommen Sie bitte mit." Die Oberschwester packte sie am Arm und zog sie zum Bug des Flugzeugs. „Ich habe jetzt genug von diesen lächerlichen Anschuldigungen."

„Das sind keine lächer..."

„Genug. Und jetzt nennen Sie ihn auch noch einen Lügner! Das ist üble Nachrede."

Ruth biss sich auf die Lippe. Mit Temperament kam sie hier nicht weiter. „Sie werden sich erinnern", sagte sie betont ruhig, „dass ich den Antrag gestellt habe, nicht mit Sergeant Burns zusammenzuarbeiten. Ich möchte noch einmal darum bitten, einen anderen Assistenten zu bekommen."

„Ich verstehe nicht, wie Sie überhaupt mit einem Mann zusammenarbeiten wollen, wenn Sie es mit dem liebenswürdigsten, fähigsten und erfinderischsten Assistenten der ganzen Staffel nicht auf die Reihe bekommen."

Ruth zwang sich, ruhig zu atmen. In der Ferne stand May, zwischen ihnen ein Abgrund aus Schnee. May war ihr nach Bowman gefolgt, weil sie sich gegenseitig brauchten, aber jetzt, wo Charlie wieder da war, brauchte May sie nicht mehr. Und was Ruth brauchte – Burnsey grinste sie so selbstgefällig an, dass ihr bald schlecht wurde –, war klar: Sie musste weg von ihm, egal wie.

„Wenn wir wieder in Prestwick sind, beantrage ich, einer anderen Staffel zugeteilt zu werden."

Die Nase der Oberschwester wurde schmal. „Das können Sie sich gleich abschminken. Mit meiner Beurteilung wird dem Antrag niemals stattgegeben. Lieutenant Doherty, ich fürchte, Sie haben nicht das Zeug zur Fliegenden Krankenschwester. Vielleicht sollten Sie wieder ins Lazarett wechseln. Das wäre das Beste für Sie. Und uns."

Ruth sah Sternchen. Zurück ins Lazarett? Sie würde die Zuschläge verlieren und alles, wofür sie gearbeitet hatte. Sie hatte Ma versprochen, sich um ihre Geschwister zu kümmern. Wenn Ruth versagte, würde die Zukunft für sie ähnlich düster aussehen wie der Bug der C-54 oder Lieutenant Shepards Gesicht.

„Ich ... ich schaffe es auch hier." Ihre Lippen kribbelten und in ihrem Kopf drehte sich alles.

„Das will ich auch hoffen." Lieutenant Shepard ließ sie stehen. „Keine Beschwerden mehr. Nicht eine."

Ruth stützte sich auf den Knien ab und sog die eiskalte Luft ein. Sie kam aus der Nummer nicht raus.

Kapitel 42

Militärflugfeld Bury St. Edmunds
Donnerstag, 30. März 1944

Jack schluckte. Ruth trug das Abendkleid, das zu ihrer Augenfarbe passte. In Uniform waren ihre Kurven schon verführerisch, aber in Seide musste man aufpassen, dass einem die Augen nicht herausfielen. Jeder Mann auf dieser Party würde sie für sich haben wollen, also durfte er nicht von ihrer Seite weichen.

Ruth kaute auf ihrer Lippe und hielt ihren Ellbogen umklammert, sodass ihre nackten Arme eine Vier formten.

Walt hatte ja immer geklagt, er bekäme in der Gegenwart von Frauen kein Wort heraus, aber jetzt stand er kurz vor der Hochzeit und Jack war derjenige, der wie gelähmt war. Ruth sah jedoch wegen der Party und ihrem Kleid schon nervös genug aus, deshalb musste Jack dringend irgendetwas sagen. Aber kein Kompliment. Komplimente hatte sie schon zu viele bekommen, von Männern mit unlauteren Absichten. Er versuchte es mit einem Lächeln. „Du hast das Kleid ja gar nicht verbrannt."

Sie lachte und entspannte sich ein wenig. „Warum auch? Es ist wunderschön."

Jack lief die letzten Meter durch den Aeroclub zu May und Ruth, die bei den Frauen vom Roten Kreuz standen. Er griff nach Ruths Hand. „Schön, dass du gekommen bist."

„Ich bin nur wegen May hier, damit du das weißt."

„Schon klar." Er unterdrückte ein Lächeln. Ja, sie wollte May nicht allein Zug fahren lassen, aber er hatte Parfum gerochen, wenn auch geborgtes, ohne Zweifel. Und Ruth trug nie Parfum.

Jack drehte sich zu Charlie um, der May dabei half, ihren Umhang über das lange rosafarbene Kleid zu ziehen. „Hast du deine Waffe, de Groot? Niemand kommt näher als sechs Schritt an diese Damen heran."

Ruth lachte. „Wird das nicht etwas schwer auf der Tanzfläche?"

Erstaunt sah er Ruth an. Sie hatte die Einladung nur deswegen angenommen, weil Ed Reynolds wegen seiner Trinkerei endgültig zur Infanterie versetzt worden war und Jack ihr versprochen hatte, dass sie nicht tanzen müsse. „Weißt du nicht mehr …"

„Das hier ist eure Party. Einhundert Einsätze des 94. Geschwaders ist doch ein Grund zu feiern." Sie warf sich den Umhang um, bevor Jack ihr helfen konnte.

„Und der arme Jack hat fast die Hälfte davon selbst geflogen." Charlie hielt May die Tür auf.

„Aber hallo." Fünfundzwanzig Einsätze in der ersten Runde, zwanzig in der zweiten und zehn standen noch aus. Jetzt, mit steigenden Einsatzzahlen und sinkenden Verlusten hatte die 8. US-Luftflotte den aktiven Dienst auf dreißig Einsätze erhöht.

Jack bot Ruth den Ellbogen an und führte sie in den kühlen, nasskalten Abend. Seitdem er sie vor ein paar Wochen in Prestwick direkt nach ihrem ersten Luftrettungsflug besucht hatte, hoffte er auf einen Tanz mit ihr. Als sie ihn dort erblickt hatte, hatte sie sich eine Hand vor den Mund geschlagen, war auf ihn zugelaufen und auf halber Strecke losgerannt. Er hatte sie umarmt, sie sich an seiner Schulter ausweinen lassen und ihr angeboten, diesen Idioten Burns windelweich zu prügeln.

An jenem Tag war auch sein neuer Plan gereift. Ein Plan für sie, nicht für ihn, und er hatte viel darüber gebetet – sehr viel.

Jack drückte Ruths Arm fest an sich. „Wie läuft es in Prestwick?"

„Viel zu tun. Wir evakuieren zweihundert Patienten pro Tag."

Jack nickte. Die Krankenhäuser wurden geräumt, das hieß, die Invasion stand unmittelbar bevor. Vermutlich sobald das Wetter mitspielte. „Und sonst?" Er sprach leise, obwohl Charlie und May sich schon hatten zurückfallen lassen.

Ruth seufzte. „Unverändert. Anspielungen, Zweideutigkeiten, aber ich traue mich nicht mehr, mich zu beschweren. Mein Job steht auf dem Spiel. Ich muss das jetzt ertragen."

„Der Kerl gefällt mir nicht. Hast du mal nachgefragt? Kannst du auf dem Rückflug woanders mitfliegen?"

Sie schüttelte den Kopf und setzte dadurch eine Parfumnote frei. „Lieutenant Shepard hat so die Nase voll von mir, dass ich nicht in ein anderes Flugzeug wechseln darf. Und die Piloten meinten, ich wäre vorn in der Kabine nur im Weg. Aber auf der Frachtstrecke hat er mich noch nicht belästigt. Er tippt die ganze Zeit auf der Schreibmaschine und erledigt den Schreibkram für seine Firma, und dann schläft er meistens."

„Gut", brummte Jack. „Trotzdem würde ich ihn gern vermöbeln."

Ruths Lachen mischte sich mit der Musik aus Hangar eins. „Verlockender Gedanke. Aber dass du mir zuhörst, hilft mir noch mehr. Du bist der Einzige, mit dem ich darüber reden kann."

Sie hielt sich so strikt an den „Keine Beschwerden mehr"-Befehl, dass sie noch nicht einmal May ins Vertrauen zog. Zuerst hatte Jack das gestört. Aber mittlerweile war er ihrer Meinung. Warum Mays gute Zeit zunichte machen? Außerdem hatte es seine Vorteile, Ruths einziger Vertrauter zu sein: Die Sterne in ihren Augen sorgten in seinem Bauch für einige Unruhe.

Er führte sie durch die großen Tore des Hangars, die weit genug offen standen, dass die Leute hineinkamen, aber die Kälte draußen blieb.

Hunderte Männer in Ausgehuniform schlenderten herum und fast genauso viele Frauen – amerikanische Krankenschwestern, Frauen vom Roten Kreuz und britische Mädchen, die aus den umliegenden Dörfern herbeigekarrt worden waren. Auf der einen Seite war eine improvisierte Bar aufgebaut worden, auf dem Betonboden standen Tische und auf einer mit roten, weißen und blauen Wipfeln geschmückten Bühne spielte die Militärband. Von der Decke hallte die lateinamerikanische „Frenesi"-Nummer wider, und der Klarinettensolist gab sich alle Mühe, Artie Shaw zu imitieren.

Jack gab seine Jacke und Ruths Umhang ab und nahm Ruth beim Arm. „Und? Was denkst du?"

„Sind das viele Leute!" Sie sah blass aus.

Sein Beschützerinstinkt erwachte. „Und du armes Ding musst dich den ganzen Abend mit mir abgeben."

Sie sah nicht auf, aber ihre runden Wangen verrieten, dass sie lächelte. Er musste sie auf die Tanzfläche lotsen, bevor sie sich noch umentschied. Warum musste die Band am anderen Ende vom Hangar sein?

Jack bahnte sich einen Weg durch die Menge und ging den Mitgliedern seiner Staffel aus dem Weg. Ruth hinterließ eine Spur von offenen Mündern, aber er lief extra so, dass man sah, dass sie zu ihm gehörte.

Im hinteren Teil des Hangars tanzten die Paare jetzt zu „American Patrol" Jitterbug. Jack zog Ruth an sich heran und genoss es, wie sie scharf einatmete. Gut, seine Nähe löste also doch noch etwas bei ihr aus.

„Denk dran, mach es mir einfach nach." Er führte sie in einem einfachen Foxtrott wie vor Monaten in der Abteiruine über die Tanzfläche und ihre Anspannung ließ allmählich nach. Bald darauf konnte er sie im Kreis drehen und zum Lachen bringen. Jetzt brauchte er eine ruhige Nummer, aber „American Patrol" war noch immer im vollen Gange.

„Gefällt dir die Band?", rief er.

„Oh ja, und die Bühne auch. Sie ist richtig partyfein." Ruth grinste schelmisch.

Jack erinnerte sich an ihr Reimspiel und drehte sie wieder im Kreis herum. „Hinter der Bar steht übrigens noch ein Warzenschwein."

„So ein Quatsch."

„Man weiß nie. Das ist hier ein einziger Schweinestall. Selbst wenn wir hier putzen wie verrückt, ist das immer noch ein verdreckter Hangar."

Die Musik wurde langsamer und Ruths Stirn durchzog eine Furche. „Das hast du doch geplant."

Die Band spielte „Sleepy Lagoon". Jack schüttelte energisch den Kopf. „Ehrlich, ich ..."

Da lachte sie ihn an und Jack zog sie zu sich. Sie ließ es geschehen. Jack rieb seine Wange an ihrem weichen Haar und füllte seine Lunge mit ihrem Duft. „Ich liebe dich, Ruth Doherty."

Sie versteifte sich und drückte sich ein Stück weg. „Was?"

Er ließ seinen Arm an ihrer seidigen Hüfte liegen. „Im Oktober habe ich dir gesagt, dass ich dich liebe, aber damals liebte ich nur meine Vorstellung von dir. Aber jetzt kenne ich dich und meine Liebe wächst jeden Tag mehr."

„Jack ..." Ihr Blick wanderte über seine Schulter zum Ausgang.

Er drehte sie mit einer Tanzbewegung, bis sie in Richtung Bühne stand. „Ich muss etwas Wichtiges mit dir besprechen. Und du darfst nicht protestieren, bis ich fertig bin. Danach darfst du von mir aus eine Zeit lang heftig Protest leisten, und dann genießen wir einfach den Abend weiter. Abgemacht?"

„Jack, ich ..."

„Abgemacht?"

Sie seufzte. „Abgemacht."

Sein Herz schlug schneller, wie ein Motor auf Hochtouren, aber er ließ das Gaspedal locker. *Herr, wenn du das hier nicht willst, dann halte mich auf!*

„Jack, was soll das alles?"

„Ich möchte dich heiraten."

Ruth riss erschrocken die Augen auf. Ja, das Kleid passte zu ihrer Augenfarbe.

„Ich habe das gründlich durchdacht und alle deine Einwände kann ich entkräften. Erstens: Wir heiraten nicht vor Kriegsende. Wir haben schließlich beide eine Aufgabe."

„Jack ..."

„Na, na, nicht protestieren." Er hob einen Zeigefinger in die Höhe und zog ihre Hand gleich mit. „Lass mich ausreden. Du machst dir natürlich wegen des Küssens Sorgen und wegen dem, was ... in einer Ehe nun mal passiert. Aber ich habe es dir versprochen. Und ich weiß nun Bescheid und habe vollstes Verständnis. Ich brauche das nicht. Ich brauche nur dich. Wir können in getrennten Schlafzimmern schlafen, und falls du Kinder willst, können wir auch welche adoptieren. Dieser Krieg macht weiß Gott genug Waisen. Wir könnten aber natürlich auch deine Schwester Maggie bei uns aufnehmen."

Ihr ganzes Gesicht war in Aufruhr. „Das ..."

„Ich bin noch nicht fertig." Er bewegte sich weiter zur Musik, auch wenn es sich anfühlte, als würde er mit einem Betonpfahl tanzen. „Du hast mir gesagt, du kannst wegen deiner Familie nicht heiraten. Aber es wäre mir eine Ehre, für sie zu sorgen. Deine Familie wird auch meine Familie sein."

In ihren Augen standen eine Million Einwände, aber sie schwieg.

„Ich liebe dich so sehr." Ihm versagte die Stimme und er drückte ihre Finger auf seine Lippen, bis er wieder reden konnte. „Ich möchte für dich sorgen. Dich beschützen. Ich will dich den Rest meines Lebens lieben."

Sie starrte auf seine Brust. „Ich ... ich weiß nicht, was ich sagen soll."

Er vergrub seine Nase in ihren rostbraunen Locken. „Sag ja."

Sie legte die Wange an seine Schulter. „Nein, ich kann nicht. Das ist verrückt."

„Nein, es ist ..."

„Doch, ist es. Es ist falsch, und zwar von vorne bis hinten. Ich weiß noch nicht mal warum. Es ist einfach nicht richtig."

„Ruth ...“

„Das ist nicht fair dir gegenüber.“

„Natürlich ist es das.“

„Nein, ist es nicht. Du hast eine normale Frau verdient und eigene Kinder, so Gott will.“

Jack hielt den geschmeidigen Körper im Arm, der ihm nie gehören würde, aber das war ihm egal. „Liebste, das brauche ich alles nicht. Ich möchte nur dich. Bitte, ich möchte nur dich.“

„So Gott will.“ Sie hob den Kopf. „Deswegen ist es falsch.“

„Wie bitte?“

„So Gott will. Das ist es. Du willst für mich sorgen, mich beschützen, mich lieben, aber das ist Gottes Aufgabe. Ich bin endlich dabei, mich auf ihn zu verlassen, und wenn ich mich jetzt auf dich stütze, dann wäre das falsch. Ich muss ihm vertrauen, nicht dir.“

Jacks Ballon bekam einen Stich versetzt und die Luft pfiff heraus, aber er zwang sich zu lächeln. „Was für ein Zufall. Ich muss auch lernen, ihm zu vertrauen. Machen wir das doch gemeinsam.“

„Aber nicht als Mann und Frau“, sagte sie voller Mitgefühl.

„Eines Tages.“ Er schwang sie herum, bis seine Überzeugung und ihr Lachen zurückgekehrt waren. „Eines Tages, meine kleine Makrone. Eines Tages werde ich dich überzeugen, meine Frau zu werden.“

* * *

Auf der Bühne verlasen Colonels und Generäle kleine Reden, lobende Erwähnungen und Glückwünsche, aber Ruth konnte sich nur auf Jack hinter ihr und seine warme Hand auf ihrer Hüfte konzentrieren. Wenn sie sich doch einfach zurücksinken und von seinen Armen und seiner Liebe umfangen lassen könnte. Wenn sie doch einfach Reißaus nehmen könnte.

Die zwei gegenläufigen Emotionen hackten aufeinander herum und schlugen dabei Risse in ihr Herz.

„Das ist General Curtis LeMay“, raunte Jack ihr ins Ohr. „Kommandeur der Dritten Division. Ein harter Knochen, aber verdammt gut.“

Ruth nickte. Der Mann am Mikrofon hatte einen entschlossenen Gesichtsausdruck, einen gedrungenen Körper und stand wie eine Eins. Er verlas für den Januareinsatz über Braunschweig die „Distinguished

Unit Citation", die höchste Auszeichnung, die eine Einheit bekommen konnte.

Dann trug er den Einsatzbericht vor. Einsatzabbruchbefehl, 360-Grad-Wende, schwerer Jagdfliegerbeschuss. „Durch außerordentlichen Heldenmut und beispielhafte Pflichterfüllung in weitaus höherem Maße als alle anderen an diesem Einsatz beteiligten Einheiten und durch einen entscheidenden Schlag gegen die feindliche Kriegsindustrie hat das 94. Bombergeschwader eine herausragende Leistung erbracht und nicht nur sich selbst, sondern der ganzen US-Luftflotte die höchste Anerkennung eingebracht."

„Phänomenal." Ruth blickte über ihre Schulter. „Warst du bei dem Einsatz dabei?"

Jack sah weiter zur Bühne und nickte. Dann applaudierte er. Es gab Jubelrufe und Pfiffe, als ein Colonel ans Mikrofon trat. Obwohl er nicht groß war, hätte ihn mit Sicherheit niemand als klein bezeichnet, nicht mit der stillen Autorität, die ihn umgab.

„Das ist Castle", sagte Jack und pfiff. „Der beste Kommandeur überhaupt."

Der Colonel nahm die Auszeichnung entgegen und hielt eine kurze Rede. Als er fertig war, klopfte jemand Jack auf die Schulter. „Gute Arbeit, Novak."

Ein anderer hob sein Glas. „Auf Sie, Major."

„Wofür war das?", fragte Ruth.

Jack zuckte mit den Achseln. „Die gehören zu meiner Staffel."

Er hatte ihr nicht gesagt, warum sie ihm gratulierten. Kein Zweifel, Jack Novak war ein anderer Mann geworden.

Die Zeremonie war zu Ende und die Band stimmte „Stars and Stripes Forever" an.

„Da drüben sind Charlie und May. Komm, wir ruhen uns ein bisschen aus." Er winkte Charlie zu und ließ eine Reihe Handzeichen folgen. Am Ende zeigten beide Daumen hoch.

Ruth lachte. „Was war das denn?"

„Ich habe ihm gezeigt, er soll schon mal einen Tisch besetzen, während ich die Getränke hole." Er schob sie durch die Menge. „In der Kabine ist es während des Luftkampfs extrem laut. Manchmal funktioniert der Funk nicht. Da muss man sich mit Handzeichen behelfen."

„Kann ich mir vorstellen. Wenn um einen herum die Flakgeschosse explodieren und die Jagdflieger herunterstürzen, muss man wenigstens noch klären, wer den Tisch besetzt und wer die Getränke holt."

Jack lachte herzhaft. „Ich habe das beste Date von allen."

Sie stöhnte. Die anderen Männer hatten Dates, die tanzen konnten und sich in langen Kleidern und mit freien Schultern wohlfühlten. Ruth verhedderte sich immer wieder im Rock, konnte sich nicht an die kitzelnde Luft an ihrem Oberkörper gewöhnen und hatte schon mit ansehen müssen, wie mehrere Frauen wegen ihrer klobigen Armeeschuhe verstohlen gelächelt hatten.

An der Bar bestellte Jack vier Colas. Zwei blonde Lieutenants, die sich zum Verwechseln ähnlich sahen, lehnten an der Bar und ließen ihre Blicke über Ruths Körper wandern. Sie drückte sich näher an Jack. Die Zwillinge begutachteten ihn und vier blonde Augenbrauen schnellten nach oben, als hätten ihnen die Eichenlaubblätter des Majors Angst eingejagt.

Ruth betrachtete Jack, der sich mit dem Barkeeper unterhielt. Mit seinem Aussehen und seiner Persönlichkeit konnte er sich jeder Menge Aufmerksamkeit sicher sein, aber er hatte sich mit seinen Fähigkeiten und seinem Charakter den Respekt der anderen erarbeitet. Er konnte jede Frau hier im Raum haben, ohne Probleme. Ruth sah, wie die Frauen ihn beobachteten, wie sie mit den Fingern an ihrer Kehle herunterfuhren.

Jack drückte ihr eine kalte Flasche in die Hand. Zwei weitere stopfte er sich in die Uniformtaschen, dann nahm er sie am Ellbogen und führte sie durch den Hangar.

„Warum ich, Jack?"

„Hm?" Er sah sie verwirrt an. Dann lächelte er und wackelte mit den Augenbrauen. „Weil ich dich liebe, meine kleine Makrone."

Ruth versuchte, nicht an ihre weichen Knie zu denken, und verdrehte die Augen. „Nein. Warum ich? Sieh dich doch um. Alle diese Frauen würden dich vom Fleck weg heiraten."

„Quatsch." Er zeigte auf eine Brünette in einem roten Kleid. „Siehst du ihren Schmuck? Sie wäre nie mit dem Gehalt eines Pastors zufrieden. Und mit dem eines Berufssoldaten erst recht nicht."

„Ach, aber eine arme kleine Waise ..."

„Jep." Seine Augenwinkel bekamen Lachfalten. „Sieh mich doch an, ich mache dir hier einen Antrag und weiß noch nicht mal, was ich werden will."

„Kannst du dich immer noch nicht durchringen?“

„Was meinst du denn? Willst du lieber eine Pastorenfrau oder eine Soldatenfrau sein?“

Sie lachte. „Weder noch. Außerdem hat Gott das zu entscheiden, nicht ich.“

Jack führte sie an einer Gruppe lärmender Männer vorbei. „Ja, aber mir hat er jedenfalls noch keine klare Antwort gegeben.“

„Vielleicht doch.“

Jack blieb stehen.

Sie ärgerte sich über sich selbst. Wer war sie, dass sie ihm Vorträge über Gott halten konnte?

„Spuck's aus“, sagte er.

Ruth seufzte. „Na ja, du hast es versucht. Du hast dich so sehr bemüht, wie dein Vater zu sein, aber du bist nun mal nicht dein Vater. Hier, das hier bist du. Ich kann es an deinem Blick sehen, wenn du über deine Arbeit sprichst. Und jeder, der dich gut kennt, findet, du solltest hier bleiben. Außer dein Vater. Aber er ist nur ein Mann, Jack.“

Sein Blick flatterte. Eine gefühlte Ewigkeit sah er in ihre Richtung, ohne sie direkt anzusehen. Ruth befühlte nervös die Colaflasche. Würde sie wollen, dass zu ihr jemand sagte, Ma sei nur eine Frau? Ma bedeutete ihr so viel und Jacks Vater ihm bestimmt auch. Er war der Mann, an dem er sich maß, den er bewunderte und dem er nacheiferte.

„Ich bin ein miserabler Pastor.“ Jetzt sah er sie an, traurig zwar, aber ruhig. „Weil ich nicht zum Pastor geboren bin.“

Ruth schickte ihm ihr ganzes Mitgefühl.

Langsam veränderte sich sein Gesicht. Seine Augen fingen wieder an zu strahlen. „‚Warum ich', fragst du? Ich verrate es dir. Du bist eine Frau, die Gott liebt, die richtig Feuer hat, und ich bin einfach nur verrückt nach dir.“ Er beugte sich vor und küsste sie zärtlich auf die Stirn.

Ihr Körper und ihr Herz lehnten sich automatisch in seine Richtung. Sie zwang sich, gerade zu stehen. „Hey, du hast es versprochen!“

„Ruhig Blut, Fräulein. Das Versprechen gilt für deine Lippen. Deine Stirn habe ich schon einmal geküsst und da hast du dich auch nicht beschwert. Oder?“

Ruth nickte widerwillig.

„Ich muss meinen Mund einfach von diesem Bereich fernhalten.“ Er zeichnete einen Kreis von ihrer Nase bis zum Kinn.

Ruth bemühte sich, die Spannung zu halten. „Bleib mit deinen Lippen schön bei dir." Sie drückte ihm zwei Fingerspitzen auf den Mund.

Keine gute Idee. Jack küsste sie zärtlich und eine warme Welle rauschte über Ruth hinweg. Er liebte sie, von Kopf bis Fuß, und das Gefühl war süßer und überschäumender als die Cola in ihrer Hand.

„Du liebst mich auch, nicht wahr?" Er legte ihr einen Arm um die Taille und zog sie an sich heran, bis sie nur noch ihn sehen, fühlen und wollen konnte.

Irgendjemand stieß sie versehentlich an und Ruth wurde sich wieder der Menschenmenge bewusst, des Hangars und des Bandsängers, der leise „I'm Getting Sentimental Over You" ins Mikro sang. Sie merkte, dass sie kurz davor war, ihr Herz, ihr ganzes Leben an diesen Mann zu verlieren.

„Na? Stimmt's? Du liebst mich, oder?" Jacks Tonfall war leicht und scherzhaft geworden.

Ruth befreite sich aus seiner Umarmung. „Du drehst dich wieder nur um dich selbst. Erst sagst du, du hättest dich verändert, aber es ist immer dasselbe: Stolz, Stolz, Stolz." Sie lief in Richtung Tisch und warf ihm einen aufmüpfigen Blick zu.

Sein Lächeln verriet alles. Er wusste es.

Sie liebte ihn.

Jetzt, wo er es wusste, würde er niemals aufgeben. Aber der altbekannte Schmerz machte ihr eins deutlich: Sie liebte ihn zu sehr, um ihn zu heiraten.

Kapitel 43

Militärflugfeld Bury St. Edmunds
Freitag, 31. März 1944

Jack beugte sich über den Schreibtisch und notierte Namen aus seiner Staffel. Polansky, Berardi, Davis, vielleicht Markowitz. Was die anderen Staffeln betraf, musste er auf die Einschätzung der Staffelkapitäne vertrauen, und die waren alles andere als erfreut, dass Jack ihnen die besten Leute abluchste.

Es war eine Ehre, mit seiner Staffel zur Pathfinder-Staffel der Vierten Geschwadergruppe ernannt zu werden. Eine Ehre.

Nur nicht die Ehre, die er wollte.

Mit der neuen Erkenntnis, dass er ins Militär gehörte, war er an diesem Morgen Castles Bitte, in sein Büro zu kommen, gefolgt. Er hatte fest damit gerechnet, zu Lt. Col. John Novak Jr., Stellvertretender Kommandeur für die Luft, ernannt zu werden.

Aber das war nicht geschehen. Er war nach wie vor Major, immer noch Staffelkapitän, nur eben ein bisschen besser.

„Eine Ehre." Er sagte es, schrieb es mit Großbuchstaben aufs Papier und strich es gleich wieder durch. Das sah lächerlich aus. Er klopfte mit dem Bleistift gegen die Schreibtischkante. Kriterien, er brauchte Kriterien. Mehr als fünf Einsätze als Beweis, dass sie den Luftkampf aushielten, aber nicht mehr als fünfzehn. Die 8. US-Luftflotte konnte es sich nicht leisten, eine Crew im radargestützten Bombenabwurf zu trainieren, die einen Monat später schon wieder die Heimreise antrat.

Das hier war kein vorübergehender Auftrag für Jack, während Castle nach der nächsten Gelegenheit für eine Beförderung Ausschau hielt.

Er klopfte schneller. „Eine Ehre."

„Ahoi, Skipper." Charlie kam zur Tür herein. „Schon gehört?"

Ein Blick in sein freudiges Gesicht und Jack wusste, dass Charlie bei der Entscheidung eine Rolle gespielt hatte. Er zwang sich zu lächeln. „Und ob."

Charlie ließ sich auf einen Stuhl plumpsen. Jeden Tag kam er mehr zu Kräften, obwohl er immer noch fünf bis zehn Kilo zu leicht war. „Das wird super, meinst du nicht? Wir sind vier Wochen zusammen in Alconbury. Genau wie in alten Zeiten."

„Ja, super." Jack sah nach unten auf seine Liste, damit Charlie nicht merkte, wie verlogen sein Lächeln war. „Ich muss heute noch meine Crew zusammenstellen. Montag geht es los."

„Warte mal ab, bis wir in jedem Geschwader eine H2X-Staffel haben. Hitler wird nicht mehr wissen, wo ihm der Kopf steht."

„So sollte es sein." Jack setzte den Bleistift an. Kirby, Johnson, Carter.

„Wenn ich mir überlege, was die Holländer durchmachen: Die nagen am Hungertuch, werden zur Zwangsarbeit verdonnert und leben ständig in Angst vor der Gestapo. Und das ist nichts gegen das, was die Juden erleiden. Konzentrationslager und wer weiß was noch."

Jack legte den Stift weg. Er jammerte hier wegen seiner Karriere und ein ganzer Kontinent sehnte sich nach der Befreiung von der Gewaltherrschaft.

Er rang sich erneut ein Lächeln ab. „Wie ist denn der Kaffee in Alconbury?"

„Grauenvoll. Man fühlt sich gleich wie zu Hause."

„Apropos Kaffee." Jack sah auf die schwarze Brühe in seiner Tasse. „Wollen wir Essen gehen?"

„Deswegen bin ich ja hier." Charlie stand auf und warf Jack seine Jacke zu. „Es nieselt immer noch draußen."

„Wenigstens hat es gestern nicht die hübschen Kleider der Mädels vollgenieselt." Er zog die Jacke über. „Hast du sie zum Bahnhof gebracht?"

„Jep." Charlie ging vor. „Sie waren ganz verständnisvoll, dass du nicht mitkommen konntest."

„Meinst du, ich kriege achtundvierzig Stunden Ausgang in Alconbury?"

Charlie lachte. „Mitten im Lehrgang?"

Jack trat nach draußen und seufzte der feuchten Luft entgegen. Konnte er Ruth nur durch Briefe überzeugen, ihn zu heiraten?

Neben ihnen hielt knirschend ein Jeep auf der schlammigen Straße. Jeff Babcock winkte vom Beifahrersitz.

„Hey, Jeff." Charlie gab dem Stellvertretenden Kommandeur die Hand. „Schön, noch ein bekanntes Gesicht zu sehen."

„Viele sind wir ja nicht mehr. Es haben längst alle ihre Mindestzahl an Einsätzen hinter sich oder wurden irgendwo hinbefördert. Stimmt's, Novak?"

Jack wusste, worauf Babcock anspielte. Von der kämpfenden Truppe, die vor fast einem Jahr hier eingetroffen war, war nur noch Jack in der gleichen Position. Er lächelte grimmig. „Alle, die überlebt haben, jedenfalls."

Babcocks Grinsen erlosch kurz, dann war es wieder da. „Sag mal, Novak, was war das für ein scharfes Püppchen, mit dem du gestern hier warst? Aber hallo! Passte so gar nicht zu einem Pastor. Aber man muss sich ja die Hörner abstoßen, solange es geht, nicht wahr?"

Jacks Hände ballten sich in seinen Jackentaschen zu Fäusten und er marschierte wütend auf den Jeep zu. „Lieutenant Doherty ist kein scharfes Püppchen. Sie ist eine unglaublich anständige Frau, die jeden Pastor mehr als verdient hätte, also pass bloß auf, du politisches Großmaul ..."

„Hey, Jungs, Schluss jetzt." Charlie schob sich zwischen die beiden Männer.

Babcock lehnte sich so weit zurück, dass seine Mütze herunterfiel. „Was du gleich wieder da hineinliest, Kumpel."

Jack packte Charlie an den Schultern und schob ihn beiseite. „Ich bin nicht dein Kumpel und war es auch nie. Und ich lese da nichts hinein."

„Jack, hör auf." Charlie hielt ihn am Oberarm fest.

Jacks Fäuste sehnten sich nach Babcock, nach Burns, nach den Männern, die Ruth vergewaltigt und ihr die seelischen Narben zugefügt hatten. „Du meinst wohl, sie ist ein Flittchen, nur weil sie hübsch ist? Jetzt reicht's mir ..."

Fast wäre der Jeep Jack über die Füße gefahren. Babcock winkte ihm über die Schulter. „Ich wollte dir nur gratulieren, dass deine Trockenperiode in Sachen Liebe vorbei ist. Vielleicht kommst du ja auch in Sachen Karriere mal aus der Wüste!"

Jeep oder kein Jeep, Jefferson Babcock Jr. hatte dringend ein blaues Auge nötig. Jack wand sich aus Charlies Griff und rannte los.

„Jack! Hast du sie noch alle? Du bist ein höherer Offizier, verdammt noch mal!"

Ein höherer Offizier. Er blieb heftig atmend stehen, lief zu Charlie zurück und bemerkte das Grüppchen von Neulingen, die ihn beobachteten.

Charlies Gesicht war puterrot und er massierte seine Hand. „Bist du übergeschnappt? Du tust so, als wären wir hier auf dem Pausenhof."

Jack verkniff sich das „Er hat angefangen", weil Charlie recht hatte. Er durfte sich nicht prügeln. Er sollte ein Vorbild sein. Und ob es ihm gefiel oder nicht, Babcock hatte einen höheren Rang als er.

„Ich weiß, du bist noch nie mit ihm klargekommen, aber so hast du dich noch nie von ihm nerven lassen. Ich dachte, du wolltest an deinem Stolz arbeiten."

„Mein Stolz?" Jack deutete mit einem Finger auf Babcocks kleinen Konvoi. „Es geht nicht um mich, sondern um Ruth. Ich lasse nicht zu, dass er so über meine zukünftige Frau redet."

„Frau?"

„Ja." Jack ließ den Arm sinken. „Ich hab sie gestern gefragt. Sie hat nicht Ja gesagt, aber irgendwann wird sie das."

Alles an Charlie wurde schmal – die Augen, der Mund, sogar die Wangen. „Nicht das schon wieder."

„Es ist nicht so, wie du denkst. Nicht so wie damals. Ich will sie nicht verändern. Nur lieben."

Der skeptische Blick blieb.

Jack hielt die Hände so vor sich, als hätte er die Antwort in einer Schachtel. „Ich hab's endlich kapiert. Liebe heißt nicht, dass sie meine Bedürfnisse stillt. Nein." Er schüttelte die Schachtel. „Liebe heißt, ihre Bedürfnisse zu stillen."

Charlies Gesicht entspannte sich. „Und sie findet das in Ordnung?"

Jack stöhnte und sah zu einem tropfenden Baum neben dem Hauptquartier. „Noch nicht. Ich muss zugeben, die Vorstellung einer ... einer rein platonischen Ehe, da muss ich mich noch dran gewöhnen. Aber sie wird schon sehen. Ich muss sie ordentlich umwerben und jede Menge beten, aber irgendwann glaubt sie mir."

Charlie schnaubte. „Eins muss man dir lassen. Du gibst nie auf, oder?"

„Ganz genau. Ich dachte schon oft, jetzt bin ich verliebt, aber nein. Das hier, das ist Liebe." Er stellte sich neben Charlie und hob das Kinn in den kitzelnden Regen. „Du glaubst gar nicht, wie gut sich das anfühlt, etwas für sie zu tun und nicht für mich."

Charlie knurrte. Denselben Gesichtsausdruck hatte er an dem Abend gehabt, als er Jack mitgeteilt hatte, dass er nicht mehr mit ihm fliegen würde.

Ärger stieg in Jack auf, aber er kämpfte ihn nieder. Charlie hatte damals recht gehabt, und deswegen hatte er es verdient, angehört zu werden. „Sag es, Charlie."

„Wie kann etwas für sie sein, wenn sie es gar nicht will?"

Jack biss sich auf die Zunge. Charlie hatte nicht gesehen, wie Ruth gestern Abend in seinen Armen dahingeschmolzen war. Er hatte nicht gesehen, wie aus ihrem Blick Liebe sprach.

Es konnte einige Zeit dauern, bis er sie überzeugt hatte. Vielleicht länger als dieser dämliche Krieg. Aber eines Tages, eines Tages würde sie ihm glauben, dass sie zusammengehörten.

Kapitel 44

Prestwick
Samstag, 15. April 1944

„Schwester? Kriege ich eine Aspirin? Bei Ethel Merman da drüben kriegt man ja Kopfschmerzen.“ Der Corporal deutete zum anderen Ende des Zeltes, wo Dottie „Oh, What a Beautiful Mornin’“ trällerte.

Ruth lächelte den jungen Mann auf der Pritsche an. Er hatte rote Haare und grüne Augen und sah aus wie ihr Bruder Chuck. Viel älter konnte er auch nicht sein. „Brauchen Sie wirklich eine Aspirin?“

„Nicht wirklich, aber warum singt sie schon vom Morgen, es ist noch nicht mal die Sonne aufgegangen. Können Sie nicht machen, dass sie aufhört?“

„Nein, aber wenn Ihnen was einfällt ...“

Er grinste. „Dann sage ich sofort Bescheid.“

„Das wäre nett.“ Ruth hatte bereits den Vorflugbericht des Arztes gelesen. Corporal Arthur Thomson war beim Verladen von 500-Pfund-Bomben im Bauch einer B-24 Liberator von einer Bombe eingeklemmt worden. Sein Becken und Oberschenkelknochen waren zertrümmert.

Ruth hockte sich neben die Pritsche. „Sind Sie schon einmal geflogen, Corporal?“

„Nein, Ma’am. Ich war schon zigtausend Mal in einem Bomber drin, aber nie in der Luft. Wissen Sie, irgendwie gehören wir doch auf die Erde. Ich bin Farmer, Ma’am. Mein Acker ist nicht da oben.“

Seine Erfahrung als Farmer beschränkte sich wahrscheinlich darauf, auf Dads Knie auf dem Traktor mitzufahren. „Wie lange haben Sie bis nach England gebraucht?“

„Fast zwei Monate, Ma’am. Mussten im Zickzack um die U-Boote rum.“

„Wissen Sie was? Heute Abend noch werden Sie in New York essen. Vielleicht ändern Sie ja Ihre Meinung übers Fliegen. Und warten Sie mal auf die Aussicht!“

„Oh, ich schau gar nicht runter, Ma'am." Er wurde fast so grün im Gesicht, wie seine Augen waren.

Ein Kandidat für die Spucktüte. Das war ihr bisher nur einmal untergekommen, aber der säuerliche Geruch hatte dann bei der Hälfte der restlichen Patienten ebenfalls zum Übergeben geführt. Sie würde Corporal Thompson ganz vorn einsortieren, wo es etwas ruhiger war.

Ruth legte ihm eine Hand auf den Arm. „Sie brauchen keine Angst zu haben. Die Frachtflugkapitäne sind ruhiger als die Bomberpiloten, die Sie sonst kennen. Die geben sich alle Mühe, Turbulenzen zu meiden."

„Turbulenzen ... das ist, wenn das Flugzeug wackelt, oder?"

„Mh-hm. Manchmal fühlt es sich so an, als wäre man in einer alten Klapperkiste auf einer holprigen Straße, aber das stimmt nicht. Außerdem kann man ja dort oben nirgendwo gegenstoßen." Sie lächelte ihn beruhigend an.

„Ja, aber ..." Er rollte die braune Decke zwischen den Fingern.

„Außerdem haben wir Rettungsinseln und Schwimmwesten und dazu die Notfallausrüstung, die wir aber noch nicht ein einziges Mal gebraucht haben."

Das Gesicht des Corporals entspannte sich. Und wenn er während des Flugs völlig in Panik geraten sollte, dafür gab es ja Phenobarbital.

„Ma'am, Ihr Freund ist ein echter Glückspilz."

„Danke." Ruth stand zu schnell auf und kämpfte mit einem Schwindelgefühl. Auf diesen Kommentar hatte sie schon so oft geantwortet, aber noch nie mit „Danke". Was sollte das denn heißen? Jack war nicht ihr Freund.

Sie nahm das Stethoskop vom Hals, um den Corporal abzuhorchen. Jack hätte die Antwort sicher gefallen. Er war nach wie vor davon überzeugt, dass sie ihn heiraten würde, und schrieb so romantische Briefe, dass es ihr das Herz brach, weil eines Tages seins brechen würde.

Sie liebte ihn zu sehr, um ihn in seinem Glauben zu lassen. Aber wie sollte sie ihn überzeugen? Er hatte ihre zwei besten Argumente entkräftet: ihre Familie und ihre Angst vor körperlicher Nähe, und in die dritte Wunde hatte er gekonnt den Finger gelegt. In seinem letzten Brief hatte er wieder geschrieben, dass Gott doch auch Menschen benutzen würde, um sein Werk zu tun. Warum könnte er Jack dann nicht benutzen, um sie zu beschützen und für sie zu sorgen?

Es war zu logisch. So einfach konnte es nicht sein.

Alles, was blieb, war dieses vage, unerklärliche Bauchgefühl, dass sie ihn nicht heiraten konnte. Sie konnte es noch nicht einmal sich selbst erklären. Es war einfach so.

Ruth schrieb Corporal Thompsons Vitalparameter auf die Passagierliste und überprüfte den Gips, der fast seinen ganzen Unterkörper bedeckte. Die vorderste linke Trage unten war der beste Platz für ihn.

Das Einzige, was jetzt noch funktionieren würde, wäre auf Distanz zu gehen, aber wie sollte sie den Verlust ihrer Freundschaft ertragen? Seit sie sich May vom Leib hielt, war Jack der Einzige, dem sie sich anvertrauen konnte und der an sie glaubte.

Ruth seufzte und packte ihren Patienten in seine Decke ein. „Brauchen Sie noch irgendwas, bevor es nach Hause geht, Corporal?"

„'Ne Zigarette wäre nicht schlecht, Ma'am. Würde meine Nerven sicher beruhigen."

„Tut mir leid. Zigaretten sind aus. Die letzte Lieferung war zu klein." So war das Leben in der Army. Erst mussten die Quartiermeister durch ganz England fahren, um ein paar Fetzen Verbandmull aufzutreiben, und eine Woche später hatten sie so viel Mull, dass die Schwestern scherzten, sie könnten ja Gardinen daraus nähen.

„Brauchen Sie Glimmstängel?" Sergeant Dugan lief mit einem Stapel Bandagen den Gang neben ihr entlang. „Burnsey ist im Medikamentenlager. Er hat 'ne ganze Kiste voll."

„Oh, zu Burnsey geht sie nicht", rief Dottie. „Da müsste sie ihm ja zur Abwechslung mal was Nettes sagen."

Ruth sah in Richtung Lager. „Vom Schwarzmarkt, wette ich", murmelte sie.

„Wie bitte?", fragte Dottie.

Corporal Thompson zog sie am Ärmel. „Schwarzmarkt oder nicht, mir ganz egal. Ich will einfach nur eine rauchen."

Ruth hielt die Luft an. Sie hatten sie gehört? Zählte das jetzt als Beschwerde? Was, wenn das bis zu Lieutenant Shepard durchdrang? Ruth setzte schnell ein Lächeln auf. „Wenn Ihnen eine Zigarette über den ersten Flug hilft, dann hole ich Ihnen gern eine."

Sie lief den Gang hinunter und hob die Stoffklappe zum Medikamentenlager. Burnsey war allein und hatte den blonden Schopf über Verbandmullrollen gebeugt.

„Oh, hallo. Was gibt's?"

Es fiel ihr schwer, die Worte zu formen. „Ich habe gehört, Sie haben Zigaretten."

Seine Mundwinkel gingen nach oben. „War nur eine Frage der Zeit, bis du zu mir kommst, damit ich deine Bedürfnisse stille."

Zähe Galle stieg in ihr auf. „Nicht für mich. Für einen Patienten. Haben Sie welche oder nicht?"

„Ich habe alles, was du willst." Er griff in eine Kiste. „Welche willst du? Camels, Lucky ..."

„Mir egal. Die, die Männer mögen." Sie zog ihren Geldbeutel aus der Tasche und kämpfte mit dem Verschluss. Dass ein Patient für etwas bezahlen musste, was bei der Army eigentlich zu den Rationen dazugehörte, wollte sie nicht zulassen.

Burnsey schlenderte mit einer Packung auf sie zu. „Pass auf. Ich gebe sie dir umsonst, wenn du heute Abend mit mir ausgehst."

Ruth wich einen Schritt zurück und stieß gegen den Metallschrank mit Utensilien. Warum konnte hinter ihr nicht der Ausgang sein?

„Du machst dich ordentlich hübsch, dann weiß niemand, dass du Offiziersrang hast. Und ich sorge für einen zauberhaften Abend: New Yorks feinstes Restaurant, Tanzen, eine Broadway-Show, was immer du willst."

„Ich will ... dass Sie mich ... in Ruhe lassen." Ihr Atem kam stoßweise. Sie hielt ihm mit zitternden Fingern einen Vierteldollar hin.

„Wie soll ich das machen? Ich kann Frauen nicht widerstehen, die sich zieren."

Er stand so nah vor ihr, dass Ruth seinen Zahnpastaatem roch. „Lass ... mich ... in Ruhe."

„Niemand ziert sich so süß wie du, Zuckerschnute."

Ruth drückte ihren Rücken gegen den Schrank und versuchte, einen Schritt zur Seite zu machen, aber Burnsey griff sie am Arm und blockierte ihr den Weg. Ihre Kehle war plötzlich wie zugeschnürt.

„Behalte dein Geld. Irgendwann wirst du dich bei mir revanchieren." Er steckte ihr die Zigaretten langsam in die Brusttasche und fühlte, tastete.

Sie wich zurück, versuchte zu schreien, aber es kam kein Ton.

Burnsey zwinkerte ihr zu und war aus der Tür.

Ruth stand mit weit geöffnetem Mund da und rang nach Luft, als hätte man sie auf den Solar Plexus geschlagen. Sie rutschte mit dem Rücken am Schrank hinunter und klemmte den Kopf zwischen die Knie. Keuchend und japsend kehrte ihr Atem zurück.

Er durfte damit nicht davonkommen. Mit so etwas durfte er einfach nicht davonkommen.

Sie umklammerte ihre Knie und atmete die medizingeschwängerte Luft ein. Aber das war er doch längst.

Lieutenant Shepard konnte sie es nicht sagen, sonst wäre sie ihren Job los. Und Burnsey wusste das.

May konnte sie es auch nicht sagen, sonst würde sie sich gleich Sorgen machen. Und was, wenn May zur Oberschwester ging? Dann wäre Ruth ihren Job auch los und May würde außerdem selbst Schwierigkeiten bekommen.

Noch schlimmer: Jack konnte sie es erst recht nicht sagen. Er würde sich gleich wer weiß was vorstellen. Was würde sie jetzt für Pas Weisheit und Mas tröstenden Hände geben.

Der Vierteldollar klackerte zu Boden und verschwamm mit dem grauen Beton. Ruth versuchte, die Tränen zurückzuhalten, aber sie hinterließen dunkle Flecken auf ihrer blauen Uniformhose.

„Herr, du bist alles, was ich habe."

Kapitel 45

Sonntag, 7. Mai 1944

Die frühe Nachmittagssonne glitzerte auf den silbernen Tragflächen der P-51 Mustangs, die eintausend Fuß über den Bombern ein halbes S flogen. Jack würde die kleinen Freunde nie für selbstverständlich nehmen.

Er massierte die vier Gashebel in seiner Hand, um mit jedem Motor die optimale Umdrehungszahl zu erreichen. Als der Pathfinder für die Dritte Division musste er den Kurs und die Geschwindigkeit gleichmäßig halten. Zwei seiner Kollegen führten jeweils ein Geschwader der Vierten Geschwadergruppe auf dem Weg nach Berlin an. Das war der ideale Jungfernflug für seine frisch ausgebildete Staffel. Eine flauschige Wolkendecke verbarg die Erde vor ihnen. Wenn sie das Ziel treffen sollten, dann lag es nur am H2X „Mickey" Radar.

Jack prüfte die Tankanzeigen. Sah eigentlich alles gut aus für die *My Macaroon*. Charlie hatte ihn aufgezogen, dass er für seine mit H2X ausgestattete B-17G so einen kitschigen Namen gewählt hatte, wo doch Babcock sich fast ein blaues Auge eingefangen hatte, nachdem er Ruth „Püppchen" genannt hatte. Aber Jacks Spitzname für Ruth war liebevoll. Und sie mochte es, dass er sie „Makrone" nannte.

Oder etwa nicht?

Ihre Briefe kamen nur noch sporadisch und waren kurz und unpersönlich. Weder erwähnte sie Burnsey noch die Oberschwester, und auch über seine wasserdichten Argumente für eine Hochzeit verlor sie kein Wort. Sie ignorierte sie einfach.

Jack spannte die Bauchmuskeln an, um das mulmige Gefühl zu verdrängen. Warum grübelte er hier über Ruth? Er hatte einen Einsatz zu fliegen.

„Navigator an Pilot. Wir sollten bald beim IP sein", sagte Pete Gustafson vom Bug.

„Radarnavigator an Pilot. Wow, ihr solltet mal die Bilder sehen, die ich hier kriege. Wunderschön, einfach nur wunderschön."

Jack lächelte unter seiner Atemmaske. Er konnte sich Nick Panapoulos' leuchtendes, teigiges Gesicht vorstellen, wie er sich über den Sucher im Funkerstand beugte. „Stimmst du mit Gus überein?"

„Ihr solltet euch das ansehen. Die Flussbiegung der Havel, so deutlich wie nichts anderes."

„Der IP?"

„Ach so, ja. Wir sind fast da."

Jack schmunzelte über Nicks Begeisterung für sein neues Spielzeug. Dort, wo einst der Kugelturm war, hing jetzt eine runde Radarkuppel unter dem Bauch von *My Macaroon*. Das H2X sandte von dort Radiowellen aus, die am Erdboden zurückprallten und im Sucher von einem geübten Auge in Wasser, Land oder bebaute Flächen unterschieden werden konnten.

„Radarnavigator an Pilot. Wir sind am IP."

„Navigator an Pilot. Bestätige."

„Roger. Zwei gelbe Signalraketen abfeuern", befahl Jack Marvin Cox, dem Funker. Durch die Dachluke im Funkerstand würden sie so dem Rest der Staffel Bescheid geben.

„Bombenschacht offen", gab Oggie Drake vom Sitz des Bombenschützen durch.

Jack brachte *My Macaroon* in eine Kurve mit dreißig Grad Querneigung. Das H2X war hier fast überflüssig, denn die Flak markierte Berlins Grenzen. Jack sah nun nicht mehr auf das größte Schafsfell der Welt hinunter, sondern auf einen riesigen Dalmatiner, dessen Punkte ihn scheinbar anspringen und beißen wollten.

„Schön unten bleiben, mein Junge", sagte er, aber die Flakschützen zielten sowieso zu niedrig.

Flakexplosionen rumpelten wie Donner und ließen das Flugzeug noch mehr vibrieren. Heute hatten die Deutschen jede Menge Ziele. Zum ersten Mal hatte die 8. US-Luftflotte über eintausend Bomber in die Schlacht geschickt. Siebenhundertfünfzig Jagdflieger bildeten ihre Eskorte.

Bis jetzt hatte die Flak noch keine Opfer gefordert und die deutschen Flieger waren auch noch nicht aufgetaucht. Das unaufhörliche Wachstum der 8. US-Luftflotte hatte ihnen die Luftüberlegenheit eingebracht und die deutsche Luftwaffe griff nur noch gezielt an. An manchen Tagen trat sie gar nicht erst in Erscheinung, an anderen gab es heftige Angriffe.

Eine Explosion rüttelte an den Tragflächen.

„Ganz ruhig, altes Mädchen." Gekonnt beruhigte Jack am Steuerrad das Flugzeug. Wenn er doch nur bei Ruth auch so ein glückliches Händchen hätte. Die Frau war schreckhaft, das hatte er vom ersten Tag an gewusst. Aber das hier ergab keinen Sinn mehr. Er hatte alle ihre Bedenken aufgegriffen, und trotzdem hatte er das ungute Gefühl, dass sie ihm entglitt. Aber warum? Er erinnerte sich an die Party. An jenem Abend war er sich ihrer Liebe sicher gewesen. Aber jetzt?

Jack schüttelte einmal heftig den Kopf. Er war mitten in einem Einsatz über Berlin und hatte die ganze verdammte Dritte Division im Nacken. Er musste sich konzentrieren!

Mit einem Blick erfasste er die Instrumententafel. „Wie sieht die Formation aus, Al?"

„Bestens." Captain Albert Feldman beobachtete von der Heckschützenposition aus die anderen Flugzeuge.

Jack nickte zufrieden. Ein einwandfreier Einsatz über Berlin würde sich gut in seiner Akte machen. Während er in Alconbury trainiert hatte, war Colonel Castle zum Kommandeur der Vierten Geschwadergruppe ernannt worden, die auch in Bury stationiert war. Colonel Charles Dougher war der neue Kommandeur des 94. Geschwaders. Jack wusste nicht, was diese Veränderung für seine Zukunft bedeutete.

War es denn falsch, eine Beförderung zu wollen? Selbst beim Beten konnte er seine Motivation nicht ganz zum Schweigen bringen. Anerkennung gefiel ihm nun mal, auch wenn es pure Eitelkeit war, aber er wusste auch, dass er den Job gut machen und Freude dabei empfinden würde. Seine Entscheidung, bei der Luftwaffe zu bleiben, bereute er jedenfalls keine Sekunde. Er musste nur noch den Mut finden, das seinem Vater zu sagen.

„Radarnavigator an Crew. Wir sind am Zielpunkt und ich sage euch, er ist wunderschön. Bereit, Oggie? Und los."

„Bomben raus."

„Zweimal rotes Signal abgefeuert", sagte Marvin vom Funkerstand.

Das Flugzeug gewann durch den plötzlichen Ladungsverlust an Höhe. Die Raketen signalisierten den anderen den Zeitpunkt zum Abwerfen und zwei Leuchtspurbomben hinterließen senkrechte Rauchspuren als Hinweis für die weiter hinten fliegenden Geschwader.

Jack drehte ab in Richtung Sammelpunkt. „Okay, Jungs. Wer möchte nach Hause?"

Zu Hause in Antioch war Walt jetzt ein verheirateter Mann. Gestern war die Hochzeit gewesen und Jack hatte sie verpasst. Ray kam seit seiner Versetzung ins Luftwaffendepot von Sacramento jedes Wochenende heim nach Antioch und verbrachte anscheinend viel Zeit mit Helen Carlisle.

Ray und Helen? Der Altersunterschied zwischen ihnen betrug bestimmt zehn Jahre und Helen war eine Witwe mit einem kleinen Jungen. Das könnte kompliziert werden.

So kompliziert wie mit Ruth? Die Sonne blendete ihn und Jack kniff die Augen zusammen. Seit wann kapitulierte ein Novak vor einer Herausforderung?

Nachdenklich tippte er mit dem Daumen auf das Steuerrad. Er musste nach Prestwick fahren, und zwar bald. Ob er Ausgang bekommen würde? Er hatte einen neuen Kommandeur, eine neue Staffel und die Invasion konnte jeden Tag losgehen. Fast den ganzen April hatte die 8. US-Luftflotte Anlagen in der Gegend von Pas-de-Calais bombardiert, offensichtlich der Ort für die Invasion. Außerdem Zugdepots und Betriebshöfe, um den Deutschen den Nachschub zu erschweren.

Und Jack wollte achtundvierzig Stunden Ausgang? Das konnte er sich abschminken.

Sein Bauch rumorte. Die Zeit lief ihm davon, er spürte das. Aber nach allem, was sie durchgemacht hatten, konnte er Ruth nicht einfach so verlieren. Das durfte nicht passieren.

Kapitel 46

Prestwick
Sonntag, 14. Mai 1944

„Komm schon Ruth. Wir haben nicht den ganzen Tag Zeit."
Ihr Kopf schnellte nach oben und sie verschüttete Kaffee auf ihr Metalltablett. War sie tatsächlich in der Schlange zum Frühstück eingeschlafen? Unglaublich. Zwei Wochen lang hatten sie ununterbrochen Patienten nach New York ausgeflogen. Heute war endlich ein freier Tag für Gottesdienst und Wäsche. Wenn sie es schaffte, wach zu bleiben.

Ruth entschuldigte sich bei Dottie La Rue, die hinter ihr anstand, und bekam als Antwort einen genervten Blick und flatternde Wimpern.

Sie seufzte und ging vorwärts. Dottie war zwar nie ihre Vertraute gewesen, aber zumindest eine Freundin. Ruth vermisste die schönen Tage auf dem Bowman Field, wo die anderen Schwestern sie noch gemocht hatten. Vor einem Jahr hätte sie trotzige Freude dabei empfunden, sich die anderen vom Leib zu halten, aber jetzt zehrte die Einsamkeit an ihr.

Ein Jahr.

Vor einem Jahr hatte sie Jack kennengelernt. Ruth seufzte und tat so, als würde sie gähnen. Was für eine Qual war es, Jack nichtssagende Briefe zu schreiben, während sie ihm eigentlich ihr Herz ausschütten wollte. Um Jacks willen hatte sie die enge Verbindung gekappt, aber dadurch fühlte sie sich nicht weniger elend.

Der Soldat hinter der Theke gab ihr einen Teller mit einem Pfannkuchen darauf.

Und zwei Würstchen.

Ruth hielt ihm den Teller hin. „Bitte keine Würstchen. Darf ich dafür zwei Pfannkuchen haben?"

Die schweren Lider des Soldaten verrieten, dass er Schlaf mindestens genauso dringend nötig hatte wie Ruth. „Jeder nur zwei Würstchen. Der Nächste."

„Nein, ich möchte gar kein Würstchen. Ich esse keine Würstchen."

„Wir sind hier nicht im Restaurant. Der Nächste."

Dottie schob sie von hinten an. „Jetzt nimm die blöden Würstchen und geh weiter."

Norma Carpenter lehnte sich zu dem Soldaten hinüber. „Ignorieren Sie sie einfach. Das machen wir alle hier so. Sie kann immer nur jammern, jammern, jammern."

Ruth funkelte Norma wütend an und ging mit dem ungewollten Teller davon. Sie konnte es sich nicht leisten, ihr eine Szene zu machen. Seit zwei Monaten hatte Ruth sich nicht mehr beschwert, auch wenn ihr Burnsey jede Menge Grund dazu gab.

Kurz ließ sie den Blick durch die Kantine schweifen. May war zum Glück gerade unterwegs. Die verschiedenen Dienstpläne oder die Müdigkeit boten öfter Ausreden, aber manchmal konnte sie May nicht aus dem Weg gehen, und dann führten sie sehr mühsame Gespräche. Insgeheim sehnte sich Ruth nach ihrer einstigen Offenheit.

An der Seite fand sie einen freien Tisch und setzte sich mit dem Rücken zum Raum. Mit einem einzigen Pfannkuchen würde sie unmöglich den Vormittag überstehen.

Blieben also nur die Würstchen.

Sie beäugte den Feind. Kleine Dampfwölkchen wehten ihr entgegen.

Vor ihrem inneren Auge sah sie Pa, der mit einem Würstchen an einer Schnur durch die Wohnung lief. Sie konnte die Freude fühlen, konnte sehen, wie sie damals mit Ellen und Harold immer hochgehüpft war. Saftige deutsche Würstchen, fleischige polnische, italienische Würstchen mit Kräutern und Knoblauch – jedes Mahl war so zum Festessen geworden. Ruth hatte jedes kleine Restchen Fett mit Brot oder Kartoffeln aufgetischt.

Aber seit jenem Tag in der kleinen Gasse wurde ihr schon beim Anblick von Würstchen schlecht.

Heute blieb ihr Magen ruhig. Hungrig, aber ruhig.

Ruth stieß das Würstchen mit der Gabel an. Es schnappte nicht nach ihr. Sie drückte die Zinken hinein, die Hülle gab mit einem „Plopp" nach und vier kleine Rinnsale flossen auf ihren Teller.

Sie sah sich um. Manche erzählten, andere lachten, einige kauten still vor sich hin. Niemand achtete auf sie. Niemand würde sehen, was sie gerade für einen gewaltigen Sieg errang.

Ruth nahm den Geruch tief durch die Nase auf und merkte, wie ihr das Wasser im Mund zusammenlief. Diesen Geschmack hatte sie so lange nicht mehr gehabt. Schnell schnitt sie ein Ende ab, stopfte es sich in den Mund und kaute.

Ja, sie war immer noch in Prestwick, nicht in der Gasse in Chicago. Sie schluckte. Keine Übelkeit, keine weißen Pünktchen, die vor ihren Augen tanzten, nur ihre Zunge, die im Mund herumrutschte und um Nachschub bettelte.

Sie aß noch einen Bissen, dann noch einen und verspeiste beide Würstchen mit einem eigenartigen Hochgefühl. Wieder eine Wunde, die sich schloss. *Danke, Herr! Darum hatte ich dich noch nicht mal gebeten.*

Sie hatte ihn angefleht, ihre Aversion gegen das Küssen wegzunehmen. Von Würstchen war nie die Rede gewesen. Vielleicht hatte er das durcheinandergebracht.

Oder ...

Ruth schluckte den letzten Bissen vom Pfannkuchen herunter und spülte mit Kaffee nach. „Einatmen, ausatmen", flüsterte sie. „Ein, aus. Ein, aus. Ganz ruhig. Nicht denken."

* * *

Jack stand vor der Blechhüttenkapelle, die Hände in die Taschen seiner Fliegerjacke gesteckt. Prestwick war das transatlantische Drehkreuz, weil in ganz England nirgendwo so selten Nebel auftrat wie hier.

Außer heute. Er lief im Kreis, um sich aufzuwärmen. Vielleicht hätte er Ruth doch überraschen und sich einfach neben sie setzen sollen, aber das Schlusslied war bereits im Gange.

Lobe den Herren, der künstlich und fein dich bereitet,
der dir Gesundheit verliehen, dich freundlich geleitet.
In wie viel Not hat nicht der gnädige Gott
über dir Flügel gebreitet!

Lobe den Herren, der deinen Stand sichtbar gesegnet,
der aus dem Himmel mit Strömen der Liebe geregnet.
Denke daran, was der Allmächtige kann,
der dir mit Liebe begegnet.

Jack ging einen Schritt von der Tür weg. Ruth kam als Erste heraus, in olivbrauner Ausgehuniform, die Bibel in der Hand. Als sie ihn erblickte, strahlte ihr Gesicht vor Freude. Dann sah sie abrupt weg.

Jack war, als hörte er tosende Gewässer, aber er musste voran, musste ans Ufer des schwarzen Flusses treten, zu der Frau, die er liebte. „Hallo."

„Mit dir hätte ich jetzt aber nicht gerechnet."

„Wir haben uns schon viel zu lange nicht gesehen. Sechs Wochen."

„Ach? So lange?"

Ihr Kommentar war so kalt wie Eiswasser. „Ich hab dem neuen Kommandeur achtundvierzig Stunden Ausgang aus dem Kreuz geleiert."

„Und jetzt hast du die schöne Zeit mit Reisen vergeudet. Du Armer."

„Dich zu sehen ist nie eine Vergeudung." Er lächelte sie liebevoll an, aber sie sah an ihm vorbei.

„Heute schon. Ich habe seit Wochen keinen Tag mehr freigehabt und ich muss unwahrscheinlich viel erledigen. Da bleibt leider keine Zeit übrig."

Das Eiswasser durchdrang seine Kleidung und machte seine Stimme genauso kalt wie ihre. „Eine halbe Stunde."

„Von mir aus."

„Lass uns spazieren gehen. Nicht länger als eine halbe Stunde, versprochen."

Ruth nickte und lief in einigem Abstand neben ihm her. „Tut mir leid, dass du extra bis hierher gekommen bist."

„Ich habe mir Sorgen gemacht. Deine Briefe ..."

„Es nimmt einfach kein Ende hier. Wir fliegen jeden Tag. Ich konnte noch nicht mal meine Wäsche machen, geschweige denn Briefe schreiben."

Jack war auch ausgelastet, mehr denn je. Die letzten Einsätze vor der Invasion, eine neue Staffel, die es zu organisieren galt, aber trotzdem schrieb er ihr täglich. „Du hast auch nichts mehr von ... na ja, ich weiß doch, wie es hier läuft, und ..."

„Mach dir keine Sorgen. Ich passe schon auf mich auf."

Eine Welle brach über ihm zusammen. So hatte Ruth seit Ewigkeiten nicht mehr gesprochen. Jack versuchte, das Schilf am Ufer zu fassen zu kriegen und zog eine schmale Schachtel aus der Tasche. „Ich habe hier ein Geschenk zum Jahrestag für dich."

„Jahrestag?“ Trotz des gleichgültigen Tonfalls verriet ihr schnelles Blinzeln, dass sie sich erinnerte.

„Wir haben uns vor einem Jahr kennengelernt. Das beste Jahr meines Lebens.“

Eine Sekunde lang schienen ihre Augen dasselbe zu sagen, aber dann glitt ihr Blick wieder in die Ferne.

„Hier.“ Jack hielt ihr die Schachtel hin.

Ruth zögerte, nahm sie und hob den Deckel ab.

Jetzt begriff er, was für ein dummes Geschenk das war. Obwohl sich seine Lunge mit Wasser füllte, lächelte er tapfer. „Die Schere hat mich an meine Zeit im Krankenhaus erinnert. Immer, wenn du den Verband geschnitten hast, wusste ich, du bist fertig und wir können uns unterhalten. Sie ist antik.“

Ruth fuhr mit einem Finger über den Perlmuttgriff. „Ich ... das kann ich nicht annehmen.“

„Ja, ich weiß, für die Arbeit ist sie nicht wirklich geeignet, aber vielleicht kannst du sie zum Nähen oder so nehmen.“ Er sehnte sich nach Luft, versuchte, an die Oberfläche zu kommen.

„Nein.“ Sie drückte ihm die Schachtel wieder in die Hand. „Ich kann sie nicht annehmen. Du sollst aufhören. Hör auf, die Löcher in meinem Leben zu stopfen.“

Die Lunge voller Wasser stach, brannte, wollte bersten. „Ruth ...“

Sie schüttelte den Kopf und sah in alle möglichen Richtungen, nur nicht in seine. „Du weißt nicht, wann Schluss ist. Du versuchst hier, Gottes Arbeit zu machen. Aber ich muss mich auf ihn verlassen, nicht auf dich. Du ziehst mich weg von ihm.“

„Das tue ich nicht. Verstehst du das nicht? Ich möchte ihm helfen.“

Ruth schnaubte. „Ich glaube nicht, dass der allmächtige Gott die Hilfe von Jack Novak nötig hat.“

„So habe ich das nicht gemeint. Manchmal benutzt Gott Menschen, um sein Werk zu tun, und ...“

„Jetzt bist du also im Auftrag Gottes unterwegs? Lass es, Jack. Hör auf. Hör auf, mich zu lieben, hör auf, mir Geschenke zu machen, mich zu besuchen, und ... hör auf, mir zu schreiben. Hör einfach auf. Mit allem.“

Der letzte Strohhalm brach. „Ruth“, brachte er nur noch matt heraus.

„Nein. Hör auf. Fahr nach Hause. Und lass mich in Ruhe.“ Sie drehte sich um und lief davon, die Hand an die Stirn gedrückt.

Er konnte strampeln und kämpfen wie er wollte, es war besiegelt. Jack ließ die Arme sinken und beinahe wäre ihm die Schachtel aus der Hand gefallen.

Eine antike Schere? Er machte die Schachtel auf. Dumm, einfach nur dumm. Seine Finger glitten durch den Griff.

Ruth war nur noch eine olivbraune Silhouette im Nebel. Sie wollte jeden Kontakt zu ihm abbrechen, und zum ersten Mal seit ihrem Aufeinandertreffen würde er genau das tun, was sie wollte.

Jack hielt die Schere in den Nebel und machte einen kalten, metallischen Schnitt.

Kapitel 47

Montag, 5. Juni 1944

Sergeant Whitman krallte sich an den Verbänden auf seinem Gesicht fest. „Nein! Es brennt! Aah! Mach das aus."

Ruth versuchte, seine Hände zu greifen. „Sergeant, wachen Sie auf. Aufwachen."

„Ist nur ein Albtraum, Kumpel!" Burnsey hielt seine Beine fest.

„Wo ist er? Wo ist der Feuerlöscher? Aah!" Eine Faust erwischte Ruth am Kinn.

Sie drückte seinen Arm mit aller Kraft auf die Trage. „Wachen Sie auf! Alles wird gut." Normalerweise gab es ein Verbot für psychologische Fälle auf Evakuierungsflügen, aber bei Sergeant Whitman hatte man den Granatenschock nie diagnostiziert. Niemand hatte gewusst, dass die Fluggeräusche und die Bewegungen die Erinnerungen an das Feuer im Heck der B-17 bei ihm wecken würden. Der andere Schütze war bei dem Brand wohl ums Leben gekommen und Sergeant Whitman hatte sein Augenlicht verloren und auf über zwanzig Prozent seines Körpers Verbrennungen erlitten.

Auf dem Flug von Prestwick nach Meeks war seine Angst immer stärker geworden. Nach dem Zwischenstopp war er in einen unruhigen Schlaf gefallen, aber jetzt, zwei Stunden vor Stephenville, hatte der Albtraum angefangen.

„Danny! Nein! Der Feuerlöscher ist leer. Hilfe!"

Der arme Whitman. Sergeant Robert Whitman, ein kleiner verletzter Junge. Ruth strich ihm über die braunen Locken, die als Einzige nicht einbandagiert waren. „Robert, alles ist gut. Bob, Bobby, wach auf. Du hast einen Albtraum. Alles wird gut, Bobby. Alles wird gut."

„Nein ...", stöhnte der Schütze. Sein Körper zuckte unter der Last.

„Schhh. Alles wird gut, Bobby. Ist nur ein Traum. Ein schlechter Traum. Wach auf."

Sein Kopf drehte sich nach links und rechts. „Mama? Oh, nein, ich bin tot. Ich bin tot."

„Nein, Sie leben. Ich bin Krankenschwester. Wir fliegen Sie nach Hause, wissen Sie noch? Sie kommen nach Hause."

„Oh, das Flugzeug. Ich muss hier raus. Ich halte das nicht aus. Bitte, Schwester, lassen Sie mich raus."

Ruth streichelte ihm weiter über den Kopf. „Wir landen in zwei Stunden. Hat Ihre Mama Sie Bobby genannt?"

Er nickte und stöhnte wieder. „Zwei Stunden? Das schaffe ich nicht. Ich schaffe das nicht."

„Doch, das schaffen Sie. Darf ich Sie Bobby nennen?"

„Bitte", krächzte er.

„Also schön, Bobby. Ich hole Ihnen jetzt etwas, das Sie beruhigt, damit Sie schlafen können."

Mit seiner freien Hand umklammerte er ihren Arm. „Nein! Gehen Sie nicht weg."

Sie sah über die Schulter. Burnsey lag immer noch auf Sergeant Whitmans Beinen. „Sergeant Burns, wären Sie so nett?"

„Natürlich. Bin gleich wieder da." Er lief den Gang hinunter, vorbei an den anderen Patienten, die die Hälse reckten. Burnsey war vielleicht doch gar nicht so übel. Zumindest im Notfall konnte sie sich auf ihn verlassen.

Ruth hockte sich hin und war dankbar, dass Whitman auf der untersten Etage untergebracht war. Sie ließ die Hand auf seiner Stirn liegen, um ihn zu beruhigen. Er kämpfte jetzt nicht mehr, aber alle Muskeln waren noch angespannt.

„Wo kommen Sie her, Bobby?"

„Michigan, Ma'am. Eine Farm bei Grand Rapids."

„Wie schön. Ich wollte immer auf einer Farm wohnen."

„Kommen Sie nicht aus der Stadt? Tut mir leid, Ma'am. Ich habe Ihren Namen vergessen. Lieutenant ...?"

Ruth lächelte sein bandagiertes Gesicht an. Er konnte nicht sehen, wie sie aussah. „Lieutenant Doherty", sagte sie, aber der höfliche und sich quälende junge Mann tat ihr leid. Also beugte sie sich vor und flüsterte ihm ins Ohr: „Aber wenn Sie mir versprechen, es nicht weiterzusagen, können Sie mich Ruth nennen."

„Hübscher Name. Meine Schwester heißt auch so. Der kommt aus der Bibel, wissen Sie?"

„Ich weiß."

„Hier, bitte." Burnsey gab ihr eine Spritze und eine Ampulle.

Ruth las verwirrt das türkisfarbene Etikett. „Pentothal?"

„Genau das Richtige für ihn."

Mit Ruth an seiner Bettstatt war Sergeant Whitman ruhiger geworden, aber sie konnte nicht den ganzen Flug hierbleiben. Dafür hatte sie zu viel zu tun. Pentothal war trotzdem nicht angezeigt. Er würde zwar in zehn Sekunden tief und fest schlafen, aber dafür nur für eine halbe Stunde. Außerdem brauchte er Sedierung, keine Bewusstlosigkeit.

„Bobby, können Sie für mich eine kleine Tablette schlucken?"

Sein Verband bewegte sich. Der arme Kerl versuchte zu lächeln. „Für Sie mache ich das."

Sie gab Burnsey die Spritze zurück. „Legen Sie das doch bitte zurück und bringen mir etwas Phenobarbital, ja? Dreißig Milligramm."

Ruth betrachtete ihren Patienten. Ja, so mochte sie die Männer am liebsten – liegend, bandagiert und ruhiggestellt. So konnten sie ihr wenigstens nicht wehtun. Jack hatte das schon vor langer Zeit erkannt. Sie kämpfte die in ihr aufsteigende Traurigkeit nieder und tätschelte Sergeant Whitmans Arm. „Neufundland. Waren Sie schon einmal in Neufundland, Bobby?"

Kapitel 48

Militärflugfeld Bury St. Edmunds
Dienstag, 6. Juni 1944

Heute brauchte Jack die Männer nicht aufzumuntern. Wenn, dann musste er sie beruhigen.

Der größte Teil der neununddreißig Crews im Einsatzbesprechungsraum schwatzte und rutschte aufgeregt auf den Stühlen hin und her, als wäre dies der letzte Tag vor den Ferien. Keiner beschwerte sich über das Eipulver zum Frühstück, über die frühe Besprechungszeit um 0100 oder darüber, an einem Tag zwei Einsätze fliegen zu müssen.

Sogar Charlie würde fliegen – mit Jack. Charlie saß auf dem Stuhl neben ihm und bekam das Grinsen nicht mehr aus dem Gesicht. Wenn May herausfand, dass er wieder einen Kampfeinsatz geflogen war, würde es mit dem Lächeln vorbei sein. Aber sollte Charlie das hier verpassen? Keiner aus der 8. US-Luftflotte wollte heute zu Hause bleiben.

Heute war D-Day. Eines Tages würden sie ihren Kindern erzählen, wie sie über die Strände der Normandie geflogen waren, dort, wo die alliierten Truppen an Land gingen.

Die Normandie. Jack musste zum wiederholten Male schmunzeln. Die ganzen Bombenangriffe in Pas de Calais hatten Hitler ordentlich an der Nase herumgeführt und Jack genauso. Er hatte zum Glück ein paar Tage früher davon erfahren, weil seine Crews besondere Instruktionen bekommen mussten. Mit dem H2X durch eine feste Wolkendecke zu bombardieren, wenn die Landungstruppen keine drei Kilometer mehr vom Strand entfernt waren, war entweder mutig und brillant oder eine gewaltige Katastrophe.

„Also schön, Männer. Ruhe bitte." Vorn stand Colonel Dougher und hob eine Hand. „Jedes Detail ist wichtig. Ihr Leben und das von Tausenden Ihrer Kameraden am Boden hängt von Ihrer Konzentration ab."

„Ach, das wird ein Spaziergang", flüsterte der Neuling vor Jack.

Jack tippte ihm gegen den Hinterkopf und sah ihn ernst an. Der Neuling lächelte verlegen und drehte sich wieder um.

Natürlich erwarteten die Männer einen Spaziergang. Das Dia mit der Karte zeigte Jagdfliegereskorten im Halbkreis um die Normandie und die englische Küste hinauf, und zwar nicht nur über dem Boden, sondern bis einunddreißigtausend Fuß.

Dougher legte ein Bild einer P-51 ein. „Die Flugzeuge sind am Rumpf und den Tragflächen mit Invasionsstreifen in Schwarz-Weiß bemalt worden. An alle Schützen: Augen offen halten. Schießen Sie erst auf ein gegnerisches Flugzeug, wenn Sie beschossen werden."

Jack lehnte sich zurück und ließ die ganze Situation auf sich wirken. Heute würde er seine letzten beiden Einsätze mit der 8. US-Luftflotte bestreiten und morgen den Antrag auf Versetzung stellen. Gestern hatte das 20. Bomber Command in Indien den allerersten Einsatz mit der B-29 *Superfortress* absolviert. Sobald China und die pazifischen Inseln gesichert waren, würden auch dort neue Geschwader stationiert werden. Genau das brauchte Jack: ein neues Flugzeug, ein neues Umfeld, einen Tapetenwechsel.

In England hielt ihn nichts mehr. Keine Beförderung, keine Beziehung, noch nicht einmal Freundschaft – Charlie hatte nur noch Augen für May und seinen Job. Außerdem würde sich das meiste in Zukunft sowieso im Pazifikraum abspielen. Die Alliierten waren in der Luft überlegen und würden noch heute Abend auf französischem Boden stehen. Der Sieg über Deutschland konnte nicht mehr lange dauern.

„Augen nach vorn, Männer." Dougher tippte mit dem Zeigestock gegen die Wand, wo ein Dia von der Flugroute zu sehen war.

Jacks Blick folgte dem rechteckigen Kurs, den er sich bereits einprägt hatte. Sammeln über Bury St. Edmunds, nach Süden über Gravesend, bei Beachy Head über den Ärmelkanal, Abwurf über Caen. Weiter nach Westen über die Normandie, Kehrtwende bei den Channel Islands und bei Weymouth zurück nach England.

Doughers Zeigestock fuhr die Route entlang. „Jede Abweichung hat sofortigen Beschuss durch die eigene Seite zur Folge. Unsere Schiffe und Jagdflieger haben den Befehl, jedes Flugzeug abzuschießen, das außerhalb des Korridors oder gegen den Strom fliegt. Einsatzabbrüche dürfen nur über englischem Boden erfolgen. Wer danach auf Probleme stößt, muss dem Strom der Bomber folgen."

Jack verschränkte die Arme. Selbst wenn die deutsche Luftwaffe nicht auftauchte und sie kein nennenswerter Flakbeschuss erwartete, würde das hier kein Spaziergang werden. Das Sammeln einer derartigen Menge von Bombern bei Dunkelheit, die strikte Flugroute, die neue Flugformation und die gebotene Sorgfalt beim radargestützten Bombenabwurf in unmittelbarer Nähe eigener Truppen machte diesen Einsatz zu einer heftigen Herausforderung.

Kapitel 49

Flugplatz Harmon Field, Stephenville, Neufundland

Das Knirschen unter Ruths Sohlen durchbrach die nächtliche Stille auf dem Rollfeld. Wenn sie in Stephenville Aufenthalt hatte, was sehr selten vorkam, beobachtete sie gern die Fischerboote in der St. George's Bay, die getünchten Häuser an den Hängen oder die großen Neufundländer, die von dieser Insel stammten.

Heute blieben ihr nur ein paar Stunden, bevor es zurück nach Prestwick ging. Vor Kurzem war ein Pendelverkehr in Betrieb genommen worden. Die Staffeln aus Prestwick brachten die Patienten nach Neufundland und die 822. Luftrettungs- und Transportstaffel aus Harmon Field brachte sie dann nach La Guardia. Ruth hätte gern Sergeant Whitman bis nach New York begleitet, aber wenigstens hatte man ihr versprochen, eine zusätzliche Krankenschwester für den Flug mitzunehmen.

Ruth spazierte über das Rollfeld. Es war 2300 oder halb drei Uhr morgens in Schottland. Neufundland lag in einer Zeitzone dreieinhalb Stunden hinter der mittleren Greenwich-Zeit. Die anderen Schwestern hatten sich hingelegt, aber Ruth konnte nicht schlafen. Wie auch, wenn sie ständig Jacks resigniertes Gesicht vor sich sah?

In dem Augenblick, als sie ihn nach dem Gottesdienst entdeckt hatte und ihm am liebsten um den Hals gefallen wäre, weil sie wusste, dass ihre Aversion überwunden war, war ihr eins klar geworden: Sie musste ihn ein für alle Mal aus ihrem Leben verbannen.

Warum? War das nicht ihr größtes Gebetsanliegen gewesen? Sie sollte freudig erregt sein, aber sie war entsetzt. Ihre Abscheu vor Küssen und ihr Geheimnis hatten beide über ihr Herz gewacht. Aber nun lag ihr Herz frei und war ungeschützt. Wenn Jack das mitbekam, würde er es endgültig erobern, und das konnte sie nicht zulassen.

„Wieso nicht?“, flüsterte Ruth und irrte zwischen den Flugzeugen hin und her. „Ich vertraue ihm doch.“

Ein Stechen in der Brust machte ihr klar, dass das eine Lüge war. Sie vertraute ihm, ja, aber nicht, wenn es um ihr Herz oder ihre Familie ging. Das wollte sie nicht. Für ihre Familie konnte sie selbst sorgen. Und für sich genauso.

„Das ist ja eine noch größere Lüge." Ruth zermalmte kleine Erdklumpen unter ihrem Schuh. Wenn sie im vergangenen Jahr etwas gelernt hatte, dann, dass sie Gott und Freunde brauchte.

Ein kalter Windstoß ließ Ruth frösteln. Vielleicht könnte sie ihre Sanitätskiste inventarisieren? Inzwischen musste die in die Frachtmaschine aus La Guardia umgeladen worden sein.

Aus der offenen Ladeklappe drang schwaches Licht. Ruth runzelte die Stirn. Eigentlich schliefen doch alle. Hatte jemand eine Taschenlampe angelassen?

Sie stieg die Stufen hinauf. Es war niemand zu sehen, aber auf einem Kistenstapel mitten im Flugzeugrumpf stand eine Laterne. Ruth ging näher heran. Auf der Erde stand Burnseys Schreibmaschine. Ein Lieferschein war eingelegt und hing nach hinten herunter. Neben der Schreibmaschine lag noch ein Lieferschein, ein Vordruck vom Logistikzentrum, unterschrieben und datiert auf den 5. Juni. Die Fracht in diesem Flugzeug war darauf aufgelistet. Warum hatte Burnsey das? Mit seinem Job hatte das nichts zu tun. Ruth hob das Blatt in der Schreibmaschine an. Was zum …?

Sie kniete sich hin und verglich die beiden Lieferscheine. Sie waren identisch, außer dass auf dem Formular in der Schreibmaschine drei Posten fehlten: zwei Kisten Camel-Zigaretten, eine Kiste Wrigley's-Kaugummi und eine Kiste Hershey's-Schokoriegel.

„Was?" Sie überprüfte die herumstehenden Kisten. Camel, Wrigley's, Hershey's, alle mit Frachtetiketten von Samuel Burns an Staff Sergeant William Burns. Burnseys Fracht? Aber die Lieferscheine …

Ruth ging ganz nah heran. Das kleine *e* auf den Etiketten stand zu hoch, genauso wie auf dem Lieferschein in der Schreibmaschine. Auf dem Formular in ihrer Hand nicht.

„Du meine Güte." Burnsey hatte Blankolieferscheine und Blankoetiketten genommen und den Nachschub an sich selbst geschickt. Die ganze Zeit ... die ganzen Vorräte, die er von seinem Onkel bekommen haben wollte ... sie kamen auch von seinem Onkel, aber von Uncle Sam. Er behauptete, sie zum Selbstkostenpreis zu verkaufen, ohne jeden Profit. Was für eine Lüge. Sein Profit betrug einhundert Prozent.

„Kannst wohl nicht schlafen?" Burnsey stand hinter ihr und hatte den Ellbogen auf einen Kistenstapel gelegt.

Ruth sprang auf. Der Lieferschein segelte zu Boden. „Ich … ich wollte nur die Sanitätskiste inventarisieren."

Burnsey ließ den Blick über die Szene wandern. In seinen Augen konnte Ruth Angst erkennen, und damit war ihre Angst verflogen. Monatelang hatte er die Macht besessen, sie zu zerstören, aber jetzt hatte sich das Blatt gewendet. Sie lächelte triumphierend. „Jetzt wünschen Sie sich auf einmal, Sie hätten mich mit mehr Respekt behandelt, nicht wahr?"

Sein üblicher Charme kehrte zurück. „Es ist noch nicht zu spät. Du willst, dass ich dich so behandle wie die alte Schachtel Lieutenant Shepard? Kein Problem. Du musst nur so tun, als hättest du das hier nie gesehen. Ist ja auch nur ein bisschen kreatives Unternehmertum."

„Unternehmertum?"

„Genau. Dafür kämpfen wir doch. Den Kapitalismus. Den ‚American Way of Life'."

„Das ist Diebstahl."

Burnsey schüttelte den Kopf. „Das hier ist Regierungseigentum. Und die Regierung wählt das Volk, verstehst du? Es sind meine Steuern."

„Und meine, und …"

Burnsey lachte und stellte ein Bein lässig vor das andere. „Weißt du, wie viel Geld ich vor dem Krieg verdient habe? Ich bin ein erstklassiger Geschäftsmann. Großes Kaliber. Mein Bruder ist ein miserabler Geschäftsmann, aber sogar er verdient sich eine goldene Nase. Wurde ausgemustert, wegen eines kaputten Knies. Ich, im Gegensatz dazu, diene meinem Land. Sehr nobel, sehr patriotisch, sehr unrentabel. Warum sollte ich den Kürzeren ziehen, nur, weil meine Knie funktionieren?"

Ruth zeigte auf die Kisten. „Aber …"

„Aber was?" Er tätschelte eine kleine Kiste mit Zigaretten. „Ich verkaufe nur Luxusartikel, keine Sachen, die man täglich braucht. Und ich verlange nicht mehr als in den Verkaufsstellen. Das ist ein fairer Handel."

Ruth starrte auf die Schreibmaschine. Das war kein fairer Handel. Das war ...

„Hör zu, wir machen einen Deal. Du hast doch immer zu wenig Geld, oder?"

Ruth schob ihr Kinn nach vorn. „Ich habe genug."

Burnsey schnaubte. „Von wegen. Hab dich doch reden hören. Lauter Kinder musst du versorgen und für dich bleibt nichts übrig. Wie wäre es denn mal mit ein wenig Extrataschengeld? Eine Belohnung für deine harte Arbeit?"

„Brauche ich nicht." Ihre Stimme klang nicht so scharf, wie sie wollte.

„Aber du könntest sie haben. Kauf dir ein Buch, eine Platte, vielleicht ein Koffergrammophon."

„Ich habe doch gesagt …"

„Und was ist mit deiner Familie? Du könntest sie in großem Stil unterstützen."

College. Tante Pauline. Ihr Kinn ging ein Stück zurück. „Ich habe genug."

„Ja, aber du könntest noch mehr haben und ich kann dir dabei helfen." Er beugte sich nach vorn. Seine Augen leuchteten im Laternenlicht. Vielleicht würde er sie ab sofort wirklich respektvoll behandeln? Verraten konnte sie ihn nicht. Lieutenant Shepard wartete ja nur auf die nächste Beschwerde von ihr. Und sie vertraute Burnsey viel zu sehr, um ihrem Vorwurf nachzugehen. Nein, ihn zu verpfeifen wäre zu riskant.

„Hör zu. Ich bin bereit, einen Partner in mein Geschäft aufzunehmen. Das Gute ist, du musst überhaupt nichts machen. Gar nichts. Höchstens den Quartiermeister mal ablenken, wenn er zu neugierig wird. Und dafür kriegst du den Deal deines Lebens. Ich gebe dir zweihundert Mäuse Vorschuss und zwanzig Prozent von meinem Gewinn. Wenn wir weiter so oft fliegen, kannst du pro Monat hundert Dollar machen."

Ruth schnappte nach Luft. Hundert geteilt durch vier – nein, drei. Chuck schloss diesen Monat die Schule ab.

Burnsey schmunzelte. „Genau. Denk nur, was du damit alles machen könntest."

„Das ist ziemlich viel Geld", flüsterte sie.

„Eben. Und alle deine Probleme würden sich in Luft auflösen. Endlich könntest du mal ein bisschen Spaß haben. Und am Wichtigsten: Du wirst endlich unabhängig. Das wolltest du doch schon immer, oder?"

Ruth nickte. Sie könnte Tante Pauline zufriedenstellen, für Bert und Maggie etwas fürs College beiseitelegen und ein paar Dinge für sich selbst kaufen. Nicht viele, nur ein paar.

Zum ersten Mal.

Kapitel 50

Jack ließ mit einer Hand das Steuerrad los und spielte mit den Fingern Tonleitern in der Luft. Wenn er das Gefühl für das Flugzeug behalten wollte, brauchte er bewegliche Gliedmaßen.

Er sah auf die Uhr auf der Instrumententafel und setzte zu einer Linkskurve an. Dabei spähte er in die Schwärze hinaus und hielt die Augen nach den Aldislampen offen. Ab und zu leuchtete ein „Punkt-Strich" in den Wolken auf, der Buchstabe A für das 94. Geschwader.

Zwei Minuten später vollendete er die 180-Grad-Wende. In sechs Minuten würde er von vorn beginnen. Bei jeder Platzrunde sammelten sich mehr Einheiten, bis die Staffeln und schließlich die Geschwader ihre Formation erreicht haben würden.

„Funker an Pilot", sagte Marvin Cox im Bordsprechfunk. „Ein Grad weiter nach Süden."

„Roger." Jack drehte das Steuerrad ein kleines Stück nach rechts. Cox lauschte Buncher Twelve, dem Funkfeuer von Bury, das das 94. Geschwader beim Sammeln anleitete.

Jack stellte die Gashebel nach, um die Fluggeschwindigkeit von hundertfünfzig und auch die Steiggeschwindigkeit von dreihundert Fuß pro Minute beizubehalten. Das Sammeln in den Wolken, vor allem noch vor Sonnenaufgang, war nur mit präzisem Instrumentenflug möglich.

Ralph Purcell, der jüngste Pilot, der zu Trainingszwecken als Kopilot mitflog, seufzte. „Wurde aber auch Zeit."

Jack sah von der Instrumententafel auf. Die *My Macaroon* war endlich durch die Wolkendecke gebrochen. Das Mondlicht ließ die Wolken silbern schimmern. So weit er sehen konnte, markierten Blinklichter und Signalraketen die größte Luftflotte, die sich je am Himmel vereint hatte. Mit den Jagdfliegern und Bombern der 8. und 9. US-Luftflotte, der Royal Air Force und den Transportflugzeugen, die gerade Fallschirmjäger abgeliefert hatten, waren an diesem Morgen elftausend Flugzeuge über Südengland in der Luft.

Jede erdenkliche Vorkehrung war getroffen worden, um ein Zusammenstoßen zu verhindern: von Funkfeuern und Aldislampen bis hin zu Signalraketen und Suchscheinwerfern, die jeder Division die Grenze ihres Sammelplatzes wiesen.

Es war 0429, eine Stunde nach dem Start, und es würde noch mindestens eine halbe Stunde dauern, bis alle Formationen sich gebildet haben würden.

„Zimmerman ist wieder zu nah", sagte Bob Ecklund vom Heck aus.

Jack stöhnte und schaltete den Funk ein. „Cedar lead an Agmer three. Position ausgleichen." Für Ted Zimmerman war das erst der zweite Einsatz und er flog eine enge Formation. Zu eng. Was die Frischlinge da über den Ebenen von Kansas gelernt hatten, taugte im stürmischen Wetter über Europa überhaupt nichts.

„Novak, zieh hoch!", rief Ecklund.

Jack zog am Steuerrad.

„Das war knapp", meinte Ecklund. „Er hat einfach eingedreht und uns beinahe den Flügel abgesäbelt."

Dämlicher Grünschnabel. Jack richtete das Flugzeug wieder aus. „Cedar lead an Agmer three. Keine abrupten Flugmanöver im Formationsflug. Keine, verstanden?"

„Ro-roger. Ich wollte nur ..."

„Ich weiß. Ruhe jetzt. Funkstille." Das deutsche Radar hatte inzwischen bestimmt die Masse an Flugzeugen entdeckt, die da über England aufstiegen, aber die Regeln erlaubten es ihm, jegliche Ausreden zu stoppen. Er hatte Zimmerman extra in sein Formationselement von drei Bombern gesteckt, um ein Auge auf ihn haben zu können und zu vermeiden, dass sich die Geschehnisse vom 19. Mai wiederholten. Damals war *Miss Donna Mae* vom 94. beim Bombenabwurf unter eine andere *Fliegende Festung* geraten und abgestürzt, nachdem ihr eine Bombe von oben das Höhenleitwerk weggebrochen hatte.

Tausende von Blinklichtern schraubten sich in die Höhe. Als Jack in England angefangen hatte, waren nur vier Geschwader im aktiven Dienst gewesen. Heute waren es vierzig. Jack flog seinen vierundfünfzigsten Einsatz für die 8. US-Luftflotte und hatte vorher über Hawaii und Australien schon dreiunddreißig absolviert.

Eigentlich hätte er schon zigmal tot sein müssen.

Aber er war es nicht, auch wenn er sich durch den dicken Kragen seiner Fliegerjacke wühlen musste, um es zu beweisen. Ja, der Puls war noch da. In den letzten Wochen war er sich da oft nicht sicher gewesen.

Jack flog die nächste Kurve in der ewigen Platzrunde um das Funkfeuer.

Nein, Gott ließ ihn noch nicht sterben, weil er seine Lektion noch nicht gelernt hatte: auf Gott zu vertrauen, nicht auf sich selbst. Stolz, Stolz, immer dieser Stolz. Als er Ruth den Heiratsantrag gemacht hatte, hatte er sich für so nobel und selbstlos gehalten, als hätte er nur ihre Bedürfnisse im Blick.

Alles Quatsch. Charlie hatte wieder mal recht gehabt. Wie konnte es für sie sein, wenn sie es gar nicht wollte?

Wenn er nicht so penetrant auf eine Hochzeit gedrängt hätte, dann wären sie zumindest noch Freunde. Und das tat am meisten weh.

Um es noch schlimmer zu machen, machte er sich auch noch ernste Sorgen um Ruth. Er traute diesem Burns nicht über den Weg. Wusste er, dass Ruth ihren Job verlieren würde, wenn sie sich über ihn beschwerte? Würde er das ausnutzen?

Das Eipulver und der Toast mit Schinken rumorten in Jacks Magen. Wenn Burns sich ihr aufzwang, würde sie ihn melden? Könnte sie das überhaupt?

Kapitel 51

Ruth kniete mit einer Taschenlampe in der Hand im Laderaum der C-54 und räumte die Sanitätskiste auf. „Ich überleg's mir?" Was war denn das für eine Antwort? Das Dröhnen der vier Motoren übertönte ihr ärgerliches Schnaufen.

Obwohl es nach englischer Zeit fast fünf Uhr morgens war, fand Ruth einfach keine Ruhe. Sie griff nach dem Fläschchen mit dem Aspirin, schob sich eine Tablette in den Mund und würgte sie herunter.

Sie war genauso bitter wie der Gedanke an ihre Antwort. Was gab es da zu überlegen? Was Burnsey machte, war illegal. Sie musste das Risiko eingehen und ihn melden. Selbst Lieutenant Shepard würde nichts gegen die Lieferscheine sagen können. Aber weder diese Gewissheit noch die Aspirin konnten ihren Kopfschmerz verjagen.

Burnsey war wieder fleißig am Tippen. Wahrscheinlich verlängerte er seinen Lieferschein, weil er dachte, er habe jetzt einen neuen Partner. Natürlich dachte er das. Sie hatte ihm ja gesagt, sie würde darüber nachdenken.

Ruth nestelte an den Ampullen, Fläschchen und der Spritze mit Pentothal herum, die Burnsey aufgezogen hatte. Sie einfach wegzuwerfen wäre eine Schande. Vielleicht konnten sie sie noch im OP gebrauchen.

Sie massierte ihre pochenden Schläfen. Eine Stunde war seit dem Start schon vergangen, aber ihre Schuldgefühle würden sie noch länger wach halten als diese Kopfschmerzen. *Bitte vergib mir, Herr, dass ich das überhaupt in Erwägung gezogen habe! Du sorgst für mich. Das sollte ich inzwischen begriffen haben. Wieso habe ich mich davon verlocken lassen?*

Der Herr sorgte für ihre Familie und damit basta. Siebenundfünfzig Dollar pro Monat war mehr als genug für Chuck, Bert und Anne, und für Maggie reichte es auch. In ein paar Wochen würde Chuck zur Marine gehen und Ruth könnte seinen Anteil fürs College zurücklegen. Wenn Tante Pauline wieder damit drohen würde, Maggie fortzuschicken, dann hätte sie ab sofort noch ein paar andere Optionen. Vielleicht würde Onkel Nolan Maggie anstatt von Chuck aufnehmen oder sie durfte zu Anne mit ins Zimmer, jetzt, wo Tante Peggys Tochter zum Frauenkorps der Army gegangen war.

Gott hatte immer für sie gesorgt und würde es auch in Zukunft tun. Warum nur, warum hatte sie Burnseys Angebot nicht gleich abgelehnt?

Wenn sie der Verlockung nicht erlegen wäre, hätte sie ihn noch auf dem Harmon Field melden können. Jetzt musste sie durchhalten, bis sie am Abend in Prestwick gelandet waren.

„Na?" Im diffusen Licht der Taschenlampe setzte sich Burnsey neben die Kiste auf die Erde, zog die Beine heran und stützte die Ellbogen darauf. „Hast du dir schon überlegt, was du mit den zweihundert Dollar machst?"

Ruth stapelte ein paar Verbände sauber auf. „Ich denke darüber nach." Sie hasste es zu lügen, aber die Wahrheit zu sagen traute sie sich nicht.

„Und? Was ist es? Schmuck? Parfüm? Theater in London?"

„Ich denke über meine Entscheidung nach." Genau – darüber, wie dumm sie war, sie überhaupt in Betracht zu ziehen.

„Was gibt's da groß nachzudenken? Du hast es doch selbst gesagt: Das ist 'ne Menge Kies."

Das waren zehn Cent für zehn Minuten auch. Ruth schüttelte sich und schob eine Rolle Infusionsschlauch beiseite. Für Geld die Prinzipien verraten? „Nie wieder."

„Wie bitte?"

Ruth erschrak und ließ die Taschenlampe zu Boden fallen.

Der Leuchtkegel zeigte auf ihre Knie. Sie griff nach der Lampe, aber der Kegel entfernte sich. Burnsey leuchtete sie an, zwar nicht direkt in die Augen, aber sie konnte sein Gesicht nicht mehr erkennen.

„Worüber genau denkst du nach?"

Jetzt war der falsche Zeitpunkt, um ihn an militärische Umgangsformen zu erinnern. Sie sah weg vom verräterischen Licht in die Sanitätskiste. „Ich denke darüber nach, ob ich dein Angebot annehme."

Sie widmete sich den kleinen Stapeln, obwohl sie wenig sah, und versuchte, entspannt zu wirken. Aber ihre Gesichtsnerven spielten verrückt.

Kleidung raschelte. Der Leuchtkegel stieg auf und strahlte auf sie nieder. „Du wirst mich nicht verpfeifen."

Ruth stützte sich auf den Kistenrand und stand auf. Ihre Stimme durfte jetzt nicht zittern, es war schlimm genug, dass sie schon zu schnell atmete. „Das habe ich auch nicht gesagt. Darf ich jetzt meine Taschenlampe wiederhaben?“

„Aber du hast auch nicht gesagt, dass du den Mund hältst.“ Er leuchtete ihr jetzt direkt ins Gesicht.

Sie schirmte die Augen ab und lief den Gang hinunter. „Es ist spät und ich bin müde.“

„Du wirst nicht schlafen, bis ich mir sicher bin, dass du mich nicht verpfeifst.“

Ruth wirbelte herum und ließ dem Frust des vergangenen Monats freien Lauf. „Ach ja? Wer würde mir schon glauben, wenn ich es doch tue? Sag's mir. Würde mir irgendjemand glauben?“

Burnseys leises Lachen ließ den Taschenlampenstrahl erzittern. „Vergiss das nicht. Denk dran, wenn du wieder einen auf Kleine Waise Annie machst und Detektiv spielst.“

Sie wandte sich ab und durchschritt den dunklen Canyon aus Kisten und Schachteln, der sich bis vor zur Kabine zog. Dabei kam sie an der Schreibmaschine und der Laterne vorbei. Die kleine Waise Ruthie musste nur ihre Vorgesetzten dazu bringen, die gefälschten Lieferpapiere mit dem Durchschlag des Originals aus La Guardia zu vergleichen.

Dann würden sie endlich merken, dass sie die ganze Zeit die Wahrheit gesagt hatte.

Kapitel 52

„Skipper, guck mal raus, wenn du kannst."

Im Morgengrauen überflog Jack schnell die Instrumente und sah dann aus dem Fenster. Durch ein Loch in der Wolkendecke konnte er den Ärmelkanal sehen, der achtzehntausend Fuß unter ihnen metallisch grau glitzerte. Er war gespickt mit Hunderten von Schiffen.

Jack pfiff durch die Zähne. „Denkt mal an unsere Jungs da unten. Die haben einen harten Tag vor sich. Besser, wir geben uns ordentlich Mühe, damit sie es ein bisschen leichter haben."

Die Uhr zeigte 0534. Bis 0555 mussten die Bomben raus und bis 0700 die Angriffszone geräumt sein, weil dann die britischen Soldaten an Land gingen.

„Radarnavigator an Pilot", sagte Nick Panapoulos. „Ich sehe hier sehr schön die Küste und die Orte."

„Gut", antwortete Jack. „Sind wir bald am IP?"

„Noch etwa fünf Minuten."

Das war nicht der erste historische Einsatz für Jack, aber der Anblick von all diesen Flugzeugen und Schiffen, die auf die Normandie zuhielten, ließ seine Brust unter seiner dicken Fliegerausrüstung stolz anschwellen.

Dieses Mal flogen die Geschwader beim Bombenanflug nicht wie üblich hintereinander in einer Kette, sondern nebeneinander auf gleicher Höhe, damit sie die Bomben gleichzeitig abwerfen konnten. Jack fühlte sich, als würde er mit seiner treuen Muskete zu Querpfeife und Trommel marschieren, nur war es das Brummen von Wright-Cyclone-Motoren und er hatte keine Flinte, sondern 500-Pfund-Mehrzweckbomben an Bord. Trotzdem musste er einfach „Yankee Doodle" pfeifen.

„Novak, wir haben ein Problem." Bob Ecklunds Stimme aus dem Heck klang angespannt. „Zimmerman rutscht langsam unter uns. Er reagiert nicht auf Funk. Ich weiß nicht, ob mein Headset kaputt ist oder seins."

Purcell, der Kopilot, fluchte gekonnt.

Zimmerman sollte knapp hinter *My Macaroon* fliegen, darunter und etwas nach rechts versetzt, aber die Buge waren gleichauf und Zimmermans linke Tragfläche direkt unter Jacks rechter. Jack schaltete sein Sprechgerät ein. „Cedar lead an Agmer three."

Keine Antwort.

Purcell fluchte weiter. „Jetzt ist seine Flügelspitze schon unter unserem Rumpf."

Jack zog leicht am Steuerrad, aber der Anfänger machte es ihm sofort nach. „Cedar lead an Agmer three."

„Er sieht noch nicht mal her", meinte Purcell. „Der spielt am Funkgerät rum!"

„Hoffentlich macht der Knallkopf es an." Jack trat auf das Pedal für das Seitenruder und ließ die *Fliegende Festung* leicht nach links gleiten.

„Ah! Er hat uns gesehen. Vorsicht!"

Das Flugzeug bockte. Metall schabte kreischend auf Metall und überall waren Schreie zu hören.

Die B-17 brach nach links aus. Jack kämpfte mit dem Steuerrad und ging in eine leichte Steigkurve, um aus der Formation zu kommen und weitere Zusammenstöße zu verhindern.

„Er ist weg", sagte Purcell. „Der Idiot hat mit seinem Flügel unser Fahrwerk abrasiert."

„Geh die Stationen durch, Purcell. Schadensbericht." Jack sah aus dem Fenster. Die Propeller von Motor vier waren dermaßen verbogen, dass er die Segelstellung gleich vergessen konnte. Der Ladedruck fiel. „Na wunderbar. Nummer vier ausschalten."

Purcell stellte den Höhengemischregler auf „aus".

Jack richtete die B-17 aus, stellte die Zündung für Motor vier ab und zog den Gashebel zurück. Purcell funkte derweil die Stationen durch. Glücklicherweise hatte außer der *My Macaroon* niemand Schaden genommen.

„Agmer three an Cedar lead." Zimmermans Stimme war panisch. „Oh nein. Motor eins ist futsch. Mein Flügel ist völlig zerkaut."

„Was zum Henker sollte die Aktion?" Jack glitt vorsichtig in die Formation zurück.

„Das Funkgerät. Ich konnte nichts mehr hören. Morrie und ich wollten gerade auf ART-13 umschalten."

„Großartig. Das nächste Mal pass auf, wo du hinfliegst." Es gelang ihm nicht, den Ärger aus seiner Stimme herauszuhalten. Trotzdem hielt er das kleine Steuerrad für die Seitenruder-Trimmung neben seinem Sitz ganz locker in der Hand.

Purcell tippte auf seinen Arm. „Nick sagt, das Mickey-Radar funktioniert. Die Radarkuppel ist unbeschädigt. Wir sind am IP, sagt er, und Gus bestätigt das."

„Gut." Die Flugformationen bestanden aus jeweils sechs Flugzeugen und zu jeder dritten Formation gehörte ein Pathfinder-Flugzeug. Wenn sein H2X ausfiel, würden achtzehn B-17 mit ihren Bomben heimkehren. „Cox soll die Signalraketen abschießen. Und Charlie den Bombenschacht öffnen."

Purcell gab die Befehle weiter. Unterhalb des Flugzeugs knirschte Metall. Ein Motor jaulte.

Jack stöhnte. Zimmermans Flügel musste die Klappen vom Bombenschacht beschädigt haben. „Mel, guck dir das lieber mal an. Vielleicht kriegst du sie manuell auf."

Der Flugingenieur hatte nicht erst auf den Befehl gewartet. Er kam bereits mit einer Sauerstoffflasche in der Hand aus dem Dachturm.

„Was mache ich jetzt? Was mache ich jetzt?" Zimmerman wieder.

Jack hatte nicht die Zeit, um ihm das Händchen zu halten und das Fliegen beizubringen. „Schalt Nummer eins ab, pump den Sprit um. Halt den Flügel oben, halt dich an den Einsatzplan und PASS AUF, WO DU HINFLIEGST."

Er schaltete auf den Kommandokanal um und gab den Befehl an das Geschwader weiter, die Bomben fallen zu lassen, wenn er die Signalraketen abfeuerte. Ob die *My Macaroon* nun mit von der Partie war oder nicht, Hauptsache, das Ziel wurde getroffen.

Das 94. Geschwader hatte den Auftrag, die MG-Nester und Panzerabwehrgeschütze um die Kommandozentrale in Caen hinter Sword Beach zu bombardieren. Bombenpunktwurf konnte das H2X leider nicht leisten, aber das war nicht schlimm. Die Deutschen sollten demoralisiert und ihre Kommunikation gestört werden.

Eine Hand legte sich auf Jacks Schulter. „Krieg den Schacht nicht auf", versuchte Mel die Motoren zu übertönen. „Er ist verklemmt. Keine Chance."

Jack seufzte. „Trotzdem danke. Und jetzt pump bitte von Nummer vier zu Nummer eins um."

Mel tippte seinen Flakhelm kurz an und ging dann im hinteren Teil der Kabine in die Hocke.

Jack wischte sich kalten Schweiß von der Stirn. So, wie die 8. US-Luftflotte explosionsartig gewachsen war, häuften sich auch die Kollisionen. Gott sei Dank war niemand dabei umgekommen.

„Da wären wir“, sagte Nick über den Bordsprechfunk. „Bestätige Ziel 16C2, so klar wie Kloßbrühe.“

„Gute Arbeit“, erwiderte Jack. „Marvin, warte dreißig Sekunden, dann feuerst du die roten Signalraketen ab.“ Die Verzögerung war nötig, um ein zu frühes Abwerfen zu vermeiden. Es war besser, das Ziel nicht zu treffen, als die eigenen Truppen.

„Doppelsignal abgesetzt.“

„Signal angekommen“, rief Bob aus dem Heck. „Alle siebzehn klinken die Bomben aus.“

„Sehr gut.“ Jack flog eine scharfe Linkskurve, um aus der Landungszone herauszukommen, bevor er zu weit nach Westen in die Normandie vordrang.

„Schade, dass ihr das hier nicht gesehen habt“, meinte Nick. „Die Radarbilder, einfach wunderschön. Ganz klar, genau wie auf den Bildern in der Besprechung.“

„Danke“, rief Charlie. „Die Bilder hab ich gemacht.“

Jack schüttelte den Kopf. „Ich möchte lieber nicht dabei sein, wenn May rauskriegt, dass du wieder über Feindesland geflogen bist.“

Charlie lachte. „Mit May werde ich schon fertig. Bring mich einfach heil nach Hause, Skipper.“

Motor drei gefiel Jack überhaupt nicht, aber er hatte schon Flugzeuge in schlechterem Zustand geflogen. Selbst wenn Nummer drei komplett den Dienst versagte, konnten sie es nach Hause schaffen. Knapp, aber er würde das hinkriegen. „Bin schon dabei, Kumpel. Kannst dich auf mich ... nein, nicht auf mich. Gott wird uns helfen.“

Kapitel 53

„Aufwachen, Püppchen." Eine Hand rüttelte unsanft an Ruths Schulter.

Sie sah von ihrem Klappsitz an der Rumpfseite auf.

Burnsey lehnte sich an der vorderen Kabinenseite an einen hohen Kistenstapel. „Zeit für deine Entscheidung."

Oh nein. Ruth rieb sich die Augen und sah verstohlen auf die Uhr. 9:45 englischer Zeit. Erst um 11:30 würden sie in Meeks landen. Sie hatte sich Burnsey durchs Schlafen über vier Stunden vom Leib gehalten. Ruhig hatte sie nicht geschlafen, aber immerhin. Aber was hatte das gebracht? Wie sollte sie jetzt den Kopf aus der Schlinge ziehen? Sie gähnte. „Später. Ich bin müde."

Burnsey lachte, kalt und ohne jeden Humor. „Du willst bis Prestwick warten."

„Nun, ja."

„Und dann verpfeifst du mich."

Ihr Herzschlag beschleunigte sich. „Das habe ich nicht gesagt."

„Na und?" In seiner schlaffen Hand hing eine Flasche Whiskey. In der Kabine lag die Temperatur um den Nullpunkt, aber er trug nur die wollene Uniformjacke. Die Schaffelle hatte er abgelegt.

Angst kroch ihr den Rücken hinauf. Burnsey hatte genug getrunken, um nicht mehr zu frieren – genug, um sein Urteilsvermögen zu beeinträchtigen? Ruth nickte in Richtung Flasche. „Wir sollten warten, bis du deinen Rausch ausgeschlafen hast."

Er nahm einen Schluck. „Du glaubst wohl, du hast mich in der Hand? Erst wartest du bis Prestwick, dann zeigst du ihnen die Lieferscheine und dann kriegst du endlich, was du willst, und bist mich los."

Sie atmete bedächtig ein. Auch wenn er bei ihrem Motiv falsch lag, die Strategie stimmte. „Ich will dich nicht loswerden. Ich möchte nur ..."

„Vergiss deinen schönen Plan. Ich habe die Etiketten neu getippt und die Lieferscheine zurückgetauscht. Du hast keinerlei Beweise, Püppchen. Keine." Er lehnte den Kopf gegen die Kisten vor der Kabinentür.

Die Kabinentür? Er hatte den Weg zum Cockpit verstellt! Ruth bekam feuchte Hände.

„Ich habe da ein kleines Problem." Burnsey ließ die Flasche wie ein Pendel gegen seine Hand schlagen. „Weißt du, ich mag mein Geschäft. Es gefällt mir sogar sehr gut. Wegen dir habe ich diese Lieferung verloren und das passiert mir nicht noch mal. Aber ich bin bereit, das zu vergessen, wenn du mein Angebot annimmst."

Und wenn nicht …? Ruth betrachtete sein verkniffenes Lächeln und die schmalen Augen. Das Schlauste wäre, sein Angebot anzunehmen und ihn dann zu melden, wenn sie sicher gelandet waren. War es falsch, einen Dieb zu belügen? Einen Schwindler zu betrügen?

„Wusste ich's doch. Dir kann man nicht vertrauen."

Panik stieg in ihr auf. Sie hatte sich mit der Antwort zu viel Zeit gelassen, und selbst wenn sie jetzt einwilligte, würde er ihr nicht mehr glauben.

Burnsey nahm noch einen Schluck und stellte die Flasche hin. „Pech gehabt. Du hättest alles haben können. Und jetzt verlierst du alles."

„Verlieren?" Ihr Blick sprang hin und her. Könnte sie sich an ihm vorbeidrücken? Würde sie es schaffen, die Kisten rechtzeitig beiseitezuschieben? Oder wenigstens die Buchse für den Sprechfunk zu erreichen? Wenn sie hier schrie, würde niemand sie hören. Die Motoren waren dafür viel zu laut.

Burnsey schlenderte auf sie zu, bis er genau vor ihr stand. Ruth drückte sich in ihren Sitz. Er war kein besonders kräftiger Mann, aber kräftig genug.

„Weißt du, ich brauche eine neue Krankenschwester. Eine, die ein bisschen gefügiger ist. Du bist also leider gefeuert." Er legte den Kopf in gespieltem Mitleid schief.

„Ich behalte meinen Job." Ruth verschränkte die Arme vor dem Bauch, um die Übelkeit in Schach zu halten und den Sicherheitsgurt zu lösen.

„Du weißt doch, was die alte Shepard gesagt hat. Eine Beschwerde und du bist raus." Er beugte sich vor und stemmte rechts und links von Ruths Kopf die Hände gegen den Flugzeugrumpf.

Burnseys Atem war entflammbar, aber sie hatte kein Streichholz. „Ich beschwere mich nicht, wirklich."

„Heute schon. Dafür sorge ich, keine Angst." Sein Blick wanderte über ihre Brust zu ihren Beinen. „Weißt du, wenn wir Partner wären, hätte ich mich ganz brav verhalten. Aber so ... Ich kann mir einfach nehmen, was ich will."

Noch nie ... noch nie in ihrem Leben hatten ihr die Hände so wenig gehorcht. Warum ging der Gurt nicht auf?

„Und rate mal, was ich will."

Oh nein, diesen Blick kannte Ruth, diese tödliche Mischung aus Macht, Hass und Lust. Dieses Mal versperrten ihr nicht Backsteinwände, abgesperrte Türen und dicke Männer den Weg, sondern Kisten, Aluminium und fünftausend Fuß Luft.

„Endlich." Er presste seinen Mund auf ihren.

Nein, nein, nein. Sie versuchte, Burnsey wegzudrücken und strampelte.

Er lachte faulige Schwaden. „Das schaffst du nicht. Versuch es erst gar nicht."

Als er wieder loslegte, drehte Ruth das Gesicht weg und ließ ihn ihre Wange bearbeiten. Sie musste ihren Gurt lösen und irgendwie zum Cockpit kommen.

Burnsey sabberte ihren Hals voll und Ruths Magen zog sich zusammen. *Herr, jetzt darf mir nicht schlecht werden. Ich will nicht hyperventilieren, bitte!*

Er griff nach dem Kragen ihrer Fliegerjacke und riss den Reißverschluss auf.

„Nein!" Der Gurt war offen. Ruth ließ ihr Knie nach oben schnellen.

Er schrie auf und hielt sich den Bauch.

Ruth schob ihn beiseite, sprang auf und schmiss sich mit voller Wucht gegen den Kistenstapel. Er bewegte sich keinen Zentimeter. Oh nein, sie würde sie einzeln herunterheben müssen. Sie legte die Arme um die oberste Kiste.

Burnsey warf ihr Kraftausdrücke an den Kopf, stürmte herbei und griff mit beiden Händen von hinten in ihren Kragen. Mit einem kehligen, triumphierenden Schrei riss er ihr die Jacke vom Leib. Ruths Hände schrammten über das nackte Holz.

Sie stöhnte auf. Rote Linien brannten ihr die Wahrheit in die Handflächen. Dieses Mal konnte sie ihn nicht aufhalten. Sie konnte nicht fliehen.

Kapitel 54

Die Propeller von Motor drei drehten sich in die Segelstellung. Wie Jack es hasste, noch einen Motor zu verlieren.

Charlie sang im Bordsprechfunk, irgendwas von Flügeln im Gebet. Flügel hatten sie und Gebete konnten sie jede Menge gebrauchen. Jack musste das linke Seitenruder dauerhaft gedrückt halten, um die zwei stehenden Motoren an der rechten Tragfläche auszugleichen.

Der Rest des 94. Geschwaders hatte ihn überholt, als sie die Kanalinseln umrundeten. Die Jagdflieger der Alliierten hielten ihnen die deutsche Luftwaffe vom Leib, also war die Einsamkeit nicht so gefährlich wie sonst, aber Jack hatte genügend andere Sorgen wie die fallenden Spritpegel und die Muskelkraft für das Ruderpedal. Wenigstens waren sie unter zehntausend Fuß und brauchten keine Sauerstoffmasken mehr.

„Okay, Mel", sagte er. „Jetzt bitte den Sprit von drei nach zwei." Das Umpumpen aus dem vierten Motor hatte nicht geklappt, wahrscheinlich wegen einer defekten Spritleitung. Aber Jack brauchte jeden Tropfen.

Mel legte den Schalter unten an der Trennwand hinter der Klappe zum Bombenschacht um und Purcell schaltete die Kraftstoffanzeige auf Motor zwei.

„Komm schon, Baby." Jack versuchte den Zeiger mit seiner Willenskraft zu bewegen, aber nichts geschah. „Na großartig."

„Ich habe es befürchtet." Mel setzte sich auf die Plattform des Dachturms. „Zimmerman hat die Tragfläche übel zugerichtet. Was ist eigentlich mit ..."

„Fahrwerk. Ich weiß." Das rechte Fahrwerk hatte seinen Platz in der Motorgondel von Motor drei. „Okay, dann überprüfen wir das mal. Purcell?"

Der Kopilot betätigte einen Schalter auf der Mittelkonsole.

Jack sah aus dem Fenster. „Fahrwerk links unten."

„Spornrad unten", sagte Fred Garret aus dem Rumpf.

Jack warf Purcell von der Seite einen Blick zu, aber dieser schüttelte den Kopf. Jack schlug sich mit der Faust aufs Knie. „Mel, versuch es mit der Kurbel."

Wenn Mel das rechte Fahrwerk nicht herausbekam, hatte Jack ein Problem. Eine Bauchlandung mit voller Bombenladung wäre reiner Selbstmord. Eine Landung auf einem Rad wäre da schon sicherer, aber ihm fehlte der Schub genau auf der Tragfläche, die er oben halten musste. Was gab es noch? Eine Notwasserung auf dem Ärmelkanal? Niemals. Lieber wollte er mit seiner Crew abspringen und das Flugzeug zerschellen lassen.

Mel beugte sich durch die Cockpittür. „Irgendwas ist kaputt. Die Kurbel geht viel zu leicht. Das Fahrwerk bewegt sich nicht."

„Fahrwerk einfahren." Jack konnte sich den Luftwiderstand nicht leisten. „Gus, wie lange noch bis Weymouth?"

„Sechs Minuten etwa."

„Halleluja." Er würde heute nicht baden gehen. „Okay, Männer, alle mal herhören. Macht euch fertig, wir springen in ein paar Minuten ab. Dann stelle ich das alte Mädchen hier auf Autopilot und schicke sie raus aufs Meer."

Wenn die Männer Angst vor dem Fallschirmsprung hatten, dann waren sie schlau genug, das für sich zu behalten. Oder sie wussten, dass das sicherer war als eine wacklige Landung oder Notwasserung.

Charlie kroch zwischen den Pilotensitzen aus dem Gang. „Hast du mal 'ne Sekunde?"

Jack sah sofort, dass Charlie seine Entscheidung anzweifelte. Er sollte sich zumindest anhören, was sein Freund zu sagen hatte. „Na klar. Komm, wir tauschen."

Charlie zog die Augenbrauen hoch, nahm aber Jacks Platz ein, während Purcell das Flugzeug ruhig hielt.

„Danke, Kumpel." Jack schüttelte sein verkrampftes Bein aus. „Das war nötig. Was ist los?"

„Der Autopilot?"

Jack zog an den Entriegelungslaschen der Flakweste und legte sie beiseite. Wenigstens hatte Charlie nicht den Bordsprechfunk benutzt. „Ich weiß. Er wird es nicht schaffen, das Flugzeug auf Kurs zu halten."

„Also ...?"

„Also werde ich sie landen."

„Jack."

„Ich kann das. Weißt du nicht mehr, in Townsville? Da hatten wir nur noch einen Motor."

„Aber keine Bomben."

„Das ändert an der Landung nichts, nur am Ergebnis, wenn ich Mist baue. Aber ich schaffe das."

Charlie verdrehte die Augen. „Warum nicht notwassern?"

„Du kennst doch die Statistik. Dreiundvierzig Prozent Überlebenschance. Auf dem Land sieht es da besser aus, das weißt du. Außerdem will ich das alte Mädchen hier behalten. Sie ist doch echt eine Schönheit!"

„Also gut. Dann übernehme ich Purcells Platz."

Jack lachte. „Vergiss es. Lieber krache ich ins Wasser, als den Zorn der kleinen Miss Jensen auf mich zu ziehen."

„Jack ..."

Jack griff zwischen den Pilotensitz und die Seitenwand und drückte sechs Sekunden lang den Alarmknopf, um der Crew zu signalisieren, sie solle sich für den Absprung bereit machen, und um seinen Freund zum Schweigen zu bringen. Dann bat er Charlie aufzustehen und nahm seinen Ringkampf mit dem Seitenruder und dem Steuerrad wieder auf. „Mach schon. Hau ab. Wir sehen uns in Bury."

Charlie legte Jack eine Hand auf die Schulter und sah ihn an. Sein Blick hatte etwas Endgültiges.

Jack schluckte. „Denk mal an mich. Und ... und gib May einen Kuss von mir."

„Und was ist mit Ruth?"

Jack drehte sich zum Höhenmesser um, dessen Zeiger sich schnell drehten. Einen Kuss für Ruth? Ach, wenn es so einfach wäre. „Sag ihr, dass es mir leidtut. Und jetzt raus und pass auf dein Bein auf."

Charlie drückte zu. „Ich werde beten."

„Danke. Ich auch." Er sah aus dem Fenster auf die grüne Erde unter sich. „Gus, sind wir weit genug über Land um abzuspringen?"

„Ja, Sir."

Jack drückte dreimal auf die Alarmglocke. „Raus mit euch, Jungs. Bob, zähl bitte die Fallschirme für mich, bevor du abspringst."

Im Lauf der nächsten Minute zählte Bob von seinem Platz im Heck aus die Fallschirme. Gut, Charlie spielte nicht den blinden Passagier. Als Bob abgesprungen war, ließ Jack das Steuer locker und *My Macaroon* ihren Willen. Sie drehte sofort nach rechts. Als sie nach Süden aufs offene Meer zeigte, aktivierte Jack den Autopiloten.

„Okay, Purcell. Danke fürs Helfen. Und jetzt raus mit dir." Purcell ließ sich nicht zweimal bitten und krabbelte sofort runter zum Bug.

Jack wartete zwei Minuten, damit Purcell wirklich abgesprungen war, dann ließ er das Steuer komplett los. Die *Fliegende Festung* drehte nun voll nach rechts ein. Der Autopilot schaffte es nicht, wie erwartet. Wenn er jetzt absprang, würde das Flugzeug sich nach unten schrauben und auf britischem Boden explodieren. „Okay, Herr, dann brauche ich jetzt einen schönen großen Landeplatz."

Eine Landung auf einem Rad. Jack wusste, wie das ging. Er beherrschte dieses Flugzeug.

Was würde das für eine Story geben! Jacks Name würde in den Zeitungen stehen, er würde noch eine Flieger-Ehrenmedaille bekommen, vielleicht sogar den Silver Star. Und einen guten Posten.

Notzuwassern auf der anderen Seite hieß, das Flugzeug zu verlieren und wahrscheinlich auch sein Leben.

Jack schüttelte sich und suchte die Erde ab. Vor ihm lagen die letzten Ausläufer eines Dorfes und dann nur noch einzelne Farmen. Dieses Mal war nicht die Angst sein Ratgeber, genauso wenig wie der Stolz.

Oder etwa doch? „Herr, verlasse ich mich schon wieder nur auf mich selbst?"

Jack verdrängte die Frage und flog weg von der Hauptstraße. In diesem Fall war es wohl okay, auf seine Fähigkeiten zu vertrauen. Die Logik und nicht die Angst sagte ihm, dass bei einer normalen Landung die Überlebenschance größer war als bei einer Notwasserung. Trotzdem schickte Jack sicherheitshalber ein Gebet zum Himmel. „Herr, leite mich. Und lass mich hören, wenn du etwas zu sagen hast."

Dort war es, ein schönes grünes Feld auf elf Uhr. Zufrieden drehte Jack ein und flog seitlich auf das Feld zu. Er fuhr das Fahrwerk aus und legte den Schalter am Boden für das Spornrad um. Dann prüfte er die Bremsen. Der hydraulische Druck blieb bei über vierzig Bar stehen. Gut, wenigstens etwas funktionierte noch.

Was für ein ideales Feld! Jack stellte sich seine Platzrunde bildlich vor – eine Rechtskurve in den Gegenanflug, eine Linkskurve in den Queranflug und dann einmal links für den Endanflug. Ihm bliebe noch genügend Platz bis zum Bauernhof am Ende des Felds.

Jack schmunzelte. Was würden die Bewohner für Augen machen! Ein rotzfrecher Yankee, der seine B-17 auf ihrem Feld landet, mit nur einem Piloten, zwei Motoren, zwei von drei Rädern und ...

Das Blut gefror ihm in den Adern.

Und einer vollen Ladung Bomben.

Was, wenn er die Tragfläche nicht oben halten konnte? Er setzte nicht nur sein Leben aufs Spiel, sondern auch das von allen Menschen, die sich im Haus befanden.

Schwachsinn. Er konnte das. Er würde der Held sein.

Jack stöhnte gegen den alten Anflug von Stolz. Aber was war die Alternative? Notwassern. Absaufen.

„Vertrau auf Gott, du Idiot."

Das frische lebendige Grün zog ihn magisch an, aber Jack biss die Zähne zusammen und drehte ab in Richtung kaltes, dunkles Nass.

Kapitel 55

Burnsey schleuderte Ruths Fliegerjacke zu Boden. „Schon besser. Und nun zum Rest."

Ruth drückte sich gegen die Kisten und schob zitternd das Kinn nach vorn. „Fass mich nicht an."

„Dein Gezeter ist zwecklos." Er packte sie an den Schultern und presste seine Lippen auf ihre.

„Nein!" Sie trat ihm mit aller Kraft auf den Fuß. Er fluchte und hob das schmerzende Bein. Ruth wollte ihn wegdrücken, aber Burnseys kräftige Hände fesselten ihre Handgelenke. „Du kleine ..." Sein ganzes Gesicht war wutverzerrt. Aus seinem Mund sprudelten Schimpfworte und Beleidigungen.

Ruth sah ihn abschätzig an und rammte ihm das Knie in die Leistengegend. Als er nach Luft schnappte und sich krümmte, nutzte Ruth die Chance und riss sich los. Sie stürzte den Gang hinunter, durch die Kistenstapel, durch das finstere Tal. „Ich fürchte kein Unglück, denn du bist bei mir."

Aber wohin? Sie hatte nicht genug Zeit, um ihr Headset im Heck einzustöpseln und die Crew um Hilfe zu rufen, und der einzige Ausgang führte in eiskaltes Wasser fünftausend Fuß unter ihr.

Burnseys fluchende Stimme kam immer näher. Plötzlich riss etwas an ihrem linken Arm und brachte sie zum Stolpern. Dann zerrte Burnsey sie zu sich herum. „Damit eins mal klar ist: Du hast mir wehgetan und jetzt tue ich dir weh."

In seinen Augen loderte Hass. Er umklammerte ihr linkes Handgelenk mit der einen Hand und den Ellbogen mit der anderen. Dann donnerte er ihren Unterarm auf die Kante einer Holzkiste, bis die Knochen knackten.

Sengender Schmerz durchfuhr sie. Ruth schrie auf, sank zu Boden und hielt sich den zerschmetterten Unterarm vor den Bauch.

„Warum musst du einem auch immer alles so schwer machen, Püppchen? Wenn du nett bist, haben wir beide ein bisschen Spaß. Wenn nicht, dann eben nur ich."

Ruth machte ein Auge auf und sah, wie Burnsey seine Uniformjacke fallen ließ und den Binder öffnete. Sie krabbelte davon. *Bitte Herr. Du kannst ihn aufhalten.*

„Du hältst dich mit deinen Lieutenant-Streifen für eine von den ganz Großen, ja? Glaubst, du kannst mich herumkommandieren ... Und jetzt schau dich an. Wer hat jetzt hier das Sagen, na? Wer?"

„Gott." Sie rappelte sich auf die Füße und schrie vor Schmerz auf.

„Nein, ich. Ich habe hier das Sagen." Er fasste ihr von hinten grob an die Taille.

Sie spürte ein Schluchzen in ihrer Kehle aufsteigen, aber sie schluckte es herunter, obwohl Burnseys Hände sich an ihrem Dekolleté festkrallten und die Knöpfe ihrer Uniform aufrissen.

Ruth erschauerte, als er sie berührte. Keine drei Meter vor ihr stand die offene Sanitätskiste. Wenn sie doch nur dort hineinkrabbeln und den Deckel schließen könnte.

„Das hier hast du dringend nötig. Dir muss endlich mal einer zeigen, wo dein Platz ist." Er wirbelte sie herum und drängte ihr seinen stinkenden Mund auf.

Sie verabscheute es, aber nicht wegen der Vergangenheit, sondern weil es Burns war, dieses grobe, widerliche Scheusal. Warum hatte sie sich Jack nicht hingegeben? Warum nicht ihrem Jack, der so zart und liebevoll war? Sie hätte es tun können. Es hatte in ihrer Hand gelegen. Aber jetzt war es zu spät. Jetzt gab es nur noch Burnsey, der seine widerwärtigen Hände auf ihrem Rücken unter ihr Hemd schob.

„Nein ..." Sie drückte ihn fort und versuchte wegzulaufen.

Er krallte sich an ihrer Uniformjacke fest. Ruth riss sich los, verlor die Balance und griff im Fallen nach der Kante der Sanitätskiste, die mit einem lauten metallischen Scheppern umkippte. Glas zersplitterte. Ruth schrie auf, knallte mit dem Kopf gegen die Kiste und landete auf ihrem gebrochenen Arm.

Der Schmerz ließ ihren Körper sich unwillkürlich zusammenkrümmen. Ampullenscherben zerschnitten ihr Schultern und Rumpf, eiskalte Flüssigkeiten durchnässten ihre Uniform.

„Na endlich." Burnsey warf sich auf sie und zwängte ihre Schultern auf den kalten Metallboden. „Jetzt kriegst du, was du verdient hast. Und ich auch."

Sein Gewicht drückte ihr die Luft und die Hoffnung ab. Sie konnte ihn nicht aufhalten. Er war zu schwer, zu stark. Sie war verwundet und gefangen.

Vertrau mir.

Ein Hoffnungsschimmer gab ihr erneut die Kraft, sich von seinem geifernden Gesicht wegzudrehen. *Ich vertraue dir, Herr. Du wirst ihn aufhalten.*

Nein, vertrau mir.

Gott würde ihr die nötige Kraft geben. Sie presste ihre Hand gegen seinen Brustkorb, aber er rang sie wieder zu Boden und grapschte weiter, küsste sie und zog an ihr.

Stumpfe Verzweiflung machte sich in ihr breit. Mit ihrem Ellbogen stieß sie eine Ampulle über die Metallplatten. Burnsey würde wohl kaum stillhalten und ihr die Zeit geben, eine Spritze aufzuziehen. Mit einer Hand, wohlgemerkt. Vielleicht könnte sie ihn irgendwie verletzen und ablenken?

Nein, beim letzten Versuch hatte er ihr den Arm gebrochen. Tränen rollten über ihren Nasenrücken und die Schläfe hinab.

Vertrau mir, egal, was passiert.

Egal, was passiert? Selbst, wenn er sie vergewaltigte? Wie sollte sie das ertragen?

Vertrau mir.

Ein Schluchzen brach aus ihr heraus. *Oh Herr, das ist es, oder? Das ist Vertrauen. Ich muss dir vertrauen, selbst wenn er mich vergewaltigt. Du wirst mich nicht verlassen. Du hilfst mir irgendwie da durch.*

Die Tränen liefen nun ungehindert. Aber nicht, weil sie wusste, was jetzt kam, nicht wegen Burnseys widerlichen Berührungen und auch nicht wegen ihrer elenden Vergangenheit, sondern weil sie Trost fand in einer für sie neuen Erkenntnis.

Ruth kniff die Augen zu. *Gut, Herr. Ich vertraue dir. „Über denen, die da wohnen im finstern Lande, scheint es hell.“* Diesen Vers hatte sie vor Kurzem in Jesaja gelesen, und jetzt, wo sie Gottes Licht am meisten brauchte, schickte er ihr die Erinnerung.

Auf sie warteten Tränen, Demütigung und Schmerz, aber Gott hatte sie über das Dunkel gehoben.

Burnsey lehnte sich vor und rieb seinen Mund an ihrem Nacken. „Sehr gut, Püppchen. Gib auf. So haben wir beide mehr davon.“

Kapitel 56

„Mayday. Mayday. Mayday. Cedar four nine. Eins, zwei, drei, vier, fünf. Fünf, vier, drei, zwei, eins.“ Jack wiederholte den Notruf auf Kanal B seines Ultrakurzwellenfunkgeräts. Je mehr er redete, desto besser konnte die Seenotrettung ihn orten.

Wenn sie ihn überhaupt orten konnten. Jack hoffte, nicht zu weit westlich von der notdürftigen Radiostation in Exeter zu sein, aber genau konnte er es nicht wissen.

Er flog parallel zu den Wellen. Bei einer Notwasserung hatte eigentlich jedes Crewmitglied gesonderte Aufgaben, aber da er allein war, konnte er weder seine genauen Koordinaten durchgeben noch die Dachklappe im Funkerstand abwerfen.

Jack verabschiedete sich nur sehr ungern von der *My Macaroon*, aber irgendwie schien es ihm auch angemessen, das Flugzeug zu verlieren, nachdem er dessen Namensgeberin verloren hatte. Aber wieso musste es gerade im Wasser sein? Er versuchte sich einzureden, dass der Schweiß, der ihm im Nacken herunterlief, vom Kampf gegen die Steuerung stammte, aber seine Kurzatmigkeit und die zitternden Muskeln verrieten ihn.

Es war Angst. Nackte Angst.

Fahrwerk eingefahren, Landeklappen halb ausgefahren. Jack suchte sich ein Wellental aus. „Herr, bitte!“ Noch nie hatte er inbrünstiger gebetet.

Fluggeschwindigkeit auf neunzig. Er fing das Flugzeug dreißig Zentimeter über dem Wasser auf, stellte die Zündung auf Aus und vermisste das beruhigende Dröhnen der Motoren sofort. Mit reiner Muskelkraft am Steuerrad und Seitenruder zwang er die *My Macaroon*, gerade zu bleiben. Wenn das Heck zuerst aufkam, würde der Rumpf zerrissen werden. Berührte eine Tragfläche als Erstes das Wasser, drohte ihm ein Überschlag.

Das Wellental vor ihm hob sich und Jack kniff die Augen zu und drehte den Kopf weg.

Ein gewaltiger Ruck ging durch das Flugzeug. Es rasselte in die Senke. Jack knallte auf das Steuerrad, schnappte nach Luft, stieß sich die Schulter. Die *Fliegende Festung* erbebte und kam zum Stehen.

Jetzt hob und senkte sich die *My Macaroon*, hob und senkte sich. Da musste einem ja übel werden.

Jack löste den Sicherheitsgurt und warf ihn beiseite. Das Seitenfenster im Cockpit war der kürzeste Weg nach draußen, aber er wollte ein Rettungsfloß, und das war im Funkerstand.

Er sprang auf, fiel über die Plattform des Dachturms und stieß sich das Knie. Sein Schrei war eher wut- als schmerzerfüllt. Wenn es hoch kam, hatte er dreißig Sekunden, und für Fehler war jetzt keine Zeit.

Er riss die Tür zum Bombenschacht auf und rutschte fast auf dem Wasserfilm aus, der sich über dem Aluminiumsteg bildete. Wegen der vollen Bombenladung würde das Flugzeug verdammt schnell untergehen.

Mit einem kräftigen Ruck versuchte er die Tür zum Funkerstand zu öffnen, aber sie war verklemmt. Das kalte Wasser kroch bis zu seinen Knöcheln und schwappte in seine Schuhe.

„Oh nein, bitte, Herr." Jack wirbelte herum. Wenn er sich beeilte, würde er es noch zurück zum Cockpit und aus dem Fenster schaffen.

Ohne Rettungsinsel.

Mit einem grimmigen Schrei warf sich Jack wie ein Footballspieler gegen die Tür. Noch einmal. Sie gab nach und er fiel auf Hände und Knie. Das Gesicht tauchte in eiskaltes Wasser.

Er rappelte sich auf, watete in eine Ecke und zog kräftig an der Entriegelung für die Rettungsinsel in der Decke. Das Wasser stand ihm fast bis zu den Oberschenkeln. „Warum Wasser? Warum ausgerechnet Wasser?"

Das Flugzeug knackte und bewegte sich. Jack klammerte sich am Funkertisch fest. Das Blut pochte ihm in den Ohren.

Schnell zur Dachluke. Seine verfluchten Hände wollten ihm nicht gehorchen. Es dauerte einfach zu lange, die ersten beiden Griffe zu ziehen, dann die anderen beiden. Die Luke war schwer und störrisch; eigentlich war sie dafür gebaut, im Flugwind wegzufliegen, und Jack büßte immer mehr Hebelwirkung ein, jetzt, wo ihm das Wasser schon bis zum Gürtel stand.

Mit einem mächtigen Ruck stieß er sie beiseite. Die Luke schabte an der Außenhaut entlang und klatschte ins Wasser.

Der Nächste, der ins Wasser klatschen würde, war Jack. Er griff nach der Kante, aber seine Arme zitterten so sehr, dass er es nicht schaffte, sich hochzuziehen.

Das Flugzeug knickte nach vorn weg. Jack verlor den Halt, schrie und war unter Wasser. Er kniff die Augen gegen das Salzwasser zu und sperrte sich gegen die Vorstellung, in einem untergehenden Flugzeug zu ertrinken.

Nein! Er musste raus hier! Jack stieß sich vom Boden ab und knallte mit dem Kopf gegen die Decke. Die *Fliegende Festung* war untergetaucht.

Herr, nein! Panik schoss ihm durch die Adern. Jack tastete sich an der Decke entlang, bis seine Hand ins Leere griff. Er zog sich durch die offene Luke, strampelte nach oben, erreichte die Wasseroberfläche und japste nach Luft. Nur noch die Heckflosse war zu sehen. Sie kam auf ihn zu wie ein riesiger silberner Hai.

Instinktiv tauchte Jack zur Seite weg. Ein beißender Schmerz explodierte in seinem rechten Fuß. Er griff nach seinem Knöchel, schrie auf, schluckte Salzwasser und spuckte. Bei jedem Versuch, zu schwimmen, schoss ihm neuer Schmerz durch den Fuß. Irgendetwas war gebrochen.

Er musste zu einer Rettungsinsel. Ein Wellenberg hob ihn hoch und er sah in mehr als dreißig Metern Entfernung zwei gelbe Pakete auf den Wellen tanzen. „Na wunderbar."

Jack griff nach der Lasche der Schwimmweste. Wo war sie nur? Er zog die Handschuhe ab und fühlte unter dem Gurtzeug des Fallschirms nach.

Fallschirmgurtzeug? Oh nein. Das hätte er vor dem Notwassern ausziehen müssen.

Die vollgesogenen Schafsfelle zogen Jack in die Tiefe. Er strampelte und zuckte wegen der Schmerzen im Fuß zusammen. Durch die Unterkühlung würde er im Wasser nicht lange überleben können, aber ohne die Schwimmweste würde er sowieso vorher ertrinken.

Er musste das Gurtzeug loswerden. Wenn er jetzt an der Lasche von der Schwimmweste zog, würde sie sich nach innen aufpumpen und ihm den Brustkorb zerquetschen.

Jack fummelte am Verschluss herum, aber die Angst und die Kälte ließen seine Finger zu sehr zittern. Wellen schlugen über ihm zusammen. Er ruderte mit den Armen, kämpfte sich nach oben und spuckte salziges Wasser.

Alle seine Gliedmaßen waren vonnöten, um trotz der schweren Ausrüstung oben zu bleiben. Er musste raus aus dem Gurtzeug, aber dafür brauchte er beide Hände – und das hieß abtauchen. Er musste schnell sein. Die Kälte betäubte die Schmerzen in seinem Fuß, aber sie machte auch die Finger taub und wollte sein Gehirn benebeln.

„Herr, steh mir bei." Jack holte tief Luft. Seine gefühllosen Finger fuhren über den Verschluss und er tauchte ab in die grauen, kalten Fluten.

Das war es also. So würde er also sterben. Aber irgendwie fühlte es sich richtig an.

Kapitel 57

Burnsey kämpfte mit Ruths Gürtelschnalle und fluchte. Jedes Mal, wenn Ruth sich wand, stieß er neue Flüche aus.

Bald würde es vorbei sein. Burnsey würde sicher wollen, dass sie sich wieder anzog, bevor sie landeten, aber wie würde er ihre Verletzung erklären? Da würde selbst sein Talent, alles Mögliche vorzutäuschen, an seine Grenzen stoßen.

„Ich war schon vom ersten Augenblick an scharf auf dich. Du dachtest wohl, du bist zu gut für mich? Tja, jetzt gehörst du mir."

Nein, sie gehörte Gott. Ihr fielen die tröstende Melodie und die passende Textzeile dazu wieder ein. *„In wieviel Not hat nicht der gnädige Gott über dir Flügel gebreitet."*

Trotzdem wartete Schmerz auf sie – brennender, reißender, stoßender Schmerz.

Ruth tastete mit einer Hand in den feuchten Scherben der Medikamente herum. Vielleicht konnte sie irgendetwas finden, mit dem sie sich von den Schmerzen ablenken konnte. Ihre Finger bekamen einen kleinen Glaszylinder zu fassen, eine Spritze. Sie befühlte das kalte Injektionsgerät.

Der Kolben war halb herausgezogen, als ob ...

Ruth reckte ihren Hals, um an Burnseys Schulter vorbeisehen zu können. Die Spritze war voll. Pentothal – das Pentothal, das Burnsey für den armen Sergeant Whitman aufgezogen hatte.

Sie ließ den Kopf sinken. Ihre Finger kribbelten ungläubig vor Hoffnung, während Burnsey den Gürtel löste.

Pentothal. Die Fakten rasten ihr durch den Kopf. Beginn der Bewusstlosigkeit in zehn bis zwanzig Sekunden, Behandlungsdauer dreißig Minuten. Das perfekte Mittel, aber wie sollte sie es ihm verabreichen? Eine intramuskuläre Injektion wäre einfach, aber es würde länger dauern, bis die Wirkung eintrat, und womöglich würde die Dosis nicht ausreichen. Nein, sie musste es ihm in eine Vene spritzen.

Wie soll ich das schaffen, Herr? Du hast mir die Spritze gegeben. Zeig mir, was ich tun soll!

Burnseys Ärmel verdeckte die antekubitale Vene in seiner Armbeuge. Die einzige sichtbare Vene war seine Halsader, aber das war Wahnsinn. Sie hatte noch nie gehört, dass jemand ein Medikament in die Halsvene verabreicht hatte.

Burnsey zog den Reißverschluss von ihrer Hose auf.

Die Halsvene war ihre einzige Chance. Ruth umklammerte die Spritze und legte den Daumen auf den Kolben. Sie hatte nur einen Versuch.

Burnsey ging auf die Knie hoch, griff nach ihrem Hosenbund und grinste sie höhnisch an. „Jetzt kriegst du deine Beschwerde."

Er war zu weit weg. Ruth drückte ihre Hüfte nach oben und rollte nach rechts, als wollte sie wegkriechen.

Er versetzte ihr eine schallende Ohrfeige und warf sich wieder auf sie.

Das plötzliche Brennen raubte ihr den Atem, aber sie hielt die Hand mit der Spritze still. Burnseys Halsvene war nur wenige Zentimeter von ihrem Gesicht entfernt. Sie wand ihren Oberkörper, damit er sich nicht wegbewegte und hob den rechten Arm.

Herr, das ist meine einzige Chance. Leite du die Nadel. Mit einer fließenden Bewegung stieß sie mit der Spritze nach unten, durchbohrte seine Haut und drückte auf den Kolben.

Burnsey schrie auf und griff sich an den Hals. Von der Nadel tropfte es. „Was zum ...? Was war das?"

„Pentothal. Dein Pentothal."

Er richtete sich auf und spie Flüche aus.

Ruth schirmte ihr Gesicht ab. „Zählen Sie bis zehn, Sergeant."

Sein Mund verzerrte sich. Er hob eine Faust. Dann gähnte er, sah Ruth ungläubig an und brach zusammen.

Sie strampelte sich frei, rollte zur Seite und hielt sich den geschwollenen Arm. Schluchzen, Lachen, Kälte, alles ließ sie erzittern.

„Es hat funktioniert. Gott sei Dank, es hat funktioniert. Danke. Danke." Burnsey war weggetreten. Bewusstlos. Er würde sie nicht vergewaltigen. Gott wäre bei ihr geblieben, egal was passiert wäre, daran hielt sie fest und vertraute darauf. Aber er hatte sie verschont. Ruth lag da und dankte ihm, bis das Zittern aufhörte.

Dann fing ihr Kopf wieder an zu rattern. Burnsey würde in einer halben Stunde aufwachen, vielleicht früher, und noch wütender sein als zuvor.

Ruth rappelte sich auf. Ihre Beine fühlten sich an wie Gummi. So konnte sie keine Hilfe holen, so durfte sie niemand sehen. Nachdem sie sich einigermaßen angezogen hatte, steckte sie ihr Headset in die Buchse am Heck. „Krankenschwester an Crew."

Nichts.

Die Buchse hing eigenartig da. Als sie genauer nachfühlte, rutschte das Kästchen beiseite und Ruth entdeckte durchtrennte Drähte. Burnsey hatte alles geplant.

Ruth stolperte den Gang nach vorn zum Kistenstapel vor der Kabinentür und versuchte, die oberste Kiste zu bewegen. Warum hatte er nur so schwere genommen? Sie bekam sie nicht vom Fleck. Das viele Adrenalin und die Kälte hatten ihr die Kraft geraubt, und mit nur einem guten Arm hatte sie keine Chance.

Vorsichtig beäugte sie den bewusstlosen Burnsey. Wie lange hatte sie noch? Sie versuchte, auf die Uhr zu sehen, aber weder konnte sie den gebrochenen Arm drehen noch die Uhr um ihr Handgelenk herumschieben. Sie biss die Zähne zusammen, löste unter stechenden Schmerzen das Armand und hielt die Uhr hoch.

Zehn vor zehn? Die ganze Tortur hatte nur fünf Minuten gedauert? Unmöglich. Da fiel ihr auf, dass der Sekundenzeiger sich nicht bewegte. Warum hatte Burnsey das tun müssen? Warum hatte er ihre Uhr kaputt gemacht?

Ruth drückte das kühle Uhrenglas auf ihre Lippen und schloss die Augen. Sie war genauso gefangen wie vorher und ihr lief die Zeit davon.

Kapitel 58

Sollte man nicht das eigene Leben an sich vorbeiziehen sehen?

Alles, was Jack sah, war der graue Himmel und graues Wasser, die ineinander verschwammen.

Mom und Dad würden sehr traurig sein, aber von ihren drei Jungs war er derjenige, den sie am ehesten entbehren konnten. Walt, der Verheiratete, würde bald Moms Traum von Enkeln wahr machen. Ray, der begnadete Pastor, erfüllte Dads Traum. Vielleicht war es ganz gut, dass Jack ihm seine Karrierepläne nicht verraten hatte.

Er versuchte wieder, den Verschluss vom Fallschirmgurtzeug zu öffnen, aber seine Finger konnten Metall nicht mehr von Stoff unterscheiden. Wasser schwappte ihm in den Mund. Er war fast zu müde, um es noch herauszudrücken.

Jack wusste, was jetzt kam. Er konnte sich noch allzu gut daran erinnern, wie es war, ohnmächtig zu werden, wieder aufzuwachen und voller Panik das Wasser auszuspucken. Beim letzten Mal hatte es ihm ein Fischerboot erspart, diesen Zyklus zu wiederholen, aber heute waren keine Boote in Sicht. Wie oft würde er untergehen, bevor er starb?

Bitte mach es schnell, Herr. Dann würde er endlich bei Jesus sein. Dann hätte er keine Sorgen mehr, keine Schmerzen.

Ob Ruth um ihn trauern würde? Er sah sie vor sich, wie sie ihm die Schere in die Hand drückte und zugleich ins Herz stach. Aber dann tauchte ihr besorgtes Gesicht vor seinem inneren Auge auf. „Pass bitte auf dich auf, Jack."

Sie liebte ihn nicht, das war unmöglich, aber er war ihr wichtig und sie würde um ihn trauern. Wahrscheinlich würde sie sich selbst die Schuld geben, sich bestrafen und von allen abkapseln.

Nein! Das konnte er nicht zulassen. Jack sah auf den Verschluss. Seine Augen hatten sich mittlerweile an das Salzwasser gewöhnt. Die Finger fühlten sich an wie Stein, aber er drückte den Schieber gegen die Brust und presste die Handgelenke aufeinander.

Schnapp.

Halleluja! Jack riss die Arme nach oben und zog in einem großen Bogen durch. Noch einmal. Luft! Er tankte die Lunge voll und rieb sich über das Gesicht, um wach zu werden. Dann schob er das Gurtzeug von seinen Schultern, schlängelte sich durch und versetzte ihm mit den Füßen einen Tritt.

Erleichtert zog er an der Lasche der Schwimmweste und spürte, wie sie sich aufpumpte und ihn an der Oberfläche hielt. Er streifte den Flughelm ab, lächelte und ließ den Kopf nach hinten sinken. Nun konnte er in den Himmel sehen, während das Wasser mit seinen Haaren spielte. Jetzt konnte er sich ausruhen. Er würde nicht mehr ertrinken.

Beim nächsten Wellenberg sah er sich vergeblich nach den Rettungsinseln um. Das Ufer war nah genug, um ihn zu verspotten, aber zu weit, um es zu erreichen.

Nein, ertrinken würde er nicht. Sondern an Unterkühlung sterben. Wie lange war er jetzt schon im Wasser? Eine halbe Stunde? Eine Stunde? Das Zittern war weg, also hatte sein Körper aufgehört, sich zu wehren.

Sein ganzes Streben, sein Leben insgesamt, für nichts und wieder nichts. Die Beförderungen, das Prestige, die guten Posten – alles unwichtig. *Herr, habe ich getan, was du von mir wolltest? Das ist alles, was zählt.*

Wenigstens war er Gott ins Meer gefolgt. Und so sollte es auch sein. Er sollte sich seiner Angst stellen, seinen Stolz überwinden und hier sterben.

Warum wehrte er sich gegen das Grau? Es war doch weich. Und tröstend. Friedlich. Die Wellen schlugen leise gegen seine Wangen, die Motoren und die Steuerung vibrierten in seinen Armen nach. Das Wasser dröhnte ihm in den Ohren, es dröhnte nach Zylindern und Propellern und dem Wind an der Frontscheibe. Ein Schatten glitt über ihn hinweg und Jack schloss die Augen.

Flugzeuge am Himmel. Sein ganzes Leben lang. Wie passend, dass sein letzter Gedanke dem Fliegen galt.

Kapitel 59

Würde Gott sie retten, um sie dann in noch größere Gefahr zu bringen? Ruth stöhnte. Nein, natürlich nicht.

Sie kehrte ins Heck zurück, vorbei an dem ausgestreckten Burnsey, und wühlte in den Sachen aus der umgestürzten Sanitätskiste. Nachdem sie sich aus Gaze eine behelfsmäßige Schlinge gemacht und ihren empfindlichen Arm hineingelegt hatte, zog sie zwei Rollen Infusionsschlauch aus dem Haufen. „Bitte, Herr, jetzt brauche ich deine Kraft."

Mit ihrer gesunden Hand und ihrem Knie knotete sie den Schlauch erst um Burnseys rechtes Handgelenk, dann um sein linkes, so nah am ersten Knoten wie möglich. Sie machte einen Doppelknoten und zur Sicherheit noch einen.

Burnseys Finger bewegten sich. Ruth schrak zusammen. Noch war er bewusstlos, aber wie lange noch? Ihre Hand zitterte wie verrückt, als sie ihm die Fußgelenke zusammenband.

Aus einem Leinensack von der Decke ließ sie das Gurtzeug herunterfallen. Sie zog Burnseys Arm hindurch und schnallte ihn damit am Bodenstab fest. Dann tat sie dasselbe mit seinen Beinen. Jetzt lag der Sergeant so, als wäre er eine Trage.

Ruth warf ihm eine Decke über und kehrte nach vorn zurück, wo ihre Fliegerjacke lag. Sie legte sie sich über die Schultern, sank zu Boden und zog die Knie so nah an sich heran, wie es ihr gebrochener Arm erlaubte. Alle Muskeln ihres Körpers zitterten gleichzeitig, als wollten sie auch ohne Stimme gemeinsam schluchzen. Gott hatte sie verschont, aber was noch wichtiger war, er hatte sie in ihrer dunkelsten Stunde nicht allein gelassen. Er war da, treu und gut und jedes Vertrauen wert.

Ein Ächzen erklang. Die Decke bewegte sich. Ruth umklammerte ihr Schienbein und betete, dass die Knoten hielten.

Burnsey übergab sich. Die Metallverschlüsse klapperten. Er fluchte. „Ruth! Mach mich los."

Ein Lachen sprudelte aus ihr heraus. „Ich bin nicht dumm, Sergeant."

Er wurde still. Ruth beobachtete ihn genau. Ihr Zittern passte zu den Vibrationen der Motoren.

„Komm schon, Lieutenant“, sagte er mit honigsüßer Stimme. „Du kannst mich doch hier nicht so liegen lassen. Mir ist kalt.“

„Du hast eine Decke.“

„Dann lass mich wenigstens den Saustall hier wegmachen.“

„Vielen Dank für das Angebot, aber ich schaffe das ganz wunderbar allein nach der Landung.“

Stille. Sobald sie in Meeks gelandet waren, würde Burnsey eingesperrt werden und alle würden endlich sehen, wie er wirklich war. Lieutenant Shepard würde begreifen, wie falsch sie gelegen hatte, aber würde sie Ruth je respektvoll behandeln? Und die anderen? Würden sie Ruth wieder in ihre Runde aufnehmen oder ihr fortan aus dem Weg gehen, weil es ihnen peinlich war, wie sie sich verhalten hatten?

Und May? Trotz aller Schmerzen, der Kälte und dem traumatischen Erlebnis schaffte sie es, zu lächeln. Wie schön würde es werden, endlich wieder Mays Freundin zu sein.

Ach, und wenn doch nur ...

Nein. Die Sache mit Jack war unwiderruflich vorbei. Um das zu kitten, bräuchte es zu viel. Zu viel was? Zu viel Vertrauen?

Vertrau mir.

Ruth schüttelte den Kopf. Jetzt gingen ihre Gedanken mit ihr durch. Gott zu vertrauen war eine Sache, einem Mann zu vertrauen etwas völlig anderes.

Das Flugzeug neigte sich leicht nach vorn für den Landeanflug auf Meeks Field.

„Also schön, Lieutenant, ich schlag dir einen Deal vor.“

„Einen Deal?“ Sie lachte und verdrehte dabei aus Versehen ihren Arm. Der Schmerz ließ sie zusammenfahren. „Du bist nicht gerade in der Position, einen Deal vorzuschlagen.“

„Hör zu, ich hab mir alles gut überlegt. Du machst mich los und wir räumen alles auf, bevor wir landen. Ich fasse dich nicht an, versprochen. Dafür ist sowieso keine Zeit mehr. Ich rede mit Shepard und bringe sie dazu, die Teams neu aufzuteilen. Sie hört auf mich. Du behältst deinen Job, ich behalte mein Geschäft und wir sind alle zufrieden.“

„Und du kommst mit Betrug, Diebstahl und versuchter Vergewaltigung einfach so davon? Niemals. Außerdem steht mein Job gar nicht auf dem Spiel.“

„Ich fürchte doch, wenn ich denen von deinem Sittenverstoß erzähle.“

Ruth schnappte nach Luft. „Meinem Sittenverstoß? Du bist ja wohl derjenige, der ..."

„Ganz ehrlich, Herr Polizeibeamter, ich weiß nicht, was passiert ist. Ich kümmerte mich um meinen Kram und trank ein Schlückchen – ja, ich weiß, aber ich konnte nicht schlafen. Sie muss da irgendwas hineingetan haben. Das Nächste, woran ich mich erinnere, ist, wie ich genau so aufwache, meine Sachen völlig durcheinander, gefesselt wie ein Verbrecher. Die Frau ist verrückt! Sie hatte es schon die ganze Zeit auf mich abgesehen. Und ich gehe jede Wette ein, dass sie jetzt sagen wird, dass ich sie vergewaltigen wollte. Sehen Sie doch da drüben! Ich habe gesehen, wie sie die Kiste umgeworfen hat, die ganzen schönen Medikamente, nur, damit es so aussieht, als hätten wir gekämpft. Ihr Arm? Tja, dumm gelaufen. Sie ist auf dem ganzen Zeug ausgerutscht und über die Kiste gestolpert. Was, ich soll ihn ihr gebrochen haben? Das wundert mich überhaupt nicht. Sie verbreitet seit Monaten Lügen über mich. Jeder weiß, dass sie mich nicht leiden kann. Fragen Sie doch Lieutenant Shepard."

Ruth stand der Mund offen.

Burnseys Augen blitzten. „Dein Wort gegen meins, Püppchen. Wem werden sie wohl glauben?"

Ihm. Natürlich ihm. So lief es doch die ganze Zeit schon. Und Burnsey hatte jedes Detail bedacht. Wahrscheinlich würde er auch noch sagen, dass sie die Drähte durchtrennt und die Tür verbarrikadiert hatte, um ihn reinzulegen.

„Das ist der Deal. Du machst mich los und behältst deinen Job. Denk dran, du brauchst das Geld."

Die Erinnerung daran war nicht nötig. Wenn sie ihm glaubten, würde sie aus dem Schwesternkorps der Army fliegen und ihre Zulassung verlieren.

Die Wahrheit ließ ihren ganzen Körper erbeben. Aber Gott würde für sie sorgen. Selbst wenn sie alles verlor ... selbst wenn sie ins Gefängnis kam. Gott würde für ihre Familie sorgen. Sie musste ihm vertrauen. Und die Wahrheit sagen.

Kapitel 60

Jack hatte sich den Himmel immer strahlend weiß vorgestellt, weiß und golden. Aber nicht grau.

Er blinzelte und versuchte, die grauen Streifen vor seinen Augen scharf zu stellen. Leise Stimmen waren zu hören. Im Buch der Offenbarung stand, dass sie „aus allen Nationen und Stämmen und Völkern und Sprachen“ sein würden.

Hm. Nur Englisch.

Jack kniff die Augen zusammen und ein Gestell aus Rohren tauchte aus dem Grau auf. Es war so kalt. Im Himmel sollte es nicht kalt sein. Und er war so müde. Er stöhnte leise und seine Augen fielen zu.

„Jack?“

Mit Mühe hob er die Augenlider und drehte sich zu der Stimme um. Graue Augen und schwarze Haare. Jesus hatte graue Augen? Und wo war der Bart? Nein, es war Ray. Mist. Wie war Ray in seinem Versorgungsdepot zu Tode gekommen?

„Jack?“ Ray lächelte und rieb ihm den Oberarm. „Hallo. Meinst du, du kannst ein bisschen wach bleiben?“

„Wach?“, krächzte Jack und bekam einen Hustenanfall.

„Sieh mal einer an, wer gerade rechtzeitig zur Schlafenszeit wach geworden ist“, ertönte eine weibliche Stimme.

Jack wischte sich den Mund ab. Eine Frau mit braunen Locken stand vor ihm. Wenigstens trug sie Weiß, nicht Grau.

„Gegen den Husten darf ich Ihnen leider nichts geben, Major“, sagte sie quietschvergnügt. „Das Meerwasser muss raus. Aber möchten Sie vielleicht etwas Morphium?“

Wozu brauchte er Morphium im Himmel? „Aber ich bin doch ... oder nicht? Bin ich nicht tot?“

„Du warst kurz davor. Als dich die Seenotrettung aufgesammelt hat, warst du schon bewusstlos. Besonders schwerer Fall von Unterkühlung.“

Er war nicht tot. Die grauen Streifen – die wellige Decke einer Blechhütte. Die Brünette – eine Krankenschwester. Das Rohrgestell – Jack folgte ihm mit dem Blick zu seinem rechten Fuß, der in einem weißen Verband hing.

Plötzlich wurde sein Brustkorb ganz eng und er hustete viele salzige Male. Jack war bei Walt im Krankenhaus gewesen, als Walt erfahren hatte, dass sein Arm amputiert worden war, und nun saß Ray da, um ihm zu sagen, dass sein Bein ...

„Mein Fuß?"

„Oh, da sind so einige Knochen gebrochen." Die Schwester lachte keck, passend zu ihrer Stimme. „Der Gips wird sechs Wochen dranbleiben müssen, junger Mann."

Junger Mann? Sie war doch selbst kaum älter als zwanzig. Jack sah sich in der Wellblechhütte um, die genauso war wie all die anderen Hütten in England. Vor den Fenstern war es bereits dunkel. „Der Wievielte ist heute?"

„Der siebte", antwortete Ray. „Die Invasion war ein Erfolg. Wir kommen voran."

„Und meine Crew? Haben die Männer es geschafft?"

„Alle in Sicherheit. Haben eine Schafherde ziemlich erschreckt, aber es geht ihnen gut."

„Ein Glück." Jack runzelte die Stirn. Ray war doch in Kalifornien und er in England. Oder nicht? „Wo bin ich?"

Die Brünette schob ihm ein Thermometer in den Mund und griff mit warmen Fingern nach seinem Handgelenk. „Sie sind im 65. Militärkrankenhaus. Wir haben gerade erst in Redgrave Park hier in Botesdale die Zelte aufgeschlagen. Sie glauben gar nicht, was es hier für urige Dörfchen gibt. Die nächste Stadt ist Bury St. Edmunds, ungefähr ..."

„Ish war hier schom", murmelte er am Thermometer vorbei. Hoffentlich war die Kleine die Nachtschwester, damit er ihre Schicht verschlafen konnte.

„Jack ist in Bury St. Edmunds stationiert", sagte Ray, der alte Diplomat.

Jack beäugte Ray. „Umd wash machs du hier?"

Ray schmunzelte. „Na, der Groschen ist aber langsam gefallen."

„Aber wash ... wie?"

„Das Rekrutierungszentrum in Bovingdon. Ausbildung und bevorstehende Zuteilung zu einem Bombergeschwader."

„Wekupierungs ..." Jack setzte sich auf, verzog vor Schmerz das Gesicht und spuckte das Thermometer aus, obwohl die Schwester protestierte. „Aber ... aber du bist doch Fluglehrer. Nein, du bist in diesem Versorgungsdepot. Was ist passiert?"

„Ich habe mich freiwillig gemeldet."

„Du hast was?"

„Major, ich muss Ihre Temperatur aufschreiben." Die Schwester hielt ihm das Thermometer erneut an die Lippen.

Jack presste die Lippen aufeinander und sah sie böse an. „Jetzt nicht."

Sie huschte fort und schnatterte wie ein Eichhörnchen, das seine Nuss verloren hat.

Jack betrachtete das ernste Gesicht seines Bruders. Ray? Freiwillig zum Luftkampf? Jack verstand die Welt nicht mehr. Als Kinder hatte Ray mit Bauklötzen gespielt und nicht wie Jack mit Zinnsoldaten. Ray hatte Bücher gelesen, während Jack mit Walt gekämpft hatte, bis dieser aufgab. Ray war bestimmt kein Angsthase – beim Baseball wollte er ihn nicht als Gegner haben, und er hatte schon mehr Schulhoftyrannen Paroli geboten als Jack –, aber er hatte noch nie ein blaues Auge gehabt.

„Du hast dich freiwillig gemeldet?"

„Ja. Ich werde hier gebraucht." Rays resoluter Blick und Gesichtsausdruck waren Jack völlig fremd.

„Aber warum? Und wieso jetzt? Ich dachte, du und Helen ..."

„Ist 'ne lange Geschichte", sagte Ray niedergeschlagen. „Erzähl ich dir später."

„Wenn's um Frauen geht, ist es irgendwie immer eine lange Geschichte."

„Ist wohl nichts geworden aus dir und Ruth?"

„Nein. Kategorie E, Totalschaden." Jack rutschte unter die schwere Decke. Er war müde und ihm war kalt, innen und außen. „Erinnerst du dich an diese kleinen Flugzeuge aus Balsaholz, die Grandpa uns immer zu Weihnachten geschenkt hat?"

Ray stützte die Ellbogen auf den Knien ab. „Natürlich. Aber lange gehalten haben die nie, stimmt's?"

„So ähnlich wie Makronen." Jack kuschelte sich in sein dünnes Kissen. „Weißt du noch? Ein, zwei Mal flogen sie gut, dann brach das Höhenleitwerk ab und man musste es wieder ankleben. Bei der nächsten Bruchlandung knackte der halbe Flügel weg und man hat wieder geklebt. Zack, der Bug weg, noch mehr Kleber. Und irgendwann war es durch den ganzen Klebstoff so schwer, dass es gar nicht mehr flog."

Ray grummelte zustimmend.

„Genauso war es mit Ruth. Zu viele Bruchlandungen, zu viele Bruchstellen, zu viel Klebstoff. Fliegt nicht mehr."

* * *

Sonntag, 11. Juni 1944

Jack stützte die Schachtel mit dem Briefpapier auf der Hüfte ab. Dieser Brief fiel ihm schon so schwer genug, aber mit dem Fuß im Streckverband war das Schreiben eine Tortur.

Er schrieb „Lieber Dad!" und zögerte. Zwei Monate schob er das jetzt schon vor sich her und er wusste immer noch nicht, wie er seinem Vater beibringen sollte, dass er seine Träume wie eine Seifenblase zerplatzen lassen würde.

Jack blies seine Wangen auf und setzte den Stift an.

Nachdem ich viel nachgedacht und gebetet habe, und auch wenn ich Rücksicht auf deine Gefühle nehmen möchte, habe ich mich entschieden, beim Militär zu bleiben. Gott hat mir die Fähigkeiten eines Anführers gegeben. Zuerst dachte ich, dass sie wie bei dir für das Predigtamt gedacht seien. Aber um Pastor zu sein, muss man sowohl berufen sein als auch geistliche Gaben bekommen haben. Und die habe ich nun mal nicht.

Hier geht es nicht um Gehorsam oder Durchhaltevermögen oder mangelnde Reife, sondern um Gottes Willen, und ich habe erkannt, dass ich nie Pastor werden sollte. Mein ganzes Streben und meine Arbeit werden nie zum Erfolg führen, wenn Gott sie nicht segnet. Im Psalm 127 steht: „Wenn der HERR nicht das Haus baut, so arbeiten umsonst, die daran bauen." Das musste ich dieses Jahr auf die harte Tour lernen. Wenn ich unbedingt etwas erreichen will, was Gott gar nicht für mich vorgesehen hat, dann führt das nur zu einer Katastrophe.

Jack lehnte den Kopf an das Metallgestell. Das Predigtamt, die Beförderung, Ruths Herz – alles Ziele, die nie für ihn gedacht gewesen waren.

Wie viel Schaden hatte er mit seiner stolzen Verbissenheit angerichtet?

„Fürchte dich nicht, Skipper, denn ich bin gekommen, um dich aus deiner grausamen Gefangenschaft zu befreien."

Charlie. Jack grinste seinen Freund an.

„Zeit für einen Spaziergang." Charlie bugsierte einen Rollstuhl neben sein Bett, während Lieutenant Taylor, die Krankenschwester, die Riemen von seinem Fuß löste und munter vor sich hin zwitscherte.

„Danke, Kumpel." Er würde Charlie ordentlich vermissen, wenn er in die Pazifikregion versetzt werden würde. Und Rays Ankunft machte die Sache auch nicht einfacher. Nicht nur, dass es schön war, seinen Bruder um sich zu haben, er könnte Ray auch eine nichtkämpfende Position besorgen. Ray in die Schlacht zu schicken, würde nicht nur ihm selbst schaden, sondern auch der 8. US-Luftflotte.

„So, junger Mann. Wie die Made im Speck." Lieutenant Keck begrub ihn unter einem Berg von Decken.

Jack warf Charlie einen gequälten Blick zu und Charlie drehte sich lachend mit einer Hand vor dem Mund weg. „Frische Luft, Charlie. Und zwar bitte schnell."

„Auf geht's." Charlie schnappte sich den Rollstuhl und sauste los, während die Schwester irgendwas von Augen auf beim Rollstuhlfahren plapperte.

„Mann oh Mann", sagte Jack, als sie draußen angekommen waren. „Sie ist wie ein Streifenhörnchen, das den ganzen Tag an einem herumknabbert."

Charlie lachte. „Da lob ich mir doch ..."

Jack seufzte. „Oh ja, ich auch."

Sie kamen an die Hauptstraße und standen vor einem Dilemma. Rechts war Redgrave Hall, der Park und der See lagen vor ihnen. Jeder Ort steckte bis oben hin voller Erinnerungen. Jack zeigte auf den kleinen begrünten Hügel. „Lass uns dahin fahren."

Charlie schob ihn nach oben und setzte sich ins Gras. „Hat ganz schön zugelegt, der Ort hier."

„Ja. Das 12. Feldlazarett wird nach Frankreich verlegt. Das 65. Militärkrankenhaus ist viel größer."

„Bist du dir sicher, dass du in die Pazifikregion willst?"

„Ja." Den Vergleich mit dem Balsaholz hatte er Charlie letztens schon erzählt. Ob er ihn wiederholen musste?

„Schade." Charlie riss einen Grashalm ab und steckte ihn sich zwischen die Zähne. „Hab gehört, hier in Bury wird sich einiges ändern."

„Ich weiß. Colonel Dougher war gestern da. Hat mir die Stelle als Stellvertretender Kommandeur für die Luft angeboten."

„Angeboten? Du hast sie doch nicht etwa abgelehnt?"

„Ich hab ihm gesagt, ich denke drüber nach. Aber nur aus Höflichkeit."

„Aber das wolltest du doch schon immer werden."

„Und genau deswegen kann ich sein Angebot nicht annehmen."

Charlies runde Bäckchen zuckten. „Hör mal, ich weiß, ich hab dir das Leben ganz schön schwer gemacht wegen deinem Stolz und so, aber du wärst ein toller Kommandeur. Der beste sogar."

„Wie war's denn in Prestwick?"

Charlie seufzte. „Deswegen bin ich ja hier."

„Hm? Wie geht's denn May?"

Charlie kaute auf dem Grashalm herum und sah Jack an. „Sie macht sich Sorgen."

Jack hielt die Luft an. Sorgen? Wieso?

„Ruth geht es gut, mehr oder weniger, aber sie versuchen noch rauszukriegen, was genau passiert ist."

„Was passiert ist? Wie meinst du das, was passiert ist?"

Charlie zupfte neue Grashalme heraus. „Vor ein paar Tagen, eigentlich genau am D-Day, kam sie mit ihrem Assistenten zurück aus Neufundland. Keine Zeugen. Ihr Wort gegen seins."

Jack zerquetschte die Armlehnen zwischen seinen Fäusten. Wenn dieser Kerl ihr auch nur ein Haar gekrümmt hatte ...

„Ihre Version ..." Charlie sprach langsam, als würde er jedes Wort abwägen. „Sie sagt, sie habe Burns dabei erwischt, wie er Regierungseigentum stahl, um es dann weiterzuverkaufen. Er soll ihr Schweigegeld geboten haben, und als sie nicht darauf einging ..."

„Was? Was, Charlie? Spuck's aus."

„Er ... sie sagt, er habe sie angegriffen, ihr den Arm gebrochen und dann versucht ... sich an ihr zu vergehen."

Jack fühlte sich, als habe ihm jemand frontal einen Tritt vor die Brust versetzt. Das würde sie nicht überleben. Keine Chance.

„Sie sagt, sie habe ihn mit irgendeinem Mittel außer Gefecht setzen können und dann gefesselt."

„Sie ... das steckt sie nicht weg. Das überlebt sie nicht."

„Es geht ihr gut, Jack. Ich habe sie gesehen. Es geht ihr gut. Sie ist ruhig, vernünftig, gefasst."

„Nach außen hin vielleicht", flüsterte Jack. Nach außen hin war sie stark. Das war sie schon immer gewesen. Aber innen drin, da ging sie ein, kapselte sich ab, schob Gott von sich weg.

„Das Problem ist ..." Charlie starrte auf das Gras zwischen seinen Knien. „Burns sagt, sie habe ihn in die Falle gelockt, ihn betäubt und dann alles so hingestellt, dass es zu ihrer Version passt."

„Schwachsinn." Jack schlug auf die Armlehne. „Die wissen doch, dass er lügt, oder?"

„Sie untersuchen das jetzt, aber es sieht nicht gut aus. Burns ist beliebt in Prestwick, aber Ruth ..."

„Nur wegen ihm, wegen seiner ewigen Lügen." Wenn er doch nur, wenn ...

Wenn was? Was hätte er tun können, um das zu verhindern?

Jack beugte sich vor und raufte sich die Haare. Ruths Familie nutzte sie aus, die Oberschwester glaubte ihr nicht, ihr Partner versuchte sie zu schänden und Jack – er hatte ihr seine Liebe gezeigt, indem er zuerst an sich dachte. *Herr, bitte, lass sie jetzt nicht hängen.*

Kapitel 61

Prestwick
Montag, 19. Juni 1944

Ruth umklammerte Mays Arm. „Sagt man nicht, Waisenkinder seien alle missraten?"

„Das sagen nur die, die uns nicht kennen."

Militärpolizisten mit weißer Mütze flankierten Ruth auf dem Weg zum Hauptquartier. Jeder, an dem sie vorbeikam, sah sie mit demselben Blick an ... der ihr zu verstehen gab, dass sie eine von den Missratenen sei. Wer konnte es den Leuten verübeln? Gegen sie waren schwere Anklagen erhoben worden und die Gerüchteküche kochte höher als die Flugzeuge flogen.

Alle glaubten Burnsey. Sie hatten ihm in dem Moment geglaubt, als die Frachtluke in Meeks aufgegangen war und er um Hilfe geschrien hatte – Burnsey! Seine Aussage war zuerst aufgenommen worden und ihre hatte danach nur noch lächerlich geklungen. Vielleicht war sie zu gefasst und friedlich gewesen, aber wieso hätte sie Tränen und Hysterie vortäuschen sollen?

Ruth blieb stehen und starrte das Backsteingebäude an.

„Ich warte gleich hier draußen auf dich", sagte May. „Und ich bete."

„Danke." Ruth standen Tränen in den Augen. May war die Einzige, die auf ihrer Seite war. Natürlich hatte sie sich gewünscht, dass Ruth ihr in den letzten Monaten nicht die kalte Schulter gezeigt hätte, aber May war zum Glück nicht nachtragend.

„Mach dir keine Sorgen, Süße. Die Wahrheit wird siegen."

Ruth nickte stumm. Vielleicht nicht die Wahrheit, aber Gott würde siegen. Selbst wenn sie unehrenhaft entlassen oder sogar ins Gefängnis gesteckt werden würde, Gott würde sich um ihre Familie kümmern. Irgendwie.

Einer der Militärpolizisten hielt die Tür auf und der andere führte Ruth hinein in ein Büro. Colonel Farley, der Kommandeur des Luftstützpunktes Prestwick, stand hinter seinem Schreibtisch und Ruth salutierte zackig. Neben dem Tisch standen Major Young, der Staffelkapitän der 815. Luftrettungs- und Transportstaffel, und ein Polizeibeamter, den Ruth noch nie gesehen hatte. Wieso war ein Zivilist dabei?

„Lieutenant Doherty, das ist Captain Murdoch von der Polizei Prestwick."

Er hatte eine Glatze und nickte ihr mit einem so väterlichen und freundlichen Lächeln zu, dass sie schon wieder einen Kloß im Hals bekam. Wieso war er hier? Vielleicht, weil Gott wusste, dass sie ein freundliches Gesicht gut gebrauchen konnte?

„Rühren." Colonel Farley deutete auf einen Stuhl. „Nehmen Sie Platz."

„Danke, Sir." Sie setzte sich vor den Schreibtisch und legte ihren Gips auf dem gesunden Arm ab, um den Druck von der Schulterschlinge zu nehmen.

Colonel Farley sah sie mit strengem Blick an.

Ruth war kein Mäuschen. Sie weigerte sich, zu Boden zu sehen. Ihre Aussage war genau und vollständig. Sie würde sich nicht verstellen, und schon gar nicht betteln.

Der Colonel legte jede seiner Hände auf eine Akte. „Ich habe hier zwei entgegengesetzte Anklagen: die, die Sie gegen Staff Sergeant William Burns erheben, und die Anklage, die er gegen Sie erhebt."

„Ja, Sir." Die Anklagepunkte gegen sie hatte sie schon gesehen – tätlicher Angriff und Körperverletzung, absichtliche Beschädigung von Militäreigentum und unwürdiges Verhalten für einen Offizier.

„Nach Artikel siebzig des Kriegsrechts bin ich befugt, in einer Anhörung zu ermitteln, ob diese Anklagen vors Kriegsgericht kommen."

Kriegsgericht. Ruth wurde flau im Magen.

Colonel Farley tippte mit seinem Stift auf die dünnere Akte. „Einer von Ihnen lügt."

„Sir, ich würde niemals ..."

Er hielt eine Hand hoch. „Ich habe mir die Beweisstücke und die Vernehmungen angesehen. Die körperlichen Indizien und die Spuren am Tatort sind nicht beweiskräftig. Kampfspuren, Fingerabdrücke von Ihnen beiden auf der Bordsprechfunkbuchse, eine Einstichstelle in Sergeant Burns' Halsader, Verletzungen und Wunden, die zu beiden Aussagen passen." Sein Auge zuckte. Wahrscheinlich fühlte der Mann sich wohler, wenn es um Diebstahl, Gehorsamsverweigerung oder Prügeleien im betrunkenen Zustand ging.

„Wir haben hier eine ganze Reihe von Beschwerden von Ihnen über Sergeant Burns, die sich aber auch mit beiden Versionen decken. Immerhin haben Lt. Agnes MacKinnon vom 12. Feldlazarett und Lt. Vera Benson vom 2. Lazarett ausgesagt, dass Sie sich dort nicht beschwert haben und auch mit den Männern auf Ihrer Station gut zusammenarbeiten konnten."

Ein Lichtblick, wenn auch ein winzig kleiner, aber er tat gut.

Colonel Farley hob seinen graumelierten Kopf von den Akten. „Nur in einem Anklagepunkt konnten schlüssige Beweise sichergestellt werden, und zwar was die unerlaubte Veräußerung von Militäreigentum und den Betrug von Sergeant Burns betrifft. Ein Vergleich der Lieferscheine in La Guardia und den vermeintlichen Durchschlägen hier in Prestwick hat wesentliche Abweichungen hervorgebracht."

Ruth hielt ihren eingegipsten Ellbogen umklammert. Das kleine Licht am Ende des Tunnels wurde heller. Wenigstens konnten sie Burnsey irgendetwas nachweisen. Und vielleicht würde das auch vom Kriegsgericht verwertet werden. Stellte das nicht seine Aussage infrage? War das nicht ein Beweis dafür, dass er ein Motiv hatte?

Colonel Farley sah den Zivilisten an. „Und das bringt uns zu Captain Murdochs Ermittlungen."

„Aye, sehr richtig." Captain Murdoch nickte Ruth zu. „Ich möchte Ihnen danken. Ihre tapfere Aussage hat dazu geführt, dass wir einen anderen tätlichen Übergriff auf ein Mädchen in der Stadt aufklären konnten."

Ruth hatte Schwierigkeiten, seinen schottischen Akzent zu verstehen. „Übergriff?"

„Aye." Er zögerte.

Niemand traute sich, es auszusprechen. Niemand brachte das abscheuliche Wort über die Lippen. Ruth konnte das verstehen. Sie selbst hatte acht Jahre gebraucht, um es nur in ihren Gedanken zu formulieren.

„Colonel Farley und ich haben bei dieser Ermittlung zusammengearbeitet. Als er mich über Ihren Fall in Kenntnis setzte, haben wir das Opfer hierher auf den Stützpunkt gebracht. Und sie hat Sergeant Burns als den Angreifer identifiziert."

„Noch ein Opfer?“ Die arme Frau ... was sie für Schmerzen, Demütigung und Hilflosigkeit ertragen musste.

„Aye, aber dank Ihnen hat das jetzt ein Ende.“ Captain Murdoch sah sie freundlich an.

Ruth hielt die Luft an. Colonel Farley lächelte ebenfalls. „Heißt das ... bedeutet das ...“

„Sergeant Burns wird sich wegen einer Menge Anklagepunkte verantworten müssen. Und die Anklagen gegen Sie werden fallen gelassen.“

„Fallen gelassen? Ich bin entlastet? Oh, danke.“ Ruth drückte sich eine Hand auf den Mund und kleine Tränen hingen an ihren Wimpern. „Bin ich frei? Bin ich wirklich frei?“

„Aye, junge Frau.“ Der schottische Dialekt kam dieses Mal von Colonel Farley und war gar nicht so übel.

Ruths Lachen klang wie Schluckauf. „Danke. Oh danke.“ Sie würde nicht eingesperrt werden. Sie würde ihren Job behalten. Bert konnte Arzt werden, Anne konnte unter dem strengen, aber liebevollen Regiment von Tante Peggy bleiben und Maggie ... Maggie konnte alles werden, was sie wollte.

Heute Abend noch würde sie Tante Pauline schreiben und ein paar Dinge klarstellen. Sie würde ab sofort Geld fürs College zurücklegen, und wenn ihre Tante sich beschwerte, würde sie ein anderes Zuhause für Maggie suchen – und für Maggies siebenundfünfzig Dollar pro Monat.

Aber was war mit ihrem Job? Lieutenant Shepard war doch immer auf Burnseys Seite gewesen. Wie sollte sie mit jemandem zusammenarbeiten, dem sie kein Stück vertraute?

Ruth wandte sich an ihren Vorgesetzten. „Major Young, ich möchte gern um die Versetzung in eine andere Staffel bitten.“

Der Major spielte mit seinem Kugelschreiber. „Das wird nicht nötig sein. Lieutenant Shepard wird zurück nach Bowman geschickt.“

Ruth stand der Mund offen. Sie hatte nicht zu hoffen gewagt, dass die Oberschwester zur Rechenschaft gezogen werden würde. Aufgeklärt ja, aber nicht bestraft. Oh, wie würde sich Lieutenant Shepard schämen. Wenn ihr verletzter Stolz je die Wahrheit anerkennen würde, dann würde sie merken, dass sie sich von einem Kriminellen hatte einwickeln lassen und deswegen ihrer Obhutspflicht nicht nachgekommen war.

Bald darauf entließ der Colonel Ruth ohne Militärpolizisteneskorte. Sie stürzte aus dem Gebäude und überraschte May mit einem Lachen und einer Umarmung. „Es ist vorbei! Es ist vorbei. Ich bin frei."

„Gott sei Dank. Ich wusste es! Ich wusste, sie würden dir glauben."

„Nicht wirklich, aber das ist mir egal. Sie haben den Beweisen geglaubt und ich bin frei und Burnsey wird zur Rechenschaft gezogen. Das ist alles, was zählt."

„Das sind so tolle Neuigkeiten. Ich schicke Charlie ein Telegramm. Was meinst du, wie erleichtert er sein wird, und Jack erst!"

Ruths Lächeln gefror auf ihren Lippen. „Charlie hat es ihm erzählt?"

„Nun, ja, das hat er."

Ruth stöhnte. „Das hat ihm ja gerade noch gefehlt. Hat er nicht schon genug durchgemacht?" Der Arme wäre um ein Haar ertrunken. Was für ein grausames Erlebnis, gerade für Jack. Er war nicht nur fast gestorben, sondern auch noch auf die Art und Weise, die er am meisten fürchtete.

„Komisch. Er wollte auch nicht, dass du das von ihm erfährst. Er wolle dir nicht noch mehr aufbürden, meinte er." May sah halb amüsiert, halb mitleidig aus. „Er macht sich Sorgen um dich."

Sie hatte das nicht verdient. Nicht, nachdem sie ihn so behandelt hatte. „Sag ihm, es geht mir gut. Wirklich."

„Ich weiß. Charlie sagt ihm das immer wieder, aber er glaubt uns nicht."

Ruth sah May eindringlich an. „Dann sag es ihm noch mal."

„Das bringt nichts. Er glaubt uns nicht, bis er es mit eigenen Augen sieht."

„Oh, nein." Ruth machte auf dem Absatz kehrt und lief in Richtung Kaserne. „Nein, nein, nein. Das wäre die schlimmste Lösung ..."

„Es wäre das Beste für euch beide."

„Oh nein. Du weißt nicht, was du da sagst."

„Ich weiß, dass er dir immer noch am Herzen liegt."

Ruth blieb wie angewurzelt stehen.

„Was ist los?"

Die Erkenntnis trieb ihr Tränen in die Augen. „Ich ... er liegt mir nicht nur am Herzen. Ich liebe ihn."

„Oh, Süße, das ist doch wundervoll. Geh zu ihm."

„Nein." Sie schüttelte den Kopf. Zu ihm gehen? Wenn sie zu ihm gehen würde, dann müsste sie tun, was sie schon vor Monaten hätte tun sollen ... ihm ihr Herz schenken. „Hat Charlie nicht erzählt, dass Jack immer wieder diese Geschichte von Spielzeugflugzeugen und Klebstoff erzählt? Es ist zu spät, das wissen wir beide."

Mays blasse Stirn durchzogen Furchen. „Ja, aber ..." Sie wurde still. May gab auf, so wie Jack.

Schweigend lief Ruth neben ihrer Freundin her. ‚Geh zu ihm.' Immer wieder tauchte dieser Gedanke in den letzten Tagen in ihrem Kopf auf und sie konnte ihn einfach nicht abschütteln. ‚Geh zu ihm.' Wie die Ruth aus der Bibel rief Gott sie auf die Tenne, um sich einem angesehenen und gottesfürchtigen Mann zu zeigen, seine Füße aufzudecken und sich hinzulegen.

‚Geh zu ihm.'

Ruth sah nach Westen, wo dunkle Wolken den Horizont trübten. *Herr, hatte die Ruth von damals auch Angst? Ich fürchte mich! Wie soll ich das nur machen? Jack liebt mich nicht mehr. Was soll er nur von mir denken?*

Vertrau mir, vertrau mir, vertrau mir, sagte Gott immer wieder, und bisher hatte sie ihm gehorcht. Aber jetzt? *Herr, wenn ich doch nur wüsste, was Jack ...*

Der Seewind trug ihr Seufzen fort. Wenn sie das Ergebnis schon kennen würde, wäre kein Vertrauen mehr nötig.

Kapitel 62

65. Militärkrankenhaus
Samstag, 24. Juni 1944

Jack übergab sein Essenstablett an den Sanitäter, der den passenden Namen Sauer trug, und starrte auf die Uhr. Erst 1309? Weder die drögen Bücher von Ray noch eine Unterhaltung würden die Zeit schneller vergehen lassen. Richards, sein Bettnachbar auf der linken Seite, schlief schon wieder und Henderson auf seiner rechten konnte nicht reden, weil sein Kiefer in einem Drahtgeflecht steckte.

Vielleicht ein Brief? Nein, die ganze letzte Woche hatte er an alle seine Leute lange Briefe geschrieben und den einen Brief, der ihm unter den Nägeln brannte, konnte er nicht schreiben. Ruth hatte gesagt, er solle sie in Ruhe lassen und auch nicht schreiben, wenn es etwas Neues gab. Zum Glück gab es wenigstens großartige Neuigkeiten: Burns war im Gefängnis und Ruths Name reingewaschen und wiederhergestellt.

Jack nahm sich die *Stars and Stripes*. Erst heute Morgen hatte er sie durchgelesen, aber vielleicht waren ihm ein, zwei Artikel durchgerutscht. Er blätterte die Zeitung durch. Nein, er kannte jedes einzelne dämliche Wort.

Gelangweilt sah er aus dem Fenster. Der blaue Himmel schien ihn zu verspotten. Nur zu gern würde er es jetzt mit Lieutenant Taylor oder Sergeant Sauer und sogar einer bittersüßen Erinnerung an Ruth aufnehmen, wenn er dafür den Wind und die Sonne auf dem Gesicht spüren könnte. Aber sowohl Miss Streifenhörnchen als auch der Sergeant hatten mit den Verwundeten vom D-Day alle Hände voll zu tun.

Die Tür wurde aufgestoßen. Alle Patienten auf der Station sahen auf, aber nur Jack hatte Grund zu Lächeln. Der gute alte Charlie hielt für May die Tür auf. Jack hatte sie wochenlang nicht gesehen und bestimmt würde sie etwas Neues zu erzählen haben über –

Ruth? Sein Herz setzte aus.

Ihre Augen waren groß und dunkel, ihr Mund nur ein winziger

Strich und die Schlinge formte ein weißes Dreieck vor ihrer graublauen Uniform. Der Gedanke daran, was Burns ihr angetan hatte, brachte sein Blut in Wallung. Wenn er jetzt nur noch seinen Mund wieder zubekommen könnte.

Was machte sie hier? Hatten Charlie und May sie der guten alten Zeiten wegen nach Redgrave gelockt?

„Hey, Skipper."

„Hallo. Na, das ist ja eine Überraschung." Er brachte gerade so ein Lächeln zustande.

Ein Blick in Ruths blasses, angespanntes Gesicht verriet ihm, dass Charlie gelogen hatte. Es ging ihr nicht gut. Kein bisschen. Und jetzt hatte Charlie sie hierher gelotst? Was hatte er sich dabei gedacht? Jack musste aus Respekt vor Ruth ihren Besuch so kurz wie möglich halten. Aber Charlie und May zogen sich zwei Stühle heran und Ruth setzte sich geradewegs auf sein Bett.

May beugte sich vor und hakte sich bei Charlie ein. „Wie geht's dir denn?"

Jack zuckte mit den Achseln. „Ich kann's kaum erwarten, aus diesem Streckverband rauszukommen. Ich will den Gips loswerden und raus aus diesem Krankenhaus. Und ihr? Habt ihr Ausgang gekriegt?" Er sah nur May an.

„Nein." May schmunzelte und warf Ruth einen Seitenblick zu. „Wir sind grad von einer vorübergehenden Stationierung zurück und sofort hat man uns schon wieder woanders stationiert, natürlich vorübergehend. In Membory drüben in Berkshire."

„Membory? Hey, Charlie, das ist doch gut für dich."

„Und ob. Ist zwar immer noch eine lange Zugfahrt, aber wir können uns öfter sehen."

„Fliegt ihr auch in die Normandie?", wandte sich Jack wieder an May.

Ihr Gesicht hellte sich auf. „Ja. Und dann können wir endlich mal zeigen, was wir gelernt haben."

May erzählte fröhlich und Jack nickte, aber er konnte sich nur auf die Wärme von Ruths Hüfte konzentrieren, die durch die Decke zu seinem gesunden Bein kroch. Na großartig. Jetzt würde sie wieder denken, er machte Annährungsversuche, und in ihrem Zustand konnte sie das sicher überhaupt nicht gebrauchen. Vorsichtig zog er das Bein weg.

Ruth sah kurz verwundert auf die Decke.

Jacks Blick sprang zurück zu May. „Hört sich toll an. Ihr steht alle schon in den Startlöchern, oder?“

„Ja, aber die arme Ruth muss noch ein paar Wochen warten.“

Jetzt musste er sie zur Kenntnis nehmen und ihr zunicken. Ihr direkter Blick brachte ihn aus der Ruhe. Angst war darin zu lesen, aber auch noch etwas anderes, Unbekanntes und Undefinierbares, das alte Bekannte in der Magengegend weckte. Er wandte sich lieber wieder May zu. „Also ...“

„Diese Station weckt lauter Erinnerungen.“ May kuschelte sich an Charlie. „Wollen wir uns nicht noch mal unsere Lieblingsplätze ansehen?“

Die perfekte Gelegenheit, den Besuch abzukürzen. Radikal. „Ja, macht das mal.“

„Lieutenant?“, rief Charlie nach der Schwester. „Könnten wir bitte einen Rollstuhl haben?“

Oh, oh. So gern er nach draußen wollte und Gesellschaft brauchte, so ungern wollte er Ruths Qualen verlängern. „Ihr braucht mich nicht mitzuschleifen. Ich bin sowieso ziemlich müde.“

„Eben.“ May stand auf und löste Jacks Bein aus der Halterung. „Du bist müde, weil du den ganzen Tag hier eingesperrt bist.“

Lieutenant Streifenhörnchen half Jack in den Bademantel, dann in den Rollstuhl und stapelte so viele Decken auf ihn, dass ihm selbst am Nordpol nicht kalt geworden wäre. Ihr „Wie die Made im Speck“ formte er mit den Lippen nach.

Charlie fuhr ihn nach draußen und Jack richtete dankbar das Gesicht zur Sonne. Was für ein Jammer, so einen schönen Tag mit einer unangenehmen Situation zu ruinieren. Die beiden Frauen ließen sich nach hinten fallen, wahrscheinlich, damit Ruth sich im Vertrauen mit May unterhalten konnte. Jack wollte dasselbe eigentlich mit Charlie tun, aber sie würden ihn garantiert hören.

Das konnte er sich doch zunutze machen.

„Endlich mal schönes Wetter.“ Er lehnte sich im Rollstuhl zurück und ließ sich von Charlie auf den Park zufahren. „Die Nebelsuppe hier werde ich nicht vermissen. Ich denke dann an dich, wenn ich im lauwarmen Pazifik bade. Unsere Truppen sind gerade auf Saipan, genau die Reichweite der B-29.“

Charlie lachte. „Hast du die ganzen Insekten und die Feuchtigkeit vergessen? Lauwarmes Wasser hat seinen Preis.“

„Aber das ist es allemal wert, um hinterm Steuer eines *Superfortress* zu sitzen. Achttausendachthundert PS, dreitausend Meilen Reichweite, zwanzigtausend Pfund Bombenladung, und vergiss nicht die Druckkabine. Keine Sauerstoffmasken mehr!“

„Du meinst es ernst, oder?“

„Absolut.“ Jack sprach ein bisschen lauter, damit Ruth ihn hörte und merkte, dass er nicht mehr den Gedanken hegte, sie für sich zu gewinnen. „Gestern habe ich meinen Versetzungsantrag gestellt.“

„Hmm.“ Charlie schob den Rollstuhl übers Gras. „Ich dachte, jetzt, wo dein Bruder hier ist, überlegst du es dir noch mal.“

„Nein. Das habe ich schon geklärt.“ Die Unebenheiten im Gras rüttelten Jack so durch, dass er froh war, dieses Mal nur am Fuß verletzt zu sein. „Wir haben Ray ins 94. gesteckt und Dougher hat mir versprochen, für ihn einen nichtkämpfenden Posten zu finden. Das passt viel besser zu seinen Fähigkeiten.“

Charlie hielt an. „Wo lang, Ruth?“

„Dort drüben. Bei dem großen Baum am See.“

Verwirrt sah Jack Ruth an. Was lief hier?

Charlie schob Jack zu der stämmigen Eiche. May befreite ihn von einer seiner Decken und breitete sie mit Ruth auf dem Boden aus. Wieso hatte Ruth genau den Ort ausgesucht, wo sie ihr erstes von vielen Picknicken gehabt hatten?

„Ein Picknick?“

„Siehst du irgendwo Essen?“, fragte Charlie lachend und half ihm beim Aufstehen. Jack stützte sich auf seinen Freund und hüpfte zur Decke. Wenn sie es sich jetzt alle hier gemütlich machten, dann würde der Besuch noch eine Weile dauern.

Als Jack auf der Decke saß, den Rücken an den Baum gelehnt, legten die Frauen stapelweise Decken auf ihn und steckten sie unter seine ausgestreckten Beine. „Ist es so bequem?“, fragte May.

„Wie Gott in Frankreich.“ Oder wie eine Raupe im engen Kokon.

„Schön.“ May drehte sich zu Charlie um. „Können wir?“

„Ja, lass uns spazieren gehen.“

Jack sah sie mit offenem Mund an. Wieso schleppten sie ihn hier nach draußen und ließen ihn dann allein unter einem Baum zurück?

May warf Ruth einen vielsagenden Blick zu.

„Na dann.“ Ruths Stimme klang blechern. „Viel Spaß. Bis später, ihr zwei.“

Kapitel 63

In Ruths Magen rumorte es. Was wollte sie hier? Das Ganze war eine einzige Katastrophe. Von dem Augenblick an, als sie die Station betreten hatten, hatte sie von jedem Blick, jedem Wort und jeder Bewegung von Jack ablesen können, dass er nichts mit ihr zu tun haben wollte. Dass Charlie und May da gewesen waren, hatte kein bisschen geholfen.

Trotzdem musste sie Gott vertrauen und das tun, wofür sie gekommen war. Sie umklammerte den Henkel ihrer Handtasche und drehte sich zu Jack um. Sein gequälter Gesichtsausdruck steigerte den Aufruhr in ihrem Magen noch. Er wollte offensichtlich nicht mit ihr allein sein.

„Du musst das nicht", sagte er. „Du musst nicht wegen mir hierbleiben."

Ein höflicher Wink mit dem Zaunpfahl, und das zu Recht. Sie war diejenige gewesen, die ihn fortgeschickt hatte. „Äh, doch. Ich muss hierbleiben. Wegen dir."

Eine Furche durchzog seine Stirn.

„Charlie und May haben mir erzählt, dass du dir Sorgen um mich machst. Deswegen bin ich hier", sagte Ruth zu sich selbst und zu Jack. „Na ja, das ist einer der Gründe. Damit du siehst, dass es mir gut geht. Und dir keine Gedanken mehr machst." Sie versuchte zu lächeln.

Sorgenfalten gesellten sich zu seinem verwirrten Blick.

Ruth stöhnte und sah zum Himmel. „Ich weiß, ich sehe nicht so aus, aber es ist nicht wegen Burns. Wirklich nicht. Ich bin nur nervös, schrecklich nervös, aber es geht mir gut."

„Okay." Er klang nicht überzeugt.

Sie holte tief Luft. „Es geht mir wirklich gut. Nicht, weil ich so stark bin, sondern weil Gott es ist. Er war da oben bei mir. Das letzte Mal habe ich ihn weggeschoben, aber diesmal nicht. Ich habe ihm vertraut. Nicht, dass er mich aus der Situation rausholt, sondern mich durchträgt. Und das hat er getan. Selbst, wenn es zum Schlimmsten gekommen wäre, hätte er mich nicht fallen gelassen. Das weiß ich."

Jacks Gesicht entspannte sich etwas.

Sie ging einen Schritt auf ihn zu. „Ich bin nicht lädiert. Diesmal nicht. Beim letzten Mal ist meine Uhr auf den Steinen zerknackt und ich auch. Dieses Mal sind nur ein paar Zeiger locker geworden und ich habe das schon wieder richten lassen. Ich habe mich ehrlich gesagt noch nie kompletter und unversehrter gefühlt. Selbst, wenn man mich ins Gefängnis gesteckt hätte, weiß ich, dass Gott seine Flügel über mich gebreitet hätte. Verstehst du? Siehst du, dass es mir gut geht?"

Jack betrachtete schweigend ihr Gesicht. „Ja. Ja, ich verstehe."

„Gott sei Dank. Ich wollte nicht, dass du dir Sorgen machst. Nicht nach dem, was du durchmachen musstest."

Er zuckte mit den Achseln und sah auf den See hinaus. „Ach, das war doch nichts."

„Nichts? Du wurdest mit deiner schlimmsten Angst konfrontiert."

„Du auch."

„Ja, aber du hast dich dafür entschieden. Du hast dich auf Gott verlassen und deiner Angst gestellt. Obwohl du auch auf festem Boden eine Landung geschafft hättest, da bin ich mir sicher."

Ein Lächeln umspielte seine Lippen. „Wahrscheinlich. Aber das Risiko konnte ich nicht eingehen."

Jetzt war der richtige Moment, aber Ruths Füße stockten bei jedem Schritt und nur mit aller Willenskraft brachte sie ihre Beine zum Einknicken, damit sie sich neben Jack auf die Decke setzen konnte. „Dem Flugzeug beim Sinken zuzusehen, war für dich bestimmt genauso schlimm, wie den Tod vor Augen zu haben."

Lachfalten erschienen rund um seine Augen. „Ja, das war ein tolles Flugzeug."

Jetzt hätte Ruth ihm über die Wange streicheln und die Worte sagen können, die sie sagen wollte, die sie geübt hatte, die so eigenartig und doch richtig klangen. Aber warum gehorchte ihr dann weder ihre Hand noch ihre Zunge?

„Meine letzte B-17", sagte Jack nachdenklich. „Der nächste Vogel wird eine B-29."

„Überm Pazifik." Die Worte schmeckten bitter. Sie hatte ihn von sich weggeschubst, bis ans andere Ende der Welt.

„Wenn meine Versetzung durchkommt. Aber Dougher ist guter Dinge."

Sollte sie ihm gratulieren und Lebewohl sagen? Nein, sie musste das jetzt durchziehen. Sie musste einfach. „Interessiert dich ... meine Meinung?"

Kurz war Überraschung auf seinem Gesicht zu lesen, dann zuckte er mit den Achseln. „Klar."

„Ich finde …" Sie schob ihre Hand in die Schlinge und rieb mit dem Daumen ihren Gipsverband. „Ich finde, du solltest hierbleiben. Dein Bruder ist hier, Charlie ist hier und … und ich finde, du solltest die Beförderung annehmen und in Bury bleiben. Das hast du dir verdient und du wärst ein toller Kommandeur. Bleib hier. Ich finde wirklich, du solltest hierbleiben."

Und nun zum schweren Teil. Sie stand auf der Tenne und vor ihr lagen unter vielen Decken die Füße des Mannes, den sie liebte. Jack hatte das verdient. Selbst wenn es zu spät war, hatte er es verdient zu erfahren, was sie für ihn empfand.

„Ich finde …" Sie atmete aus. „Ich …"

Mit einem Ruck beugte sie sich vor, griff nach einem Zipfel der Decke und schlug sie zurück. Ein Fuß in einer schwarzen Socke und ein Gips, aus dem fünf nackte Zehen guckten, kamen zum Vorschein. So, jetzt hatte sie es getan. Mit einer einzigen Geste hatte sie ihm ihr ganzes Herz offengelegt.

Jack sah verwirrt von seinen Füßen zu ihr und wieder zurück. „Du findest, meine Füße sind zu warm?"

„Nein." Sie stöhnte und klappte die Decke wieder vor. Wie sollte er das auch verstehen, wenn sie es ihm nicht erklärte?

„Alles in Ordnung?"

„Ja. Ich … bin auf der Tenne. Du weißt schon, die Bibel und Ruth und Boas und die Tenne." Sie atmete geräuschvoll aus und schlug die Decke noch einmal zurück.

„Die Tenne?" Alle möglichen Emotionen spiegelten sich auf seinem Gesicht wider, aber keine von denen, die sie sich erhofft hatte.

Oh nein, er dachte, sie sei übergeschnappt. Ruth drückte sich eine Hand gegen die Stirn. Vielleicht waren tatsächlich ein paar Zeiger lose bei ihr.

„Was soll das alles heißen …"

Ruth stieß einen Schrei der Verzweiflung aus und stand auf. „Warum? Warum musste ich mich ausgerechnet für diese Version entscheiden?" Sie drehte sich in Richtung See und fuchtelte mit ihrer Faust in der Luft herum, als würde sie einen Lappen ausschütteln. „Warum konnte ich es nicht einfach sagen? Einfach nur ‚Ich liebe dich'? Aber nein, das ging nicht. Das würde ja ein normaler Mensch tun. Aber nicht ich. Erst dauert es Monate, bis ich mir das selbst eingestehe, dann noch länger, bis ich es dir beichten will, und dann kriege ich es noch nicht mal ordentlich gesagt. Nein, ich muss mir ja irgendeine nebulöse biblische Anspielung aussuchen und dir kalte Zehen bescheren." Sie wirbelte herum und wies auf seine aufgedeckten Füße.

„Ruth?" Seine Stimme klang belegt.

„Ich weiß, ich komme zu spät." Sie kniff die Augen zu. „Charlie hat es mir erzählt. Holz und Klebstoff, ich weiß, es ist zu spät. Ich hätte dir das sagen sollen, als du mich noch heiraten wolltest, und nicht heute, nicht so, nicht wenn alles viel zu ... zu ..."

„Ruth?"

„Ja, ich weiß, ich komme zu spät." Sie konnte es nicht ertragen, seine Wut, sein Mitleid oder sein Bedauern mitanzusehen, also stapfte sie davon und suchte mit ihrem Blick das Seeufer ab. „Ich ... ich hole Charlie und May. Sie bringen dich nach Hause."

„Wage es ja nicht. Wag es nicht, mir zu sagen, dass du mich liebst, und dann wegzulaufen."

Ruth hielt sich mit ihrer gesunden Hand ein Ohr zu und lief schneller. Wenn sie doch nur zwei gesunde Hände hätte. Und wo waren Charlie und May?

„Zwing mich nicht, dir hinterherzurennen", rief Jack. „Ich mache das, das weißt du. Ich humple hier mit meinem Gips los, und wenn Lieutenant Streifenhörnchen das sieht, wird sie hinter mir herflitzen, und die kann ich jetzt überhaupt nicht brauchen."

Warum? Warum würde er ihr nachlaufen? Ruth sah über die Schulter zurück.

Jack kämpfte sich hoch. „Ich schwöre es. Ich schwimme auch durch diesen verdammten See, und du weißt, was ich vom Schwimmen halte." Er humpelte los.

„Jack, nein! Du fällst hin. Dein Gips geht kaputt."

„Dann zwing mich nicht. Komm wieder her, ja?" Selbst auf dreißig Meter Entfernung konnte sie die Entschlossenheit in seinen Augen sehen.

„Warum?" Was hatte er zu sagen? Und wollte sie das wirklich hören?

„Was hat dieser Boas getan? Hat er nicht sein Gewand über sie gelegt?"

Sie nickte langsam. Ja, darum hatte Ruth Boas gebeten, um zu zeigen, dass er sie annahm.

Jack hob eine Decke auf. „Du bist zu weit weg, Liebste. Entweder du kommst her oder ich ziehe diese Decke mit und fange dich."

Sie traute ihren Ohren nicht. Es war doch zu spät. Oder? Er empfand nichts mehr für sie. „Aber … aber das Holz. Und der Klebstoff."

„Verdammt, ich lag falsch, und zum zweiten Mal in diesem Jahr bin ich so was von froh darüber. Kommst du jetzt bitte, bitte, wieder her?"

Die Decke hing von seiner Hand herunter. Unmöglich. Das konnte nicht sein. Sie hatte ihn zu brutal von sich weggeschoben und zu oft. Sie träumte. Mit dieser Antwort hatte sie bei ihren Proben nicht gerechnet.

„Bitte. Es gibt Dinge, die ich dir ins Ohr flüstern sollte und nicht quer durch den Park brüllen. Aber ich mache auch das." Plötzlich lachte er befreit. „Ich liebe dich! Hörst du, Ruth Doherty? Ich liebe dich. Nicht eine Sekunde habe ich damit aufgehört und ich werde es auch nie tun."

Sie starrte einen Mann in gestreiftem Nachtzeug und blauem Bademantel an, der von einem Ohr zum anderen grinste. Du lieber Himmel, er meinte es ernst. Er liebte sie noch. Und was kam jetzt? Was sollte sie tun?

„Na schön. Du wolltest es ja nicht anders." Er verlagerte sein Gewicht auf den Gips.

„Nein!" Ruth lief los. „Wenn dein Gips kaputtgeht, kommst du nie von hier weg."

„Und das wollen wir ja jetzt nicht mehr, oder?" Er lehnte sich an den Baum und breitete die Arme aus.

Ruth kam einen Schritt vor ihm zum Stehen und war von seiner Nähe und Ausstrahlung überwältigt. Konnte sie das wirklich tun? Wollte sie es?

„Muss ich erst wieder zum Notfall werden, damit du dich an mich herantraust?" Er hatte dieses Lächeln auf den Lippen, das ihre Bedenken nicht zum ersten Mal zerstreute.

Was nützten ihre ständigen Bedenken überhaupt. Sie konnte es. Sie sollte es sogar. Und ja, sie wollte es. „Du hast doch selbst gesagt, dass ich Männer am liebsten hilflos mag. Liegend, bandagiert und ruhiggestellt."

Jack lachte leise. „Werd sehen, was sich machen lässt."

Ruth griff mit ihrer zitternden Hand nach dem Revers seines Bademantels. „Lieber nicht. Ich vertraue dir und mag dich lieber aufrecht und gesund und richtig angezogen."

Er legte seine Hand auf die ihre. „Ich habe dich unendlich vermisst."

„Ich dich auch, und wie." So nah war sie ihm seit Monaten nicht mehr gewesen. Sie spürte seine Wärme und entdeckte die hellen, feinen Linien in seinen blauen Augen wieder. Hätte sie ihm nur früher vertraut! Dann hätte es nicht so lange gedauert. „Oh, Jack, es tut mir so leid."

„Nein. Hör auf." Er zog sie zu sich heran. „Ich weiß. Dir tut es leid und mir tut es leid. Du vergibst mir, ich vergebe dir. Die Details können warten. Das hat alles noch Zeit. Jetzt will ich einfach nur genießen."

Ruth lächelte zufrieden und entspannte sich in seiner warmen, schützenden Umarmung.

„Hast du das wirklich so gemeint?" Jacks Stimme klang wieder belegt. Er löste sich von ihr und sah sie mit großen Augen an. Das letzte Mal hatte er so ehrlich und verletzlich ausgesehen, als Charlie verschwunden war. „Ich meine, das mit dem Lieben und ... mit dem Heiraten? Du musst nicht, wirklich. Lass dir alle Zeit der ..."

„Shh." Ruth legte ihm einen Finger auf die weichen Lippen. Sie könnte ... nein. Noch nicht. Erst wollte sie ihm ihr Herz schenken. „Ja, ich liebe dich. Schon seit einer langen Zeit. Und ja, ich will. Ich will dich heiraten."

Er blinzelte in einem fort. „Ich kann es nicht glauben. Ich, also, das habe ich doch überhaupt nicht verdient."

„Nein, ich bin hier diejenige, die ..."

„Sag es nicht. Wage es nicht einmal, das zu denken. Ich liebe dich und Punkt."

„Oh, Jack." Ruth legte ihren Kopf an seine Brust und fühlte sich rundum geborgen.

Er legte ihr die Decke über die Schulter. „Für Boas mag das gereicht haben, aber so ein richtiger Verlobungsring ist das nicht." Er sah auf ihren Gips herunter, der zwischen ihnen hing. „Na ja, du kannst im Moment sowieso keinen tragen."

Noch nie hatte sich eine kratzige braune Armeedecke so weich und warm und wunderbar angefühlt. „Ich brauche keinen Ring. Das hier ist …“

„Natürlich brauchst du einen Ring. Da gibt's keine Diskussion. Hier, zeig mal deinen Gips.“

„Wie bitte?“

Er deutete mit den Fingern auf ihren Gips. „Na komm. Raus aus der Schlinge.“

Ruth runzelte die Stirn, tat aber, was er wollte. „Du kommandierst mich rum.“

„Manchmal lässt du mir keine Wahl, mein kleiner Feuerschopf.“ Jack zog einen Stift aus seiner Brusttasche und klemmte sich den Gips so unter den Arm, dass Ruth nichts sehen konnte.

„Was schreibst du da?“ Sie versuchte an seinen breiten Schultern vorbeizuschauen.

„Hier wird nicht geguckt. Wart's ab.“ Der Stift kratzte auf der weißen Oberfläche. Wenn er doch nur auch darunter kratzen könnte.

Jack gab ihren Arm frei. „Da, bitteschön.“

Über ihren Ringfinger hatte er einen Ring gemalt, von dem Strahlen ausgingen. Darunter stand in selbstbewusster Schrift: „Bedarfsanforderung: Verlobungsring. Gezeichnet Major Jack Novak.“

Ruth sah ihrem Major tief in die Augen.

Er nahm sie unter seine kratzigen, aber fähigen Flügel und legte seine Stirn an ihre. „Ich liebe dich.“

Vor Freude und Zärtlichkeit bekam sie einen Kloß im Hals. Dass er sich so über eine Frau freute, von der er nie einen Kuss bekommen würde! Wenn sie jetzt nichts tat, würde es so bleiben. Er wäre zufrieden und sie müsste nichts befürchten. Aber Ruth wollte es versuchen, wollte vorwärtsgehen, wollte Gott zeigen, dass sie ihm vertraute, indem sie Jack ihr Vertrauen schenkte. Er sollte die Liebe bekommen, die er verdient hatte, nicht die, mit der er sich zufriedengab.

Sie fuhr ihm zärtlich durchs Haar. Hoffentlich bekamen ihre Kinder einmal auch solche sanften Locken. „Ich liebe dich auch.“

Und dann schenkte sie ihm den kleinen Rest von sich, den sie noch für sich behalten hatte, und es ging leichter und war angenehmer und aufregender als in ihren kühnsten Träumen.

Kapitel 64

Es verging eine Sekunde, bevor Jack merkte, dass Ruth ihn küsste. Eine weitere Sekunde verstrich, in der er es einfach genoss, und in der dritten Sekunde traf es ihn wie ein Schlag.

Er riss sich los und umarmte sie ganz fest. „Was tust du da? Liebste, du musst doch nicht ..."

„Oh, aber es war wundervoll", hauchte sie ihm in den Nacken.

Was zum Henker? Er griff sie an den Schultern. Ihr Gesichtsausdruck ließ bei ihm alle Alarmglocken schrillen. Ihre Augen waren verträumte Halbmonde und ihre Lippen waren so entspannt wie noch nie. Keine Abwehrhaltung, kein Distanzbedürfnis, keine Angst.

„Hast du gemerkt?", fragte sie. „Ich bin nicht zusammengezuckt. Oh, ich wusste es."

Jack schüttelte energisch den Kopf. „Das war so nicht abgemacht. Ich habe es dir versprochen. Und dieses Mal meinte ich es auch so. Ich brauche das nicht, ich will es noch nicht einmal."

Ruth strich ihm zärtlich über die Schulter. „Ich weiß. Das ist einer der Gründe, warum ich dich liebe. Aber ich will eine normale Ehe. Ich will Kinder, und zwar von dir und mir."

„Nein. Kommt nicht infrage." Er sah sie eindringlich an. „Das würde ich nie, niemals von dir verlangen. Ich will, dass du glücklich bist, dich sicher und geliebt fühlst. Das ist mein Ziel für den Rest meines Lebens."

„Aber Jack ..."

„Nein, Lieutenant. Ich werde dich nicht oft meinen Rang spüren lassen, aber bei diesem Thema schon. Ende der Diskussion."

„Aber hast du nicht gemerkt? Ich habe mich nicht erschrocken. Es hat mir gefallen. Und wie mir das gefallen hat! Verstehst du?"

Seine Gedanken kamen nur schwer in Gang, wie ein Propeller, der nur langsam auf Drehzahl kam. Wenn sie sich nicht erschrocken hatte, dann hieß das ... „Aber ..."

„Ich habe nur an dich gedacht, Jack. Nur an dich. Und ich wusste, dass das klappt." Sie beugte sich vor und wollte ihn mit ihren süßen Lippen von seinem Entschluss abbringen.

„Nein, das wirst du nicht tun." Jack drückte sich gegen den Baum, bis die Rinde ihn am Hinterkopf kratzte. „Bleib mit deinen Lippen schön bei dir."

Ruth lachte. „Genau dasselbe habe ich zu dir gesagt, als du mir den Antrag gemacht hast." Sie schmiegte ihr warmes Gesicht in seine Halsbeuge und küsste ihn unters Kinn.

„Oh, wow." Er schloss die Augen. Wenn sie so weitermachte, würde er sein Versprechen nie halten können. Er machte einen Schritt zur Seite.

Der Gips folgte ihm nicht. Jack schrie auf, fiel auf sein Hinterteil und lag rücklings auf dem Boden. Ruth purzelte neben ihm hin. „Ruth! Alles in Ordnung?"

Sie legte den Kopf auf seine Brust und hörte nicht mehr auf zu lachen.

Jack streckte sich im kühlen Gras aus, sah durch die Äste in den blauen Himmel und ließ sich von Ruths Lachen anstecken. Die ganzen Monate hatte er es auf einen Kuss abgesehen, und jetzt war er es, der davor davonlief.

„Oh Jack. Mein Liebster." Sie drehte sich so, dass ihr Gesicht über seinem schwebte und ihre Haare seine Wange berührten.

Er wischte ihr einen Grashalm vom Kinn. Sie liebte ihn. Das stand ihr überdeutlich ins Gesicht geschrieben. Und er liebte sie auch. Er würde sie beschützen und niemals zulassen, dass jemand ihr wehtat. Vor allem nicht er selbst. „Liebling, ich möchte dir nicht wehtun." Er streichelte ihre zarte Wange.

„Das wirst du nicht. Außerdem würde ich es dir doch sagen, wenn mich etwas stört."

„Oh ja. Bis ins Letzte und haarklein."

Ruth nickte. Dabei kitzelten ihre Haarspitzen seine Wangen.

Er konnte ihr nicht widerstehen. Und warum auch? Das hier war ihre Idee, nicht seine. Er zog mit dem Finger ihre Lippen nach. „Du willst es wohl ausnutzen, dass diese alte Schildkröte hilflos auf dem Rücken liegt?"

„Genau das habe ich vor."

„Komm, wir setzen uns hin."

Sie sah überrascht aus, drückte sich aber hoch auf die Knie.

Jack setzte sich auf und lehnte sich an den Baumstamm. Das hier sollte respektvoll ablaufen und nicht billig oder kitschig. „Komm her, du kleine Makrone."

Ruth rutschte an ihn heran und sank in seine Arme.

„Bist du dir sicher?", fragte er.

„Absolut, mein Raubein."

Oh ja, er liebte diese Frau. Jack nahm ihr Gesicht in beide Hände und suchte in ihrem Blick nach Anzeichen von Zögern oder Angst, aber Fehlanzeige. Ihre Augen leuchteten. Obwohl die Landebahn frei aussah, flog er aufmerksam darauf zu und setzte behutsam zur Landung an. Und was für eine Bilderbuchlandung das war! Dann löste er sich und prüfte ihre Reaktion, obwohl sich alles in ihm nach mehr sehnte.

Sie schlug die Augen auf. „Oh Liebling, siehst du? Es geht."

Jack murmelte irgendetwas. Er war viel zu hingerissen, um denken zu können.

Auch beim nächsten Versuch wich Ruth nicht zurück. Ihre Lippen verschmolzen, als wären sie dafür gemacht. Jack vergrub seine Hand in ihrem Haar und behielt die Augen offen, um gewappnet zu sein. Aber sie zerbröselte nicht. Sie schmolz dahin.

So wie er.

„Mir wird schwindlig", murmelte er gegen ihre Lippen.

„Mir auch. Ich mag Schwindel. Schwindel ist nett."

„Wenn wir so weitermachen, werden wir nie wieder in den aktiven Dienst versetzt."

Irgendwie sah ihr Lächeln plötzlich ernüchtert aus. Natürlich, die Versetzung. Sein blöder Versetzungsantrag.

„Weißt du, ich habe mich auf deinem Gips verschrieben. Da sollte Lieutenant Colonel stehen, nicht Major."

Ihr Blick sprang zwischen seinen Augen hin und her.

Er küsste seine ... ja, seine Verlobte auf die Nasenspitze. „Ich glaube, du hast recht. Ich denke ... nun, ich denke, ich sollte hierbleiben."

„Aber ..."

„Weißt du, was das Problem mit dem Pazifik ist?" Er spreizte Daumen und Zeigefinger. „Käfer, soo groß, und die Mücken zerstechen einen, bis man kein Blut mehr hat. Und dann muss man Quinacrin gegen die Malaria nehmen und die Haut wird gelb."

„Du musst nicht extra für mich …“

„Und wer mag schon gelb? Rot, ich mag rot.“ Jack strich durch ihr Haar und zwinkerte ihr zu. „Außerdem will ich doch mit meinem Mädchen auf Tuchfühlung gehen.“

„Jack Novak!“

Das Feuer in ihren Augen trieb seine Mundwinkel nach oben. Gott hatte sie weicher gemacht, aber es loderte noch in ihr.

„Der ganze Sommer liegt noch vor uns. Es ist erst Juni, Herzilein“, sagte Ruth.

„Und ich werde auch schön artig sein. Aber höchstens bis zum Mondenschein.“

Sie lächelte ihn an, ehrlich, vertrauensvoll und auch ein bisschen verschmitzt. „So was machen auch nur Verliebte, oder?“

„Absolut. Ist das nicht toll?“ Jack sah verträumt in ihre blauen Augen mit dem goldenen Ring um die Pupillen. Sie hatte ihm den Ring um ihr Herz geschenkt, und so Gott wollte, würde er das Geschenk erwidern, mit einem goldenen Ring um ihren Finger. „Ist das nicht toll?“